Die Verschwörung von Florenz

Das Buch

Lisa di Antonio Gherardini Giocondo, genannt Mona Lisa, ist die Tochter eines wohlhabenden Florentiner Wollhändlers. Als sie zwölf Jahre alt ist, schenkt ihre Mutter ihr ein Medaillon, auf dem ein Mord dargestellt ist – das Attentat auf Giuliano di Medici, begangen 1478, ein Jahr vor Lisas Geburt. Giulianos Bruder hat Rache geschworen, doch einer der Täter konnte entkommen. Zeuge der Tat war kein Geringerer als der Maler Leonardo da Vinci, dem Mona Lisa in ihrer Kindheit zum ersten Mal begegnet. In den darauf folgenden Jahren gerät sie mitten hinein in die politischen Wirren der Zeit: Sie verliebt sich in einen Medici, den Neffen des toten Giuliano, erlebt Verbannung, Krieg, Seuchen und Tod. Leonardo da Vinci ist dabei stets einer ihrer vertrautesten Freunde. Er, der unablässig an ihrem berühmten Porträt arbeitet, wird es auch sein, der ihr ein großes Geheimnis anvertraut, das nicht nur die Hintergründe des Mordes von damals aufklärt, sondern Lisas Leben für immer verändert.

Die Autorin

Jeanne Kalogridis wuchs in Florida auf. Sie studierte russische Literatur und Linguistik und unterrichtete mehrere Jahre lang Englisch für Ausländer an der Universität von Washington, D.C. 2001 veröffentlichte sie ihren ersten historischen Roman *Die Seherin von Avignon*, zuletzt erschien *Die Kinder des Papstes*. Sie lebt in Kalifornien.

Von Jeanne Kalogridis sind in unserem Hause bereits erschienen:

Die Kinder des Papstes
Die Seherin von Avignon

Jeanne Kalogridis

Die Verschwörung von Florenz

Historischer Roman

Aus dem Englischen von
Marion Balkenhol

List Taschenbuch

Besuchen Sie uns im Internet:
www.list-taschenbuch.de

Ungekürzte Ausgabe im List Taschenbuch
List ist ein Verlag der Ullstein Buchverlage GmbH, Berlin
1. Auflage Dezember 2008

Die HC-Ausgabe erschien unter dem Titel *Leonardos Geheimnis.*

Titel der englischen Originalausgabe: *Painting Mona Lisa*
(Harper Collins Publishers, London 2006; im selben Jahr in den USA erschienen
unter dem Titel *I, Mona Lisa* bei St. Martin's Press, New York)
Umschlaggestaltung: ZERO Werbeagentur, München
Titelabbildung Vordergrund: © Christie's Images/CORBIS
Titelabbildung Hintergrund: © Bridgeman Art Library
Satz: Pinkuin Satz und Datentechnik, Berlin
Gesetzt aus der Aldus
Papier: Munkenprint von Arctic Paper Munkedals AB, Schweden
Druck und Bindearbeiten: CPI – Clausen & Bosse, Leck
Printed in Germany
ISBN 978-3-548-60814-3

Für George auf immer und ewig

Dinge, die vor vielen Jahren geschahen, erscheinen oft der Gegenwart sehr nah, und vieles, was erst vor kurzem passierte, erscheint so alt wie die längst vergangene Jugendzeit.

Leonardo da Vinci
Codex Atlanticus, Bd. 29v-a

Prolog: Lisa

Juni 1490

1

Ich wurde auf den Namen Lisa di Antonio Gherardini getauft, Bekannte nennen mich jedoch schlicht Madonna Lisa, und einfache Leute aus dem Volk reden mich mit Monna Lisa an.

Mein Ebenbild wurde auf Holz festgehalten, mit gekochtem Leinöl und Farbpigmenten aus der Erde oder aus zerstoßenen Halbedelsteinen, und mit Pinseln aus Vogelfedern und dem seidigen Fell von Tieren aufgetragen.

Ich habe das Porträt gesehen. Es gleicht mir nicht. Ich betrachte es und erkenne stattdessen das Gesicht meiner Mutter und das meines Vaters. Ich lausche und höre ihre Stimmen. Ich spüre ihre Liebe und ihre Sorge, und ich werde immer wieder aufs Neue Zeugin des Verbrechens, das sie zusammenschweißte; ein Verbrechen, das sie mit mir verband.

Denn meine Geschichte beginnt nicht mit meiner Geburt, sondern mit einem Mord, der ein Jahr zuvor verübt wurde.

Das wurde mir zum ersten Mal von einem Astrologen enthüllt, zwei Wochen vor meinem Geburtstag, der am fünfzehnten Juni gefeiert wurde. Meine Mutter verkündete, ich dürfe mir etwas wünschen. Sie ging davon aus, ich würde ein neues Kleid haben wollen, denn nirgendwo sonst wurde Kleidung leidenschaftlicher zur Schau gestellt als in meiner Geburtsstadt Florenz. Mein Vater war einer der wohlhabendsten Tuchhändler der Stadt, und seine geschäftlichen Verbindungen boten mir eine reiche Auswahl an kostbaren Seiden, Brokatstoffen, Samt und auch Pelzen.

Ich wollte aber kein Kleid. Vor kurzem hatte ich an der

Hochzeit meines Onkels Lauro mit seiner jungen Braut Giovanna Maria teilgenommen. Während der anschließenden Feier hatte meine Großmutter bitter bemerkt:

»Ihr Glück kann nicht von Dauer sein. Sie ist ein Schütze mit Aszendent Stier, und Lauro ist Widder. Sie werden andauernd mit den Köpfen aneinandergeraten.«

»Mutter«, hatte meine Mutter sie freundlich ermahnt.

»Wenn du und Antonio solchen Dingen mehr Aufmerksamkeit gewidmet hättet …« Meine Großmutter war unter dem scharfen Blick meiner Mutter verstummt.

Ich war neugierig geworden. Meine Eltern liebten sich, waren aber nie glücklich gewesen. Mir fiel auf, dass sie nie mit mir über mein Sternbild gesprochen hatten.

Als ich meine Mutter ausfragte, wurde mir klar, dass nie ein Horoskop für mich erstellt worden war. Das erschreckte mich: Wohlhabende Florentiner Familien konsultierten oft Astrologen in wichtigen Angelegenheiten, und für Neugeborene wurde üblicherweise ein Horoskop erstellt. Hinzu kam, dass ich ein seltenes Geschöpf war: das einzige Kind und somit alleinige Hoffnungsträgerin meiner Familie.

Als das einzige Kind war ich mir zudem meiner Macht bewusst; ich jammerte und bettelte herzerweichend, bis meine zögerliche Mutter schließlich nachgab.

Hätte ich damals gewusst, was folgen sollte, hätte ich nicht so sehr darauf bestanden.

Da es für meine Mutter nicht sicher war, sich aus dem Haus zu wagen, suchten wir den Astrologen nicht bei sich auf, sondern bestellten ihn stattdessen in den Palazzo.

Von einem Fenster im Flur neben meinem Schlafzimmer sah ich zu, wie die vergoldete Kutsche des Astrologen mit seinem Familienwappen auf der Tür im Hof hinter unserem Haus eintraf. Zwei elegant gekleidete Diener halfen ihm beim Aussteigen. Er trug ein *farsetto,* die eng anliegende Männerkleidung, die manche anstelle einer Tunika trugen. Es war aus gestepptem violettem Samt unter einem ärmellosen Brokatumhang in dunklerem Lila. Der Astrologe war dünn und hatte eine eingefallene Brust, seine Haltung und seine Bewegungen waren gebieterisch.

Zalumma, die Sklavin meiner Mutter, trat vor, um ihn in Empfang zu nehmen. An jenem Tag war Zalumma eine gut gekleidete Kammerzofe. Sie war meiner Mutter treu ergeben, deren Freundlichkeit allein schon Loyalität erweckte und die ihre Sklavin wie eine liebe Gefährtin behandelte. Zalumma war eine Tscherkessin aus den hohen Bergen im sagenumwobenen Osten; ihr Volk wurde wegen seiner Schönheit gepriesen, und Zalumma – groß wie ein Mann, mit schwarzen Haaren und Augenbrauen und einem Gesicht weißer als Marmor – bildete da keine Ausnahme. Ihre dichten Ringellocken waren nicht mit einem heißen Schürhaken geformt, sondern von Gott gegeben, und jede Florentinerin beneidete sie darum. Zuweilen murmelte sie in ihrer Muttersprache vor sich hin, die keiner anderen Sprache glich, die mir je zu Ohren gekommen war; sie nannte sie »Adyghabza«.

Zalumma machte einen Knicks und führte den Mann ins Haus. Meine Mutter war an jenem Morgen nervös gewesen, zweifellos weil der Astrologe den besten Ruf in der Stadt genoss und sogar von Seiner Heiligkeit konsultiert wurde, wenn der Wahrsager des Papstes krank war. Ich sollte mich nicht blicken lassen; die erste Begegnung war rein geschäftlicher Natur, bei der ich nur stören würde.

Ich verließ mein Zimmer und schlich auf leisen Sohlen an die Treppe, um zu sehen, ob ich nicht von den Vorgängen zwei Stockwerke unter mir etwas mitbekäme. Die Steinmauern waren dick, und meine Mutter hatte die Tür zum Empfangsraum geschlossen. Nicht einmal gedämpfte Stimmen konnte ich hören.

Die Begegnung dauerte nicht lange. Meine Mutter öffnete die Tür und rief nach Zalumma; ich vernahm ihre schnellen Schritte auf dem Marmorboden, dann die Stimme eines Mannes.

Ich zog mich geschwind von der Treppe zurück und eilte wieder ans Fenster mit Blick auf die Kutsche des Astrologen.

Zalumma geleitete ihn aus dem Haus – dann, nachdem sie

sich umgeschaut hatte, reichte sie ihm einen kleinen Gegenstand, einen Geldbeutel vielleicht. Er wollte ihn zunächst nicht annehmen, doch Zalumma redete ernst und eindringlich auf ihn ein. Nach kurzem Zögern steckte er den Gegenstand in die Tasche, stieg in seine Kutsche und verschwand aus meinem Sichtfeld.

Ich vermutete, dass sie ihn für eine Deutung bezahlt hatte, wenngleich es mich auch überraschte, dass ein Mann von solch hohem Ansehen einer Sklavin die Zukunft deutete. Vielleicht hatte meine Mutter aber auch einfach nur vergessen, ihn zu entlohnen.

Als sie wieder zum Haus ging, schaute Zalumma zufällig auf und begegnete meinem Blick. Ich wurde rot, da man mich beim Spionieren erwischt hatte, und zog mich hastig zurück.

Ich rechnete fest damit, dass Zalumma, die mich immer gern wegen meiner Missetaten aufzog, den Vorfall später ansprechen würde, doch sie verlor kein Wort darüber.

2

Drei Tage später kam der Astrologe noch einmal. Und wieder sah ich aus dem Fenster im oberen Stockwerk, wie er aus der Kutsche stieg und Zalumma ihn in Empfang nahm. Ich war aufgeregt; Mutter hatte zugestimmt, mich zu rufen, wenn der richtige Moment gekommen wäre. Für mich stand fest, dass sie Zeit brauchte, um negative Aussagen zu glätten und ihnen einen rosigen Anstrich zu verleihen.

Diesmal trug der Astrologe seinen Wohlstand in Form einer Tunika aus leuchtend gelbem Damast zur Schau, mit einem Futter aus braunem Marderfell. Bevor er jedoch ins Haus trat, blieb er stehen und redete verstohlen mit Zalumma; sie schlug eine Hand vor den Mund, als hätten seine Worte sie erschreckt. Er stellte ihr eine Frage. Sie schüttelte den Kopf, legte ihm dann eine Hand auf den Unterarm und bat ihn offensichtlich um etwas. Er reichte ihr zusammengerollte Papiere, trat darauf verärgert zurück und ging mit langen Schritten in unseren Palazzo. Erregt versteckte Zalumma die Rolle in einer Tasche zwischen den Falten ihres Rockes und folgte ihm auf den Fersen.

Ich lief vom Fenster an den Treppenabsatz und horchte angestrengt, noch verwirrt von der Begegnung und voller Ungeduld darauf, dass man mich hinzurief.

Eine knappe Viertelstunde später schrak ich heftig zusammen, als unten eine Tür mit solcher Wucht aufgerissen wurde, dass sie gegen die Wand schlug. Ich eilte ans Fenster: Der Astrologe ging ohne Geleit zurück zu seiner Kutsche.

Ich hob meine Röcke an und schoss die Treppe hinunter, dankbar, weder Zalumma noch meiner Mutter zu begegnen. Atemlos erreichte ich die Kutsche gerade in dem Augenblick, als der Astrologe seinem Kutscher das Zeichen zur Abfahrt gab.

Ich legte eine Hand auf die polierte Holztür und schaute zu dem Mann hoch, der auf der anderen Seite saß. »Haltet an, bitte«, brachte ich hervor.

Er bedeutete dem Kutscher, die Pferde zu zügeln, und schaute stirnrunzelnd auf mich herab; doch in seinem Blick lagen auch Neugier und Mitgefühl. »Dann seid Ihr wohl die Tochter.«

»Ja.«

Er musterte mich ausgiebig. »Ich werde mich nicht für einen Betrug hergeben. Versteht Ihr?«

»Nein.«

»Hmm. Das sehe ich.« Vorsichtig suchte er nach den richtigen Worten. »Eure Mutter, Madonna Lucrezia, hat gesagt, Ihr hättet meine Dienste verlangt. Stimmt das?«

»Ja.« Ich wurde rot, denn ich wusste nicht, ob mein Zugeständnis ihn noch weiter aufbringen würde.

»Dann habt Ihr es verdient, wenigstens einen Teil der Wahrheit zu erfahren – denn in diesem Haus werdet Ihr sie nie voll und ganz zu hören bekommen.« Sein Hochmut und sein Zorn verflogen, sein Tonfall wurde eindringlich und düster. »Euer Horoskop ist ungewöhnlich – manche würden es als bedrückend empfinden. Ich nehme meine Kunst sehr ernst und wende meine Eingebung wohlbedacht an, und beide sagen mir, dass Ihr in einem Zyklus von Gewalt gefangen seid, von Blut und Täuschung. Was andere begonnen haben, müsst Ihr zu Ende führen.«

Ich erschrak zutiefst. Als ich meine Stimme wiedergefunden hatte, erwiderte ich: »Ich will mit solchen Dingen nichts zu tun haben.«

»Ihr seid vierfaches Feuer«, sagte er. »Ihr habt ein hitziges Gemüt, einen Schmelzofen, in dem das Schwert der Gerechtigkeit geschmiedet werden muss. In Euren Sternen habe ich einen Akt der Gewalt gesehen, der sowohl Eure Vergangenheit als auch Eure Zukunft ist.«

»Aber ich würde nie jemandem etwas zuleide tun!«

»Es ist Gottes Fügung. Er hat seine Gründe für Euer Schicksal.«

Ich wollte noch mehr fragen, doch der Astrologe rief seinem Kutscher etwas zu, und zwei schöne schwarze Pferde zogen die Kutsche fort.

Bestürzt und innerlich aufgewühlt ging ich wieder zum Haus zurück. Zufällig hob ich den Blick und sah Zalumma, die aus dem oberen Fenster auf mich herabstarrte.

Als ich wieder in mein Zimmer kam, war sie verschwunden. Dort wartete ich eine halbe Stunde, bis meine Mutter nach mir rief.

Sie saß noch immer in dem Salon, in dem sie den Astrologen empfangen hatte. Beim Eintreten lächelte sie mir entgegen. Offenbar wusste sie nichts von meiner Begegnung mit dem Mann. In der Hand hielt sie ein Bündel Papiere.

»Komm, setz dich neben mich«, sagte sie strahlend. »Ich werde dir etwas über deine Sterne erzählen. Sie hätten schon längst gedeutet werden sollen. Deshalb habe ich entschieden, dass du nach wie vor auch ein neues Kleid verdient hast. Heute wird dein Vater dich mit in die Stadt nehmen, um den Stoff auszusuchen; aber hiervon darfst du ihm kein Sterbenswörtchen sagen. Sonst hält er uns für allzu verschwendungssüchtig.«

Steif saß ich vor ihr, den Rücken gerade, die Hände fest im Schoß gefaltet.

»Schau her.« Meine Mutter legte die Papiere in ihren Schoß und ließ die Fingerspitze auf der eleganten Schrift des Astrologen ruhen. »Du bist natürlich im Sternzeichen Zwillinge geboren – Luft. Mit dem Aszendenten Fische, das bedeutet Wasser. Dein Mond steht im Widder – Feuer. Und du hast viele Aspekte von Erde in deinem Horoskop, dem zufolge du über die Maßen ausgeglichen bist. Das alles deutet auf eine glückliche Zukunft hin.«

Noch während sie sprach, wuchs mein Zorn. Sie hatte die letzte halbe Stunde damit verbracht, eigenhändig eine Fälschung zusammenzustellen. Der Astrologe hatte recht gehabt; ich konnte nicht erwarten, hier die Wahrheit zu finden.

»Du wirst ein langes, gutes Leben haben, Wohlstand und viele Kinder«, fuhr meine Mutter fort. »Du musst dir keine Sorgen machen, welchen Mann du heiratest, denn deine Aspekte sind in jeder Hinsicht so gut, dass …«

Ich schnitt ihr das Wort ab. »Nein«, sagte ich. »Ich bin vierfaches Feuer. Mein Leben wird von Verrat und Blut gekennzeichnet sein.«

Meine Mutter sprang entsetzt auf; die Papiere glitten von ihrem Schoß und verteilten sich fächerartig auf dem Boden. »Zalumma!«, zischte sie, und in ihren Augen blitzte eine Wut auf, die ich noch nie an ihr erlebt hatte. »Hat sie mit dir gesprochen?«

»Ich habe mich direkt an den Astrologen gewandt.«

Das beruhigte sie sogleich, und ihre Miene wurde undurchdringlich. Vorsichtig hakte sie nach: »Was hat er dir noch erzählt?«

»Nur das, was ich gerade gesagt habe.«

»Sonst nichts?«

»Nein.«

Mit einem Mal kraftlos, sank sie auf ihren Stuhl zurück.

Da ich so in meiner eigenen Wut verfangen war, kam mir gar nicht der Gedanke, dass meine freundliche, liebevolle Mutter mich nur vor schlimmen Meldungen abschirmen wollte. Ich sprang auf. »Was du gesagt hast, ist eine einzige Lüge. Womit hast du mich noch belogen?«

Das war grausam von mir. Entgeistert starrte sie mich an. Dennoch drehte ich mich um und ließ sie dort sitzen, die Hand ans Herz gepresst.

Schon bald war mir klar, dass meine Mutter und Zalumma einen furchtbaren Streit hatten. Sie waren stets sehr liebenswürdig miteinander umgegangen, doch nach dem zweiten Besuch des Astrologen gab meine Mutter sich kalt und unnahbar, sobald Zalumma den Raum betrat. Sie wich ihrem Blick grundsätzlich aus und wechselte nicht mehr als ein paar Worte mit ihr. Zalumma ihrerseits war finster und hüllte sich in Schweigen. Mehrere Wochen vergingen, ehe sie wieder Freundinnen waren.

Meine Mutter sprach nie wieder mit mir über mein Horoskop. Oft dachte ich daran, Zalumma zu bitten, die Papiere zu suchen, die der Astrologe meiner Mutter gegeben hatte, sodass ich selbst die Wahrheit über mein Schicksal nachlesen könnte. Doch jedes Mal hielt mich blanke Furcht davon ab.

Ich wusste bereits mehr, als mir lieb war.

Fast zwei Jahre sollten vergehen, bevor ich schließlich von dem Verbrechen erfuhr, an das ich auf ewig gebunden bin.

Teil I

26. April 1478

3

In der kahlen, riesigen Kathedrale Santa Maria del Fiore stand Bernardo Bandini Baroncelli vor dem Altar und kämpfte gegen das Zittern seiner Hände an. Es gelang ihm natürlich ebenso wenig, wie er sein schwarzes Herz vor Gott zu verbergen vermochte. Er presste Handflächen und Finger in einer Geste des Gebets aneinander und führte sie an die Lippen. Mit brüchiger Stimme flehte er leise um den Erfolg des dunklen Abenteuers, auf das er sich eingelassen hatte, und bat um Vergebung, falls es gelänge.

Ich bin ein guter Mann. Baroncelli schickte den Gedanken an den Allmächtigen. *Immer habe ich es gut mit anderen gemeint. Wie bin ich nur hierher geraten?*

Eine Antwort blieb jedoch aus. Baroncelli richtete den Blick starr auf den Altar aus dunklem Holz und Gold. Durch die bunten Glasfenster der Kuppel strömte das Morgenlicht in goldenen Strahlen herein und ließ die Staubkörnchen in der Luft funkeln und die Goldverzierungen des Altars glitzern. Der Anblick erinnerte an den unbefleckten Garten Eden. Zweifellos war Gott zugegen, Baroncelli indes spürte keine göttliche Präsenz, nur seine eigene Bosheit.

»Der Herr sei mir armem Sünder gnädig«, murmelte er vor sich hin. Sein stilles Gebet vermischte sich mit den vielen hundert gedämpften Stimmen in der höhlenartigen Kathedrale der »Heiligen Maria der Blume« – in diesem Fall einer Lilie. Das Heiligtum war eins der größten der Welt und in Form eines lateinischen Kreuzes erbaut. Über dem Schnittpunkt der Arme ruhte die größte Leistung des Architekten Brunelleschi: *il duomo*. Verblüffend allein schon durch ihre Weite besaß die Kuppel keine sichtbaren Stützen. Die orangefarbene Ziegelkuppel, von jedem Punkt aus zu sehen, beherrschte majestätisch die Silhouette der Stadt und war, ebenso wie die Lilie, zum Symbol von Florenz geworden. Sie erhob sich so hoch, dass Baroncelli schon dachte, als er sie zum ersten Mal erblickte, sie müsse doch bestimmt bis an die Himmelstore reichen.

Baroncelli hauste an diesem besonderen Morgen in einem viel niedrigeren Reich. Obwohl der Plan allem Anschein nach narrensicher war, wurde er nun, da der schmerzhaft helle Tag anbrach, von bösen Vorahnungen und Reue geplagt. Letztere hatte sein ganzes Dasein geprägt: In eine der wohlhabendsten und bekanntesten Familien der Stadt hineingeboren, hatte er in fortgeschrittenem Alter sein Vermögen vergeudet und sich hoch verschuldet. Er hatte sein Leben lang als Bankier gearbeitet und kannte nichts anderes. Ihm blieb keine andere Wahl, als seine Frau und seine Kinder nach Neapel zu schicken und einen seiner reichen Vettern um Unterstützung zu bitten – worauf sich seine Frau Giovanna, die grundsätzlich kein Blatt vor den Mund nahm, nie im Leben eingelassen hätte. Oder er musste seine Dienste einer der beiden größten und angesehensten Bankiersfamilien in Florenz anbieten: den Medici oder den Pazzi.

Zuerst hatte er sich an die Mächtigsten gewandt, die Medici. Sie hatten ihn zurückgewiesen, worüber er sich noch immer ärgerte. Ihre Rivalen jedoch, die Pazzi, hießen ihn in ihrer Mitte willkommen; aus diesem Grund stand er heute in der ersten Reihe vor den Gläubigen neben seinem Arbeitgeber, Francesco de' Pazzi. Gemeinsam mit seinem Onkel, dem Ritter Messer Iacopo, verfolgte Francesco die internationalen Geschäftsinteressen seiner Familie. Er war ein kleiner Mann mit scharf geschnittener Nase und Kinnpartie, seine Augen wirkten schmal unter den dunklen, unverhältnismäßig buschigen Augenbrauen; neben dem großen, würdevollen Baroncelli glich er einem hässlichen Zwerg. Baroncelli ärgerte sich letzten Endes mehr über Francesco als über die Medici, denn der

Mann neigte zu Wutanfällen, hatte häufig über seinen Untergebenen gelästert und ihn mit beißenden Kommentaren an seinen Bankrott erinnert.

Um seine Familie ernähren zu können, war Baroncelli gezwungen, gute Miene zu bösem Spiel zu machen, während die Pazzi – Messer Iacopo ebenso wie der junge Francesco – ihn beleidigten und als tiefer stehend behandelten, wenngleich er doch einer Familie ebenbürtigen, wenn nicht sogar höheren Ranges entstammte. Als der Plan ruchbar wurde, hatte Baroncelli die Wahl: entweder seinen Hals zu riskieren und den Medici alles zu beichten oder sich von den Pazzi zur Komplizenschaft zwingen zu lassen und eine Stellung in der neuen Regierung für sich zu gewinnen.

Nun, als er da stand und Gott um Vergebung bat, spürte er auf der rechten Schulter den warmen Atem eines Mitverschwörers. Der Mann, der direkt hinter ihm betete, trug ein Büßergewand aus Sackleinen.

Francesco zappelte links von Baroncelli nervös herum und schaute nach rechts, an seinem Untergebenen vorbei. Baroncelli folgte seinem Blick: Er ruhte auf Lorenzo de' Medici, der mit seinen neunundzwanzig Jahren de facto Herrscher über Florenz war. Genau genommen wurde Florenz von der Signoria regiert, einem Rat aus acht Prioren und dem Gonfaloniere, dem »Bannerträger der Gerechtigkeit«; diese Männer wurden aus allen ehrwürdigen Familien der Stadt gewählt. Angeblich ging es bei dem Verfahren unparteiisch zu, doch merkwürdigerweise waren die meisten Erwählten immer Anhänger Lorenzos, und der Gonfaloniere stand unter seiner Kontrolle.

Francesco de' Pazzi war schon hässlich, Lorenzo hingegen sah noch schlimmer aus. Größer als die meisten anderen und muskulös gebaut, war sein schöner Körper von einem der reizlosesten Gesichter der Stadt gezeichnet. Seine Nase – lang und spitz, am Ende nach oben gebogen und deutlich zur Seite geneigt – hatte einen flachen Rücken und verlieh Lorenzo eine eigenartig nasale Stimme. Sein Unterkiefer stand so weit vor, dass sein Kinn ihm stets um Daumesbreite voranging, wenn er einen Raum betrat. Sein unansehnliches Profil wurde von strähnigem Haar in Kinnlänge gerahmt.

Lorenzo wartete auf den Beginn der Messe, flankiert auf einer Seite von seinem treuen Freund und Untergebenen Francesco Nori, auf der anderen vom Erzbischof von Pisa, Francesco Salviati. Trotz seiner physiognomischen Unzulänglichkeiten strahlte Lorenzo ein hohes Maß an Würde und Haltung aus. In seinen dunklen, leicht hervorstehenden Augen schimmerte ungewöhnliche Klugheit. Auch wenn er von Feinden umgeben war, machte Lorenzo stets einen gelösten Eindruck. Salviati, ein Verwandter der Pazzi, war kein Freund, obwohl er und Lorenzo einander als solche begrüßten; der ältere Medici-Bruder hatte heftig gegen Salviatis Ernennung zum Erzbischof von Pisa intrigiert und Papst Sixtus stattdessen gebeten, einen Gefolgsmann der Medici zu ernennen. Der Papst stellte sich Lorenzos Wunsch gegenüber taub und feuerte dann – mit einer seit Generationen bestehenden Tradition brechend – die Medici als päpstliche Bankiers, um sie durch die Pazzi zu ersetzen, eine bittere Kränkung für Lorenzo.

Doch heute hatte Lorenzo den Neffen des Papstes als Ehrengast empfangen, den siebzehnjährigen Kardinal Riario von San Giorgio. Nach der Messe im großen Duomo würde Lorenzo den jungen Kardinal zu einem Fest im Palast der Medici führen, um anschließend mit ihm einen Rundgang durch die berühmte Kunstsammlung der Medici zu machen. Unterdessen stand er aufmerksam neben Riario und Salviati und nickte zu ihren gelegentlichen leisen Kommentaren.

Sie lächeln, während sie die Schwerter wetzen, dachte Baroncelli.

Unauffällig gekleidet in eine schlichte Tunika aus blaugrauer Seide, war sich Lorenzo der Gegenwart zweier schwarz gewandeter Priester zwei Reihen hinter ihm kaum bewusst. Der Lehrer aus dem Haushalt der Pazzi war ein junger Mann, den Baroncelli nur unter dem Namen Stefano kannte; ein etwas älterer Mann, Antonio da Volterra, stand neben ihm. Baroncelli war da Volterras Blick begegnet, als sie die Kirche betraten, und hatte rasch zur Seite geschaut; die Augen des Priesters verrieten dieselbe schwelende Wut wie die des Büßers. Da Volterra, der bei allen Geheimtreffen zugegen war, hatte auch vehement seine Stimme gegen »die Liebe der Medici zu allem Heidnischen« erhoben und gesagt, die Familie habe mit ihrer dekadenten Kunst »unsere Stadt ruiniert«.

Baroncelli wusste ebenso wie seine Mitverschwörer, dass weder Fest noch Rundgang stattfinden würden. Ereignisse, die kurz bevorstanden, würden das politische Antlitz von Florenz für immer verändern.

Der unter einer Kapuze verhüllte Büßer hinter ihm trat von einem Fuß auf den anderen, dann stieß er einen Seufzer aus, der Laute enthielt, die nur Baroncelli auszulegen vermochte. Seine Worte wurden durch die Kapuze gedämpft, die er nach vorn gezogen hatte, um seine Gesichtszüge zu verbergen. Baroncelli hatte davon abgeraten, den Mann am Anschlag zu beteiligen – warum sollte man ihm trauen? Je weniger damit zu tun hatten, umso besser, doch Francesco hatte sich wie immer über ihn hinweggesetzt.

»Wo ist Giuliano?«, flüsterte der Büßer.

Giuliano de' Medici, der jüngere Bruder, war so hübsch anzusehen, wie Lorenzo hässlich war. Er wurde der Liebling von Florenz genannt – es hieß, er sehe so gut aus, dass Männer wie Frauen gleichermaßen aufseufzten, wenn er vorüberging. Es würde nicht reichen, wenn nur ein Bruder in der großen Kathedrale zugegen wäre. Beide waren erforderlich – sonst müsste das gesamte Vorhaben abgebrochen werden.

Baroncelli warf einen Blick über die Schulter auf das von der Kapuze überschattete Gesicht seines Komplizen und antwortete nicht. Er konnte den Büßer nicht leiden; der Mann hatte einen selbstgerechten religiösen Eifer in das ganze Unterfangen eingebracht, der so ansteckend war, dass selbst der weltliche Francesco mit der Zeit geglaubt hatte, sie würden heute Gottes Werk verrichten.

Baroncelli wusste, dass Gott nichts damit zu tun hatte; es handelte sich hierbei um einen Akt, der Neid und Ehrgeiz entsprang.

Francesco de' Pazzi zischte ihm zu: »Was ist los? Was hat er gesagt?«

Baroncelli beugte sich vor und flüsterte seinem wesentlich kleineren Arbeitgeber ins Ohr: »Wo ist Giuliano?«

Der wieselgesichtige Francesco war bemüht, sich seinen Schrecken nicht ansehen zu lassen. Baroncelli teilte seine Besorgnis. Die Messe würde nun, da Lorenzo und sein Gast, der Kardinal, an Ort und Stelle waren, bald beginnen; sollte Giuliano nicht sofort eintreffen, würde der gesamte Plan in eine einzige Katastrophe münden. Zu viel stand auf dem Spiel; zu viele Seelen waren an der Verschwörung beteiligt, zu viele Zungen, die tratschen könnten. Gerade in diesem Augenblick wartete Messer Iacopo nebst einer kleinen Armee aus fünfzig Söldnern aus Perugia auf das Signal der Kirchenglocke. Wenn sie läutete, würde er den Regierungspalast einnehmen und das Volk gegen Lorenzo aufwiegeln.

Der Büßer schob sich vor, bis er fast neben Baroncelli stand; dann hob er den Kopf und schaute zu der Schwindel erregend hohen und massiven Kuppel über ihnen auf, die sich direkt über dem großen Altar erhob. Die leinerne Kapuze des Mannes rutschte leicht nach hinten und enthüllte sein Profil. Einen Augenblick lang teilten sich seine Lippen, Stirn und Mund verzogen sich zu einer Maske aus Wut und Abscheu, dass Baroncelli vor ihm zurückschreckte.

Mit der Zeit ließ die Bitterkeit in den Augen des Büßers nach; sein Ausdruck löste sich allmählich in glückselige Ekstase auf, als sähe er den Schöpfer persönlich und nicht den glatten Marmor der Kuppelrundung. Francesco bemerkte es, und er beobachtete den Büßer, als sei er ein Orakel, von dem eine Äußerung zu erwarten wäre.

Was tatsächlich auch geschah. »Er ist noch im Bett.« Dann kam der Mann wieder zur Vernunft und zog sich vorsichtig die Kapuze in die Stirn, um sein Gesicht wieder zu verbergen.

Francesco packte Baroncelli am Ellbogen und zischte erneut. »Wir müssen sofort zum Palast der Medici!«

Lächelnd dirigierte Francesco ihn nach links, fort von Lorenzo de' Medici und vorbei an einer Handvoll Florentiner

Honoratioren, die vorn in der ersten Bank saßen. Sie benutzten nicht die nördliche Tür ganz in ihrer Nähe, die zur Via de' Servi hinausging, da Lorenzo ihr Verschwinden sonst wahrscheinlich bemerkt hätte.

Stattdessen gingen die beiden durch das Seitenschiff, das sich über die einschüchternde Länge des gesamten Heiligtums erstreckte – vorbei an rötlich braunen, vier Mann starken Sandsteinsäulen, verbunden durch hohe, weiße Bögen, die lange Buntglasfenster rahmten. Anfangs setzte Francesco eine gütige Miene auf, als er an vielen bekannten Gesichtern in den ersten Bankreihen vorbeikam, denen er zunickte. Baroncelli war wie benommen und versuchte nach Kräften, alle zu grüßen, die er kannte, doch Francesco schob ihn so rasch voran, dass ihm fast die Luft ausging.

Hunderte von Gesichtern, Hunderte von Leibern. Leer hätte die Kathedrale endlos weit ausgesehen; an diesem fünften Sonntag nach Ostern war sie jedoch bis auf den letzten Platz besetzt, sodass sie überfüllt, beengt und stickig erschien. Baroncelli kam es so vor, als spräche aus jedem Gesicht, das sich ihm zuwandte, ein leiser Verdacht.

Die erste Gruppe von Kirchgängern, die sie passierten, bestand aus den Wohlhabenden der Stadt: glitzernde Frauen und Männer, schwer mit Gold und Juwelen behängt, gebeugt unter der Last pelzgefütterter Brokatgewänder und Samtstoffe. Den üblichen Weihrauchdunst vom Altar überlagerte der Geruch nach Rosmarin und Lavendelwasser der Männer, vermischt mit dem flüchtigeren, weiblichen Duft nach Rosenöl.

Francescos Samtpantinen huschten rasch über den Marmorboden; sein Ausdruck wurde ernster, sobald er an der Aristokratie vorbei war. Das Lavendelaroma wurde intensiver, als die beiden an Bankreihen mit Männern und Frauen vorüberkamen, die in Seide und feines Tuch gekleidet waren, verziert mit glitzerndem Gold hier und Silber da, selbst ein Diamant blitzte hin und wieder auf. Ohne zu lächeln, nickte Francesco ein- oder zweimal Geschäftskollegen niederen Standes zu. Baroncelli hatte Mühe zu atmen; der Ansturm von Gesichtern – allesamt Augenzeugen – ließ tief empfundene Panik in ihm aufsteigen.

Doch Francesco verlangsamte seinen Schritt nicht. Als sie an den Händlern der Mittelschicht vorbeigingen, den Schmieden und Bäckern, den Kunsthandwerkern und ihren Lehrlingen, wich der Kräuterduft dem Geruch nach Schweiß, und die feinen Stoffe wurden durch die gröberen Gewebe aus Wolle und Seide ersetzt.

Die Armen standen in den hinteren Reihen: die Wollkämmer, die ihren Husten kaum zu unterdrücken vermochten, und die Färber mit ihren dunkel gefleckten Händen. Die Kleidung bestand aus zerschlissener Wolle und knautschigem Leinen, parfümiert mit Schweiß und Dreck. Francesco und Baroncelli bedeckten unwillkürlich Mund und Nase.

Schließlich traten sie aus den großen, offenen Türen ins Freie. Baroncelli tat einen stockenden, tiefen Atemzug.

»Keine Zeit für Feigheit!«, fuhr Francesco ihn an und schleifte ihn in die Straße hinein, vorbei an den grapschenden Armen der Bettler, die im Schneidersitz auf der Kirchentreppe saßen, vorbei am schlanken, hoch aufragenden Campanile zu ihrer Linken.

Sie machten sich auf den Weg über die große, offene Piazza, vorbei an der achteckigen Taufkirche des Heiligen Johannes, zwergenhaft neben dem großen Dom. Die Versuchung zu laufen war groß, aber es war zu gefährlich; trotzdem gingen sie so schnell, dass Baroncelli außer Atem geriet, obwohl seine Beine doppelt so lang waren wie die seines Dienstherrn. Nach dem Dämmer im Duomo schien das Sonnenlicht grell. Es war ein herrlicher, wolkenloser Frühlingstag, für Baroncelli indes war er düster.

Sie wandten sich nach Norden in die Via Larga, die zuweilen die »Straße der Medici« genannt wurde. Es war unmöglich, über die ausgetretenen Steinplatten zu laufen und nicht Lorenzos eiserne Hand zu spüren, mit der er die Stadt im Griff hielt. Die breite Straße war gesäumt von den *palazzi* seiner Anhänger: Michelozzo, der Architekt der Familie, Angelo Poliziano, Dichter und Protégé. Weiter hinten und nicht zu sehen waren die Kirche und das Kloster San Marco. Lorenzos Großvater Cosimo hatte die verfallene Kathedrale wieder aufgebaut und die berühmte Bibliothek des Klosters begründet; die Dominikaner ihrerseits verehrten ihn dafür und stellten ihm eine eigene Zelle zur Verfügung, in die er sich zurückziehen konnte, um nachzudenken.

Cosimo hatte sogar die Gärten am Kloster gekauft, und Lorenzo hatte sie in einen Skulpturengarten verwandelt, ein luxuriöses Übungsgelände für junge Architekten und Künstler.

Baroncelli und sein Mitverschwörer näherten sich der Kreuzung mit der Via de' Gori, in der die Kuppel der ältesten Kathedrale von Florenz, San Lorenzo, im Westen die Silhouette der Stadt beherrschte. Sie war zu einer Ruine zerfallen, und Cosimo hatte ihre Pracht mit Hilfe von Michelangelo und Brunelleschi wiederhergestellt. Dort ruhten jetzt seine Gebeine, sein Marmorgrabstein stand vor dem Hochaltar.

Schließlich gelangten die beiden Männer an ihr Ziel: den rechteckigen grauen Klotz des Medici-Palastes, düster und streng wie eine Festung – der Architekt, Michelozzo, hatte die strikte Anweisung erhalten, auf jedwede Art von Verzierung an dem Gebäude zu verzichten, da sonst leicht der Verdacht aufkommen könne, die Medici würden sich über die einfachen Bürger erheben. Doch auch die bescheidene Gestaltung strahlte genügend Pracht aus, um Könige und Prinzen zu bewirten; Karl VII. von Frankreich hatte in der großen Halle diniert.

Baroncelli schoss der Gedanke durch den Kopf, dass das Gebäude seinem derzeitigen Besitzer ähnelte: Das Erdgeschoss bestand aus grob behauenen, einfachen Steinen, das erste Stockwerk aus ebenmäßigem Backstein, und das zweite Stockwerk war kunstvoll aus makellos glattem Gestein gefertigt, darüber ein überhängendes Gesims. Das Gesicht, das Lorenzo aller Welt zeigte, war ebenso glatt, doch sein Fundament, sein Herz, war rau und so kalt, dass er alles unternehmen konnte, um die Kontrolle über die Stadt zu behalten.

Es hatte kaum vier Minuten gedauert, den Palazzo der Medici zu erreichen, der die Ecke der beiden Straßen Larga und Gori beherrschte. Diese vier Minuten erschienen wie Stunden;

diese vier Minuten vergingen so schnell, dass Baroncelli sich nicht einmal mehr daran erinnern konnte, die Straße entlanggegangen zu sein.

An der Südseite des Gebäudes, dem Duomo am nächsten, befand sich die Loggia. Sie war zum Schutz vor den Elementen überdacht, doch breite Arkaden boten der Straße ihre Zuflucht an. Hier konnten die Bürger von Florenz sich offen mit anderen treffen und unterhalten, häufig mit Lorenzo oder Giuliano; ein Großteil der Geschäfte wurde unter dem Steindach getätigt.

An diesem Sonntagmorgen waren die meisten Menschen in der Messe; nur zwei Männer lungerten in der Loggia und sprachen leise miteinander. Einer von ihnen – in einem wollenen Heroldsrock, der ihn als einen Kaufmann und vermutlich einen der Bankiers der Medici auswies – drehte sich um und schaute Baroncelli stirnrunzelnd an, der rasch den Kopf senkte. Die Aussicht, gesehen und wiedererkannt zu werden, machte ihn nervös.

Noch ein paar Schritte, und die beiden Verschwörer standen vor den dicken Messingtüren des Haupteingangs zum Palast in der Via Larga. Francesco klopfte unerbittlich an das Metall; schließlich wurde seine Mühe durch das Erscheinen eines Dieners belohnt, der sie in den prächtigen Innenhof führte.

Nun begann die Qual des Wartens, während man Giuliano rief. Hätte Baroncelli genau in diesem Augenblick nicht die nackte Angst gepackt, wäre er vielleicht in der Lage gewesen, seine Umgebung zu genießen. In jeder Ecke des Hofs stand eine große Steinsäule, mit den anderen durch anmutige Bögen verbunden. Darüber befand sich ein Fries, verziert durch Medaillons mit heidnischen Themen, die sich mit dem Wappen der Medici abwechselten.

Die sieben berühmten *palle*, oder Kugeln, waren so angeordnet, dass sie verdächtig einer Krone glichen. Wenn man Lorenzo Glauben schenkte, dann stellten die *palle* Kerben im Schild eines Ritters von Karl dem Großen dar, des tapferen Averardo, der gegen einen furchterregenden Riesen gekämpft und gewonnen hatte. Karl der Große war so beeindruckt, dass er Averardo erlaubte, sein Wappen nach dem zerschmetterten Schild zu gestalten. Die Medici behaupteten, von dem tapferen Ritter abzustammen, und die Familie hatte das Wappen jahrhundertelang getragen. Der Ruf »*Palle! Palle! Palle!*« wurde verwendet, um das Volk zugunsten der Medici zu beeinflussen. Von Cosimo dem Älteren hieß es, er habe selbst den Geschlechtsteilen der Mönche mit seinen Kugeln Zeichen eingebrannt.

Baroncelli ließ den Blick von einem Medaillon zum anderen schweifen. Auf dem einen war Athene zu sehen, wie sie ihre Stadt verteidigt; ein anderes erinnerte an den geflügelten Ikarus, wie er in den Himmel aufstrebt.

Schließlich glitt sein Blick auf das Mittelstück des Innenhofs, Donatellos bronzenen David. Baroncelli hatte die Skulptur immer als weibisch empfunden. Lange Locken quollen unter Davids Schäferhut aus Stroh hervor; seine nackte, gekrümmte Gestalt zeigte keinerlei typisch maskuline Muskulatur. Ein Ellenbogen war sogar angewinkelt, und die Hand ruhte mädchenhaft auf der Hüfte.

An diesem Tag gewann Baroncelli einen vollkommen anderen Eindruck von der Statue. Er sah die Kälte in Davids starren Augen, die auf das Haupt des erschlagenen Goliath gerichtet waren; er sah die Schärfe des großen Schwertes in Davids rechter Hand.

Wen werde ich heute geben?, fragte sich Baroncelli. *Den David oder den Goliath?*

Francesco de' Pazzi schritt neben ihm auf und ab, die Hände auf dem Rücken verschränkt, die kleinen Augen funkelten wütend auf den blanken Marmorboden. Giuliano täte gut daran, bald hier zu erscheinen, überlegte Baroncelli, sonst würde Francesco anfangen, vor sich hin zu murmeln.

Doch Giuliano kam nicht. Der Diener, ein hübscher junger Mann, gut geölt wie jedes Teil der Medici-Maschinerie, kehrte mit einem Ausdruck eingeübter Anteilnahme zurück. »*Signori*, verzeiht. Es tut mir leid, Euch sagen zu müssen, dass mein Herr und Gebieter gerade indisponiert ist und niemanden empfangen kann.«

Francesco gelang es kaum, seine Angst rechtzeitig hinter Aufgeräumtheit zu verbergen. »Ah! Bitte, erkläre doch Ser Giuliano, dass es sich um eine äußerst dringliche Angelegenheit handelt.« Er senkte die Stimme, als würde er ein Geheimnis preisgeben. »Das Mittagessen heute findet zu Ehren des jungen Kardinals Riario statt, verstehst du, und er wäre zutiefst enttäuscht, wenn Ser Giuliano nicht teilnehmen würde. Der Kardinal ist jetzt gerade mit Ser Lorenzo im Duomo und fragt nach deinem Herrn. Die Messe wurde aus diesem Grund verschoben, und ich befürchte, wenn Ser Giuliano jetzt nicht mit uns kommt, wird der Kardinal dies als eine Kränkung auffassen. Wir wollen doch nicht, dass er es seinem Onkel, dem Papst, berichtet, wenn er nach Rom zurückkehrt ...«

Der Diener nickte anmutig, während er die Stirn in Sorgenfalten legte. Dennoch spürte Baroncelli, dass er nicht ganz überzeugt war, ob er seinen Herrn noch einmal stören sollte. Francesco empfand offensichtlich dasselbe, denn er drängte weiter. »Wir sind auf Geheiß von Ser Lorenzo hier, der seinen Bruder bittet zu kommen, und zwar rasch, da wir alle warten ...«

Der junge Mann gab durch ein kurzes Anheben des Kinns zu erkennen, dass er die Dringlichkeit einsah. »Natürlich. Ich werde alles, was Ihr gesagt habt, meinem Herrn weitergeben.«

Als der Knabe sich umdrehte, warf Baroncelli einen kurzen Blick auf seinen Dienstherrn, dessen Talent für Doppelzüngigkeit er bewunderte.

Kurz darauf waren Schritte auf der Marmortreppe in den Innenhof hinunter zu hören, dann stand Giuliano de' Medici vor ihnen. So unvollkommen die Gesichtszüge seines Bruders auch sein mochten, Giulianos waren makellos. Seine Nase war, wenn auch markant, so doch gerade und an der Spitze fein gerundet, sein Kiefer stark und kantig; seine Augen, groß und goldbraun, wurden von langen Wimpern gerahmt, um die ihn jede Florentinerin beneidete. Zarte, wohlgeformte Lippen ruhten über ebenmäßigen Zähnen, sein dichtes, lockiges Haar war in der Mitte gescheitelt und zurückgekämmt, um sein hübsches Gesicht besser zur Geltung zu bringen.

Das Leben hatte es mit dem vierundzwanzigjährigen Giuliano gut gemeint; er war jung, lebhaft, hatte ein ebenmäßiges Gesicht und eine angenehme Stimme. Dennoch sorgte er mit seiner Güte und seinem Einfühlungsvermögen dafür, dass niemand sich in seiner Gegenwart minderwertig vorkam. Tatsächlich war er bei den Bürgern von Florenz wegen seines fröhlichen, großzügigen Wesens allgemein beliebt. Wenn er auch nicht seines Bruders Scharfsinn für Politik besaß, so war er doch klug genug, seine Eigenschaften so einzusetzen, dass die Öffentlichkeit ihn unterstützte. Sollte Lorenzo sterben, hätte Giuliano keine Schwierigkeiten, die Zügel der Macht zu übernehmen.

In den vergangenen Wochen hatte sich Baroncelli die größte Mühe gegeben, ihn zu verachten – und war gescheitert.

An diesem Morgen enthüllte das schwache Licht, das allmählich den unteren Teil der Säulen einfärbte, dass Giulianos Pracht deutlich nachgelassen hatte. Sein Haar war ungekämmt, die Kleidung hatte er sich hastig übergeworfen – und seine Augen waren blutunterlaufen. Zum ersten Mal, soweit Baroncelli sich erinnern konnte, lächelte Giuliano nicht. Seine Bewegungen waren langsam wie die eines Mannes, der an einer schweren Rüstung zu tragen hat. *Ikarus,* dachte Baroncelli. *Er hat sich zu hoch aufgeschwungen und ist jetzt angesengt auf die Erde hinabgestürzt.*

Giulianos sonst so melodische Stimme war heiser. »Guten Tag, meine Herren, wie ich hörte, hat Kardinal Riario meine Abwesenheit bei der Messe als Kränkung empfunden.«

Baroncelli hatte das eigenartige Gefühl, dass sein Herz sich überschlug. Giuliano sah aus wie ein Lamm auf dem Weg zur Schlachtbank. *Er weiß es. Er kann es unmöglich wissen. Und dennoch … er weiß es …*

»Verzeiht, dass wir Euch stören«, sagte Francesco de' Pazzi, die Hände um Vergebung bittend gefaltet. »Wir sind auf Geheiß von Ser Lorenzo hier …«

Giuliano seufzte auf. »Verstehe. Der Herr im Himmel weiß, wir müssen darauf achten, Ser Lorenzo zu gefallen.« Sein eigentliches Wesen schimmerte durch, als er mit offenbar echter

Besorgnis hinzufügte: »Ich hoffe nur, dass es nicht zu spät ist, dem Kardinal zu versichern, dass ich ihm höchsten Respekt entgegenbringe.«

»Ja«, sagte Baroncelli langsam, »das wollen wir hoffen. Die Messe hat bereits begonnen.«

»Dann lasst uns aufbrechen«, sagte Giuliano. Er bedeutete ihnen, zurück zum Eingang zu gehen. Als er den Arm hob, bemerkte Baroncelli, dass Giuliano sich tatsächlich in großer Eile angezogen haben musste, denn er trug kein Schwert an der Hüfte.

Kurz darauf traten sie zu dritt in den strahlenden Morgen hinaus.

Der finster dreinblickende Mann, der draußen in der Loggia gewartet hatte, schaute auf, als Giuliano vorüberging. »Ser Giuliano«, rief er, »auf ein Wort; es ist sehr wichtig.«

Giuliano sah zu ihm hin und erkannte ihn offenbar.

»Der Kardinal«, drängte Francesco vehement und wandte sich dann persönlich an den Mann. »Guter Mann, Ser Giuliano kommt zu spät zu einer Verabredung und bittet um Euer Verständnis.« Mit diesen Worten nahm er Giuliano am Arm und zog ihn hinter sich her die Via Larga hinunter.

Baroncelli folgte ihnen. Er wunderte sich, dass seine Hände nicht mehr zitterten und sein Herz und seine Atmung ihm wieder gehorchten, obwohl er noch immer Angst hatte. Er scherzte und lachte sogar mit Francesco, sie spielten die Rolle guter Freunde, die versuchten, sich aufzuheitern. Giuliano schmunzelte über ihre Bemühungen, blieb aber immer wieder zurück, sodass die beiden Verschwörer sich ein Spiel daraus machten, ihn abwechselnd vor sich her zu schieben oder hinter sich her zu ziehen. »Wir dürfen den Kardinal nicht warten lassen«, wiederholte Baroncelli mindestens dreimal.

»So sagt doch, lieber Giuliano«, bat Francesco und packte seinen jungen Schwager am Ärmel. »Was ist passiert, dass Ihr so seufzt? Euer Herz wurde doch nicht etwa von einer wertlosen Hure gestohlen?«

Giuliano schlug die Augen nieder und schüttelte den Kopf – nicht als Antwort, sondern eher als Hinweis darauf, dass er darüber nicht reden wollte. Francesco ließ das Thema sogleich fallen. Allerdings ging er im selben Tempo weiter, sodass sie kurz darauf vor dem Eingang zum Duomo eintrafen.

Baroncelli blieb stehen. Der Gedanke, dass Giuliano so langsam ging, als trüge er eine schwere Bürde, nagte an ihm. Impulsivität vortäuschend, nahm er den jungen Medici fest in den Arm. »Lieber Freund«, sagte er. »Es bedrückt mich, Euch so unglücklich zu sehen. Was müssen wir tun, um Euch aufzuheitern?«

Giuliano zwang sich wieder zu einem traurigen Lächeln und schüttelte leicht den Kopf. »Nichts, guter Bernardo. Nichts.«

Dann folgte er Francesco in die Kathedrale.

Unterdessen hatte Baroncelli sich einer Sorge entledigen können: Giuliano trug keinen Brustpanzer unter seiner Tunika.

4

An jenem Morgen Ende April stand Giuliano vor einer schrecklichen Entscheidung: Er würde einem der beiden Menschen, die er am meisten liebte, das Herz brechen. Entweder seinem Bruder Lorenzo oder einer Frau.

Obwohl er noch jung an Jahren war, hatte Giuliano schon viele Geliebte gehabt. Seine ehemalige Mätresse, Simonetta Cattaneo, die Frau von Marco Vespucci, hatte bis zu ihrem Tod vor zwei Jahren als schönste Frau von Florenz gegolten. Er hatte Simonetta ihres Aussehens wegen auserwählt: Sie war feingliedrig und hellhäutig, dichte, goldblonde Locken fielen ihr bis über die Taille. Sie war so lieblich anzusehen, dass man sie im offenen Sarg zu Grabe getragen hatte. Aus Ehrerbietung vor dem Gemahl und der Familie hatte Giuliano sich im Hintergrund gehalten, hatte aber mit ihnen geweint.

Dennoch war er nie treu gewesen. Er hatte mit anderen Frauen geschäkert und hin und wieder auch die Talente von Huren genossen.

Nun aber wünschte sich Giuliano zum ersten Mal im Leben nur eine Frau: Anna. Sie war hübsch, gewiss, doch eigentlich hatte ihre Intelligenz ihn gefangen genommen, ihre Lebensfreude und ihre Herzensgüte. Er hatte sie nach und nach besser kennen gelernt, über Unterhaltungen auf Banketten und Festen. Sie hatte sich ihm gegenüber nie kokett verhalten, hatte nie versucht, ihn für sich einzunehmen; sie hatte im Gegenteil sogar alles dafür getan, ihn zu entmutigen. Doch keine der vielen Florentiner Adelsfrauen, die um seine Zuneigung wetteiferten, kam ihr gleich. Simonetta war seicht gewesen; Anna hatte die Seele einer Poetin, einer Heiligen.

Angesichts ihrer Güte empfand Giuliano sein Leben nun als widerwärtig. Er gab alle anderen Frauen auf und suchte nur noch die Gesellschaft von Anna, sehnte sich danach, ausschließlich sie zu erfreuen. Allein ihr Anblick ließ in ihm den Wunsch aufkommen, sie für sein bisheriges sinnliches und zügelloses Leben um Vergebung zu bitten. Nach ihrer Gnade verlangte ihn mehr als nach der des Schöpfers.

Als sie schließlich ihre Gefühle offenbarte, war es wie ein Wunder: Gott habe sie füreinander geschaffen, und es sei sein grausamster Scherz, dass sie bereits an einen anderen Mann vergeben sei.

So leidenschaftlich Annas Liebe zu ihm auch war, Reinheit und Anstand liebte sie noch mehr. Sie gehörte einem anderen, den sie nicht betrügen wollte. Sie gestand ihre Gefühle für Giuliano ein, doch als er sie im Karneval im Haus seines Bruders bedrängte, wies sie ihn zurück. *Die Pflicht,* hatte sie gesagt. *Die Verantwortung.* Sie hatte wie Lorenzo geklungen, der stets darauf bestanden hatte, er solle eine vorteilhafte Verbindung eingehen und eine Frau heiraten, die der Familie noch mehr Ansehen einbringen würde.

Giuliano, daran gewöhnt, alles zu bekommen, was er wollte, versuchte zu feilschen. Er flehte sie an, doch wenigstens mit zu ihm zu kommen, um ihn zu Ende anzuhören. Sie schwankte, war dann aber einverstanden. Ein einziges Mal hatten sie sich im *appartamento* im Erdgeschoss des Medici-Palastes getroffen. Sie hatte seinen Umarmungen nachgegeben, seinem Kuss, doch weiter wollte sie nicht gehen. Er hatte sie gebeten, Florenz zu verlassen, mit ihm fortzugehen, doch sie hatte ihn zurückgewiesen.

»Er weiß es.« Ihre Stimme war voller Qual gewesen. »Verstehst du? Er weiß es, und ich kann es nicht ertragen, ihn noch länger zu verletzen.«

Giuliano war ein entschlossener Mann. Weder Gott noch gesellschaftliche Konventionen hielten ihn auf, sobald er sich etwas in den Kopf gesetzt hatte. Anna zuliebe war er bereit, die

Aussicht auf eine respektable Heirat aufzugeben; für Anna war er bereit, die Kritik der Kirche zu ertragen, mehr noch, die Exkommunikation und sogar die zu erwartende Verdammung.

Infolgedessen hatte er ein überzeugendes Argument vorgebracht: Sie sollte mit ihm nach Rom gehen, um in einer Villa der Familie zu leben. Die Medici hatten Verbindungen zum Heiligen Stuhl; er würde die Annullierung ihrer Ehe in die Wege leiten. Er würde sie heiraten. Er würde Kinder mit ihr zeugen.

Sie war hin- und hergerissen und hatte beide Hände vor den Mund geschlagen. Er schaute ihr in die Augen und sah das Elend, aber auch einen Hoffnungsschimmer.

»Ich weiß nicht, ich weiß nicht«, hatte sie gesagt, und er hatte sie zu ihrem Gemahl zurückkehren lassen, um sich zu entscheiden.

Am nächsten Tag hatte er Lorenzo aufgesucht.

Er war früh wach geworden und hatte nicht mehr einschlafen können. Es war noch dunkel – zwei Stunden vor Sonnenaufgang –, aber er war nicht überrascht, dass Licht aus dem Vorzimmer seines Bruders drang. Lorenzo saß an seinem Schreibtisch, die Faust an der Wange, und blickte finster auf einen Brief, den er nah an die Lampe hielt.

Für gewöhnlich hätte Lorenzo aufgeschaut, hätte sich ein Lächeln abgerungen und eine Begrüßung von sich gegeben; an jenem Tag indes schien er ungewöhnlich missmutig. Kein Willkommensgruß. Lorenzo bedachte ihn mit einem flüchtigen Blick und konzentrierte sich dann wieder auf den Brief, dessen Inhalt offensichtlich der Grund für seine schlechte Laune war.

Lorenzo konnte zuweilen zum Verrücktwerden starrsinnig sein, übertrieben besorgt um Erscheinungen, kühl kalkulierend, wenn es um Politik ging, manchmal auch diktatorisch, was Giulianos Betragen und Umgang anbelangte. Doch er konnte auch äußerst nachgiebig, großzügig und einfühlsam gegenüber den Wünschen seines jüngeren Bruders sein. Obwohl Giuliano nie nach Macht gestrebt hatte, teilte Lorenzo ihm ungefragt Wichtiges mit; stets besprach er mit ihm die indirekten politischen Folgen eines jeden Ereignisses in der Stadt. Es war offensichtlich, dass Lorenzo seinen Bruder von Herzen liebte und nur zu gern die Stadt mit ihm gemeinsam kontrolliert hätte, wenn Giuliano doch nur einmal Interesse gezeigt hätte.

Für Lorenzo war es schwer genug gewesen, seinen Vater zu verlieren und somit die Macht übernehmen zu müssen, als er noch so jung war. Er hatte zwar durchaus die Begabung dafür; aber Giuliano blieb nicht verborgen, wie sehr es ihn mitnahm. Nach neun Jahren zeigte sich mittlerweile die Anspannung. Auf seiner Stirn hatten sich tiefe Furchen eingegraben; Schatten lagen unter seinen Augen.

Teilweise genoss Lorenzo die Macht und hatte Spaß daran, den Einfluss der Familie zu vergrößern. Die Medici-Bank hatte Zweigstellen in Rom, Brügge, in den meisten größeren Städten Europas. Dennoch war Lorenzo häufig von den Anforderungen erschöpft, die diese Rolle des *gran maestro* ihm abverlangte. Zuweilen beschwerte er sich: »Nicht eine Seele in der Stadt will ohne meinen Segen heiraten.« Das stimmte durchaus. In jener Woche noch hatte er einen Brief von einer ländlichen Gemeinde in der Toskana erhalten, die ihn um Rat bat: Die Kirchenväter hatten der Schaffung einer Heiligenstatue zugestimmt; zwei Bildhauer bewarben sich um den Auftrag. Ob der große Lorenzo wohl die Güte habe, seine Meinung zu äußern? Solche Bittgesuche stapelten sich jeden Tag auf seinem Schreibtisch; Lorenzo stand vor dem Morgengrauen auf und beantwortete sie. Er ärgerte sich über Florenz wie ein Vater über sein widerspenstiges Kind und widmete jeden wachen Augenblick der Förderung ihres Wohlstands und der Interessen der Medici.

Er war sich allerdings bewusst, dass ihn niemand liebte, wenn er nicht Vergünstigungen gewährte. Nur Giuliano bewunderte seinen Bruder aufrichtig als den, der er war. Nur Giuliano bemühte sich, ihn seine Verantwortung auch mal vergessen zu lassen; und nur Giuliano konnte ihn zum Lachen bringen. Dafür liebte Lorenzo ihn aus tiefstem Herzen.

Die Auswirkungen genau dieser Liebe fürchtete Giuliano.

Nun schaute Giuliano seinen zerstreuten Bruder an, richtete sich gerade auf und räusperte sich. »Ich gehe fort«, sagte er ziemlich laut, »nach Rom.«

Lorenzo hob die Augenbrauen und blickte auf, ohne sich zu rühren. »Zum Vergnügen oder in Geschäften, mit denen ich mich vertraut machen sollte?«

»Ich gehe mit einer Frau fort.«

Lorenzo seufzte; seine Stirn glättete sich. »Dann viel Vergnügen, und denk an mich, der ich hier leide.«

»Genauer gesagt mit Madonna Anna«, schob Giuliano hinterher.

Als er diesen Namen hörte, hob Lorenzo abrupt den Kopf. »Das kannst du nicht ernst meinen.« Er sagte es leichthin, doch als er Giuliano ansah, machte sich Ungläubigkeit in seiner Miene breit. »Das muss ein Scherz sein.« Er senkte die Stimme, bis sie nur noch ein Flüstern war. »Das ist Dummheit … Giuliano, sie ist aus gutem Hause. Und sie ist *verheiratet*.«

Giuliano ließ sich nicht beirren. »Ich liebe sie. Ich kann nicht ohne sie sein. Ich habe sie gebeten, mit mir nach Rom zu gehen und dort zu leben.«

Lorenzo riss die Augen auf; der Brief glitt ihm aus der Hand und fiel zu Boden, aber er hob ihn nicht auf. »Giuliano … Zuweilen führt uns unser Herz in die Irre. Du lässt dich von Gefühlen leiten; glaube mir, ich verstehe dich. Doch das gibt sich wieder. Lass dir zwei Wochen Zeit, um darüber nachzudenken.«

Lorenzos väterlicher, herablassender Tonfall bestärkte Giuliano nur in seinem Entschluss. »Kutsche und Kutscher sind schon bestellt, und außerdem habe ich eine Botschaft an die Diener in der römischen Villa geschickt, damit sie alles für uns vorbereiten. Wir müssen eine Annullierung beantragen«, sagte er. »Und das sage ich nicht nur so dahin. Ich will Anna heiraten. Ich möchte Kinder mit ihr haben.«

Lorenzo lehnte sich auf seinem Stuhl zurück und nahm seinen Bruder genau in Augenschein, als versuchte er herauszufinden, ob er ein Betrüger sei. Als er sich davon überzeugt hatte, dass die Worte ernst gemeint waren, lachte Lorenzo kurz und erbittert auf. »Eine Annullierung? Eine Gefälligkeit unseres guten Freundes, Papst Sixtus, vermute ich? Der es lieber sähe, wenn wir aus Italien verbannt wären?« Er stieß sich vom Schreibtisch ab, erhob sich und streckte eine Hand nach seinem Bruder aus. Seine Stimme wurde sanfter. »Das ist doch eine Wunschvorstellung, Giuliano. Ich sehe ja ein, dass sie eine prächtige Frau ist, aber … Sie ist seit einigen Jahren verheiratet. Selbst wenn ich eine Annullierung in die Wege leiten könnte, würde es einen Skandal auslösen. Florenz wäre damit nicht einverstanden.«

Lorenzos Hand berührte fast seine Schulter; Giuliano schob sie von sich, der versöhnlichen Berührung ausweichend. »Mir ist einerlei, womit Florenz einverstanden ist oder nicht. Wir werden in Rom bleiben, wenn es nicht anders geht.«

Lorenzo seufzte enttäuscht. »Du wirst von Sixtus keine Annullierung bekommen. Gib deine romantischen Ideale auf: Wenn du nicht ohne sie leben kannst, schön, dann nimm sie dir – aber mach es um Himmels willen diskret.«

»Wie kannst du nur so von ihr reden?«, begehrte Giuliano wütend auf. »Du kennst Anna, du weißt, dass sie sich niemals auf Betrug einließe. Und wenn ich *sie* nicht haben kann, dann will ich auch keine andere Frau. Du kannst deine Vermittlungsbemühungen sofort einstellen. Wenn ich *sie* nicht heiraten kann …«

Noch während er sprach, spürte er, dass sein Einwand keine Wirkung zeigte. Lorenzos Augen funkelten mit einem Mal so eigenartig – wütend und grimmig, am Rande des Wahnsinns –, und dieses Funkeln brachte Giuliano auf den Gedanken, sein Bruder sei in der Lage, etwas aus reiner Böswilligkeit zu tun. Ein solches Leuchten hatte er nur selten in Lorenzos Augen gesehen – noch nie war es gegen ihn gerichtet gewesen. Ein kalter Schauer lief ihm dabei über den Rücken.

»Was willst du? Dich weigern, überhaupt zu heiraten?« Lorenzo schüttelte heftig den Kopf; seine Stimme wurde lauter. »Du hast eine Pflicht, eine Verbindlichkeit gegenüber deiner Familie. Du glaubst, du kannst aus einer Laune heraus nach

Rom ziehen und unser Blut an einen Wurf Bastarde weitergeben? Du würdest uns mit Exkommunikation besudeln! Denn genau so würde es kommen, verstehst du – für euch beide! Sixtus ist nicht in der Stimmung, uns gegenüber großzügig zu sein.«

Giuliano sagte nichts; Wangen und Nacken brannten. Er hatte nicht weniger erwartet, obwohl er sich mehr erhofft hatte.

Lorenzo fuhr fort; aus der versöhnlichen Hand, die er gerade noch seinem Bruder entgegengestreckt hatte, wurde nun ein zustoßender, anklagender Zeigefinger. »Hast du überhaupt eine Ahnung, was mit Anna passieren wird? Wie man sie nennen wird? Sie ist eine anständige Frau, eine gute Frau. Willst du sie wirklich ruinieren? Du wirst sie mit nach Rom nehmen und ihrer früher oder später überdrüssig werden. Du wirst wieder nach Florenz kommen wollen, nach Hause. Und was wird ihr dann bleiben?«

Wütende Worte lagen Giuliano auf der Zunge. Er wollte schon sagen, auch wenn Lorenzo eine alte Vettel geheiratet habe, wolle er, Giuliano, lieber sterben, als in einem derart lieblosen Elend zu leben, er werde sich niemals darauf einlassen, Kinder mit einer Frau zu zeugen, die er verachtete. Doch er blieb stumm; er war schon unglücklich genug. Außerdem war es zwecklos, Lorenzo die qualvolle Wahrheit ins Gesicht zu sagen.

Lorenzo knurrte verächtlich. »Das wirst du nicht tun. Du wirst wieder zur Vernunft kommen.«

Giuliano schaute ihn lange an. »Ich liebe dich, Lorenzo«, sagte er ruhig. »Aber ich gehe.« Er drehte sich um und lief zur Tür.

»Gehst du mit ihr fort«, drohte sein Bruder, »kannst du vergessen, dass ich dein Bruder bin. Denk nicht im Traum daran, dass ich scherze, Giuliano. Ich will nichts mehr mit dir zu tun haben. Gehst du mit ihr fort, dann wirst du mich nie wiedersehen.«

Giuliano schaute über die Schulter auf Lorenzo und hatte plötzlich Angst. Er und sein älterer Bruder spaßten nicht miteinander, wenn sie wichtige Angelegenheiten besprachen – und keiner von beiden gab nach, wenn er einen Entschluss gefasst hatte. »Bitte, stell mich nicht vor die Wahl.«

Lorenzo biss die Zähne zusammen, sein Blick war kalt. »Du wirst dich entscheiden müssen.«

Am selben Abend hatte Giuliano in Lorenzos Wohnung im Erdgeschoss gewartet, bis es Zeit war, Anna zu treffen. Er hatte den ganzen Tag über Lorenzos Bemerkung nachgedacht, dass sie ruiniert wäre, wenn sie nach Rom ginge. Zum ersten Mal gestattete er sich die Überlegung, wie Annas Leben aussähe, wenn der Papst eine Annullierung ihrer Ehe verweigerte.

Sie würde auf Ungnade und Ablehnung stoßen; sie wäre gezwungen, ihre Familie, ihre Freunde, ihre Geburtsstadt aufzugeben. Ihre Kinder wären als Bastarde gebrandmarkt, man würde ihnen das Erbe der Medici verweigern.

Er war egoistisch gewesen, hatte nur an sich gedacht, als er Anna das Angebot machte. Und er hatte zu leichtfertig von der Annullierung gesprochen in der Hoffnung, sie auf diese Weise dazu zu bringen, mit ihm zu gehen. Außerdem hatte er bis zu jenem Zeitpunkt nicht bedacht, dass sie sein Angebot ablehnen könnte; diese Möglichkeit in Betracht zu ziehen war einfach zu schmerzhaft gewesen.

Nun erkannte er, dass ihm damit eine qualvolle Wahl erspart bliebe.

Doch als er ihr die Tür öffnete und im schwindenden Tageslicht ihr Gesicht vor sich sah, wusste er, dass er seine Wahl längst getroffen hatte – in dem Augenblick, als er Anna sein Herz schenkte. Ihre Augen, ihre Haut, ihr Gesicht und ihre Gliedmaßen strömten Freude aus; selbst in der trüben Dämmerung leuchtete sie. Ihre Bewegungen, früher unter der Bürde unglücklicher Konsequenzen langsam, waren jetzt lebhaft und leicht. Die neckische Neigung des Kopfes, als sie zu ihm aufschaute, das schwache Lächeln, das auf ihren Lippen blühte, die behende Anmut, mit der sie die Röcke anhob und auf ihn zulief, zeigten ihre Antwort viel deutlicher als Worte.

Ihre Gegenwart erfüllte ihn mit einer solchen Hoffnung,

dass er rasch auf sie zuging, sie in die Arme schloss und alle Bedenken vergaß. In jenem Augenblick wurde Giuliano klar, dass er ihr nichts abschlagen konnte, dass sie beide nicht mehr in der Lage waren, das einmal in Bewegung gesetzte Rad anzuhalten. Die Tränen, die in ihm aufstiegen, entsprangen nicht der Freude; es waren Tränen der Trauer um Lorenzo.

Er war eine knappe Stunde mit Anna zusammen; sie redeten nur wenig – gerade so viel, dass Giuliano ihr einen Zeitpunkt und einen Ort mitteilen konnte. Mehr war nicht nötig.

Und als sie fort war – das Licht und Giulianos Zuversicht mitnehmend –, ging er wieder in sein eigenes Zimmer und ließ sich Wein bringen. Er setzte sich auf das Bett und trank, wobei er sich ein Ereignis aus der Kindheit noch einmal deutlich vor Augen führte.

Im Alter von sechs Jahren war er mit Lorenzo und zwei seiner älteren Schwestern, Nannina und Bianca, zu einem Picknick ans Ufer des Arno gegangen. In Begleitung einer tscherkessischen Sklavin waren sie mit der Kutsche über den Ponte Vecchio gefahren, die Brücke, die tausend Jahre zuvor von den Römern erbaut worden war. Nannina war fasziniert von den Läden der Goldschmiede entlang der Brücke; sie sollte bald verheiratet werden und interessierte sich bereits für Frauensachen.

Lorenzo war unruhig und niedergeschlagen gewesen. Er hatte gerade begonnen, die Verpflichtungen der Medici zu übernehmen; seit dem Vorjahr erhielt er Briefe, in denen man ihn um seine Förderung bat, und ihr Vater Piero hatte seinen Ältesten bereits aus politischen Gründen nach Mailand und Rom geschickt. Er war ein reizloser Junge, hatte weit auseinanderstehende, schräge Augen, ein hervorstehendes Kinn und weiches, braunes Haar, das in sauber gestutzten Fransen in eine bleiche, niedrige Stirn fiel; die empfindsame Intelligenz aber, die in diesen Augen aufblitzte, machte ihn auf eigenartige Weise anziehend.

Sie fuhren durch die ländliche Umgebung von Santo Spirito. Giuliano erinnerte sich an hohe Bäume und eine Wiese, die zum friedlichen Fluss hin abfiel. Dort legte die Sklavin ein

Leinentuch auf den Boden und holte den Kindern etwas zu essen aus dem Korb. Der Frühling ging zu Ende, es war warm, ein paar träge Wolken zogen über den Himmel, obwohl es tags zuvor noch geregnet hatte. Der Arno war quecksilberfarben, wenn die Sonnenstrahlen ihn trafen, bleiern, wenn nicht.

Lorenzos Niedergeschlagenheit an jenem Tag machte Giuliano traurig. Seiner Meinung nach war ihr Vater zu sehr darauf bedacht, aus Lorenzo vorzeitig einen Erwachsenen zu machen. Um seinen Bruder zum Lachen zu bringen, war Giuliano daher zum Ufer hinuntergelaufen, hatte fröhlich die wütenden Drohungen der Sklavin überhört und war platschend in voller Montur ins Wasser gestapft.

Seine Mätzchen zeigten die gewünschte Wirkung. Lorenzo folgte ihm lachend in Tunika, Umhang, Schuhen und allem. Unterdessen machten Nannina, Bianca und die Sklavin ihrer Missbilligung lauthals Luft. Lorenzo ignorierte sie. Er war ein guter Schwimmer und hatte sich schon bald ein ganzes Stück vom Ufer entfernt. Dann tauchte er unter.

Giuliano folgte ihm vorsichtig, doch da er jünger war, fiel er zurück. Er sah, wie Lorenzo einmal tief Luft holte und dann unter der grauen Oberfläche verschwand. Als er nicht sogleich wieder auftauchte, trat Giuliano Wasser und lachte, denn er rechnete damit, dass sein Bruder unter ihn schwimmen und jeden Augenblick nach seinem Fuß haschen würde.

Sekunden vergingen. Giulianos Lachen verstummte, Angst beschlich ihn – dann begann er nach seinem Bruder zu rufen. Die Frauen am Ufer – aufgrund ihrer schweren Röcke nicht imstande, ins Wasser zu gehen – schrien in Panik auf.

Giuliano war noch ein Kind. Er hatte seine Angst vor dem Tauchen noch nicht überwunden, doch die Liebe zu seinem Bruder brachte ihn dazu, tief Luft zu holen und unterzutauchen. Die Stille dort verwunderte ihn; er riss die Augen auf und spähte angestrengt in die Richtung, in der Lorenzo zuletzt gewesen war.

Der Fluss war nach dem Regen am Tage zuvor noch schlammig; Giulianos Augen brannten, als er suchte. Er sah nichts außer einem großen, unregelmäßigen dunklen Schatten ein

Stück weiter weg, tief unter Wasser. Es waren keine menschlichen Umrisse – nicht Lorenzo –, doch es war das Einzige, was er sah, und instinktiv schwamm er darauf zu. Er tauchte auf, holte noch einmal Luft und zwang sich dann, wieder abzutauchen.

Dort, drei Manneslängen tief unter Wasser, lagen die knorrigen Gliedmaßen eines umgestürzten Baumes.

Giulianos Lungen brannten, aber er hatte das Gefühl, dass Lorenzo ganz in der Nähe war, und so schwamm er im ruhigen Wasser mit kräftigen Zügen nach unten. Mit einem letzten, schmerzhaften Stoß gelangte er an die versunkenen Äste und drückte eine Hand an die glitschige Oberfläche des Baumstamms.

Sogleich packte ihn heftiger Schwindel, in den Ohren rauschte es; er schloss die Augen und öffnete den Mund, um Luft zu holen. Doch da war keine Luft, sodass er das faulige Wasser des Arno trank. Er würgte es sofort hervor, dann zwang ihn ein Reflex, noch mehr zu schlucken.

Giuliano ertrank.

Auch wenn er noch ein Kind war, wurde ihm sehr wohl klar, dass er im Begriff war zu sterben. Die Erkenntnis brachte ihn dazu, die Augen erneut aufzureißen und einen letzten Blick auf die Erde zu erhaschen, den er mit in den Himmel nehmen könnte.

In diesem Moment bewegte sich über ihm eine Wolke und ließ einen Sonnenstrahl in den Fluss dringen, sodass der im Wasser aufgelöste Schlamm glitzerte und die Umgebung direkt vor Giuliano erleuchtet wurde.

Eine Armlänge von ihm entfernt starrte ihn der ertrinkende Lorenzo an. Seine Tunika und sein Umhang hatten sich in einem hervorstehenden Ast verfangen, und er hatte sich in seinem panischen Versuch freizukommen noch weiter verheddert.

Beide Brüder waren damals dem Tode nah. Giuliano aber betete mit der Arglosigkeit eines Kindes: *Lieber Gott, lass mich meinen Bruder retten.*

So unglaublich es war, er hatte die verhedderte Kleidung vom Ast befreit.

Das Unmögliche geschah: Der befreite Lorenzo packte Giulianos Hände und zog ihn mit sich an die Oberfläche.

An das, was danach passierte, hatte Giuliano nur noch verschwommene Erinnerungen. Ihm waren nur noch Bruchstücke im Gedächtnis: wie er sich ins Gras am Ufer übergeben hatte, während die Sklavin ihm auf den Rücken schlug, wie der nasse Lorenzo zitterte, eingewickelt in Picknickdecken; laute Stimmen: *Bruder, sag etwas!* Er wusste noch, dass Lorenzo auf dem Rückweg in der Kutsche wütend seine Tränen unterdrückte: *Riskiere nie dein Leben für mich! Du bist fast gestorben! Vater würde mir nie verzeihen ...!* Die unausgesprochene Botschaft aber war lauter: Lorenzo würde sich selbst nie verzeihen.

Während er sich an den Vorfall erinnerte, trank Giuliano Glas um Glas von dem Wein, ohne ihn überhaupt zu schmecken. Er hätte sein Leben mit Freuden hingegeben, um Lorenzos zu retten – ebenso leicht und gedankenlos, wie Lorenzo sich geopfert hätte, um seinen jüngeren Bruder zu retten. Für Giuliano war es der blanke Hohn, dass Gott ihm ein solches Geschenk wie Annas Liebe gemacht hatte – nur um von ihm zu verlangen, dass er den Mann verletzte, den er am meisten liebte.

Stundenlang saß Giuliano da und sah zu, wie die Dunkelheit der Nacht zunahm, dann allmählich mit der heraufziehenden Dämmerung in Grau überging, am Morgen des Tages, an dem er nach Rom gehen sollte. Er blieb so sitzen, bis seine hartnäckigen Besucher eintrafen, Francesco de' Pazzi und Bernardo Baroncelli. Er konnte sich nicht vorstellen, warum dem Kardinal, der zu Gast war, Giulianos Anwesenheit bei der Messe so überaus wichtig war; doch wenn Lorenzo ihn gebeten hatte zu kommen, dann reichte das als Grund aus.

Er hoffte mit plötzlichem Optimismus, dass Lorenzo vielleicht seine Meinung geändert und dass seine Wut nachgelassen hätte. Womöglich wäre er sogar für ein Gespräch empfänglicher.

Also nahm Giuliano sich zusammen, war ein guter Bruder und kam, wie man es erbeten hatte.

5

Baroncelli zögerte an der Tür der Kathedrale, als für einen kurzen Moment seine Geistesgegenwart wiederkehrte. Hier bestand die Möglichkeit, dem Schicksal zu entfliehen; die Chance, noch ehe ein Alarmzeichen ertönte, nach Hause auf sein Anwesen zu rennen, sein Pferd zu besteigen und sich in ein Königreich zu begeben, in dem weder die Verschwörer noch ihre Opfer Einfluss hatten. Die Pazzi waren mächtig und hatten einen langen Atem. Sie waren imstande, jedwede Anstrengung zu unternehmen, um ihn zur Strecke zu bringen – doch sie hatten weder so gute Verbindungen, noch waren sie so zäh wie die Medici.

Francesco, der ihnen voranging, hatte sich umgedreht und Baroncelli mit einem tödlichen Blick angetrieben. Giuliano, noch immer durch persönlichen Kummer abgelenkt, achtete nicht darauf und folgte Francesco ins Innere des Duomo, flankiert von einem unsicheren Baroncelli. Dieser hatte das Gefühl, dass er gerade die Schwelle zwischen Vernunft und Wahnsinn überschritten hatte.

Die Luft in der Kathedrale war von Weihrauch geschwängert. Der gewaltige Innenraum des Heiligtums war düster, bis auf die Fläche um den Altar, die im späten Morgenlicht glänzte, das durch die langen Bogenfenster der Kuppel hereinströmte.

Francesco nahm erneut den unauffälligsten Weg an der Nordseite entlang und begab sich zum Altar, dicht gefolgt von Giuliano und Baroncelli. Baroncelli hätte die Augen schließen und den Weg durch die Gerüche finden können, gemessen an dem beißenden Schweißgeruch der Armen und der Arbeiter, dem Lavendelduft der Kaufleute und dem Rosenwasser der Wohlhabenden.

Noch ehe er den Priester zu Gesicht bekam, hörte Baroncelli ihn bereits predigen. Diese Erkenntnis ließ Baroncellis Puls schneller schlagen; sie waren gerade eben rechtzeitig gekommen, denn die Eucharistie stand kurz bevor.

Nach dem endlos langen Gang durch das Seitenschiff kam Baroncelli mit seinen Begleitern in der ersten Reihe an. Unter leisen Entschuldigungen schlängelten sie sich wieder an ihre ursprünglichen Plätze. Eine kurze Verwirrung kam auf, als Baroncelli versuchte, an Giuliano vorbeizugelangen, um rechts von ihm zu stehen, wie es der Plan vorsah. Giuliano, der Baroncellis Absicht nicht verstand, drängte sich enger an Francesco, der dem jungen Mann daraufhin etwas ins Ohr flüsterte. Giuliano nickte, trat zurück und ließ Baroncelli vorbei; dabei streifte er die Schulter des Büßers, der wartend hinter ihm stand.

Francesco de' Pazzi und Baroncelli hielten den Atem an, gespannt, ob Giuliano sich umdrehen würde, um sich zu entschuldigen – und dabei vielleicht den Mann erkennen würde. Doch Giuliano hatte mit seinem eigenen Elend genug zu tun.

Baroncelli reckte den Hals und schaute an der Reihe entlang, um zu sehen, ob Lorenzo etwas bemerkt hatte; zum Glück war der ältere Medici-Bruder gerade damit beschäftigt, dem Leiter der Familienbank, Francesco Nori, Gehör zu schenken, der ihm etwas ins Ohr flüsterte.

Wie durch ein Wunder waren nun alle Elemente an ihrem Platz. Baroncelli hatte nichts weiter zu tun, als abzuwarten – und vorzugeben, er lausche der Predigt, während er sich in Wahrheit zügeln musste, um nicht ständig mit der Hand an den Schwertgriff zu fahren.

Die Worte des Priesters ergaben keinen Sinn für ihn; Baroncelli strengte sich an, sie zu verstehen. *Vergebung,* stimmte der Priester an. *Nächstenliebe. Liebe deinen Feind; bitte für die, die dich verfolgen.*

Bei diesen Sätzen setzte Baroncellis Verstand ein. Lorenzo

de' Medici hatte den Priester für diesen Sonntag persönlich ausgesucht. Wusste Lorenzo von der Verschwörung? Waren diese scheinbar harmlosen Worte eine Warnung, aufzugeben?

Baroncelli warf Francesco de' Pazzi einen kurzen Blick zu. Sollte Francesco eine geheime Botschaft entdeckt haben, so ließ er sich nichts anmerken; er schaute mit leerem Gesichtsausdruck geradeaus auf den Altar, die Augen weit aufgerissen, Angst und Hass gleichermaßen ausstrahlend. In seinem Unterkiefer zuckte unablässig ein Muskel.

Die Predigt ging zu Ende.

Die Messe verlief mit beinahe komischer Schnelligkeit: Man stimmte das Credo an. Der Priester sang *Dominus vobiscum* und *Oremus*. Die Hostie wurde mit dem Gebet *Suscipe sancte Pater* geweiht.

Baroncelli holte tief Luft und hatte das Gefühl, sie nie wieder ausstoßen zu können. Die Zeremonie wurde plötzlich langsamer; in den Ohren spürte er das verzweifelte Pochen seines Herzens.

Der Diakon näherte sich dem Altar, um den goldenen Kelch mit Wein zu füllen; ein zweiter Diakon fügte ein wenig Wasser aus einer Kristallkaraffe hinzu.

Schließlich nahm der Priester den Kelch entgegen. Vorsichtig hob er ihn himmelwärts, bot ihn der großen Holzschnitzerei dar, die über dem Altar hing – einem traurigen, gekreuzigten Gottessohn.

Baroncellis Blick folgte dem Kelch. Ein Sonnenstrahl verfing sich in dem Gold und wurde vom Metall reflektiert, dass es blendete.

Wieder sang der Priester, diesmal in schwankendem Tenor, der beinahe anklagend klang.

Offerimus tibi Domine …

Baroncelli sah den jüngeren Medici neben sich an. Giulianos Miene war ernst, er hatte die Augen geschlossen. Seine rechte Hand war zur Faust geballt; die Linke umklammerte sie, und beide hatte er fest an die Lippen gepresst. Er hielt den Kopf gesenkt, als wäre er bereit, dem Tod ins Auge zu sehen.

Das ist töricht, dachte Baroncelli. Er hegte keine persönliche Feindschaft gegen diesen Mann; eigentlich mochte er Giuliano, der nie darum gebeten hatte, als ein Medici geboren zu werden. Sein Streit mit ihm war rein politischer Natur und bestimmt nicht so erbittert, um sein Vorhaben zu rechtfertigen.

Francesco de' Pazzi stieß Baroncelli unsanft in die Rippen, womit er ihm die unausgesprochene Botschaft übermittelte: *Das Zeichen wurde gegeben! Das Zeichen wurde gegeben!*

Baroncelli seufzte widerwillig, unhörbar und zog sein großes Messer aus der Scheide.

6

Kurz zuvor war Lorenzo de' Medici noch in ein höfliches, aber gedämpftes Gespräch mit Kardinal Raffaele Riario vertieft. Obwohl der Priester seine Predigt gerade zu Ende führte, dachten sich die wohlhabenden Makler der Macht von Florenz nichts dabei, vergnügliche oder geschäftliche Angelegenheiten während der Messe zu besprechen – sotto voce. Die gesellschaftliche Gelegenheit war einfach zu günstig, um ausgelassen zu werden, und die Priester hatten sich längst daran gewöhnt.

Der hagere Riario sah jünger aus als siebzehn, und wenn er auch derzeit Student der Rechtswissenschaften an der Universität von Pisa war, verdankte er seine Einschreibung dort offensichtlich eher seiner Verwandtschaft mit Papst Sixtus denn einer angeborenen Intelligenz. Sixtus bezeichnete ihn als seinen Neffen – ein Euphemismus, dessen sich Päpste und Kardinäle zuweilen für die von ihnen gezeugten Kinder bedienten. Der Papst war äußerst klug, hatte diesen Jungen aber anscheinend mit einer Frau gezeugt, deren Zauber weder mit Schönheit noch mit Verstand zu tun hatte.

Wie dem auch sei, Lorenzo war verpflichtet, dem jungen Kardinal einen angenehmen Aufenthalt in Florenz zu bereiten. Riario hatte eigens darum gebeten, sich mit den Medici-Brüdern zu treffen und sich ihr Anwesen mit der Kunstsammlung zeigen zu lassen; Lorenzo konnte diese Bitte schwerlich abschlagen. Es handelte sich schließlich um den sogenannten Neffen des Papstes – und obwohl Lorenzo von Sixtus in aller Öffentlichkeit gedemütigt, ja sogar gezwungen worden war, den Mund zu halten, als die Medici von den Pazzi als päpstliche Depositare abgelöst wurden, war dies vielleicht ein Friedensangebot. Womöglich versuchte Sixtus Änderungen vorzunehmen, und dieses schlaksige junge Wesen in scharlachroter Robe war sein Gesandter.

Lorenzo hatte es eilig, wieder in den Familienpalast zurückzukehren, um sich zu vergewissern, ob dies tatsächlich der Fall war; sonst wäre er über den Besuch des Kardinals erzürnt, sollte Sixtus Lorenzos Großzügigkeit einfach nur schamlos ausnutzen. Das wäre eine weitere Kränkung.

Sollte dies nicht der Fall sein, würde Lorenzo nach der Messe ein prächtiges Festmahl zu Ehren des Kardinals geben. Sollte der junge Raffaele nur gekommen sein, weil er sich an der Kunst der Medici ergötzen wollte, konnte er seinem Onkel wenigstens berichten, dass Lorenzo ihn üppig und gut bewirtet hatte. Das könnte als diplomatisches Angebot dienen, das Lorenzo zu seinem Vorteil nutzen würde, denn er war entschlossen, die päpstlichen Schätze wieder den Klauen der Pazzi-Bank zu entreißen.

Deshalb legte Lorenzo sein freundlichstes Verhalten an den Tag, obwohl Francesco Salviati, der Erzbischof von Pisa, hinterlistig lächelnd auf der anderen Seite von Riario stand. Lorenzo hatte keinen persönlichen Streit mit Salviati, auch wenn er lange und erbittert gegen dessen Ernennung zum Erzbischof gekämpft hatte. Da Pisa von Florenz beherrscht wurde, verdiente diese Stadt einen Erzbischof aus den Reihen der Medici – und Salviati war mit den Pazzi verwandt, die ohnehin schon zu hoch in der Gunst des Papstes standen. Während die Medici und die Pazzi sich für die Öffentlichkeit als Freunde gerierten, gab es in der Politik und im Geschäftsleben keine erbitterteren Gegner. Lorenzo hatte einen leidenschaftlichen Brief an Sixtus geschrieben, in dem er darlegte, warum die Ernennung eines Verwandten der Pazzi zum Erzbischof sowohl für die päpstlichen Interessen als auch für die der Medici eine Katastrophe wäre.

Sixtus blieb nicht nur eine Antwort schuldig, sondern entließ die Medici ein für alle Mal als Depositare des Papstes.

Die meisten hätten das päpstliche Ansinnen, Riario und Salviati seien als Ehrengäste zu behandeln, als Seitenhieb auf die Würde der Medici betrachtet. Doch Lorenzo, stets Diplomat, hieß sie willkommen. Zudem bestand er darauf, dass sein guter Freund und Leiter der Medici-Bank, Francesco Nori, nicht das geringste Anzeichen einer Kränkung zeigte. Nori, jetzt als schweigender Beistand neben ihm, wollte Lorenzo um jeden Preis beschützen. Als die Nachricht aus Rom eintraf, die Pazzi seien zu päpstlichen Bankiers ernannt worden und die Medici somit aus dem Geschäft, hatte Nori unablässig getobt. Lorenzo sah sich daraufhin genötigt, seinen Untergebenen zu besänftigen, obwohl er seine eigene Wut nur mit Mühe zügeln konnte. Er hatte die Angelegenheit nur selten zur Sprache gebracht, ihm fehlte schlicht die Energie dazu; er war nämlich bereits zu sehr mit einem Plan beschäftigt, wie er Sixtus wieder zurückgewinnen könnte.

So hatte er während des gesamten Gottesdienstes Artigkeiten mit dem Kardinal ausgetauscht und aus der Entfernung den Pazzi freundlich zugelächelt, die vollzählig erschienen waren. Die meisten hatten sich auf der anderen Seite der Kathedrale versammelt, bis auf Guglielmo de' Pazzi, der wie ein Schatten am Erzbischof klebte. Lorenzo mochte Guglielmo wirklich gut leiden; er kannte ihn seit seinem sechzehnten Lebensjahr: Guglielmo hatte ihn nach Neapel eskortiert, um den Kronprinzen Federico zu treffen. Der ältere Mann hatte ihn damals wie einen Sohn behandelt, was Lorenzo nie vergessen hatte. In der Zwischenzeit heiratete Guglielmo Lorenzos ältere Schwester Bianca und festigte somit seine Position als Freund der Medici.

Zu Beginn der Predigt legte der junge Kardinal ein eigenartiges, süßliches Lächeln auf und flüsterte: »Euer Bruder … wo ist Euer Bruder? Ich dachte, er würde doch gewiss zur Messe kommen. Ich hatte so gehofft, ihn kennenzulernen.«

Die Frage überraschte Lorenzo. Obwohl Giuliano höflich angedeutet hatte, er werde zur Messe kommen, um Kardinal Riario zu treffen, war sich Lorenzo sicher, dass niemand, am wenigsten Giuliano selbst, dieses Versprechen ernst genommen hatte. Giuliano als der berühmteste Schürzenjäger von Florenz war bekannt dafür, dass er zu förmlichen oder diplomatischen Anlässen nicht erschien – es sei denn, Lorenzo legte großen Wert darauf. (Was er in diesem Fall bestimmt nicht tat.) Giuliano hatte sich bereits für das Mittagessen entschuldigen lassen.

Tags zuvor war er vollkommen entsetzt gewesen, als Giuliano ihm seinen Wunsch eröffnet hatte, mit einer verheirateten Frau nach Rom durchbrennen zu wollen. Bisher hatte Giuliano keine seiner Liebschaften sonderlich ernst genommen; noch nie hatte er sich derart töricht gezeigt und schon gar nicht von Heirat gesprochen. Es war immer selbstverständlich gewesen, dass Lorenzo ihm beizeiten eine Braut aussuchen und Giuliano sich fügen würde.

Doch Giuliano hatte sich in den Kopf gesetzt, die Ehe der Frau annullieren zu lassen – ein Ziel, das zu erreichen, falls Kardinal Riarios Kommen nicht als päpstliches Friedensangebot zu deuten war, Lorenzos Möglichkeiten bei weitem überschritt.

Lorenzo hatte Angst um seinen jüngeren Bruder. Giuliano war allzu vertrauensselig und nur zu gern bereit, stets das Gute in anderen Menschen zu sehen, um schließlich zu erkennen, dass er viele Feinde hatte – Feinde, die ihn allein aufgrund seiner Abstammung hassten. Im Gegensatz zu Lorenzo sah er nicht, dass sie die Affäre mit Anna nutzen würden, ihn zugrunde zu richten.

Giuliano, die sanfte Seele, dachte nur an Liebe. Obwohl es unumgänglich gewesen war, hatte es Lorenzo nicht gefallen, so grausam zu ihm zu sein. Hinzu kam, dass er Giuliano für seine hohe Meinung vom anderen Geschlecht keine Schuld geben konnte. Zuweilen sehnte er sich nach der Freiheit, die sein jüngerer Bruder genoss. An diesem Morgen beneidete Lorenzo ihn besonders; könnte er doch nur in den Armen einer schönen Frau verweilen und es Giuliano überlassen, sich mit dem Neffen des Papstes abzugeben. Dieser sah Lorenzo noch immer aufmerksam an und wartete darauf, etwas über den Verbleib des säumigen Bruders zu erfahren.

Es wäre unhöflich, dem Kardinal die Wahrheit zu sagen – dass Giuliano eigentlich gar nicht beabsichtigt habe, die Messe zu besuchen oder Riario kennenzulernen –, stattdessen ließ sich Lorenzo auf eine artige Lüge ein. »Mein Bruder muss aufgehalten worden sein. Er kommt sicher bald; ich weiß, dass er Eure Heiligkeit unbedingt kennenlernen möchte.«

Riario blinzelte; seine mädchenhaften Lippen wurden schmal.

Aha, dachte Lorenzo. Vielleicht war Raffaeles Interesse mehr als nur nach außen hin diplomatisch. Giulianos gutes Aussehen war legendär, und er hatte in mindestens ebenso vielen Männern wie Frauen leidenschaftliche Gefühle erweckt.

Guglielmo de' Pazzi lehnte sich über den Erzbischof und klopfte dem Kardinal aufmunternd auf die Schulter. »Keine Bange, Heiligkeit, er kommt schon noch. Die Medici behandeln ihre Gäste immer gut.«

Lorenzo schenkte ihm ein dankbares Lächeln; Guglielmo schlug die Augen nieder, um Lorenzos Blick auszuweichen, und nickte nur kurz, ohne das Lächeln zu erwidern. Die Geste kam ihm merkwürdig vor, doch Lorenzo wurde sogleich von Francesco Nori abgelenkt, der ihm etwas zuflüsterte.

»*Maestro* … gerade ist Euer Bruder eingetroffen.«

»Allein?«

Nori warf einen kurzen Blick nach links zur Nordseite der Sakristei. »Er ist mit Francesco de' Pazzi und Bernardo Baroncelli gekommen. Das gefällt mir nicht.«

Lorenzo runzelte die Stirn; es kümmerte ihn nicht. Er hatte Francesco und Baroncelli bereits begrüßt, als er die Kathedrale betreten hatte. Sein diplomatischer Instinkt jedoch gewann die Oberhand; er neigte den Kopf zu Raffaele Riario und sagte leise: »Seht Ihr, Heiligkeit? Mein Bruder ist tatsächlich gekommen.«

Kardinal Riario beugte sich vor, schaute nach links und erblickte Giuliano. Er schenkte Lorenzo ein eigenartiges, scheues Lächeln und zwang sich dann mit einer ruckartigen Kopfbewegung, wieder auf den Altar zu schauen, wo der Priester die heilige Hostie segnete.

Diese Bewegung des jungen Mannes war so absonderlich und nervös, dass Lorenzo ein vages Gefühl der Angst überkam. Florenz war eine einzige Gerüchteküche, die er zum größten Teil ignorierte; doch Nori hatte vor kurzem erst berichtet, Lorenzo sei in Gefahr, auf ihn sei ein Anschlag geplant. Wie üblich konnte Nori nicht mit Einzelheiten aufwarten.

Lächerlich, hatte Lorenzo ihn zurechtgewiesen. *Getuschelt wird immer, aber wir sind die Medici. Der Papst mag uns zwar kränken, doch selbst er wagt es nicht, seine Hand gegen uns zu erheben.*

Nun kamen ihm schlagartig Zweifel. Unter seinem Umhang tastete er nach dem Griff seines Kurzschwerts und umklammerte ihn.

Sekunden später ertönte ein Ruf aus der Richtung, in die Riario geschaut hatte – die Stimme eines Mannes, die Worte unverständlich, leidenschaftlich. Unmittelbar darauf begannen die Glocken in Giottos Turm zu läuten.

Lorenzo wusste sofort, dass Noris vermeintliche Gerüchte der Wahrheit entsprachen.

Die beiden ersten Reihen lösten sich auf, ein unbeholfener Reigen sich bewegender Leiber setzte ein. In nächster Nähe schrie eine Frau auf. Salviati verschwand; der junge Kardinal stürzte sich auf den Altar, kniete nieder und schluchzte unbeherrscht. Guglielmo de' Pazzi rang in offensichtlichem Entsetzen die Hände und jammerte: »Ich bin kein Verräter! Davon habe ich nichts gewusst! Nichts! Bei Gott, Lorenzo, ich bin vollkommen unschuldig!«

Lorenzo sah die Hand nicht, die von hinten nach ihm griff und sich leicht auf seine linke Schulter legte – doch er spürte sie wie einen Blitzschlag. Mit der durch jahrelange Fechtkunst angeeigneten Anmut und Kraft löste er sich aus dem Griff des Feindes, den er nicht sehen konnte, zog das Schwert und wirbelte herum.

Während der plötzlichen Bewegung ritzte ihn eine scharfe Klinge direkt unterhalb des rechten Ohrs; unwillkürlich schnappte er nach Luft, als er bemerkte, wie seine zarte Haut aufriss, wie warme Flüssigkeit über seinen Hals auf die Schulter rann. Doch er blieb auf den Beinen und hielt sein Schwert hoch, bereit, weitere Attacken abzuwehren.

Lorenzo stand vor zwei Priestern: der eine zitterte hinter einem kleinen Schild, halbherzig ein Schwert umklammernd, und starrte auf die Menge, die ringsum durcheinanderlief – die meisten strömten zu den Toren der Kathedrale. Er aber war verpflichtet, seine Aufmerksamkeit auf Lorenzos persönlichen Diener Marco zu richten, einen muskulösen Mann, der, obschon im Umgang mit dem Schwert kein Fachmann, mit brutaler Stärke und Begeisterung das Beste daraus machte.

Der zweite Priester hatte es auf Lorenzo abgesehen; mit wildem Blick hob er seine Waffe zum zweiten Versuch.

Lorenzo parierte zweimal. Dieser Priester, hager, blasshäutig, unrasiert, hatte die grimmigen Augen und den offenen, verzerrten Mund eines Wahnsinnigen. Er hatte auch die Kraft eines solchen, und Lorenzo stand kurz davor, unter seinen Hieben zusammenzubrechen. Klinge prallte auf Klinge, das Klirren hallte von den hohen Decken der inzwischen fast leeren Kathedrale wider.

Die beiden Kämpfer verkeilten sich, Heft an Heft drückend mit einer Raserei, die Lorenzos Hand zittern ließ. Er starrte in die Augen seines wild entschlossenen Gegners und schnappte nach Luft, als er die Empfindung darin las.

Während die beiden sich mit gekreuzten Klingen gegenüberstanden und keiner von ihnen weichen wollte, schrie Lorenzo: »Warum hasst Ihr mich so?«

Die Frage war ernst gemeint. Er hatte für Florenz und seine Bürger immer nur das Beste gewollt. Er verstand den Groll der anderen nicht, wenn der Name Medici fiel.

»Für Gott«, sagte der Priester. Sein Gesicht war nur eine Handbreit von dem seines Feindes entfernt. Schweiß rann ihm über die bleiche Stirn; sein heißer Atem streifte Lorenzos Wange. Seine Nase war lang, schmal, aristokratisch; wahrscheinlich entstammte er einer altehrwürdigen Familie. »Für die Liebe Gottes!«

Dann zog er seine Waffe so kräftig zurück, dass Lorenzo nach vorn taumelte und der Klinge gefährlich nah kam.

7

Kurz zuvor, als er sein langes Messer zog und über den Kopf hob, waren Baroncelli Dutzende von Sätzen eingefallen, die er für diesen Augenblick eingeübt hatte; kein einziger kam ihm über die Lippen, und was er schließlich ausrief, klang selbst in seinen Ohren lächerlich.

»Da, Verräter!«

Die Kirchenglocken hatten gerade zu läuten begonnen, als Giuliano aufschaute. Beim Anblick des Messers riss er gelinde überrascht die Augen auf.

Baroncelli, am Ende doch dem Wahnsinn nachgebend, zögerte nicht und stieß zu.

Lorenzo, aus dem Gleichgewicht geraten, stolperte auf seinen Gegner zu – und brüllte aus Widerwillen gegen sich selbst auf, denn er erkannte, dass er sein Schwert nicht rechtzeitig würde heben können, um den nächsten Hieb abzuwehren.

Bevor der Priester mit dem wilden Blick Lorenzo jedoch noch schwerer verletzen konnte, stellte sich Francesco Nori mit gezücktem Schwert vor seinen Dienstherrn. Weitere Freunde und Förderer kreisten die potenziellen Mörder ein. Vage wurde sich Lorenzo der Gegenwart von Angelo Poliziano bewusst, auch der alternde, stattliche Architekt Michelozzo war da, Verrocchio, der Bildhauer der Familie, Antonio Ridolfo, ein Geschäftspartner, der Prominente Sigismondo della Stuffa. Sie schirmten ihn von dem Angreifer ab und begannen, ihn zum Altar zu schieben.

Lorenzo widersetzte sich ihnen. »Giuliano!«, schrie er. »Wo bist du, Bruder?«

»Wir werden ihn suchen und beschützen. Und jetzt geht!«, befahl Nori und deutete mit dem Kinn Richtung Altar, wo die beunruhigten Priester den Kelch hatten fallen lassen und das Altartuch mit Wein besudelt hatten.

Lorenzo war hin- und hergerissen.

»*Geht!*«, rief Nori noch einmal. »Sie kommen hierher! Geht an ihnen vorbei zur nördlichen Sakristei!«

Lorenzo hatte keine Ahnung, wer *sie* waren, doch endlich kam Bewegung in ihn. Das Schwert noch immer fest im Griff, setzte er über das niedrige Geländer und sprang in das achteckige, aus Holz geschnitzte Chorgestühl. Pausbäckige Jungen stoben kreischend auseinander, ihre weißen Roben flatterten wie die Schwingen aufgescheuchter Vögel.

Gefolgt von seinen Beschützern drängte sich Lorenzo durch die mit den Armen fuchtelnden Chorknaben und taumelte auf den Hauptaltar zu. Der durchdringende Weihrauchgeruch vermischte sich mit dem Duft von verschüttetem Wein; zwei große, schwere Kandelaber loderten. Der Priester und seine Diakone nahmen den flennenden Riario beschützend in ihre Mitte. Lorenzo blinzelte, als er zu ihnen hinschaute. Der Blick in die brennenden Kerzen hatte ihn geblendet, und in einem Moment der Benommenheit legte er seine freie Hand an den Hals; als er sie wieder löste, war sie blutig.

Dennoch zwang er sich, Giuliano zuliebe nicht ohnmächtig zu werden. Er konnte sich keinen Augenblick der Schwäche erlauben – nicht eher, als bis sein Bruder in Sicherheit war.

In dem Moment, als Lorenzo nach Norden zum Altar lief, zwängten sich Francesco de' Pazzi und Bernardo Baroncelli im Sanktuarium Richtung Süden durch die Menge, gänzlich ahnungslos, dass sie an ihrer anvisierten Zielperson vorbeikamen.

Lorenzo blieb wie angewurzelt stehen und starrte sie mit offenem Mund an, was zu Zusammenstößen im Gefolge hinter ihm führte.

Baroncelli ging voran, schwenkte ein langes Messer und rief

Unverständliches. Francesco hinkte stark; sein Oberschenkel blutete, seine Tunika war von roten Spritzern übersät.

Lorenzo bemühte sich, an den Männern, die ihn umgaben, vorbeizusehen, hinter die aufgescheuchte Menschenmenge nach unten zu schauen an die Stelle, wo sein Bruder zuvor gestanden hatte, doch man verstellte ihm den Blick.

»Giuliano!«, schrie er mit aller Kraft, die er besaß, und betete, dass er über dem Höllenlärm zu hören war. »Giuliano …! Wo bist du? Bruder, sag etwas!«

Die anderen rückten dichter an ihn heran. »Ist schon in Ordnung«, sagte jemand in einem derart unsicheren Tonfall, dass der beabsichtigte Trost fehlschlug.

Es war ganz und gar nicht in Ordnung, dass Giuliano verschwunden war. Seit dem Todestag ihres Vaters hatte Lorenzo sich mit brüderlicher wie väterlicher Liebe um den Jüngeren gekümmert.

»Giuliano!«, rief Lorenzo erneut. »Giuliano …!«

»Er ist nicht da«, erwiderte eine gedämpfte Stimme. Da er der Meinung war, es sollte heißen, sein Bruder sei Richtung Süden gelaufen, um ihn zu finden, wandte sich Lorenzo wieder in diese Richtung, wo seine Freunde noch gegen die Attentäter kämpften. Der kleinere Priester mit dem Schild hatte es vorgezogen, das Weite zu suchen, doch der Wahnsinnige war noch da, obwohl er den Kampf gegen Marco verlor. Giuliano war nirgends zu sehen.

Entmutigt wollte sich Lorenzo schon abwenden, doch sein Blick blieb an einer aufblitzenden, schnell geführten Klinge haften und zwang ihn, zurückzuschauen.

Die Klinge gehörte Bernardo Baroncelli. Mit einer Bosheit, die Lorenzo ihm im Traum nicht zugetraut hätte, rammte Baroncelli sein langes Messer tief in Francesco Noris Bauch. Noris Augen traten hervor, als er zu der Einstichstelle hinuntersah; seine Lippen formten ein kleines, perfektes »o«, derweil er nach hinten sank und von Baroncellis Schwert glitt.

Lorenzo seufzte tief. Poliziano und della Stuffa packten ihn an den Schultern und schoben ihn fort, am Altar vorbei und auf die hohen Türen der Sakristei zu. »Holt Francesco!«, bat er sie. »Irgendjemand soll Francesco holen. Er lebt noch, ich weiß es.«

Wieder versuchte er, sich umzudrehen und nach seinem Bruder zu rufen, doch diesmal ließen seine Begleiter nicht zu, dass er ihren schnellen Rückzug in die Sakristei behinderte. Lorenzo spürte einen Schmerz in seiner Brust, einen derart heftigen Druck, dass er schon dachte, das Herz würde ihm zerspringen.

Er hatte Giuliano verletzt. Er hatte ihm in einem Augenblick wehgetan, als er am verwundbarsten war, und als Giuliano gesagt hatte, *Ich liebe dich, Lorenzo … Bitte, zwing mich nicht, wählen zu müssen,* war Lorenzo grausam gewesen. Er hatte ihn abgewiesen, ihm seine Hilfe verwehrt – die eine Sache, die er Giuliano am meisten schuldete.

Wie sollte er den anderen erklären, dass er seinen jüngeren Bruder auf keinen Fall zurücklassen konnte? Wie sollte er sein Verantwortungsgefühl gegenüber Giuliano erklären, der seinen Vater verlor, als er noch sehr jung war, und Lorenzo immer als sein Vorbild angesehen hatte? Wie sollte er das Versprechen erklären, das er am Totenbett seines Vaters gegeben hatte? Sie waren alle zu sehr um die Sicherheit von Lorenzo *il Magnifico* besorgt, den sie für den wichtigsten Mann von Florenz hielten, doch sie irrten sich, einer wie der andere.

Lorenzo wurde hinter die dicken, schweren Türen der Sakristei geschoben. Sie fielen zu, nachdem sich jemand hinausgewagt hatte, um den verwundeten Nori zu holen.

Der stickige, fensterlose Raum roch nach Messwein und dem Staub, der sich auf den Priestergewändern abgesetzt hatte. Lorenzo packte jeden Einzelnen, der ihn in Sicherheit gebracht hatte; er betrachtete jedes Gesicht und war jedes Mal enttäuscht. Der wichtigste Mann von Florenz war nicht unter ihnen.

Er dachte an Baroncellis großes, gebogenes Messer und an das helle Blut auf Francesco de' Pazzis Oberschenkel und Tunika. Die Bilder zwangen ihn, sich zur Tür zu bewegen in der Absicht, sie aufzureißen und zurückzugehen, um seinen Bruder zu retten. Della Stuffa aber spürte, was er vorhatte, und baute sich sogleich vor dem Ausgang auf. Der alte Michelozzo schloss sich ihm an, dann Antonio Ridolfo; das Gewicht der drei Männer hielt die Tür fest geschlossen. Lorenzo wurde an den äußeren Rand der Messingtür gedrängt. In ihren Mienen lag ein Ingrimm, ein unausgesprochenes, unsägliches Wissen, das Lorenzo nicht hinnehmen konnte und wollte.

Hysterisch schlug er gegen das kalte Messing, bis ihm die Fäuste wehtaten, und er fuhr so lange fort, bis sie schließlich bluteten. Der Gelehrte Angelo Poliziano bemühte sich, ein Stück Wollstoff, das er vom eigenen Umhang abgerissen hatte, um den blutenden Schnitt an Lorenzos Hals zu wickeln. Lorenzo versuchte, den anderen abzuwehren, doch Poliziano machte hartnäckig weiter, bis die Wunde fest verbunden war.

Unterdessen ließ Lorenzo nicht in seinen hektischen Bemühungen nach. »Mein Bruder!«, schrie er schrill und ließ sich von niemandem trösten oder beruhigen. »Ich muss ihn suchen gehen! Mein Bruder! Wo ist mein Bruder …?«

Kurz zuvor hatte Giuliano erstaunt aufgeschaut, als Baroncelli sein großes Messer über den Kopf hob – die Spitze der Klinge zeigte direkt auf das Herz des jüngeren Medici.

Alles ging so rasch, dass Giuliano keine Zeit blieb, sich zu ängstigen. Instinktiv wich er zurück – und prallte dabei gegen jemanden, der sich so fest und schnell an ihn drückte, dass er zweifellos einer der Verschwörer sein musste. Mit einem Seitenblick sah Giuliano den Mann hinter sich, in ein Büßergewand gekleidet – dann blieb ihm die Luft weg, als sich die kalte, brennende Klinge in seinen Rücken bohrte, direkt unterhalb des Rippenbogens.

Er war ernsthaft verwundet. Von Attentätern umzingelt, war er dem Tode nahe.

Diese Erkenntnis machte ihm nicht so sehr zu schaffen wie die Tatsache, dass er in der Falle saß und Lorenzo nicht warnen konnte. Zweifellos wäre sein Bruder das nächste Ziel.

»Lorenzo«, sagte er klar und deutlich, als Baroncellis Messer schließlich niedersauste; auf der Klinge spiegelten sich hundert winzige Flammen der Kerzen auf dem Altar. Doch seine Äußerung wurde von Baroncellis panischem, unsinnigem Schrei übertönt: »Da, Verräter!«

Der Schlag traf Giuliano zwischen den beiden oberen Rippen. Knochen knackten, und ein zweiter stechender Schmerz durchfuhr ihn mit einer solch unglaublichen Heftigkeit, dass ihm der Atem stockte.

Baroncellis gründlich rasiertes Gesicht, mit dem er Giuliano sehr nahe kam, glänzte schweißnass. Er knurrte vor Anstrengung, als er das Messer herauszog; es gab dabei ein eigenartig schmatzendes Geräusch von sich. Mühsam tat Giuliano noch einen Atemzug, um Lorenzo zu rufen; heraus kam nicht einmal ein Flüstern.

In jenem Augenblick, als er auf das Messer über sich starrte und Baroncelli bereits zum nächsten Hieb ausholte, wurde Giuliano an einen anderen Ort zu einer anderen Zeit befördert: an den Arno an einem Tag im späten Frühjahr vor langer Zeit.

Er rief nach seinem Bruder, erhielt aber keine Antwort; Lorenzo war im trüben Wasser verschwunden. Giulianos Augen brannten. Er hatte weder die Kraft noch den Atem, wusste jedoch, was er zu tun hatte.

Lieber Gott, betete er mit der Ernsthaftigkeit eines Kindes, *lass mich meinen Bruder retten.*

Mit einer Kraft, die er nicht besaß, stemmte er sich nach hinten gegen den Büßer, woraufhin der Mann rückwärts auf den Saum seines Gewandes trat und stürzte, verheddert in seine Robe.

Giuliano stand es frei, die Flucht zu ergreifen, sich taumelnd von seinen Angreifern zu entfernen – doch er wusste, dass ihr Hauptziel Lorenzo sein musste.

Die Zeit verging langsamer, genauso wie an jenem Tag im Arno. Trotz seiner Lethargie zwang sich Giuliano, das Unmögliche zu tun und eine Barriere zwischen den Angreifern und Lorenzo zu errichten. Wenn er schon keinen Warnruf an den Bruder abgeben konnte, dann wollte er wenigstens die Mörder behindern.

Er vernahm die Stimme seines Bruders. *Giuliano! Bruder, sag etwas!*

Er hätte nicht sagen können, ob sie aus dem Duomo kam oder ob es ein Echo aus der Kindheit war, die Stimme eines elfjährigen Jungen, der vom Flussufer aus rief. Er wollte seinem Bruder zurufen, er solle laufen, doch er brachte keinen Ton heraus. Er rang verzweifelt nach Luft und drohte an warmer Flüssigkeit zu ersticken.

Baroncelli versuchte sich an ihm vorbeizuquetschen, aber Giuliano wankte ihm absichtlich in den Weg. Francesco de' Pazzi schob sich an seinem Mitverschwörer vorbei. Der Anblick von Blut hatte ihn in Raserei versetzt; seine kleinen schwarzen Augen funkelten, sein drahtiger Körper bebte vor Hass. Er hob seinen Dolch – eine lange Klinge, fast so schlank und scharf wie ein Stilett –, und auch er versuchte, an Baroncellis Opfer vorbeizukommen, allein, Giuliano ließ es nicht zu.

Giuliano öffnete den Mund. Heraus kam ein qualvolles Röcheln, dabei wollte er rufen, *Ihr werdet meinem Bruder nicht nahe kommen. Zuerst sterbe ich, aber ihr werdet niemals Hand an meinen Bruder legen.*

Francesco knurrte etwas Unverständliches und stach dann zu. Der unbewaffnete Giuliano hob abwehrend eine Hand; der Dolch bohrte sich durch sein Handgelenk und seinen Unterarm. Verglichen mit der Pein in Brust und Rücken waren diese frischen Wunden nicht schlimmer als ein Insektenstich. Er trat einen Schritt auf Francesco und Baroncelli zu und zwang sie zurückzuweichen, womit Lorenzo Zeit hatte zu fliehen.

Francesco, dieser boshafte kleine Mann, ließ einen Schwall an Beschimpfungen vom Stapel, machte all dem Zorn, all der Feindschaft, die seine Familie den Medicis entgegenbrachte, Luft. Jeden Satz unterstrich er mit einem weiteren Dolchstoß.

Hurensöhne, alle, die ihr da seid! Euer Vater hat das Vertrauen meines Vaters missbraucht …

Giuliano spürte den bohrenden Schmerz in seiner Schulter, im Oberarm. Er konnte ihn nicht länger abwehrend oben halten; entkräftet sank er an seiner blutdurchtränkten Seite herab.

Euer Bruder hat sein Möglichstes getan, uns aus der Signoria herauszuhalten.

Tiefere Wunden: wieder seine Brust, sein Hals, ein Dutzend Hiebe in seinen Oberkörper. Francesco war ein Wahnsinniger. Seine Hand, seine Klinge bearbeiteten Giuliano derart, dass beide von roten Spritzern übersät waren. Seine Bewegungen waren so wild und unkontrolliert, dass er sich selbst in den Oberschenkel traf. Er schrie auf, als sich sein Blut mit dem seines Feindes mischte. Der Schmerz befeuerte Francescos Wut noch zusätzlich; unablässig stach er zu, immer wieder.

Beim Papst schlecht über uns geredet.

Unsere Familie beleidigt.

Die Stadt bestohlen.

Giuliano ertrank. Für gewöhnlich hätte ihn eine solche Verleumdung seines Bruders wütend gemacht, doch er war an einen Ort gelangt, an dem seine Emotionen schwiegen.

Das Wasser in der Kathedrale war von Blut getrübt; er konnte das schwankende Bild seiner Angreifer kaum von den sich raufenden Menschen dahinter unterscheiden. Baroncelli und Francesco schrien. Giuliano sah ihre Münder offen stehen, sah das Aufblitzen geschwungener Klingen, getrübt durch den schlammigen Arno, hörte aber nichts. Im Fluss herrschte ein gespenstische Stille.

Ein Sonnenstrahl drang zur offenen Tür herein, die nach Norden auf die Via de' Servi hinausführt. Er machte einen Schritt darauf zu, suchte Lorenzo, doch der Strom riss jetzt an ihm. Es war so schwer, durch das wirbelnde Wasser zu waten.

Gerade außerhalb seiner Reichweite weinte die schwarzhaarige Anna, trauerte händeringend um die Kinder, die sie vielleicht gehabt hätten; ihre Liebe zerrte an ihm. Sein Herz aber gehörte zum Schluss Lorenzo. Lorenzo, dem das Herz bräche, wenn er seinen jüngeren Bruder fände. Das bedauerte Giuliano am meisten.

»*Bruder.*« Giulianos Lippen formten das Wort, als er auf die Knie fiel.

Lorenzo saß am Ufer des Arno und schlang sich eine Decke um die Schultern. Er war durchnässt, aber er lebte.

Erleichtert entfuhr Giuliano ein schwacher Seufzer – die Luft, die noch in seinen Lungen war. Dann fiel er vornüber und sank dorthin, wo das Wasser tief und dunkel war.

8

26. April 1478
An die Prioren von Mailand

Durchlauchtigste Herren,
mein Bruder Giuliano wurde ermordet, und meine Regierung ist in höchster Gefahr. Nun ist es an der Zeit, meine Herren, Eurem Diener Lorenzo Beistand zu leisten. Schickt rasch so viele Soldaten, wie es Euch möglich ist, damit sie der Schild und die Sicherheit meines Staates sind, wie immer.

Euer getreuer Diener,
Lorenzo de' Medici

28. Dezember 1479

9

Bernardo Baroncelli kniete auf einem kleinen Pferdekarren und fuhr seinem Todesurteil entgegen.

Auf der weitläufigen Piazza della Signoria ragte der große, unerbittliche Palazzo vor ihm auf, Sitz der Regierung von Florenz und das Herz ihrer Justiz. Von Zinnen gekrönt, war die Festung ein imposantes, beinahe fensterloses Rechteck mit einem schlanken Glockenturm auf einer Seite. Erst vor einer Stunde hatte man Baroncelli zum Karren geführt, er hatte die Glocke läuten hören, leise und schmerzlich, die die Zeugen für das Spektakel zusammenrief.

In der Morgendämmerung wirkte die Steinfassade des Palazzo vor den dunkler werdenden Wolken hellgrau. Vor dem Gebäude erhob sich aus einer farbenfrohen, mannigfaltigen Versammlung der Reichen und Armen von Florenz ein hastig errichtetes Gerüst mit den Galgen.

Es war bitterkalt geworden; Baroncellis letzte Atemzüge hingen wie Nebel vor seinem Gesicht. Sein Umhang klaffte oben auf, doch er konnte ihn nicht fester um sich ziehen, denn seine Hände waren auf den Rücken gefesselt.

Jedes Mal, wenn die Räder auf einen Stein trafen, machte Baroncelli einen Satz. Auf diese Weise traf er auf der Piazza ein. Mindestens tausend Menschen hatten sich versammelt, um sein Ende mit anzusehen. Am Rande der Menge erblickte ein kleiner Junge, ein *fanciulo,* den sich nähernden wackeligen Karren und stimmte in seinem kindlichen Falsett die Parole der Medici an: »*Palle! Palle! Palle!*«

Eine Welle der Hysterie erfasste die Menschen im Gedränge. Schon bald dröhnte der einstimmige Ruf in Baroncellis Ohren.

»*Palle! Palle! Palle!*«

Aus nächster Nähe wurde ein Stein geworfen; harmlos polterte er auf die Pflastersteine neben dem quietschenden Karren. Danach wurden nur noch Flüche gegen Baroncelli ausgestoßen. Die Signoria hatte mehrere berittene Polizisten an strategisch wichtige Stellen beordert, um einem Aufstand vorzubeugen; Baroncelli war von bewaffneten Wächtern hoch zu Ross flankiert.

Damit wollte man verhindern, dass man ihn in Stücke riss, noch ehe er von offizieller Seite hingerichtet wurde. Er hatte die Geschichten über das grausame Schicksal seiner Mitverschwörer vernommen: Die von den Pazzi gemieteten Söldner aus Perugia hatte man vom hohen Turm des Palazzo della Signoria in die wartende Menge hinuntergestoßen, die sie mit Messern und Schaufeln regelrecht in Stücke zerlegte.

Selbst der alte Iacopo de' Pazzi, ein vormals geachteter Mann, hatte dem Zorn von Florenz nicht entkommen können. Unter den Klängen des Glockenturms von Giotto war er auf sein Pferd gestiegen und hatte versucht, die Bürger mit dem Ruf »Popolo e libertà!« aufzuwiegeln. Der Satz war ein Schlachtruf, um die derzeitige Regierung zu stürzen – in diesem Fall die der Medici.

Doch das Volk hatte mit dem Ruf geantwortet: »*Palle! Palle! Palle!*«

Trotz seiner Sünde hatte man ihm nach seiner Hinrichtung eine ordentliche Beisetzung gewährt – noch mit der Schlinge um den Hals. Allerdings war die Stadt in jenen Tagen voller Hass, sodass er noch nicht lange die letzte Ruhe gefunden hatte, als die Signoria beschloss, es sei wohl besser, seinen Leichnam zu exhumieren und außerhalb der Stadtmauern in ungeweihter Erde zu begraben.

Über Francesco de' Pazzi und die anderen waren rasch Urteile gefällt worden; nur Guglielmo de' Pazzi war verschont geblieben, weil Bianca de' Medici ihren Bruder verzweifelt angefleht hatte.

Von den eigentlichen Verschwörern war nur Baroncelli entkommen. Er hatte sich im Turm des Duomo versteckt, in dem die Luft noch vom Klang der Glocke erzitterte. Als sein Weg frei war, hatte er zu Pferd die Flucht ergriffen – ohne seiner Familie ein Wort zu sagen – und sich Richtung Osten nach Senigallia an der Küste begeben. Von dort aus war er mit einem Schiff ins exotische Konstantinopel gefahren. König Ferrante und Baroncellis Verwandte in Neapel hatten genügend Mittel geschickt, damit er ein ausschweifendes Leben führen konnte. Baroncelli machte sich die Sklavinnen, die er gekauft hatte, zu Mätressen, gab sich ganz dem Vergnügen hin und versuchte so, jede Erinnerung an die Morde, die er begangen hatte, zu löschen.

In seinen Träumen indes wurde er heimgesucht vom Bild Giulianos, erstarrt in dem Augenblick, als er zum blitzenden Messer aufgeschaut hatte. Die dunklen Locken standen ihm wirr vom Kopf, seine unschuldigen Augen waren weit aufgerissen, seine Miene unsicher und etwas verwirrt angesichts der plötzlichen Konfrontation mit dem Tod.

Baroncelli hatte mehr als ein Jahr Zeit gehabt, über die Frage nachzudenken: Wäre es der Stadt besser ergangen, wenn sie die Medici entfernt und durch Iacopo und Francesco de' Pazzi ersetzt hätten? Lorenzo war vernünftig und vorsichtig; Francesco dagegen aufbrausend und zupackend. Er hätte sich rasch auf die Ebene eines Tyrannen herabbegeben. Lorenzo war klug genug, die Liebe der Menschen zu nähren, was die Größe der Menge unter Beweis stellte, die sich jetzt auf dem Platz versammelt hatte; Francesco wäre zu arrogant gewesen, sich darum zu scheren.

Lorenzo war vor allem hartnäckig. Am Ende blieb selbst Konstantinopel nicht außerhalb seiner Reichweite. Sobald seine Agenten Baroncelli ausfindig gemacht hatten, schickte Lorenzo einen mit Gold und Juwelen beladenen Gesandten zum Sultan. Damit war Baroncellis Schicksal besiegelt.

Alle Verbrecher wurden draußen vor den Toren der Stadt

gehängt und dann eilig in ungeweihter Erde verscharrt. Baroncelli würde in einem Loch mit ihnen begraben werden – doch angesichts der Schwere seines Vergehens sollte er auf dem beliebtesten Platz von Florenz hingerichtet werden.

Jetzt, da der kleine Karren an der Menge vorbei zum Galgen ratterte, stöhnte Baroncelli laut auf. Angst packte ihn qualvoller als jeder körperliche Schmerz; ihm war unerträglich kalt, dann wieder siedend heiß, und er hatte das betäubende Gefühl zu versinken. Er glaubte ohnmächtig zu werden, doch die Bewusstlosigkeit wollte sich, so grausam es war, nicht einstellen.

»Nur Mut, Signore«, sagte der *nero*. »Der Herr reitet mit Euch.«

Sein *nero*, sein Tröster, ging neben dem Karren her. Er war ein Florentiner Bürger und hieß Lauro, ein Laienbruder der Compagnia di Santa Maria della Croce, auch bekannt unter dem Namen Compagnia de' Neri – der Orden der Schwarzen –, da alle Mitglieder schwarze Gewänder und Kapuzen trugen. Zweck des Ordens war, Bedürftigen Trost und Gnade zu spenden – einschließlich der gequälten Seelen, die zum Tode verurteilt waren.

Lauro war von dem Augenblick an, als er in Florenz eingetroffen war, bei ihm geblieben. Er hatte dafür gesorgt, dass Baroncelli gerecht behandelt wurde, dass er anständige Kleidung und ordentliches Essen bekam, dass er Briefe an ihm Nahestehende schicken durfte (Giovanna reagierte nie auf seine Bitte, sie sehen zu wollen). Lauro hatte freundlich zugehört, als Baroncelli unter Tränen seinem Bedauern Ausdruck verlieh, und war in der Zelle geblieben, um für ihn zu beten. Der Tröster hatte die Jungfrau Maria, Jesus Christus und den heiligen Johannes, den Schutzpatron von Florenz, angefleht, Baroncelli Trost zu spenden, ihm Vergebung zu gewähren, seine Seele ins Fegefeuer und von dort in den Himmel zu lassen.

Baroncelli schloss sich seinen Gebeten nicht an, das hätte Gott als persönliche Beleidigung aufgefasst, glaubte er.

Nun ging der Tröster in seiner schwarzen Kapuze neben ihm her und sprach laut – einen Psalm, eine Hymne oder ein

Gebet, alles schwebte wie weißer Dunst in der Luft –, doch infolge der lärmenden Menge konnte Baroncelli die einzelnen Wörter nicht verstehen. Eine einzige Wortfolge pulsierte in seinen Ohren zum Rhythmus seines Herzschlags.

Palle Palle Palle.

Der Karren hielt vor der Treppe zum Galgen an. Der Tröster schob einen Arm unter Baroncellis gefesselte Arme und half ihm umständlich auf das kalte Pflaster hinunter. Die Bürde des blanken Entsetzens zwang den zitternden Baroncelli in die Knie; der Tröster kniete neben ihm nieder und flüsterte ihm ins Ohr:

»Habt keine Angst. Eure Seele wird direkt in den Himmel aufsteigen. Unter allen Menschen braucht gerade Ihr keine Vergebung; was Ihr getan habt, war das Werk Gottes, kein Verbrechen. Für viele von uns seid Ihr der Held, Bruder. Ihr habt den ersten Schritt getan, Florenz von großem Übel zu befreien.«

Baroncellis Stimme war so zittrig, dass er seine eigenen Worte kaum verstand. »Von Lorenzo?«

»Von Ausschweifungen. Von Heidentum. Vom Streben nach gottloser Kunst.«

Mit klappernden Zähnen funkelte Baroncelli ihn wütend an. »Wenn Ihr – wenn andere – das glauben, warum habt Ihr mich nicht längst befreit? Rettet mich!«

»Wir wagen nicht, uns zu erkennen zu geben. Es ist noch viel zu tun, ehe Florenz, ehe Italien, ja die Welt für uns bereit ist.«

»Ihr seid verrückt«, hauchte Baroncelli.

Der Tröster lächelte. »Wir sind verrückt nach Gott.«

Er half Baroncelli auf die Beine; wütend riss dieser sich von ihm los und taumelte die Holzstufen allein hinauf.

Auf dem Gerüst zwischen Baroncelli und der wartenden Schlinge stand der Henker, ein junger, schlanker Mann, dessen Gesicht hinter einer Maske verborgen war. »Vor Gott«, sagte der Henker zu Baroncelli, »bitte ich Euch um Vergebung für die Tat, die ich zu begehen mich durch Eid verpflichtet habe.«

Die Innenseite von Baroncellis Lippen und Wangen klebte

ihm an den Zähnen; seine Zunge war so trocken, dass sie eine Hautschicht hinterließ, als er die Worte aussprach. Dennoch klang sein Tonfall erstaunlich ruhig. »Ich vergebe Euch.«

Der Henker atmete erleichtert auf; vielleicht hatte es andere Todeskandidaten gegeben, die eher darauf bedacht waren, dass er seine Hände mit Blut besudelte. Er nahm Baroncelli am Ellenbogen und führte ihn an eine besondere Stelle auf der Plattform, nahe der Schlinge. »Hier.« Seine Stimme war eigenartig freundlich. Aus seinem Umhang zog er einen weißen Leinenschal.

In dem Moment, bevor ihm die Augen verbunden wurden, suchte Baroncelli die Menge ab. Recht weit vorn stand Giovanna mit den Kindern. Sie war allerdings zu weit entfernt, sodass Baroncelli nicht sicher sein konnte, aber ihm schien, als weinte sie.

Lorenzo de' Medici war nirgendwo zu sehen – doch Baroncelli hatte keinen Zweifel daran, dass er zusah. Er stand vermutlich auf einem verborgenen Balkon oder an einem Fenster; vielleicht sogar im Palazzo della Signoria.

Unter ihm, am Fuß des Gerüsts, stand der Tröster mit heiterer und merkwürdig zufriedener Miene. In einem Moment göttlicher Eingebung erkannte Baroncelli, dass er, Francesco de' Pazzi, Messer Iacopo und Erzbischof Salviati – dass sie alle Narren gewesen waren, deren kleinherziger Ehrgeiz ausgenutzt worden war, um einem höheren Ziel zu dienen, einem, das ihm beinahe ebenso viel Angst einjagte wie die Aussicht auf den bevorstehenden Tod.

Der Henker band Baroncelli den Schal über die Augen und ließ dann die Schlinge über sein Kinn gleiten, die er fest um den Hals zog.

Bevor sich die Plattform unter ihm auftat, flüsterte Baroncelli noch zwei letzte Worte, die an ihn selbst gerichtet waren.

»Da, Verräter.«

10

Sobald Baroncellis Körper aufhörte zu zucken, begab sich ein junger Künstler, der vor der Menge stand, an die Arbeit. Der Leichnam würde tagelang auf der Piazza hängen, bis die Verwesung so weit fortgeschritten wäre, dass er aus der Schlinge rutschte. Der Künstler aber konnte nicht warten; er wollte das Bild festhalten, solange noch Leben darin zu erahnen war. Im Übrigen würden sich die jungen Rüpel, *giovani,* einen Spaß daraus machen, die Leiche mit Steinen zu bewerfen, und der bevorstehende Regen würde sie aufblähen.

Er fertigte eine Skizze auf Papier an, das er auf ein Brett aus Pappelholz drückte, um eine feste Unterlage zu haben. Die Federn an seinem Kiel hatte er gestutzt, denn er benutzte ihn so häufig, dass die Widerhaken dort seine langen Finger störten; er selbst hatte das Ende sehr fein angespitzt und tauchte es regelmäßig gedankenverloren in ein Fläschchen Eisengallustinte, das er sicher an seinem Gürtel befestigt hatte. Da Handschuhe beim Zeichnen nur hinderlich waren, schmerzten seine bloßen Hände vor Kälte, doch er tat diese Wahrnehmung als unwesentlich ab. Ebenso verfuhr er mit der Sorge, die ihn zu überwältigen drohte – denn der Anblick von Baroncelli rief äußerst schmerzhafte Erinnerungen wach. Er schob sie einfach beiseite und konzentrierte sich stattdessen auf das Objekt.

Obwohl sie sich bemühten, ihre wahren Gefühle zu verbergen, offenbarten sich Männer und Frauen gleichermaßen durch feine Anzeichen in ihrem Ausdruck, ihrer Haltung und ihrer Stimme. Baroncellis Reue war nicht zu übersehen. Selbst im Tod hatte er die Augen niedergeschlagen, als rechnete er damit, in die Hölle zu kommen. Er hatte den Kopf gesenkt, und die schmalen Lippen waren schuldbewusst nach unten gezogen. Das war ein Mann, der sich selbst verabscheute.

Der Künstler musste mit sich ringen, um seinem Hass nicht nachzugeben, obgleich er persönliche Gründe hatte, Baroncelli zu verachten. Doch Hass widersprach seinen Prinzipien, weshalb er ihn – ebenso wie den Schmerz in seinen Fingern und seinem Herzen – ignorierte und mit der Arbeit fortfuhr. Auch Töten fand er unmoralisch – selbst die Hinrichtung eines Mörders wie Baroncelli.

Routiniert kritzelte er Notizen auf die Seite, mit denen er die entsprechenden Farben und Strukturen festhielt, denn die Wahrscheinlichkeit, dass aus der Skizze ein Gemälde wurde, war sehr hoch. Er schrieb von rechts nach links, die Buchstaben ein Spiegelbild der allgemein gebräuchlichen Schrift. Jahre zuvor, als er noch Schüler in Andrea Verrocchios Werkstatt war, hatten ihn andere Künstler der ungerechtfertigten Geheimniskrämerei bezichtigt, denn als er ihnen seine Skizzen zeigte, konnten sie mit seinen Notizen nichts anfangen. Er schrieb jedoch so, weil es ihm beinahe natürlich erschien; die damit verbundene Geheimhaltung war ein unbeabsichtigter Vorteil.

Kleine gelbbraune Mütze. Die Feder kratzte auf dem Papier. *Schwarzer Seidenwams, schwarz gefüttertes Gewand, dunkelblau eingefasste Jacke, und der Jackenkragen mit schwarzen und weißen Seidenstreifen eingefasst. Bernardo di Bandino Baroncelli. Schwarzer Schuh.* Baroncelli hatte im Todeskampf einen Schuh abgestreift.

Stirnrunzelnd betrachtete der Künstler Baroncellis Eigennamen, der vom Namen seines Vaters abgeleitet worden war. Der Künstler war Autodidakt und hatte noch Mühe, seinen ländlichen Dialekt aus Vinci zu überwinden. Die Rechtschreibung machte ihm zu schaffen. Es spielte keine Rolle. Lorenzo de' Medici, *il Magnifico,* war am Bild interessiert, nicht an Worten.

Unten auf der Seite skizzierte er kurz Baroncellis Kopf in einem Winkel, der die düsteren Gesichtszüge noch besser zur Geltung brachte. Zufrieden mit seiner Arbeit machte er sich an seine eigentliche Aufgabe, die Gesichter in der Menge abzusuchen. Die vorderen Reihen – der Adel und die wohlhabenderen Kaufleute – lösten sich gerade auf, still und ernst. Der *populo minuto*, das niedere Volk, blieb zurück und vergnügte sich damit, den Leichnam zu beschimpfen und mit Steinen zu bewerfen.

Der Künstler beobachtete aufmerksam möglichst viele Männer, als sie die Piazza verließen. Dafür gab es zwei Gründe: Der naheliegendste und offenkundigste war, dass er Gesichter erforschte. Alle, die ihn kannten, waren an seine durchdringenden Blicke gewöhnt.

Der insgeheime Anlass war das Ergebnis einer Begegnung mit Lorenzo de' Medici. Er suchte nach einem besonderen Gesicht, das er zwanzig Monate zuvor nur ganz kurz gesehen hatte. Trotz seiner Begabung, sich Physiognomien zu merken, war seine Erinnerung nebulös – doch sein Herz war gleichermaßen darauf bedacht, das Ziel zu erreichen. Diesmal war er entschlossen, sich nicht von Emotionen überwältigen zu lassen.

»Leonardo!«

Als er seinen Namen hörte, zuckte der Künstler zusammen; unwillkürlich fuhr er herum und klappte reflexartig den Deckel des Tintenfläschchens zu, damit nichts verschüttet würde.

Ein alter Freund aus Verrocchios Werkstatt wollte gerade die Piazza verlassen und kam auf ihn zu.

»Sandro«, sagte Leonardo, als sein Freund schließlich vor ihm stand. »Du siehst aus wie ein Prior.«

Sandro Botticelli schmunzelte. Mit fünfunddreißig war er ein paar Jahre älter als Leonardo und stand in der Blüte seines Lebens ebenso wie seiner Laufbahn. Er war in der Tat prächtig gekleidet in scharlachrotem, mit Pelz gefüttertem Umhang; eine schwarze Samtkappe bedeckte sein goldblondes Haar, das ihm bis zum Kinn reichte, kürzer als es modern war. Wie

Leonardo war auch er glatt rasiert. Seine grünen Augen lagen unter schweren Lidern und strahlten eine Überheblichkeit aus, die sein Verhalten schon immer gekennzeichnet hatte. Trotzdem mochte Leonardo ihn; er besaß großes Talent und ein gutes Herz. Im vergangenen Jahr hatte Sandro mehrere Großaufträge von den Medici und den Tornabuoni erhalten, darunter auch das riesige Gemälde *Primavera*, das ein Hochzeitsgeschenk von Lorenzo an seinen Vetter werden sollte.

Sandro nahm Leonardos Skizze mit hintergründigem Humor in Augenschein. »So, so. Ihr versucht, mir meine Stelle abspenstig zu machen, ich sehe schon.«

Damit bezog er sich auf das unlängst fertiggestellte Wandgemälde an einer Fassade in der Nähe des Palazzo della Signoria, das jetzt, da die Menge sich zu zerstreuen begann, teilweise hinter dem Galgengerüst zu sehen war. Botticelli hatte in jenen schrecklichen Tagen direkt nach dem Tode Giulianos einen Auftrag von Lorenzo bekommen: alle hingerichteten Pazzi-Verschwörer darzustellen, wie sie am Seil baumelten. Die lebensgroßen Bildnisse riefen auch prompt den Schrecken hervor, den sie erzeugen sollten. Da war Francesco de' Pazzi, vollkommen nackt, der verwundete Oberschenkel blutverkrustet; Salviati war in seiner Robe als Erzbischof zu sehen. Die beiden Toten schauten den Betrachter an – wirkungsvoll, wenn auch keine genaue Abbildung der Tatsachen. Wie Botticelli war auch Leonardo auf der Piazza della Signoria gewesen, als Francesco – aus dem Bett gezerrt – aus dem obersten Bogenfenster des Palazzo gestoßen und für alle sichtbar am Gebäude selbst erhängt wurde. Kurz darauf folgte Salviati, der sich im Augenblick seines Todes seinem Mitverschwörer zugewandt und – ob in heftigem, unwillkürlichem Krampf oder in einem letzten Moment des Zorns – seine Zähne tief in Francescos Schulter vergraben hatte. Es war ein bizarres Bild, derart beunruhigend, dass sogar Leonardo, von Emotionen überwältigt, versäumte, es in seinem Notizbuch festzuhalten. Gemälde von anderen hingerichteten Männern, darunter auch Messer Iacopo, waren teilweise fertiggestellt; ein Mörder allerdings fehlte gänzlich: Baroncelli. Wahrscheinlich hatte sich auch Botticelli an diesem Morgen Skizzen gemacht in der Absicht, das Wandgemälde zu vollenden. Als er nun jedoch Leonardos Skizze sah, zuckte er mit den Schultern.

»Kein Problem«, sagte er leichthin. »Da ich reich genug bin, mich wie ein Prior zu kleiden, kann ich den Auftrag sicher von einem Armen wie Euch zu Ende bringen lassen. Ich habe viel Größeres zu leisten.«

Leonardo, in eine knielange Bauerntunika aus minderwertigem, fadenscheinigem Leinen und einen dunkelgrauen Wollumhang gekleidet, klemmte sich seine Skizze unter den Arm und verbeugte sich schwungvoll und tief in einer übertriebenen Geste der Dankbarkeit.

»Ihr seid zu freundlich, mein Herr.« Er richtete sich wieder auf. »Und jetzt geht, Ihr seid ein Mietpferd, und ich bin ein wahrer Künstler, der noch viel zu erledigen hat, bevor der Regen einsetzt.«

Die beiden trennten sich lächelnd und mit einer kurzen Umarmung, und Leonardo widmete sich sogleich wieder der Betrachtung der Menge. Er freute sich immer, wenn er Sandro sah, doch die Unterbrechung ärgerte ihn. Zu viel stand auf dem Spiel; zerstreut langte er in seine Gürteltasche und fischte ein goldenes Medaillon von der Größe eines Guldens heraus. Auf der Vorderseite stand in Basrelief »Öffentliche Trauer«. Darunter hob Baroncelli sein langes Messer über den Kopf, während Giuliano überrascht zur Klinge aufschaute. Hinter Baroncelli stand Francesco de' Pazzi, mit gezücktem Dolch. Leonardo hatte die Skizze angefertigt und die Szene möglichst detailgetreu wiedergegeben, obwohl Giuliano für den Betrachter so dargestellt war, dass er Baroncelli ansah. Verrocchio hatte die Gussform nach Leonardos Zeichnung erstellt.

Zwei Tage nach dem Mord hatte Leonardo einen Brief an Lorenzo de' Medici geschickt.

Hochverehrter Lorenzo, ich muss mit Euch in einer äußerst wichtigen Angelegenheit unter vier Augen sprechen.

Er erhielt jedoch keine Antwort: Lorenzo, von Trauer übermannt, verbarg sich im Medici-Palast, der zu einer von unzähligen Bewaffneten umzingelten Festung geworden war. Er empfing keine Besucher; Briefe, in denen man ihn um seine Meinung oder um seine Gunst bat, stapelten sich unbeantwortet.

Nach einer Woche ohne Antwort lieh Leonardo sich einen Goldflorin und ging zur Tür der Medici-Feste. Er bestach einen der Wachhabenden dort, der unverzüglich einen zweiten Brief zustellen sollte, während er, Leonardo, in der Loggia wartete und zusah, wie der Regen auf die Pflastersteine prasselte.

Verehrter Lorenzo, ich komme weder, um Eure Gunst zu erbitten, noch um über Geschäftliches zu reden. Ich habe wichtige Informationen im Zusammenhang mit dem Tod Eures Bruders, die nur für Eure Ohren bestimmt sind.

Kurz darauf wurde er vorgelassen, nachdem man ihn sorgfältig nach Waffen durchsucht hatte – lächerlich, da er nie eine besessen und keine Ahnung hatte, wie man damit umging.

Blass und leblos in einer schmucklosen schwarzen Tunika, den Hals noch verbunden, empfing Lorenzo Leonardo in seinem Arbeitszimmer, umgeben von Kunstwerken von unglaublicher Schönheit. Er schaute zu Leonardo auf. Seine Augen waren umwölkt von Schuld und Trauer – und doch konnten sie sein Interesse an dem, was der Künstler zu sagen hatte, nicht verbergen.

Am Morgen des sechsundzwanzigsten April hatte Leonardo in der Kathedrale Santa Maria del Fiore nur wenige Reihen vom Altar entfernt gestanden. Er hatte Fragen an Lorenzo gehabt über einen gemeinsamen Auftrag, den er und sein ehemaliger Lehrer Andrea Verrocchio erhalten hatten. Sie sollten eine Büste von Giuliano anfertigen, und er hatte gehofft, *il Magnifico* nach dem Gottesdienst abzupassen. Leonardo besuchte eine Messe nur, wenn er Geschäfte zu tätigen hatte; vor der Natur hatte er viel größere Ehrfurcht als vor einer von Menschenhand erbauten Kathedrale. Mit den Medici stand er auf sehr gutem Fuß. In den vergangenen Jahren hatte er sich monatelang als einer der vielen Künstler im Dienst der Familie in Lorenzos Haus aufgehalten.

Zu Leonardos Überraschung war Giuliano an jenem Morgen nicht nur verspätet in den Duomo gekommen, sondern auch noch ungepflegt und außerdem in Begleitung von Francesco de' Pazzi und seinem Untergebenen.

Leonardo fand an Männern und Frauen gleichermaßen Gefallen, beide waren seiner Liebe wert, er zog es jedoch vor, ein asketisches Leben zu führen. Ein Künstler konnte nicht zulassen, dass die Stürme der Liebe seine Arbeit störten. Frauen mied er besonders, denn die Anforderungen von Frau und Kindern würden seine Studien – der Kunst, der Welt und ihrer Bewohner – unmöglich machen. Er wollte nicht so werden wie sein Meister Verrocchio – der verschwendete seine Begabung, nahm jede beliebige Arbeit an, sei es die Anfertigung von Karnevalsmasken oder die Vergoldung von Damenschuhen, um seine hungrige Familie zu ernähren. Er hatte nie Zeit zu experimentieren, zu beobachten und seine Fähigkeiten zu vervollkommnen.

Ser Antonio, Leonardos Großvater, hatte ihm als Erster seinen Plan erklärt. Antonio hatte seinen Enkel zutiefst geliebt, ohne der Tatsache Beachtung zu schenken, dass er der uneheliche Abkömmling einer Dienerin war. Als Leonardo heranwuchs, erkannte nur sein Großvater die Begabung des Jungen und schenkte ihm ein Buch aus Papier und Kohlestifte. Als Leonardo sieben Jahre alt war, hatte er mit einem Silberstiftgriffel und einer groben Holztafel im kühlen Gras gesessen und beobachtet, wie der Wind durch die Blätter eines Olivenhains fuhr. Ser Antonio – immer beschäftigt, hoch aufgerichtet und mit scharfen Augen trotz seiner achtundachtzig Jahre – war neben ihm stehen geblieben und hatte mit ihm die glitzernden Bäume betrachtet.

Plötzlich und unerwartet sagte er: *Achte nicht auf Sitten und Gebräuche, mein Junge. Ich hatte nur halb so viel Talent wie du – ja, ich konnte gut zeichnen und war ebenso begierig wie du, zu erfahren, wie die Welt der Natur funktioniert –, doch ich hörte auf meinen Vater. Bevor ich auf den Hof kam, war ich als Notarslehrling bei ihm.*

Das sind wir – eine Notarsfamilie. Einer hat mich gezeugt, und deshalb habe ich auch einen gezeugt – deinen Vater. Was haben wir der Welt gegeben? Verträge und Wechsel, Unterschriften auf Dokumenten, die zu Staub zerfallen werden.

Ich habe meine Träume nicht vollständig aufgegeben; auch als ich den Beruf erlernte, habe ich insgeheim gezeichnet. Ich habe Flüsse und Vögel betrachtet und mich gefragt, wie sie funktionierten. Doch dann habe ich deine Großmutter Lucia kennengelernt und mich verliebt. Das war das Schlimmste, was mir passieren konnte, denn ich habe Kunst und Wissenschaft aufgegeben und geheiratet. Dann waren Kinder da, und ich hatte keine Zeit, Bäume zu betrachten. Lucia fand meine Skizzen und warf sie ins Feuer.

Du aber bist uns von Gott geschenkt – du mit deinem erstaunlichen Geist, deinen Augen und Händen. Du hast die Pflicht, sie nicht aufzugeben.

Versprich mir, dass du meinen Fehler nicht wiederholst; versprich mir, dass du dich nie von deinem Herzen verführen lassen wirst.

Der junge Leonardo hatte es versprochen.

Doch als er ein Protegé der Medici wurde und ihrem engsten Kreis angehörte, fühlte er sich körperlich und emotional zu Lorenzos jüngerem Bruder hingezogen. Giuliano war unendlich liebenswert. Es war nicht nur die außergewöhnliche Erscheinung des Mannes – Leonardo selbst war viel reizvoller und wurde von seinen Freunden häufig »schön« genannt –, sondern vielmehr die reine Güte seiner Seele.

Das behielt Leonardo für sich. Er wollte Giuliano, den Liebhaber von Frauen, nicht in Verlegenheit bringen; auch Lorenzo, seinen Gastgeber und Förderer, wollte er nicht schockieren.

Als Giuliano im Duomo auftauchte, konnte Leonardo den Blick nicht von ihm abwenden. Er stand nur zwei Reihen hinter ihm, denn er hatte sich so nah wie möglich an Lorenzo herangearbeitet, um ihn nach der Messe besser abfangen zu können. Giulianos Niedergeschlagenheit war ihm aufgefallen, woraufhin sich weder Mitleid noch Sympathie in ihm regten, sondern heftige Eifersucht.

Am Abend zuvor hatte sich der Künstler auf den Weg gemacht, um mit Lorenzo über den Auftrag zu reden.

Er war über die Via de' Gori gekommen, vorbei an der Kirche San Lorenzo. Der Palazzo Medici lag direkt vor ihm zu seiner Linken, er trat auf die Straße und ging darauf zu.

Es war in der Abenddämmerung. Im Westen standen der hohe, schmale Turm des Palazzo della Signoria und die große, geschwungene Kuppel des Duomo, die sich deutlich vor einem Horizont aus unwahrscheinlich strahlendem Korallenrot abhob, das allmählich die Farbe von Lavendel annahm und dann grau wurde. In Anbetracht der Tageszeit herrschte nicht viel Verkehr, und Leonardo blieb auf der Straße stehen, versunken in die Schönheit seiner Umgebung. Er sah eine Kutsche auf sich zukommen und erfreute sich an der scharfen Silhouette der Pferde aus undurchdringlichem Schwarz, die sich vor dem Hintergrund des leuchtenden Himmels und der Sonne dahinter abhoben, sodass alle Einzelheiten geschluckt wurden. Der Sonnenuntergang war seine liebste Tageszeit, denn das schwindende Licht verlieh Formen und Farben eine Zartheit, etwas Geheimnisvolles, das die Mittagssonne verbrannte.

Er verlor sich im Spiel der Schatten auf den Pferdeleibern, im Zucken der Muskeln unter der Haut, im munteren Anheben der Köpfe – so sehr, dass er sich, als die Kutsche auf ihn zurumpelte, zusammenreißen und schnell aus dem Weg gehen musste. Er lief vor ihnen über die Straße und stand plötzlich am Südflügel des Palazzo Medici; sein Ziel, knapp eine Minute entfernt, war die Via Larga.

Kurz vor ihm ließ der Kutscher die Pferde abrupt anhalten; die Tür des Gefährts öffnete sich. Leonardo verlangsamte sein Tempo und sah zu, wie eine junge Frau ausstieg. Das Zwielicht verwandelte die außergewöhnliche Blässe ihrer Haut in Taubengrau, ihre Augen in unbeschreibliches Dunkel. Das Graubraun ihres Umhangs und ihres Schleiers, das gesenkte Haupt kennzeichneten sie als Dienerin einer wohlhabenden Familie. Ihr Schritt war zielstrebig, ihre Haltung verstohlen, als ihr Blick zu beiden Seiten wanderte. Sie eilte an den Seiteneingang des Palazzo und klopfte ungeduldig.

Nach kurzer Pause ging die Tür mit einem langgezogenen Quietschen auf. Die Dienerin trat an die Kutsche zurück und gab jemandem darin ein zur Eile gemahnendes Zeichen.

Eine zweite Frau tauchte aus der Kutsche auf und schritt anmutig, rasch auf die offene Tür zu.

Leonardo sprach ihren Namen unwillkürlich laut aus. Sie war eine Freundin der Medici, eine häufige Besucherin im Palazzo; er hatte bei verschiedenen Gelegenheiten mit ihr gesprochen. Noch bevor er sie deutlich sah, erkannte er ihre Bewegungen, die Neigung ihrer Schultern, die Art und Weise, wie sich ihr Kopf drehte, als sie sich umwandte und zu ihm aufschaute.

Er trat einen Schritt näher und konnte schließlich ihr Gesicht sehen.

Sie hatte eine lange, gerade Nase, die Spitze zeigte nach unten, die Nasenflügel bebten; die Stirn war breit und sehr hoch. Das Kinn lief spitz zu, doch Wangen und Kiefer waren anmutig gerundet, so wie ihre Schultern, die zum Palazzo Medici hin zeigten, obwohl sie das Gesicht ihm zugewandt hatte.

Sie war schon immer schön gewesen, doch jetzt zeichnete die Dämmerung alles noch weicher und verlieh ihren Zügen etwas Gehetztes, das sie bisher nicht besessen hatte. Sie schien mit der Luft zu verschmelzen; man vermochte nicht zu unterscheiden, wo die Schatten aufhörten und ihr Körper anfing. Ihr strahlendes Gesicht, ihr Dekolletee und die Hände schienen losgelöst von dem dunklen Wald aus ihrem Umhang und ihren Haaren zu schweben. Ihre Miene zeugte von mühsam unterdrückter Freude; ihre Augen hüteten hehre Geheimnisse, ihre Lippen deuteten ein komplizenhaftes Lächeln an.

In diesem Augenblick war sie mehr als menschlich: Sie war göttlich.

Er streckte die Hand aus und rechnete schon beinahe damit, dass sie durch sie hindurchreichen würde, als wäre sie ein Geist.

Sie wich zurück, und er sah trotz der Dunkelheit das helle Aufflackern der Angst in ihren Augen, in der Art, wie sie den Mund öffnete; sie hatte nicht erkannt werden wollen. Hätte er eine Feder besessen, dann hätte er die tiefe Furche zwischen ihren Augenbrauen fortgewischt und den geheimnisvollen Ausdruck wieder zum Leben erweckt.

Noch einmal murmelte er ihren Namen, diesmal als Frage, doch ihre Aufmerksamkeit war bereits auf den offenen Eingang gerichtet. Leonardo folgte ihm und konnte einen flüchtigen Blick auf ein anderes vertrautes Gesicht erhaschen: Giuliano. Sein Körper lag gänzlich im Schatten; er sah Leonardo nicht, nur die Frau.

Und sie sah Giuliano und blühte auf.

In diesem Moment begriff Leonardo und wandte sich ab, von Bitterkeit überwältigt, als die Tür sich hinter ihnen schloss.

An jenem Abend suchte er Lorenzo nicht mehr auf. Er ging wieder nach Hause in seine kleine Wohnung und schlief schlecht. Er starrte zur Decke hoch und sah die sanft strahlenden Gesichtszüge der Frau aus der Dunkelheit auftauchen.

Am nächsten Morgen, als er Giuliano im Duomo erblickte, verharrte Leonardo in seiner unglücklichen Leidenschaft. Immer wieder fiel ihm der schmerzhafte Moment ein, als er den Blick gesehen hatte, den Giuliano und die Frau austauschten, als er erkannt hatte, dass Giulianos Herz ihr gehörte und umgekehrt; er verfluchte sich im Stillen, dass er für eine so dumme Empfindung wie Eifersucht anfällig war.

Er war so sehr in seine Tagträume vertieft, dass eine jähe Bewegung vor ihm ihn aufschreckte. Eine Gestalt in weitem Gewand trat vor, kurz bevor Giuliano sich umdrehte und hinter sich schaute, dann stieß er heftig die Luft aus.

Schon folgte Baroncellis heiserer Ruf. Leonardo hatte wie vor den Kopf gestoßen auf die glitzernde, hoch erhobene Klinge geschaut. In Sekundenschnelle stieben die Gläubigen auseinander und rissen den Künstler wie auf einer Woge mit. Er hatte um sich geschlagen, vergeblich darum ringend, zu Giuliano vorzudringen mit dem Gedanken, ihn vor weiteren Angriffen zu schützen, doch er vermochte nicht einmal an Ort und Stelle zu bleiben.

In dem wilden Durcheinander war Leonardo die Sicht versperrt, sodass er nicht sah, wie Baroncellis Messer in Giuliano eindrang. Die letzten Hiebe von Francescos unsäglich brutalem Angriff aber hatte Leonardo mitbekommen – wie der Dolch wieder und wieder in Giulianos Fleisch biss, so wie Erzbischof Salviati in Francesco de' Pazzis Schulter beißen sollte, als die Zeit gekommen war.

In dem Augenblick, als er merkte, was vor sich ging, schrie Leonardo die Angreifer gellend an – unartikuliert, bedrohlich, entsetzt. Schließlich teilte sich die Menge, endlich stand niemand mehr zwischen ihm und den Attentätern. Es war zu spät, Giulianos gute, unschuldige Seele zu beschützen.

Leonardo sank neben dem zu Boden gestürzten Mann auf die Knie. Dieser lag halb zusammengerollt auf der Seite, sein Mund arbeitete noch; Blut schäumte auf seinen Lippen und strömte aus seinen Wunden. Leonardo presste eine Hand auf die schlimmste, auf das klaffende Loch in Giulianos Brust. Er vernahm das schwache, gurgelnde Pfeifen der Lungen, die sich abmühten, Blut auszustoßen und Luft einzuatmen. Doch Leonardos Versuche, den Fluss zu stillen, waren vergebens.

Aus allen Wunden unter der Vorderseite von Giulianos hellgrüner Tunika rann unablässig Blut. Die Ströme teilten sich, flossen dann wieder zusammen und schufen so ein Gittermuster auf dem Körper des jungen Mannes, bis sie sich schließlich zu einer anwachsenden dunklen Pfütze auf dem Marmorboden verbanden.

»Giuliano«, hatte Leonardo gekeucht; Tränen rannen ihm beim Anblick des Leides über die Wangen, beim Anblick einer derart verunstalteten Schönheit.

Giuliano hörte ihn nicht. Er vermochte nichts mehr zu hören oder zu sehen: Seine halb geöffneten Augen starrten in die nächste Welt. Als Leonardo sich über ihn beugte, erbrach er einen Schwall helles, schäumendes Blut; seine Glieder zuckten kurz, dann weiteten sich seine Augen. Er war tot.

Jetzt, da er vor *il Magnifico* stand, sagte Leonardo nichts über Giulianos Todeskampf, denn solche Einzelheiten würden Lorenzos Kummer nur nähren. Leonardo sprach weder über

Baroncelli noch über Francesco de' Pazzi. Stattdessen redete er von einem dritten Mann, der noch nicht gefunden worden war.

Leonardo berichtete, er habe aus den Augenwinkeln eine Gestalt in weitem Gewand gesehen, die rechts von Giuliano vorgetreten war. Er glaube, dass dies der Mann gewesen sei, der den ersten Hieb ausgeführt habe. Als Giuliano versucht habe, vor Baroncelli zurückzuweichen, sei die Gestalt standhaft geblieben, habe sich gegen das Opfer gepresst und ihm eine Falle gestellt. Zu diesem Zeitpunkt habe die Menge Leonardo die Sicht zum größten Teil versperrt – der Unbekannte sei kurz verschwunden, vielleicht gestürzt, dann aber wieder auf die Beine gekommen. Er sei nicht einmal zurückgeschreckt, als Francesco wild mit seinem Dolch zugestoßen habe, sondern habe seinen Platz beibehalten, bis Francesco und Baroncelli weitergegangen seien.

Nachdem Giuliano gestorben sei, habe Leonardo aufgeschaut und den Mann bemerkt, wie er schnell auf die zu der Piazza hinausführende Tür zuging. Er müsse an einer Stelle stehen geblieben sein, um einen Blick zurückzuwerfen und sich zu vergewissern, ob das Opfer auch tot sei.

»Mörder!«, rief der Künstler. »Stehen bleiben!«

In seiner Stimme lag so viel empörte Autorität, so viel Aggression, dass der Verschwörer erstaunlicherweise wie angewurzelt stehen blieb und einen kurzen Blick über die Schulter warf.

Leonardo fing sein Bild mit dem Auge des geübten Malers ein. Der Mann trug ein Büßergewand – reines Sackleinen – und sein glatt rasiertes Gesicht lag unter einer Kapuze halb im Schatten. Nur die untere Hälfte seiner Lippen und seines Kinns waren sichtbar.

In einer Hand hielt er ein blutiges Stilett, fest an sich gedrückt.

Nachdem er geflohen war, hatte Leonardo den Leichnam Giulianos sanft auf die Seite gerollt und den Einstich entdeckt – klein, aber sehr tief mitten auf dem Rücken.

Davon berichtete er Lorenzo. Er gestand allerdings nicht

ein, was er in seinem gequälten Herzen wusste: nämlich dass er, Leonardo, für Giulianos Tod verantwortlich war.

Seine Schuld war nicht irrational. Sie war das Ergebnis langer Überlegungen über das Vorgefallene. Wäre er, der Künstler, nicht von Liebe und Schmerz und Eifersucht übermannt gewesen, wäre Giuliano womöglich noch am Leben.

Leonardo hatte es sich zur Gewohnheit gemacht, Menschenmengen zu betrachten – Gesichter, Körper, Haltung –, was ihm viele Informationen verschaffte. Vom Rücken eines Menschen war beinahe ebenso viel abzulesen wie von seiner Vorderseite. Hätte der Künstler sich nicht von Gedanken an Giuliano und die Frau davontragen lassen, hätte er gewiss die außergewöhnliche Anspannung in der Körperhaltung des Büßers bemerkt, denn der Mann hatte fast direkt vor ihm gestanden. Ihm wäre vielleicht etwas Merkwürdiges an Baroncellis oder Francesco de' Pazzis Verhalten aufgefallen, als sie neben Giuliano abwarteten. Er hätte die Angst der drei Männer gespürt und den Schluss daraus gezogen, dass Giuliano in großer Gefahr war.

Hätte er nur aufgepasst, dann hätte er gesehen, wie der Büßer verstohlen nach seinem Stilett griff; ihm wäre aufgefallen, dass sich Baroncellis Hand um den Schwertgriff schloss.

Er hätte noch Zeit gehabt, einen Schritt vorzutreten. Die Hand des Büßers zu ergreifen. Sich zwischen Giuliano und Baroncelli zu schieben.

Stattdessen hatte ihn seine Leidenschaft zu einem geistlosen Zuschauer degradiert, hilflos der panischen, flüchtenden Menge ausgeliefert. Das hatte Giuliano das Leben gekostet.

Unter der Last seiner Schuld ließ er den Kopf hängen, hob ihn dann wieder und schaute *il Magnifico* in die besorgten, wissbegierigen Augen.

»Ich bin mir sicher, dass dieser Mann verkleidet war, Herr.«

Lorenzo merkte auf. »Woher wollt Ihr das wissen?«

»Seine Haltung. Büßer schwelgen in Selbstgeißelungen und tragen härene Hemden unter ihren Gewändern. Sie sind in sich zusammengesackt, gekrümmt, und bewegen sich behutsam, weil das Hemd bei jeder Berührung der Haut Schmerzen verursacht. Dieser Mann hat sich ungehindert bewegt; seine Haltung war aufrecht und selbstsicher. Aber die Muskeln waren angespannt – aus emotionaler Not. Außerdem glaube ich, dass er in Anbetracht der Würde und Vornehmheit seines Äußeren der Oberschicht angehört.«

Lorenzos Blick war durchdringend. »Das alles habt Ihr aus den Bewegungen eines Mannes ermittelt, eines Mannes, der ein Gewand trug?«

Leonardo schaute ihn an, ohne mit der Wimper zu zucken. Für ihn waren alle Menschen gleich; die Mächtigen schüchterten ihn nicht ein. »Sonst wäre ich nicht hier.«

»Dann sollt Ihr mein Agent sein.« Lorenzos Augen wurden schmal vor Hass und Entschlossenheit. »Ihr sollt mir helfen, diesen Mann zu finden.«

So kam es, dass Leonardo im vergangenen Jahr mehrfach in den Kerker im Keller des Palazzo della Signoria gerufen wurde, um Lippen, Kinnpartien und Körperhaltungen unglückseliger Männer sorgfältig zu prüfen. Keiner glich dem Büßer in der Kathedrale.

Am Abend vor Baroncellis Hinrichtung hatte Lorenzo, jetzt *il Magnifico* genannt, zwei Wächter geschickt, um Leonardo in den Palazzo in der Via Larga zu bringen.

Lorenzo hatte sich körperlich nur wenig verändert – bis auf die blasse Narbe am Hals. Wenn seine unsichtbare Wunde ähnlich verheilt war, dann hatte dieser Tag sie wieder aufgerissen, frisch und roh.

Auch Leonardo litt unter der auf ihm lastenden Traurigkeit und Schuld. Wäre er nicht so niedergeschlagen gewesen, hätte er sich vielleicht erlaubt, sich an den einzigartigen Gesichtszügen des *il Magnifico* zu weiden, besonders an seiner Nase. Der Nasenrücken ging direkt unter den Augenbrauen kurz in die Höhe, wurde anschließend flach und verschwand plötzlich, als hätte Gott ihn mit seinem Daumen plattgedrückt. Doch er erhob sich wieder, rebellisch und in seiner Länge erstaunlich, um dann jäh nach links abzufallen. Die Form der Nase machte Lorenzos Stimme hart und nasal und hatte eine weitere eigenartige Auswirkung: In den Jahren, die Leonardo ihn nun kannte, hatte Lorenzo nicht einmal in seinem berühmten Garten gestanden und an einer Blüte gerochen. Er hatte niemals einer Frau wegen ihres Parfüms Komplimente gemacht noch auf einen anderen Geruch hingewiesen, ob angenehm oder nicht; tatsächlich schien er peinlich berührt, wenn jemand eine diesbezügliche Bemerkung fallen ließ. Nur eine Schlussfolgerung war möglich: Lorenzo hatte keinen Geruchssinn.

An jenem Abend trug *il Magnifico* eine tiefblaue Wolltunika, deren Kragen und Stulpen von weißem Hermelin gesäumt waren. Er war ein unglücklicher Sieger, doch er schien sich eher zu sorgen denn zu freuen. »Vielleicht habt Ihr Euch bereits gedacht, warum ich Euch holen ließ«, sagte er.

»Ja. Ich soll morgen auf die Piazza gehen und nach dem dritten Mann suchen.« Leonardo zögerte; auch er war besorgt. »Zuerst brauche ich Eure Zusicherung.«

»Bittet darum, dann werde ich sie gewähren. Jetzt habe ich Baroncelli; und ich kann nicht ruhen, bis der dritte Mörder ebenfalls gefasst ist.«

»Baroncelli soll sterben, und Gerüchten zufolge wurde er unbarmherzig gefoltert.«

Lorenzo unterbrach ihn rasch. »Und aus gutem Grund. Er war meine größte Hoffnung, den Mann zu finden, der meinen Bruder umgebracht hat. Aber er bestand darauf, dass er den Mann nicht kannte. Falls doch, so wird er das Geheimnis mit in die Hölle nehmen.«

Die Bitterkeit im Ton des *il Magnifico* gab Leonardo zu denken. »Ser Lorenzo, wenn ich diesen dritten Mörder finde, kann ich ihn nicht reinen Gewissens ausliefern, damit man ihn tötet.«

Lorenzo fuhr zurück, als hätte man ihm direkt ins Gesicht geschlagen; seine Stimme erhob sich empört. »Ihr würdet einen Komplizen des Mordkomplotts gegen meinen Bruder laufen lassen?«

»Nein.« Leonardos Stimme zitterte leicht. »Ich habe Euren Bruder höher geschätzt als jeden anderen.«

»Ich weiß«, erwiderte Lorenzo leise und in einer Weise,

die besagte, dass er die ganze Wahrheit kannte. »Und deshalb weiß ich auch, dass Ihr von allen Männern mein größter Verbündeter seid.«

Leonardo riss sich zusammen, senkte den Kopf und hob ihn wieder. »Ich möchte, dass ein solcher Mann vor Gericht gestellt wird – dass er seine Freiheit einbüßt, dass er dazu verurteilt wird, zum Wohle anderer zu arbeiten, dass er gezwungen ist, den Rest seines Lebens über sein Verbrechen nachzudenken.«

Lorenzos Oberlippe war nicht zu sehen; die Unterlippe spannte sich so fest über seine hervorstehende untere Zahnreihe, dass die Spitzen zu sehen waren. »Ein derartiger Idealismus ist bewundernswert.« Er hielt kurz inne. »Ich bin ein vernünftiger Mann – und, wie Ihr, ein ehrlicher Mann. Wenn ich damit einverstanden bin, dass dieser Komplize, solltet Ihr ihn finden, nicht umgebracht, sondern stattdessen inhaftiert wird, geht Ihr dann auf die Piazza, um ihn zu suchen?«

»Ja«, versprach Leonardo. »Und wenn es mir morgen nicht gelingt, werde ich die Suche fortsetzen, bis ich ihn endlich gefunden habe.«

Lorenzo nickte zufrieden. Er wandte den Blick ab und betrachtete ein flämisches Gemälde von berückender Zartheit. »Ihr solltet wissen, dass dieser Mann …« Er unterbrach sich und setzte dann von neuem an. »Das reicht viel tiefer als der Mord an meinem Bruder, Leonardo. Sie wollen uns vernichten.«

»Euch und Eure Familie?«

Lorenzo wandte sich ihm wieder zu. »Euch. Mich. Botticelli. Verrocchio. Perugino. Ghirlandaio. Alles, was Florenz darstellt.« Leonardo machte den Mund auf, um zu fragen: *Wer? Wer will das tun?*, doch *il Magnifico* hob die Hand, um ihm das Wort abzuschneiden. »Geht morgen auf die Piazza. Findet den dritten Mann. Ich habe die Absicht, ihn persönlich zu befragen.«

Sie vereinbarten, dass Lorenzo eine symbolische Summe an Leonardo zahlen würde für einen »Auftrag« – die Skizze vom erhängten Bernardo Baroncelli mit der Aussicht, dass aus einer solchen Skizze ein Porträt werden könnte. So konnte Leonardo ehrlich antworten, er sei auf der Piazza della Signoria, weil Lorenzo de' Medici ein Gemälde haben wolle; er war ein sehr schlechter Lügner, und Ausflüchte passten nicht zu ihm.

Während er an dem kalten Dezembermorgen, als Baroncelli hingerichtet wurde, auf dem Platz stand und sich das Gesicht eines jeden Mannes genau ansah, der an ihm vorbeikam, rätselte er über Lorenzos Worte.

Sie wollen uns vernichten …

Teil II: Lisa

11

Den Tag, an dem meine Mutter mir die Geschichte von der Ermordung Giuliano de' Medicis erzählte, werde ich nie vergessen.

Es war an einem Dezembertag dreizehneinhalb Jahre nach dem Ereignis; ich war zwölf. Zum ersten Mal im Leben stand ich im großen Duomo; den Kopf in den Nacken gelegt, bewunderte ich die Pracht von Brunelleschis Kuppel, während mir meine Mutter, die Hände zum Gebet gefaltet, die grauenvolle Geschichte ins Ohr flüsterte.

Mitten in der Woche nach der Frühmesse war die Kathedrale fast leer, bis auf eine schluchzende Witwe auf Knien gleich hinter dem Eingang und einen Priester, der den Kandelaber auf dem Altar mit neuen Kerzen bestückte. Wir waren direkt vor dem Hochaltar stehen geblieben, an der Stelle, an der das Attentat verübt worden war. Ich liebte Abenteuergeschichten und versuchte, mir einen jungen Lorenzo de' Medici vorzustellen, wie er mit gezücktem Schwert in den Chor sprang und an den Priestern vorbei in Sicherheit lief.

Ich wandte mich meiner Mutter Lucrezia zu und zupfte an ihrem bestickten Brokatärmel. Sie hatte dunkles Haar, dunkle Augen und einen makellosen Teint, auf den ich neidisch war; sie selbst jedoch schien sich ihrer erstaunlichen Erscheinung nicht bewusst zu sein. Sie klagte über die fehlende Sprungkraft ihrer Korkenzieherlocken, über den olivefarbenen Schimmer ihrer Haut. Dabei war sie feingliedrig, hatte wundervolle Hände, Füße und Zähne. Ich war reif für mein Alter und schon größer als sie, hatte grobe, dunkelbraune Wellen und eine unreine Haut.

»Was ist passiert, nachdem Lorenzo entkommen war?«, zischte ich. »Was ist aus Giuliano geworden?«

Meiner Mutter standen Tränen in den Augen. Sie war, wie mein Vater häufig sagte, anfällig für tiefe Gefühlsregungen. »Er ist an seinen schrecklichen Verwundungen gestorben. Florenz verfiel in einen regelrechten Wahn; jeder wollte Blut sehen. Und die Hinrichtungen der Verschwörer ...« Ein Schauer überlief sie bei der Erinnerung, sie brachte es nicht fertig, den Gedanken zu Ende zu führen.

Zalumma, die auf der anderen Seite neben ihr stand, beugte sich vor und warf mir einen warnenden Blick zu.

»Hat denn keiner versucht, Giuliano zu helfen?«, fragte ich. »Oder war er schon tot? Ich wäre doch wenigstens hingegangen, um nachzusehen, ob er noch am Leben war.«

»Schh«, warnte Zalumma mich. »Seht Ihr denn nicht, dass sie sich aufregt?«

Das war tatsächlich ein Anlass zur Sorge. Meiner Mutter ging es nicht gut, und Erregung verschlimmerte ihren Zustand.

»Aber sie hat doch mit der Geschichte angefangen«, entgegnete ich. »Ich habe nicht danach gefragt.«

»Still!«, befahl Zalumma. Ich war schon stur, sie dagegen war noch um einiges halsstarriger. Sie nahm meine Mutter am Ellenbogen und sagte in milderem Tonfall: »Madonna, es wird Zeit, dass wir gehen. Wir müssen zu Hause sein, bevor man Eure Abwesenheit entdeckt.«

Damit bezog sie sich auf meinen Vater, der sich an jenem Tag wie an den meisten anderen auch um seine Geschäfte kümmerte. Er wäre empört, wenn er nach Hause käme und feststellen müsste, dass seine Frau fort war; es war seit Jahren das erste Mal, dass sie sich so weit und so lange nach draußen gewagt hatte.

Wir hatten diesen Ausflug seit geraumer Zeit im Stillen geplant. Den Duomo hatte ich noch nie von innen zu Gesicht bekommen, obwohl ich seine enorme Backsteinkuppel in meiner Kindheit von unserem Haus auf der anderen Seite des Arno in der Via Maggio immer vor Augen gehabt hatte. Mein Leben lang war ich in unserem Stadtteil in die Kirche Santo Spirito gegangen und hielt sie für riesig mit ihren klassischen Säulen und Bögen aus *pietra serena,* einem feinen, hellgrauen Stein. Auch unser Hauptaltar lag unter einer Kuppel, die der große Brunelleschi entworfen hatte, sein letztes Werk; für mich war Santo Spirito mit den achtunddreißig Seitenaltären unvorstellbar prächtig und imposant gewesen – bis ich im mächtigen Duomo stand. Die Kuppel war eine Herausforderung für die menschliche Vorstellungskraft. Während ich emporschaute, begriff ich, warum man anfangs Bedenken hatte, sich darunterzustellen. Mir wurde auch klar, warum einige, die am Tag des Mordes an Giuliano die Rufe gehört hatten, hinausgelaufen waren, da sie glaubten, der große Dom bräche schließlich doch zusammen.

Es grenzte an ein Wunder, dass etwas so Riesiges sich gänzlich ohne sichtbare Stützen in die Luft erheben konnte.

Meine Mutter hatte mich nicht nur zur Piazza del Duomo geführt, damit ich die Kuppel bewunderte, sondern auch, um mein Verlangen nach Kunst zu stillen – und das ihre. Sie stammte aus gutem Hause und war gebildet; sie schwärmte für Dichtung, die sie auf Italienisch und Latein las (beide Sprachen hatte sie mich gelehrt). Leidenschaftlich hatte sie sich ein umfassendes Wissen über die kulturellen Schätze der Stadt angeeignet – und hatte lange darunter gelitten, dass ihre Krankheit sie davon abhielt, dieses Wissen mit mir zu teilen. Als sich an jenem strahlenden Dezembertag also die Gelegenheit bot, fuhren wir mit der Kutsche Richtung Osten und begaben uns über den Ponte Vecchio in das Herz von Florenz.

Es wäre rascher gegangen, wenn wir direkt über die Via Maggio zur nächstgelegenen Brücke gefahren wären, dem Ponte Santa Trinità, doch damit wäre mir ein Festschmaus für die Augen entgangen. Der Ponte Vecchio war gesäumt mit *botteghe* von Goldschmieden und Künstlern. Jede *bottega* ging direkt auf die Straße, und die Waren des Besitzers waren vor dem Laden gut sichtbar ausgestellt. Wir trugen unsere besten, pelzgefütterten Capes, die uns vor der frostigen Luft schützen sollten, und Zalumma hatte meine Mutter in ein paar dicke Wolldecken gepackt. Ich war viel zu aufgeregt, um zu frieren; ich streckte den Kopf zur Kutsche hinaus und bestaunte Schmuckplatten, kleine Statuen, Gürtel, Armbänder und Karnevalsmasken aus Gold. Ich schaute auf gemeißelte Marmorbüsten wohlhabender Florentiner, auf Porträts im Entstehungsprozess. Früher, sagte meine Mutter, war die Brücke Heimstatt für Schlachter und Gerber, die ihre Abfälle direkt in den Arno zu werfen pflegten. Die Medici hatten dagegen Protest eingelegt: Jetzt war der Fluss sauberer denn je, und die Gerber und Färber arbeiteten in besonders ausgewiesenen Stadtteilen.

Auf dem Weg zum Duomo hielt unsere Kutsche auf dem riesigen Platz vor der imposanten Festung, bekannt unter dem Namen Palazzo della Signoria, in der die Prioren von Florenz zusammentrafen. An einer hervorspringenden Mauer eines angrenzenden Gebäudes erblickte ich ein groteskes Fresko: Bilder von erhängten Männern. Ich wusste nichts über sie, außer dass man sie die Pazzi-Verschwörer nannte und dass sie böse waren. Einer der Verschwörer, ein kleiner, nackter Mann, starrte mich mit weit aufgerissenen, leeren Augen an; die Wirkung war nervenaufreibend. Was mich jedoch am meisten faszinierte, war das Porträt des letzten Erhängten. Seine Gestalt unterschied sich von den anderen, war feiner gearbeitet, überzeugender; die raffinierten Schattierungen machten den Kummer und die Reue einer leidenden Seele deutlich. Außerdem schien er nicht wie die anderen zu schweben, sondern besaß den Schatten und die Tiefe der Realität. Ich hatte das Gefühl, als könnte ich in die Mauer greifen und Baroncellis auskühlendes Fleisch berühren.

Ich wandte mich meiner Mutter zu. Sie beobachtete mich genau, obwohl sie weder ein Wort über das Wandgemälde verlor, noch über den Grund, warum wir dort angehalten hatten. Zum ersten Mal hatte ich mich länger auf der Piazza aufgehalten, zum ersten Mal hatte man mir einen mehr als flüchtigen Blick auf die Erhängten gestattet. »Den Letzten hat ein anderer Künstler gemalt«, sagte ich.

»Leonardo aus Vinci«, sagte sie. »Er besitzt einen erstaunlich feinen Pinselstrich, nicht wahr? Er ist wie unser Schöpfer, der Leben in einen Stein haucht.« Sie nickte, offenbar erfreut über meinen Scharfblick, und gab dem Kutscher ein Zeichen weiterzufahren.

Wir steuerten auf die Piazza del Duomo zu.

Bevor wir die Kathedrale betraten, hatte ich Ghibertis Relieftafeln auf den Türen der achteckigen Taufkapelle nebenan betrachtet. Hier, neben dem öffentlichen Eingang an der Südseite des Gebäudes, bedeckten Szenen aus dem Leben Johannes des Täufers die Wände, des Schutzheiligen von Florenz. Was mich jedoch wahrhaft quälte, war die Paradiespforte am Ostportal. Dort war das Alte Testament in lebhaften Einzelheiten in fein vergoldeter Bronze zum Leben erweckt. Ich stellte mich auf Zehenspitzen, um den geschwungenen Bogen des Flügels eines Engels zu betasten, der Abraham verkündete, Gott wolle Isaak als Opfer; ich bückte mich, um Moses zu bestaunen, der die Gesetzestafeln aus der Hand Gottes empfing. Am liebsten hätte ich die fein gearbeiteten Köpfe und die muskulösen Schultern der Ochsen berührt, die aus dem Metall der obersten Platte auftauchten, um ein Feld zu pflügen. Ich ahnte, dass die Spitzen der Hörner unter meiner Berührung scharf und kalt wären, doch sie lagen außerhalb meiner Reichweite. Stattdessen gab ich mich damit zufrieden, über die zahlreichen winzigen Häupter von Propheten und Sibyllen zu fahren, die die Türen wie Girlanden säumten; die Bronze brannte wie Eis.

Der Innenraum des Baptisteriums war für mich weniger bemerkenswert. Nur ein Gegenstand erregte meine Aufmerksamkeit: die aus dunklem Holz geschnitzte, überlebensgroße Maria Magdalena von Donatello. Es war eine grässliche, gespenstische Version der Verführerin: eine alte Frau, das Haar wirr und so lang, dass sie sich in den Strähnen kleidete, ähnlich wie der heilige Johannes in Tierhäuten. Ihre Wangen waren eingefallen, die Gesichtszüge von Schuldgefühlen und Reue gezeichnet. Die Resignation in ihrer Erscheinung erinnerte mich vage an meine Mutter.

Dann begaben wir drei uns in den eigentlichen Duomo, und sobald wir vor den Altar traten, begann meine Mutter über den Mord zu sprechen, der dort fast vierzehn Jahre zuvor verübt worden war. Mir blieb nicht viel Zeit, die erstaunlichen Ausmaße der Kuppel im mich aufzunehmen, ehe Zalumma meine Mutter besorgt daran erinnerte, dass es höchste Zeit sei zu gehen.

»Vermutlich.« Meine Mutter gab Zalummas Drängen nur zögernd nach. »Aber vorher muss ich noch mit meiner Tochter allein sprechen.«

Die Sklavin sah ihre Pläne vereitelt. Sie blickte so finster, dass sich ihre Augenbrauen zu einer dicken, dunklen Linie vereinten, doch ihre gesellschaftliche Stellung zwang sie, ruhig zu bleiben. »Gewiss, Madonna.« Sie zog sich also zurück, blieb aber ganz in der Nähe.

Sobald meine Mutter sich vergewissert hatte, dass Zalumma uns nicht beobachtete, holte sie einen kleinen, glänzenden Gegenstand aus ihrem Ausschnitt. Eine Münze, war mein erster Gedanke, doch nachdem sie ihn mir in die Hand gedrückt hatte, sah ich, dass es sich um ein goldenes Medaillon handelte, auf dem die Worte ÖFFENTLICHE TRAUER eingraviert waren. Unter den Buchstaben zückten zwei Männer ihre Messer, um ein verblüfftes Opfer anzugreifen. Trotz der geringen Größe war das Bild detailgetreu und lebensecht, mit einer Feinheit ausgeführt, die eines Ghiberti würdig war.

»Behalte es«, sagte meine Mutter. »Aber es soll unser Geheimnis bleiben.«

Habgierig und interessiert beäugte ich ihr Geschenk. »Sah er denn wirklich so gut aus?«

»Ja. Er ist ziemlich genau getroffen. Das Medaillon ist eine Rarität. Es stammt vom selben Künstler, der auch Baroncelli gemalt hat.«

Umgehend steckte ich das Medaillon in den Gürtel. Meine Mutter und ich hatten eine gemeinsame Vorliebe für

Schmuckstücke dieser Art und für Kunst im Allgemeinen; mein Vater dagegen hatte sich als Kaufmann seinen Wohlstand schwer erarbeitet, und er sah es daher nicht gern, wenn Geld für etwas Unpraktisches, ja Nutzloses wie dieses Medaillon aus dem Fenster geworfen wurde. Ich aber war begeistert; ich hungerte förmlich nach solchen Sachen.

»Zalumma«, rief meine Mutter, »von mir aus können wir jetzt gehen.«

Zalumma eilte sofort herbei und ergriff wieder den Arm meiner Mutter. Als diese sich jedoch vom Altar abwenden wollte, hielt sie inne und rümpfte die Nase. »Die Kerzen ...«, murmelte sie. »Haben die Altartücher Feuer gefangen? Irgendetwas brennt ...«

In einem Anflug von Panik entgleisten Zalumma die Gesichtszüge, doch sie fing sich sogleich wieder und sagte ruhig, als wäre es das Normalste auf der Welt: »Legt Euch hin, Madonna. Hier, auf den Boden. Alles wird gut.«

»Alles wiederholt sich«, sagte meine Mutter mit jenem eigenartigen Klang in ihrer Stimme, den ich zu fürchten gelernt hatte.

»Legt Euch hin!«, befahl Zalumma, so streng, als redete sie mit einem Kind. Meine Mutter schien sie nicht zu hören, und als Zalumma versuchte, sie zu Boden zu drücken, leistete sie Widerstand.

»Alles wiederholt sich«, stieß meine Mutter hastig hervor, fieberhaft. »Siehst du nicht, wie es wieder passiert? Hier, an diesem geheiligten Ort.«

Ich lehnte mich auf Zalumma; gemeinsam bemühten wir uns, meine Mutter auf den Boden zu drücken, doch es war, als versuchte man, einen unbeweglichen Berg niederzuringen – einen, der noch dazu zitterte.

Die Arme meiner Mutter schossen unkontrolliert nach vorn, starr. Ihre Beine versteiften sich. »Hier liegt Mord in der Luft, mörderische Gedanken!«, kreischte sie. »Noch einmal Verschwörungen in Verschwörungen!«

Als sie zu Boden ging, wurden ihre Schreie unverständlich.

Zalumma und ich klammerten uns an sie, sodass sie nicht allzu hart aufschlug.

Meine Mutter wand sich auf dem kalten Boden der Kathedrale, ihr blauer Umhang ging auf, die silbernen Röcke breiteten sich um sie herum aus. Zalumma lag quer über ihr; ich klemmte mein Taschentuch zwischen die obere Zahnreihe und die Zunge meiner Mutter und hielt ihr dann den Kopf fest.

Geschafft – wenn auch knapp. Meine Mutter rollte die dunklen Augen, bis nur noch das geäderte Weiß zu sehen war – dann fing sie an zu zucken. Kopf, Körper, Gliedmaßen – alles an ihr zuckte, unregelmäßig und in rascher Folge.

Zalumma gelang es irgendwie, ihre Position beizubehalten. Sie hob und senkte sich mit den wellenartigen Kontraktionen, flüsterte heiser in ihrer barbarischen Sprache, eigenartige Worte, die so schnell und geübt kamen, dass ich wusste, sie waren Teil eines Gebets. Auch ich begann, ohne darüber nachzudenken, in einer ähnlich alten Sprache zu beten: *Ave Maria, Mater Dei, ora pro nobis peccatoribus, nunc et in hora mortis nostrae …*

Ich konzentrierte mich auf das leinene Taschentuch im Mund meiner Mutter – auf ihre knirschenden Zähne und die kleinen Blutflecken dort – und auf ihren zuckenden Kopf, den ich jetzt in meinem Schoß festhielt. Ich war davon so vereinnahmt, dass ich ängstlich zusammenfuhr, als ein Fremder neben uns laut zu beten begann, ebenfalls auf Latein.

Ich schaute auf und erblickte den schwarz berockten Priester, der sich um den Altar gekümmert hatte. Er besprengte meine Mutter abwechselnd mit Flüssigkeit aus einer kleinen Phiole oder schlug das Kreuzzeichen über sie, während er betete.

Endlich war es so weit, dass meine Mutter abschließend noch einmal aufstöhnte und dann erschlaffte; ihre Augenlider schlossen sich flatternd.

Der Priester neben mir – ein junger, rothaariger Mann mit pockennarbiger, geröteter Haut – erhob sich. »Sie ist wie die Frau, der Jesus Christus neun Teufel ausgetrieben hat«, sagte er streng. »Sie ist besessen.«

Gereizt und noch schwankend von der Anstrengung, erhob sich Zalumma zu ihrer vollen Größe – eine Handbreit größer als der Priester – und funkelte ihn böse an. »Es ist eine Krankheit«, sagte sie, »von der Ihr keine Ahnung habt.«

Der junge Priester krümmte sich, sein Tonfall war nur noch halb so eindringlich. »Es ist der Teufel.«

Ich schaute vom Gesicht des Priesters auf Zalummas ernste Miene. Frühreif, wie ich war, wusste ich, was Verantwortung heißt: die zunehmenden Anfälle meiner Mutter hatten mich oft veranlasst, als Dame des Hauses aufzutreten, die Gastgeberin zu spielen und meinen Vater an ihrer statt zu gesellschaftlichen Anlässen zu begleiten. In den vergangenen drei Jahren war ich anstelle meiner Mutter mit Zalumma auf den Markt gegangen. Was hingegen die Kenntnisse über Gott und die Welt betraf, war ich noch jung. Ich war noch unentschlossen, ob Gott sie für eine frühere Sünde bestrafte oder ob ihre Anfälle tatsächlich düsteren Usprungs waren. Ich wusste nur, dass ich sie liebte, dass sie mir leidtat und dass mir das gönnerhafte Verhalten des Priesters missfiel.

Zalummas weiße Wangen färbten sich perlmuttrosa. Ich kannte sie gut: Eine sarkastische Antwort war ihr in den Sinn gekommen und hatte ihr schon auf der Zunge gelegen, doch sie hatte sie hinuntergeschluckt. Sie brauchte den Priester noch.

Ihr Auftreten veränderte sich schlagartig, und sie gab sich salbungsvoll. »Ich bin eine arme Sklavin und habe nicht das Recht, einem gelehrten Mann zu widersprechen, Vater. Wir müssen meine Herrin zur Kutsche bringen. Würdet Ihr uns bitte helfen?«

Der Priester betrachtete sie zu Recht argwöhnisch, konnte jedoch nicht ablehnen. Also lief ich los, um unseren Kutscher zu suchen; als er vorgefahren war, trugen er und der Priester meine Mutter hinaus.

Erschöpft schlief sie ein, den Kopf auf Zalummas Schoß gebettet; ich hielt ihre Beine fest. Wir fuhren direkt über den Ponte Santa Trinità nach Hause, eine reizlose Brücke, auf der es keine Läden gab.

Unser Palazzo in der Via Maggio war weder groß noch prunkvoll, obwohl mein Vater es sich hätte leisten können, das Haus mehr zu verzieren. Es war vor einem Jahrhundert von seinem Ururgroßvater aus schlichter *pietra serena* erbaut worden, einem kostspieligen, aber grauen Stein. Mein Vater hatte keine Anbauten vorgenommen und hatte auch keine Statue hinzugefügt oder die schlichten, ausgetretenen Böden, geschweige denn die verkratzten Türen ersetzt; er vermied unnötigen Schmuck. Wir fuhren durch das Tor. Zalumma und der Kutscher hoben meine Mutter aus der Kutsche.

Zu unserem Entsetzen stand mein Vater Antonio in der Loggia und beobachtete uns.

12

Mein Vater war früh nach Hause gekommen. Er trug seinen üblichen dunklen *farsetto*, einen roten Umhang und eine schwarze Trikothose, und stand mit verschränkten Armen am Eingang zur Loggia, sodass wir ihm keinesfalls entgehen konnten. Er hatte scharfe Gesichtszüge, goldbraunes Haar, das zum Scheitel hin dunkler wurde, eine schmale Hakennase und buschige Augenbrauen über hellen, bernsteinfarbenen Augen. Seine Missachtung für alles Modische zeigte sich in seinem Gesicht; zu einer Zeit, da Männer für gewöhnlich glatt rasiert waren oder einen gestutzten Kinnbart trugen, hatte er einen Vollbart.

Ironisch daran war nur, dass niemand außer ihm besser über den gegenwärtigen Stil und die Vorlieben in Florenz Bescheid wusste. Meinem Vater gehörte eine *bottega* im Stadtteil Santa Croce in der Nähe der alten Wollgilde *Arte de Lana*. Er hatte sich darauf spezialisiert, die wohlhabendsten Familien der Stadt mit den feinsten Wollstoffen zu beliefern. Häufig war er im Medici-Palast in der Via Larga, die Kutsche schwer beladen mit Stoffen, die mit *chermisi* gefärbt waren, dem kostspieligsten Farbstoff, hergestellt aus getrockneten und zu Pulver verarbeiteten Läusen, aus denen das prächtigste Rot gewonnen wurde, und mit *alessandrino*, einem wertvollen, herrlichen Dunkelblau.

Manchmal begleitete ich meinen Vater und wartete in der Kutsche, während er sich mit seinen wichtigsten Kunden in deren Palazzi traf. Mir gefielen diese Fahrten, und ihm machte es offensichtlich Spaß, mich in die Geheimnisse seines Unternehmens einzuweihen und mit mir auf gleicher Augenhöhe zu reden; zuweilen fühlte ich mich unzulänglich, weil ich kein Sohn war, der den Familienbetrieb übernehmen würde. Ich war die Alleinerbin, und ein Mädchen. Gott hatte meine Eltern mit finsterem Blick bedacht, und es galt als ausgemachte Sache, dass meine Mutter und ihre Anfälle dafür verantwortlich waren.

Nun war nicht mehr zu verbergen, dass unsere heimliche Eskapade der Grund war, warum sie einen weiteren Anfall erleiden musste.

Im Großen und Ganzen war mein Vater ein selbstbeherrschter Mann. Bestimmte Dinge jedoch – unter anderem der Zustand meiner Mutter – reizten ihn und konnten eine unkontrollierbare Wut in ihm entfachen. Als ich aus der Kutsche schlüpfte und hinter Zalumma und den anderen hergehen wollte, sah ich die Gefahr in seinem Blick und schaute schuldbewusst zur Seite.

In dem Moment überwog die Liebe zu meiner Mutter seinen Zorn. Mein Vater lief auf uns zu, drängte Zalumma beiseite und nahm meine Mutter zärtlich in den Arm. Er trug sie zusammen mit dem Kutscher zum Haus; dabei schaute er über die Schulter auf Zalumma und mich. Er sprach leise, damit sich meine halb bewusstlose Mutter nicht aufregte, doch die Wut in seinen Worten, die nur darauf wartete, losschlagen zu können, entging mir nicht.

»Ihr beiden Frauen bringt sie jetzt ins Bett, und dann will ich mit euch reden.«

Schlimmer konnte es nicht ausgehen. Hätte meine Mutter keinen Anfall erlitten, dann hätten wir vorbringen können, sie sei zu lange ans Haus gefesselt gewesen und hätte den Ausflug verdient. So aber erdrückte mich das Verantwortungsgefühl für alles, was geschehen war, und ich war bereit, mich einer wohlverdienten Strafpredigt zu stellen. Meine Mutter hatte mich in die Stadt mitgenommen, weil sie so viel Freude an mir hatte, dass sie mir wiederum eine Freude bereiten und mir die Schätze der Stadt zeigen wollte. Meinen Vater konnte man damit nicht behelligen; für den Duomo hatte er nur

Verachtung übrig, nannte ihn »schlecht angelegt« und sagte, unsere Kirche in Santo Spirito sei völlig ausreichend für uns.

Mein Vater trug also meine Mutter hinauf in ihr Bett. Ich klappte die Fensterläden zu, um die Sonne auszuschließen, und half danach Zalumma, meine Mutter bis auf ihre *camicia* aus bestickter weißer Seide auszuziehen, die so fein und zart war, dass man sie kaum als Tuch bezeichnen konnte. Sobald wir damit fertig waren und Zalumma sicher sein konnte, dass meine Mutter bequem ruhte, traten wir in ihr Vorzimmer und zogen leise die Tür hinter uns zu.

Mein Vater wartete schon auf uns. Er hatte die Arme wieder vor der Brust verschränkt, seine leicht sommersprossigen Wangen waren gerötet; unter seinem Blick wäre noch die frischeste Rose verdorrt.

Zalumma duckte sich nicht vor ihm. Sie schaute ihm direkt in die Augen, ihr Verhalten war höflich, doch nicht unterwürfig. Sie wartete darauf, dass er das Wort ergriff.

Seine Stimme war leise, zitterte allerdings leicht. »Du wusstest genau, welche Gefahr das für sie bedeutete. Du hast es gewusst und dennoch zugelassen, dass sie das Haus verließ. Was hat das mit Loyalität zu tun? Was sollen wir nur machen, wenn sie stirbt?«

Zalummas Tonfall war ganz ruhig, ihr Verhalten respektvoll. »Sie wird nicht sterben, Ser Antonio; der Anfall ist vorbei, und sie schläft. Aber Ihr habt recht; es ist mein Fehler. Ohne meine Hilfe hätte sie nicht gehen können.«

»Ich werde dich verkaufen!« Mein Vater wurde lauter. »Dich verkaufen und eine Sklavin mit mehr Verantwortungsgefühl kaufen!«

Zalumma schlug die Augen nieder; sie biss die Zähne zusammen, darum bemüht, Worte zurückzuhalten, die ich mir gut vorstellen konnte. *Ich bin die Sklavin der Herrin aus dem Haushalt ihres Vaters; ich gehörte ihr schon, bevor wir jemals ein Auge auf Euch warfen, und nur sie darf mich verkaufen.* Doch sie sagte nichts. Wir alle wussten, dass mein Vater meine Mutter liebte, und meine Mutter liebte Zalumma. Er würde die Sklavin nie verkaufen.

»Geh«, sagte mein Vater. »Geh nach unten.«

Zalumma zögerte einen Moment; sie wollte meine Mutter nicht allein lassen, aber der Herr hatte gesprochen. Sie ging an uns vorbei, die Röcke schleiften über den Steinboden. Mein Vater und ich waren allein.

Ich hob das Kinn, instinktiv trotzig. Ich war so geboren; mein Vater und ich standen uns in nichts nach, was das Temperament betraf.

»*Du* hast dahintergesteckt«, sagte er; seine Wangen röteten sich noch mehr. »Du mit deinen Ideen. Deine Mutter hat sich darauf eingelassen, um dir eine Freude zu machen.«

»Ja, ich habe dahintergesteckt.« Meine Stimme bebte, was mich ärgerte; es kostete mich einige Mühe, wieder kontrolliert und ruhig zu klingen. »Mutter hat es gemacht, um mir einen Gefallen zu tun. Glaubst du denn, ich bin froh, dass sie einen Anfall hatte? Sie war vorher schon außer Haus, ohne dass etwas passiert wäre. Meinst du denn, es sei meine Absicht gewesen, dass das geschieht?«

Er schüttelte den Kopf. »Ein so junges Mädchen, von derart schamloser Respektlosigkeit. Hör gut zu: Du wirst die ganze Woche zu Hause bleiben und deiner Mutter nicht von der Seite weichen. Du darfst weder die Messe noch den Markt besuchen. Du *weißt* nicht, wie ernsthaft dieses Vergehen ist? Du *weißt* nicht, wie entsetzt ich war, als ich nach Hause kam und feststellte, dass sie fort war? Schämst du dich denn gar nicht, mit deiner Selbstsucht deine Mutter derart zu verletzen? Oder ist dir ihr Leben einerlei?«

Seine Stimme war immer lauter geworden, sodass er am Ende schrie.

»Natürlich ...«, hob ich an und verstummte dann, als sich die Zimmertür öffnete und meine Mutter im Türrahmen stand.

Mein Vater und ich schraken zusammen und drehten uns zu ihr um. Sie sah aus wie ein Gespenst, klammerte sich an den Türknauf, um das Gleichgewicht zu halten; die Augenlider waren vor Erschöpfung schwer. Zalumma hatte ihr das Haar gelöst, sodass es dunkel über Schultern und Busen bis auf die Taille fiel; sie trug nichts außer der sich bauschenden *camicia* mit den langen Puffärmeln.

Ihre Stimme war kaum mehr als ein Flüstern, die Gefühlsregungen aber waren deutlich zu hören. »Lass sie in Ruhe. Es war meine Idee, von Anfang bis Ende. Wenn du schreien musst, dann schrei mich an.«

»Du darfst nicht aufstehen«, sagte ich, doch meine Worte wurden von der wütenden Stimme meines Vaters übertönt.

»Wie konntest du so etwas tun, obwohl dir die Gefahr bewusst war? Warum jagst du mir solche Angst ein, Lucrezia? Du hättest sterben können!«

Meine Mutter sah ihn aus verstörten Augen an. »Ich bin es leid. Dieses Haus, dieses Leben. Es macht mir nichts, wenn ich sterbe. Ich will ausgehen wie ganz normale Leute. Ich möchte leben wie jede andere Frau auch.«

Sie hätte noch mehr gesagt, doch mein Vater unterbrach sie. »Der Herr möge dir deine leichtfertigen Reden über das Sterben vergeben. Es ist Sein Wille, dass du so lebst, Sein Urteil. Du solltest es in Demut hinnehmen.«

Noch nie hatte ich einen giftigen Tonfall bei meiner Mutter vernommen, noch nie hatte ich sie verächtlich schnauben sehen. An jenem Tag aber geschah beides.

Ein Mundwinkel zuckte. »Spotte nicht über Gott, Antonio, wenn wir beide die Wahrheit kennen.«

Mit einer blitzartigen Bewegung ging er auf sie zu, um sie zu schlagen; sie fuhr zurück.

Ich bewegte mich ebenso rasch und trat dazwischen. Mit Fäusten schlug ich auf die Schultern meines Vaters ein und zwang ihn, von ihr Abstand zu nehmen. »Wie kannst du es wagen!«, schrie ich. »Wie kannst du es nur wagen! Sie ist lieb und gut – all das, was du nicht bist!«

Seine hellen, goldenen Augen waren weit aufgerissen und funkelten vor Wut. Er schlug mit dem Handrücken zu; ich fiel nach hinten und war verblüfft, mich auf dem Boden sitzend wiederzufinden.

Er stürmte aus dem Raum. Unterdessen schaute ich mich fieberhaft nach einem Gegenstand um, den ich ihm nachwerfen konnte, doch ich hatte nur noch den Umhang über den Schultern, ein Geschenk von ihm aus schwerem blauem Tuch.

Ich zerknüllte ihn in den Händen und schleuderte ihn von mir, doch er kam kaum weiter als eine Armeslänge, bevor er lautlos zu Boden sank – eine vergebliche Geste.

Dann kam ich wieder zu mir und lief ins Zimmer meiner Mutter. Sie kniete neben ihrem Bett. Ich half ihr hinein, deckte sie zu und hielt ihre Hand, während sie – wieder im Halbschlaf – leise weinte.

»Schh«, sagte ich zu ihr. »Wir haben es nicht so gemeint. Und wir werden es wiedergutmachen.«

Blind tastete sie nach meiner Hand. Ich umfasste die ihre. »Alles wiederholt sich«, stöhnte sie, und endlich schloss sie die Augen. »Alles wiederholt sich ...«

»Sei still jetzt«, sagte ich, »und schlafe.«

13

Den ganzen Tag saß ich am Bett meiner Mutter. Bei Sonnenuntergang zündete ich eine Kerze an und blieb bei ihr. Eine Dienerin überbrachte mir die Aufforderung meines Vaters, ich solle herunterkommen und mit ihm zu Abend essen. Ich lehnte ab. Ich wollte mich noch nicht versöhnen.

Als ich jedoch in der Dunkelheit saß und das Profil meiner Mutter im Kerzenschein betrachtete, regte sich ehrliche Reue in mir. Ich war nicht besser als mein Vater. Aus Liebe zu ihr und dem Wunsch, sie zu beschützen, hatte ich mich von meiner Wut übermannen lassen. Als mein Vater die Hand hob und sie bedrohte – obwohl ich nicht glaubte, dass er sie tatsächlich schlagen würde –, hatte ich ihn gleich mit Fäusten bearbeitet. Dieser Kampf zwischen uns hatte meiner Mutter das Herz gebrochen.

Ich war eine schlechte Tochter. Eine der schlimmsten Sorte, denn ich war rachsüchtig und schmiedete Ränke gegen jene, die mir nahestehenden Menschen Schaden zufügten. Als ich zehn war, hatten wir eine neue Dienerin, Evangelia, eine stämmige Frau mit schwarzen Haaren am Kinn und einem breiten roten Gesicht. Sowie sie zum ersten Mal einen Anfall meiner Mutter mitbekam, verkündete sie – wie der Priester im Duomo –, meine Mutter sei vom Teufel besessen und man müsse für sie beten.

Diese Forderung allein hätte meinen Hass noch nicht hervorgerufen, nur mein Missfallen. Wie gesagt, ich war zu der Zeit unentschlossen, ob es stimmte, doch ich wusste, solche

Feststellungen waren meiner Mutter peinlich und verletzten sie. Evangelia ließ die Sache allerdings nicht auf sich beruhen. Jedes Mal, wenn sie sich mit meiner Mutter in einem Raum aufhielt, bekreuzigte sie sich und machte das Zeichen, um das Auge des Bösen abzuwenden – zwei Finger in V-Form, die auf Augenhöhe nach außen zeigen. Dann trug sie auf einmal in einem Beutel einen Talisman um den Hals. Zu guter Letzt tat sie etwas Unverzeihliches: Sie hängte einen zweiten Talisman an die Tür meiner Mutter. Er sollte meine Mutter vermutlich in ihrem Zimmer einsperren. Als andere Dienerinnen ihr davon berichteten, weinte meine Mutter. Sie war jedoch zu freundlich und zu beschämt, um Evangelia darauf anzusprechen.

Ich nahm die Sache selbst in die Hand, denn ich konnte nicht zulassen, dass jemand meine Mutter zum Weinen brachte. Ich schlich mich heimlich ins Zimmer meiner Mutter und nahm ihren kostbarsten Ring, einen großen Rubin, eingelassen in einen fein gearbeiteten Reif aus Gold, ein Hochzeitsgeschenk von meinem Vater.

Ich versteckte ihn zwischen Evangelias Habseligkeiten und wartete ab. Es kam, wie vorauszusehen war: Der Ring wurde gefunden – zum Entsetzen aller, im Besonderen jedoch Evangelias. Mein Vater entließ sie auf der Stelle.

Zunächst empfand ich eine gewisse Befriedigung: Der Gerechtigkeit war Genüge getan, und meine Mutter musste nicht mehr vor Scham weinen. Aber nach ein paar Tagen begann mich mein Gewissen zu plagen. In Florenz hatte sich Evangelias angebliches Vergehen herumgesprochen, und sie war verwitwet und hatte eine kleine Tochter. Keine Familie würde sie einstellen. Wie sollte sie überleben?

Ich beichtete meine Sünde dem Priester und Gott: Beides verschaffte mir jedoch keine Erleichterung. Schließlich ging ich zu meiner Mutter und gestand ihr unter Tränen die Wahrheit. Sie war sehr ernst und sagte mir geradeheraus, was ich bereits wusste – dass ich das Leben einer Frau zerstört hatte. Zu meiner Erleichterung teilte sie meinem Vater nicht die volle Wahrheit mit, nur dass uns ein schrecklicher Fehler unterlaufen sei. Sie bat ihn, Evangelia zu suchen und zurückzubringen, um ihren Namen vom Makel zu befreien.

Doch mein Vater bemühte sich vergebens. Evangelia hatte Florenz bereits verlassen, da sie keine Arbeit finden konnte.

Seither lebte ich mit dem Schuldgefühl weiter. Und als ich an jenem Abend meine schlafende Mutter beobachtete, fielen mir all die wütenden Ausbrüche meiner Jugend ein, jeder Racheakt, den ich begangen hatte. Deren gab es viele, und ich betete zu Gott – dem Gott, der meine Mutter liebte und nicht wollte, dass sie Anfälle erlitt –, mich von meinem entsetzlich aufbrausenden Temperament zu erlösen. Meine Augen füllten sich mit Tränen; ich kannte meinen Vater, und ich trug jedes Mal zum Leiden meiner Mutter bei, wenn ich mich mit ihm zankte.

Als mir die erste Träne über die Wange kullerte, regte sich meine Mutter im Schlaf und murmelte etwas Unverständliches. Sanft legte ich eine Hand auf ihren Arm. »Ist schon gut. Ich bin hier.«

In dem Moment, als ich die Worte aussprach, wurde leise die Tür geöffnet. Ich schaute auf und erblickte Zalumma, einen Kelch in der Hand. Sie hatte ihre Kapuze und den Schal abgenommen und ihr wirres Haar geglättet, doch ungezähmte Locken umgaben ihr bleiches Gesicht wie ein Heiligenschein.

»Ich habe einen Arzneitrank mitgebracht«, sagte sie leise. »Wenn deine Mutter aufwacht, wird sie damit die Nacht über durchschlafen.«

Ich nickte und versuchte unauffällig meine tränenfeuchte Wange abzuwischen, in der Hoffnung, Zalumma würde es nicht bemerken, während sie den Kelch neben das Bett meiner Mutter stellte.

Natürlich entging ihr nichts, auch wenn sie mir den Rücken zukehrte. Sie wandte sich zu mir um und sagte noch immer mit ruhiger Stimme: »Ihr dürft nicht weinen.«

»Aber es ist meine Schuld.«

Zalumma brauste auf. »Es ist nicht Eure Schuld. Das war es nie.« Sie seufzte verbittert, als sie auf ihre schlafende Herrin blickte. »Was der Priester im Duomo gesagt hat …«

Ich beugte mich vor, begierig darauf, ihre Meinung zu hören. »Ja?«

»Es ist eine Gemeinheit. Und Unwissen, versteht Ihr? Eure Mutter ist die wahrhaftigste Christin, die ich kenne.« Sie hielt kurz inne. »Als ich noch ein sehr junges Mädchen war …«

»Als du in den Bergen gelebt hast?«

»Ja, als ich noch in den Bergen gelebt habe. Da hatte ich einen Bruder. Er stand mir näher als ein gewöhnlicher Bruder, er war mein Zwilling.« Bei der Erinnerung an ihn musste sie unwillkürlich lächeln. »Er war halsstarrig und hatte nur Unfug im Sinn, weshalb unsere Mutter immer die Hände rang. Und ich habe ihm stets geholfen.« Das schiefe Lächeln verblasste. »Eines Tages kletterte er auf einen sehr hohen Baum. Er wolle den Himmel erreichen, sagte er. Ich folgte ihm, so weit ich konnte, doch er kletterte so hoch hinauf, dass ich Angst bekam und anhielt. Er kroch auf einen Ast …« Sie geriet ins Stocken; nach einer kurzen Pause redete sie in ruhigem Ton weiter. »Zu weit. Er stürzte.«

Entsetzt richtete ich mich in meinem Stuhl auf. »Ist er gestorben?«

»Wir glaubten, er würde sterben; er hatte einen Schädelbruch, es blutete entsetzlich, meine ganze Schürze war voller Blut. Als er sich auskuriert hatte und wieder laufen konnte, gingen wir nach draußen zum Spielen. Wir waren noch nicht weit gegangen, da fiel er zu Boden und begann zu zucken, so wie Eure Mutter es tut. Danach konnte er eine Zeitlang nicht sprechen und schlief. Dann ging es ihm wieder besser, bis es erneut passierte.«

»Genau wie bei Mutter. Haben die Anfälle … haben sie je … Ist er …?«

»Ob die Anfälle ihn umgebracht haben? Nein. Ich weiß nicht, was aus ihm geworden ist, nachdem wir getrennt wurden.« Zalumma betrachtete mich und versuchte einzuschätzen, ob ich begriffen hatte, was sie mir mit ihrer Erzählung sagen wollte. »Mein Bruder hatte nie Anfälle, bevor er sich den Kopf verletzte. Die Anfälle traten erst nach seiner Verletzung auf. Sie waren die Folge seiner Verletzung.«

»Mutter hat sich also ... den Kopf angeschlagen?«

Zalumma wandte den Blick ein wenig ab – vielleicht erzählte sie ja nur eine Geschichte, die darauf abzielte, mich zu beruhigen – aber sie nickte. »Ich glaube. Nun ... Meint Ihr denn, Gott hat einen kleinen Jungen von einem Baum gestoßen, um ihn für seine Sünden zu bestrafen? Oder glaubt Ihr, er war so feige, dass der Teufel ihn in Besitz nahm und dazu brachte, zu springen?«

»Nein, natürlich nicht.«

»Es gibt Menschen, die nicht Eurer Meinung wären. Aber ich kenne das Herz meines Bruders, und ich kenne das Eurer Mutter; und ich weiß, Gott wäre niemals so grausam, und er würde nie zulassen, dass der Teufel in so liebe Seelen einzieht.«

Als Zalumma diese Worte aussprach, verschwanden meine Zweifel. Egal, was Evangelia oder der Priester gesagt hatten, war meine Mutter nicht von Dämonen besessen. Täglich besuchte sie die Messe in unserer privaten Kapelle; sie betete ständig und hatte einen Schrein für die Jungfrau unter den Blumen – die Lilie, Symbol für die Auferstehung und für die Stadt Florenz – in ihrem Zimmer. Sie war großzügig zu den Armen und führte keine üble Nachrede. Diese Erkenntnis verschaffte mir große Erleichterung.

Etwas jedoch bereitete mir noch immer Kopfzerbrechen.

Hier gibt es Mord und mörderische Gedanken. Wieder Verschwörungen in Verschwörungen.

Ich konnte nicht vergessen, was der Astrologe mir zwei Jahre zuvor gesagt hatte: Ich sei umgeben von Täuschung und dazu verdammt, eine blutige Tat zu vollenden, die andere begonnen hatten.

Alles wiederholt sich.

»Die merkwürdigen Dinge, die Mutter geschrien hat«, sagte ich. »Hat dein Bruder das auch gemacht?«

Zalummas Gesichtszüge, fein wie Porzellan, spiegelten ihr Zögern wider. Am Ende entschied sie sich für die Wahrheit. »Nein. Sie redete über solche Sachen, schon bevor sie die Anfälle hatte, seit ihrer Kindheit. Sie ... sie sieht und weiß Dinge, die uns anderen verborgen sind. Vieles, was sie gesagt hat, ist auch eingetreten. Ich glaube, Gott hat sie berührt, ihr ein Geschenk mitgegeben.«

Mord und mörderische Gedanken. Diesmal wollte ich nicht glauben, was Zalumma sagte, und zog daher für mich den Schluss, dass sie in diesem Fall abergläubisch war. »Danke«, sagte ich ihr. »Ich werde mir merken, was du gesagt hast.«

Sie lächelte, beugte sich vor und legte mir einen Arm um die Schultern. »Schluss mit der Nachtwache, jetzt bin ich an der Reihe. Geht und holt Euch was zu essen.«

Verunsichert schaute ich an ihr vorbei auf meine Mutter. Noch immer fühlte ich mich für das, was an jenem Morgen geschehen war, verantwortlich.

»Geht«, sagte Zalumma in einem Ton, der keinen Widerspruch duldete. »Ich setze mich jetzt zu ihr.«

Ich erhob mich also und ließ die beiden allein. Statt mich aber auf die Suche nach der Köchin zu begeben, ging ich die Treppe hinunter, in der Absicht zu beten. Ich schlenderte in den hinteren Innenhof und in den Garten. Direkt im Anschluss daran stand als kleines, getrenntes Gebäude unsere Kapelle. Die Nacht war bitterkalt, der Himmel bewölkt und mondlos, und ich hielt eine Lampe in der Hand, damit ich nicht über meine Röcke oder einen Stein stolperte.

Ich öffnete die schwere Holztür der Kapelle und schlüpfte hinein. Der Innenraum war dunkel und unheimlich, erhellt nur von den Votivkerzen, die vor kleinen Gemälden der Schutzheiligen unserer Familie brannten: ein Wolle tragender Johannes der Täufer zu Ehren von Florenz; eine Jungfrau der Lilie – Santa Maria del Fiore –, die Lieblingsheilige meiner Mutter, nach der man den Duomo benannt hatte; ein heiliger Antonius, der Namensvetter meines Vaters, der das Christkind in den Armen hielt.

Die meisten Kapellen florentinischer Familien waren mit großformatigen Wandgemälden verziert, die häufig Familienmitglieder als Heilige oder Madonnen darstellten. Unserer Kapelle fehlte diese Zierde, bis auf die Gemälde der drei Heiligen. Unser prächtigster Schmuck hing über dem Altar: eine große Holzstatue des Gekreuzigten. Seine Miene war ebenso gequält und düster wie die der gealterten, bußfertigen Magdalena in der Taufkapelle des Duomo.

Als ich eintrat, vernahm ich leise, gedämpfte Klagelaute. Ich hob die Lampe in die Richtung, aus der das Geräusch kam, und sah eine Gestalt vor dem Altargeländer knien. Mein Vater betete mit ernster Miene, seine Stirn fest an die Knöchel der gefalteten Hände gepresst.

Ich kniete mich neben ihn. Er wandte sich mir zu, und die unvergossenen Tränen in seinen bernsteinfarbenen Augen spiegelten das Licht der Lampe wider.

»Tochter, vergib mir«, sagte er.

»Nein«, entgegnete ich. »Du musst mir verzeihen. Ich habe dich geschlagen – schrecklich, wenn ein Kind seinem Vater das antut.«

»Und ich habe dich grundlos geschlagen. Du hast nur deine Mutter schützen wollen. Das war auch meine Absicht, aber ich habe unwillkürlich genau das Gegenteil gemacht. Ich bin der Ältere und sollte daher klüger sein.« Er schaute zum leidenden Christus auf. »Nach all den Jahren hätte ich lernen sollen, mich zu beherrschen …«

Ich wollte ihn von seinen Selbstzweifeln erlösen, legte ihm eine Hand auf den Arm und sagte leichthin: »Dann habe ich also mein aufbrausendes Temperament von dir geerbt.«

Er seufzte und fuhr mir mit dem Daumen sanft über die Wange. »Armes Kind. Das ist nicht deine Schuld.«

Noch immer auf Knien umarmten wir uns. Ausgerechnet in diesem Moment rutschte das vergessene Medaillon aus meinem Gürtel. Es fiel klirrend auf den Marmorboden, beschrieb einen perfekten Kreis und blieb dann auf der Seite liegen.

Sein Auftauchen brachte mich in Verlegenheit. Neugierig langte mein Vater nach der Münze, hob sie hoch und betrachtete sie eingehend – dann wurden seine Augen schmal, und er zog den Kopf leicht zurück, als wäre er von einem Schlag bedroht. Nach einer Weile ergriff er das Wort.

»Verstehst du«, sagte er leise und mit weicher Stimme, »das hier ist die Folge von Wut. Furchtbare Gewalttaten.«

»Ja«, stimmte ich ihm zu, eifrig darauf bedacht, die Unterhaltung zu beenden und zum wärmeren Gefühl der Versöhnung zurückzukehren. »Mutter hat mir vom Mord im Duomo erzählt. Das war schrecklich.«

»Ja. Für Mord gibt es keine Entschuldigung, ungeachtet der Provokation. Solche Gewalt ist abscheulich, ein Gräuel in Gottes Augen.« Das Goldstück, das er noch immer in die Höhe hielt, fing das schwache Licht ein und glitzerte. »Hat sie dir auch die andere Seite geschildert?«

Vergeblich versuchte ich ihn zu verstehen; zuerst dachte ich, er beziehe sich auf die Münze. »Die andere Seite?«

»Lorenzo. Seine Liebe zu seinem Bruder trieb ihn in den Tagen danach in den Wahnsinn.« Er schloss die Augen und rief sich die Ereignisse ins Gedächtnis. »Achtzig Männer in fünf Tagen. Ein paar waren schuldig, doch die meisten hatten einfach nur das Pech, die falschen Verwandten zu haben. Sie wurden gnadenlos gefoltert, gestreckt und gevierteilt, ihre zerstückelten, blutigen Leichen wurden aus den Fenstern des Palazzo della Signoria geworfen. Und was sie der Leiche des armen Messer Iacopo angetan haben …« Ein Schauer überlief ihn. Er war so entsetzt, dass er den Gedanken nicht zu Ende führte. »Alles vergeblich, denn auch ein Fluss aus Blut konnte Giuliano nicht wieder zum Leben erwecken.« Er schlug die Augen auf und sah mich scharf an. »Du hast einen rachsüchtigen Zug an dir, Kind. Denke an meine Worte: Rache führt zu nichts Gutem. Bete zu Gott, dass er dich davor bewahrt.« Er drückte mir die kalte Münze in die Hand. »Wenn du sie betrachtest, dann denke immer daran, was ich dir gesagt habe.«

Ich schlug die Augen nieder und nahm den Rat folgsam an, während meine Hand sich rasch über meinem Schatz schloss. »Ja.«

Zu meiner Erleichterung erhob er sich schließlich. Ich folgte seinem Beispiel.

»Hast du gegessen?«, fragte ich.

Er schüttelte den Kopf.

»Dann lass uns die Köchin suchen.«

Auf dem Weg nach draußen nahm mein Vater mir die Lampe aus der Hand und seufzte. »Der Herr möge uns beistehen, Tochter. Gott möge uns beistehen, dass wir nie wieder unserer Wut nachgeben.«

»Amen«, sagte ich.

14

Bevor Zalumma sich an jenem Abend zurückzog, spürte ich sie auf und überredete sie, mit in mein kleines Zimmer zu kommen. Ich schloss die Tür hinter uns, sprang auf meine Bettstelle und schlang die Arme um die Knie.

Aus Zalummas Zöpfen hatten sich noch mehr wilde Locken gelöst, die im Schein der Kerze in ihrer Hand glänzten. Auf ihrem Gesicht lag ein wunderbar unheimliches, flackerndes Leuchten – perfekt für die gruselige Geschichte, die ich hören wollte.

»Erzähl mir von Messer Iacopo«, säuselte ich. »Vater hat gesagt, sie hätten seine Leiche geschändet. Ich weiß, dass sie ihn hingerichtet haben, aber ich möchte Einzelheiten erfahren.«

Zalumma weigerte sich. Für gewöhnlich ließ sie sich gern über derlei Dinge aus, doch dieses spezielle Thema beunruhigte sie offenbar sehr. »Die Geschichte ist zu schrecklich für ein Kind.«

»Alle Erwachsenen wissen darüber Bescheid, und wenn du es mir nicht sagen willst, frage ich einfach Mutter.«

»Nein«, sagte sie so scharf, dass ihr Atem beinahe die Flamme auslöschte. »Wagt es nicht, sie damit zu behelligen.« Finster stellte sie die Kerze auf meinem Nachttisch ab. »Was wollt Ihr wissen?«

»Was sie mit Messer Iacopos Leiche gemacht haben … und warum. Er hat Giuliano nicht erstochen … Warum haben sie ihn überhaupt umgebracht?«

Sie setzte sich auf meinen Bettrand und seufzte. »Nun, auf diese Fragen gibt es mehr als nur eine Antwort. Der alte Iacopo de' Pazzi war der Patriarch des Pazzi-Clans. Er war ein gebildeter Mann, von allen hoch geschätzt. Er war ein Ritter, versteht Ihr, weshalb sie ihn auch Messer nannten. Er hat das Mordkomplott an den Medici-Brüdern nicht geschmiedet. Ich glaube vielmehr, er hat sich überreden lassen, sobald klar war, dass die anderen weitermachen würden, ob mit oder ohne ihn.

Eure Mutter hat Euch doch erzählt, dass zum Zeitpunkt des Mordes an Giuliano die Glocken im Campanile neben dem Duomo läuteten, oder?«

»Ja, das hat sie.«

»Nun, das war das Signal für Messer Iacopo, auf die Piazza della Signoria zu reiten und zu rufen: ›Popolo e libertà!‹, um das Volk gegen die Medici aufzuwiegeln. Er hatte fast einhundert gedungene Soldaten aus Perugia, die ihm helfen sollten, den Palazzo della Signoria zu stürmen, und er glaubte fest, die Bürger würden ihn dabei unterstützen. Doch es lief nicht wie geplant. Die Prioren bewarfen ihn und seine Soldaten aus den Fenstern des Palazzo mit Steinen, und das Volk wandte sich gegen ihn und rief: ›Palle! Palle!‹

Als er gefangen genommen wurde, hängten sie ihn aus einem Fenster des Palazzo – aus demselben wie zuvor schon Francesco de' Pazzi und Salviati. Aufgrund seiner adeligen Abstammung und der Achtung des Volkes vor ihm gestattete man ihm zunächst, seine Sünden zu beichten und die letzte Ölung zu empfangen. Später wurde er im Familiengrab der Pazzi bei Santa Croce beigesetzt.

Doch ein Gerücht ging um, Iacopo habe noch vor seinem Tod seine Seele dem Teufel befohlen. Die Mönche von Santa Croce bekamen es mit der Angst zu tun und exhumierten die Leiche, um sie vor den Stadtmauern in ungeweihter Erde neuerlich zu begraben. Dann haben ein paar junge Rüpel die Leiche wieder ausgegraben, als Messer Iacopo schon drei Wochen tot war.

Man hatte ihn mit der Schlinge um den Hals beigesetzt,

und die jungen Männer schleiften seine Leiche an diesem Seil quer durch die Stadt.« Zalumma schloss die Augen und schüttelte bei der Erinnerung daran den Kopf. »Sie verspotteten ihn tagelang, als wäre seine Leiche eine Puppe. Sie brachten ihn zu seinem Palazzo und hämmerten mit seinem Kopf an die Tür, als würde er um Einlass bitten. Ich …« Sie verstummte und schlug die Augen auf, ohne mich jedoch wahrzunehmen.

»Ich habe ihn und diese Rüpel einmal gesehen, als ich vom Markt zurückkam. Sie hatten die Leiche an einen Brunnen gelehnt und sprachen mit ihr. ›Guten Tag, Messer Iacopo!‹ – ›Bitte, geht doch vorbei, Messer Iacopo.‹ – ›Und wie geht es Eurer Familie heute, Messer Iacopo?‹

Dann bewarfen sie den Leichnam mit Steinen. Das Geräusch der dumpfen Aufschläge war einfach nur schrecklich. Es hatte vier Tage lang geregnet, während er unter der Erde gelegen hatte, und er war ziemlich aufgedunsen. An dem Tag, an dem er erhängt wurde, hatte er eine herrliche purpurne Tunika getragen – ich weiß es, denn ich habe in der Menge gestanden. Diese Tunika war nun verrottet und mit einem grünlich-schwarzen Schleim überzogen, und das Gesicht und die Hände waren so weiß wie ein Fischbauch. Der Mund stand offen, und seine dick angeschwollene Zunge hing heraus. Ein Auge war geschlossen, das andere geöffnet und mit einem grauen Film bedeckt. Dieses Auge schien mich direkt anzuschauen. Ich hatte das Gefühl, als flehe er aus dem Grab heraus um Hilfe.

Ich habe damals für seine Seele gebetet, obwohl alle Welt Angst hatte, ein freundliches Wort über die Pazzi verlauten zu lassen. Die Rüpel spielten noch ein paar Tage mit seiner Leiche, dann wurden sie es leid und warfen sie in den Arno. Bis Pisa sah man sie auf das Meer zutreiben.« Nach einer kurzen Pause schaute sie mich direkt an. »Eines solltet Ihr wissen: Lorenzo hat viel Gutes für die Stadt getan. Doch er hat auch den Hass der Menschen auf die Pazzi immer wieder aufs Neue geschürt. Für mich steht ohne Zweifel fest, dass mindestens einer der Rüpel einen Florin oder zwei von Lorenzo persönlich in die Hand gedrückt bekommen hat. Seine Rache kannte wirklich keine Grenzen, und dafür wird Gott ihn eines Tages zur Rechenschaft ziehen.«

Am nächsten Tag nahm mich mein Vater, gewissermaßen als Entschuldigung, in seiner Kutsche mit, um seine besten Wollstoffe im Palazzo der Medici in der Via Larga abzuliefern. Wir fuhren durch die großen Eisentore. Ich blieb wie gewohnt in der Kutsche, während sich Knechte um die Pferde kümmerten und mein Vater zum Seiteneingang ging, begleitet von Dienern der Medici, die mit seinen Waren voll beladen waren.

Er blieb länger als sonst im Palazzo – beinahe eine Dreiviertelstunde. Ich wurde allmählich unruhig, nachdem ich mir die Fassade des Gebäudes eingeprägt und meine Vorstellungskraft erschöpft hatte bei der Frage, was wohl dahinter liegen mochte.

Schließlich traten die Wachen am Seiteneingang auseinander, und mein Vater tauchte auf. Doch statt zu unserer Kutsche zurückzukommen, trat er beiseite und wartete. Ein Wachtrupp mit langen Schwertern folgte ihm nach draußen. Kurz darauf kam ein Mann heraus, der sich schwer auf den muskulösen Arm eines anderen stützte; ein Fuß war ohne Schuh und bis knapp über dem Fußgelenk in sehr weiche Wolle gehüllt, wie man sie als Decke für Neugeborene verwendete.

Er war blässlich und leicht gekrümmt und blinzelte in der hellen Sonne. Er schaute zu meinem Vater hinüber, der seine Aufmerksamkeit auf unsere Kutsche lenkte.

Wie gebannt beugte ich mich auf meinem Sitz vor. Der Mann – reizlos, mit großer Hakennase und schlecht ausgerichtetem Unterkiefer – schaute mit zusammengekniffenen Augen in meine Richtung. Nach einem Wort zu seinem Begleiter trat er näher heran, wobei er bei jedem Schritt gequält zusammenfuhr, kaum in der Lage, Gewicht auf den verwundeten Fuß zu verlagern. Dennoch hielt er durch, bis er nur noch wenige Schritte von mir entfernt stand. Und selbst dann musste er den Hals recken, um mich zu sehen.

Unerschrocken musterten wir uns eine ganze Weile. Er nahm mich genau in Augenschein, und in seinem Blick spiegelte sich dabei mehr und mehr eine Empfindung wider, die ich nicht zu deuten vermochte. Die Luft zwischen uns schien zu vibrieren, als hätte gerade ein Blitz eingeschlagen: Er *kannte* mich, obwohl wir uns nie begegnet waren.

Dann nickte der Mann meinem Vater zu und zog sich wieder in seine Festung zurück. Mein Vater stieg in die Kutsche und nahm wortlos neben mir Platz, als wäre nichts Ungewöhnliches geschehen. Was mich betrifft, ich brachte kein Wort heraus; ich war schlichtweg sprachlos.

Das war meine erste Begegnung mit Lorenzo de' Medici.

15

Das neue Jahr brachte vereiste Straßen und bittere Kälte mit. Ungeachtet des Wetters verließ mein Vater unsere Gemeinde Santo Spirito und überquerte nun jeden Tag den Arno, um die Messe in der Kathedrale San Marco zu besuchen, die als Kirche der Medici bekannt war. Der alte Cosimo hatte Unsummen Geld für ihren Wiederaufbau ausgegeben und dort eine persönliche Zelle unterhalten, die er kurz vor seinem Tod immer häufiger aufgesucht hatte.

Der neue Prior des Klosters, ein gewisser Fra Girolamo Savonarola, hatte sich zur Gewohnheit werden lassen, dort zu predigen. Fra Girolamo, wie das Volk ihn nannte, war knapp zwei Jahre zuvor aus Ferrara nach Florenz gekommen. Ein enger Freund Lorenzo de' Medicis, Graf Giovanni Pico, hatte sich von Savonarolas Lehren sehr beeindruckt gezeigt und Lorenzo als inoffizielles Oberhaupt von San Marco gebeten, nach dem Mönch zu schicken. Lorenzo kam seiner Bitte nach.

Sobald Fra Girolamo allerdings die Herrschaft über das Dominikanerkloster erlangt hatte, wandte er sich gegen seinen Gastgeber. Ungeachtet der Tatsache, dass das Geld der Medici San Marco letztlich vor dem Verfall gerettet hatte, wetterte Girolamo gegen Lorenzo – nicht namentlich zwar, aber doch mit deutlichen Anspielungen. Die von den Medici organisierten Paraden wurden als sündhaft bezeichnet; die von Lorenzo emsig gesammelten heidnischen Antiquitäten als blasphemisch, der von ihm und seiner Familie genossene Wohlstand und politische Einfluss als Beleidigung Gottes, des einzig rechtmäßigen irdischen Machthabers. Aus diesen Gründen brach Fra Girolamo mit der Tradition, der alle neuen Klostervorsteher von San Marco bislang gefolgt waren: Er weigerte sich, Lorenzo, dem Wohltäter der Einrichtung, seinen Respekt zu erweisen.

Ein solches Verhalten gefiel den Gegnern der Medici und den neidischen Armen. Mein Vater hingegen ließ sich von Savonarolas Prophezeiung des kurz bevorstehenden Weltuntergangs fesseln.

Wie so viele in Florenz war auch mein Vater ein ernster Mann, der sich bemühte, den Schöpfer zu verstehen und ein gottgefälliges Leben zu führen. Da er ein gebildeter Mann war, wusste er von einem wichtigen astrologischen Ereignis, das ein paar Jahre zuvor eingetreten war: die Konjunktion von Jupiter und Saturn. Alle Welt war sich einig, dass dies von monumentaler Bedeutung sei. Manche behaupteten, es verheiße die Ankunft des Antichrist (den weite Kreise in dem türkischen Sultan Mehmet sahen, der sich Konstantinopel angeeignet hatte und nun die ganze Christenheit bedrohte), andere wiederum waren überzeugt, es künde eine spirituelle Reinigung innerhalb der Kirche an.

Savonarola glaubte, es sage beides voraus. Eines Morgens kehrte mein Vater ganz außer Atem von der Messe heim. Fra Girolamo hatte während der Predigt eingestanden, dass Gott direkt zu ihm gesprochen habe. »Und er sagte, die Kirche werde zunächst gegeißelt, dann gereinigt und wiederbelebt«, erzählte mein Vater, und sein Gesicht glühte dabei ganz eigenartig. »Das Ende der Welt ist nah.«

Er war wild entschlossen, mich am darauffolgenden Sonntag mitzunehmen, damit ich den Mönch reden hörte. Außerdem bat er meine Mutter, uns zu begleiten. »Er wurde von Gott berührt, Lucrezia. Ich schwöre dir, wenn du ihn nur mit eigenen Ohren hören könntest, würde sich dein Leben von Stund an ändern. Er ist ein heiliger Mann, und wenn wir ihn überreden, für dich zu beten …«

Für gewöhnlich hätte meine Mutter ihrem Mann nichts

verweigert, doch in diesem Fall blieb sie standhaft. Es sei zu kalt für sie, um sich nach draußen zu wagen, und Menschenmengen regten sie zu sehr auf. Wenn sie zur Messe ginge, dann in unsere Kirche Santo Spirito, die ganz in der Nähe liege und in der Gott ihre Gebete ebenso erhören würde wie die von Fra Girolamo. »Im Übrigen«, stellte sie fest, »kannst du ihm ja immer zuhören und mir dann anschließend gleich berichten, was er gesagt hat.«

Mein Vater war enttäuscht und erzürnt, glaube ich, obwohl er es meiner Mutter gegenüber nicht zeigte. Er war davon überzeugt, dass sich der Zustand meiner Mutter auf wundersame Weise bessern würde, wenn sie nur mit ihm käme und Fra Girolamo anhörte.

Am Tag nach dieser Meinungsverschiedenheit meiner Eltern kam ein Besucher zu uns in den Palazzo: Graf Giovanni Pico von Mirandolo, der Mann, der Lorenzo de' Medici empfohlen hatte, Savonarola nach Florenz zu holen.

Graf Pico war ein intelligenter, feinfühliger Mann, ein Kenner der Klassiker und der hebräischen Kabbala. Darüber hinaus sah er mit seinem goldblonden Haar und den klaren grauen Augen gut aus. Meine Eltern empfingen ihn herzlich – schließlich gehörte er zum engeren Kreis der Medici und kannte Savonarola. Ich durfte mich zu ihnen setzen, während die Erwachsenen sich unterhielten und Zalumma über allem schwebte, die anderen Dienerinnen anwies und dafür sorgte, dass Graf Picos Kelch stets mit unserem besten Wein gefüllt war. Wir versammelten uns im großen Salon, in dem meine Mutter auch den Astrologen getroffen hatte. Pico saß neben meinem Vater, meiner Mutter und mir gegenüber. Draußen verdunkelte sich der Himmel mit bleigrauen Wolken, die Regen ankündigten, die Luft war kalt, und die Feuchtigkeit drang bis auf die Knochen – ein typischer Wintertag in Florenz. Das Feuer im Kamin aber füllte den Raum mit Wärme und tauchte ihn in ein orangefarbenes Licht, das dem bleichen Gesicht meiner Mutter einen attraktiven Schimmer verlieh und sich in Picos goldblondem Haar brach.

Was mich an Ser Giovanni, wie er genannt werden wollte,

am meisten beeindruckte, war seine Wärme und der fehlende Dünkel. Er redete mit meinen Eltern – und verblüffenderweise auch mit mir –, als wären wir ihm ebenbürtig und er wäre uns dankbar für die Freundlichkeit, ihn empfangen zu haben.

Ich nahm an, er sei aus rein gesellschaftlichen Gründen gekommen. Als enger Freund Lorenzo de' Medicis war Ser Giovanni meinem Vater schon des Öfteren begegnet, wenn er kam, um seine Wollstoffe zu verkaufen. Demzufolge begann die eigentliche Unterhaltung mit einer Erörterung über *il Magnificos* Gesundheit. Sie war neuerdings angeschlagen. Wie sein Vater Piero, *il Gottoso*, litt Lorenzo schwer an Gicht. Seine Schmerzen waren seit kurzem so heftig, dass er nicht mehr in der Lage war, aufzustehen oder gar Besucher zu empfangen.

»Ich bete für ihn.« Ser Giovanni seufzte. »Es fällt schwer, sein Leid mit anzusehen. Doch ich glaube, er wird sich erholen. Er schöpft Kraft aus seinen drei Söhnen, vor allem dem Jüngsten, Giuliano, der jede Minute, die er von seinem Studium abzweigen kann, an der Seite seines Vaters verbringt. Es ist beflügelnd, eine solche Hingabe bei einem so jungen Menschen zu erleben.«

»Wie ich hörte, ist Lorenzo noch immer entschlossen, für seinen zweiten Sohn einen Kardinalshut zu erlangen«, sagte mein Vater mit einer Spur Missbilligung. Unablässig strich er sich mit dem Handballen und dem Daumenknöchel über das bärtige Kinn, eine Angewohnheit, der er für gewöhnlich nur nachgab, wenn er nervös war.

»Giovanni, ja.« Pico ließ ein kurzes, mattes Lächeln aufblitzen. »Mein Namensvetter.«

Ich hatte beide Söhne gesehen. Giuliano war von schlankem Wuchs und hatte ein hübsches Gesicht, Giovanni hingegen sah aus wie eine Knackwurst auf dürren Beinen. Der älteste Bruder Piero kam auf seine Mutter hinaus und wurde zum Nachfolger seines Vaters erzogen – obgleich er Gerüchten zufolge ein Dummkopf und gänzlich ungeeignet war.

Pico zögerte, bevor er fortfuhr; sein Gebaren zeugte davon, dass er hin- und hergerissen war. »Ja, Lorenzo hängt sehr an dieser Idee ... obwohl Giovanni natürlich viel zu jung dafür ist. Damit wäre eine Beugung des Kirchenrechts erforderlich.«

»Lorenzo ist hinlänglich begabt, wenn es darum geht, etwas zu beugen«, warf mein Vater lässig ein. Selbst ich hatte über dieses spezielle Thema genug mitbekommen, um die Empörung zu kennen, die es bei den meisten Florentinern auslöste; Lorenzo hatte darauf hingearbeitet, Steuern zu erheben, um Giovannis Kardinalswürde zu erkaufen. Die Laune meines Vaters schlug abrupt ins Witzige um. »Erzählt Madonna Lucrezia, was er über seine Söhne geäußert hat.«

»Ah.« Pico senkte den Kopf, während er die Mundwinkel leicht nach unten zog. »Ihr müsst wissen, dass er es ihnen natürlich nicht direkt auf den Kopf zugesagt hat. Er liebt sie so abgöttisch, dass er sich ihnen gegenüber nie unfreundlich geben würde.« Schließlich schaute er meiner Mutter direkt in die Augen. »So wie es Euch offenbar mit Eurer Tochter geht, Madonna.«

Ich begriff nicht, warum meine Mutter errötete. Bis zu diesem Zeitpunkt war sie ungewöhnlich still gewesen, obwohl sie von dem charmanten Grafen nicht minder angetan war als alle anderen.

Pico schien ihre Unbehaglichkeit nicht aufzufallen. »Lorenzo sagt immer: ›Mein Ältester ist dumm, der Zweite klug und der Jüngste gut.‹«

Meine Mutter lächelte angespannt. Sie nickte und sagte dann: »Ich freue mich, dass der junge Giuliano seinem Vater ein Trost ist. Das mit Lorenzos Krankheit tut mir leid.«

Pico seufzte erneut, diesmal ein wenig niedergeschlagen. »Es fällt schwer, mit anzusehen, Madonna. Besonders, da ich – wie Euer Gemahl Euch bestimmt erzählt hat – ein Anhänger Fra Girolamos bin.«

»Savonarola«, sagte meine Mutter leise, und ihre Haltung versteifte sich bei der bloßen Erwähnung des Namens. Mit einem Mal verstand ich auch ihre Zurückhaltung.

Messer Giovanni fuhr fort, als habe er es nicht gehört. »Ich habe Lorenzo verschiedentlich gebeten, Fra Girolamo zu sich zu rufen – doch *il Magnifico* wurmt es noch immer, dass San Marcos neuer Prior ihm eine Abfuhr erteilt hat. Ich glaube wirklich, Madonna Lucrezia, dass Lorenzo auf der Stelle geheilt wäre, wenn man Fra Girolamo gestatten würde, ihm die Hand aufzulegen und für ihn zu beten.«

Meine Mutter wandte sich ab. Picos Ton wurde leidenschaftlicher.

»Oh, verehrte Madonna, wendet Euch nicht von der Wahrheit ab. Ich habe gesehen, wie Fra Girolamo Wunder wirkte. Noch nie habe ich einen gottesfürchtigeren, ernsteren Mann erlebt. Verzeiht, wenn ich in Eurer Gegenwart so offen bin, doch wir alle haben Priester gesehen, die mit Frauen verkehren, die fressen und saufen und in allen möglichen weltlichen Verderbtheiten schwelgen. Fra Girolamos Gebete hingegen sind mächtig, weil er reinen Geistes ist. Er lebt in Armut; er fastet; er treibt sich die Sünden mit der Geißel aus. Wenn er nicht predigt oder sich den Armen widmet, kniet er nieder, um zu beten. Und Gott spricht zu ihm, Madonna. Gott schickt ihm Visionen.«

Während er sprach, begann Ser Giovanni zu glühen; seine Augen schienen heller als das Feuer. Er beugte sich vor und ergriff die Hand meiner Mutter mit großer Zartheit und einer Besorgnis, die keine Spur von Zudringlichkeit erkennen ließ. Auch mein Vater lehnte sich zu ihr vor, bis er bedenklich auf der Stuhlkante balancierte. Offenkundig hatte er Pico eigens zu diesem Zweck hierhergebracht.

»Verzeiht meine Kühnheit, doch Euer Gemahl hat mir von Eurem Leiden erzählt, Madonna Lucrezia. Ich kann den Gedanken nicht ertragen, dass einer so jungen, hübschen Frau ein normales Leben versagt ist – vor allem, wenn ich mit absoluter Sicherheit weiß, dass Fra Girolamos Gebete Euch heilen können.«

Meine Mutter war gedemütigt, erzürnt; sie konnte Pico nicht in die Augen schauen. Trotz ihrer starken Gefühle war ihre Stimme beherrscht, als sie erwiderte: »Andere heilige Männer haben schon für mich zu Gott gebetet. Mein Mann und ich haben gebetet, und wir sind gute Christen, Gott aber hielt es nicht für angebracht, mich zu heilen.« Schließlich konnte sie sich dazu durchringen, Pico direkt anzusehen. »Dennoch, wenn Euch die Wirksamkeit von Fra Girolamos Gebeten so sehr überzeugt, warum bittet Ihr ihn nicht, aus der Ferne für mich zu beten?«

In seiner Eindringlichkeit verließ Messer Giovanni seinen Stuhl und beugte demütig vor meiner Mutter das Knie. Er senkte die Stimme, sodass auch ich mich vorbeugen musste, um ihn über dem knisternden Feuer zu verstehen.

»Madonna … Ihr habt sicher von der Prophezeiung über den *papa angelico* gehört?«

In Frankreich und Italien kannte jedermann die uralte Prophezeiung über den engelhaften Papst, der nicht von Kardinälen, sondern von Gott erwählt wurde, der kommen würde, um die Kirche von Korruption zu reinigen und kurz vor der Wiederkehr Jesu Christu zu vereinen.

Meine Mutter nickte flüchtig.

»Es ist Fra Girolamo, das sagt mir mein Herz. Er ist kein gewöhnlicher Mann. Madonna, was könnte es schaden, wenn Ihr einmal mitkämt, um ihn anzuhören? Ich werde dafür sorgen, dass er Euch nach der Messe persönlich trifft, schon am nächsten Sonntag, wenn Ihr wollt. Überlegt doch nur: Durch Fra Girolamos Hände wird Gott Euch heilen. Ihr müsst nicht länger eine Gefangene in diesem Haus sein. Nur ein einziger Besuch, Madonna …«

Sie warf meinem Vater einen Blick zu. Zunächst vorwurfsvoll, denn er hatte sie in eine unsagbar peinliche Situation gebracht, doch der Vorwurf schmolz dahin, als sie in sein Gesicht schaute.

Dem Ausdruck meines Vaters haftete nichts Verschwörerisches an, nichts, das nach Befriedigung oder Triumph roch. Sein Gesicht glühte ebenso wie Picos – nicht vom Widerschein des Feuers oder von göttlicher Eingebung, sondern aus reiner verzweifelter Liebe, wie ich sie noch nie gesehen hatte.

Das war es, mehr noch als Picos überzeugender Charme,

was sie am Ende bewog nachzugeben. Als sie schließlich dem Grafen antwortete, schaute sie zu meinem Vater auf, und all der Schmerz und die Liebe, die sie im Herzen verborgen hatte, standen ihr ins Gesicht geschrieben. Tränen traten ihr in die Augen und liefen ihr über die Wangen, während sie sprach.

»Nur einmal«, sagte sie an meinen Vater gewandt, den knienden Pico ignorierend. »Ein einziges Mal.«

16

An jenem Sonntag war der Himmel blau, erhellt von einer Sonne, die zu schwach war, um die schleichende Kälte zu mildern. Mein dickster Umhang aus roter Wolle, gefüttert mit Kaninchenfell, reichte nicht aus, mich zu wärmen; die eisige Luft brannte mir in den Augen, dass sie tränten. Meine Mutter saß starr und ausdruckslos zwischen mir und Zalumma in der Kutsche. Ihre schwarzen Haare und Augen standen in verblüffendem Kontrast zum weißen Hermelin-Cape, das sie um ihr smaragdgrünes Samtkleid geschlungen hatte. Mein Vater saß uns gegenüber und schaute fürsorglich auf seine Frau, eifrig darauf bedacht, ein Zeichen der Ermutigung oder Zuneigung zu erhalten, doch sie blickte an ihm vorbei, als wäre er gar nicht vorhanden. Zalumma sah meinen Vater direkt an und machte sich gar nicht erst die Mühe, ihre Empörung zu verbergen, die sie eingedenk ihrer Herrin empfand.

Graf Pico fuhr mit uns und gab sein Bestes, meinen Vater und mich mit freundlichen Kommentaren zu zerstreuen, doch die Demütigung meiner Mutter war nicht zu übersehen, eisig und bitter wie das Wetter. Es war so eingerichtet worden, dass wir Fra Girolamo direkt nach dem Gottesdienst persönlich treffen sollten, damit er meiner Mutter die Hand auflegen und für sie beten konnte.

Mir stockte der Atem, als wir vor dem Eingang von San Marco anhielten. Meine Ehrfurcht galt nicht der Kirche – einem schlichten Bau aus schmucklosem Stein, derselbe Stil wie unsere Pfarrkirche in Santo Spirito –, vielmehr der Anzahl von Menschen, die sich im Eingang, auf den Stufen und bis auf den Platz hinaus drängten, da sie im Gotteshaus selbst keinen Platz mehr fanden.

Wäre Graf Pico nicht bei uns gewesen, hätten wir uns niemals Zutritt verschaffen können. Beim Aussteigen aus der Kutsche rief er etwas, und sogleich traten drei Dominikanermönche von beachtlicher Größe vor und geleiteten uns ins Innere. Ihre Wirkung auf die Menge grenzte an Zauberei. Die Menschen schmolzen dahin wie Wachs vor einer Flamme. Kurz darauf stand ich schon zwischen meiner Mutter und meinem Vater, nicht weit von der Kanzel und dem Hauptaltar entfernt, unter dem Cosimo de' Medici begraben lag.

Verglichen mit dem großen Duomo war der Innenraum von San Marco mit seinen hellen Steinsäulen und dem schlichten Altar gesetzt und unauffällig. Die Stimmung im Heiligtum jedoch war fieberhaft; trotz der betäubenden Kälte fächerten sich die Frauen zu und tuschelten erregt. Männer stampften auf den Boden – nicht gegen die Kälte, sondern vor Ungeduld –, und Mönche stöhnten laut im Gebet. Ich kam mir vor wie im Karneval, wenn man auf ein lang ersehntes Turnier wartete.

Der Chor stimmte ein Lied an, und der Einzug begann.

Mit schwärmerischen Mienen drehten sich die Gläubigen eifrig zur Prozession um. Zunächst kamen die jungen Messdiener, einer trug das große Kreuz, der andere schwenkte ein Weihrauchfass, das die Luft schwängerte. Es folgte der Diakon, dann der Priester persönlich.

Zuletzt kam Fra Girolamo, womit ihm die größte Ehre zuteil wurde. Bei seinem Anblick riefen die Menschen: »Fra Girolamo! Bete für mich!« – »Der Herr segne dich, Bruder!« Am lautesten ertönte der Ruf *»Babbo! Babbo!«*, mit dem nur die allerjüngsten Kinder ihre Väter anredeten.

Ich stellte mich auf Zehenspitzen und verrenkte mir den Hals, um einen flüchtigen Blick auf ihn zu erhaschen, gewann aber nur den vagen Eindruck von einer abgetragenen braunen Mönchskutte, die von einer dürren Gestalt kaum ausgefüllt wurde. Er hatte die Kapuze auf und hielt den Kopf gesenkt. Stolz gehörte demnach nicht zu seinen Sünden, dachte ich.

Er setzte sich, nach vorn gebeugt und eingeschüchtert, zu den Messdienern. Dann erst wurden die Menschen ruhiger. Doch als die Messe fortschritt, steigerte sich ihre Unruhe wieder. Als der Chor das *Gloria in excelsis* anstimmte, begann die Menge nervös zu zappeln. Die Epistel war beendet, das Graduale gesungen, und als der Priester das Evangelium las, murmelten die Menschen unablässig vor sich hin – zu sich selbst, zu ihren Nachbarn, zu Gott.

Und zu Fra Girolamo. Es war, als lausche man dem Brummen von Insekten und nächtlichen Geschöpfen in einer Sommernacht – ein lautes, unverständliches Geräusch.

In dem Augenblick, als er die Kanzel bestieg, wurde es im Heiligtum mucksmäuschenstill, so still, dass ich die Holzräder einer Kutsche über das Pflaster der Via Larga rattern hörte.

Über uns, über Cosimos Gebeinen, stand ein kleiner, schmächtiger Mann mit eingefallenen Wangen und großen, hervortretenden dunklen Augen. Er hatte die Kapuze zurückgeschlagen und einen Kopf enthüllt, der von großen schwarzen Locken gekrönt war.

Er war noch unansehnlicher als seine Nemesis, Lorenzo de' Medici. Er hatte eine niedrige, fliehende Stirn. Seine Nase sah aus, als hätte jemand ein großes, eckiges Stück Fleisch in Form einer Axt genommen und mitten in sein Gesicht gedrückt; der Nasenrücken sprang im rechten Winkel unter seiner Stirn hervor und fiel dann abrupt senkrecht ab. Seine unteren Schneidezähne waren krumm und standen vor, sodass sich die ganze Unterlippe nach außen schob.

Kein Messias war unansehnlicher. Doch der schüchterne Mann, den ich in der Prozession gesehen hatte, und derjenige, der auf die Kanzel stieg, hätten unterschiedlicher nicht sein können. Dieser neue Savonarola, dieser angepriesene *papa angelico*, war auf wundersame Weise gewachsen; seine Augen strahlten Selbstsicherheit aus, und seine knochigen Hände packten die Seiten der Kanzel mit göttlicher Autorität. Dieser Mann war von einer Macht verwandelt worden, die größer war als er selbst, von einer Macht, die sein zerbrechlicher Körper ausstrahlte und welche die Luft ringsum durchdrang. Zum ersten Mal, seitdem ich die Kirche betreten hatte, vergaß ich die Kälte. Selbst meine Mutter, die sich unterwürfig und geschlagen gegeben und während des Rituals geschwiegen hatte, stieß einen Laut des Erstaunens aus.

Der Graf auf der anderen Seite meines Vaters faltete in Demut die Hände. »Fra Girolamo«, rief er, »gib uns deinen Segen, und wir werden geheilt sein!« Ich warf einen Blick auf sein nach oben gerichtetes Gesicht, das vor Hingabe strahlte, auf die Tränen, die ihm plötzlich in die Augen traten. Auf Anhieb wurde mir klar, warum Zalumma Savonarola und seine Anhänger einmal als *piagnoni*, »Jammerlappen«, verhöhnt hatte.

Die innere Erregung ringsum war jedoch grenzenlos, wild, echt. Männer und Frauen streckten flehend die Arme aus, die Handflächen nach oben.

Und Fra Girolamo reagierte. Er ließ den Blick über uns schweifen und schien jeden Einzelnen von uns zu sehen und die Liebe anzunehmen, die man ihm entgegenbrachte. Er schlug das Kreuzzeichen über der Menge, wobei seine Hände vor unterdrückter Erregung zitterten. Unterdessen erhoben sich zufriedene Seufzer gen Himmel, und schließlich war es im Heiligtum wieder still.

Savonarola schloss die Augen, sammelte eine innere Kraft und ergriff dann das Wort.

»Unsere Predigt stammt heute aus dem Buch Jeremias, zwanzigstes Kapitel.« Seine laute Stimme, die von der gewölbten Decke widerhallte, war erstaunlich hoch und nasal.

Sorgenvoll schüttelte er den Kopf und senkte das Haupt, als würde er sich schämen. »Ich bin zum Spott geworden täglich, und jedermann verlacht mich … denn des Herrn Wort ist mir zum Hohn und Spott geworden …« Er hob das Gesicht gen Himmel, als schaute er direkt in das Antlitz Gottes. »Aber es ward in meinem Herzen wie ein brennendes Feuer, in meinen Gebeinen verschlossen, dass ich's nicht leiden konnte …«

Nun schaute er auf uns. »Volk von Florenz! Obwohl andere mich verspotten, kann ich das Wort des Herrn nicht länger zurückhalten. Er hat zu mir gesprochen, und es brennt in mir so hell, dass ich reden muss, wenn ich nicht vom Feuer verzehrt werden will.

Hört das Wort Gottes: Bedenkt wohl, o ihr Wohlhabenden, denn Not und Elend werden euch heimsuchen! Diese Stadt soll nicht mehr Florenz heißen, sondern Höhle von Dieben, Unmoral, Blutvergießen. Dann werdet ihr alle arm sein, alle elendig … Beispiellose Zeiten stehen bevor.«

Während er redete, wurde seine Stimme tiefer und kräftiger. Die Luft vibrierte unter seinen dröhnenden Anklagen; sie zitterte unter einer Gegenwart, die ebenso gut Gottes Gegenwart hätte sein können.

»O ihr Wüstlinge, ihr Sodomiten, ihr, die ihr den Unrat liebt! Eure Kinder werden grausam behandelt, auf die Straßen gezerrt und zerstückelt werden. Ihr Blut wird den Arno füllen, dennoch wird Gott ihrem armseligen Geschrei kein Gehör schenken!«

Ich schrak zusammen, als eine Frau dicht hinter uns einen gequälten Schrei ausstieß; die Wände der Kirche hallten von abgehacktem Schluchzen wider. Von Reue übermannt, verbarg mein Vater das Gesicht in den Händen und weinte, Seite an Seite mit Graf Pico.

Meine Mutter aber erstarrte; beschützend ergriff sie meinen Arm, blinzelte wütend und reckte ihr Kinn trotzig Fra Girolamo entgegen. »Wie kann er es nur wagen!«, sagte sie, den Blick fest auf den Mönch gerichtet, der eine Pause eingelegt hatte, um seine Worte auf uns wirken zu lassen. Meine Muter hatte die Stimme erhoben und war über der jammernden Menge gut zu hören. »Gott erhört die Schreie unschuldiger Kinder! Wie kann er so schreckliche Dinge sagen?«

So wie meine Mutter beschützend meinen Arm gepackt hatte, ergriff Zalumma rasch den meiner Mutter. »Schh, Madonna. Ihr müsst Euch beruhigen …« Sie beugte sich näher zu ihr, um meiner Mutter direkt ins Ohr zu flüstern. Ungehalten schüttelte meine Mutter den Kopf und legte mir einen Arm um die Schultern. Sie drückte mich fest an sich, als wäre ich ein kleines Kind. Zalumma achtete nicht auf den Prediger und seine *piagnoni* und hielt den Blick aufmerksam auf ihre Herrin gerichtet. Auch ich wurde unruhig; ich spürte, wie sich der Busen meiner Mutter rasch hob und senkte, spürte die Anspannung in ihrem Griff.

»Das geht nicht mit rechten Dingen zu«, flüsterte sie heiser. »Das ist nicht richtig ...«

Viele in der Kirche weinten und stöhnten, riefen leise Fra Girolamo und Gott an, doch nicht einmal mein Vater achtete auf meine Mutter; er und Pico waren viel zu sehr von dem Prediger eingenommen.

»O Herr!«, schrie Fra Girolamo mit schneidender Stimme. Der Mönch presste die Stirn an die gefalteten Hände, stieß einen bitteren Seufzer aus und hob das tränenüberströmte Gesicht dann gen Himmel. »Herr, ich bin nur ein bescheidener Mönch. Ich habe nicht um Deinen himmlischen Beistand gebeten; ich sehne mich nicht danach, für Dich zu sprechen oder Deine Visionen zu empfangen. Doch ich unterwerfe mich in Demut Deinem Willen. In Deinem Namen bin ich bereit, so wie Jeremias es war, die Leiden zu ertragen, die Deinen Propheten von den Gottlosen zugefügt werden.«

Er schaute auf uns herab, und plötzlich waren sein Blick und seine Stimme zärtlich. »Ich weine ... ich weine wie ihr um die Kinder. Ich weine um Florenz und um die Plage, die der Stadt bevorsteht. Doch wie lange können wir sündigen? Wie lange können wir Gott beleidigen, bevor ER sich gezwungen sieht, Seinen rechtschaffenen Zorn zu entladen? Wie ein liebender Vater hat ER Seine Hand im Zaum gehalten. Doch wenn Seine Kinder auch weiterhin auf Abwege geraten, wenn sie Ihn verhöhnen, muss ER um ihretwillen harte Strafen verhängen.

Schaut euch doch nur an, ihr Frauen: ihr mit euren funkelnden Juwelen, die euch schwer um den Hals und an den Ohren hängen. Wenn nur eine unter euch – nur eine Einzige – der Sünde der Eitelkeit abschwören würde, wie viele

Arme könnten davon satt werden? Schaut euch die Bahnen von Seide, Brokat und Samt an, die endlosen, kostspieligen Goldfäden, die eure irdischen Körper zieren. Wenn sich auch nur eine unter euch schlicht kleidete, um Gott zu gefallen, wie viele könnten vor dem Hungertod bewahrt werden?

Und ihr, Männer, mit eurer Hurerei, eurer Sodomie, eurer Gefräßigkeit und Trunksucht: Müsstet ihr stattdessen ausschließlich in die Arme eurer Frau zurückkehren, hätte das Königreich Gottes mehr Kinder. Müsstet ihr die Hälfte von eurem Teller an die Armen abgeben, wäre niemand in Florenz mehr hungrig; müsstet ihr dem Wein abschwören, gäbe es keine Rauferei und kein Blutvergießen in der Stadt.

Ihr Wohlhabenden, ihr Kunstliebhaber, ihr Sammler von Tand: Wie ihr euch versündigt mit eurer Verherrlichung des Menschen statt des Göttlichen, mit eurer üblen, nutzlosen Zurschaustellung von Wohlstand, während andere aus Mangel an Brot und Wärme sterben! Werft eure irdischen Reichtümer ab und sucht stattdessen nach dem Schatz, der ewig ist.

Allmächtiger Gott! Wende unsere Herzen von der Sünde ab hin zu Dir. Verschone uns vor der Qual, die jene heimsucht, welche Deine Gesetze missachten.«

Ich schaute zu meiner Mutter. Sie starrte mit festem, wütendem Blick nicht auf Savonarola, sondern auf einen Punkt weit hinter ihm, jenseits der Mauern von San Marco.

»Mutter«, sagte ich, aber sie hörte mich nicht. Ich versuchte, mich aus ihrer Umarmung zu lösen, doch ihr Griff wurde immer fester, bis ich schließlich aufschrie. Sie war zu Stein erstarrt und ich war in ihrem Arm gefangen. Zalumma erkannte die Anzeichen sofort und redete beruhigend auf sie ein, drängte sie, mich freizulassen, sich hinzulegen und zu wissen, dass alles gut werde.

»*Das* ist das Urteil Gottes!«, rief meine Mutter mit einer solchen Kraft, dass ich vergeblich versuchte, mir die Hände auf die Ohren zu legen.

Fra Girolamo hörte es. Die Gemeinde neben uns hörte es. Erwartungsvolle Blicke richteten sich auf meine Mutter und mich. Mein Vater und Pico betrachteten uns mit schierem Entsetzen.

Zalumma legte meiner Mutter die Hände auf die Schultern und versuchte, sie zu Boden zu drücken, doch meine Mutter stand fest wie ein Fels. Ihre Stimme wurde tiefer und wechselte den Klang, bis ich sie nicht mehr erkannte.

»Hört!« Aus ihren Worten sprach eine Autorität, die das Jammern rundum verstummen ließ. »Flammen werden ihn verschlingen, bis seine Gliedmaßen einzeln abfallen, in die Hölle! Fünf Männer ohne Kopf werden ihn zu Fall bringen!«

17

Meine Mutter fiel schwer gegen mich. Ich knickte unter ihrem Gewicht ein und stieß dabei mit meinem Vater zusammen. Ich erhaschte einen flüchtigen Blick auf Pico, der ihn zurückzog, bevor ich auf dem kalten, erbarmungslosen Marmorboden aufschlug. Ich landete auf der Seite und stieß mir zugleich Kopf, Schulter und Hüfte.

Grüner Samt und weißer Hermelin blitzten auf, die Säume von Frauenröcken und Männerstiefel. Ich vernahm Flüstern, Ausrufe und Zalummas laute Stimme.

Meine Mutter lag auf mir, ihre Seite auf meine gedrückt. Ihre Gliedmaßen schlugen um sich; ihr Ellenbogen bohrte sich zuckend in meine Rippen. Gleichzeitig knirschten die Zähne meiner Mutter; die Luft, die sie jedes Mal ausstieß, wenn sie den Mund öffnete, pfiff mir in den Ohren. Das Geräusch versetzte mich in Panik. Ich hätte ihr den Kopf festhalten und dafür sorgen sollen, dass sie sich nicht die Zunge abbiss oder sich anderweitig verletzte.

Plötzlich wurden Zalummas laute Kommandos verständlich. »Packt sie an den Armen! Zieht sie hervor!«

Starke Hände umfassten meine Handgelenke und hoben mir die Arme über den Kopf. Man rollte mich auf den Rücken. Der Kopf meiner Mutter fiel auf meine Brust; durch ihre Zähne pfiff Luft, dann klappten sie fest zusammen. Die ganze Zeit schlugen ihre Arme und Beine auf mich ein; ihre Hand wischte an meinem Kinn vorbei und nahm unter dem Fingernagel ein Stück Fleisch mit.

Zu meinen Füßen, für mich nicht zu sehen, brüllte Zalumma: »Zieht sie hervor!«

Mein Vater reagierte sofort. Mit unheimlicher Kraft packte er meine nach oben gereckten Arme und zog mich unter dem sich windenden Körper meiner Mutter hervor. Bei dieser Bewegung fuhr mir ein durchdringender Schmerz in die Rippen.

In dem Augenblick jedoch, als ich frei war, hatte ich ihn auch schon vergessen. Ich bedankte mich bei meinem Vater nicht für seine Hilfe; stattdessen kniete ich mich mühsam hin und wandte mich meiner Not leidenden Mutter zu. Zalumma war bereits vorgekrochen und legte sich mit ihrem ganzen Gewicht auf die tretenden Beine ihrer Herrin.

Ich fand den pelzigen Rand des Capes meiner Mutter und stopfte ihn zwischen ihre knirschenden Zähne. Meine Intervention kam zu spät: Sie hatte sich die Zunge durchgebissen, was zur Folge hatte, dass ihre Lippen, die Zähne, die Wange und das Kinn blutverschmiert waren; der weiße Hermelin um ihr Gesicht hatte rote Spritzer abbekommen. Obwohl ich ihr den Kopf festhielt, zuckte er so heftig zwischen meinen Händen, dass ihre Haube herunterfiel. Kurz darauf waren meine Finger in ihrem weichen, dunklen Haar verflochten; die Locken, die Zalumma zuvor sorgfältig arrangiert hatte, lösten sich in Strähnen auf.

»Es ist der Teufel!« Ein Mann trat vor – jung, rothaarig, mit pockennarbiger Haut; ich erkannte in ihm den Priester aus Santa Maria del Fiore. »Das habe ich bei ihr schon einmal erlebt, im Duomo. Sie ist besessen; das Böse in ihr erträgt es im Hause Gottes nicht, aufrecht zu stehen.«

Ringsum entstand ein Raunen, das zu einem grollenden Donner anschwoll, bis Savonarola über unseren Köpfen ausrief: »Ruhe!«

Alle schauten zu ihm auf. Angesichts seines derart kränkenden Auftritts hatte er die Augenbrauen vor Empörung finster zusammengezogen. Der rothaarige Priester trat zurück und verschwand in der Menge; die anderen begaben sich schweigend und gefügig wieder an ihre Plätze.

»Der Böse wünscht sich nichts sehnlicher, als die Welt des Herrn zu stören«, hob Fra Girolamo an. »Wir dürfen uns nicht ablenken lassen. Gott wird sich durchsetzen.«

Er hätte noch mehr gesagt, doch mein Vater trat auf die Kanzel zu. Den Blick fest auf den Mönch gerichtet, deutete er mit dem Arm auf seine geplagte Frau und rief verzweifelt und mit wehleidiger Stimme: »Fra Girolamo, hilf ihr! Heile sie!«

Ich hielt den Kopf meiner Mutter noch immer fest, beobachtete aber wie alle anderen mit angehaltenem Atem den Prior von San Marco.

Sein finsterer Blick wurde milder; seine Augen flackerten kurz vor Unsicherheit, bevor sein Sinn für vollkommene Autorität wiederkehrte. »Gott wird ihr helfen, nicht ich. Die Predigt wird fortgesetzt; die Messe wird ausgerichtet.« Als mein Vater niedergeschlagen den Kopf hängen ließ, gab Fra Girolamo ein Zeichen an Graf Pico und zwei Dominikanermönche in der Gemeinde. »Kümmert euch um sie«, sagte er ihnen leise. »Bringt sie in die Sakristei, wo sie auf mich warten soll.«

Dann hob er mit lauter Stimme erneut zu predigen an. »Kinder Gottes! Solcherlei böse Omen werden nur zunehmen, bis alle in unserer Stadt büßen und ihr Herz dem Herrn zuwenden; sonst wird eine Plage kommen, wie die Welt sie noch nie gesehen hat ...«

Von diesem Augenblick an hörte ich den Rhythmus und den Tonfall seiner Predigt, nicht aber den Sinn, denn zwei Mönche in braunen Kutten waren neben meiner Mutter aufgetaucht. Pico nahm die Sache in die Hand.

»Fra Domenico«, sagte er zu dem Größeren mit Quadratschädel und den Augen eines Dummkopfs. »Ich lasse die Frauen zur Seite treten. Dann hebt Ihr Madonna Lucrezia hoch« – er deutete auf meine Mutter, die noch immer mitten in ihrem Anfall war – »und tragt sie fort. Fra Marciano, helft ihm, falls notwendig.«

Weder Zalumma noch ich rührten uns von der Stelle. »Meine Mutter kann nicht bewegt werden – sie könnte sich verletzen«, beharrte ich empört.

Fra Domenico hörte schweigend zu, dann bog er Zalummas

schützende Arme auseinander und packte meine Mutter um die Taille.

Er hob sie mühelos auf, wobei Zalumma unwillkürlich hintenüberfiel. Vergeblich streckte ich die Hände nach meiner Mutter aus, als sich ihr Kopf mit den schwingenden, chaotischen Haarsträhnen aus meinem Schoß hob. Fra Domenico zuckte nur leicht unter den schlagenden Gliedmaßen zusammen und warf sich meine Mutter über die Schulter wie ein Bäcker einen Sack Mehl. Die Beine meiner Mutter schlugen gegen seine Brust, die Hände gegen seinen Rücken, doch er schien es nicht zu spüren.

»Halt!«, schrie Zalumma den Mönch an. Ihr Anblick war beinahe ebenso erschreckend wie der ihrer Herrin: Der Schal unter ihrer Haube war verrutscht und ließ ein paar dichte Locken hervorquellen; schlimmer noch, sie hatte einen Schlag aufs Auge bekommen, das bereits halb zugeschwollen war; der Wangenknochen darunter war dunkelrot und glänzend und versprach sich zu einer prächtigen Beule auszuwachsen.

»Lasst sie in Ruhe!«, brüllte ich Fra Domenico an. Ich wollte mich erheben, doch die Leute neben mir standen auf meinen Röcken, sodass ich gleich wieder zu Boden ging.

»Lasst sie aufstehen!«, kommandierte eine männliche Stimme über mir. Die Menschen machten Platz, wo keiner vorhanden war. Ein starker Arm langte herab, packte mich am Oberarm und zog mich auf die Beine; ich erhob mich keuchend und schaute in die Augen eines Fremden – ein hochgewachsener, dünner Mann, der das vornehme Gewand eines *Buonomi* trug, eines Ehrenmannes, eines der zwölf, die alle zwei Monate gewählt wurden, um die acht Prioren zu beraten. Er begegnete meinem Blick mit eigenartiger Eindringlichkeit, als würden wir uns kennen, obwohl wir uns noch nie begegnet waren.

Ich zog mich sogleich vor ihm zurück und folgte dem unerbittlichen Domenico, der sich bereits einen Weg durch die Menge bahnte. Vergessend, dass er sich in einem Gotteshaus befand, eilte mein Vater hinter Domenico her und forderte ihn auf, vorsichtiger mit meiner Mutter umzugehen.

Domenicos Begleiter, Fra Marciano, bot Zalumma und mir jeweils einen Arm an. Wütend und wortlos lehnte Zalumma seine Unterstützung ab, obwohl sie sichtbar hinkte. Auch ich winkte ab. Fra Marciano verhielt sich jedoch weiterhin besorgt und freundlich. Er war zerbrechlich und älter, mit schütterem Haar; seine Augen strahlten freundliche Güte aus.

»Seid getrost«, sagte er mir, »die Dame ist in Gottes Händen; ER wird nicht zulassen, dass ihr etwas zustößt.«

Ich gab keine Antwort. Stattdessen ging ich schweigend wie die anderen hinter Fra Domenico mit seiner Bürde her, bis wir in die Sakristei kamen.

Der Raum war klein, viel kälter als der Hauptraum, der von mehreren hundert Menschen aufgewärmt wurde; ich konnte meinen Atem sehen. Fra Domenico trug meine Mutter an den einzig möglichen Platz: einen schmalen Holztisch, den mein Vater zunächst mit ihrem weichen Fellumhang bedeckte. Sobald der Mönch meine Mutter abgelegt hatte, schob mein Vater ihn mit einer Vehemenz beiseite, die mich verblüffte. Die beiden schwer atmenden Männer wechselten einen Blick, aus dem blanker Abscheu sprach; ich dachte schon, sie würden aufeinander losgehen.

Domenicos Blick flackerte. Schließlich schaute er zu Boden, wandte sich ab und tappte davon. Fra Marciano blieb bei uns, offenbar in der Hoffnung, uns Trost oder Hilfe zu spenden, soweit es ihm möglich war.

Schon auf dem Weg in die Sakristei war der Anfall meiner Mutter vorüber gewesen. Nun, da sie wie betäubt und völlig entkräftet dalag, zog mein Vater seinen roten Umhang ab und deckte sie damit zu. Graf Pico legte ihm eine Hand auf die Schulter.

Mein Vater versuchte sie abzuschütteln. »Wie konnte Gott so etwas zulassen?« Er klang verbittert. »Und warum hat Fra Girolamo sie in die Hände dieses Tiers gegeben?«

Pico sprach leise, wenn auch mit eigenartig hartem Unterton. »Fra Domenico ist immer an Fra Girolamos Seite; Ihr wisst das auch, Antonio. Vielleicht hat Gott Madonna Lucrezia diese Unwürdigkeit erleiden lassen, damit ER sie umso größer wieder aufstehen lassen kann. Ihre Heilung wird für alle ein wunderbares Zeugnis sein. Habt Vertrauen. Glaubt an Gottes Größe. ER hat uns nicht bis hierher geführt, um uns dann zu enttäuschen.«

»Ich bete darum«, sagte mein Vater. Er schlug die Hände vor die Augen. »Ich kann es nicht ertragen, sie so zu sehen. Wenn sie erfährt, was passiert ist … die Scham wird sie nicht ertragen.«

Er schob die Hände auseinander und schaute auf meine schlafende Mutter, die so blass und fahl war, dass ihre Gesichtszüge wie aus Wachs geformt schienen – Wachs, verschmiert und befleckt mit eintrocknendem Blut. Zärtlich strich er eine aufgelöste Locke aus ihrer Stirn; dabei warf ich zufällig einen kurzen Blick auf Zalumma, die ihm gegenüberstand.

Der offene Hass in ihren Zügen erstaunte mich. Das übertraf bei weitem das einer Sklavin angemessene Verhalten, doch ich verstand sie. Sie liebte meine Mutter wie eine Schwester und verachtete meinen Vater mit derselben Inbrunst. Bisher allerdings hatte sie ihre Gefühle ihm gegenüber stets verborgen.

Ich war zutiefst beunruhigt. Vor einiger Zeit hatte ich meine Sorgen über die Ursache der Anfälle meiner Mutter ad acta gelegt. Zalummas Erzählung über ihren Bruder und seine Kopfverletzung hatte mich schließlich davon überzeugt, dass die Krankheit meiner Mutter eine natürliche Ursache hatte. Jetzt, nach ihrer schrecklichen Äußerung gegenüber Savonarola, war ich mir nicht mehr so sicher. Konnte eine so freundliche und fromme Seele wie die meiner Mutter ein Werkzeug des Bösen sein?

Eine Viertelstunde wartete unsere unglückliche Gruppe in der unbeheizten Sakristei. Ich schlang meinen Umhang fest um mich, doch ohne Erfolg. Der Schweiß nach der Anstrengung kurz zuvor ließ mich frösteln; mein Atem kondensierte und gefror auf dem Wollstoff zu Eis. Meine arme Mutter zitterte in ihrer Benommenheit trotz des Umhangs meines Vaters und des Fells, auf dem sie lag.

Schließlich ging die schwere Tür mit lautem Quietschen auf; wir drehten uns um. Savonarola erschien auf der Schwelle neben dem stämmigen Fra Domenico und sah viel kleiner aus als auf der Kanzel.

Mein Vater trat neben meine Mutter und legte ihr eine Hand auf den Arm. Sein Ausdruck war hart; er starrte Fra Domenico an, während er Savonarola anredete. »*Den* brauchen wir hier nicht.« Dabei deutete er mit dem Kinn auf Domenico.

»Er ist meine rechte Hand«, sagte Fra Girolamo. »Wenn er nicht eintritt, dann komme ich auch nicht.«

Mein Vater blinzelte und schaute niedergeschlagen zu Boden. Die beiden Mönche traten ein; Domenico war auf der Hut.

Gleich hinter ihnen tauchte der rothaarige, pockennarbige Priester aus dem Duomo im Türrahmen auf.

»Gewiss hat Gott Euch nach Florenz geschickt, Fra Girolamo!«, rief er einschmeichelnd. »Tagtäglich bringt Ihr zahllose Sünder zur Buße. Ihr seid die Rettung für diese Stadt!«

Fra Girolamo hatte sichtlich Mühe, sich durch diese Beweihräucherung nicht beeinflussen zu lassen. Er hatte Gesicht und Blick leicht abgewandt im ernsthaften Bemühen, bescheiden zu bleiben, doch offenbar gefiel ihm das Loblied auf ihn. Mit seiner nasalen, hohen Stimme entgegnete er: »Der Herr ist es, der Florenz retten wird, nicht ich. Konzentriere deine Hingabe auf Gott, nicht auf einen Menschen.« Nach einer kurzen Pause sagte er mit fester Stimme: »Ich habe mich jetzt um andere Dinge zu kümmern.«

Letzteres zielte darauf ab, den Priester zu entlassen, der nun den Eingang zur Sakristei blockierte, als wäre er nicht bereit, den Mönch vorbeizulassen, wenn er nicht einen Segen spendete. Doch statt zu gehen, schaute der junge Mann in die Sakristei. »Aha! Das ist also die Frau, die von den vielen Dämonen besessen ist!«

Fra Girolamo schaute ihn warnend an. »Wir werden Gott über ihre Beschwerden urteilen lassen.« Er warf Fra Domenico einen eindeutigen Blick zu, der dem Priester Wohlwollen entgegengebracht hatte; der hoch aufgeschossene Mönch trat zögernd einen Schritt zur Tür.

Behende schlängelte sich der Priester an dem größeren

Mönch vorbei und trat in den Raum, noch ehe man ihn daran hindern konnte. »Aber Fra Girolamo, Ihr habt es doch selbst gesagt: Der Leibhaftige hat versucht, die Menschen davon abzuhalten, die Botschaft anzuhören, die Gott Euch gesandt hat. Niemand hätte jemals solche Worte ausgestoßen wie sie, wenn der Teufel selbst sie nicht verfasst hätte.« Seine blassen Augen strahlten vor beängstigender Überzeugung. »Dasselbe hat sie auch schon im Duomo getan – Worte herausgeschrien, die der Teufel ihr eingegeben hat.«

Fra Domenico hörte fasziniert zu; selbst der freundliche Fra Marciano trat aus unserer Gruppe vor, um dem charismatischen jungen Priester zu lauschen.

»Es stimmt, Babbo«, sagte Domenico zu seinem Herrn. »Eure Anwesenheit provoziert das Böse. Wie wütend müsst Ihr die Teufel machen! Wie ängstlich! Hier bietet sich eine Möglichkeit, die wahre Macht des Herrn zu zeigen.«

Savonarola fühlte sich unwohl mit der Richtung, die das Gespräch nahm, war aber nicht imstande, sie zu ignorieren. Er ging an Domenico und dem Priester vorbei, bis er an der Seite meiner Mutter stand, meinem Vater und Pico direkt gegenüber.

»Stimmt das?«, fragte Fra Girolamo meinen Vater ruhig. »Hat sie im Duomo seltsame Worte geäußert, bevor sie einen Anfall bekam?«

Schweigend und vorsichtig schaute mein Vater mich und Zalumma an. Sie war frech, herausfordernd, hatte die Haube inzwischen abgelegt, und ihre wilde, blauschwarze Mähne war einschüchternd wie Medusas Schlangenhaupt.

»Nein«, log sie. »Sie leidet seit einer Kopfverletzung unter den Anfällen, aber das hat nichts mit dem Teufel zu tun.«

Savonarola trat an den Kopf meiner Mutter und legte ihr leicht die Hände auf die Schultern; seine Schüchternheit verschwand, und er sagte mit Zuversicht: »Lasst uns still beten.«

Wir gehorchten und neigten unsere Häupter; ich wagte es, unter meinen halb geschlossenen Augenlidern hervorzublinzeln. Der Priester und Domenico traten näher, Letzterer schloss die große Messingtür hinter sich. Beide eilten an Fra Girolamos Seite. Sie drängten sich zur Rechten meiner Mutter, um dem Objekt ihrer Bewunderung so nah wie möglich zu sein, was zur Folge hatte, dass Zalumma und ich weggedrängt wurden und schließlich zu Füßen meiner Mutter standen.

Mein Vater senkte den Kopf, doch seine geröteten Augen waren offen, sein Blick wachsam und grimmig. Er stand zur Linken meiner Mutter, Pico neben ihm.

Nach einer langen Pause zogen sich Savonarolas Augenbrauen zusammen. »Gott hat zu mir gesprochen. Ungesühnte Sünde hat zur Krankheit dieser Frau geführt – eine Sünde, die zu lange geheim gehalten und vergraben war; sie hat ihre Seele vergiftet. Ich werde zu Gott beten, ihr das Herz zu öffnen und ihr die Last zu nehmen, damit sie frei von jeglichem Einfluss durch das Böse ist.« Er hob den Kopf und fragte meinen Vater mit tieferer Stimme: »Wisst Ihr, Herr, von einer schweren Sünde, die sie vielleicht nicht hat beichten wollen?«

Mein Vater schaute ehrlich überrascht zu ihm auf; plötzlich wurde er von Gefühlen übermannt, sodass er nicht sprechen und nur einen verärgerten Seufzer ausstoßen konnte.

Pico wandte sich ihm zu. »Antonio, mein Freund, du musst Fra Girolamo vertrauen. Gott hat uns alle zu einem besonderen Zweck hergeführt. Das alles ist nur zum Besten für Madonna Lucrezia.«

»Fehlt es jemandem am Glauben? Möchte jemand den Raum verlassen?« Fra Girolamo schaute uns der Reihe nach an.

»Ich werde mit Euch beten!«, sagte der Priester aufgeregt.

Savonarola brachte ihn mit strengem Blick zum Schweigen. »Wer will, kann ihr mit mir die Hände auflegen und meinem Gebet still folgen.«

»Betet nur, dass ihr kein Leid geschieht«, drängte mein Vater. »Betet nur, dass Gott sie heilt!«

Savonarola antwortete mit einem starren Blick, der meinen Vater sogleich verstummen ließ. Der Priester und Fra Domenico legten rasch ihre Hände auf die Oberarme und die Taille meiner Mutter; mein Vater legte eine Hand auf ihren rechten

Arm, Pico ebenfalls. Zalumma und mir blieb nichts anderes übrig, als unsere Hände auf die Fußgelenke meiner Mutter zu legen.

Der kleine Mönch hob die Hände, presste sie noch fester auf die Schultern meiner Mutter und kniff die Augen zu. »O Herr!«, rief er mit der Donnerstimme aus, die er zum Predigen benutzt hatte. »Vor Dir siehst Du eine Frau, eine elende Sünderin …«

Meine Mutter regte sich unter seinen Händen. Ihre Augenlider flatterten. Heiser flüsterte sie: »Antonio?«

Er nahm ihre Hand und sprach leise. »Lucrezia, ich bin hier. Alles wird gut. Fra Girolamo betet für deine Heilung. Ruh dich aus und habe Vertrauen.«

Während ihres freundlichen Wortwechsels setzte der Mönch sein Gebet fort. »Hier liegt etwas Dunkles begraben, eine Öffnung für Satan. Herr! Dadurch wurde ihr der Körper gestohlen, entwendet …«

Angstvoll riss meine Mutter die Augen weit auf. Trotz ihrer Schläfrigkeit spürte sie, wie Savonarolas Griff auf ihren Schultern fester wurde; sie bewegte sich schwach, als wollte sie alle Hände abschütteln, die sie niederdrückten. »Antonio! Was sagt er da? Was ist passiert?«

In diesem Augenblick schrie der Priester, der vor rechtschaffener Inbrunst zitterte: »Sie ist von Teufeln besessen, o Herr!«

»Ja!«, brummte Domenico mit tiefer Stimme. »Teufel, Herr!«

»Hört auf«, flüsterte meine Mutter.

Zalumma schaltete sich ein. Ihre raschen, scharfen Worte waren vor allem an den Priester, aber auch an Savonarola gerichtet. Sie drückte sich gegen Domenicos hohen, breiten Rücken und versuchte, nach ihrer Herrin zu greifen. »Hört auf! Ihr jagt ihr Angst ein! Sie muss ruhig bleiben!«

»Alles wird gut, Lucrezia«, sagte mein Vater. »Alles wird gut …«

Savonarola schenkte niemandem Beachtung; seine ernste Unterhaltung lief zwischen ihm und Gott. »O Herr! Niemand außer DIR kann sie retten. Ich bin es nicht wert, Dich selbst von Angesicht zu Angesicht zu sehen, doch ich bitte in aller Bescheidenheit: Erlöse sie von ihren Sünden. Heile sie …«

Der pockennarbige Priester, verloren im eigenen Wahn, führte das Gebet fort, als wäre es sein eigenes. »Befreie sie aus Satans Griff! Hör mich an, Teufel! Nicht ich bin es, sondern Gott, der dir befiehlt – verlasse diese Frau! Im Namen Jesu Christi, verlasse ihren Körper und lass sie frei!«

Fra Domenico, durch die Worte des Priesters zu rechtschaffenem Eifer angeregt, beugte sich vor und packte beide Arme meiner Mutter mit ungebührlicher Kraft. Spuckend schrie er ihr direkt ins Gesicht: »Geh, Teufel, im Namen Jesu Christi!«

»Hilf mir«, rief meine Mutter schwach. »Antonio, im Namen Gottes …«

Gleichzeitig ergriff mein Vater die dicken Handgelenke Fra Domenicos und brüllte: »Nimm deine Hände weg! Lass sie los!«

Savonarolas Stimme erhob sich, ein Vorwurf an den Priester, an Domenico, an meinen Vater. »Wir bitten darum, dass sie geheilt, dass ihr die Sünde vergeben werde. Erst dann, Herr, wird das Böse seinen Griff lockern …«

»Hört auf damit!«, befahl Zalumma angesichts des Stimmengewirrs. »Seht ihr denn nicht, was ihr mit ihr anstellt?«

Der Körper meiner Mutter versteifte sich. Der Kiefer begann zu mahlen, ihre Gliedmaßen schlugen gegen den Holztisch. Ihr Kopf warf sich von einer Seite zur anderen, Blut aus der verletzten Zunge spritzte auf die Männer.

Zalumma und ich versuchten, unsere Notfallpositionen einzunehmen, doch die Mönche und Priester ließen mich nicht in die Nähe des Kopfes meiner Mutter. Gemeinsam mit Zalumma legte ich mich quer über die Beine meiner Mutter, doch Fra Domenico schob uns mit einer weit ausholenden Armbewegung beiseite, ohne uns anzusehen. Mein Vater beugte sich über meine Mutter und legte ihr einen Arm unter die Schulter.

»Siehst du, Babbo, der Teufel zeigt sich!«, krähte Domenico

triumphierend und lachte. »Fort mit dir! Du hast hier keine Macht!«

»Lasst uns zu Gott beten«, donnerte Fra Girolamo. »O Herr, wir bitten DICH, erlöse diese Frau von Sünde, vom Einfluss des Bösen; wir bitten um ihre Heilung. Sollte es ein Hindernis geben, offenbare es uns jetzt, o Herr!«

»Hinfort mit dir, Satan«, entgegnete der Priester, ebenso stimmgewaltig und inbrünstig. »Geh, im Namen des Vaters!«

Fra Domenicos ansonsten glanzlose Erscheinung erstrahlte vor geradezu unheimlicher, ja furchteinflößender innerer Überzeugungskraft. Er verfing sich in den Gebeten von Prior und Priester. Er sprach die Worte seines Herrn nach und schrie: »Offenbare es jetzt, o Herr! Geh, Satan, im Namen des Sohnes!«

Bei seinen Worten bäumte sich der Körper meiner Mutter im Krampf so heftig auf, dass die Männer sie nicht festhalten konnten. Eine merkwürdige Stille folgte; verblüfft stellten der Priester und Savonarola ihre Gebete ein. Als Reaktion darauf stieß Domenico seine massiven Handballen mit voller Wucht auf das Herz meiner Mutter.

»Geh, im Namen des Heiligen Geistes!«

In der unerwarteten Stille vernahm ich ein leises, aber entsetzliches Geräusch: ein Knacken, gedämpft von einer Schicht aus Fleisch – das Brustbein meiner Mutter war gebrochen. Ich schrie; Zalummas Kreischen und das wütende Gebrüll meines Vaters nahm ich kaum wahr.

Die Augen meiner Mutter traten hervor. Blut tief aus ihrem Innern quoll über die Lippen und rann aus den Mundwinkeln über ihre Wangen in die Ohren. Sie versuchte zu husten und atmete stattdessen Blut ein; es folgte das herzzerreißende Gurgeln eines Menschen, der verzweifelt nach Luft ringt und nur Flüssigkeit findet. Sie ertrank.

Mein Vater riss Domenico von meiner Mutter weg und trat wieder an ihre Seite. Ohne nachzudenken, warf ich mich auf den tumben Mönch und bearbeitete ihn mit den Fäusten. Vage erkannte ich, dass auch Zalumma auf ihn einschlug.

Als ich wieder zu mir kam, eilte ich zu meiner Mutter, beugte mich tief zu ihr hinunter, die Ellenbogen auf den Tisch gestützt, und hielt mein Gesicht nah an das ihre, ähnlich wie mein Vater. Schon war auch Zalumma neben mir und presste ihre Schulter an meine.

Die Mönche hatten sie alle im Stich gelassen. Fra Girolamo hatte die Hände von ihr genommen und schaute mit einem Ausdruck der Verwirrung und Bestürzung auf sie hinunter; der Priester hatte sich ängstlich zurückgezogen und bekreuzigte sich wiederholt. Auch Pico stand in einiger Entfernung und versuchte, der schrecklichen Wende der Ereignisse einen Sinn zu geben.

Nur mein Vater blieb an der Seite meiner Mutter. »Lucrezia!«, rief er. »O Gott, Lucrezia, sag doch etwas!«

Doch meine Mutter konnte nicht. Die Bewegungen ihrer Gliedmaßen wurden immer schwächer, bis sie schließlich reglos liegen blieb. Ihr Gesicht hatte die Farbe einer Taubenbrust angenommen; Blut sprudelte blasig von ihren Lippen, während sie darum kämpfte, Luft zu bekommen. Ich versuchte, ihr auf die einzige mir bekannte Weise zu helfen: Ich drückte mein Gesicht an das ihre und sagte, dass ich sie liebe und alles gut werde.

Ich sah zu, wie der Funke des Entsetzens zusammen mit dem Leben selbst in ihren Augen erlosch, und ich erlebte den Moment, in dem ihr Blick leer und starr wurde.

18

Ohne mich um das Blut zu scheren, legte ich den Kopf auf die Brust meiner Mutter. Zalumma nahm ihre Hand und drückte sie an die Lippen; mein Vater presste seine Wange an die ihre. Eine Weile betrauerten wir sie zu dritt, dann allerdings packte mich der Zorn. Ich hob mein tränenfeuchtes Gesicht und wandte mich Domenico zu. Doch noch ehe ich den Mund aufmachen konnte, um ihn anzuklagen, schrie mein Vater mit herzzerreißender, rauer Stimme auf.

»Ihr habt sie umgebracht!« Er stürzte sich auf Domenico, die Hände wie Krallen ausgefahren, die nach dem Hals des großen Mannes griffen. »Ihr habt sie umgebracht, und ich werde alles tun, dass Ihr dafür gehängt werdet!«

Das Gesicht des Mönchs verfinsterte sich; er hob abwehrend einen Arm. Pico und der rothaarige Priester warfen sich auf meinen Vater und brachten es kaum fertig, ihn aufzuhalten.

Ich schrie gemeinsam mit Zalumma, nur so konnten wir unserer Empörung Luft machen.

»Mörder!«

»Attentäter!«

Savonarola hielt sich von der lautstarken Auseinandersetzung und dem Handgemenge wohlweislich fern. Sobald Pico und der Priester meinen Vater überwältigt hatten, stellte sich Fra Girolamo vor Domenico, der sich krümmte. »Der Herr möge mir verzeihen«, jammerte er. »Ich kann niemandem absichtlich etwas zuleide tun, es war ein Unfall, ein schrecklicher Unfall … Oh, bitte glaube mir, Babbo!«

Hinter mir vernahm ich die Stimme meines Vaters, leise und mit tödlichem Ernst. »Das war kein Unfall. Ihr hattet vor, sie umzubringen …«

»Aber, aber«, stellte Pico mit Bestimmtheit fest. »Es war sehr wohl ein Unfall, und mehr nicht. Fra Girolamo und Fra Domenico kamen schließlich beide mit der frommen Absicht her, sie zu heilen.«

Savonarola trat vor, wieder ganz der zuversichtliche Mann, der auf die Kanzel gestiegen war. »Das sind die Worte, die der Herr mir eingegeben hat: Madonna Lucrezia ist von ihrer Krankheit befreit. In der Stunde ihres Todes hat sie ihre Sünde bereut und weilt jetzt im Fegefeuer. Frohlockt in dem Wissen, dass ihre Seele bald bei Gott sein wird.«

Seine Worte rissen meinem Vater das Herz entzwei. »Das stimmt«, flüsterte er. »Doch es stimmt auch, dass Domenico sie umgebracht hat.«

Fra Girolamo war unerbittlich. »Was hier geschehen ist, war Gottes Werk. Fra Domenico war nur ein Werkzeug. Frauen!« Er drehte sich zu uns um und wollte uns ermahnen. »Trocknet Eure Tränen! Freut Euch, dass Eure Herrin bald im Himmel sein wird.«

Zalumma spuckte mit zornigem Blick in seine Richtung und überließ sich dann wieder ihrem Kummer.

»Gott sieht die Schuldigen«, sagte ich zu ihm. »Gott weiß, welches Verbrechen hier begangen wurde, und all Eure schönen Worte vermögen es nicht vor IHM zu verbergen. ER wird dafür sorgen, dass Euch und Fra Domenico Gerechtigkeit widerfährt, wann es Ihm gefällt.« Dann fügte ich mit einer plötzlichen Sachlichkeit hinzu, die mich selbst erstaunte: »Wenn Ihr Euch auch nur im Geringsten erkenntlich zeigen wollt, dann sorgt dafür, dass sie in unsere Kutsche getragen wird.«

»Das geht«, sagte Savonarola. »Danach werde ich beten, dass Gott Euch Eure hasserfüllten Worte vergibt. Mit der Zeit werdet Ihr hinnehmen, was geschehen ist. Zunächst jedoch werden wir für Madonna Lucrezia beten, dass ihre Zeit im Fegefeuer nur von kurzer Dauer ist. Dann werde ich einen

Priester holen« – das empfand ich als beabsichtigten Dämpfer für den Priester in unserer Mitte –, »um ihr die Letzte Ölung zu erteilen.« Er sprach zu uns allen, hatte den Blick aber auf meinen Vater gerichtet, der noch immer trotzig dastand und sich von Pico nicht trösten ließ. »Lasst uns niederknien«, sagte Savonarola. Pico, der Priester und die beiden Mönche gehorchten. Zalumma und ich verharrten bei meiner Mutter.

Mein Vater blieb stehen, zutiefst verwundet, stur und unbeirrbar. »Er hat sie umgebracht.«

»Er war die Hand Gottes«, entgegnete Savonarola grimmig. »Gott hat unsere Gebete erhört, als er Lucrezia zu sich nahm; bald wird sie bei ihm sein, befreit von allen Leiden. Das ist ein Segen, verglichen mit dem Leben, das sie führte … ein Ausgang, der noch wünschenswerter ist als eine Heilung hier auf Erden. Ihr solltet dankbar sein.« Er hielt inne und forderte dann erneut: »Kniet nieder. Kniet und betet mit uns, dass die Seele Eurer Gemahlin ins Paradies kommt.«

Mein Vater schluchzte brüllend auf. Er blieb stehen und starrte Domenico mit höllischem Blick an.

Domenico kniete hinter seinem Herrn nieder, schlug die Augen auf und begegnete dem Blick meines Vaters. Seine Miene strahlte unmissverständlichen Triumph aus. Es war ein hämischer Ausdruck, der nichts mit Gott oder Rechtschaffenheit zu tun hatte; in seinen Augen blitzte berechnende Intelligenz auf – so unendlich böse und kalt, dass mir der Atem stockte.

Dann neigte Fra Domenico mit starrem Blick auf meinen Vater kaum merklich den Kopf Richtung Tisch, auf dem meine Mutter lag; anschließend drehte er den Kopf langsam und mit Bedacht in meine Richtung.

Mein Vater sah es und fuhr zusammen.

»Kniet nieder«, wiederholte Domenico leise.

Die Brust meines Vaters hob und senkte sich so schwer, dass ich schon dachte, sie würde bersten. Das Gesicht mit beiden Händen bedeckend, sank er neben Pico auf die Knie.

Domenico lächelte und schloss die Augen.

Ich aber wollte mich nicht beugen. Zalumma wollte sich

nicht beugen. Ich verstand nicht, was zwischen dem großen Mönch und meinem Vater vor sich gegangen war; ich wusste nur, dass mein Vater sich hatte brechen lassen.

An den Leichnam meiner Mutter geklammert, habe ich ihn noch nie so verachtet wie in jenem Augenblick. Tatsächlich vermochte ich nicht zu sagen, wen ich damals am meisten hasste: Gott, Savonarola, Fra Domenico oder meinen Vater, weshalb ich beschloss, sie alle zu hassen.

19

Nachdem der Priester von San Marco ihr die Letzte Ölung hatte zuteil werden lassen, wurde meine Mutter zu unserer Kutsche getragen. Inzwischen hatte sich die Menschenmenge weitgehend aufgelöst – doch trotz meines Kummers fiel mir auf, dass der Fremde mit den scharfen Gesichtszügen, der mir auf die Beine geholfen hatte, auf der Kirchentreppe stand und uns beobachtete.

Wir fuhren über den Ponte Santa Trinità zurück. Auf der Fahrt lag meine Mutter, eingehüllt in blutigen Hermelin und smaragdgrünen Samt, schlapp in den Armen meines Vaters. Niemand außer ihm durfte sie berühren. Pico bestand darauf, uns zu begleiten. Ich empfand die Gegenwart des Grafen als Kränkung, doch Ser Giovannis Kummer war nicht geheuchelt. Der Gang der Ereignisse war auch für ihn niederschmetternd und verstörend.

Mein Vater mied es, Pico anzusehen, und saß stocksteif neben ihm, sodass sich ihre Beine und Ellenbogen nicht einmal zufällig berührten. Leise, in raschen Worten betete er für das Seelenheil meiner Mutter, wobei er abwechselnd das Ave-Maria und das Vaterunser anstimmte. Als Pico sich ihm anschloss, zögerte er zunächst – als weigerte er sich, die Gebete seines Freundes anzunehmen –, gab dann aber nach und fuhr fort.

Da ich den Anblick in der Kutsche nicht ertragen konnte, schaute ich aus dem Fenster. Es war schlichtweg eine Beleidigung, dass San Marco von außen und die Via Larga aussahen wie eh und je. Die Menschen gingen vorsichtig über die vereisten Straßen, die Gesichter vor der Kälte verhüllt, doch es gab kein Anzeichen von Trauer, keinerlei Respekt vor der Allgegenwart des Todes.

Meinem Vater gegenüber empfand ich sowohl Mitleid als auch Wut. Gleichzeitig entwickelte ich ein gewisses Verantwortungsgefühl, was denn auch mein weiteres Vorgehen bestimmte, als wir schließlich nach Hause kamen. Sobald die Kutsche hinter unserem Haus anhielt, war ich die Erste, die sich erhob.

»Ser Giovanni.« Ich redete mit Pico, als wären wir beide erwachsen und ich wäre ihm ebenbürtig. »Heute müssen zum einen noch Vereinbarungen mit einem Totengräber getroffen werden und zum anderen mit einem Priester für morgen; es wäre wohl ihr Wunsch gewesen, in Santo Spirito beigesetzt zu werden. Wenn Ihr also so freundlich wärt …«

Noch ehe ich meinen Satz beenden konnte, antwortete Pico mit feierlichem Ernst: »Es wäre mir eine Ehre, Madonna Lisa. Unterdessen …« Er wandte sich an meinen Vater, der den Leichnam meiner Mutter noch immer in den Armen hielt. »Lasst sie uns ins Haus tragen.«

»In ihre Gemächer hinauf«, sagte ich. »Zalumma, geh vor ihnen her und decke ihr Bett ab, damit es nicht verschmutzt wird, und lass die Dienerschaft Handtücher und Wasser bringen.«

Mein Vater drückte seine tote Gemahlin fest an die Brust. »Ich werde sie selbst tragen.«

»Nun kommt schon«, versuchte Pico ihn zu beschwichtigen. »Ihr werdet Hilfe benötigen, zumindest um aus der Kutsche zu steigen.«

Mein Vater blieb Pico gegenüber reserviert und mied auch weiterhin seinen Blick, nickte am Ende aber doch. Die Männer hoben meine Mutter aus der Kutsche, sobald sie allerdings draußen war, übernahm mein Vater sie wieder. »Das mache ich jetzt.« Da er nicht zu überreden war, brach Pico nach Santo Spirito auf. Zalumma eilte vor uns her ins Haus.

Ich ging ein paar Schritte vor meinem Vater her, der wie im Fieber vor sich hin murmelte: »*Ave Maria, gratia plena, Dominus tecum, benedicta tu* … Allmächtiger Gott, lass ihre Seele rasch zu dir aufsteigen. Eine solche Hölle, und alles meine Schuld, von Anfang an …«

Der Wahnsinn verlieh ihm Kraft. Er betrat das Haus, ohne seine Schritte zu verlangsamen, und stieg die hohe, schmale Treppe hinauf.

Vor den Gemächern meiner Mutter wartete Zalumma mit verweinten Augen, doch um Haltung bemüht, an der offenen Tür. »Das Wasser zum Abwaschen kommt gleich noch«, sagte sie, »aber das Bett habe ich schon vorbereitet.«

Unendlich behutsam legte mein Vater meine Mutter auf ihr Bett, das mit einer Schicht aus alten Leinentüchern abgedeckt war.

»Komm«, sagte ich, »das wollen wir wegnehmen.« Ich langte nach dem schönen, smaragdgrünen Samtcape, dessen Hermelinfutter von getrocknetem Blut steif geworden war. Zalumma half mir, es unter meiner Mutter hervorzuziehen. Als wir damit fertig waren, sank mein Vater auf die Knie, ergriff die Hand meiner Mutter und küsste sie wieder und wieder.

Von unten drang Gejammer zu uns herauf, als der Kutscher den anderen Dienern erzählte, was vorgefallen war. Wasser und Handtücher wurden gebracht. »Du musst jetzt gehen«, sagte ich zu meinem knienden Vater. »Wir müssen sie waschen.«

Er schüttelte den Kopf und klammerte sich fest an meine Mutter. »Wir müssen für sie beten. Beten, bis wir ein Zeichen von Gott erhalten, dass sie im Himmel ist und nicht mehr leidet. *Adveniat regnum tuum*. Dein Reich komme.«

»Das Beten hat heute schon genug bewirkt! Geht jetzt!« Zalummas Augen funkelten vor Zorn.

Ich schob mich zwischen die beiden. »Vater, wenn du willst, kannst du in einem anderen Raum weitermachen.« Sanft löste ich seine Hand von der meiner Mutter, dann packte ich fest zu und half ihm auf die Beine.

»Wir brauchen nicht lange«, sagte ich, führte ihn an die Tür und schloss sie hinter ihm.

Dann drehte ich mich zum Bett um. Dabei sah ich, wie Zalumma voll unendlicher Trauer, gepaart mit reinster Liebe, auf meine Mutter schaute. Schon lagen wir uns schluchzend in den Armen.

»Wie konnte das geschehen?«, keuchte ich, das Kinn an ihre Schulter gepresst. »Wie konnte Gott nur so etwas Entsetzliches zulassen?«

»Gott stellt die Menschen vor die Wahl, Gutes oder Schlechtes zu tun«, murmelte Zalumma. »Nur zu oft vollbringen sie Letzteres.«

Ich hatte meine Mutter über alles in der Welt geliebt; was meinen Vater betraf, war das, was ich an Liebe für ihn empfunden hatte, nun vergiftet. Jetzt gab es nur noch Zalumma, einzig und allein Zalumma. Meine Mutter und ihre lebensnotwendige Pflege hatte uns zusammengeschweißt; nun mussten wir uns ein neues Ziel suchen.

Zalumma tätschelte mir den Rücken, wie man es bei einem kleinen Kind tun würde. »Genug, genug«, sagte sie seufzend. Ich löste mich von ihr und kam allmählich zur Ruhe.

»Schau dich nur an«, sagte ich mit einem gänzlich unpassenden Anflug von Humor, wobei ich ihren wilden Haarschopf und die rotbraunen Schlieren in ihrem Gesicht betrachtete. »Du könntest den tapfersten Helden in Angst und Schrecken versetzen.«

»Dasselbe könnte ich von Euch behaupten«, stellte Zalumma mit müdem Lächeln fest. »Am besten waschen wir uns zuerst die Hände, aber dann müssen wir uns beeilen.« Ihre Miene verfinsterte sich, als sie gegen ihre Tränen ankämpfte. »Es dauert nicht mehr lange, dann wird sie steif.«

Wir traten jeweils an eine Bettseite und machten uns an die Arbeit. Zuerst banden wir die extravaganten Brokatärmel mit der Goldstickerei auf; dann kam das schwere Überkleid meiner Mutter an die Reihe, das auch aus grünem Samt bestand. Das eng sitzende Kleid, die *gamurra,* zogen wir als Nächstes aus; zuletzt die verspritzte, fleckige *camicia,* das Unterkleid aus elfenbeinfarbener Seide. Schließlich lag sie nackt vor uns. Zalumma streifte ihr den Smaragdring ab und übergab ihn mir feierlich. Ohrringe und Kette, alles musste entfernt werden; Schmuck war nicht erlaubt.

Als Zeichen ihrer Ehrerbietung reichte Zalumma mir eines der Handtücher und überließ mir die Aufgabe, meiner Mutter das Blut aus dem übel zugerichteten Gesicht zu wischen. Immer wieder tauchte ich das Tuch in die Schüssel, bis das Wasser ganz trübe wurde.

Zalumma fiel es auf. »Ich hole frisches Wasser«, sagte sie, denn obwohl ich mit dem Gesicht meiner Mutter fast fertig war und Zalumma mit den Händen, war am Hals und auf der Brust noch mehr Blut.

Nachdem Zalumma hinausgegangen war, nahm ich die beste weiße wollene *camicia* meiner Mutter aus dem Schrank, außerdem einen weißen Leinenschleier – laut Gesetz durfte sie nur ein schlichtes weißes Gewand tragen, wofür nur reine Wolle oder Leinen zugelassen waren. Dann fand ich ihren Kamm und gab mir die größte Mühe, ihr Haar zu entwirren. Es war schrecklich in Unordnung, doch ich ging möglichst behutsam vor und zog den Kamm zunächst durch die Spitzen, um mich anschließend vorsichtig nach oben vorzuarbeiten. Ihre Haare rochen nach Rosenwasser und Eisen.

Während ich ihr die zerzausten Haare kämmte, nahm ich ihren Kopf in eine Hand, um die Locken hinten im Nacken zu erreichen. Dabei veränderte ich behutsam die Lage des Kopfes und spürte, wie die Zinken des Kamms über eine Kerbe auf ihrer Kopfhaut fuhren.

Das Gefühl war so eigenartig, dass ich innehielt, den Kamm beiseite legte und mit unsicheren Fingern die Einkerbung im Schädel meiner Mutter fand, zwischen Schläfe und linkem Ohr. Ich teilte das Haar und entdeckte die Narbe.

Meine Mutter hatte immer darauf bestanden, sich von Zalumma und keiner anderen Sklavin das Haar richten zu lassen. Selbst mir hatte sie nie erlaubt, es zu berühren.

In diesem Augenblick kam Zalumma wieder ins Zimmer,

vorsichtig auftretend, um kein Wasser zu verschütten. Als sie meinen erschrockenen Ausdruck bemerkte, riss sie die Augen weit auf; sie stellte die Wasserschüssel auf den Nachttisch meiner Mutter und schloss die Tür.

»Sie hat eine Wunde am Kopf«, sagte ich mit schriller Stimme. »Eine Wunde und eine Narbe.«

Ich folgte ihr mit dem Blick, als sie bedächtig zwei Handtücher im Wasser auswrang und mir eins davon reichte.

»Du hast es gewusst«, sagte ich. »Du hast es von Anfang an gewusst. Warum hast du es mir nicht einfach gesagt? Du hast es nur angedeutet, aber du wusstest es genau.«

Das Tuch hing schlaff in ihren Händen; überwältigt senkte sie den Kopf. Als sie ihn schließlich wieder hob, zeugte ihre Miene von finsterer Entschlossenheit. Sie machte den Mund auf, um zu reden, doch noch ehe sie das erste Wort herausgebracht hatte, klopfte es laut an der Tür.

Mein Vater öffnete sie ohne Aufforderung; beim Anblick seiner toten Gemahlin auf dem Bett fuhr er zusammen und wandte den Blick ab. »Bitte«, sagte er, »lasst mich hier drinnen für sie beten. Ich möchte jetzt bei ihr sein, bevor sie für immer fort ist.«

Zalumma drehte sich zu ihm um, die Fäuste geballt, als wollte sie ihn schlagen. »Wie könnt Ihr es wagen!«, schnaubte sie. »Wie könnt Ihr es wagen, wo Ihr derjenige seid, der dafür verantwortlich ist!«

»Zalumma«, warnte ich sie. Mein Vater hatte sich geirrt, und es war dumm von ihm gewesen, meine Mutter mit zu Savonarola zu nehmen, doch er hatte einzig und allein einen glücklichen Ausgang gewollt.

»Es stimmt!«, zischte sie. »Zu guter Letzt habt Ihr zu Ende geführt, was Ihr vor langer Zeit begonnen habt. Geht also – geht jetzt und überlasst uns die Sorge um sie!«

Mein Vater zog sich zurück und schloss wortlos die Tür hinter sich.

Zalumma stand noch immer mit dem Gesicht zur Tür, am ganzen Körper angespannt und zitternd. Ich legte ihr eine Hand auf die Schulter, aber sie schüttelte sie ab. Dann wirbelte sie zu mir herum. Jahrelang unterdrückter Abscheu sprudelte nun aus ihr heraus:

»Er hat sie geschlagen! Verstehst du? Er hat sie geschlagen, und mir war auferlegt worden zu schweigen, solange sie lebt!«

20

Ich kam mir vor wie der heilige Sebastian – von hundert Pfeilen durchbohrt, tödlich verwundet. Ich konnte nicht antworten.

Stattdessen bewegte ich mich schwerfällig, schweigend, während Zalumma und ich den Leichnam meiner Mutter zu Ende wuschen, ihr die wollene *camicia* überzogen und den Leinenschleier in ihrem offenen Haar befestigten.

Wir gingen hinaus, und ich rief nach den Dienern, damit sie Abschied von ihr nehmen konnten. An meine Worte kann ich mich nicht mehr erinnern.

Bei ihrer Beerdigung auf dem Friedhof verkündete mein Vater laut, Savonarola habe recht, *adveniat regnum tuum*, das Ende der Welt stehe bevor; das sei auch gut, denn das würde bedeuten, er und seine geliebte Lucrezia seien schon bald wieder vereint.

Als schließlich der Abend hereingebrochen war, suchte mein Vater mich auf.

Ich war allein im Gemach meiner Mutter – und eigenartig entschlossen, in ihrem Bett zu schlafen –, als es an der Tür klopfte. »Herein«, sagte ich. Ich rechnete mit Zalumma, die mich erneut anflehen würde, doch etwas zu essen.

Statt ihrer stand mein Vater auf der Schwelle, noch immer in der locker sitzenden schwarzen Trauerrobe, dem *mantello*. »Zalumma«, sagte er in schüchternem, unsicherem Tonfall. »Sie war sehr aufgebracht … Hat sie dir noch etwas gesagt? Über mich und deine Mutter?«

Ich starrte ihn verächtlich an. »Was sie gesagt hat, reichte.«

»Es reichte?«

»Ja«, antwortete ich, »es reichte, um in mir den Wunsch aufkommen zu lassen, nie als dein Kind zur Welt gekommen zu sein.«

Er hob das Kinn und blinzelte rasch. »Du bist jetzt alles, was ich noch habe«, sagte er in heiserem Flüsterton. »Der einzige Grund, warum ich noch atme.«

Meine grausame Erwiderung hatte ihm offenbar die Antwort geliefert, die er gesucht hatte, denn er drehte sich um und verließ rasch das Zimmer.

In jener Nacht schlief ich unruhig und wurde immer wieder von Träumen über meine Mutter wach – wir hatten einen Fehler gemacht, sie war überhaupt nicht gestorben, Fra Domenico hatte sie nicht umgebracht. Aus einem Traum schreckte ich nicht aus innerem Aufruhr hoch, sondern weil sich im Raum etwas regte. Ich hob den Kopf und machte im Dunkeln Zalummas große, vertraute Gestalt aus. Sie ging auf die Matratze auf dem Boden zu, auf der sie immer an der Seite meiner Mutter geschlafen hatte. Schließlich bemerkte sie, dass ich wach war und sie ansah.

»Ich bin jetzt Eure Sklavin«, sagte sie, und mit diesen Worten nahm sie ihren Platz auf dem Boden an meiner Seite ein und legte sich zum Schlafen hin.

21

Wir hatten kein glückliches Zuhause mehr. Während Zalumma und ich unzertrennlich wurden, war unsere Zeit angefüllt mit häuslichen Pflichten, bar jeder Bedeutung. Ich setzte meine übliche Routine fort: ging an grauen Wintertagen anstelle meiner Mutter auf den Markt, kaufte Fleisch beim Schlachter und erledigte andere Einkäufe, die notwendig waren, um einen reibungslosen Ablauf des Haushalts zu gewährleisten, stets in Begleitung von Zalumma und dem Kutscher. Nun jedoch hatte ich niemanden mehr, der mir Anweisungen erteilte; die Entscheidungen lagen jetzt allein bei mir.

Ich ging meinem Vater wenn möglich aus dem Weg. Wir aßen voller Unbehagen, wenn wir zusammen speisten; an vielen Abenden hielt er sich noch lange in der Stadt auf unter dem Vorwand, er habe zu arbeiten, und so aß ich allein. Obwohl ich mir wünschte, so liebevoll und versöhnlich wie meine Mutter zu sein, konnte ich meinen Groll nicht verbergen; ich konnte nicht freundlich sein. Nicht ein einziges Mal kam es mir in den Sinn, um Vergebung für meine bösartige Bemerkung zu bitten, denn sie blieb wahr.

In seinem Elend klammerte er sich an die Lehren von Savonarola: Er wiederholte oft die Prophezeiung des Mönchs, das Ende der Welt stehe kurz bevor, denn das allein – oder der Tod – würde ihn seiner geliebten Lucrezia näher bringen. Ich vermute, ihm blieb nichts anderes übrig, als zu glauben, Gott habe seine Gemahlin zu sich genommen, um ihr Leid zu ersparen; sonst hätte er sich seine Mitschuld an ihrem Tod eingestehen müssen. Und sonst hätte er Savonarola und den Dummkopf Domenico für die Mörder halten müssen. Zweimal täglich besuchte er die Messe in San Marco, stets mit Pico an seiner Seite.

Pico wurde ein ständiger Besucher in unserem Haushalt. Mein Vater und er begannen sich beide in schlichte schwarze Gewänder zu kleiden, die man für Priestergewänder hätte halten können, wären sie nicht so fein geschneidert und aus exquisitem Stoff gewesen. Obwohl mein Vater den Grafen in höchstem Maße gastfreundlich behandelte – er sorgte dafür, dass er die besten Stücke aus unserer Küche und den besten Wein bekam –, legte er eine kühle Zurückhaltung gegenüber Pico an den Tag, die vor dem Tod meiner Mutter noch nicht vorhanden war.

Beim Abendessen wiederholte mein Vater, was Fra Girolamo gesagt hatte. Er bemühte sich, den richtigen Ausdruck zu finden, genau die Gefühle hervorzurufen, die meine Versöhnlichkeit herbeiführen und mich anregen sollten, mit ihm die Messe in San Marco zu besuchen. Ich reagierte nie auf seine Beteuerungen, sondern widmete mich ausschließlich dem Essen auf meinem Teller.

Zweimal täglich, bei Sonne und Regen, ging ich mit Zalumma in die Kirche Santo Spirito in unserer Nachbarschaft. Das machte ich nicht, weil ich fromm sein wollte – ich hegte noch immer einen großen Groll gegen Gott –, sondern weil ich meiner Mutter nahe sein wollte. Nach Santo Spirito hatte sie sich am liebsten zurückgezogen. Ich kniete in der kalten Kirche nieder und schaute zum elegant geschnitzten Heiland am Kreuz empor. Auf seinem Gesicht lag kein Ausdruck des Leidens, vielmehr tiefe Ruhe. Ich hoffte, meine Mutter teilte diesen Frieden mit ihm.

Auf diese Art und Weise vergingen drei elende Wochen. Dann klopfte es eines Abends an meine Tür, nachdem ich allein gegessen hatte, weil mein Vater sich verspätete.

Ich hatte in dem kostbaren Dante-Band meiner Mutter gelesen und versucht zu entscheiden, in welchem Kreis des Himmels Fra Girolamo sich wohl ansiedeln würde; hatte versucht zu entscheiden, in welchen Kreis der Hölle ich ihn verbannen würde.

Zalumma war bei mir. Sie hatte ihre Trauer, so gut sie konnte, für sich behalten und ihre Tränen verborgen, doch sie hatte meine Mutter viel länger gekannt als ich. Wenn ich nachts nach beunruhigenden Träumen aufwachte, saß sie aufrecht und reglos im Dunkeln. Tagsüber nahm sie sich meiner mit Inbrunst an. Als es an jenem Abend klopfte, hockte sie neben unserer gemeinsamen Öllampe und bestickte eins der Taschentücher für meinen *cassone*, meine Hochzeitstruhe.

»Herein«, sagte ich zögernd. Ich kannte die Art des Klopfens und hatte keine Lust auf Konversation.

Mein Vater machte die Tür halb auf. Er trug noch seinen schweren schwarzen Mantel und seine Kappe. Er ließ sich gegen den Türpfosten fallen und sagte mit müder Stimme:

»Unten im großen Zimmer ist Stoff. Ich habe ihn von den Dienern für dich ausbreiten lassen. Es war zu viel, um ihn hier herauf zu schaffen.« Er machte Anstalten zu gehen, als wären allein diese Worte Erklärung genug.

»Stoff?«

Meine Frage ließ ihn innehalten. »Such dir etwas aus, und ich werde dir einen Schneider kommen lassen. Du sollst ein neues Kleid haben. Mach dir keine Sorgen um die Kosten: Es soll dir möglichst gut stehen.«

Zalumma neben mir – die meinen Vater nach dem Tod meiner Mutter auch möglichst ignoriert hatte – schaute von ihrer Stickarbeit auf und musterte ihn mit durchdringendem Blick.

»Warum?« Ich konnte mir nicht vorstellen, was ihn dazu gebracht hatte außer dem plötzlichen Wunsch, meine Zuneigung zurückzugewinnen. Ein solches Verhalten widersprach jedoch gänzlich den Lehren Savonarolas: Der Mönch runzelte die Stirn bei jedweder Zurschaustellung von Reichtum, etwa durch elegante Kleider.

Er seufzte. Die Frage irritierte ihn; grummelnd antwortete er: »Du sollst im Hause Lorenzo de' Medicis eine Funktion übernehmen.«

Il Magnifico – das eigentliche Objekt der Predigten Savonarolas gegen Wohlstand und Überfluss. Ich war einen Moment lang zu verblüfft, um zu antworten.

Er drehte sich um und eilte rasch die Treppe hinunter, und meine Rufe konnten ihn nicht wieder zurückbringen.

Zalumma und ich gingen an jenem Abend hinunter, doch um das Geschenk meines Vaters besser sehen zu können, kehrten wir morgens noch einmal zurück, damit wir Licht hatten.

Im Salon lagen Unmengen der atemberaubendsten Stoffe von ganz Florenz sauber gefaltet und zu einer verblüffenden Ausstellung arrangiert, womit mein Vater in höchst erstaunlicher Weise Widerstand gegen die Luxusgesetze geleistet hatte. Es waren nicht die tristen, düsteren Farben, die zu dem Kind eines von Savonarolas *piagnoni* gepasst hätten. Es gab Pfauenblau, Türkis, Blauviolett und helles Safran, lebhafte Grüntöne und Rosa, daneben noch zarte Tönungen, bekannt unter den Namen »Pfirsichblüten«, »Apollos Haar« und »rosa Saphir«. Für die *camicia* waren feine weiße Seiden vorgesehen, leicht wie Luft, die einen mit Silberfäden, die anderen mit Goldgarn bestickt; daneben stand ein Teller mit Staubperlen, die das fertiggestellte Kleidungsstück abrunden sollten. Es gab glänzenden Damast, üppigen Brokat, Pannesamt, Doppelsamte und dünnere Seidensamte, mit Gold und Silber durchwirkt. Mein Blick wurde angezogen vom *cangiante*, changierender Seide mit steifem Taftgewebe. Wenn man sie ans Licht hielt, spiegelte sie zunächst ein tiefes Scharlachrot wider; wurde der Stoff jedoch langsam bewegt, wechselte die Farbe ins Smaragdgrüne.

Zalumma und ich waren wie zwei Kinder, denen man einen Teller Süßigkeiten vorgesetzt hat: Wir schwelgten, rollten die Stoffe ab, hielten manche aneinander, um uns das fertige Kleidungsstück besser vorzustellen. Ich drapierte sie mir über die Schulter, über den ganzen Körper und schaute in den Handspiegel meiner Mutter, um zu sehen, welche Farbe mir am besten stand; Zalumma tat stets offen ihre Meinung kund. Zum ersten Mal seit Wochen lachten wir leise.

Dann schoss mir ein Gedanke durch den Kopf, der meine Laune auf Anhieb verschlechterte. Ich hatte mir nicht vorstellen können, warum mein frommer Vater mir erlauben sollte, an einem Fest im Palazzo Medici teilzunehmen. Erstens war es noch zu früh nach dem Tod meiner Mutter, als dass ich öffentlich in Festkleidung auftreten könnte; und zweitens war er inzwischen aufgrund seiner Hingabe an Savonarola ein Feind der Medici (geschäftliche Angelegenheiten hatten natürlich nichts mit dem Seelenheil zu tun, weshalb er seine Waren auch weiterhin an sie verkaufte). Es gab nur eine Erklärung für seinen Wunsch, seine Tochter in prächtiger Aufmachung zu *il Magnifico* zu schicken: Lorenzo war der inoffizielle Heiratsvermittler des Geldadels von Florenz. Kein Kind der Oberschicht wagte ohne seine Einwilligung zu heiraten, und die meisten Familien zogen es vor, dass Lorenzo die künftigen Eheleute aussuchte. Ich sollte in Augenschein genommen werden, beurteilt wie ein Kalb vor dem Schlachten. Doch fast jede Braut hatte fünfzehn Lenze gesehen.

Meine Gegenwart im Haushalt war ein stiller Vorwurf an meinen Vater, eine beständige Mahnung, dass er das Leben meiner Mutter ruiniert hatte. »Ich bin noch keine dreizehn«, sagte ich und knüllte den bezaubernden *cangiante* achtlos auf meinem Schoß zusammen. »Trotzdem kann er es nicht erwarten, mich loszuwerden.«

Zalumma legte einen dicken Ballen Pannesamt ab und glättete ihn mit der Hand. Dann schaute sie mich durchdringend an. »Du *bist* zu jung«, sagte sie. »Doch Ser Lorenzo war sehr krank. Vielleicht will dein Vater einfach seinen Rat einholen, solange er noch unter uns weilt.«

»Warum sollte mein Vater ihn überhaupt konsultieren wollen, wenn er nicht eine Möglichkeit sehen würde, mich jetzt schnell zu verheiraten?«, entgegnete ich. »Warum sollte er den Rat eines Medici annehmen? Warum wartet er nicht und verheiratet mich mit einem der *piagnoni*?«

Zalumma ging zu einem eleganten Stück selleriegrünem Damast und hielt es hoch. Das Sonnenlicht brach sich auf der glänzenden Oberfläche und offenbarte ein Muster aus Girlanden, das in den Stoff eingewebt war. »Du könntest ja ablehnen«, sagte sie. »Und, wie du schon sagtest, noch ein paar Jahre warten, um dich dann mit einem von Savonarolas Jammerlappen verheiraten zu lassen. Oder …« Sie legte den hübschen Kopf schief, um mich zu betrachten. »Du könntest *il Magnifico* die Wahl treffen lassen. Wäre ich die Braut, dann würde ich Letzteres vorziehen.«

Das ließ ich mir eine Weile durch den Kopf gehen und legte dann den *cangiante* beiseite. So reizvoll das Zusammenspiel der Farben auch sein mochte, der Stoff war zu steif, das Rot und Grün zu intensiv für meinen Teint. Ich erhob mich, nahm Zalumma den selleriegrünen Damast aus der Hand und platzierte ihn neben einem Pannesamt aus dunklem Blaugrün, durch dessen dicken Plüsch sich ein Muster aus Satinranken zog. »Das«, sagte ich und legte einen Finger auf den Samt, »für Mieder und Rock, eingefasst mit dem Damast. Und der Brokat mit grünen und violetten Tönen für die Ärmel.«

Das Kleid war innerhalb einer Woche geschneidert, und danach war ich gehalten abzuwarten. *Il Magnificos* Gesundheitszustand hatte sich ständig verschlechtert, und es war unsicher, wann und ob das Fest stattfinden würde. Ich war auf seltsame Weise erleichtert. Obwohl es mir nicht gefiel, unter dem Dach meines Vaters zu wohnen, behagte mir der Gedanke noch viel weniger, schon so bald unter dem Dach eines Fremden zu leben. Während der Einzug in die Gemächer meiner Mutter schmerzliche Erinnerungen mit sich brachte, spendete er doch auch einen gewissen Trost.

Eine zweite Woche verging; dann, eines Abends beim Essen, war mein Vater ungewöhnlich schweigsam. Auch wenn er oft die Behauptungen des Mönchs wiederholte, Gott habe meine Mutter aus Barmherzigkeit in den Himmel berufen, verrieten seine Augen Unsicherheit und Schuldgefühle, so wie auch jetzt.

Ich konnte es nicht ertragen, ihn länger anzusehen; rasch

beendete ich meine Mahlzeit. Als ich mich entschuldigte und vom Tisch aufstand, hielt er mich zurück.

»*Il Magnifico* hat dich zu sich gerufen.« Er war kurz angebunden. »Morgen am späten Nachmittag soll ich dich zum Palazzo in der Via Larga bringen.«

22

Auf keinen Fall, wiederholte mein Vater entschlossen, dürfe ich mit den Dienern darüber reden, mit Ausnahme von Zalumma. Nicht einmal unser Kutscher sollte es wissen; mein Vater würde mich selbst in der Kutsche hinfahren, die ihm zu geschäftlichen Zwecken diente.

Am nächsten Tag überkam mich die Angst. Ich sollte ausgestellt, meine guten und schlechten Eigenschaften sollten bewertet und dazu verwendet werden, über meine Zukunft zu entscheiden. Lorenzo und, wie ich erwartete, eine Gruppe sorgfältig ausgesuchter hochgeborener Frauen würde mich betrachten und kritisieren. Meine Nerven wurden noch weiter strapaziert, als man mir eröffnete, es sei Zalumma nicht erlaubt, mich zu begleiten.

Das Kleid war so raffiniert geschnitten, dass es weibliche Formen vortäuschte, die ich gar nicht hatte; es war prächtiger als alles, was ich bisher getragen hatte. Die üppigen Röcke mit kurzer Schleppe waren aus dem dunklen, blaugrünen Samt mit dem Muster aus Satinranken; das Mieder bestand aus demselben Samt mit Eckeinsätzen aus Zalummas blassgrünem Damast. Die hohe Taille wurde von einem Gürtel aus zartem Silbergeflecht betont. Die Ärmel waren nach Maß geschnitten und mit Schlitzen versehen. Sie waren aus Brokat, gewebt aus türkisfarbenen, grünen und purpurnen Fäden, durchsetzt mit reinem Silber. Zalumma zog meine *camicia* durch die Schlitze und puffte sie der Mode entsprechend auf; ich hatte mich für die hauchzarte, mit Silberfäden durchschossene weiße Seide entschieden.

Meine Haare waren eine einzige Enttäuschung. Ich trug eine Haube aus besagtem Brokat, besetzt mit Staubperlen, und da ich unverheiratet war, durfte ich die Haare offen tragen, sodass sie mir auf die Schultern fielen. Meine festen Locken aber waren unregelmäßig und bedurften der Bändigung; Zalumma mühte sich mit einem heißen Schürhaken ab, um bezaubernde Ringellöckchen zu formen. Meine Locken hielten jedoch nicht, und die Anstrengung schuf nur noch größeres Chaos.

Da es Ende Februar war, zog ich das ärmellose Überkleid an – den Brokat, gesäumt von einem dicken Streifen Damast, dann von weißem Hermelin. Es stand in der Mitte offen, um die volle Pracht des Kleides zur Geltung zu bringen. Um den Hals trug ich die Perlenkette meiner Mutter mit einem großen Anhänger aus Aquamarin; sie war so angepasst, dass sie gerade bis ans Mieder reichte und der Stein kalt auf meiner Haut ruhte.

Schließlich und endlich zog Zalumma mich vor einen mannshohen Spiegel. Ich holte tief Luft. So hübsch hatte ich mich noch nie gesehen; nie zuvor war die Ähnlichkeit mit meiner Mutter so frappierend.

Als Zalumma mich zu meinem wartenden Vater nach unten führte, dachte ich, er würde in Tränen ausbrechen.

Ich saß neben meinem Vater in der Kutsche wie schon so oft, wenn ich ihn geschäftlich zu den Adelshäusern begleitet hatte. Ich trug ein dunkelblaues Wollcape, das meine feine Aufmachung verbarg, um den Luxusgesetzen zu entsprechen.

Während der Fahrt war mein Vater finster und schweigsam; mit verstörtem Blick starrte er auf die spätwinterliche Landschaft und blinzelte unter der hellen Nachmittagssonne. Er war in seiner üblichen Aufmachung, einer schlichten schwarzen Wolltunika, einer abgetragenen Kniehose und einem schwarzen Umhang – dem Anlass, zu dem wir geladen waren, ganz und gar nicht angemessen.

Die Nachmittagsluft war angenehm frisch und roch nach dem Rauch zahlloser Kamine. Wir fuhren am Arno entlang, über den Ponte Vecchio, auf dem die meisten Läden noch geöffnet waren. Mir fiel mein Überschwang beim letzten Mal ein, als ich die alte Brücke mit Zalumma und meiner Mutter überquert hatte, wie sehr ich mich an den herrlichen Werken der Künstler und Goldschmiede erfreut hatte; nun, da ich neben meinem Vater saß, war ich nicht imstande, auch nur ein Fünkchen Freude zu empfinden.

Als wir die Brücke überquert hatten und in die breite Via Larga kamen, merkte ich, dass ich die Frage, die mich die ganze Zeit schon beschäftigt hatte, wenn überhaupt, dann jetzt stellen musste, da wir unser Ziel bald erreicht hatten.

»Fra Girolamo hat etwas gegen die Medici«, sagte ich. »Warum bringst du mich zu Lorenzo?«

Mein Vater schaute hinaus und strich sich über den Bart. »Wegen eines Versprechens. Eins, das ich vor langer Zeit gegeben habe.«

Nun, vielleicht hatte Zalumma doch recht. Vielleicht hatte meine Mutter darum gebeten, dass der Gemahl ihrer Tochter vom klügsten Heiratsvermittler der Stadt ausgewählt werden sollte, und mein Vater, als er noch in meine Mutter und nicht in Savonarola vernarrt war, hatte sich einverstanden erklärt. Da er aber wusste, dass Lorenzos Gesundheitszustand sich zunehmend verschlechterte, ging mein Vater bewusst auf Nummer sicher und ließ den Bräutigam schon vorzeitig auswählen.

Kurz darauf fuhr mein Vater die Kutsche vor die Eingangstore von Lorenzos Palazzo. Ein bewaffneter Wachtposten machte das Eisentor auf, und wir rollten hinein zu den Ställen. Ich wartete, dass mein Vater sich erhob und mir hinaushalf, um mich dann an seinem Arm in den Palazzo zu geleiten. Zum ersten Mal seit Jahren war ich für seine Anwesenheit dankbar.

Doch er überraschte mich. »Warte«, sagte er und streckte einen Arm aus, um mich in Schach zu halten, als ich aufstehen wollte. »Warte ab.«

Ich wurde von Vorahnungen gequält, bis nach einer geraumen Weile die Seitentüren zum Palast aufgerissen wurden und ein Mann mit zwei Wachen im Gefolge langsam, vorsichtig heraustrat, sich auf einen fein geschnitzten Krückstock aus Holz und Gold stützend.

In den Monaten, seit ich ihn zum ersten Mal gesehen hatte, war Lorenzo alt geworden; obwohl er nur knapp über vierzig war, sah er um Jahrzehnte älter aus. Seine Haut war eingefallen, gelblich. Ein Umstand deutete allerdings auf sein relativ junges Alter hin: Er hatte pechschwarze Haare ohne eine einzige graue Strähne.

Doch selbst auf den Stock gestützt bewegte er sich mit Anmut, Würde und der Selbstsicherheit eines Mannes, der nie seine eigene Wichtigkeit in Frage gestellt hatte. Er warf einen Blick über die Schulter auf eine der Wachen und nickte kurz; der aufgeforderte Mann eilte vor und bot mir seinen Arm. Ich ließ mir von ihm aus der Kutsche helfen.

Mein Vater stieg hinter mir aus und verneigte sich vor unserem Gastgeber, der uns entgegenkam.

»Der Herr sei mit Euch, Ser Antonio«, sagte *il Magnifico.*

»Und mit Euch, Ser Lorenzo«, erwiderte mein Vater.

»Das ist also unsere Lisa?«

»Ja.«

»Madonna Lisa.« Lorenzo verneigte sich steif und vorsichtig aus den Schultern. »Verzeiht, wenn ich keinen Kniefall mache, wie es einer so schönen jungen Frau angemessen wäre.«

»Ser Lorenzo.« Ich machte einen tiefen Knicks, innerlich aufgewühlt.

»Lisa.« Mein Vater redete leise und schnell auf mich ein. »Ich lasse dich in der Obhut von Ser Lorenzo. Ich werde hier in der Kapelle sein und am Vespergottesdienst teilnehmen. Wenn du fertig bist, hole ich dich ab.«

»Aber Vater …«, hob ich an; bevor ich jedoch weitersprechen konnte, hatte er sich erneut vor Ser Lorenzo verbeugt und folgte einer der Wachen in den Palazzo.

Ich blieb allein zurück. Da erst wurde mir die Absicht meines Vaters klar: Niemand außer den direkt beteiligten Parteien würde je erfahren, dass er mich hierher gebracht hatte. Auch jene, die uns durch das Tor hatten kommen sehen, würden davon ausgehen, dass er nur seinen Geschäften nachging und –

wie gewöhnlich in Begleitung seiner Tochter – Ser Lorenzo mit Wollstoffen belieferte.

Von Panik ergriffen, wandte ich mich zu *il Magnifico* um.

Er lächelte mir aufmunternd zu. Seine Augen waren verblüffend; er schaute mich freundlich und beruhigend an, doch darunter lag ein atemberaubend kluges, feinfühliges Strahlen. »Habt keine Angst, junge Madonna«, sagte er mit schwacher, nasaler Stimme. »Euer Vater hat persönliche und religiöse Gründe dafür, dass ihm unsere Zusammenkunft unbehaglich ist; da ist es doch netter, ihn von einer solchen Verpflichtung zu entbinden, meint Ihr nicht auch?«

Er reichte mir seinen freien Arm, und ich hakte mich bei ihm unter, sodass meine Hand leicht auf seinem Handgelenk auflag. Seine Hände waren knorrig, die Finger derart missgestaltet, dass sie übereinanderlagen. Er war kaum imstande, seinen Stock zu halten. Vermutlich hatte er seit Jahren keine Schreibfeder mehr benutzt.

Gemeinsam setzten wir uns in Bewegung. Ich spürte, dass er einen großen Teil des Gewichts an den Krückstock abgab, deshalb versuchte ich, ihn eher zu stützen denn zu behindern.

»Ja«, sagte ich – etwas dümmlich, denn mein Verstand hatte sich verflüchtigt. »Er hat gesellschaftliche Verpflichtungen noch nie gemocht; ich kann mich tatsächlich nicht daran erinnern, wann er zuletzt einer solchen nachgegangen wäre.«

»Ich fürchte, Ihr müsst heute Abend mit mir als Begleiter vorliebnehmen«, sagte er, als wir auf den Eingang zusteuerten. »Und das tut mir leid. Jede junge Frau im heiratsfähigen Alter, die mein Haus betreten hat, war schon nervös genug, doch die anderen konnten sich wenigstens mit der Anwesenheit von Familienangehörigen trösten.«

»Ihrer Mütter und Schwestern«, fügte ich hinzu und dachte, dass ich beides nicht hatte.

Er nickte und sagte dann leise: »Ich hoffe, liebe Lisa, dass Ihr Euch nicht schrecklich unbehaglich fühlt.«

»Ich bin verängstigt«, antwortete ich mit aller Ernsthaftigkeit und errötete dann ob meiner unbeabsichtigten Offenheit.

Er wandte das Gesicht in die untergehende Sonne und lachte. »Es gefällt mir, dass Ihr ehrlich seid und dazu neigt, offen zu sprechen, Madonna. Es wird Euch besser ergehen als den meisten anderen.«

Wir kamen an bewaffneten Wachen vorbei in eine weiträumige Eingangshalle mit poliertem Marmorboden und einer Ausstellung jahrhundertealter Rüstungen und Waffen; von dort gelangten wir in einen weiteren Korridor, dessen Wände mit Bildern in vergoldeten Rahmen geschmückt waren.

»Ich habe Eurem Vater mein Beileid zum Tode Eurer Mutter ausgesprochen«, sagte Ser Lorenzo. »Jetzt würde ich Euch gern kondolieren. Madonna Lucrezia war eine großartige Frau von großer Schönheit und Intelligenz; keine hatte eine edlere Seele.«

Ich schaute ihn von der Seite an. »Ihr habt sie gekannt?«

Er lächelte matt. »Gut sogar, als sie jünger war.« Mehr sagte er nicht, denn wir hatten das Ende des Korridors erreicht und standen vor hohen Bogentüren. Zwei Diener rissen sie für uns auf.

Ich rechnete mit einem Raum von bescheidener Größe, in dem sich höchstens ein Dutzend florentinischer Adelsfrauen drängten. Was mich erwartete, war etwas ganz anderes.

Der Raum hätte leicht mehr als hundert Menschen gefasst; er hatte eine hohe Decke und war weiträumig wie ein Kirchenschiff. Die Sonne war noch nicht untergegangen, dennoch brannten bereits Fackeln und Kandelaber jeder Form und Größe. Trotz der Ausmaße des Raumes war es angesichts von drei großen Kaminen, in denen die Flammen hell loderten, ziemlich warm. Auch hier waren alte Rüstungen und Waffen ausgestellt, Marmorbüsten auf Sockeln, atemberaubend schöne Wandbehänge – einer davon, in den florentinischen Farben Blau und Gold, stellte das Wappen der Medici mit den *palle* dar. An den Wänden hingen Gemälde mit heidnischen Themen; was nicht verhängt war, hatte man mit Girlanden aus Bändern geschmückt, verziert durch üppige Masken, ein Verweis auf den Karneval.

Lange Tische – beladen mit gebratenem Lamm, Schwein

und allen nur denkbaren Geflügelarten sowie Nüssen, Obst, Brot, Käse und Süßspeisen – waren an die Wände geschoben worden. Es sollte jedoch kein formelles Essen stattfinden; die dergestalt arrangierten Gerichte waren jedem Gast zu jeder Zeit zugänglich. Diener reichten Teller und Bestecke, trugen leere Kelche und Weinkaraffen herum. Die Gäste bedienten sich an den Erfrischungen, standen zusammen und unterhielten sich oder setzten sich auf bequeme Stühle, die in Gruppen angeordnet waren.

Ich traf als Letzte ein: Der Wein war offenbar schon geraume Zeit geflossen, denn die Gespräche waren lebhaft und ziemlich laut, im Wettstreit mit den Musikern. Ich war zu überwältigt, um tatsächlich zu zählen, hatte jedoch den Eindruck, dass mindestens dreißig Personen im Raum waren.

Und ich war die einzige Frau.

Wie es für Mädchen üblich war, die für eine Heirat in Betracht kamen, rechnete ich damit, dass die Gespräche verstummen würden; ich erwartete, dass die Männer sich umdrehen würden, wenn Lorenzo verkündete, dass ich eingetroffen sei, um mich genau in Augenschein zu nehmen.

Lorenzo aber sagte nichts, und als wir den Raum betraten, schauten die Männer, die verschiedene kleine Gruppen bildeten – manche lachten, manche diskutierten, andere wiederum erzählten Geschichten – kaum zu uns auf.

Ich sah mich suchend um in der Hoffnung, wenigstens ein weibliches Gesicht zu finden – vielleicht Lorenzos Schwiegertochter Madonna Alfonsina –, aber ich konnte sie nirgends entdecken. Es handelte sich um eine Versammlung von Männern, und ich fragte mich unwillkürlich, ob mein zukünftiger Ehemann darunter war.

»Das sind meine Freunde.« Lorenzo versuchte mit seiner quäkenden Stimme den Lärm zu übertönen. »Ich war eine Zeit lang nicht imstande, ihre Gesellschaft zu genießen. Da Karneval ist, dachte ich, sie würden sich über eine kleine Unterhaltung freuen.« Er neigte den Kopf und lächelte mir zu. »Was ich von Euch ebenfalls hoffe.«

Ich lehnte nicht ab, als er einen Diener zu sich rief, der einen

Kelch aus erlesenem Gold brachte, verziert mit den dunkelsten Lapislazuli, die ich je gesehen hatte. Er enthielt gewässerten Wein, den köstlichsten, den ich je getrunken hatte. Der Kelch war unanständig voll.

»Das ist ziemlich viel Wein«, stellte ich fest und verfluchte mich sogleich im Stillen für diese Bemerkung.

Seine Miene wurde listig und ausgelassen. »Vielleicht braucht Ihr ihn noch.«

Daran hatte ich keinen Zweifel. »Trinkt Ihr denn nichts?«

Er schüttelte den Kopf, jetzt mit einfältigem Lächeln. »Meine Zeit des Schwelgens ist längst vorbei, fürchte ich. Hier« – er schaute auf und deutete mit seinem spitzen Kinn auf eine kleine Gruppe von Männern, die in der Mitte des Raumes saß –, »ich würde Euch gern einigen meiner besten Freunde vorstellen.«

Hastig trank ich einen Schluck Wein. Also sollte ich schließlich doch beurteilt werden – noch dazu von den engsten Verbündeten der Medici. Ich setzte rasch ein kleines, sittsames Lächeln auf und ging Arm in Arm mit meinem Gastgeber weiter.

Il Magnifico steuerte auf vier Männer zu, von denen drei saßen und einer an einem Tisch stand, auf dem gefüllte Teller und Weinkelche abgestellt waren. Der Stehende, der gerade das Wort führte, näherte sich vom Alter her der Halbjahrhundertmarke. Sein blondes Haar hatte graue Strähnen, sein Körper war fleischig, das glatt rasierte Gesicht vom Trinken aufgedunsen; dennoch sah man, dass er als junger Mann recht gut ausgesehen haben musste, denn er hatte volle, sinnliche Lippen und große Augen unter schweren Lidern. Allem Anschein nach war er wohlhabend, er trug einen saphirblauen *farsetto* aus Samt unter einem elegant drapierten himmelblauen Umhang. In einer Hand hatte er einen kleinen, überhäuften Teller, in der anderen das winzige Bein einer gebratenen Wachtel, das er hochhielt und ansprach, als könnte es ihn hören.

»Ach, du süßer Vogel«, spottete er, »wie tragisch für dich, dass du nie von unserem Freund hier gerettet wurdest – und wie günstig für mich, dass du meine Bekanntschaft zuerst gemacht hast!«

Ganz außen saß ein dunkelhaariger, vielleicht achtzehnjähriger junger Mann mit dunklen Augen, dessen breite, hohe Stirn unsicher über einem derart verkürzten Kiefer balancierte, dass es aussah, als habe er alle Zähne verloren; auch dass seine Augen hervortraten oder dass sein Verhalten zurückhaltend und finster war, trug nicht zu seinem äußeren Erscheinungsbild bei. Er klammerte sich an seinen Weinkelch und trank daraus, während sich die anderen in freundschaftlicher Unterhaltung ergingen. Der zweite war ein alter Mann, verhutzelt und kahlköpfig, bis auf ein paar Haarbüschel an den Schläfen. Und der dritte …

Ach, der dritte! Den dritten, den »Freund«, auf den sich der Sprecher bezog, schätzte ich auf ein Alter zwischen dreißig und vierzig – vielleicht auch alterslos, denn seine Kleidung und Aufmachung waren völlig unmodern und hätten eher zu einem alten Griechen oder Römer gepasst. Seine Tunika reichte ihm bis zu den Knien, war aus rosafarbenem, schlichtem Stoff und nicht durch die Hände eines Schneiders gegangen. Sein Haar, hellbraun mit goldenen und silbernen Strähnen, fiel ihm in makellosen Wellen bis weit über die Schultern, fast bis an die Taille, und sein ebenfalls wallender Bart entsprach in der Länge seinem Haar. Trotz seiner eigenartigen Aufmachung war er schlichtweg der Schönste im ganzen Raum. Seine Zähne waren weiß und ebenmäßig, seine Nase gerade und schmal, und seine Augen … Wenn Lorenzo schon glänzte, dann war dieser Mann die Sonne. In seinen Augen lag ein bemerkenswertes Feingefühl, eine messerscharfe Auffassungsgabe.

Im Stillen betete ich: *Lieber Gott, wenn ich schon einen Mann haben muss – einen von Tausenden in Florenz –, mach, dass er es ist.*

Lorenzo hielt sich gerade so weit zurück, dass die vier ihr Gespräch nicht unterbrechen mussten, um ihn zur Kenntnis zu nehmen. Als der erste Mann zu Ende gesprochen hatte, fragte ihn der Alte, der auf dem Stuhl gleich neben meinem schönen Philosophen saß, stirnrunzelnd: »Dann stimmt es also, was man munkelt? Dass Ihr auf den Markt geht und Vögel in Käfigen kauft, um sie anschließend freizulassen?«

Mein Philosoph schmunzelte charmant; der stehende Mann mit der Wachtel antwortete an seiner statt. »Ich habe ihn verschiedentlich auf solchen Missionen begleitet«, sagte er, steckte sich das gebratene Bein in den Mund und zog den fleischlosen Knochen dann wieder heraus. Kauend fügte er mit gedämpfter Stimme hinzu: »Das macht er schon seit frühester Kindheit.«

Der alte Mann schaute den Philosophen ungläubig an. »Demnach esst Ihr gar kein Fleisch?«

Mein Mann sagte schlicht, ohne zu urteilen oder sich zu entschuldigen: »Nein, Herr. Seit ich erwachsen bin.«

Der Alte ließ sich gegen die Stuhllehne sinken. »Empörende Vorstellung! Wie habt Ihr das nur überleben können?«

»Allein durch Verstand, der damals spärlich war, lieber Marsilo. Durch den und Suppe, Brot, Käse, Obst und guten Wein.« Er hob seinen Kelch und trank einen Schluck.

»Aber das wird sicher Euer Leben verkürzen!«, beharrte Marsilo, ehrlich beunruhigt. »Ein Mann braucht Fleisch, um stark zu sein!«

Mein Philosoph stellte seinen Kelch auf den Tisch und beugte sich mit einem gewinnenden Lächeln vor. »Sollen wir ringen, um die Wahrheit herauszufinden? Vielleicht nicht Ihr, Marsilo, angesichts Eures ehrwürdigen Zustands, aber unser Sandro hier wird gern Euren Platz einnehmen.« Er schaute zum stattlichen Bauch des Wachtelessers auf. »Er hat ganz offensichtlich den Löwenanteil vom florentinischen Fleisch gegessen – gerade jetzt hat er noch eine Portion zu sich genommen. Sandro! Leg deinen Umhang ab! Komm, packen wir's an und entscheiden es empirisch!«

Der alte Mann lachte über diese Albernheit; Sandro sagte mit vorgetäuschter Langeweile: »Das wäre ein ungleicher Wettbewerb. Du bist die ganze Nacht hindurch von Mailand hierher geritten, um Lorenzo zu treffen, und bist müde. Es bräche mir das Herz, einen alten Freund zu übervorteilen –

der den Kampf auch verlieren würde, wenn er gut ausgeruht wäre.«

Eine Pause trat ein; Lorenzo nutzte sie. Er hatte mich noch immer am Arm. »Meine Herren.«

Sie drehten sich um. Außer dem schönen Philosophen waren offenbar alle verblüfft, mich, ein Mädchen noch, in ihrer Mitte zu sehen.

»Hier ist eine junge Dame, die Ihr kennenlernen müsst.« Lorenzo rückte einen Schritt von mir ab, löste unsere Verbindung und zeigte auf mich, als wäre ich eine Siegestrophäe. »Das ist Madonna Lisa di Antonio Gherardini, Tochter des Tuchhändlers.«

Der Wachtelesser stellte seinen Teller ab, legte eine Hand auf seine Brust und machte eine tiefe Verbeugung. »Sandro Botticelli, ein bescheidener Maler. Ich freue mich, Eure Bekanntschaft zu machen, Madonna.«

»Und das hier ist mein guter Freund Marsilo Ficino«, sagte Lorenzo, auf den älteren Herrn deutend, der sich wegen seines Alters und seiner Gebrechlichkeit nicht erhob; Ficino begrüßte mich mit beiläufigem Kopfnicken. »Unser Marsilo steht der Akademie von Florenz vor und ist außerdem der berühmte Übersetzer des *Corpus Hermeticum*, weshalb wir ihn alle hoch schätzen.«

»Es ist mir eine Ehre, meine Herren«, sagte ich zu beiden Männern und machte einen Knicks. Ich hoffte nur, der große Botticelli würde das Zittern in meiner Stimme nicht heraushören. Er hatte damals bereits seine größten Meisterwerke geschaffen: *Die Allegorie des Frühlings*, natürlich, und *Die Geburt der Venus*. Beide Gemälde zierten die Wände von Lorenzos Villa in Castello.

»Dieser junge Mann« – Lorenzo senkte die Stimme und lächelte den dunkelhaarigen, stirnrunzelnden jungen Mann matt an, der sich kaum überwinden konnte, uns anzusehen – »ist der begabte Michelangelo, der bei uns wohnt. Womöglich habt Ihr schon von ihm gehört.«

»Ja«, sagte ich, ermutigt vielleicht durch die außerordentliche Schüchternheit des jungen Mannes. »Ich besuche die

Kirche Santo Spirito, in der sein schönes Holzkreuz hängt. Ich habe es immer bewundert.«

Michelangelo senkte den Kopf und blinzelte – eine Antwort vielleicht, vielleicht auch nicht, doch ich verstand es als solche, und die anderen hielten es offenbar für normal.

Mein Philosoph erhob sich. Er war schlank, groß und hielt sich gerade – sein Körper war ebenso wohlproportioniert wie sein Gesicht. Als er mich erblickt hatte, war er zuerst ein wenig zurückgewichen, als wäre er beunruhigt; als sein Unbehagen nachließ, machte es einer merkwürdigen, zärtlichen Melancholie Platz. »Ich heiße Leonardo«, sagte er leise, »aus dem kleinen Ort Vinci.«

23

Ich unterdrückte einen überraschten Ausruf. Mir fiel ein, wie meine Mutter und ich gemeinsam das letzte Bildnis an der Mauer auf der Piazza della Signoria betrachtet hatten, das des Mörders Bernardo Baroncelli. Diese Arbeit war viel sicherer und eleganter ausgeführt als die übrigen. Und nun stand der Schöpfer des Gemäldes direkt vor mir.

»Mein Herr«, sagte ich stockend, »es ist mir eine Ehre, einen so großen Künstler kennenzulernen.« Aus den Augenwinkeln sah ich, dass Botticelli den Maler in gespielter Eifersucht mit dem Ellenbogen anstieß.

Leonardo nahm meine Hand und betrachtete mich so eingehend, dass ich rot wurde; in seinem Blick lag mehr als nur die Bewunderung eines Künstlers. Ich sah tief empfundene Hochachtung, vermischt mit einer Zuneigung, die ich nicht verdient hatte. »Und es ist mir eine Ehre, Madonna, einem lebenden Kunstwerk zu begegnen.« Er beugte sich vor und streifte meinen Handrücken mit den Lippen; sein Bart war weich wie das seidige Haar eines Kindes.

Bitte, wiederholte ich im Stillen, *mach, dass er es ist.*

»Ich dachte, Ihr wärt jetzt an Mailand gebunden«, sagte ich, da ich mich fragte, warum er hier in Florenz war.

»Stimmt, der Herzog von Mailand ist mein Gönner«, erwiderte er freundlich, als er meine Hand losließ. »Obwohl ich meine Karriere ausschließlich der Großzügigkeit von *il Magnifico* verdanke.«

»Ein ziemliches Genie, unser Leonardo«, schaltete Botticelli sich nüchtern ein. »In Mailand ist er Maler, Bildhauer, entwirft Pläne für prächtige Palazzi, leitet den Bau von Dämmen, spielt Laute und singt …« Er schaute seinen alten Freund an. »Sag mal, gibt es eigentlich irgendetwas, das du nicht für den Herzog machst?«

Die Frage war ausgesprochen zweideutig; der alte Ficino wollte schon anfangen zu wiehern, besann sich dann aber eines Besseren, als wäre ihm plötzlich eingefallen, dass Lorenzo und ich anwesend waren. Lorenzo warf den beiden Männern einen unterschwellig warnenden Blick zu.

»Das ist der volle Umfang«, erwiderte Leonardo milde. »Auch wenn ich zugegebenermaßen Pläne habe, den Lauf der Sonne zu ändern.«

Alle brachen in Gelächter aus, außer Michelangelo, der sich noch fester an seinen Kelch klammerte, als fürchtete er sich vor dem Lärm.

»Wenn es einer fertigbringt, dann du«, spöttelte Ficino.

»Guter Leonardo«, sagte Lorenzo und wurde plötzlich ernst. »Ich möchte Madonna Lisa gern durch den Innenhof führen – doch ich brauche ein wenig Ruhe, und es ist an der Zeit, dass ich einen der giftigen Heiltränke einnehme, die mein Arzt mir verschrieben hat. Wärst du wohl so nett?«

»Ich kann mir nichts Köstlicheres vorstellen.« Der Künstler bot mir seinen Arm.

Ich hakte mich unter, nervös, was ich mir aber nicht anmerken ließ. War das ein Zeichen dafür, dass *il Magnifico* in ihm einen möglichen Heiratskandidaten für mich sah? Die Aussicht auf ein Leben mit diesem charmanten, begabten, berühmten Fremden – selbst im entfernten Mailand am Hofe des Herzogs Ludovico Sforza – erschien mir annehmbar, auch wenn ich eigentlich noch zu jung war.

»Dann werde ich mich einen Augenblick zurückziehen.« Lorenzo entschuldigte sich mit einer kurzen, steifen Verbeugung.

»Es ist höchst ungerecht«, sagte Botticelli und sah ihm nach, »dass nur einer von uns das Vergnügen haben soll, Euch zu begleiten.«

Leonardo und ich verabschiedeten uns. Er lenkte mich auf eine Doppeltür auf der anderen Seite des Raumes zu; als wir uns näherten, machten zwei Diener sie für uns auf.

Beim Überschreiten der Schwelle sagte Leonardo zu mir: »Ihr dürft nicht nervös sein, Lisa. Ich sehe Euch als eine intelligente, empfindsame Frau; Ihr seid hier unter Euresgleichen, keiner ist Euch überlegen.«

»Das zu sagen ist sehr nett von Euch, mein Herr, aber ich habe keine Begabung. Ich kann nur die Schönheit bewundern, die andere erschaffen.«

»Schon ein Auge für Schönheit zu haben ist eine Gabe. Ser Lorenzo besitzt dieses Talent.«

Die Luft draußen war kühl, doch es gab mehrere große Fackeln und ein kleines offenes Feuer, von aufgeschichteten Steinen umsäumt.

»Madonna, darf ich Euch meinen Umhang anbieten?« Er wandte mir sein vollkommenes Gesicht zu; das Licht der untergehenden Sonne verlieh seiner Haut einen korallenroten Schimmer.

Ich warf einen Blick auf das angebotene Stück Stoff; es war aus dünner, dunkler Wolle, abgetragen und geflickt. Ich lächelte. »Mir ist nicht kalt, danke.«

»Dann darf ich Euch kurz herumführen.« Er lenkte mich zum offenen Feuer. Daneben stand auf einem hohen Sockel die Bronzestatue eines nackten jungen Mannes mit langem gelocktem Haar, das unter einem Schäferhut aus Stroh hervorquoll; sein Körper hatte weiche, runde Formen wie eine Frau. Er hatte kokett eine Faust in die Hüfte gestemmt, in der anderen Hand hielt er das Heft eines Schwertes, dessen scharfe Spitze auf dem Boden ruhte. Zu seinen Füßen lag das groteske, abgetrennte Haupt eines Riesen.

Ich ging darauf zu; der Feuerschein schimmerte auf dem dunklen Metall. »Ist das David?«, fragte ich. »Er sieht ja aus wie ein Mädchen!« Sogleich hielt ich meine Hand vor den Mund, denn meine gedankenlose Bemerkung war mir peinlich. Wer war ich schon, dass ich ein Meisterwerk so rüde beurteilte?

»Ja«, murmelte mein Begleiter, eine Spur abgelenkt. Mit einem kurzen Blick auf ihn stellte ich fest, dass er mich die ganze Zeit betrachtet hatte, als hätte er noch nie eine Frau zu Gesicht bekommen. »Der David vom großen Donatello.« Nach einer langen, unbefangenen Pause kam er wieder zu sich und sagte: »Er steht immer hier; tatsächlich hat er diesen Innenhof seit Lorenzos Kindheit bewacht. Aber noch andere Sachen sind zu Eurer Erbauung hierher gebracht worden.«

Zu *meiner* Erbauung? Ich dachte darüber nach und gelangte schließlich zu der Überzeugung, dass Leonardo sich in Schmeicheleien übte.

Dann gelangten wir zu zwei Büsten, die jeweils auf einem Sockel standen und beide derart verwittert waren, dass ich den Stein nicht zu bestimmen vermochte. »Die sehen ziemlich alt aus.«

»Das sind sie auch, Madonna. Es sind die Häupter von Caesar Augustus und General Agrippa, erschaffen im alten Rom.«

Ich streckte einen Finger aus, um die Büste des Augustus zu berühren. Es war etwas Alltägliches, den Ponte Vecchio zu überqueren, der vor so langer Zeit von römischen Arbeitern errichtet wurde – aber ein Kunstwerk zu betrachten, erschaffen nach dem Gesicht eines Mannes, der schon über tausend Jahre tot war, erfüllte mich mit Ehrfurcht. Mein Begleiter ließ meinen Arm los, sodass ich das Werk genauer inspizieren konnte.

»Lorenzo ist ganz vernarrt in Antiquitäten«, sagte er. »Dieses Haus enthält die größte Sammlung moderner wie antiker Kunst auf der Welt.«

Ich trat an eine weitere Büste, ebenfalls aus weißem Stein; sie stellte einen älteren Mann mit einer runden Knollennase und Vollbart dar, der jedoch nicht ganz so beeindruckend war wie Leonardos. »Und wer ist das?«

»Plato.«

Auch diese Büste musste ich sanft berühren, um den kalten Stein unter den Fingerspitzen zu spüren und mir einen Begriff von dem lebenden, atmenden Mann zu machen, den sie darstellte. Es gab noch eine Statue – eine zeitgenössische – von Herkules, muskulös und robust, angeblich der Gründer von Florenz. Irgendwann war ich so vertieft, dass ich meinen Kelch abstellte und ihn vollkommen vergaß.

Trotz meiner Aufregung wurde mir kühl, und ich wollte schon fragen, ob wir nicht wieder hineingehen könnten, als mein Blick auf eine weitere Büste in einer Ecke des Hofes fiel, lebensgroß, aus Terrakotta. Es war ein moderner Mann, gut aussehend und mit markanten Gesichtszügen, in der Blüte seines Lebens. Er hatte die großen Augen weit geöffnet, und auf seinen Lippen spielte die Andeutung eines Lächelns, als habe er gerade einen guten Freund erblickt. Er gefiel mir auf Anhieb.

»Der kommt mir bekannt vor.« Stirnrunzelnd versuchte ich mich zu erinnern, wo ich ihn schon einmal gesehen hatte.

»Ihr seid Euch noch nie begegnet«, erwiderte Leonardo; obwohl er sich um einen leichten Tonfall bemühte, schwangen düstere Emotionen mit. »Er ist gestorben, noch ehe Ihr zur Welt kamt. Es ist Giuliano de' Medici, Lorenzos ermordeter Bruder.«

»Er wirkt so lebendig.«

»Das war er«, antwortete mein Begleiter, und nun war sein Kummer nicht mehr zu überhören.

»Also habt Ihr ihn gekannt.«

»Ja. In der Zeit, in der ich dem Haushalt der Medici angehörte, habe ich ihn gut gekannt. Eine gutherzigere Seele als ihn hat es nie gegeben.«

»Das sehe ich der Statue an.« Ich drehte mich zu Leonardo um. »Wer war der Künstler?«

»Mein Meister Verrochio hat das Werk begonnen, als Giuliano noch lebte. Ich habe es fertiggestellt – nach seinem Tod.« Er hielt inne, um in Gedanken einem fernen Kummer nachzuhängen, den er dann abrupt beiseiteschob. Mit geübten Bewegungen langte er nach einem Schreibblock und einer Feder, beide an dem Gürtel befestigt, der unter seinem Umhang verborgen war. Angeregt fuhr er fort: »Madonna, würdet Ihr mir einen Gefallen erweisen? Würdet Ihr mit erlauben, eine rasche Skizze von Euch anzufertigen, hier, während Ihr die Büste betrachtet?«

Ich war verblüfft, ja überwältigt bei dem Gedanken, dass der große Künstler aus Vinci ausgerechnet von *mir* eine Skizze anfertigen wollte, der unbedeutenden Tochter eines Tuchhändlers; mir fehlten die Worte. Leonardo nahm es gar nicht zur Kenntnis.

»Bleibt dort stehen, Lisa. Würdet Ihr Euch nach rechts drehen? Nur ... so, ja. Jetzt schaut zu mir auf und entspannt Euer Gesicht. Denkt an Augustus und Agrippa und wie es Euch erging, als ihr sie berührt habt. So, schließt die Augen, atmet tief ein und langsam wieder aus. Und jetzt seht mich gar nicht mehr. Seht stattdessen Giuliano vor Euch und erinnert Euch daran, was Ihr fühltet, als Ihr ihn zum ersten Mal saht.«

Ich versuchte, den Anweisungen zu folgen, obwohl meine Nerven nicht zuließen, dass ich Leonardos Gesicht vergaß – wie leidenschaftlich und durchdringend sein Blick war, wenn er rasch zwischen mir und dem Skizzenblock hin- und herflog. Laut kratzte die Feder über das Papier.

Einmal zögerte er, die Feder in der Hand: Da war er nicht mehr der Künstler, sondern nur noch der Mann, der mich sehnsuchtsvoll anschaute, und traurig. Dann riss er sich zusammen und wurde wieder sachlich; das Kratzen wurde schneller.

Schließlich war die Sonne untergegangen, alles war in Grautöne getaucht, die rasch in Dunkelheit übergingen; die Fackeln leuchteten heller.

»*Atmet*«, drängte der Künstler, und überrascht stellte ich fest, dass ich das Luftholen ganz vergessen hatte.

Es war schwierig, doch ich fand in mir die Kraft, mich zu entspannen, loszulassen und die Angst abzulegen. Ich dachte an Giulianos Lächeln, daran, dass er den Künstler zweifellos so freundlich angesehen hatte, der ihn gebeten hatte, Modell für ihn zu stehen.

Als ich mich schließlich vergessen hatte, wanderte mein Blick über Leonardos Schulter hinweg zum Fenster des großen Raumes, in dem die Festlichkeiten auf uns warteten. Der schwere Gobelin, der davorhing, war zur Seite geschoben worden, und ein Mann schaute unentwegt auf uns herunter, von hinten erhellt durch die strahlenden Lichter des Raumes.

Obwohl sein Gesicht im Schatten lag, erkannte ich den Beobachter an seiner gekrümmten, von Schmerzen zeugenden Haltung: Es war Lorenzo de' Medici.

24

Kurz darauf kehrten der Künstler und ich auf das Fest zurück. Leonardo hatte nur Zeit gehabt, einen Karton anzufertigen, wie er es nannte – eine rasche Skizze meiner grundlegenden Gesichtszüge mit Tinte. Ich war ein wenig enttäuscht; in meiner Naivität hatte ich erwartet, dass er mir in wenigen Minuten ein vollständiges Porträt präsentieren würde. Doch der Entwurf sah mir zweifellos ähnlich, auch wenn er die Pracht meines Gewandes oder meiner schönen Haube nicht wiedergab.

Il Magnifico kam uns nun von der anderen Seite des Raumes entgegen, begleitet von einem Jungen, der ein oder zwei Jahre älter sein mochte als ich, und einem jungen Mann von etwa zwanzig Jahren. Trotz seiner Gebrechlichkeit und des Krückstocks bewegte sich Lorenzo plötzlich erstaunlich schnell, und als er bei mir war, nahm er meine Hand in die seine und drückte sie mit einer Wärme, die mich verblüffte.

»Lisa, meine Liebe«, sagte er. »Ich vermute, Euch haben die wenigen Kunstwerke im Innenhof gefallen?«

»Ja, sehr.«

»Sie sind nichts im Vergleich zu dem, was Ihr jetzt sehen sollt.« Er wandte sich an die beiden jungen Männer neben ihm. »Aber zuerst möchte ich Euch meinen Söhnen vorstellen. Das hier ist mein Ältester, Piero.«

Mit anmaßendem Desinteresse, das Botticellis weit in den Schatten stellte, verneigte Piero sich seufzend. Hoch aufgeschossen und mit breiten Schultern hatte er die Arroganz und den schlechten Charakter seiner verstorbenen Mutter und nichts vom Verstand oder Charme seines Vaters geerbt. In Florenz war allgemein bekannt, dass Lorenzo ihn zu seinem Nachfolger erwählt hatte, und alle bedauerten dies.

»Und das hier ist mein Jüngster, Giuliano.« Sein Tonfall wurde unmerklich wärmer.

Der Junge war wohlbekannt. Er sah seinem Vater nicht sehr ähnlich, denn er hatte ebenmäßige Gesichtszüge, eine gerade Nase, makellose Zähne und dieselben großen, forschenden Augen wie sein verstorbener Onkel. Sein Auftreten indes war so angenehm wie das seines Vaters. »Madonna Lisa«, sagte er. »Ein außergewöhnliches Vergnügen.« Ähnlich wie Leonardo verneigte er sich tief vor mir und küsste mir die Hand. Als er sich wieder aufrichtete, hielt er meinen Blick und meine Hand so lange fest, dass ich den Kopf senkte und verlegen zur Seite schaute.

Ich hatte den Eindruck, dass Lorenzo seinem Jüngsten einen warnenden Blick zuwarf, bevor er fortfuhr. »Mein Mittlerer, Giovanni, konnte am Fest nicht teilnehmen.« Er machte eine Pause. »Ihr Jungen seht zu, dass unser guter Leonardo genug zu essen hat und dass man sich nach seiner langen Reise um ihn kümmert. Was Euch betrifft, junge Madonna …« Er wartete, bis die beiden sich entfernt hatten. »Es wäre mir eine große Ehre, wenn Ihr damit einverstanden wärt, Euch auch noch die Kunstwerke in meinen Privatgemächern anzusehen.«

Sein Tonfall blieb neutral und hatte nicht den Anflug von Lüsternheit; es war ein galantes Angebot. Dennoch war ich vollkommen verblüfft. Ich war nicht so gebildet, um als Braut für seinen jüngsten Sohn in Frage zu kommen (Piero war bereits mit Madonna Alfonsina, einer geborenen Orsini, verheiratet), daher begriff ich auch nicht, warum ich den beiden vorgestellt worden war, es sei denn, um einer gewissen Höflichkeit Genüge zu tun. Und wenn ich hier war, um von potenziellen Ehegatten genauer in Augenschein genommen zu werden – besonders, wie ich hoffte, von Leonardo –, warum führte er mich dann von der Gruppe fort?

Womöglich wollte der schlaue *il Magnifico* meine Fehler

und Vorzüge näher herausfinden. Trotz meiner Verwirrung war ich begeistert. Nie im Leben hätte ich mir träumen lassen, je die berühmte Medici-Sammlung zu sehen.

»Mein Herr, ich wäre hocherfreut«, antwortete ich wahrheitsgemäß. Er umfasste meine Hände fest mit seinen verkrüppelten, als wäre ich seine Tochter; was immer während seiner Abwesenheit von der Gruppe geschehen sein mochte, es hatte Emotionen in ihm wach gerufen, die er mit aller Macht vor mir zu verbergen suchte.

Wieder nahm ich seinen Arm, und wir gingen aus dem Raum, zurück durch die von Gemälden und Skulpturen gesäumten Korridore, dann eine Treppe hinauf. Dabei litt er unsägliche Schmerzen, doch er biss die Zähne zusammen und behielt einen langsamen, gemessenen Schritt bei; er klemmte seinen Stock unter den Arm und lehnte sich schwer auf das Geländer, während ich den anderen Arm fest im Griff hielt und ihn, so gut ich konnte, stützte.

Schließlich erreichten wir das obere Geschoss; er stieß einen langen Seufzer aus und blieb einen Moment stehen, um wieder zu Kräften zu kommen. »Ihr müsst Nachsicht mit mir haben.« Er stieß seine Worte leise keuchend hervor. »Ich hatte in letzter Zeit keine Gelegenheit, meine Beine zu trainieren. Doch mit jedem Versuch werden sie kräftiger.«

»Gewiss«, murmelte ich. Dann warteten wir, bis er wieder leichter atmen konnte. Er führte mich zu einer großen, von einem Diener bewachten Holztür, der sie sogleich öffnete, als wir näher kamen.

»Das ist mein Arbeitszimmer«, sagte Lorenzo beim Betreten des Raumes.

Wie soll ich ihn nur beschreiben? Bemerkenswert war nicht die Konstruktion; er war von bescheidenem Ausmaß mit vier Wänden und einer niedrigen Decke – bestimmt nicht so beeindruckend wie das Empfangszimmer meiner Familie. Doch ganz gleich, worauf ich mein Augenmerk lenkte – auf eine Wand, auf das Marmormosaik am Boden, auf Regale und Sockel –, mein Blick fiel auf ein Juwel, eine glitzernde Antiquität, eine prächtige Schöpfung eines der namhaftesten Künstler der Welt.

So viel Schönheit, in einem einzigen Raum versammelt, betäubte mich. Wir kamen an zwei irdenen Vasen vorbei, die mir bis an die Schultern reichten, bemalt mit herrlichen östlichen Motiven. Lorenzo nahm sie mit beifälligem Nicken zur Kenntnis. »Ein Geschenk«, sagte er, »vom Sultan Qa'it Bey.« Er zeigte an die Wand. »Ein Porträt meines alten Freundes Galeazzo Maria Sforza – Herzog von Mailand, bevor er starb und Ludovico seinen Platz einnahm. Und dort, ein Gemälde von Uccello, und del Pollaiuolo, einem meiner Lieblinge.« Diese Namen waren jedem gebildeten Florentiner ein Begriff, obwohl nur wenige das Glück hatten, ihre Werke mit eigenen Augen zu sehen. »Und da ist ein schönes Werk von Fra Angelico.«

Fra Angelico: Das war der berühmte Dominikanermönch, der auf Geheiß von Cosimo de' Medici die Wände des Klosters San Marco mit prächtigen Fresken verziert hatte – sogar in den Zellen der Klosterbrüder. Als ich mir das Gemälde ansah, fragte ich mich unwillkürlich, ob Savonarola diesen überflüssigen Schmuck wohl guthieß. Der heilige Sebastian, unser Beschützer vor der Pest, war in seinen Todesqualen dargestellt; seine sanften Augen blickten gen Himmel, während er, an einen Baum gebunden, zusammenbrach; sein Körper, ja sogar seine Stirn waren grausam von Pfeilen durchbohrt.

Bevor ich auch nur anfangen konnte, diese Wunderwerke auf mich wirken zu lassen, forderte Lorenzo erneut meine Aufmerksamkeit. Er führte mich an einen langen Tisch, der »einen Teil meiner Münz- und Edelsteinsammlung« enthielt. Direkt darüber war eine Wandleuchte angebracht, sodass sich das Licht im glänzenden Metall und in den Edelsteinen spiegelte und eine bezaubernde Wirkung erzielte. Etwa zweihundert Exponate waren zu besichtigen. Ich hatte mir nie vorstellen können, dass ein solcher Reichtum auf der Welt existierte, erst recht nicht in Florenz.

»Die sind aus der Cäsarenzeit.« Er deutete auf eine Reihe matter, abgeschliffener Münzen, von denen viele ungleichmäßig geformt waren. »Andere stammen aus Konstantinopel und dem Orient. Hier.« Ungeschickt hob er einen Rubin hoch, der halb so groß wie seine Faust war, und hielt ihn mir hin. Er lachte über meine mangelnde Bereitschaft, danach zu greifen. »Ist schon gut, mein Kind, er beißt nicht. Haltet ihn ans Licht, so, und sucht nach Unregelmäßigkeiten – Sprüngen oder winzigen Bläschen im Stein. Ihr werdet nichts finden.«

Ich folgte seinen Anweisungen – versuchte, nicht zu zittern angesichts der Tatsache, dass ich ein größeres Vermögen als das meines Vaters in Händen hielt – und schaute durch den Stein hindurch auf die Lampe, die nun in Karmesinrot getaucht war. »Er ist schön.«

Er nickte zufrieden, als ich ihm den Rubin zurückgab. »Wir haben auch viele Medaillons, die von unseren talentiertesten Künstlern entworfen wurden. Hier ist eins, das unser Leonardo vor vielen Jahren gemacht hat. Es ist ziemlich selten; davon wurden nur wenige gegossen.« Er legte den Rubin fast nachlässig wieder an seinen Platz, um dann mit größerer Ehrfurcht nach einer Goldmünze zu greifen; eine leichte Melancholie bemächtigte sich seiner.

Ich nahm das Medaillon und las die Inschrift: ÖFFENTLICHE TRAUER. Da war Giuliano zu sehen, die Hände vergeblich gegen die Klingen erhebend, die seine Mörder schwangen. Während ich seine Schönheit durchaus zu schätzen wusste, erschauerte ich zugleich innerlich, als ich an Zalummas Erzählung über Messer Iacopos Leiche dachte. *Achtzig Männer in fünf Tagen,* hatte mein Vater gesagt. War dieser freundliche Mann solcher Verbrechen fähig?

»Bitte«, sagte er. »Nehmt es als Geschenk an.«

»Ich habe schon eins«, sagte ich – und war im selben Augenblick verlegen über meine gedankenlose Reaktion auf ein so undenkbar großzügiges Angebot. »Meine Mutter hat es mir geschenkt.«

Er hatte mich durchdringend betrachtet; bei meinen Worten wurde sein Blick noch schärfer, um dann allmählich wieder weicher zu werden. »Aber gewiss«, sagte er. »Ich hatte ganz vergessen, dass ich ein paar davon an Freunde verschenkt habe.«

Er schenkte mir stattdessen ein anderes Medaillon, das ein

Bild seines Großvaters Cosimo und das Wappen der Medici darstellte. Es war von einem anderen Künstler, der zwar begabt war, dem es jedoch an Leonardos Raffinesse fehlte; dennoch war ich schlichtweg verblüfft über *il Magnificos* Großzügigkeit.

Danach ermüdete er sichtlich, bestand aber darauf, mir noch eine weitere Sammlung zu zeigen, Kameen aus Chalcedon, die vom hellsten Weiß bis zum dunkelsten Grau rangierten, sowie eine weitere aus strahlend roten und orangefarbenen Karneolen. Die meisten waren Intaglioarbeiten, herrlich in den Stein geschnitzt, manche waren vom berühmten Ghiberti mit Gold eingelegt.

Es gab auch noch eine Sammlung von Kelchen, aus kostbaren Steinen gearbeitet, besetzt mit Juwelen und mit Silber und Gold verziert; doch da war Lorenzo schon beinahe am Ende seiner Kräfte, sodass er davon nichts auswählte. Stattdessen führte er mich zu einem Sockel, auf dem eine einzige flache Schüssel stand – etwas größer als die, von der ich mein Abendessen einnahm.

»Auch die ist aus Chalcedon, obwohl die Schale selbst rötlich-braun ist«, sagte er, nur noch heiser flüsternd. Vor dem dunkleren Hintergrund war eine milchige Kamee von einigen Gestalten aus der Antike. »Das ist mein allergrößter Schatz. Es ist Osiris, der das Füllhorn hält, und hier ist seine Frau Isis, sitzend. Ihr Sohn Horus pflügt die Erde.« Er hielt inne. Stolz mischte sich in seinen Tonfall. »Dieser Kelch wurde von den Königen und Königinnen von Ägypten bei ihren Ritualen benutzt. Kleopatra persönlich hat daraus getrunken. Als Octavian sie besiegte, galt er eine Zeit lang als verschollen, dann tauchte er in Konstantinopel wieder auf. Von dort aus reiste der Kelch an den Hof von König Alfonso in Neapel. Schließlich gelangte er nach Rom, wo ich ihn dann erstand.« Er sah mir meine kaum verhohlene Ungeduld an und lächelte. »Nur zu. Berührt ihn.«

Das ließ ich mir nicht zweimal sagen, bewundernd betrachtete ich die Perfektion des Kunstwerks trotz seines Alters; es war so makellos, dass ich vor Lorenzos Erläuterungen angenommen hatte, es wäre eine weitere zeitgenössische Schöpfung aus Florenz. Die Ränder waren kalt und vollkommen glatt. Lächelnd schaute ich mich nach Lorenzo um und bemerkte, dass er mit großer Zuneigung und Freude nicht den Kelch, sondern mich betrachtete.

Meine Begeisterung wurde von lauten Schritten unterbrochen. Ich wandte mich um und erblickte Giovanni Pico, einen Kelch mit dunkler Flüssigkeit in der Hand. Er war ebenso überrascht, mich zu sehen, wie umgekehrt. Überrumpelt wich ich zurück. Er lächelte höflich, was mir nicht gelang.

»Ach was, das ist ja Antonio Gherardinis Tochter«, bemerkte er. Ich bezweifle, dass er sich an meinen Namen erinnerte. »Wie geht es Euch, meine Liebe?«

Lorenzo sah ihn sehr müde an. »Ihr kennt also unsere Madonna Lisa, Giovanni.«

»Ich bin eng mit Antonio befreundet.« Pico nahm mich mit kurzem Kopfnicken zur Kenntnis. Es war unhöflich, aber ich sagte nichts; ich hatte Graf Pico seit der Beisetzung meiner Mutter nicht mehr gesehen. Während er danach häufig zu Besuch bei meinem Vater war, hatte ich mich geweigert, ihn zu empfangen, und war in meinem Zimmer geblieben. Trotz seines höflichen Verhaltens in diesem Augenblick wusste er sicher, dass ich ihn verabscheute.

Picos Miene war gefasst, er konnte aber seine Neugier über meine Anwesenheit nicht ganz verbergen; er gehörte zwar dem Haushalt der Medici an, hatte jedoch offensichtlich weder mit der Feier an diesem Abend zu tun, noch kannte er den Anlass. »Ich habe Euch gesucht, Lorenzo«, schimpfte er freundschaftlich. »Ihr habt den Zeitpunkt für die Einnahme Eurer Medizin verpasst.« Er lächelte mir wissend zu. »Unser Gastgeber ist oft zu sehr damit beschäftigt, sich um die Bedürfnisse anderer zu kümmern, statt an seine eigene Gesundheit zu denken.«

Lorenzo schnitt eine leichte Grimasse. »Ser Giovanni ist seit vielen Jahren einer unserer geschätztesten Gäste. Wir sind in bestimmten Dingen nicht einer Meinung … doch wir bleiben Freunde.«

»Ich werde Euch noch konvertieren«, erwiderte Pico gut gelaunt. Trotzdem lag ein gewisses Unbehagen in der Luft, als wäre ihre Verbundenheit inzwischen aus Nützlichkeit und dem Wunsch geschmiedet, den anderen im Auge zu behalten. »Verzeiht, wenn ich Eure Unterhaltung unterbrochen habe. Bitte, Madonna Lisa, Ser Lorenzo, fahrt nur fort. Ich werde geduldig warten, bis Ihr fertig seid. Aber, lieber Lorenzo, vergesst Eure Gesundheit nicht.«

Lorenzo bemerkte meinen neugierigen Blick auf den Heiltrank; schließlich hatte er Leonardo und mich im Hof stehen lassen unter dem Vorwand, er wolle hineingehen, um ihn einzunehmen. »Ich wurde … von anderen Geschäften aufgehalten«, raunte er mir zu.

»Ihr wart sehr großzügig, Ser Lorenzo«, sagte ich und dachte nur noch an Flucht, denn Picos Nähe machte mich nervös; die Erinnerung an den Tod meiner Mutter war nach wie vor zu frisch. »Aber ich glaube, eine Ruhepause täte Euch gut. Mit Eurer Erlaubnis will ich mich jetzt verabschieden.«

Vielleicht hörte er mir meine Not an – womöglich war er auch nur zu erschöpft, denn er protestierte nicht. »Lasst den Heiltrank hier«, sagte er zu Pico. »Sorgt dafür, dass Ser Antonios Kutsche bereitsteht, und sagt ihm, seine Tochter werde ihn dort treffen. Ihr findet ihn in der Kapelle. Dann sucht Piero und schickt ihn zu mir.«

Ich war zutiefst erleichtert, als Pico gegangen war. Kaum war er draußen, sagte *il Magnifico*: »Die Gegenwart von Ser Giovanni regt Euch auf.«

Ich starrte auf den glänzenden Marmorboden. »Er war dabei, als meine Mutter starb.«

»Ja, ich erinnere mich, dass er davon sprach.« Er sammelte seine Gedanken. »Es gibt nichts Schlimmeres, als einen geliebten Menschen zu verlieren. Ein früher Tod, ein ungerechter obendrein, löst den größten Kummer aus. Er lässt nur allzu leicht Hass ins Herz einkehren.« Er schlug die Augen nieder. »Ich habe aus Rache um mich geschlagen, als mein Bruder starb. Das verfolgt mich heute.« Er hielt inne und starrte auf die Stelle, an der Pico gestanden hatte. »Ser Giovanni ist ein

Mann, der zu großen Extremen neigt. Es gibt keinen gebildeteren Menschen als ihn, doch sein Herz gehört nun dem Mönch Girolamo. Die Welt hat einen ihrer größten Philosophen verloren. Habt Ihr von seiner Theorie des Synkretismus gehört?«

Ich schüttelte den Kopf.

»Sie geht davon aus, dass alle Philosophien und Religionen den Kern der Wahrheit enthalten – und alle beinhalten Irrtümer. Unser Giovanni sagt, jede einzelne sollte überprüft werden, um allgemeine Wahrheiten zu bestimmen und die Trugschlüsse fallen zu lassen.« Er lächelte bitter. »Dafür hätte der Papst ihn gern auf den Scheiterhaufen geschickt. Vor zwei Jahren kam er hierher und bat mich um meinen Schutz. Nun unterstützt er einen Mann, der mich am liebsten zu Fall brächte.«

Seine Miene verfinsterte sich schlagartig; er stieß einen Seufzer aus, der aus seinem tiefsten Innern zu kommen schien. »Kind, ich muss unhöflich sein und darum bitten, mich in Eurer Gegenwart setzen zu dürfen. Dieser Abend war weitaus kräftezehrender, als ich erwartet hatte.«

Ich half ihm auf einen Stuhl. Diesmal stützte er sich schwer auf meinen Arm, da er nicht mehr imstande war, vorzugeben, er habe sich weitgehend erholt. Leise aufstöhnend setzte er sich unter das Bild des sterbenden Sebastian und lehnte sich an die Wand. Er schloss die Augen; im Schatten des Fackellichts wirkte er doppelt so alt. Ängstlich fragte ich: »Soll ich Euch die Arznei bringen?«

Er lächelte matt, schlug dann die Augen auf und sah mich liebevoll an. »Nein. Aber würdet Ihr die Hand eines alten Mannes halten, meine Liebe, um mich zu trösten, bis Piero kommt?«

»Gewiss doch.« Ich stellte mich neben ihn und beugte mich leicht vor, um seine Hand zu nehmen; sie war kalt und so dürr, dass man ohne weiteres die verdrehten Knochen spürte.

So verharrten wir in behaglichem Einvernehmen, bis *il Magnifico* leise fragte: »Wenn ich noch einmal nach Euch schicken lasse, Lisa, werdet Ihr kommen?«

»Gewiss doch«, wiederholte ich, obwohl ich mir nicht vorstellen konnte, was ihn dazu veranlassen sollte.

»Unser Leonardo war sehr von Euch eingenommen«, sagte er. »Ich muss gestehen, ich habe beobachtet, wie er im Hof eine Skizze von Euch angefertigt hat. Ich werde ihn damit beauftragen, ein Porträt von Euch zu malen, wenn er seine Pflichten in Mailand eine Zeit lang ruhen lassen kann. Wärt Ihr damit einverstanden?«

Ich war sprachlos. Mein erster Gedanke galt meinem Vater: Eine solche Ehre würde sein Ansehen in hohem Maß steigern und wäre seinen Geschäften ebenfalls sehr zuträglich; ich bezweifelte allerdings, dass sie seine fanatische Hingabe an die Lehren Savonarolas überwöge. Damit würde seine Beziehung zu den Medici in einer Weise gefestigt, die bestimmt das Missfallen seiner neuen Verbündeten erregen würde.

Doch jetzt war nicht der Zeitpunkt, derartige Zweifel laut zu äußern. Als ich meine Stimme wiedergefunden hatte, sagte ich: »Damit wäre ich mehr als einverstanden, *maestro*. Bei dem Gedanken läuft es mir kalt über den Rücken.«

»Gut«, erwiderte er und nickte einmal kurz und entschlossen. »Abgemacht.«

Wir schwiegen, bis sich die Tür wieder öffnete und Lorenzos Sohn eintrat.

»Giuliano«, sagte er. Sein Tonfall verriet Verärgerung. »Ich habe nach deinem Bruder geschickt. Wo ist Piero?«

»Indisponiert«, antwortete Giuliano rasch. Sein Gesicht war leicht gerötet, als wäre er nach der Aufforderung zu kommen gleich losgerannt; bei meinem Anblick hellte sich seine Miene etwas auf. »Geht es Euch nicht gut, Vater?« Er schaute sich im Zimmer um, und sein Blick fiel auf den unberührten Heiltrank. »Ihr habt Euch in der Einnahme der Medizin verspätet. Ich will sie Euch bringen.«

Lorenzo ließ meine Hand los und tat die Worte seines Sohnes mit einer wegwerfenden Geste ab. »Mein Jüngster«, vertraute er mir mit unmissverständlicher Zuneigung an, »leistet meinen Wünschen ebenso rasch Folge, wie mein Ältester sie überhört.«

Giuliano lächelte, und ich fühlte mich unwillkürlich an die Terrakottabüste im Hof erinnert.

»Ich bedaure, dass ich Euch nicht wieder zu Eurem Vater zurückbegleiten kann«, fuhr Lorenzo fort, »doch Giuliano ist ein verantwortungsbewusster junger Mann. Ich garantiere Euch, dass er Euch sicher zu ihm geleiten wird.« Noch einmal ergriff er meine Hand und drückte sie für einen so gebrechlichen Mann erstaunlich fest. »Gott sei mit Euch, meine Liebe.«

»Und mit Euch, mein Herr. Vielen Dank, dass Ihr so freundlich wart, mich einzuladen. Und was den Auftrag für ein Porträt betrifft ...« Zögernd lösten wir unsere Hände. Eine eigenartige Traurigkeit überkam mich, als ich mich bei dem jungen Giuliano unterhakte und seinen Vater allein ließ, einen fragilen, hässlichen Mann, der von so viel Wohlstand und Schönheit aus Jahrhunderten umgeben war.

25

Im Korridor kamen Giuliano und ich an weiteren Skulpturen, Porträts und hüfthohen Porzellanvasen vorbei, erleuchtet von Kerzen in elegant geschmiedeten Kandelabern aus Bronze, Silber und Gold. Wir gingen in verlegenem Schweigen nebeneinander her; meine Hand ruhte steif auf seinem Unterarm, während er starr geradeaus blickte und sich mit einer natürlichen Würde bewegte, die einem zehn Jahre älteren Mann wohl angestanden hätte. Wie sein Vater war er in dunkle Farben gekleidet mit einer schlichten Tunika aus dem besten Tuch meines Vaters.

»Verzeiht, Madonna Lisa, dass Euer Besuch durch die Krankheit meines Vaters vorzeitig beendet wurde.«

»Bitte, entschuldigt Euch nicht«, antwortete ich. »Es tut mir leid, dass es Ser Lorenzo noch nicht bessergeht.«

Giulianos überschattete Miene wurde im flackernden Licht feierlich. »Vater bagatellisiert es gegenüber Besuchern, aber er war in den letzten Monaten so krank, dass wir alle dachten, er würde sterben. Er ist noch sehr schwach; die Ärzte haben ihm geraten, keine Gäste einzuladen, doch er war fest entschlossen, seine Freunde wiederzusehen. Ganz besonders Leonardo. Und – er hat es mir nicht gesagt, aber ich vermute, dass er Euch zum Zweck einer zukünftigen Eheschließung kennenlernen wollte.«

»Ja«, sagte ich. Die Erwähnung des Künstlers aus Vinci – der sich besondere Mühe gegeben hatte, zu dieser Versammlung zu kommen – ließ Hoffnung in mir aufkeimen. »Das mit Eurem Vater ist schrecklich. Was hat er denn?«

»Es ist das Herz.« Giuliano zuckte verärgert mit den Schultern. »Zumindest sagen die Ärzte das, ich glaube allerdings, dass sie viel weniger wissen, als sie zugeben. Er hat immer unter Gicht gelitten – zuweilen so schlimm, dass er vor Qualen aufschreit, wenn nur ein Betttuch seine Haut berührt. Und seine Knochen schmerzen. Neuerdings jedoch wird er von einem Dutzend verschiedener Beschwerden geplagt, von denen sein Arzt ihm allem Anschein nach keine Erleichterung verschaffen kann. Er ist schwach, er kann nicht essen, er ist unruhig und hat Schmerzen …« Er schüttelte den Kopf und blieb wie angewurzelt stehen. »Ich habe mir solche Sorgen um ihn gemacht. Er ist dreiundvierzig, aber er sieht aus wie ein alter Mann. In meiner Kindheit war er so stark, rannte mit uns Kindern und spielte mit uns, als wäre er einer von uns. Er hat mich immer auf sein Pferd gehoben, und ich bin mit ihm geritten …« Die Stimme versagte ihm; er verstummte, um sich zu fangen.

»Es tut mir so leid.« Ich hatte gerade meine Mutter verloren; ich verstand die Angst gut, die diesen Jungen packte. »Aber es geht ihm doch besser als vorher, oder?«

»Ja …« Er nickte rasch, ohne meinem Blick zu begegnen.

»Dann wird er sich bestimmt auch weiter erholen. Ihr dürft die Hoffnung nicht verlieren.«

Plötzlich kam er wieder zu sich. »Verzeiht, Madonna! Ihr seid unser Gast, und ich habe nichts Besseres zu tun, als zu klagen. Ich sollte Euch mit solchen Sorgen nicht behelligen …«

»Aber ich wollte es doch wissen. Ser Lorenzo war so nett zu mir; er hat mir seine Sammlung gezeigt, obwohl er so erschöpft war.«

Giuliano lächelte schelmisch. »Das sieht meinem Vater ähnlich. Er sammelt gern schöne Dinge, aber sie verschaffen ihm kein echtes Vergnügen, wenn er sie nicht mit anderen teilen und sie dabei beobachten kann, wie sie sich an der Kunst erfreuen. Man sagt ihm nach, dass er grausam sein kann, wenn es um Geschäfte oder Politik geht, aber ich kann nur Gutes in ihm sehen.« Er hielt inne; sein Tonfall wurde leichter. »Hat Euch der Rundgang gefallen, Madonna?«

»Ja, sehr sogar.«

»Ich weiß, mein Vater würde Euch gern die vollständige Sammlung zeigen. Darf ich ihn fragen, ob Ihr wiederkommen könnt, um Euch noch mehr anzusehen? Vielleicht können wir es so einrichten, dass Ihr unsere Villa in Castello besucht; dort gibt es viele erstaunliche Gemälde und herrliche Gärten.«

»Das würde mir gefallen.« Obwohl mir bei dem Gedanken vor Glück schwindelig wurde, kam meine Antwort nur zögerlich. Ich bezweifelte, dass mein Vater mir je eine zweite Chance geben würde, die Medici zu besuchen. Ich machte mir noch immer Sorgen, ob er sich überhaupt darauf einlassen würde, einem Künstler – selbst einem so bekannten wie Leonardo – Zutritt in unser Haus zu gewähren.

Giuliano lächelte auf meine Antwort hin. »Das wäre wunderbar, Madonna Lisa! Da es meinem Vater nicht gutgeht, würde er mir vielleicht erlauben, Euch herumzuführen.«

Plötzlich beschlich mich Unruhe bei der Erkenntnis, dass er sich in mich verliebt hatte. Bestimmt hatte Lorenzo mich nicht als potenzielle Braut für seinen Sohn hierher eingeladen – Giuliano war erst in ein paar Jahren im heiratsfähigen Alter. Und wenn er denn heiratete, dann würde seine Braut aus einem der vornehmsten Häuser Italiens stammen. Gewiss wäre sie nicht die Tochter eines Tuchhändlers.

Mir fiel keine angemessene Erwiderung ein. Zum Glück waren wir inzwischen am Seiteneingang des Palazzo angelangt. Hier waren keine Diener; dumpf erinnerte ich mich, dass Wachen auf der anderen Seite standen, draußen in der Kälte. Giuliano blieb stehen.

»Ich lasse Euch hier nur einen Augenblick zurück, Madonna, um mich zu vergewissern, dass Euer Vater auch sicher auf Euch wartet. Ich komme gleich wieder und geleite Euch dann zu ihm.«

Einem Impuls folgend, beugte er sich unerwartet vor und küsste mich auf die Wange. Ebenso schnell war er verschwunden.

Ich war froh, dass er gegangen war und keine Zeugen zugegen waren. In Anbetracht der Hitze auf meinem Gesicht und meinem Hals musste ich hochrot angelaufen sein.

Ich war innerlich zerrissen. Das hier war ein freundlicher, liebenswerter Knabe, der außerdem gut aussah – ein Fang, der meine kühnsten Hoffnungen überstieg, doch ich reagierte auf seinen Kuss unwillkürlich mit einem Lachanfall. Zugleich rief ich mir in Erinnerung, dass ich mich in Leonardo da Vinci verliebt hatte. Am sichersten war es wohl, meine Hoffnungen auf einen Ehestand an ihm festzumachen. Auch wenn Leonardo das Ergebnis einer unehelichen Verbindung mit einer Dienerin war, gehörte sein Vater doch zu den bekanntesten Notaren in Florenz. Er stammte aus einer guten Familie, die im Großen und Ganzen ähnlich wohlhabend war und das gleiche Ansehen genoss wie mein Vater.

Als Giuliano zurückkam, war ich noch zu sehr aus der Fassung, um seinem Blick zu begegnen. Er führte mich in die kalte Nacht hinaus, vorbei an den Wachen mit Schwertern an den Hüften, und half mir in die Kutsche, ohne den verbotenen Kuss zu erwähnen. Als ich mich neben meinen Vater setzte, sagte er schlicht: »Gute Nacht, Madonna. Gute Nacht, Ser Antonio. Der Herr sei mit Euch.«

»Und mit Euch«, erwiderte ich.

Als wir die Auffahrt hinaus auf die Via Larga fuhren, war mein Vater zurückhaltend, besorgt; Gebet und innere Einkehr hatten wohl wenig geholfen, ihn zu beruhigen oder seinen Schmerz darüber zu lindern, sein einziges Kind in die Hände von Savonarolas Feind gegeben zu haben. Er sprach, ohne mich anzusehen.

»Wie war es?«, fragte er kurz angebunden. »Was haben sie gemacht, dich für die Frauen ausgestellt?«

»Es waren keine Frauen da. Nur Männer.«

»Männer?« Er drehte den Kopf und schaute mich an.

»Freunde von *il Magnifico*.« Da ich auf die Missbilligung meines Vaters gefasst war, wollte ich nicht allzu viel offenlegen, doch meine Neugier ließ mir keine Ruhe. »Viele Künstler. Darunter auch Leonardo da Vinci.« Ich hütete mich, Lorenzos

Auftrag für ein Porträt von mir zu erwähnen; solche Verhandlungen würde ich besseren Diplomaten überlassen als mir. Nach einer Pause fragte ich, mit einem Mal verschüchtert: »Hat er eine Frau?«

»Leonardo?« Zerstreut blickte mein Vater mit finsterer Miene ins Dunkel vor uns. »Nein. Er ist einer unserer bekanntesten Sodomiten. Vor Jahren wurde er angeklagt; das Verfahren wurde eingestellt, aber er lebt schon viel Jahre mit seinem ›Lehrjungen‹, dem jungen Salai, zusammen, der mit Sicherheit sein Geliebter ist.« Seine Stimme war flach – eigenartig in Anbetracht seiner frommen Missbilligung, die er für gewöhnlich solchen Männern entgegenbrachte.

Offenbar unter großen Mühen, stellte er mir die entsprechenden Fragen: Wer war noch anwesend? Hatte Ser Lorenzo in irgendeiner Weise durchblicken lassen, für welchen Mann er mich passend fände? Was hatte ich dort die ganze Zeit gemacht?

Ich antwortete knapp mit immer weniger Worten; es war ihm wohl nicht aufgefallen, dass seine abfälligen Bemerkungen über Leonardo mir einen Stich versetzt hatten. Schließlich verstummte er, verloren in einem unglücklichen Tagtraum, und wir fuhren schweigsam durch die kalte, dunkle Stadt. Ich zog das pelzgefütterte Oberkleid fest um mich, während wir über den verlassenen Ponte Santa Trinità nach Hause fuhren.

26

In der darauffolgenden Woche nahm ich das Abendessen wieder gemeinsam mit meinem Vater ein, begierig zu erfahren, ob er eine Nachricht von Lorenzo erhalten hatte. Die Neuigkeiten über Leonardos Vorliebe für Männer setzten mir noch immer zu. Insgeheim hoffte ich, mein Vater würde sich irren oder vielleicht lügen, um mir schon im Vorfeld auszureden, einen Künstler zu heiraten, da solche Männer im Allgemeinen für unzuverlässige Ehegatten gehalten wurden. Doch ich wusste, ich hatte Zuneigung in den Augen des Künstlers aufblitzen sehen.

In dieser Zeit erhielt ich einen kurzen Brief von dem sogenannten Sodomiten, der ohne meines Vaters Wissen zu mir geschmuggelt wurde. Als ich das Siegel aufbrach, fielen noch zwei weitere Blätter heraus, die zu Boden glitten.

Beste Grüße, Madonna Lisa, aus Mailand.
Unser guter Lorenzo hat mich beauftragt, ein Porträt von Euch zu malen. Ich kann mir nichts Angenehmeres vorstellen; Eure Schönheit bittet geradezu darum, für alle Zeit verewigt zu werden. Sobald ich gewisse Verpflichtungen für den ehrwürdigen Herzog Ludovico erledigt habe, komme ich für einen längeren Aufenthalt nach Florenz.
Zu Eurer Erbauung füge ich ein paar von mir angefertigte grobe Skizzen bei. Die eine ist eine etwas sorgfältigere Ausführung und basiert auf dem Karton, den ich

an jenem Abend im Palazzo der Medici erstellt habe. Die andere ist eine Kopie aus meinem Notizbuch und von besonderem Interesse für alle, die dem engeren Kreis der Medici angehören.
Ich kann es kaum erwarten, mit der Arbeit an dem Bild anzufangen, und freue mich, Euch zu sehen, mehr als ich sagen kann.
Euer guter Freund,
Leonardo

Ich hob die Papiere vom Boden auf und betrachtete sie ehrfürchtig. Jetzt war mir vollkommen klar, warum man Leonardo gebeten hatte, die Skulptur von Giuliano de' Medici nach dessen Tod fertigzustellen: Seine Erinnerung an meine Gesichtszüge war erstaunlich. Aus der im Innenhof angefertigten spärlichen Skizze hatte er eine klare, feine Silberstiftzeichnung auf cremefarbenem Papier erstellt, eine bemerkenswerte Wiedergabe meines Gesichts, des Halses, der Schultern – es schien wahrhaftiger, geweihter, tiefgründiger als jedes Bild von mir im Spiegel. Er hatte mich nicht in der Pose eingefangen, um die er mich gebeten hatte, vielmehr in dem Augenblick davor, als ich Giulianos Terrakottabüste betrachtet und dann den Künstler über die Schulter angeschaut hatte. Nur mein Gesicht in Dreiviertelprofil war ausgearbeitet und sorgfältig schattiert; Haare und Schultern waren durch ein paar rasche Linien angedeutet. Auf meinem Hinterkopf war eine vage Struktur zu erkennen, die ein Haarnetz oder ein Glorienschein hätte sein können. Meine Augenlider, das hervorstehende Kinn, die Stelle auf meinen Wangen direkt unter meinen Augen waren durch vorsichtiges Auftragen von Bleiweiß hervorgehoben.

Meine Mundwinkel waren kaum merklich gehoben; kein Lächeln, vielmehr das Versprechen eines solchen. Darin spiegelte sich die Güte wider, die ich in den Augen des verstorbenen Giuliano gesehen hatte; ich hätte ebenso gut ein Engel sein können.

Verwirrt betrachtete ich die Zeichnung eine Weile, bevor

ich meine Aufmerksamkeit schließlich dem anderen Blatt zuwandte.

Es handelte sich um eine rascher hingeworfene, gröbere Skizze, die obendrein mein Erinnerungsvermögen ansprach; ich hatte das Bild schon einmal gesehen, und es dauerte eine Zeit lang, bis mir einfiel, dass ich es zusammen mit meiner Mutter auf einer Wand in der Nähe des Palazzo della Signoria gesehen hatte.

Es war das Bildnis des Mannes, der an einer Schlinge baumelte, das Haupt geneigt, die Hände auf dem Rücken gefesselt. Darunter hatte der Künstler vermerkt: »*Die Hinrichtung Bernardo Baroncellis*«.

Es war eine grauenvolle Skizze, die man einem jungen Mädchen einfach nicht schickte; ich konnte mir nicht vorstellen, was Leonardo dazu bewogen hatte. Und was hatte Baroncelli mit mir zu tun?

Auch der Brief selbst stürzte mich erneut in Verwirrung. *Ich freue mich, Euch zu sehen, mehr als ich sagen kann …* War das eine indirekte Liebeserklärung? Allerdings hatte er den Brief ungewöhnlich beiläufig mit *Euer guter Freund* unterzeichnet. Freund, mehr nicht. Zugleich erregte mich der Brief: Lorenzos Auftrag war demnach ernst gemeint und nicht nur müßiges Gerede, das allein darauf abzielte, mir zu schmeicheln.

Ich erwartete also jeden Abend voller Ungeduld meinen Vater in der Hoffnung auf ein Wort über das Porträt oder, noch wichtiger, dass er eine Einladung nach Castello erwähnte.

Doch jeden Abend wurde ich aufs Neue enttäuscht. Mein Vater sprach die Angelegenheit nicht an und verneinte jedes Mal in knurrigem Ton, wenn ich es wagte nachzufragen, ob er etwas von Ser Lorenzo über eine mögliche eheliche Verbindung gehört habe.

Als ich mich nach einem weiteren entmutigenden Abendessen in mein Schlafgemach zurückzog, fing Zalumma mich jedoch mit einer Lampe in der Hand ab und schloss die Tür hinter uns.

»Fragt mich nicht, woher ich ihn habe; je weniger Ihr wisst, umso besser«, sagte sie und zog einen versiegelten Brief aus ihrem Mieder. Ich nahm ihn an mich in dem Glauben, er sei von Lorenzo. In den Siegellack war das Wappen der Medici eingeprägt, der Inhalt aber war alles andere als erwartet. Im Schein von Zalummas Lampe las ich:

Hochverehrte Madonna Lisa,
verzeiht mir die Freiheit, die ich mir herausnahm, als Ihr vor kurzem zu Besuch im Palazzo meines Vater wart; und verzeiht mir nun die Freiheit, Euch diesen Brief zu schreiben. Ich bin zu kühn, ich weiß, doch mein Mut entspringt dem Wunsch, Euch wiederzusehen.
Vater ist sehr krank. Dennoch hat er es mir freigestellt, Euch mit einer Eskorte seiner Wahl und einer Begleitung, die Euer Vater aussucht, auf eine Fahrt zu unserer Villa in Castello mitzunehmen. Noch heute wird mein Bruder Piero einen Brief an Ser Antonio schreiben und ihn um Erlaubnis bitten, dass Ihr uns begleiten dürft.
Vorfreude erfüllt mich bei der Aussicht, Euch wiederzusehen. Bis dahin verbleibe ich
Euer gehorsamer Diener
Giuliano de' Medici

27

In den nächsten Tagen schob ich alle Gedanken an Leonardo da Vinci beiseite – obwohl ich im Stillen an der Zeichnung von Bernardo Baroncelli rätselte. Dumm und unerfahren, wie ich war, konzentrierte ich mich stattdessen auf den Augenblick, in dem Giuliano sich vorgebeugt und mir einen Kuss auf die Wange gedrückt hatte. Ich träumte von Botticellis *Venus* und der *Allegorie des Frühlings*. Ich kannte die Gemälde nur aus Beschreibungen; jetzt versuchte ich mir vorzustellen, wie sie an den Wänden von Castello wirkten. Ich überlegte sogar, wie es wohl wäre, wenn mein Porträt direkt daneben hinge. Ich sehnte mich danach, wieder in Schönheit zu schwelgen, wie es mir unter Ser Lorenzos freundlicher Führung möglich gewesen war. Nachts lag ich im Bett und hatte zum ersten Mal seit dem Tod meiner Mutter Gedanken, die mich von mir selbst und all dem Leid im Haus meines Vaters fortführten.

Seit kurzem tätigte mein Vater mehr Geschäfte als sonst, sodass er unweigerlich noch später nach Hause kam; ich hatte es aufgegeben, auf ihn zu warten, und ging stattdessen zu Bett, sodass ich erst am nächsten Morgen mit ihm reden konnte. Häufig kam er mit Giovanni Pico nach Hause, trank Wein und unterhielt sich, ohne dem gedeckten Tisch Beachtung zu schenken.

Nun aber war ich von einer besonderen Entschlossenheit beseelt: Ich wartete geduldig, ignorierte mein Magenknurren und blieb stundenlang am Tisch sitzen, bis er endlich kam. Ich stellte ihm keine Fragen; ich saß nur da und aß in der

Gewissheit, dass er schließlich doch auf Lorenzos Einladung zu sprechen käme. Vier Abende hielt ich durch, bis ich meine Geduld verlor.

Ich bat die Küche, das Essen warm zu halten, und setzte mich an den gedeckten Tisch. Dort wartete ich drei Stunden, vielleicht auch länger, bis die Kerzen beinahe heruntergebrannt waren und mein Hunger so groß wurde, dass ich schon erwog, mir das Essen auftragen zu lassen.

Schließlich betrat mein Vater das Zimmer – zum Glück ohne Graf Pico. Im Schein der Kerzen kam er mir ausgezehrt und ungepflegt vor; seit dem Tod seiner Frau hatte er sich nicht die Zeit genommen, seinen golden schimmernden Bart zu stutzen. Hier und da krausten sich widerspenstige Haare, wo sie nicht hingehörten, sein Schnauzbart war zu lang und berührte die Unterlippe.

Er wirkte enttäuscht, wenn auch nicht überrascht, als er mich sah.

»Komm, setz dich«, sagte ich, auf einen Stuhl deutend. Dann ging ich in die Küche und gab die Anweisung, die Mahlzeit aufzutragen. Als ich zurückkam, hatte er Platz genommen, sich aber nicht die Mühe gemacht, seinen Umhang abzulegen, obwohl das Feuer im Kamin ausreichend Wärme verbreitete.

Wir schwiegen, bis als Erstes die *minestra,* die Suppe, serviert wurde. Nachdem das Küchenmädchen gegangen war, ließ ich einen Moment verstreichen, während mein Vater sich seinem Essen zuwandte. Dann fragte ich – wobei ich versuchte, meine Nervosität zu unterdrücken, was mir ganz und gar nicht gelang:

»Hast du in der letzten Zeit einen Brief erhalten, der mich betraf?«

Langsam legte er den Löffel beiseite und starrte mich über den Tisch hinweg mit unergründlichem Blick aus seinen bernsteinfarbenen Augen an. Er gab keine Antwort.

»Von Lorenzo de' Medici?«, drängte ich. »Oder vielleicht von Piero?«

»Ja, ich habe tatsächlich einen Brief bekommen«, sagte er, senkte den Blick und nahm noch einen Löffel Suppe.

Ob es ihm gefalle, mich zu quälen, war ich versucht zu fragen. »Und was hast du geantwortet?«

Er hielt über seiner Schüssel inne und knallte dann mit einer Heftigkeit, die mich erschreckte, seinen Löffel auf den Tisch. »Es wird keine Antwort geben«, sagte er. »Ich habe mein Versprechen an deine Mutter gehalten: Lorenzo soll als dein Heiratsvermittler fungieren. Aber er ist gut beraten, wenn er einen frommen Mann auswählt – falls er überhaupt noch so lange lebt, dass er eine Entscheidung treffen kann.«

Seine Wut fachte meinen Zorn an. »Warum kann ich nicht mitfahren? Was ist schon dabei? Ich bin schon so lange nicht mehr glücklich gewesen! Damit würde mir vieles leichter.«

»Nie wieder wirst du einen Fuß ins Haus der Medici setzen.« Seine Augen funkelten. »Ihre Zeit geht zu Ende. Gott wird sie niederwerfen; ihr Sturz wird beträchtlich sein. Genieße die Erinnerung an all die schönen Schätze, die man dir gezeigt hat, denn sie werden bald verschwunden sein, zu Asche zerfallen.«

Davon ausgehend, dass er nur die Worte seines neuen Retters gleich einem Papagei wiederholte, ignorierte ich sie. Doch ich fragte hitzig: »Woher weißt du, dass man mir Schätze gezeigt hat? Woher?«

Er überhörte die Frage geflissentlich. »Ich habe Geduld mit dir gehabt, aus Sensibilität und aus Achtung vor deinem Kummer. Allein, ich fürchte um deine Seele. Morgen wirst du mit mir kommen und Savonarola predigen hören. Und du wirst Gott bitten, deine Gedanken von weltlichen Dingen auf himmlische zu lenken. Außerdem wirst du um Vergebung für deine Wut auf Fra Girolamo beten.«

Ich legte die geballten Fäuste auf den Tisch, verbittert durch die Erkenntnis, dass eine strahlende, schöne Welt – eine Welt, erfüllt von Kunst und den Medici, von Leonardo und der Erschaffung meines Ebenbildes durch feinfühlige, geschickte Hände – mir verwehrt sein sollte. »*Du* solltest Gott um Vergebung bitten. *Du* hast doch die Krankheit deiner Frau verursacht; *du* hast sie in den Tod geführt. Und jetzt tust du dich mit ihren Mördern zusammen und verschließt vor ihrer Schuld die Augen, um nur ja deine eigene nicht sehen zu müssen.«

Er stand so abrupt auf, dass der Stuhl hinter ihm unangenehm laut über den Steinboden scharrte. Tränen der Wut schossen ihm in die Augen; seine rechte Hand zitterte, als er sich alle Mühe gab, sie nicht gegen diejenige zu erheben, die seinen Zorn erregt hatte. »Du weißt nichts … gar nichts. Ich bitte dich nur darum, weil ich dich liebe! Möge Gott dir verzeihen.«

»Möge Gott *dir* verzeihen«, entgegnete ich. Ich erhob mich von meinem Stuhl und drehte mich mit wehenden Rockschößen um; es verschaffte mir ein wenig Befriedigung, dass ich den Raum noch vor ihm verließ.

Als ich spät in jener Nacht im Bett lag und Zalummas regelmäßigen Atemzügen und meinem knurrenden Magen lauschte, überließ ich mich meiner Enttäuschung. Dass ich Giuliano nicht treffen konnte, verstärkte mein Verlangen nur noch mehr, ihn wiederzusehen.

In den kurzen Momenten, da ich mich nicht in Selbstmitleid erging, dachte ich darüber nach, was mein Vater gesagt hatte. War er nur davon ausgegangen, dass *il Magnifico* nicht widerstehen konnte, einem neuen Besucher – und sei es nur einem unbedeutenden Mädchen – die Reichtümer zu zeigen, die sein Arbeitszimmer enthielt? Oder steckte mehr hinter seinen Worten?

Ich schlief unruhig und wachte ein paar Mal auf. Als der Morgen allmählich heraufzog, schrak ich erneut aus dem Schlaf; mein Verstand war klar und auf ein einziges Bild fokussiert: Giovanni Pico, ganz in Schwarz gekleidet, die Arznei des Arztes vorsichtig in Händen haltend.

28

Am nächsten Morgen, als Zalumma mir half, mich für den Markt anzukleiden, klopfte es an meiner Tür.

»Lisa«, rief mein Vater. »Beeil dich, der Kutscher wartet schon, um uns zur Messe zu fahren.«

Also doch; er hatte tatsächlich die Absicht, die Drohung vom Vorabend wahr zu machen. Das Herz schlug mir bis zum Hals. Neugierig schaute Zalumma mich an.

»Er will mich mit zu Savonarola nehmen«, zischte ich ihr zu. »Bei Gott, ich werde nicht gehen!«

Zalumma, die mir unerschütterlich zur Seite stand, hörte auf, mir die Ärmel zu binden, und rief: »Sie hat sich mit dem Aufwachen Zeit gelassen und ist gleich fertig, Ser Antonio. Würdet Ihr dann noch einmal wiederkommen?«

»Nein«, antwortete mein Vater stur und entschlossen. »Ich bleibe hier stehen, bis sie herauskommt. Sag ihr, sie soll sich beeilen; wir müssen bald aufbrechen.«

Zalumma schaute mich an und legte einen Finger auf ihre Lippen – dann schlich sie zu einem Stuhl und bat mich gestikulierend um Hilfe. Gemeinsam hoben wir ihn leise vom Boden und trugen ihn an die Tür. Sie platzierte ihn so, dass er den Eintritt verwehrte, dann schob sie geräuschlos den Riegel vor und schloss uns ein.

Als hätten wir uns nichts zuschulden kommen lassen, stellte ich mich wieder hin, während Zalumma mir die Ärmel weiter zuband.

Nach einer langen Pause schlug mein Vater erneut ans

Holz. »Lisa? Ich kann nicht länger warten. Zalumma, schick sie heraus.«

Zalumma und ich schauten uns verschwörerisch an, die Augen weit aufgerissen. Das anschließende lange Schweigen wurde unterbrochen, als mein Vater versuchte, die Tür zu öffnen, dann etwas vor sich hin brummelte und erneut zu pochen begann.

»Wage es nicht, dich mir zu widersetzen! Wie willst du vor das Angesicht Gottes treten, wenn du deinem Vater nicht gehorchst, obwohl ihm doch einzig dein Wohl am Herzen liegt?«

Wütende Erwiderungen lagen mir auf der Zunge. Ich presste die Lippen fest zusammen und hielt den Mund.

»Lisa, antworte mir!« Als nichts kam, rief er: »Was soll ich tun? Eine Axt holen?«

Ich wollte noch immer nichts sagen, wenn mein Zorn mich auch aufwühlte. Nach einer kurzen Stille hörte ich ihn jammern. »Verstehst du denn nicht?«, klagte er. »Kind, ich mache das doch nicht, um grausam zu sein. Nur, weil ich dich liebe! Weil ich dich liebe! Ist es denn so schrecklich, Fra Girolamo anzuhören, wo du doch weißt, dass ich mich darüber freuen würde?«

Sein Tonfall war so erbärmlich, dass ich mich beinahe anrühren ließ, aber ich schwieg weiter.

»Das Ende der Welt ist gekommen, Kind«, sagte mein Vater gequält. »Das Ende aller Tage, und Gott kommt, um zu richten.« Er hielt inne und stieß dann einen herzerweichenden Seufzer aus. »Ich fühle mich so, als wäre es das Ende … Lisa, bitte, ich kann dich nicht auch noch verlieren …«

Ich senkte den Kopf und hielt die Luft an. Schließlich hörte ich, wie er sich entfernte, und dann seine schweren Schritte auf der Treppe. Wir warteten eine Weile ab, aus Angst vor einer List. Zu guter Letzt gab ich Zalumma ein Zeichen, den Eingang frei zu räumen. Sie tat, wie ihr geheißen, und nach einem raschen Blick vor die Tür, um sicherzugehen, dass mein Vater fort war, winkte sie mir, mit ans Fenster zu kommen.

Unter uns ging mein Vater allein zur Kutsche, wo der Kutscher wartete.

Mein Triumphgefühl war nicht von langer Dauer; ich wusste, ich konnte ihm nicht ewig ausweichen.

An jenem Abend ging ich nicht zum Essen hinunter. Zalumma schmuggelte mir einen Teller herauf, doch ich hatte nur wenig Appetit und aß wie ein Spatz.

Es klopfte später, als ich erwartet hatte; erneut versuchte mein Vater, die Tür zu öffnen, die ich verschlossen hatte. Diesmal rief er nicht nach mir, sondern stand nur eine Weile schweigend davor, seufzte dann niedergeschlagen und zog sich zurück.

Das ging über zwei Wochen so. Ich gewöhnte mir an, alle Mahlzeiten in meinem Zimmer einzunehmen, und wagte mich nur hinaus, wenn ich sicher sein konnte, dass mein Vater außer Haus war; oft schickte ich Zalumma allein an meiner Statt zum Markt. Nach einer Weile kam mein Vater nicht mehr an meine Tür, doch da ich ihm misstraute, ging ich ihm auch weiterhin aus dem Weg und schloss mich in mein Zimmer ein. Wenn er die Messe besuchte, schlich ich mich nach Santo Spirito, kam zu spät und verrichtete kurz meine Andacht, um dann wieder zu gehen, bevor der Gottesdienst zu Ende war.

Wie zuvor meine Mutter war ich zu einer Gefangenen im eigenen Haus geworden.

Drei Wochen vergingen. Die Fastenzeit brach an, und damit verstärkte sich die Inbrunst meines Vaters. Er stand häufig vor meiner Tür und predigte über die Gefahren der Eitelkeit, der Völlerei und des Wohlstands, über das Übel des Karnevals und des Prassens, wenn die Armen hungerten. Er flehte mich an, mit ihm die Messe zu besuchen. Der Andrang der Massen, die kamen, um den eifernden Savonarola von Florenz zu hören, war so groß – manche reisten aus der näheren Umgebung an, als sein Ruhm sich verbreitete –, dass er von der kleineren Kirche San Marco in das große Heiligtum San Lorenzo umgezogen war, in die Kirche, in der die Gebeine des ermordeten Giuliano ruhten. Trotzdem, so berichtete mein Vater, könne das Gebäude nicht alle Gläubigen aufnehmen; sie drängten sich auf die Treppe hinaus bis auf die Straße. Die Herzen der Florentiner wandten sich Gott zu.

Ich blieb still, geschützt vom dicken Holz, das zwischen uns stand. Ich legte mir die Hände über die Ohren, um seine mahnende Stimme auszublenden.

Das Leben wurde so freudlos, dass ich zu verzweifeln begann. Mein einziger Ausweg war eine Heirat, doch ich hatte die Hoffnung auf den Künstler aus Vinci aufgegeben, und Giuliano war angesichts seiner hohen gesellschaftlichen Stellung unerreichbar. Lorenzo indes – der allein fähig war, den Namen eines geeigneten Bräutigams auszusprechen – war zu krank, um zu reden.

Meine Laune besserte sich jedoch, als Zalumma eines Tages lächelnd vom Markt zurückkehrte und mir einen weiteren Brief, versiegelt mit dem Wappen der Medici, in die Hand drückte.

Liebste Madonna Lisa,
ich bin wahrlich enttäuscht, dass Euer Vater noch immer nicht auf unseren Brief geantwortet hat, in dem wir darum baten, er möge Euch gestatten, mit uns nach Castello zu kommen. Ich kann nur annehmen, dass dies kein Versehen, sondern eine taktische Ablehnung ist.
Verzeiht, wenn ich Euch nicht früher geschrieben habe. Vater war so entsetzlich krank, dass ich allmählich alle Hoffnung aufgebe. Die in Wein gelegten Edelsteine, die von den Ärzten verschrieben wurden, haben sich als nutzlos erwiesen. Wegen seines angegriffenen Gesundheitszustands habe ich ihn nicht behelligt; ich habe jedoch mit meinem älteren Bruder Piero gesprochen, der einverstanden war, mir zuliebe einen zweiten Brief an Ser Antonio zu schreiben. Er wird Eurem Vater vorschlagen, falls er einen Besuch in Castello für unziemlich hält, die Möglichkeit in Betracht zu ziehen, dass ich Euch in Eurem Palazzo besuche – in Anwesenheit Eures Vaters und meines Bruders, versteht sich.
Sollte auch dies abgelehnt werden, muss ich fragen: Gibt es vielleicht einen öffentlichen Platz in der Stadt, an dem wir uns zufällig begegnen könnten?
Verzeiht mir meine Kühnheit. Es ist der verzweifelte

Wunsch, Euch wiederzusehen, der mich ermutigt. Ich verbleibe
Euer getreuer Diener
Giuliano de' Medici

Ich hielt den Brief eine Weile im Schoß und dachte nach.

Der Marktplatz war die erste Wahl. Ich ging dort häufig hin, deshalb würde sich niemand daran stoßen. Dennoch war es wahrscheinlich, dass ich dort eine Nachbarin traf oder einen Freund der Familie, oder die Gattin oder den Diener eines Mannes, der meinen Vater kannte. Auf dem Platz hielten sich immer viele Menschen auf, doch nicht genug, um dem wachen Auge unseres Kutschers zu entgehen, und zu viele bekannte Gesichter. Ein Stelldichein zwischen einem jungen Mädchen und einem Sohn der Medici würde auffallen. Es gab keinen anderen Platz, an den der Kutscher mich regelmäßig fuhr. Wenn ich mich an einen neuen Ort bringen ließe, würde er es bestimmt meinem Vater berichten.

Zalumma stand neben mir, von Neugier verzehrt. Die Höflichkeit gebot ihr jedoch, zu schweigen und abzuwarten, bis ich ihr zumindest Teile der Nachricht preisgab.

»Wie lange«, fragte ich sie schließlich, »würde es dauern, bis Ser Giuliano eine Antwort erhält?«

»Er hätte sie morgen in Händen.« Sie schenkte mir ein verschwörerisches Lächeln. Ich hatte ihr alles über den Rundgang im Palazzo Medici erzählt: über Ser Lorenzos Freundlichkeit und Gebrechlichkeit, über die Kühnheit des jungen Giuliano, über Leonardos Güte und Schönheit. Sie wusste ebenso gut wie ich, dass eine Verbindung mit Giuliano undenkbar war, doch ich glaube, insgeheim genoss sie es, Konventionen zu missachten. Vielleicht war auch sie von der ungezügelten Hoffnung beseelt, dass das Unmögliche doch noch eintreten könnte.

»Hol mir Feder und Papier«, sagte ich, und als ich beides hatte, kritzelte ich eine Antwort hin. Sobald der Brief gefaltet und versiegelt war, reichte ich ihn ihr.

Dann erhob ich mich, schloss die Tür auf und ging hinunter, um meinen Vater zu suchen.

29

Mein Vater umarmte mich, als ich ihm mitteilte, ich wolle die Messe mit ihm besuchen. »Zwei Tage«, sagte ich. »Gib mir zwei Tage, um zu beten und mein Herz vorzubereiten, dann werde ich mitkommen.« Er gewährte sie mir nur zu gern.

Am nächsten Tag, wie Zalumma versprochen hatte, wurde der Brief Giuliano ausgehändigt; Giuliano ließ meinen unbekannten Boten warten und verfasste umgehend eine Antwort. Gegen Abend, eingeschlossen in der Sicherheit meines Schlafgemachs, las ich seine Antwort wieder und wieder, bis Zalumma schließlich darauf bestand, dass ich die Kerze lösche.

Obwohl es am Tag zuvor unablässig geregnet hatte, war der Abend des zweiten Tages so schön, wie man ihn sich Anfang April nur erhoffen konnte. Als wir an der Kirche San Lorenzo vorfuhren, stand die Sonne niedrig am Himmel. Ihre wärmenden Strahlen wurden von einer kühlen Brise abgefangen.

Mein Vater hatte nicht übertrieben, was die Menschenmenge betraf, die gekommen war, um den Mönch predigen zu hören. Sie drängte sich auf der Kirchentreppe und ergoss sich auf die Piazza; doch trotz der Größe der Versammlung war keine Aufregung zu spüren, weder Lebhaftigkeit noch Freude. Es war still wie auf einer Beerdigung, und die Stille wurde nur von Seufzern und leisen Gebeten unterbrochen. Die Menschen trugen dunkle Farben. Es gab keine herausgeputzten Frauen, kein Aufblitzen von Juwelen oder Gold. Es war, als hätte sich ein großer Schwarm geläuterter Raben versammelt.

Für uns gab es keine Möglichkeit, sich durch die Menge zu drängen. Einen Moment lang wurde mir schlecht vor Angst: Hatte mein Vater die Absicht, dass wir draußen auf der Piazza stehen sollten? Wenn ja, dann war alles verloren …

Doch als mein Vater mir aus der Kutsche half, tauchte Giovanni Pico auf; er hatte uns erwartet. Allein sein Anblick flößte mir Unbehagen ein.

Mein Vater umarmte Pico, aber ich kannte ihn gut genug, um zu bemerken, dass seine Begeisterung nur vorgetäuscht war. In seinem Lächeln lag nur ein Hauch von Unterkühltheit, die sogleich nachließ, sobald er sich von Pico gelöst hatte – ein wenig zu schnell.

Den Arm um die Schultern meines Vaters gelegt, drehte der Graf sich um und führte uns zur Kirche. Die Menge teilte sich vor ihm; die meisten erkannten ihn und verneigten sich, womit sie seine enge Verbindung zu Fra Girolamo anerkannten. Er schlängelte sich ins Kirchenschiff, meinem Vater voran, der mich am Arm hielt und hinter sich her zog; Zalumma folgte uns dicht auf den Fersen.

San Marco war bis auf den letzten Platz besetzt gewesen, als ich Savonarola das letzte Mal predigen gehört hatte, aber hier in San Lorenzo legten die Menschen alle gesellschaftlichen Unterschiede ab und saßen dicht gedrängt nebeneinander, Schulter an Schulter, kaum imstande, den Arm zu heben, um sich zu bekreuzigen. Obwohl der Abend kühl war, heizten die vielen Leiber die Kirche auf; die stickige Luft roch nach Schweiß, und man hörte die Menschen ringsum atmen, seufzen und beten.

Pico führte uns nach vorn, wo der stämmige Mönch Domenico Plätze für uns frei hielt. Ich wandte mich ab, damit weder er noch die anderen meinen Hass bemerkten.

Er stapfte an uns vorbei, sprach kurz mit Pico und verschwand in der Menge. Da erst schaute ich mich um – und mein Blick fiel auf das charakteristische, mir bekannte Gesicht eines schlaksigen, schweigsamen jungen Mannes. Es dauerte eine Weile, bis ich mich daran erinnerte, wo ich ihn gesehen hatte: im Palazzo Medici, wo er still bei Botticelli und Leonardo da Vinci gesessen hatte. Es war der Bildhauer Michelangelo.

Der Gottesdienst begann. Das Ritual der Messe war bis auf das Wesentliche gekürzt angesichts der Tatsache, dass die Menschen nicht gekommen waren, um am heiligen Abendmahl teilzunehmen; sie waren so zahlreich erschienen, um Savonarola predigen zu hören.

Und das geschah dann auch. Der Anblick des reizlosen kleinen Mönchs, der sich an den Rand der Kanzel klammerte, setzte mir weitaus mehr zu als die Gegenwart Picos oder des Mörders Domenico.

Als der Prediger den Mund öffnete und seine raspelnde Stimme die Kathedrale erfüllte, rann mir unwillkürlich eine Träne über die Wange. Zalumma sah es und nahm mich fest an die Hand. Mein Vater bemerkte es ebenfalls; vielleicht dachte er, meine Traurigkeit entspränge der Reue. Schließlich hatten viele Zuhörer – meist Frauen, aber auch ein paar Männer – angefangen zu weinen, sobald Savonarola den ersten Satz ausgesprochen hatte.

Ich konnte mich kaum auf seine Worte konzentrieren; ich bekam nur Bruchteile der Predigt mit:

Die Heilige Mutter Gottes ist mir persönlich erschienen und hat zu mir gesprochen …

Die Plage des Herrn ist nahe … Halte an Sodomie fest, o Florenz, an der Schweinerei, dass Männer Männer lieben, und der Herr wird dich niederschlagen. Halte fest an der Liebe zu Reichtum, zu Juwelen und eitlem Tand, während die Armen nach Brot schreien, und der Herr wird dich niederschlagen. Halte an Kunst und Verzierungen fest, die das Hohelied auf das Heidnische singen und versäumen, Jesus Christus zu preisen, und der Herr wird dich zerschlagen. Halte an deiner irdischen Macht fest, und der Herr wird dich niederwerfen.

Ich dachte an Leonardo, der inzwischen sicher nach Mailand zurückgekehrt war, wenn er klug war. Ich dachte an Lorenzo, der gezwungen war, zu bleiben, obwohl die Herzen seines eigenen Volkes gegen ihn vergiftet wurden. Ich dachte an Giuliano den Älteren, dessen irdische Überreste hier ruhten, und fragte mich, ob er wohl mit Entsetzen aus dem Himmel zuhörte.

Das Verderben wird über dich kommen, Florenz; die Vergeltung ist nah. Die Zeit ist gekommen. Die Zeit ist gekommen.

Ich drehte mich um und flüsterte Zalumma etwas zu. Ich legte eine Hand an die Stirn und schwankte, als wäre mir schwindelig. Es war nicht gänzlich gespielt.

Sie reagierte besorgt. Sie beugte sich an mir vorbei zu meinem Vater und flüsterte: »Ser Antonio, ihr ist schlecht; ich fürchte, sie wird ohnmächtig. Es liegt an den vielen Menschen. Wenn Ihr erlaubt, bringe ich sie kurz nach draußen, damit sie ein wenig frische Luft schnappen kann.«

Mein Vater nickte und gab uns mit einer raschen, ungeduldigen Geste zu verstehen, dass wir gehen sollten; seine weit aufgerissenen Augen leuchteten; er sah uns nicht, sondern nur den Mann auf der Kanzel.

Auch Pico war derart von Fra Girolamos Worten fasziniert, dass er uns keine Beachtung schenkte. Ich drehte mich um – und stand plötzlich vor einem hageren, hoch aufgeschossenen Mann mit einem langen, spitzen Kinn, dessen Gesicht eine flüchtige und unangenehme Erinnerung in mir wachrief. Er nickte mir grüßend zu; verblüfft nickte ich zurück, obwohl ich ihn nicht einzuordnen vermochte.

Zalumma und ich zwängten uns durch die Barriere reuiger Sünder – zuerst auf die großen, offenen Türen zu, dann die Treppe hinunter, danach durch die Menge auf der Piazza, die sich so nah wie möglich an die Kirche heranschob in der Hoffnung, ein Wort des großen Propheten aufzufangen oder wenigstens einen Blick auf ihn zu erhaschen.

Sobald wir frei standen, verrenkte ich mir den Hals auf der Suche nach unserem Kutscher. Er war nirgendwo zu sehen – ein Segen. Ich nickte Zalumma zu, und wir eilten zum

Kirchgarten, von Mauern umgeben und versteckt hinter einem Tor.

Dahinter, jenseits der steinernen Monumente für die Toten und eines Pfades, der von blütenlosen, dornigen Rosenbüschen gesäumt war, standen zwei verhüllte Männer – stattlich der eine, von durchschnittlicher Größe der andere – unter den Zweigen eines knospenden Baumes. Das Tageslicht nahm schon ab, doch als der kleinere seine Kapuze zurückschlug, erkannte ich ihn auf Anhieb.

»Giuliano!« Wir rannten beinahe aufeinander zu. Unsere jeweiligen Begleiter – der seine mit finsterem Blick, das lange Schwert gezückt – blieben zwei Schritte hinter uns.

Er nahm meine Hand – diesmal ein wenig unbeholfen – und verneigte sich, um sie zu küssen. Seine Finger waren lang und schlank, so wie die seines Vaters wohl einst gewesen sein mochten, bevor sie vor Krankheit und Alter krumm wurden. Wir starrten uns an und fanden keine Worte. Seine Wangen waren gerötet und tränenüberströmt.

Nachdem er sich unter großen Mühen wieder gefangen hatte, sagte er: »Vater ist so krank, dass er kaum sprechen kann; heute hat er mich nicht erkannt. Die Ärzte machen sich Sorgen. Ich hatte Angst, ihn allein zu lassen.«

Ich drückte seine Hand. »Das tut mir so leid. Aber er war zuvor schon sehr krank und hat sich wieder erholt. Ich werde für ihn beten, dass Gott ihn wieder gesund macht.«

Er deutete mit dem Kinn auf das Kirchenschiff. »Stimmt es, was die Leute sagen? Dass Savonarola gegen ihn predigt? Dass er unfreundliche Dinge sagt?«

Ich antwortete nur zögernd. »Er hat ihn nicht namentlich genannt. Aber er verflucht alle, die über Wohlstand, Kunstwerke und Macht verfügen.«

Giuliano senkte den Kopf; sein lockiges braunes Haar, das ihm bis ans Kinn reichte, fiel nach vorn. »Warum hasst er Vater? Er hat jetzt solche Schmerzen … Ich kann es nicht ertragen, ihn stöhnen zu hören. Warum sollte jemand all das zerstören wollen, was meine Familie für Florenz getan hat? All die Schönheit, die Philosophie, die Gemälde und Skulpturen …

Mein Vater ist ein freundlicher Mann. Er hat den Armen immer reichlich gegeben ...« Er hob den Kopf wieder und betrachtete mich. »Ihr glaubt so etwas doch nicht, oder, Madonna? Oder gehört Ihr jetzt etwa zu den *piagnoni*?«

»Natürlich nicht!« Seine Feststellung hatte mich dermaßen gekränkt, dass meine Empörung ihn sofort überzeugte. »Ich wäre überhaupt nicht hier, wenn es nicht die einzige Möglichkeit gewesen wäre, Euch zu sehen. Ich verachte Fra Girolamo aus vollem Herzen.«

Seine Schultern entspannten sich ein wenig nach meinen Worten. »Da bin ich aber froh ... Lisa – darf ich Euch so anreden?« Als ich nickte, fuhr er fort. »Lisa, ich bedaure, dass meine Sorgen unsere Begegnung so beeinträchtigen. Denn ich möchte eine Sache ansprechen, die Ihr vielleicht absurd findet ...«

Ich atmete tief ein und hielt die Luft an.

»Der Abend, an dem Ihr uns besucht habt – ich konnte an nichts anderes mehr denken. Ich denke nur noch an Euch, Lisa. Und obwohl ich noch zu jung bin und obwohl mein Vater Einwände haben wird, möchte ich nichts lieber ...«

Verlegen schlug er die Augen nieder, als er nach Worten suchte. Ich meinerseits konnte kaum glauben, was ich da vernahm, obwohl ich oft genug davon geträumt hatte.

Er hielt meine Hand noch immer; sein Griff wurde fester, und seine Finger bohrten sich allmählich schmerzhaft in mein Fleisch. Schließlich schaute er zu mir auf und verhaspelte sich beinahe, als er sagte: »Ich liebe dich – es ist schrecklich, ich kann nachts nicht schlafen. Ich will nicht leben ohne dich. Ich will dich heiraten. Ich bin jung, aber reif genug, um zu wissen, was ich will; ich habe mehr Verantwortung getragen als die meisten anderen in meinem Alter. Vater wäre eine strategischere Verbindung lieber, dessen bin ich mir sicher, aber wenn es ihm bessergeht, dann bezweifle ich nicht, dass ich ihm meinen Standpunkt darlegen kann. Wir müssten ein Jahr warten, vielleicht auch zwei, aber ...« Schließlich ging ihm die Puste aus. Er holte tief Luft und sagte: »Nun, zuerst muss ich wissen, wie du fühlst.« Jetzt standen keine Tränen in seinen Augen, sondern blanke Furcht.

Ich antwortete, ohne lange nachzudenken. »Nichts wünsche ich mir sehnsüchtiger.«

Er schenkte mir ein strahlendes Lächeln. »Und deine Gefühle …?«

»Sind dieselben wie deine. Aber«, fügte ich leise hinzu, »mein Vater würde es nie zulassen. Er gehört nämlich zu den *piagnoni*.«

Seine Begeisterung kannte keine Grenzen. »Wir könnten mit ihm verhandeln. Wenn wir keine Mitgift verlangten … Wenn wir ihm genügend bezahlten, sodass er nicht mehr arbeiten muss … Ich bin Ser Antonio schon einmal begegnet. Er war immer äußerst respektvoll und scheint ein vernünftiger Mann zu sein.« Er verstummte nachdenklich. »Vater ist zu krank, um sich damit auseinanderzusetzen … aber ich werde es mit meinem Bruder Piero besprechen. Mit ihm kann ich reden. Bis Vater sich erholt hat, wird die Verlobung offiziell sein. Er hat mir immer nachgegeben, und das wird diesmal nicht anders sein.«

Er sprach mit einem so ungezügelten Optimismus, dass ich mich mitreißen und überzeugen ließ. »Ist es denn möglich …?«

»Mehr noch«, sagte er. »Es ist so gut wie erledigt: Dafür werde ich schon sorgen. Ich lasse mich um nichts auf der Welt davon abbringen. Mit Piero werde ich gleich heute Abend sprechen und ihn morgen früh verfolgen, falls nötig. Und morgen werde ich dir meinen Erfolgsbericht zukommen lassen. Wo sollen wir uns treffen, und wann?«

»Hier.« Einen besseren Ort als den Kirchgarten konnte ich mir nicht vorstellen. »Und zur selben Zeit.«

»Dann bis morgen Abend.« Abrupt beugte er sich vor und gab mir einen Kuss auf den Mund; verblüfft wich ich zurück – doch ich wäre eine Lügnerin, würde ich nicht zugeben, dass ich seine Glut rasch erwiderte.

Das war natürlich der Anlass für unsere jeweilige Begleitperson, einzuschreiten und uns zu trennen. Giuliano wurde zu einer wartenden Kutsche getrieben, während Zalumma mich wieder in die Kirche führte.

Ich flüsterte Zalumma zu: »Bin ich nur töricht, oder kann es wirklich wahr sein?«

Ihre Hand lag auf meiner Schulter und lenkte mich; ihr Blick war auf die Menschenmenge gerichtet. »Nichts ist unmöglich«, sagte sie.

Diesmal musste ich meinen unsicheren Gang nicht vortäuschen.

30

In jener Nacht tat ich kein Auge zu – wohl wissend, dass Giuliano auf der anderen Seite des Arno wahrscheinlich ebenfalls wach in seinem Bett liegen würde. Ich überwand meinen Kummer, dass Leonardo Männer bevorzugte, indem ich mir einredete, sein bewundernder Blick sei der eines Künstlers gewesen, der ein potenzielles Modell taxierte, und nichts weiter. Mit *Freund* hatte er unterschrieben, und genau so hatte er es auch gemeint.

Giuliano hingegen – gut aussehend, jung, intelligent, Kunstliebhaber – mochte mich. Einen besseren Ehemann konnte ich mir nicht erträumen. Die Liebe, die er für mich empfand, fachte meine an. Dennoch konnte ich mir keine irdische Bestechung vorstellen – Gold, Juwelen, Liegenschaften –, die meinen Vater letztlich dazu bewegen würde, mich einem Medici zu überlassen.

In jener Nacht betete ich zu Gott, Lorenzo möge wieder gesund werden und Giuliano die Erlaubnis erteilen, mich zu heiraten; ER möge das Herz meines Vaters erweichen und eine solche Verbindung ermöglichen. Ich betete auch darum, dass das von *il Magnifico* in Auftrag gegebene Porträt tatsächlich entstehen möge.

Kurz vor Tagesanbruch, als die Dunkelheit gerade in ein Grau übergehen wollte, gelangte ich zu einer unerfreulichen Erkenntnis: Der Fremde, der mir zum Gruß in der Kirche zugenickt hatte, war ein und derselbe Mann, der in San Marco an dem Tag, als meine Mutter starb, hinter mir gestanden und mir auf die Beine geholfen hatte.

An jenem Morgen war mein Vater hocherfreut, als er hörte, dass ich noch einmal die Messe in San Lorenzo besuchen wollte. Infolge des Schlafmangels war ich übermüdet, und meine Nerven ließen nicht zu, dass ich an jenem Tag viel aß; meine augenscheinliche Blässe würde mir die Ausrede liefern, die ich brauchte, um erneut aus der Kirche in den Garten zu schlüpfen.

Es war der sechste April. In Anbetracht der folgenden Ereignisse erinnere ich mich noch genau an das Datum.

Der Morgen war noch klar gewesen, doch bei Sonnenuntergang kamen dunkle Wolken am Himmel auf; der Wind brachte den Geruch von Regen mit sich. Hätte ich einem Treffen mit Giuliano nicht so sehnsüchtig entgegengefiebert und hätte mein Vater nicht unbedingt die Predigten des Propheten hören wollen, dann hätten wir auch zu Hause bleiben können, um dem heraufziehenden Unwetter zu entgehen.

Die Menge der Gläubigen vor San Lorenzo war sogar noch weiter angewachsen; die Aussicht auf schlechtes Wetter hatte sie keineswegs entmutigt.

Wieder einmal war ich gezwungen, Graf Pico zu begegnen, der uns mit seiner üblichen schmierigen Höflichkeit begrüßte, und Fra Domenico, der uns den Platz in der Nähe der Kanzel frei hielt und dann verschwand. Da ich äußerst nervös war, kann ich mich nur vage an den Gottesdienst, geschweige denn an die Predigt erinnern; doch Fra Girolamo stieß seine einleitenden Worte mit einer solchen Vehemenz hervor, dass ich sie nie vergessen werde.

»*Ecce gladius Domini super terram cito et velociter!*«, rief er so voller Inbrunst, dass vielen Zuhörern der Atem stockte. »Siehe das Schwert des Herrn, geschwind und behende über der Erde!«

Die Gläubigen verstummten auf der Stelle. Das einzige Geräusch in der großen Kathedrale waren Savonarolas heiser, ekstatisch vorgebrachte Proklamationen.

Gott habe zu ihm gesprochen, behauptete Fra Girolamo. Er habe am Abend zuvor versucht, eine Predigt über den auferstandenen Lazarus zu verfassen, doch die richtigen Worte hätten ihm gefehlt – bis Gott persönlich laut zu seinem Propheten gesprochen habe.

Gottes Geduld sei auf die Probe gestellt worden; ER werde Seine Hand nicht mehr zurückhalten. Gottes gerechte Strafe sei nah, die Strafe Gottes sei *da,* und nichts könne sie aufhalten. Nur die Gläubigen würden verschont. Er sprach so überzeugend, dass ich Mühe hatte, mich nicht zu ängstigen.

Die Luft war warm und stickig. Ich schloss die Augen, schwankte und hatte mit einem Mal das sichere Gefühl, aus der Menge ausbrechen zu müssen, um mich nicht dort in der Kathedrale zu übergeben. Verzweifelt packte ich Zalummas Arm. Sie hatte auf das verabredete Zeichen gewartet, doch als sie meine tatsächliche Not sah, war sie ernsthaft besorgt.

»Ihr ist schlecht«, sagte sie meinem Vater, der jedoch wieder einmal völlig gebannt dem Propheten lauschte und nichts anderes wahrnahm. Zalumma schob mich daher durch das Gedränge nach draußen an die kühle Luft.

Die Worte aus Savonarolas Mund wurden von einem zum anderen weitergeflüstert, bis sie ihren Weg nach draußen auf die Kirchentreppe fanden, wo ein Bauer sie den dort Versammelten zurief.

Tue Buße du, o Florenz! Mütter, weint um eure Kinder!

Die schwarzen, dräuenden Wolken hüllten den frühen Abend in nächtliches Dunkel. Ein kalter Wind vom Arno brachte einen fauligen Gestank mit sich. Die Freiheit und die Luft belebten mich ein wenig, obwohl ich Giulianos Bericht mit Bangen entgegensah.

Wir steuerten den Kirchgarten an; ich öffnete das Tor. Dahinter herrschte Dunkelheit, vor der sich die schwarzen Umrisse von Bäumen abhoben, deren Äste mit jedem frischen Windstoß schwankten und Blüten durch die Luft segeln ließen.

Giuliano aber war nicht da.

Noch nicht, sagte ich mir unbeirrt. Ich mühte mich ab, den Wind zu übertönen, und rief Zalumma zu: »Wir warten.«

Den Blick fest auf das offene Tor geheftet, versuchte ich, Giuliano und seinen Begleiter aus den Schatten heraufzubeschwören. Zalumma teilte meine Hoffnung nicht; sie hatte das Gesicht dem sternenlosen Himmel zugewandt und beobachtete aufmerksam den heraufziehenden Sturm. In der Ferne schwebte die Stimme eines Mannes über der Brise.

Das sind Gottes eigene Worte. Ich bin ein unwürdiger Bote; ich weiß nicht, warum Gott mich auserwählt hat. Schenke meinen Schwächen keine Beachtung, o Florenz, und richte dein Herz dafür auf die Stimme dessen, der dich nun warnt.

Wir warteten, so lange es ging. Ich wäre noch länger geblieben, doch Zalumma tippte mir auf die Schulter. »Höchste Zeit. Sonst schöpft Euer Vater Verdacht.«

Schweigend setzte ich mich zur Wehr, bis sie mich am Ellenbogen nahm und zum Tor zog. Ich ging zur Kirche zurück, Hals und Brustkorb waren wie zugeschnürt, da ich meinen inneren Aufruhr nicht zeigen durfte. Trotz des unheimlichen Wetters hatte sich die Menge auf der Treppe und dem Platz nicht verringert; viele hatten Fackeln angezündet, und die gewundenen Reihen sahen aus wie große, glitzernde Schlangen.

Weder Zalumma noch ich hatten die Kraft, uns ins Kirchenschiff zu zwängen; ihre nachdrückliche Aufforderung, man solle eine Adlige doch vorbeilassen, wurde mit höhnischem Gelächter quittiert.

Ich drehte mich um und dachte daran, wieder in den Garten zu gehen, doch Zalumma hielt mich am Arm fest. »Bleibt hier«, drängte sie. »Hört Ihr das? Sie haben aufgehört, seine Predigt weiterzugeben. Die Messe ist fast vorbei; Euer Vater wird bald draußen sein.« Leiser fügte sie hinzu: »Hätte er kommen können, dann hätte er auf Euch gewartet.«

Ich wandte mein Gesicht ab und schrak bei einem nahen Donnerschlag zusammen. Ein Raunen lief durch die Menge; ein alter Mann rief: »Er sagt die Wahrheit. Gottes gerechte Strafe ist da!«

Unerklärliche Angst packte mich.

Als mein Vater aus der Kirche trat, Pico im Gefolge, schimpfte er nicht mit mir, wie ich es erwartet hatte. Im Gegenteil: Er war freundlich. Er half mir in die Kutsche und sagte: »Ich weiß, dass es dir in der letzten Zeit nicht gutging. Und ich weiß, wie schwer es für dich ist, Fra Girolamo zu sehen … Doch mit der Zeit wird dein Herz heilen. Hör zu«, sagte er mit vor Rührung bebender Stimme, »deine Mutter lächelt heute Abend vom Himmel auf dich herab.«

Kaum waren wir zu Hause, brach der Sturm los.

In jener Nacht wurde ich von krachendem Donner und Blitzen wach, die so hell waren, dass ich sie mit geschlossenen Augen wahrnahm. Das Gewitter war so heftig, dass wir nicht schlafen konnten. Deshalb traten Zalumma und ich ans Fenster, schauten auf den Arno hinaus und beobachteten die gezackten Blitze, die den Himmel erhellten.

Als sich der Sturm schließlich verzogen hatte und wir wieder ins Bett gingen, sank ich in einen von bösen Träumen beherrschten Schlaf.

31

Am nächsten Morgen gingen wir auf den Markt. Ich war aufgewühlt, niedergeschlagen bei dem Gedanken, Giuliano habe womöglich seine Meinung geändert und sein Vater oder Piero könnten ihn von der Torheit überzeugt haben, unter seinem Stand zu heiraten.

Schon auf der Fahrt in der Kutsche spürte ich, dass sich etwas Bedeutendes in der Stadt ereignet hatte. In den *botteghe* hatte man die Waren der meisten Kunsthandwerker noch nicht ausgestellt; in den Läden, die geöffnet waren, hockten die Besitzer mit ihren Kunden in ernsthafte Unterhaltungen vertieft. In den Durchfahrten standen die Menschen in Gruppen beieinander und tuschelten.

Unser erster Halt war beim Schlachter. Er war ein älterer Mann, gedrungen und untersetzt; er war so kahl, dass sein rosa Schädel in der Sonne glänzte. Schon meine Großmutter war Kundin bei ihm, und nach ihr meine Mutter. Er arbeitete an der Seite seines jüngsten Sohnes, dessen goldblondes Haar bereits so schütter war, dass am Hinterkopf eine kahle Stelle entstanden war.

An jenem Tag hatte der Schlachter sein zuvorkommendes Lächeln und die gute Laune eingebüßt. Er beugte sich mit finsterer Miene vor; ich dachte sofort, dass jemand gestorben sei.

»Habt Ihr es schon gehört, Monna Lisa?«, fragte er, noch ehe ich mich nach der Angelegenheit erkundigen konnte. »Habt Ihr das mit Santa Maria del Fiore gehört?«

Ich schüttelte den Kopf. »Was ist mit dem Dom?«

»Eingestürzt«, sagte er bedeutsam. »Gott hat Blitz und

Donner geschickt, und schließlich ist die große Kuppel heruntergefallen.« Er bekreuzigte sich.

Mir stockte der Atem. Wie entsetzlich, sich vorzustellen, dass der herrliche Dom in Trümmern lag …

»Aber ich habe ihn doch gesehen, als wir über die Brücke gefahren sind«, sagte Zalumma stirnrunzelnd. »Er steht noch. Wenn er eingestürzt wäre, hätten wir die Lücke doch bemerkt. Schaut!« Sie streckte den Arm aus. »Man kann sogar von hier aus einen Blick darauf werfen!«

Der Schlachter reagierte hitzig. »Die Mitte. Genau die Mitte ist eingestürzt. Was Ihr seht, ist die äußere Hülle. Wenn Ihr mir nicht glaubt, geht doch hin und seht es Euch mit eigenen Augen an. Ich weiß es aus erster Hand.«

Sein Sohn, der gerade einen Lammkopf spaltete, um an das Hirn heranzukommen, schnappte unsere Unterhaltung auf und rief über die Schulter: »Es heißt, das war Lorenzo de' Medicis Werk. Er soll einen Zauberring mit einem Geist darin besitzen, der letzte Nacht entkommen ist und die Verwüstung angerichtet hat.«

Sein Vater schnaubte und schüttelte den Kopf. »Aberglaube! Aber … ich muss zugeben, dieser Zwischenfall gibt Fra Girolamos Lehren recht. Ich war kein Anhänger von ihm, aber vielleicht werde ich heute Abend nach San Lorenzo gehen, um zu hören, was er zu der Angelegenheit zu sagen hat.«

Tief erschüttert verließ ich mit der Schulter und den Nieren des Lamms den Laden und ließ das Hirn für andere. Unser nächster Anlaufpunkt wäre der Bäcker gewesen, doch ich erzählte unserem Kutscher von der Katastrophe. Obwohl er meinem Vater treu ergeben war und feierlich hatte geloben müssen, mich nur dort abzusetzen, wohin ich durfte, ließ er sich leicht überreden, uns zur Piazza del Duomo zu fahren, damit wir uns ein Bild vom Ausmaß der Zerstörung machen konnten. Die Straßen, die zu Santa Maria del Fiore hinführten, waren überfüllt, doch je näher wir der Kathedrale kamen, umso beruhigter waren wir: Die rote Ziegelkuppel bestimmte noch immer die Silhouette von Florenz.

»Dummes Geschwätz!«, murmelte Zalumma vor sich hin. »Wilde Phantasien, angefacht von dem Wahnsinnigen.«

Wahnsinniger, dachte ich. Die richtige Bezeichnung für Fra Girolamo, die ich jedoch im eigenen Hause nicht zu benutzen wagte ... und in Anbetracht der fanatischen Hingabe seiner Anhänger war es auch nicht sicher, sie auf der Straße offen auszusprechen.

Die Piazza war überfüllt mit Kutschen und Menschen, die zu Fuß gekommen waren, um sich das Ausmaß der Zerstörung anzusehen. Sie war nicht ganz so verheerend, wie der Schlachter glaubte, aber in die Bronzelaterne auf der großen Kuppel war ein Blitz eingeschlagen und hatte sie versengt. Die gesamte Konstruktion hatte Schaden genommen: Zwei Nischen waren zu Boden gekracht, die eine hatte einen Riss in der Kuppel verursacht, die andere ein klaffendes Loch in das Dach eines benachbarten Hauses geschlagen. Marmorbrocken waren heruntergefallen und an die Westseite des Heiligtums gerollt, wo sie auf der Piazza lagen. Fußgänger hatten sich dort in gehörigem Abstand versammelt; ein Kind streckte die Hand aus, um einen der Steine zu berühren, doch die Mutter riss es rasch zurück, als läge auf dem Marmor selbst ein Fluch.

Ein weißhaariger älterer Mann deutete nach Westen auf die Via Larga. »Seht ihr?«, schrie er und sprach offenbar die ganze Menschenmenge an. »Sie sind auf den Palazzo der Medici zugerollt. Gott hat *il Magnifico* gewarnt, seine Sünden zu bereuen, aber ER kann Seine Wut nicht mehr im Zaum halten!«

Ich ging wieder zu unserem Kutscher, der noch immer auf dem Kutschbock saß und die Zerstörung bestaunte.

»Ich habe genug gesehen«, sagte ich. »Fahr uns nach Hause, und zwar schnell.«

Ich legte mich ins Bett und sagte meinem Vater, ich sei krank und könne die Abendmesse nicht mit ihm besuchen. An jenem Tag und dem darauffolgenden wartete ich auf einen Brief von Giuliano, der nie eintreffen sollte.

Auf besonderes Geheiß meines Vaters kam ich dann doch

zu einem späten Abendessen hinunter. Zunächst dachte ich, er wolle mich noch einmal eindringlich bitten, am nächsten Morgen mit ihm die Messe zu besuchen, und war daher zögerlich. Ich gab mir die größte Mühe, möglichst elend auszusehen. Stattdessen aber wartete er mit verblüffenden Neuigkeiten auf.

»Die Löwen im Palazzo della Signoria«, hob er an. Ich wusste natürlich darüber Bescheid; es waren Geschenke von Lorenzo gewesen. Die beiden Löwen wurden in Käfigen gehalten und als Symbole der Macht von Florenz ausgestellt. »Nach all der Zeit hat einer den anderen getötet. Das sind Zeichen, Lisa. Zeichen und Omen.«

Es war am Abend des achten April. Ich zog mein Nachtgewand an und legte mich ins Bett, doch die Augen wollten mir nicht zufallen; ich wälzte mich unruhig hin und her, bis Zalumma sich schließlich verschlafen beschwerte.

Als ich eine Kutsche rumpelnd hinter unserem Palazzo anhalten hörte, zog ich mir meine *camicia* über und eilte auf den Korridor hinaus, um aus dem Fenster zu spähen. Der Kutscher stieg gerade ab; ich konnte nicht viel mehr als die Umrisse von Pferden wahrnehmen und einen Mann, der sich im Schein einer Fackel bewegte, die er hochhielt. Die schräge Haltung der Schultern, der schnelle Gang des Kutschers deuteten auf eine Dringlichkeit hin, die nichts Gutes verhieß.

Er ging auf die Loggia zu. Ich drehte mich um, trat rasch an die Treppe und lauschte. Er klopfte an die Tür und rief laut den Namen meines Vaters. Verwirrung machte sich breit, verschlafene Diener huschten umher, bis man den Kutscher schließlich einließ.

Kurz darauf vernahm ich die strenge Stimme meines Vaters und die leise, unverständliche Antwort des Kutschers.

Als die eiligen Schritte meines Vaters – eines Mannes, der aus dem Schlaf aufgeschreckt worden war – auf der Treppe zu hören waren, hatte ich mich bereits in meinen *mantello* gehüllt. Ich hatte keine Kerze bei mir, sodass er bei meinem Anblick erschrak. Sein Gesicht wurde durch die Kerze in seiner Hand geisterhaft beleuchtet.

»Du bist also wach. Hast du es gehört?«

»Nein.«

»Zieh dich an, und zwar rasch. Bring deinen Umhang mit, den mit der Kapuze.«

Vollkommen verstört ging ich wieder in mein Zimmer und weckte Zalumma. Sie war verschlafen und konnte sich keinen Reim auf meine undeutliche Erklärung machen, doch sie half mir, ein Kleid anzuziehen.

Ich ging die Treppe hinunter, wo mein Vater mich mit seiner Lampe erwartete. »Gleichgültig, was er dir sagt«, begann er und wurde dann von einer nicht näher zu deutenden Gefühlsregung gepackt. Als er sich wieder im Griff hatte, setzte er erneut an: »Gleichgültig, was er dir sagt, du bist meine Tochter, und ich liebe dich.«

31

Ich antwortete nicht, denn ich hatte keine Ahnung, wie ich reagieren sollte. Er führte mich nach draußen durch die Loggia zu einer wartenden Kutsche mit Fahrer. Beim Anblick des Medici-Wappens auf der Tür blieb ich wie angewurzelt stehen. Giuliano? Nein, das war nicht möglich – mein Vater würde mich ihm nie einfach so überlassen.

Mein Vater half mir in die Kutsche, schloss die Tür und ergriff durch das Fenster meine Hand. Er schien unsicher, ob er mich begleiten sollte. Schließlich sagte er: »Sei vorsichtig. Achte darauf, dass dich keiner sieht, und sprich mit niemandem. Sag keinem, was du siehst oder hörst.« Mit diesen Worten trat er zurück und bedeutete dem Kutscher abzufahren.

Die Uhrzeit hatte meine Fähigkeit, klar zu denken, getrübt, doch als die Kutsche über das Pflaster des Ponte Vecchio rumpelte, wurde mir klar, dass man nach mir gerufen hatte.

Die Fahrt dauerte länger, als ich erwartet hatte. Wir fuhren nicht zum Palazzo Medici, sondern aus der Stadt hinaus und eine gute Stunde über Land. Schließlich rollten wir an den dunklen Umrissen von Bäumen vorbei über eine Kiesauffahrt. Es dauerte noch eine Weile, bis der Kutscher die Pferde zwischen einem quadratisch angelegten Garten und der Vorderseite eines Hauses zum Stehen brachte.

Trotz der späten Stunde war jedes Fenster hell erleuchtet; das war ein Haus, in dem niemand schlief.

Die Männer, die vor dem Eingang zur Villa Wache standen, hatten ihre Posten verlassen und saßen in der Nähe zwischen brennenden Fackeln im Freien und redeten leise miteinander. Als der Fahrer mir aus der Kutsche half, zwickte sich einer von ihnen in den Nasenrücken unterhalb der Stirn und begann laut zu schluchzen. Die anderen geboten ihm, still zu sein, und einer von ihnen eilte herbei, um mich einzulassen.

Im Innern wartete eine junge Dienerin in der großen, atemberaubend geschmückten Eingangshalle.

»Wie geht es ihm?«, fragte ich, als sie mich mit schnellen Schritten durch den Korridor führte.

»Er liegt im Sterben, Madonna. Die Ärzte rechnen nicht damit, dass er die Nacht übersteht.«

Diese Neuigkeiten versetzten mir einen Stich, Giuliano und seine Familie taten mir von Herzen leid. Die Kunstwerke, an denen ich vorbeikam – die lebendigen Gemälde in wilden Farben, die zarten, vergoldeten Skulpturen –, wirkten grausam.

Wir kamen an die Tür zu Lorenzos Schlafgemach. Sie war verschlossen. Das Vorzimmer, wie das im Palazzo in der Via Larga, war angefüllt mit sorgfältig arrangierten Juwelen, Kelchen und Einlegearbeiten aus Gold. Pieros Gemahlin, Madonna Alfonsina, saß in dem Raum, zusammengesunken, schwanger und plump, trotz ihrer schönen, kupfergoldenen Locken. Sie trug eine schlichte *camicia* und hatte sich einen Schal um die Schultern gelegt. Neben ihr saß Michelangelo, der den großen Kopf in die Hände gestützt hatte und nicht aufschaute, als ich eintrat.

Alfonsina hingegen schoss mir einen äußerst hasserfüllten Blick zu, als ich einen Knicks machte und mich vorstellte. Stirnrunzelnd wandte sie sich ab. Sie hatte offenkundig die Rolle des weiblichen Familienoberhaupts übernommen und wirkte eher erregt denn trauernd. Ihre Augen waren trocken und zornig und vermittelten den Eindruck, als ärgere sie sich über ihren Schwiegervater, der ihr so viele Unannehmlichkeiten bereitete.

Der alte Philosoph Marsilo Ficino stand an der Tür, offenbar war er der Vermittler. »Madonna Lisa«, sagte er freundlich, obwohl es ihn Mühe kostete, seine Tränen zurückzuhalten.

»Ich freue mich, Euch wiederzusehen, und bin traurig, dass es unter diesen Umständen sein muss.«

Er nahm mich am Arm, um mich ins innere Heiligtum zu geleiten – da wurden wir von lauten Stimmen aufgehalten, die durch den Korridor hallten und sich unter dem Geräusch schneller Schritte auf uns zubewegten. Ich drehte mich um und sah Giovanni Pico, der Savonarola in unsere Richtung führte; dahinter folgten Piero und Giovanni de' Medici.

Pieros Gesicht war gerötet und tränenüberströmt. »Ihn hierher zu bringen ist Verrat an uns! Warum spuckt Ihr nicht einfach auf uns in Zeiten unseres größten Kummers? So etwas wäre viel netter als das hier!«

Gleichzeitig donnerte sein Bruder Giovanni: »Wagt es nicht, uns zu missachten! Haltet Euch von ihm fern, sonst rufe ich die Wachen!«

Als sich Pico und Savonarola der geschlossenen Tür und Ser Marsilo näherten, erhob sich Alfonsina, ohne darauf zu achten, dass ihr der Schal von den Schultern gerutscht war, und schlug Pico so fest ins Gesicht, dass er einen Schritt zurück taumelte.

»Verräter!«, kreischte sie. »Wollt Ihr uns verspotten, indem Ihr diesen Affen gerade jetzt unter unser Dach bringt? Hinaus! Verschwindet, alle beide!«

Michelangelo beobachtete die Szene mit den hilflosen Augen eines Kindes; er eilte weder Alfonsina zu Hilfe, noch ergriff er das Wort für seinen Propheten. Händeringend murmelte Marsilo: »Madonna, Ihr dürft Euch nicht so aufregen …«

Pico war angesichts dieses feindseligen Widerstandes wie betäubt; offenbar hatte er mit einem freundlicheren Empfang gerechnet. »Madonna Alfonsina, ich möchte Eurer Familie keinen Schmerz zufügen – aber ich muss tun, was Gott mir befiehlt.«

Savonarola blieb stumm, den Blick nach innen gerichtet, die steife Haltung verriet sein Unbehagen.

Die Tür zum inneren Gemach ging auf; alle drehten sich um, als erwarteten sie einen Orakelspruch.

Im Türrahmen stand mein Giuliano, die Stirn missbilligend

in tiefe Falten gelegt. »Seid still, allesamt!« Er schien älter als beim letzten Mal, als wir uns gesehen hatten. Er war nicht einmal fünfzehn, und während auf seiner Haut und seinen Haaren der Glanz der Jugend lag, waren seine Augen und seine Haltung die eines Mannes, der von vielen Sorgen niedergedrückt wurde. »Was gibt's?«

Noch während er die Frage stellte, fiel sein Blick auf Savonarola. Kurz blitzte Verachtung in seinen Augen auf, die sofort einer ungewöhnlich vorsichtigen Haltung Platz machte. Sein Tonfall wurde freundlich und besorgt.

»Ich bitte Euch alle. Bedenkt, dass Vater uns noch hören kann. Wir tragen Verantwortung für ihn – für ihn, der immer für uns da war –, um ihm die letzen Augenblicke so ruhig und heiter wie möglich zu gestalten. Wir wollen ihn nicht noch mehr in Schrecken versetzen.«

Alfonsina, die Pico und seinem Begleiter noch immer wütende Blicke zuwarf, hob ihren Schal auf und warf ihn sich über die Schultern.

Giuliano nahm es zur Kenntnis. »Piero«, rief er seinem Bruder leichthin zu. »Deine Frau hat den ganzen Tag nichts gegessen. Nimmst du sie mit und sorgst dafür, dass sie eine Mahlzeit bekommt? Es würde Vater glücklich machen, wenn er weiß, dass man für ihr Wohl sorgt ...«

Deutlich sichtbar unterdrückte Piero seinen Zorn. Er nickte und legte Alfonsina einen Arm um die Schultern. Sie schaute liebevoll zu ihrem Gemahl auf; es war offensichtlich, dass sie ihn liebte und er diese Liebe erwiderte. Ich sah, wie sich Giulianos Ausdruck bei ihrem Anblick leicht veränderte: Er war gerührt, froh und zutiefst erleichtert, dass diese beiden sich nun umeinander kümmern würden.

Dann wandte er sich an seinen Bruder, den Kardinal: »Lieber Bruder, hast du alle Vorkehrungen getroffen?«

Der stattliche, zerknitterte Giovanni schüttelte den Kopf. Wie Giuliano hatte auch er nicht geweint; seine Haltung schien eher einer natürlichen Reserviertheit zu entspringen denn dem Wunsch, anderen Schmerz zu ersparen. Sein Tonfall war nüchtern, bar jeder Gefühlsregung, die alle anderen ergriffen hatte. »Nicht alle Einzelheiten des Gottesdienstes. Ein einleitender Choral will mir nicht einfallen ...« Eine leise Wut schlich sich in seine Worte. »Vater hat es sich leicht gemacht, als er nur den Psalm und ein Kirchenlied aussuchte. Solche Dinge bedürfen vorausschauender Planung, da sie einen bleibenden Eindruck bei der Menge hinterlassen.«

Giulianos Rede war ungekünstelt und ernst. »Wenn überhaupt jemandem, dann vertrauen wir dir, die richtige Wahl zu treffen, auch wenn nicht viel Zeit bleibt. Vielleicht wird das Gebet helfen.« Er seufzte. »Brüder, geht und tut, was ihr könnt. Ihr wisst, dass wir euch rufen lassen, sobald sich Vaters Zustand verschlimmert. Und jetzt will ich mich um unseren unerwarteten Gast kümmern.«

Alfonsina und die beiden Brüder strichen hocherhobenen Hauptes an Pico und Savonarola vorüber. Als sie außer Hörweite waren, sagte Giuliano freundlich, als spräche er mit einem geliebten Kind: »Michelangelo, mein Bruder. Hast du etwas gegessen?«

Der große Kopf hob sich; gequälte Augen schauten den Fragenden an. »Ich möchte nicht. Ich kann nicht. Nicht, solange er leidet.«

»Wäre dir leichter ums Herz, wenn du betest?«

Der junge Bildhauer schüttelte den Kopf. »Ich bin da, wo ich sein möchte. Ich bin nicht wie die anderen, Giuliano. Du musst dir um mich keine Sorgen machen.« Als wolle er seine Aussage unter Beweis stellen, richtete er sich auf und faltete die Hände im Schoß, darum bemüht, Haltung zu wahren; Giulianos Mundwinkel zuckten vor Zuneigung und Skepsis, doch er ließ den jungen Mann in Ruhe.

Dann drehte er sich um und wandte sich an Pico und den Mönch: »Meine Herren, bitte nehmt Platz. Ich werde mich mit meinem Vater beraten, ob er kräftig genug ist, Euch zu empfangen. Zunächst aber muss ich mit einer Freundin sprechen.« Er machte eine Pause. »Lieber Marsilo, kümmerst du dich um Ser Giovanni und Fra Girolamo? Sie haben einen langen Weg hinter sich und möchten vielleicht etwas zu sich nehmen.«

Schließlich nahm er mich am Arm, führte mich über die Schwelle und schloss die Tür hinter uns. In dem Augenblick, bevor er mich ins Zimmer brachte, sahen wir uns an, und es war, als wären wir allein – doch es herrschte keine Freude zwischen uns. Sein Ausdruck war dumpf, seine Augen zeugten von Anspannung.

»Es war sehr nett von dir herzukommen, als Vater nach dir verlangte«, sagte er, als spräche er mit einer Fremden. »Ich muss mich entschuldigen, dass ich unser Treffen im Garten nicht einhalten konnte …«

»Das ist nicht der Rede wert«, sagte ich. »Es tut mir so unendlich leid. Dein Vater ist ein guter Mann, so wie du.« Ich wollte seine Hand nehmen.

Er zog sich zurück; Gefühle wallten in ihm auf. »Ich kann nicht …« Die Stimme versagte ihm. »Für uns hat sich nichts verändert, Lisa. Das verstehst du doch sicher. Aber ich muss stark sein, und jeder Beweis von Sanftheit macht es mir schwer … Es ist für Vater, verstehst du?«

»Ja. Aber warum hat er ausgerechnet mich kommen lassen?«

Giuliano schien die Frage zu verblüffen. »Er mag dich. Das ist seine Art. Und … du weißt, dass er Michelangelo wie einen Sohn großgezogen hat, nicht wahr? Eines Tages hat er ihn auf unserem Gelände entdeckt, wie er einen Faun skizzierte. Er hat seine Begabung erkannt. Und in dir muss er etwas sehen, das gehegt und gepflegt werden will.«

Er führte mich an ein großes Bett, auf dem Lorenzo aufrecht an mehreren Kissen lehnte, mit Pelzen und Samtüberwürfen zugedeckt. Seine Augen waren trüb und schauten in weite Ferne; müde blickte er auf, als ich mich dem Bett näherte. Ein fauliger Geruch hing im Raum.

Auf einem Stuhl in der Nähe des Bettes saß ein weiterer Mann neben einem Tisch, auf dem ein Kelch, Edelsteine, Mörser und Stößel bereitgestellt waren.

»Der Arzt meines Vaters.« Giuliano deutete auf ihn. »Pier Leone, Madonna Lisa Gherardini.«

Der Arzt nickte mir kurz zu, ohne etwas zu sagen. Sein Gesicht war eingefallen wie der ganze Körper – niedergedrückt von der Hilflosigkeit, die sich in seinen Augen spiegelte.

»Die anderen …«, röchelte Lorenzo. Da merkte ich, dass er nicht mehr so gut sehen konnte, um mich zu erkennen. Giuliano setzte sich rasch auf den Stuhl neben dem Bett.

»Es wird gut für sie gesorgt, Vater«, sagte Giuliano mit klarer, fröhlicher Stimme. »Du musst dir keine Sorgen um sie machen. Piero hat Alfonsina mitgenommen, damit sie etwas zu essen bekommt, Giovanni ist mit den Vorkehrungen für deinen Gottesdienst beschäftigt, und Michelangelo …« Er hielt inne, um sich eine Notlüge auszudenken. »Er betet in der Kapelle.«

Lorenzo murmelte ein paar Worte.

»Ja, ich habe ihn gerade gesehen«, sagte Giuliano. »Das Gebet hat ihm großen Trost gespendet. Du musst dich nicht sorgen.«

»Guter Junge«, krächzte Lorenzo. Blind und mit großer Anstrengung hob er eine Hand nur wenige Zentimeter; sein Sohn nahm sie und beugte sich vor, sodass ihre Schultern sich beinahe berührten. »Mein guter Junge … Und wer tröstet dich?«

»Ich bin wie du, Vater«, entgegnete Giuliano humorvoll. »Ich wurde ohne das Bedürfnis nach Trost geboren.« Er sprach ein wenig lauter. »Aber hier ist Lisa di Antonio Gherardini. Du hast sie rufen lassen.«

Ich trat näher heran, bis meine Hüfte die Bettkante berührte. »Die Mitgift«, flüsterte der alte Mann; sein Atem roch nach Tod.

»Ja, Vater.« Giulianos Gesicht war kaum einen Finger breit von dem des Vaters entfernt. Er lächelte, und Lorenzo, der den Anblick gerade noch wahrnahm, lächelte matt zurück.

»Der Einzige«, hauchte er. »Wie mein Bruder. So gut.«

»Nicht so wie du, Vater. Längst nicht so wie du.« Giuliano hielt inne, wandte sich dann mir zu und sagte, wieder sehr deutlich, damit Lorenzo ihn verstand: »Mein Vater möchte dich wissen lassen, dass er Anordnungen für deine Mitgift getroffen hat.«

Lorenzo rang keuchend nach Luft; Giuliano und der Arzt eilten ihm rasch zu Hilfe und lehnten ihn nach vorn, was ihm offenbar Erleichterung verschaffte. Als er sich erholt hatte, winkte er seinen Sohn zu sich und flüsterte ein Wort, das ich nicht zu entziffern vermochte; Giuliano lachte leise auf.

»Prinz«, sagte er. Trotz seiner vorgetäuschten Unbeschwertheit war seine Stimme belegt, als er mich anschaute und sagte: »So viel Geld, dass Ihr einen Prinz heiraten könnt, wenn Ihr wollt.«

Ich lächelte für den Fall, dass Lorenzo es sehen konnte, mein Blick war jedoch auf Giuliano gerichtet. »Dann habt Ihr den Mann noch nicht ausgesucht?«

Lorenzo hörte es nicht, aber sein Sohn kannte bereits die Antwort. »Nein, er hat den Mann nicht ausgewählt. Er hat mich mit der Aufgabe betraut.«

Ich drückte mich an das Bett und beugte mich tiefer über den Sterbenden. »Ser Lorenzo.« Ich hob die Stimme. »Könnt Ihr mich hören?«

Seine Augenlider flatterten; er flüsterte eine rasche Antwort, seine Zunge war geschwollen und klebte am trockenen Gaumen, sodass ich nicht mit Sicherheit wusste, was er meinte. Giuliano schaute kurz auf. »Er hört dich.«

Kühn ergriff ich seine Hand. Sie war kraftlos und schlimm verwachsen, eine richtige Klaue. Trotzdem drückte ich sie mit aufrichtiger Zuneigung und Ehrerbietung an die Lippen. Er war sich der Geste bewusst; in seine blutunterlaufenen Augen trat große Wärme und Zärtlichkeit.

»Ihr wart so freundlich zu mir, der Tochter eines Tuchhändlers; Ihr wart zu so vielen Menschen großzügig. Die Schönheit, die Kunst, die Ihr uns allen gegeben habt, Ser Lorenzo – es ist eine Schuld, die wir nie zurückzahlen können.«

Tränen traten ihm in die Augen; ein kleiner Klagelaut drang über seine Lippen.

Ich wusste nicht, ob es ein Zeichen des Schmerzes oder einer Gefühlsregung war, und schaute Giuliano an für den Fall, dass der Arzt gebraucht würde. Er schüttelte den Kopf.

»Was kann ich tun, um meine Dankbarkeit zu zeigen?«, drängte ich weiter. »Auf welche Weise kann ich Euer Leiden erleichtern?«

Lorenzo flüsterte wieder; diesmal las ich ihm die Worte von den Lippen ab, bevor sein Sohn sie wiederholen konnte. »Betet …«

»Das will ich. Ich werde an jedem Tag für Euch beten, solange ich lebe.« Ich hielt inne und drückte Lorenzos Hand, ehe ich sie losließ. »Sagt mir nur, warum Ihr mir so viel Gunst gewährt habt.«

Er war sehr bemüht, die Worte klar auszusprechen, sodass ich sie direkt aus seinem Munde und nicht von einem Vermittler vernahm: »Ich liebe dich, Kind.«

Die Worte verblüfften mich; vielleicht, dachte ich, delirierte Ser Lorenzo in seinen Todesqualen, überließ sich zu sehr seinen Gefühlen oder wusste nicht mehr, was er sagte. Zugleich erkannte ich die Wahrheit seiner Worte. Ich hatte mich vom ersten Augenblick an, als ich Ser Lorenzo begegnete, zu ihm hingezogen gefühlt; auf Anhieb hatte ich einen guten Freund in ihm. Daher antwortete ich offen und ehrlich: »Ich liebe Euch auch.«

Bei diesen Worten wandte sich Giuliano ab, damit sein Vater nicht sah, wie sehr er sich beherrschen musste. Lorenzo, einen Ausdruck reinster und innigster Liebe auf dem Gesicht, regte sich matt, um ihm schwach den Arm zu tätscheln. »Tröste ihn …«

»Ja, das verspreche ich«, sagte ich laut.

Dann stieß er Worte aus, die für mich keinen Sinn ergaben. »Frag Leonardo …«

Er keuchte leise und ließ die Hand sinken, als habe ihn die Anstrengung zu sehr erschöpft. Starr blickte er an mir vorbei auf etwas oder jemanden, der für uns unsichtbar war; er kniff die Augen zu und verzog das Gesicht zu einer bekümmerten Grimasse. Seine Stimme war nur ein Flüstern, doch die Erregung verlieh ihr mehr Kraft, sodass ich jedes Wort verstand.

»Der dritte Mann. Ich habe dich im Stich gelassen … Wie

kann ich gehen? Was Leonardo betrifft, er und das Mädchen …«

Phantasien eines Sterbenden, dachte ich, doch Giuliano wandte sich sogleich wieder seinem Vater zu, die Augen zu Schlitzen verengt. Er verstand sehr gut, was Lorenzo sagen wollte, und es beunruhigte ihn. Tröstend legte er seinem Vater eine Hand auf die Schulter.

»Mach dir darum keine Sorgen, Vater.« Er wählte seine Worte mit Bedacht. »Keine Bange. Ich werde mich um alles kümmern.«

Lorenzo murmelte eine teilweise unverständliche Antwort; für mein Dafürhalten hatte er gesagt, *Wie kann ich zu ihm gehen, wenn ich versagt habe?* Schwach regten sich seine Gliedmaßen unter den Decken.

Giuliano schaute zu mir auf. »Am besten ruht er jetzt einen Augenblick.«

»Lebt wohl, Ser Lorenzo«, sagte ich laut.

Er schien es nicht zu hören. Sein Kopf lehnte am Kissen; die Augen waren noch starr auf die Vergangenheit gerichtet.

Ich trat vom Bett zurück. Giuliano begleitete mich; gemeinsam gingen wir zur Tür und in das kleine Vorzimmer, das uns zumindest ein wenig Ungestörtheit bot.

Ich wusste nicht, wie ich mich angemessen von ihm verabschieden sollte. Am liebsten hätte ich ihm gesagt, dass ich bis zu jenem Augenblick ein dummes Mädchen gewesen sei, das in seinen gesellschaftlichen Charme und seine Briefe vernarrt gewesen sei, ein törichtes Mädchen, das dachte, es sei verliebt, weil es sich nach einem Leben voller Schönheit und Kunst sehnte, frei vom Elend, das unter dem Dach seines Vaters herrschte.

Ich wollte ihm sagen, er könne meiner Liebe nun wahrhaft gewiss sein – einer so echten Liebe, als wäre er mein Bruder, mein Blutsverwandter. Ich war verwundert und voller Demut, dass ein so leidenschaftlicher und starker Mensch mich erwählt haben sollte.

Das alles sagte ich ihm nicht aus Angst, ihn zum Weinen zu bringen. Allerdings konnte ich dem Impuls nicht widerstehen, ihn zu umarmen, bevor ich ging; mit ehrlicher Zuneigung und Trauer hielten wir uns fest umschlungen, ohne ein Wort zu sagen.

Er öffnete die Tür und übergab mich Marsilo Ficino, dann schloss er sie wieder. Ich wurde zur Kutsche geleitet. Die Nacht war klar und kühl. Ich lehnte mich aus dem Fenster und schaute zu den Sternen auf, zu traurig, um zu weinen.

Als ich nach Hause kam, saß mein Vater im großen Empfangszimmer und starrte in den Kamin, sein gequälter Gesichtsausdruck vom Feuer korallenrot eingefärbt. Als ich vorbeiging, sprang er auf und kam zu mir, sein Gesicht eine einzige Frage.

»Er hat mir eine große Mitgift vermacht«, sagte ich kurz und knapp.

Neugierig, suchend schaute er mich an. »Was hat er noch gesagt?«

Ich zögerte und beschloss dann, ehrlich zu sein. »Dass er mich liebt. Und dass Giuliano ein guter Mensch ist. Sein Verstand ließ ihn im Stich, und er sagte ein paar Dinge, die keinen Sinn ergaben. Das ist alles.«

In seinem Blick lag unsägliches Elend. Er senkte den Kopf. *Er ist wirklich traurig,* erkannte ich. *Er trauert …*

Dann riss er den Kopf hoch. »Wer war da? Hat dich jemand gesehen?«

»Lorenzo natürlich. Giuliano, Piero, dessen Gemahlin, Giovanni … und Michelangelo.« Ich trat einen Schritt zurück. Ich war nicht in der Stimmung, zu erzählen, was sich an jenem Abend abgespielt hatte. Schließlich fügte ich hinzu: »Pico hat Savonarola mitgebracht. Die Familie war sehr erbost.«

»Pico!«, sagte er, und bevor er sich bremsen konnte, brach es aus ihm heraus: »War Domenico bei ihm?«

»Nein. Aber ich möchte lieber ein anderes Mal darüber reden, bitte.« Ich war zu Tode erschöpft, hob die Röcke an und ging die Treppe hinauf, ohne mich darum zu kümmern, dass er hinter mir stehen blieb und jeden einzelnen meiner Schritte verfolgte.

Zalumma schlief, als ich ins Zimmer kam. Um sie nicht zu wecken, zog ich mich nicht aus, lehnte mich auf das Fenstersims und beobachtete wieder die Sterne. Ich wusste, dass sie auf die Villa in Careggi schienen, und hatte das Gefühl, wenn ich sie anschaute, bliebe ich mit jenen verbunden, die dort die Nachtwache hielten.

Etwa eine Stunde hatte ich dort gestanden, als hoch über mir ein Licht aufflackerte, dann über den dunklen Himmel zog und eine Spur rasch verblassenden Glanzes hinter sich her zog.

Zeichen, hörte ich meinen Vater sagen. *Zeichen und Omen.*

Noch immer angekleidet, legte ich mich auf mein Bett, schlief aber nicht ein. Als der Morgen graute, vernahm ich das Läuten der Glocken.

33

Lorenzo lag in der Kirche aufgebahrt, in der sein Bruder beigesetzt war. Ganz Florenz war auf den Beinen, um ihn zu betrauern, selbst jene, die erst kürzlich Savonarola zugestimmt hatten, *il Magnifico* sei ein Heide und Sünder, und Gott werde ihn niederwerfen.

Sogar mein Vater weinte. »Lorenzo war in seiner Jugend gewalttätig«, sagte er, »und hat viel Schlechtes getan. Aber im Alter wurde er freundlicher.«

Giovanni Pico kam zu uns, um über den Verlust zu reden, als wäre das, was ich meinem Vater zugetragen hatte, nicht weiter von Bedeutung. Ich war nicht die Einzige, die in jener Nacht den Kometen gesehen hatte; auch Diener in Careggi hatten ihn bemerkt. »Auf dem Totenbett hat Ser Lorenzo Fra Girolamo empfangen, und es war ihm ein großer Trost«, berichtete Pico lallend nach den vielen Gläsern Wein, die mein Vater ihm eingeschenkt hatte, und betupfte sich die Augen. Es überraschte mich, dass Lorenzos Tod ihm so zu schaffen machte. »Ich glaube, er hat in der Tat seine Sünden bereut, denn er hat mehrfach ein juwelenbesetztes Kreuz geküsst und mit Fra Girolamo gebetet.«

An jenem Tag predigte Savonarola nicht. Stattdessen warteten die Bürger – die sich vor kurzem noch auf den Stufen von San Lorenzo breitgemacht hatten, um dem Propheten von Florenz zuzuhören – nun geduldig, um einen letzten Blick auf ihren größten Gönner zu werfen. Selbst Picos beträchtlicher Einfluss konnte uns das stundenlange Schlangestehen mit den anderen nicht ersparen.

Wir betraten die Kirche kurz nach Mittag. Neben dem Altar lag Lorenzo in einem einfachen Holzsarg auf einem Sockel. Man hatte ihm ein schlichtes weißes Leinenhemd angezogen, und seine Hände – die Finger waren gerade gebogen – waren über dem Herzen gefaltet. Die Augen waren geschlossen, die Lippen zu einem leichten Lächeln geglättet. Er litt keine Schmerzen mehr, war nicht mehr von lähmender Verantwortung niedergedrückt.

Ich schaute von seinem Leichnam auf und sah Giuliano, der nicht weit entfernt vom Sarg zwischen seinem Bruder Piero und einem Leibwächter stand. Hinter ihnen ragte ein ausgezehrter Michelangelo auf und der Künstler aus Vinci, ungewöhnlich ernst und feierlich.

Der Anblick Leonardos brachte mir weder Hoffnung noch Freude: All mein Denken galt allein Giuliano, und ich schaute ihn unentwegt an, bis sich unsere Blicke schließlich trafen. Er war vom Weinen völlig erschöpft und nun zu müde für weitere Tränen. Seine Miene war gefasst, doch sein Elend zeigte sich in seiner gesamten Haltung und besonders in den hängenden Schultern.

Als er mich erblickte, flackerte ein Leuchten in seinen Augen auf. Es gehörte sich nicht, dass wir miteinander sprachen. Wir durften nicht einmal zu erkennen geben, dass wir uns kannten. Doch in jenem Augenblick erfuhr ich alles, was ich wissen wollte. Es war, wie ich es mir schon gedacht hatte: Wir hatten zwar nicht darüber gesprochen, dass sein Vater ihm die Aufgabe übertragen hatte, einen Gemahl für mich auszuwählen, aber er hatte es nicht vergessen.

Ich musste nur Geduld haben.

Am nächsten Morgen ging ich wie gewohnt mit Zalumma in Santo Spirito zur Messe. Als der Gottesdienst zu Ende war und wir in die angenehme Frühlingssonne traten, blieb Zalumma hinter dem Strom der Hinausgehenden zurück.

»Ich frage mich«, sagte sie, »ob es mir wohl erlaubt ist, Eure Mutter zu sehen.«

Ich antwortete nicht sofort. Mein Kummer war noch zu

frisch, um zu der Stelle zu gehen, an der meine Mutter beigesetzt worden war.

»Mach, was du willst«, sagte ich. »Ich bleibe hier auf der Treppe.«

»Wollt Ihr nicht mitkommen?«, fragte Zalumma ungewöhnlich nachdenklich. Ich wandte mich ab und schaute angestrengt zu den schwankenden Erlenästen auf, die sich vor dem Himmel abzeichneten. Erst als ihre Schritte verklangen, entspannte ich mich.

Ich hatte nur kurz dort gestanden, mich in der Sonne gewärmt und versucht, nicht an meine Mutter zu denken, als ich in der Nähe ernste Stimmen vernahm. Die eine gehörte Zalumma, die andere, eine Männerstimme, klang vertraut.

Ich drehte mich um. Nur eine Minute Fußweg entfernt, zwischen den Krypten und Grabsteinen, Statuen und Rosenranken, stand Zalumma und redete mit Leonardo. Er stand seitlich zu mir, eine Holztafel in der Hand. Unter einem roten Käppchen quoll ihm das wellige Haar bis über die Schultern; sein Bart war gestutzt worden. Es war, als spürte er meinen Blick, denn er drehte sich um und schenkte mir ein breites Lächeln. Dann verneigte er sich knapp.

Ich deutete einen Knicks an und blieb stehen, als er näher kam. Zalumma ging neben ihm her und gab sich den Anschein heimlicher Komplizenschaft. Sie hatte gewusst, dass er warten würde.

»Madonna Lisa«, sagte er schließlich. Obwohl er lächelte, war sein Auftreten ernst, in Anbetracht der Tatsache, dass Florenz noch immer trauerte. »Verzeiht, wenn ich in Euer Privatleben eindringe.«

»Es ist kein Eindringen«, sagte ich. »Ich freue mich, Euch zu sehen.«

»Danke gleichfalls. Ich bin sofort aus Mailand abgereist, als ich hörte, mit *il Magnifico* gehe es zu Ende, aber so traurig es ist, ich kam zu spät. Ich habe mich im Palazzo Medici aufgehalten und hörte, dass Ihr heute vielleicht hier wärt. Ich hoffe, es ist nicht zu gedankenlos von mir angesichts der unglücklichen Umstände … Ich frage mich, ob ich Euch wohl überreden könnte, mir Modell zu sitzen.«

Ich erwiderte, ohne nachzudenken. »Aber Ser Lorenzo ist gestorben. Es gibt also keinen Auftrag mehr.«

Seine Antwort kam rasch und bestimmt. »Man hat mich bereits bezahlt.«

Ich seufzte. »Ich glaube nicht, dass mein Vater es erlauben würde. Er hält Kunst für Narretei. Er ist ein Anhänger Savonarolas.«

Leonardo überlegte. »Ist er bei Euch?«

Ich schaute auf die Tafel in seiner Hand. Ein Stück Papier war darauf befestigt; an seinem Gürtel hing eine sehr große Tasche. Ich legte eine Hand auf meine Frisur, meine Röcke. »Habt Ihr die Absicht, mich *jetzt* zu zeichnen?«

Lachfältchen entstanden in seinen Augenwinkeln. »Ihr seid vollkommen, so wie Ihr seid.«

Leichte Panik überfiel mich. »Ich kann nicht lange bleiben. Ich soll nur die Messe besuchen und dann nach Hause zurückkehren. Wenn ich zu spät komme, werden sich die Diener wundern, wo ich war, und könnten meinem Vater etwas sagen, wenn er nach Hause kommt.«

»Wir haben Eurer Mutter unsere Ehre erwiesen«, sagte Zalumma laut. Ich warf ihr einen kurzen Blick zu.

Unterdessen hatte Leonardo etwas aus seiner Tasche gezogen: ein Stück Holzkohle, die an einen kleinen, abgeschmirgelten Stock gebunden war. »Ich weiß, ich habe Euch eine Kopie geschickt, basierend auf der Skizze, die ich in jener Nacht im Hof der Medici angefertigt habe. Allerdings bin ich damit nicht zufrieden.«

»Nicht zufrieden!«

»Sie gleicht Euch zwar, aber ich will … etwas mehr. Ich kann mich nicht gut in Worten ausdrücken, doch wenn Ihr mir einfach vertrauen wollt … und nur für ein paar Minuten Modell steht, nicht länger. Ich will Euch keine Probleme mit Eurem Vater bereiten. Eure Dienerin wird die Zeit im Auge behalten.«

Ich ließ mich erweichen. Er führte mich ein Stück vom

Friedhof weg zu einer Stelle, an der ein großer Felsblock unter einer Eiche lag. Dort setzte ich mich hin; er forderte mich auf, den Kopf leicht zu drehen und ihn wieder über die Schulter hinweg anzuschauen, sodass mein Gesicht zu drei Vierteln zu sehen war.

Er nahm die Holzkohle – hergestellt, so erklärte er mir, aus einem Weidenzweig, der in einem Ofen so lange angesengt wird, bis er schwarz ist – und begann mit beeindruckender Geschwindigkeit zu zeichnen. Zuerst kamen die groben Umrisse, die sehr schnell skizziert waren.

Nach kurzem Schweigen fragte ich: »Wie kommt es, dass Ihr Euch so leicht an meine Gesichtszüge erinnert – nachdem Ihr mich nur ein einziges Mal gesehen habt? Die Skizze, die Ihr gemacht habt, war sehr grob. Die Zeichnung hingegen, die Ihr mir geschickt habt … Ihr habt Euch an jede Einzelheit erinnert.«

Er konzentrierte sich weiter auf seine Arbeit und antwortete ein wenig abwesend: »Man kann das Gedächtnis trainieren. Wenn ich mich an ein Gesicht erinnern will, betrachte ich es eingehend. Wenn ich dann nachts wach liege, rufe ich mir jeden einzelnen Gesichtszug in Erinnerung.«

»Das könnte ich nie, und schon gar nicht in der Deutlichkeit!«

»Es ist eigentlich sehr einfach. Die Nasen zum Beispiel: Es gibt nur zehn Arten von Profilen.«

»Zehn Arten!« Ich lachte kurz auf. Er hob eine Augenbraue, und sogleich fror ich mein Lächeln ein und gab mir große Mühe, die ursprüngliche, entspannte Miene aufzusetzen.

»Zehn Arten von Profilen: gerade, spitz, Adlernase, platt, rund, hervorspringend, manche mit einem Höcker oder einer Einkerbung über der Mitte, manche mit selbigen darunter. Wenn man diese Arten im Kopf hat, ist es wie ein Lagerhaus, aus dem man sich bedienen kann, was dem Gedächtnis auf die Sprünge hilft.«

»Erstaunlich.«

»Dann gibt es natürlich *elf* verschiedene Nasensorten, wenn man sie von vorn sieht. Gleichmäßig, oder in der Mitte verdickt, oder an der Wurzel, oder an der Spitze ... Aber ich langweile Euch.«

»Ganz und gar nicht. Und die Nasenflügel?«

»Das ist eine gesonderte Kategorie, Madonna.«

Mühsam unterdrückte ich ein Grinsen. Kurz darauf schnitt ich ein anderes Thema an, das mich viel mehr interessierte. »Ihr wohnt im Palazzo Medici. Demnach seid ihr mit der Familie sehr eng verbunden.«

»So nah ein Außenstehender ihr sein kann.«

»Wie ... wie geht es den Söhnen?«

Über seiner Nase entstand eine leichte Falte. »Giovanni geht es gut, wie immer. Die Welt könnte untergehen, und es würde ihn nicht treffen. Piero ... Ich glaube, Piero erkennt endlich, wie schwierig seine Lage ist. Alle Welt hat seit Jahren mit ihm über die Verantwortung gesprochen, die er übernehmen würde, wenn sein Vater stürbe. Erst jetzt macht er es sich bewusst.«

»Und Giuliano?«, drängte ich, ein wenig zu eifrig. Er sah es, senkte den Blick und lächelte traurig.

»Giuliano trauert. Niemand war Lorenzo mehr ans Herz gewachsen als er.«

»Er ist ein sehr guter Mensch.«

Die Miene des Künstlers wurde weicher; er hielt inne, die Holzkohle in seiner Hand verharrte über dem Papier. »Ja, das stimmt.« Sein Tonfall wurde leichter. »Er war hocherfreut, zu erfahren, dass ich den Auftrag ausführen will.«

»Tatsächlich?«

Angesichts meiner unverhohlenen Erregung lächelte er. »Ja. Ich glaube, er schätzt Eure Freundschaft sehr.«

Ich wurde rot und vermochte nichts zu sagen.

»Perfekt!«, sagte er; die Holzkohle flog über das Papier. »Denkt weiter daran. Nur daran ...«

Ich fiel in nervöses Schweigen. Er schaute mich an und zeichnete, dann sah er mich wieder an, lange ... Und ein sorgenvoller Gedanke ließ ihn erröten; er schlug die Augen nieder und starrte auf die Zeichnung, ohne sie jedoch zu sehen.

Doch er hatte etwas gesehen. Etwas in mir, das er wiedererkannt hatte. Es zerrte an ihm, und er wich meinem Blick aus, um sich nicht zu verraten. Schließlich hatte er sich wieder gefangen und zeichnete weiter, bis Zalumma irgendwann sagte: »Es wird Zeit.«

Ich stand auf und klopfte mir den Staub von den Röcken. »Wann sehe ich Euch wieder?«

»Ich weiß nicht«, sagte er. »Morgen muss ich nach Mailand zurück. Vielleicht habe ich bis zum nächsten Mal, wenn wir uns sehen, eine Skizze angefertigt, mit der ich zufrieden bin. Wenn, dann werde ich sie auf Holz übertragen, damit ich das Gemälde in Angriff nehmen kann.« Mit tiefer Stimme fuhr er fort: »Jetzt, da Lorenzo gestorben ist ... kommen schwierige Zeiten auf seine Söhne zu. Wenn sich die Lage verschlechtert, ist es womöglich nicht mehr von Vorteil, mit den Medici befreundet zu sein. Solltet Ihr an eine gute Partie denken ...« Es war ihm peinlich, zu viel gesagt zu haben; er verstummte.

Stirnrunzelnd wich ich zurück; meine Wangen begannen zu glühen. Warum sagte er so etwas? Glaubte er, ich sei an Giuliano aus persönlicher Gewinnsucht oder um des Ansehens willen interessiert? »Ich muss jetzt gehen«, sagte ich und wollte mich schon abwenden.

Ein Gedanke ließ mich innehalten. Ich drehte mich zu ihm um und fragte: »Warum wollt Ihr mich malen?«

Nun war es an ihm, nervös zu werden. »Ich dachte, ich hätte diese Frage beantwortet.«

»Es ist nicht wegen des Geldes. Weshalb also?«

Er machte den Mund auf, um etwas zu erwidern, schwieg aber dann. Als er schließlich doch antwortete, sagte er: »Vielleicht mache ich es für Giuliano. Mag sein, dass ich es auch für mich tue.«

Meine geliebte Lisa,
ich schreibe Dir aus zwei Gründen: Erstens will ich Dich wissen lassen, dass ich die Absicht habe, meinen Bruder Piero anzuflehen, mir die Erlaubnis zu geben, bei Deinem Vater um Deine Hand anzuhalten. Dazu muss natürlich eine angemessene Trauerzeit vergehen.

Nun kann ich Dich in aller Form um Verzeihung bitten, dass ich es versäumt habe, am vereinbarten Ort zur vereinbarten Zeit zu erscheinen. Ich weiß, wie es Dich verletzt und Dich womöglich auf den Gedanken gebracht haben muss, du könntest mir nichts mehr bedeuten. Im Gegenteil.
Zweitens muss ich mich bei Dir bedanken. Deine Worte an Vater – über all das Gute, das er für Florenz und die Menschen hier getan hat –, waren mitfühlend und klug, und sie haben ihn sehr angerührt. Keine Tochter hätte liebevoller sein oder größeren Trost spenden können.
Nur wenige Menschen haben Vaters wahre Gefühle in Betracht gezogen, obwohl er, selbst in seinen letzten Augenblicken noch, nur an andere dachte. Als er wusste, dass er sterben würde, hat er seine engsten Freunde zu sich gerufen und sich die größte Mühe gegeben, sie zu trösten, statt sich von ihnen trösten zu lassen.
Er war sogar so gnädig, Giovanni Pico zu gestatten, den Mönch Savonarola in sein Schlafgemach zu bringen. Der Herr möge mir verzeihen, aber ich kann diesen Mönch nur hassen, der meinen Vater wegen seiner guten Taten schlechtmacht. Vielen Künstlern als Mäzen zu dienen, die Platonische Akademie zu unterstützen, die Armen mit Zirkusveranstaltungen und Paraden zu unterhalten – all das seien heidnische Dinge, sagte Savonarola, und dafür würde mein Vater in der Hölle schmoren, bis er Buße getan habe. Hätte ich gewusst, dass er so etwas sagen wollte, hätte ich ihm die Audienz niemals erlaubt.
Der hässliche kleine Mönch wiederholte seine schrecklichen Anschuldigungen und flehte meinen Vater an: »Tuet Buße für all das Blut, das Ihr vergossen habt!«
Daraufhin drehte mein Vater das Gesicht zur Wand. Nur auf mein Drängen und das mehrerer Wachen waren wir in der Lage, den Mönch erfolgreich aus seiner Gegenwart zu entfernen. Wie hat er so grausam sein können, meinen Vater einen Mörder zu nennen – meinen Vater, der

nie eine Waffe gegen einen anderen erhoben hat, außer in Notwehr?

Fra Girolamo wandte sich dann mir zu und sagte: »Ihr tätet klug daran, zu büßen und auf die Knie zu fallen, denn Eure Arroganz – und die Eurer Brüder – wird Euch ohnehin bald dorthin bringen.«

In diesem Augenblick rief mein Vater nach mir, sodass ich an seine Seite eilte. Er redete inzwischen wirr. Immer wieder stellte er dieselbe Fage: »Bitte!«, sagte er. »Bitte, bitte sag mir – wo ist er?« Ich antwortete, ich verstünde nicht, wen er meinte, wenn er mir jedoch den Namen sagte, würde ich den Mann sofort an sein Bett führen, er aber stöhnte nur und sagte: »Ach, Giuliano, nach all den Jahren enttäusche ich dich!«

Bald darauf ging es ihm schlechter, und die Ärzte versuchten ihm eine andere Arznei zu verabreichen, die er allerdings nicht schlucken konnte. Er döste unruhig und wachte desorientiert und viel schwächer wieder auf. Er rief oft nach mir, ließ sich aber durch meine Gegenwart nicht trösten, wenn ich ihm die Hand hielt und ihn zu besänftigen versuchte. Dann wurde er ganz still, bis sein mühsames Röcheln das einzige Geräusch im Raum war; es war, als lausche er auf etwas.

Nach geraumer Zeit schien er etwas zu hören, denn er lächelte und flüsterte mit großer Freude: »Giuliano … Du bist es. Gott sei Dank, du hast es ans Ufer geschafft.«

Kurz darauf verschied er.

Mich treibt nun ein Verdacht um, der mir keine Ruhe lässt. Ich bin zu der Überzeugung gelangt, dass die Heiltränke, die der Arzt meinem Vater in seinen letzten Monaten verabreicht hat, seinen Gesundheitszustand wesentlich verschlechtert haben.

Glaube mir, dass meine Gedanken nicht einfach von meinem Kummer genährt sind; ich vermute eine Verschwörung, um den Tod meines Vaters zu beschleunigen – vielleicht sogar, um ihn herbeizuführen. Meine Meinung wird durch die Tatsache gestützt, dass der Leib-

arzt meines Vaters, Pier Leone, zwei Tage nach dem Tod meines Vaters ertrunken in einem Brunnen aufgefunden wurde. Selbstmord, heißt es, aus Entsetzen über den Tod seines Patienten.
Die Signoria hat eine besondere Abstimmung durchgeführt, die es meinem Bruder Piero erlaubt, die Rechte und Pflichten unseres Vaters zu übernehmen, obwohl er erst zwanzig ist. Er ist zurzeit schrecklich zerstreut und unsicher, daher kann ich ihn noch nicht mit Heiratsangelegenheiten behelligen. Ich muss ihm jetzt eine Stütze sein und darf ihn nicht ablenken.
Mein Kummer ist noch verstärkt, weil ich auf der Beisetzung meines Vaters nicht mit Dir reden konnte und weil ich Dich an jenem Abend in San Lorenzo nicht treffen konnte.
Es wäre klug, diesen Brief zu verbrennen; wenn wir Feinde haben, möchte ich nicht, dass Du jemals in ihr Visier gerätst.
Du sollst wissen, dass ich dich immer liebe. Ich versichere Dir, dass ich mich im ersten günstigen Moment an Piero wenden werde.
Immer Dein,
Giuliano

34

In den nächsten Monaten, während der Frühling in den Sommer überging, war mein Leben ein einziges, quälendes Warten. Von Leonardo erhielt ich weder Briefe noch eindrucksvolle Skizzen aus Mailand. Was aber weitaus schlimmer war – ich hörte auch nichts mehr von Giuliano.

Sein älterer Bruder jedoch schürte viele Gerüchte in der ganzen Stadt. Piero richtete sein Augenmerk mehr auf Sport und Frauen als auf Diplomatie und Politik. Schon seit langem hieß es, sein Vater sei oft verzweifelt an Pieros Mangel an Scharfsinn und an seiner Arroganz.

Vor allem an seiner Arroganz, und Lorenzo sollte recht behalten. Nur wenige Monate nach *il Magnificos* Tod gelang es Piero, sich zwei der engsten Berater seines Vaters und die meisten der Prioren zu entfremden. Es machte die Sache auch nicht besser, dass seine Mutter Clarice dem mächtigen Adelsgeschlecht der Orsini entstammte, die sich für Prinzen hielten; auch nutzte es nichts, dass Piero Alfonsina Orsini aus Neapel geheiratet hatte. Aus diesem Grund wurde er als Außenseiter betrachtet – nur zu einem Drittel florentinisch und zu zwei Dritteln selbsternannter Fürst.

Savonarola verwendete das raffiniert in seinen Predigten und wiegelte die Armen gegen ihre Unterdrücker auf, wenn er auch darauf bedacht war, Piero nicht beim Namen zu nennen. Die Stimmung gegen die Medici nahm zu; zum ersten Mal äußerten sich die Menschen offen gegen die Familie – auf den Straßen und sogar in den großen Palazzi.

Ich hatte in meinem Elend keine Ausreden mehr, Fra Girolamos Predigten aus dem Weg zu gehen. Ich nahm sie auf mich in der Hoffnung, dass mein Gehorsam als Tochter das Herz meines Vaters erweichen und ihn davon abhalten würde, Giuliano als Freier abzuweisen. Also war ich zweimal täglich in San Lorenzo und hörte den grimmigen kleinen Dominikaner predigen. Ende Juli, als Papst Innozenz starb, verkündete Savonarola, das sei ein weiteres Zeichen für den Zorn Gottes; Mitte August, als ein neuer Papst den Thron des heiligen Petrus bestieg, lief sein Gesicht vor Zorn rot an. Kardinal Rodrigo Borgia, jetzt Papst Alexander VI., wagte es, mit seinen drei unehelichen Kindern in den Vatikan einzuziehen: Cesare, Lucrezia und Jofre. Außerdem bezog er sich auf sie, wie die meisten Kardinäle und Päpste in der Vergangenheit, nicht als seine Nichten und Neffen; er bestand in aller Öffentlichkeit darauf, dass man sie als seine Kinder anerkannte. Gerüchten zufolge hielten sich auch Huren im Papstpalast auf, es fanden Orgien statt, bei denen man sich betrank. Das war der Beweis, dass der Zorn Gottes sich in Kürze entladen würde.

Zalumma saß in der Kirche neben mir mit gesenktem Blick und abwesender Miene. Ganz offensichtlich dachte sie nicht über die Worte des Propheten nach, wie man hätte annehmen können; ich wusste, dass sie in ihrer Phantasie woanders war, vielleicht in den geliebten Bergen, die sie als kleines Mädchen verlassen hatte. Auch ich war an einem anderen Ort. In meiner Vorstellung beschwor ich die Villa in Castello herauf und die Pracht, die dort versammelt war, oder ich griff zurück auf die Erinnerung an meinen Rundgang durch *il Magnificos* Arbeitszimmer und rief mir das Leuchten eines großen Rubins oder die Glätte von Kleopatras Kelch ins Gedächtnis.

Diese Erinnerungen hielten mich aufrecht, während ich den Worten Savonarolas lauschte; sie hielten mich aufrecht, wenn ich jeden Abend mit meinem Vater und Giovanni Pico aß, der viel zu viel Wein trank und am Ende des Mahles oft in Tränen ausbrach. Mein Vater geleitete ihn dann ins Arbeitszimmer, wo sie noch bis spät in die Nacht leise miteinander redeten.

Der Herbst kam, dann der Winter, und das neue Jahr brach an. Endlich schmuggelte Zalumma einen Brief zu mir durch, der das Siegel der Medici trug. Ich riss ihn mit einer Mischung aus verzweifelter Hoffnung und ungezügelter Freude auf.

»Madonna Lisa«, fing er an, und mit diesen beiden distanzierten Wörtern wurde meine Hoffnung zunichtegemacht.

Ich bin am Ende meiner Weisheit. Piero hat mir standhaft die Erlaubnis verweigert, Dich zu heiraten; er sucht mir eine Braut aus, die das Ansehen der Familie verbessert und seine Position als Vaters Nachfolger festigt. Er denkt nur an Politik, nicht an Liebe. Mein Bruder, Kardinal Giovanni, ist fest entschlossen, dass ich eine Orsini heiraten soll, und will nichts anderes hören.

Das will ich nicht. Ich teile Dir so etwas nicht mit, um Dich zu entmutigen, sondern um Dir mein langes Schweigen zu erklären und um Dir zu versichern, wie enttäuscht und entschlossen ich bin. Ich will keine andere heiraten. Die Unmöglichkeit, Dich zu sehen, hat mein Verlangen nicht abgekühlt; nein, es ist eher geschürt worden. Tag und Nacht denke ich nur an Dich und an einen Weg, wie wir zusammenkommen können. Ich habe mich der Suche nach diesem Weg verschrieben und werde ihn auch finden.

Bald werde ich bei Dir sein, Geliebte. Hab Vertrauen.

Giuliano

Ich ließ den Brief in den Schoß fallen und weinte untröstlich. Ich hatte kein Vertrauen – weder in Gottes Güte noch in Savonarolas gnadenlose Tiraden, noch in Giulianos Fähigkeit, den Anforderungen aus Pflicht und sozialer Stellung zu entkommen. Ich war nur die Tochter eines Tuchhändlers, für die sich Lorenzo törichterweise interessiert und für die Giuliano dummerweise Gefühle entwickelt hatte – Gefühle, die sicher mit der Zeit nachlassen und schließlich vergehen würden.

Ich wollte den Brief den Flammen der Lampe zum Fraß geben, ihn in tausend Stücke zerreißen, sie in die Luft werfen und wie Staub niederrieseln sehen.

Dumm, wie ich jedoch war, faltete ich ihn sorgfältig und legte ihn zu meinen anderen Andenken: zu Giulianos Medaillon, zu dem von Cosimo und dem Medici-Wappen; zu der Zeichnung, die Leonardo von mir angefertigt hatte, und zu seinem Brief; zu Giulianos Briefen, einschließlich dem, den ich nach seinem ausdrücklichen Wunsch hatte verbrennen sollen.

35

Das Jahr 1493 – das Jahr nach Lorenzos Tod, das erste volle Jahr unter Pieros Herrschaft – war grausam für mich. Meine Monatsblutung setzte ein, was ich vor meinem Vater geheim hielt, indem ich die Wäscherin bestach, damit sie die Flecken auf den Laken nicht erwähnte. Trotzdem begann Vater von potenziellen Freiern zu sprechen. Er habe sein Versprechen an meine Mutter gehalten, sagte er; es sei nicht seine Schuld, dass Lorenzo gestorben sei, bevor er seine Meinung zu einer geeigneten Partie abgeben konnte. Und mit Sicherheit könne mein Schicksal nicht diesem Tölpel Piero anvertraut werden, der seine Unfähigkeit als Heiratsvermittler von Florenz bereits zur Genüge bewiesen habe – er hatte mehrere Verbindungen zugelassen, die auf die Missbilligung alter Adelsfamilien stießen. Nein, mein Vater hatte einen vornehmen Mann im Sinn, fest verankert in der florentinischen Gesellschaft und dennoch fromm, und wenn die Zeit gekommen sei, würde er ihn als meinen Freier empfangen.

Zum Glück war ich noch jung, und mein Vater beließ es zunächst beim Gerede über einen Ehemann. Trotz unserer schwierigen Beziehung wusste ich, dass mein Vater mich liebte und dass meine Mutter ihm entsetzlich fehlte. Ich war seine einzige Verbindung zu ihr, weshalb ich annahm, dass er sich von mir nicht gern trennte.

In jenem Jahr vermischte sich auch die Legende von einem *papa angelico* – einem Papst, der nicht von dieser Welt war und nicht von Menschen, sondern von Gott erwählt würde –

mit einer zweiten alten Geschichte über das Eintreffen eines zweiten Kaisers Karl, der die Kirche säubern würde. Dieser Karl der Große würde dann die Christenheit unter der geistlichen Ordensregel des *papa angelico* einen.

Es war der Sache nicht dienlich, dass der französische König Karl hieß oder dass er auf solche Legenden hörte und sie sich zu Herzen nahm. Es half auch nicht, dass er seinen Blick nach Neapel richtete und entschied, dass das südliche Fürstentum am Meer von Rechts wegen ihm gehörte. Schließlich war es der französischen Herrschaft erst vor einer Generation vom Vater des alten Königs Ferrante, Alfons dem Großmütigen, abgerungen worden. Frankreichtreue Barone wohnten noch immer in der Stadt und würden nur zu gern ihre Schwerter erheben, um ihren wahren Herrscher Karl zu unterstützen.

Savonarola griff diese Ideen auf und vermengte sie mit seiner heiligen Vision. Er war immerhin so gerissen, dass er nie direkt nahelegte, er sei der engelsgleiche Papst, doch er begann zu predigen, Karl werde das Racheschwert des Herrn schwingen. Karl werde Italien geißeln und auf Büßerknie zwingen, und die Gläubigen sollten ihn mit offenen Armen empfangen.

Vielleicht waren Fra Girolamo und seine treuen Anhänger begierig darauf, einen fremden König in Italien einmarschieren zu sehen, doch alle, die ich kannte, waren bei dem bloßen Gedanken äußerst beunruhigt. Das Gefühl eines bevorstehenden Unheils schwebte über uns allen wie ein Damoklesschwert. Gegen Ende des Jahres waren sich alle in Florenz darüber im Klaren, dass Karl Pläne schmiedete, im Juni des Folgejahres in Neapel einzumarschieren.

»O Herr«, rief der Prophet bei einer seiner Andachten im Advent, »Du hast uns behandelt wie ein verärgerter Vater; Du hast uns von Deiner Gegenwart ausgeschlossen. Beschleunige die Strafe und die Geißel, damit wir noch schneller mit Dir vereint sind!« Er sprach von einer Arche, die der Büßer aufsuchen könne, um vor dem bevorstehenden Zorn bewahrt zu werden. Und jede Predigt schloss er mit dem Zusatz: »*Cito! Cito!* – Schnell! Schnell!«, mit dem er die Gläubigen drängte, Zuflucht zu suchen, ehe es zu spät war.

Doch als noch ein Jahr vergangen war, brachte das Frühjahr 1494 – zumindest für mich – neue Hoffnung. Ich hatte meinen Traum, Giuliano jemals wiederzusehen, längst aufgegeben, da ließ Zalumma einen weiteren Brief mit dem Medici-Siegel in meinen Schoß fallen.

Liebste Lisa,
vielleicht glaubst Du mir jetzt, dass ich ein Mann bin, der zu seinem Wort steht. Ich habe nicht lockergelassen, und hier ist das Ergebnis: Mein Bruder Piero hat mir endlich die Erlaubnis erteilt, um Deine Hand anzuhalten. Mein Herz jubelt; diese Welt ist für mich zum Paradies geworden.
Ich hoffe, dass mein langes Schweigen Dich nicht an der Tiefe meiner Gefühle für Dich hat zweifeln lassen, und ich bete zu Gott, dass Deine Gefühle mir gegenüber sich nicht verändert haben. Ich muss Dich im Guten warnen: Wir Medici haben das Murren gegen uns vernommen sowie die ungerechtfertigten Anschuldigungen gegen Piero. Die öffentliche Meinung ist umgeschlagen, und wenn Dein Vater und Du meinen Antrag annehmen solltet, dann seid Euch bewusst, dass Du in eine Familie einheiratest, deren Einfluss womöglich schwindet. Piero ist nach wie vor zuversichtlich, dass alles gut werden wird, doch ich fürchte, dass es anders enden wird. Er hat ein Schreiben von Karls Botschaftern erhalten mit der Forderung, der französischen Armee mitsamt Waffen und Soldaten freien Durchgang durch die Toskana zu gewähren. Piero hat das Gefühl, keine klare Antwort geben zu können; Familienbande verpflichten ihn, Neapel zu unterstützen, und Papst Alexander hat eine Bulle herausgegeben, in der er Alfonso von Kalabrien zum König dieses südlichen Reiches ausruft. Seine Heiligkeit hat auch angedroht, die Pfründe unseres Bruders Giovanni als Kardinal zurückzuhalten, sollte es Piero nicht gelingen, Neapel vor Karls Vormarsch zu retten.
Doch von allen Mitgliedern der Signoria wird von Geset-

zesseite her verlangt, dass sie einen Eid ablegen, niemals die Waffen gegen Frankreich zu erheben, und Florenz hat sich immer stark auf seinen Handel verlassen. Daher befindet sich mein ältester Bruder in einer misslichen Lage. Auch dass seine Berater ihm widersprüchlichen Rat erteilen, macht die Sache nicht besser. Der eine sagt ihm, zeigt den Leuten, dass alles in Ordnung ist, also spielt mein Bruder in aller Öffentlichkeit Ball, wobei ihm die Bürger zuschauen können, um ihnen den Eindruck zu vermitteln, dass das Leben wie gewohnt weitergeht. Was kommt dabei heraus? Tunichtgut nennen ihn die Leute, und Zuccone, *Kürbiskopf.*

Mir fällt dazu unweigerlich nur ein, dass er das Opfer einer gemeinschaftlichen Anstrengung ist, unser Haus zu diskreditieren und niederzuwerfen.

Denke darüber nach, Liebste, bevor Du mir schreibst, und gib mir Antwort. Lass mich wissen, ob sich Deine Gefühle mir gegenüber verändert haben. Und wenn Du mir eine Nachricht schickst, werde ich eilen! Sobald ich die Erlaubnis habe, bei Deinem Vater vorzusprechen, werde ich Dir den Tag und die Stunde mitteilen.

Ich zähle die Augenblicke, bis ich Dich wiedersehe. Mein Glück liegt jetzt in Deinen Händen.

Ob ja oder nein, ich bleibe
Dein für immer,
Giuliano

Ich ließ den Brief sinken und hob die Hände an meine brennenden Wangen. Zalumma stand natürlich hinter mir, begierig zu erfahren, was der Brief enthielt.

Mit reglosem Gesicht schaute ich zu ihr auf und sagte mit ungläubigem Staunen: »Er kommt her und hält um meine Hand an.«

Lange blickten wir uns mit weit aufgerissenen Augen an, dann packten wir uns an den Schultern und kicherten ausgelassen wie Kinder.

36

Ich antwortete Giuliano umgehend. Meine Hoffnung war so groß, dass ich mich nicht mehr daran erinnern wollte, wie mein Vater gegen die Medici gewettert hatte, geschweige denn an seine Drohung, mich an einen frommeren Mann zu verheiraten. Stattdessen klammerte ich mich an Giulianos Zusage, er werde einen Weg finden, eine Vereinbarung zu erzielen. Schließlich war er *il Magnificos* Sohn, geübt in Diplomatie und der Kunst des Kompromisseschließens. Ich vertraute darauf, dass er das Unmögliche erreichen würde. Da ich gefährlich ungeübt in Diplomatie war – besonders wenn es meinen Vater betraf –, hielt ich den Mund und verriet ihm nichts von Giulianos Absicht.

Die Fastenzeit kam. Am ersten Freitag übernahm Savonarola die Kanzel. Er predigte, ein »neuer Kyros« bereite sich darauf vor, die Alpen zu überqueren – nicht der persische König aus der Antike, sondern offenkundig Karl auf seinem Vormarsch nach Süditalien.

Wenn die Menschen Fra Girolamo zuvor schon mit Ehrfurcht begegnet waren, so sahen sie jetzt in ihm einen Halbgott, denn er hatte – ihrer Meinung nach – zwei Jahre zuvor vorausgesagt, was später als der »Ärger mit Frankreich« bekannt wurde.

»Gott ist sein Führer«, verkündete Savonarola über seinen neuen Kyros. »Festungen werden vor ihm fallen, und keine Armee wird sich ihm widersetzen können. Und der, der Florenz anführt, wird sich wie ein Betrunkener benehmen und genau das Gegenteil dessen tun, was getan werden muss.« Nachdem er Piero kritisiert hatte, nahm der Prediger den Borgia-Papst ins Visier: »Du, Mutter Kirche, bist der Grund, warum sich dieser Sturm erhoben hat!« Wieder sprach er von der Arche, auf der die Rechtschaffenen Zuflucht vor der bevorstehenden Sintflut suchen könnten, und beendete seine Predigt mit dem Ruf: »*Cito! Cito!*«

Unterdessen verlegte König Karl seinen Hof von Paris weiter südlich nach Lyon – unangenehm nah an der Toskana. Die Bürger von Florenz bekamen es mit der Angst zu tun; jene, die Fra Girolamo früher verspottet hatten, begannen zuzuhören.

Wenige Wochen vor Ostern, an einem grauen, wolkenverhangenen Morgen, kamen Zalumma und ich recht früh vom Markt nach Hause; ein leichter Nieselregen hing in der Luft und hatte sich auf mein Gesicht und meine Haare gelegt. Mein Vater hatte zuvor verkündet, er wolle in der Fastenzeit nicht nur auf Fleisch, sondern auch auf Fisch verzichten, und da wir alle verpflichtet waren, uns seiner Frömmigkeit anzuschließen, brauchte ich weder beim Schlachter noch beim Fischhändler anzuhalten.

Als unsere Kutsche um die Ecke auf die Rückseite unseres Palazzo bog, erblickte ich dort ein zweites Gefährt – mit dem Medici-Wappen auf der Tür. Es stand noch nicht lange dort; die schönen weißen Pferde schnaubten noch nach ihrem Weg über den Arno. Der Kutscher lächelte uns freundlich grüßend von seinem Kutschbock zu.

»Der Herr sei uns gnädig!«, stieß Zalumma hervor.

Ich stieg aus und gab unserem Kutscher Anweisungen, die Einkäufe in die Küche zu bringen. Ich war sogleich wütend auf meinen Vater; er hatte offenbar eine Begegnung mit meinem Freier zu einem Zeitpunkt vereinbart, an dem ich nicht zu Hause sein würde. Zugleich war ich bass erstaunt, dass er sich überhaupt auf ein Gespräch mit Giuliano eingelassen hatte. Dieser Umstand erweckte meine Hoffnung von Neuem, dass mein Zukünftiger nicht nur seinen Bruder, sondern auch meinen Vater für sich einnehmen konnte.

Meine Wut verwandelte sich in Entsetzen, als ich eine Bestandsaufnahme von meiner äußeren Erscheinung machte. Um meinen Vater zu beruhigen, war ich dazu übergegangen, sehr schlichte, dunkle Sachen anzuziehen und behielt sogar die überholte Tradition bei, Topas zu tragen, einen Edelstein, dem nachgesagt wurde, dass er Eros' Flammen abkühlte und Jungfrauen half, ihre Unschuld zu wahren. An jenem Tag hatte ich ein hochgeschlossenes Kleid aus dunkelbrauner Wolle gewählt, das hübsch zu der Topaskette passte: Ich sah aus wie eine ausgemachte *piagnona*. Mein Schleier aus schwarzer Gaze hatte mein Haar nicht vor der Feuchtigkeit schützen können, sodass widerspenstige Locken darunter hervorquollen.

Ich packte Zalummas Hand. »Du musst eine Möglichkeit finden, ihr Gespräch zu belauschen! Geh!«

Sie bedurfte keiner weiteren Aufforderung, sondern setzte sich beinahe im Laufschritt in Bewegung, während ich mit dem bisschen Anstand, das ich aufzubringen vermochte, langsamer ins Haus ging.

Die Tür zum Salon stand offen – ein weiterer Beweis dafür, dass man nicht mit meinem Eintreffen gerechnet hatte.

Ich vernahm die ruhige, ernste Stimme meines Vaters, was mich sogleich erleichterte; ich hatte Feindseligkeit erwartet. Als ich an der offenen Tür vorbeiging, schaute er auf.

Wäre ich mit mehr Selbstbeherrschung gesegnet, hätte ich meinen Weg vielleicht fortgesetzt, doch ich blieb stehen und schaute Giuliano an. Aus Respekt vor meinem Vater hatte er sich konservativ in schlichte blaue Wolle und einen dunkelblauen, fast schwarz wirkenden Umhang gekleidet. Ich hatte ihn monatelang nicht zu Gesicht bekommen, seit dem Morgen der Beisetzung seines Vaters. Er war seither gewachsen und viel reifer geworden. Er war größer, das Gesicht schmaler und kantiger, die Schultern und der Rücken breiter. Erleichtert stellte ich fest, dass mein Vater ihn angemessen empfangen und Wein und etwas zu essen für den Gast hatte kommen lassen.

Giuliano betrachtete mich seinerseits, und sein Strahlen nahm mir den Atem.

»Lisa«, rief mein Vater. Im ersten, leichtsinnigen Augenblick dachte ich, er würde mich hereinbitten, doch er sagte: »Geh in deine Gemächer.«

Wie betäubt ging ich die Treppe hinauf. Hinter mir vernahm ich Zalumma, die nachfragte, ob Ser Antonio noch mehr Wein haben wolle. Sie würde mir als Augen und Ohren dienen, doch das tröstete mich nur wenig. Ich ging in mein Zimmer, fand aber keine Ruhe. Deshalb wagte ich mich auf den Korridor. Ich konnte nicht hören, was unter mir vor sich ging – die Stimmen waren zu leise, um sie zu unterscheiden. Hilflos starrte ich aus dem Fenster auf den Kutscher und die schönen Pferde.

Die ruhigen Stimmen waren ein gutes Omen, sagte ich mir. Giuliano, ein begnadeter Diplomat, hatte einen Weg gefunden, vernünftig mit meinem Vater zu reden.

Ich musste noch eine Weile weiter leiden, bevor ich endlich Giuliano aus unserer Loggia auftauchen und den Hof zu seiner Kutsche überqueren sah.

Ich riss das Fenster auf und rief seinen Namen.

Er drehte sich um und schaute zu mir hoch. Die Entfernung war zu groß für Worte, doch mit einem kurzen Blick erfuhr ich alles.

Er war niedergeschlagen. Dennoch hob er eine Hand, als wollte er nach mir greifen; und diese Hand führte er an sein Herz.

Dann tat ich etwas Empörendes, etwas Unerhörtes: Ich hob die Röcke und rannte in halsbrecherischem Tempo die Treppe hinunter, fest entschlossen, Giuliano in seiner Kutsche anzuhalten, mich ihm anzuschließen und das Haus zu verlassen, in dem ich einst geboren wurde.

Und ich hätte es möglicherweise geschafft – aber mein Vater war gerade aus dem Zimmer getreten, in dem er seinen Gast empfangen hatte, und erkannte, wohin ich wollte, trat vor die Tür und versperrte mir den Weg.

Ich hob beide Hände, um ihn zu schlagen – oder vielleicht auch nur, um ihn zur Seite zu stoßen. Er packte mich an den Handgelenken.

»Lisa, bist du wahnsinnig?« Er war ehrlich erstaunt.

»Lass mich gehen!«, rief ich zornig, denn ich hörte Giulianos Kutsche bereits Richtung Tor rumpeln.

»Woher weißt du es?« Sein Tonfall änderte sich schlagartig. Aus Erstaunen wurde Anklage. »Woher weißt du, warum er gekommen ist? Was hat dich auf den Gedanken gebracht, dass es sich um etwas anderes als einen Geschäftsbesuch handelt? Und wie kommt es, dass du so vernarrt in ihn bist? Du hast mich angelogen, hast mir etwas verheimlicht! Hast du überhaupt eine Ahnung, wie gefährlich das ist?«

»Wie konntest du ihn abweisen, obwohl du gesehen hast, dass wir uns lieben? Du hast Mutter auch geliebt – wie wäre es dir gegangen, wenn man sie dir verwehrt hätte? Wenn ihr Vater dich abgewiesen hätte? Mein Glück ist dir völlig gleichgültig!«

Statt seine Stimme zu heben, um sich der meinen anzupassen, wurde er leiser. »Im Gegenteil«, sagte er. »Dein Glück liegt mir sehr am Herzen – deshalb habe ich ihn abgewiesen.« Dann erkundigte er sich aufbrausend: »Hast du denn nicht die Unzufriedenheit überall auf den Straßen gehört? Die Medici haben den Zorn Gottes auf sich gezogen und den des Volkes ebenfalls. Würde ich ihnen meine Tochter ausliefern, wäre es für mich dasselbe, als würde ich sie direkt ins Unglück stürzen. Es ist nur eine Frage der Zeit, bis der französische König kommt und die Geißel Gottes in Händen hält; was wird dann aus Piero und seinen Brüdern werden? Du gehst zweimal am Tag mit mir zur Messe. Wie kommt es, dass du nichts von dem gehört hast, was Savonarola sagt?«

»Fra Girolamo hat keine Ahnung«, erwiderte ich hitzig. »Giuliano ist ein guter Mann aus einer Familie guter Menschen, und ich werde ihn eines Tages heiraten!«

Seine Hand schoss so schnell hervor, um mich zu schlagen, dass ich sie nicht einmal kommen sah; im nächsten Augenblick hielt ich mir die brennende Wange.

»Herr, vergib mir«, sagte er, ebenso überrascht ob seiner Tat wie ich. »Der Herr möge mir verzeihen, aber du hast mich provoziert. Wie kannst du davon reden, einen Medici zu ehelichen? Hast du denn nicht gehört, was der Prophet über sie gesagt hat? Hast du nicht gehört, was das Volk sagt?«

»Doch.« Ich hatte einen gemeinen Ton angeschlagen. »Mir ist gleichgültig, was du oder Fra Girolamo oder die Leute denken.«

»Du machst mir Angst.« Er schüttelte den Kopf. »Ich habe Angst deinetwegen. Angst um dich. Wie oft muss ich mich noch wiederholen? Du folgst einem gefährlichen Pfad, Lisa. Sicherheit ist nur bei Fra Girolamo zu finden. Sicherheit bietet allein die Kirche.« Er seufzte schaudernd, seine Miene war gequält. »Er wird für dich beten, Kind. Was kann er sonst tun?«

»Für uns beide beten«, entgegnete ich möglichst unfreundlich, wandte mich dann herrisch ab und lief die Treppe hinauf in meine Gemächer.

37

Zalumma war es nicht gelungen, die ganze Unterhaltung zwischen meinem Vater und Giuliano mitzubekommen, doch sie hatte aufschnappen können, dass ein Angebot für Land und zehntausend Florin abgelehnt worden war. Als Giuliano am Ende fragte, welches Angebot denn annehmbar wäre und was er noch tun könne, um die Ernsthaftigkeit seiner Absicht unter Beweis zu stellen, hatte mein Vater schließlich erwidert: »Ihr wisst, Ser Giuliano, dass ich ein Anhänger Fra Girolamos bin.«

»Ja«, gab Giuliano zu.

»Dann werdet Ihr meine Gründe verstehen, warum ich Euch abweise und warum ich in dieser Angelegenheit nie nachgeben werde.« Damit hatte mein Vater sich erhoben und die Unterhaltung für beendet erklärt.

»Aber«, gestand mir Zalumma, »ich habe Ser Giulianos Augen gesehen und die fest zusammengebissenen Zähne. Er ist genau wie sein Onkel; er wird nie aufgeben. Niemals.«

In jenem Frühjahr und Sommer wollte ich die Hoffnung nicht aufgeben. Ich war überzeugt, wieder von Giuliano zu hören.

Als Pieros Vettern dritten Grades, begierig auf Entschädigung durch Frankreich, eine Verschwörung gegen ihn anzettelten, war mir allerdings klar, dass es das Schlimmste war, was überhaupt passieren konnte. Und als Piero, um den Fehler seines Vaters an den Pazzi nicht zu wiederholen, die Verschwörer unter Hausarrest stellte – eine großzügige Geste, die darauf abzielte, seine Gegner zu beschwichtigen –, war ich zutiefst erleichtert.

Eine Krise war abgewendet worden; bestimmt würde man nun aufhören, jede Unternehmung Pieros zu kritisieren.

Doch Florenz war grausam und wankelmütig. Schließlich hatte die Stadt sowohl Petrarca als auch Dante ins Exil geschickt, die sie nun beide als ihre größten Söhne feierte. Piero hielt man für schwach und ineffektiv.

Zusammen mit meinem Vater und Graf Pico – der blass wurde und kränkelte – hörte ich mir Savonarolas Osterpredigt an. Er habe die Botschaft des Herrn nach bestem Wissen weitergegeben, sagte er, und diese Predigt sei die letzte, die er halten werde, bis Gott ihn wieder auf die Kanzel riefe. Ich musste sehr an mich halten, um nicht vor Erleichterung zu lächeln.

Ein jeder möge sich beeilen, Zuflucht in Gottes Arche zu nehmen, sagte er. »Noah lädt euch heute ein; die Tür steht offen, doch es wird die Zeit kommen, da sie geschlossen wird, und viele werden bereuen, nicht an Bord gegangen zu sein.«

Ich hatte weder die Absicht, an Bord zu gehen noch zu bereuen. Tatsächlich war ich heilfroh, dass mir Fra Girolamos rasende Proklamationen künftig erspart blieben. Dennoch besuchte ich zweimal täglich die Messe – in Begleitung von Zalumma und meinem Vater, doch zum Glück ohne den salbungsvollen Pico – in der Kirche Santo Spirito, in der meine Mutter begraben lag, in der die Erinnerung an sie mir Frieden schenkte, in der Gott eine gerechte und liebevolle Gottheit war, stärker daran interessiert, Seelen zu retten und die Kranken zu trösten, als Sünder zu peinigen.

Ich brauchte keinen Gott, der mir Qualen zufügte; mein eigenes Herz sorgte zur Genüge dafür. Eines Abends nach dem Essen, als ich wieder allein in meinem Gemach war, schrieb ich eine einzige Zeile mit der Feder meiner Mutter nieder. Nachdem ich sie unterschrieben hatte, faltete ich das Papier zweimal und versiegelte es mit rotem Wachs.

Dann steckte ich es Zalumma zu.

Sie hatte die Arme vor der Brust verschränkt und sah furchterregend aus mit ihren schwarzen, ausgebürsteten Locken; wie ein breiter, unbändiger Rahmen lagen sie um ihr Gesicht, das im Schein der Kerze die Farbe des Mondes angenommen hatte. »Es ist nicht mehr so leicht«, sagte sie. »Euer Vater beobachtet mich genau.«

»Dann soll jemand anderes zum Palazzo Medici gehen. Mir ist einerlei, wie du es machst, nur sorg dafür, dass es erledigt wird.«

»Zuerst müsst Ihr mir sagen, was drinsteht.«

Wäre es eine andere gewesen als Zalumma, die sich so fürsorglich um meine kranke Mutter gekümmert und neben mir gestanden hatte, als meine Mutter starb, hätte ich sie sogleich darauf hingewiesen, dass sie für eine Sklavin eine gefährliche Dreistigkeit an den Tag lege. Ich seufzte, ließ ergeben die Schultern hängen und sprach die Worte aus, die mir seit vielen Nächten den Schlaf geraubt hatten.

»Gib mir ein Zeichen und eine Gelegenheit, dann komme ich zu dir.«

Das war ungeheuerlich, ging noch weit über einen Skandal hinaus; eine richtige Vermählung konnte ohne die Einwilligung des Vaters niemals stattfinden. Ich riskierte Missbilligung nicht nur von Seiten der Gesellschaft, sondern auch von Giuliano selbst.

Ich setzte mich und wartete matt auf Zalummas Strafpredigt.

Sie blieb aus. Zalumma betrachtete mich lange, ohne ein Wort zu sagen. Dann versicherte sie mir leise, aber wohlüberlegt: »Ich werde natürlich mit Euch gehen.«

Sie nahm den Brief an sich und ließ ihn ins Mieder gleiten. Ich griff nach ihrer Hand und drückte sie dankbar. Keine von uns lächelte; unsere Verschwörung war eine viel zu schwerwiegende Angelegenheit. Falls mein Vater sich, *ex post facto,* weigerte, seine Einwilligung zu meiner Ehe zu geben, käme mein Stand dem einer Mätresse gleich.

Liebste Lisa,
Dein Brief rührt mich zu Tränen. Dass Du meinetwegen bereit bist, einen Tadel für mich auf dich zu nehmen, demütigt mich und spornt mich an, ein Mann zu werden, der Deiner wert ist.

Aber ich kann Dir nicht erlauben, jetzt zu mir zu kommen.
Glaube nicht einen Moment lang, dass ich Dich oder Deine Liebe jemals aufgäbe; du stehst in meinen Gedanken an erster Stelle. Doch es muss Dir klar sein, dass Dich allein die Tatsache, mit mir Verbindung aufzunehmen, einer Gefahr ausgesetzt hat. Das belastet mein Herz noch mehr als die Trennung, die wir erdulden müssen.
Zweifellos hast Du von dem Versuch unserer Vettern Lorenzo und Giovanni gehört, Piero zu stürzen. Und unsere Lage ist noch prekärer geworden. Erst heute hat Piero einen Brief von unseren Botschaftern in Lyon erhalten. Karl hat sie entlassen; in diesem Moment machen sie sich auf den Weg zurück in die Toskana. Auch unsere Bankiers wurden ausgewiesen.
Hat meine Liebe nachgelassen? Niemals! Aber ich kann nicht zusehen, wie Du Dich in Gefahr begibst. Habe Geduld, Liebste; lass Zeit verstreichen, soll sich die Angelegenheit mit König Karl doch von selbst erledigen. Gib mir auch Zeit, mir zu überlegen, wie ich Deinen Vater beschwichtigen kann, denn ich kann Dich unter diesen unseligen Umständen nicht bitten, zu mir zu kommen – obwohl ich zugleich auf das Tiefste gerührt bin, dass Du dazu bereit bist. Du bist eine starke Frau; mein Vater wäre sehr stolz.
Wenn ich sicher sein kann, dass keine Gefahr für Dich besteht, lasse ich Dich holen.
Bis dahin verbleibe ich
Dein für immer,
Giuliano

Ich antwortete nicht, ich konnte nicht. Was nutzte es schon, wenn ich meine Verletzung, meine Enttäuschung, ja sogar meine Wut auf ihn zum Ausdruck brachte, weil er mich nicht einlud, auf der Stelle zu ihm zu kommen? Was hatte die Politik schließlich mit unserer Liebe zu tun?

Der Spätsommer war miserabel. Es wurde schwül. Ganze

Schwärme von Fischen starben und trieben auf dem Arno, ihre fauligen Leiber glitzerten silbern in der Sonne; der Gestank legte sich über die ganze Stadt. Es sei der Geruch des Todes, behaupteten die Gläubigen, der über die Alpen nach Süden ziehe. Obwohl der Prophet schwieg, gaben immer mehr Bürger, selbst Patrizier, seinen Lehren nach und entledigten sich ihrer feinen Kleidung. Schwarz, Dunkelgrau, tiefes Blau und Braun waren die Farbtöne, die man auf der Straße sah; verschwunden waren die leuchtenden Pfauenfarben Blau, Grün und Purpur, das fröhliche Safrangelb und die satten Rottöne.

Kommt in die Arche … Cito, Cito!

Furcht hatte die öffentliche Meinung fest im Griff. Da sie ohne Savonarola verloren waren, der ihnen sagte, was Gott dachte, sprachen die Leute in ehrfürchtigem Raunen von Zeichen und Omen: dass Wolken am Himmel in der Nähe von Arezzo die Form berittener Soldaten angenommen hatten, die Schwerter hoch über dem Kopf erhoben, dass eine Nonne in Santa Maria Novella während der Messe von einer Vision heimgesucht wurde, in der ein feuriger roter Bulle die Kirche mit seinen Hörnern rammte, dass in Puglia ein schrecklicher Sturm gewütet habe, dessen Finsternis nur von einem blendenden Blitzschlag durchbrochen wurde, der nicht eine, sondern drei Sonnen am Himmel bloßlegte.

Mein Vater hatte Giulianos Heiratsantrag und die Vorkehrungen für meine Verheiratung an einen *piagnone* offenbar vergessen. Er war noch sorgenvoller und zerstreuter als sonst. Zalumma zufolge weigerten sich die Medici nunmehr, ihre Wollstoffe bei ihm zu kaufen, womit sie eine Geschäftsverbindung abbrachen, die seit Cosimo de' Medici und meinem Großvater bestanden hatte. Die Geschäfte liefen schlecht: Tuch war zwar der Lieblingsstoff der edleren *piagnoni*, doch mein Vater wurde seine hell gefärbten Gewebe nicht mehr los, ja, es erwies sich sogar als schwierig, die dunklen zu verkaufen, da die Leute in solch unsicheren Zeiten nur ungern Geld für Garderobe ausgaben.

Meinen Vater aber trieben andere Dinge um, die ich nicht erahnen konnte. Er ging früh zur Messe in Santo Spirito, gleich danach in seinen Laden und kam erst abends wieder heim; ich war mir sicher, dass er die Abendmesse im Dom oder in San Marco besuchte und dort wahrscheinlich seinen Freund Pico traf. Er redete jedoch nie darüber, kam spät nach Hause, dinierte mit Ser Giovanni, und es war ihm mittlerweile gleichgültig, ob ich ihnen bei Tisch Gesellschaft leistete.

Im August hatte König Karl seine Truppen mobilisiert und die Alpen überquert; der erobernde Kyros hatte seinen unerbittlichen Marsch auf die Toskana angetreten. *Was hat Piero de' Medici vor, um uns zu helfen?*, fragte sich das Volk. Mein Vater schnaubte missbilligend. »Er vergnügt sich mit Sport und Weibern; ähnlich wie Nero spielt er, während Rom brennt.«

Im September nahm die öffentliche Hysterie zu: Rapallo, die Küstenstadt im Osten, südlich von Turin und Mailand gelegen, wurde von den Söldnern geplündert, die an der Seite der Franzosen marschierten. Diese Soldaten waren nicht wie unsere italienischen *condottieri*, die ungehindert plünderten und die Ernte zertrampelten, Menschenleben indes verschonten. Nein, diese gedungenen Schwerter gehörten den finsteren Schweizern, denen Schätze nicht ausreichten: Sie lechzten nach Blut. Und das vergossen sie großzügig, brachten jede lebende Seele um, die ihnen begegnete. Säuglinge an der Brust der Mutter wurden aufgespießt; hochschwangere Frauen wurden bei lebendigem Leib gehäutet. Gliedmaßen und Köpfe wurden abgehackt. Aus Rapallo war ein grauenvoller Friedhof mit unbestatteten Leichen geworden, verwesendes Fleisch, das hoch aufgestapelt in der Sonne lag.

Ganz Florenz war verrückt vor panischer Angst; selbst mein Vater, der früher so erpicht war, das Ende der Welt willkommen zu heißen, fürchtete sich. Die Öffentlichkeit wollte beruhigt werden, nicht von Piero de' Medici, nicht von unseren Prioren, sondern von dem einen Mann, der nun das Herz der Stadt in Händen hielt: der Prior von San Marco, Savonarola. Das öffentliche Geschrei war so groß, dass er sein selbst auferlegtes Schweigen brach und sich bereit erklärte, am Feiertag des heiligen Matthäus im großen Dom zu predigen.

Da wir wussten, dass sich eine große Menschenmenge versammeln würde, kamen wir schon im Morgengrauen zur großen Piazza, als die Sonne noch niedrig stand und das Licht schummrig war. Der Himmel war mit rotgeränderten Wolken bezogen, die Regen ankündigten.

Die Kirchentreppe, der Garten und der Platz selbst waren überfüllt, sodass unser Fahrer die Kutsche nicht ganz auf die Piazza lenken konnte. Zalumma, mein Vater und ich mussten aussteigen und uns zu Fuß zur Kathedrale durchkämpfen.

Von christlicher Nächstenliebe war nichts zu spüren. Mein Vater, ein körperlich starker Mann, drängte ohne ein Wort der Entschuldigung, ja regelrecht brutal durch die Menge und schaffte gerade genug Platz, damit Zalumma und ich ihm folgen konnten, dicht hinter ihm.

Fast eine Stunde brauchten wir, um in die Kirche zu gelangen. Sobald man meinen Vater erkannte, wurden wir wie Würdenträger behandelt: Dominikanermönche geleiteten uns den Rest des Weges bis vor ins Heiligtum, direkt vor die Kanzel. Trotz der Menschenmenge hatte man die Bänke in der Kirche gelassen. Für uns waren Plätze freigehalten worden.

Dort wartete Graf Giovanni Pico auf uns. Bei seinem Anblick erschrak ich. In den vergangenen Monaten war er fast jeden Abend bei uns zu Hause gewesen, doch ich war nicht hinuntergegangen und hatte ihn bestenfalls aus den Augenwinkeln wahrgenommen. Jetzt sah ich, dass er weit über seine Jahre hinaus gealtert war; seine Haut war aschfahl, die Wangen eingefallen. Er stützte sich schwer auf einen Stock und versuchte aufzustehen, als er uns sah, doch seine Gliedmaßen zitterten so stark, dass er aufgab. Mein Vater setzte sich neben ihn, und die beiden sprachen leise und eindringlich miteinander. Während ich sie beobachtete, fiel mein flüchtiger Blick auf eine vertraute Gestalt hinter ihnen: Michelangelo. In maßgeschneidertes Schwarz gekleidet, hatte er sich offenkundig den Reihen der *piagnoni* angeschlossen: Die Strenge seiner Kleidung betonte das Dunkel seiner Augen, seiner Haare, die auffallend hohe, bleiche Stirn und den kurzen Kiefer. Als er mich sah, schlug er die Augen nieder, als wäre er verlegen.

Ich kann nicht sagen, wie lange wir warteten, bis die Messe anfing; ich weiß nur, dass viel Zeit verstrich, in der ich oft für Giuliano betete. Um sein Leben fürchtete ich viel mehr als um mein eigenes.

Endlich begann die Prozession. Weihrauchdunst waberte durch die Luft. Die Gemeinde, der Chor, selbst der Priester wirkten wie betäubt. Wir durchliefen das Ritual nur halbherzig, murmelten Antworten, ohne sie zu hören und ohne über ihre Bedeutung nachzudenken. Unsere Gedanken waren nur auf eine Sache konzentriert: das Erscheinen des Propheten.

Selbst ich – die Sünderin und Skeptikerin, welche die Medici und ihre heidnische Kunst liebte – fand es unmöglich, der erwartungsvollen Qual zu widerstehen. Als der Prophet schließlich die Stufen zum Podium erklomm, hielten wir den Atem an – ich, Pico, mein Vater, Zalumma und alle anderen in der Kathedrale, der Priester eingeschlossen. Die Stille in jenem Moment schien unglaublich in Anbetracht der Tatsache, dass mehr als tausend Seelen Schulter an Schulter im Heiligtum saßen und mehrere Tausend sich draußen auf den Stufen und der Piazza drängten; das einzige Geräusch, als Savonarola die Versammelten überblickte, war fernes Donnergrollen.

Nach monatelangem Fasten in Einsamkeit war Fra Girolamo gespenstisch bleich, seine Wangenknochen traten erschreckend hervor. An diesem Tag lag keine Zuversicht in seinen großen Augen, keine Rechtschaffenheit, nur Erregung und Sorge; seine hervorstehende Unterlippe bebte, als habe er Mühe, die Tränen zurückzuhalten. Seine Schultern sackten nach vorn, und seine Hände griffen verzweifelt nach den Kanten des Lesepults, als habe er eine unerträgliche Bürde zu tragen.

Was immer er auszusprechen hatte, war eine entsetzliche Last für ihn. Er fuhr sich mit knochigen Fingern durch die ungekämmten schwarzen Locken, krallte sich fest hinein und stöhnte laut auf.

Die lange Stille danach war schmerzhaft. Zuletzt hatte uns der Prophet die Geschichte von Noah erzählt und uns gedrängt, an Bord von Gottes Arche zu gehen, um Schutz vor der bevorstehenden Sintflut zu suchen. Was würde er jetzt sagen?

Schließlich machte er den Mund auf und rief mit ebenso herzzerreißender wie schriller Stimme: »*Ecce ego adducam diluvii aquas super terram.* Denn siehe, ich will eine Sintflut mit Wasser kommen lassen auf Erden!«

Schreie hallten im großen Heiligtum wider. Vor uns und neben uns fielen Männer und Frauen in Ohnmacht und glitten von ihren Sitzen zu Boden. Zalumma packte meine Hand und drückte sie fest; sie tat mir weh, als sollte ich durch den Schmerz wieder zu mir kommen, als wollte sie sagen: *Lasst Euch nicht da reinziehen. Werdet nicht Teil dieses Wahns.*

Mein Vater und Pico zu meiner Rechten begannen zu weinen – mein Vater still, Pico schluchzte aus tiefstem Herzen. Sie waren nicht die Einzigen; schon bald war die Luft erfüllt von Jammern und erbärmlichen Ausrufen nach Gott.

Auch der Prophet konnte nicht länger an sich halten. Er bedeckte sein reizloses Gesicht mit beiden Händen und weinte, den Körper vor Kummer gekrümmt.

Es dauerte eine Weile, bis Fra Girolamo und seine Zuhörer sich gefangen hatten; an das, was er danach sagte, kann ich mich nicht erinnern. Ich weiß nur, dass mir zum ersten Mal der Gedanke kam, die Stadt Florenz, so wie ich sie kannte, könnte verschwinden – und mit ihr Giuliano.

37

In jener Nacht, als ich schließlich eingeschlafen war, stand ich im Traum in der Basilika von San Marco in der Nähe des Altars, wo Cosimo beigesetzt war. Das Gebäude war vollkommen überfüllt, die Menschen derart versessen darauf, den Propheten zu hören, dass sich heiße, schwitzende Körper an mich drückten – immer fester, bis ich kaum noch atmen konnte.

Mitten in dieser schrecklichen Unannehmlichkeit wurde mir bewusst, dass der große massige Leib, der sich an meine linke Seite lehnte, Fra Domenico gehörte. Ich versuchte, angewidert und hasserfüllt zurückzuweichen, doch gesichtslose Gestalten schoben sich gegen mich, hielten meine Arme fest, sodass ich mich nicht vom Fleck rühren konnte.

»Lasst ihn gehen!«, rief ich, ohne mir bewusst zu sein, dass ich schrie, noch was meine Worte, bis sie ausgesprochen waren, bedeuteten – denn just in diesem Moment erblickte ich meinen Giuliano. Der stämmige Mönch hatte ihn sich über die breite Schulter geworfen, sein Kopf hing halb auf Domenicos Knie herab, sein Gesicht war nicht zu sehen.

Überwältigt vom Zusammenprall der Leiber und von Entsetzen gepackt, rief ich Fra Domenico erneut zu: »Lasst ihn gehen!« Doch der Koloss schien ebenso taub wie stumm. Er blickte starr nach vorn auf die Kanzel, während Giuliano, noch immer kopfüber herunterbaumelnd, die Haare aufgelöst, die Wangen gerötet, mir das Gesicht zuwandte.

»Alles wiederholt sich, Lisa, siehst du es nicht?« Er lächelte besänftigend. »Alles wiederholt sich.«

Vor Panik am ganzen Leib zitternd, schrak ich aus dem Schlaf. Zalumma stand neben meinem Bett und schnalzte mit der Zunge. Offenbar hatte ich laut geschrien.

Von diesem Moment an kam ich mir vor wie Paulus von Damaskus: Die Schuppen waren mir von den Augen gefallen, und ich konnte nicht länger so tun, als sähe ich nicht. Giuliano und seine Familie steckten in einer äußerst prekären Lage. Florenz schwankte am Abgrund des Wandels, und ich konnte nicht abwarten, bis die Umstände wieder günstiger wurden. Womöglich würde das nie geschehen.

Der heraufziehende Morgen schenkte mir genügend Licht, sodass ich einen weiteren Brief schrieb, der wiederum nur aus einem Satz bestand.

Nenn mir einen Ort und einen Zeitpunkt – oder nicht, wenn du mich nicht haben willst; so oder so, ich komme bald zu dir.

Diesmal wollte ich selbst Zalumma nicht sagen, was er enthielt.

Eine Woche verging. Mein Vater, dem es Spaß machte, mir über Piero de' Medicis Misserfolge zu berichten, wartete mit Neuigkeiten auf: Ein Gesandter Karls war in die Stadt gekommen und hatte die Signoria aufgefordert, dem französischen König freien Durchmarsch durch Florenz zu gewähren. Er verlangte eine sofortige Antwort, da der König bald einträfe.

Die Signoria hatte keine parat, da die Mitglieder verpflichtet waren, zunächst Pieros Entscheidung abzuwarten; und Piero, der noch immer zwischen widersprüchlichen Ratschlägen schwankte, war zu einer umgehenden Antwort nicht imstande.

Empört verließ der Gesandte die Stadt – und innerhalb eines Tages wurden alle florentinischen Kaufleute aus Frankreich verbannt. Läden auf der Via Maggio, die vom Geschäft mit Frankreich abhingen, mussten auf der Stelle schließen.

»Die Leute können ihre Familien nicht ernähren«, sagte mein Vater. Seitdem sein eigenes Geschäft gelitten hatte, waren auch wir tatsächlich gezwungen, uns mit kleineren Rationen zu begnügen; auf den Verzehr von Fleisch verzichteten wir schon lange. Seine Arbeiter – die Scherer und Wollkämmer, die Spinner und Färber – mussten Hunger leiden.

Das alles war Piero de' Medicis Schuld. Um einen Aufstand zu verhindern, hatte er die Wachen verdoppelt, die vor dem Sitz der Regierung standen, dem Palazzo della Signoria, und diejenigen, die sein Haus schützten.

Geduldig hörte ich mir die Schimpftirade meines Vaters an; ich vernahm das Murren unserer Dienerschaft im Haus und blieb ungerührt.

Selbst Zalumma sah mich vielsagend an und meinte: »Es ist heutzutage nicht ungefährlich, mit den Medici befreundet zu sein.«

Es war mir einerlei. Mein Plan war gefasst, und die Durchführung stand kurz bevor.

39

Gegen Ende Oktober ritt Piero – endlich seine Berater missachtend – drei Tage lang nach Norden, begleitet nur von wenigen Freunden. Sein Ziel war die Festung von Sarzana, in der König Karl mit seinen Truppen lagerte. Das Beispiel des verstorbenen Lorenzo vor Augen, der einst allein König Ferrante aufgesucht und mit einzigartigem diplomatischem Geschick einen Krieg mit Neapel abgewendet hatte, hoffte Piero, seine mutige Geste würde Florenz in ähnlicher Weise vor dem Schicksal der Stadt Rapallo bewahren.

Nun, da Piero fort war, fühlte sich die Signoria frei, ihren gegensätzlichen Standpunkt noch deutlicher auszusprechen. Sieben Abgesandte zogen hinter Piero her nach Norden in der Absicht, ihn einzuholen und jede seiner Bewegungen genau zu verfolgen. Sie hatten die Anweisung, König Karl mitzuteilen, Florenz heiße die Franzosen willkommen, einerlei, was Piero dazu sage.

Bis zum vierten November wusste jeder Bürger, dass Piero auch ohne gutes Zureden die Festungen Sarzana, Pietrasanta und Sarzanella an Karl ausgeliefert hatte. Mein Vater war wütend. »Hundert Jahre!«, wütete er und schlug mit der Faust auf den Tisch, dass die Teller klapperten. »Hundert Jahre haben wir gebraucht, um jene Gebiete zu erobern, und er hat sie an einem einzigen Tag verloren!«

Die Signoria war nicht weniger zornig. Bei derselben Mahlzeit erfuhr ich, dass die Prioren beschlossen hatten, einige Gesandte nach Pisa zu schicken, um Karl dort zu treffen. Piero würde nicht dazu gehören – dafür Fra Girolamo.

Bei diesen Nachrichten wurde mir vor Angst flau im Magen, aber meine Entschlossenheit geriet nicht ins Wanken, und meine Pläne standen nach wie vor fest.

Am achten November fuhr ich allein in der Kutsche fort und ließ Zalumma unter dem vereinbarten Vorwand zurück, ihr sei nicht gut. Mein Vater war, wie es sich an einem Samstagmorgen für einen ordentlichen florentinischen Herrn ziemte, ins öffentliche Bad gegangen.

Der Fahrer brachte mich auf dem Ponte Vecchio über den Arno. Einige *botteghe* waren wegen des französischen Embargos geschlossen, ein paar Läden jedoch stellten trotz der Aussicht auf eine bevorstehende Invasion stolz ihre Waren aus, und auf der Brücke drängten sich Reiter, Fußgänger und Kutschen.

Schließlich kamen wir auf den Markt; er war nicht so überfüllt, wie er hätte sein können, aber noch immer geschäftig. Die vier Ecken waren jeweils von einer Kirche markiert. Brunelleschis orangefarbene Ziegelkuppel beherrschte die Silhouette neben dem Turm auf dem Palazzo della Signoria. Hausfrauen mit ihren Dienerinnen und Männer, die einer Rasur bedurften, liefen umher. Ich hatte mein schlichtes, dunkles Gewand angezogen und den Topas um den Hals. Verborgen in meinem Mieder waren die Goldmedaillons als Glücksbringer. Ich hatte den Korb bei mir, den Zalumma gewöhnlich am Arm trug – obwohl ich ihn an diesem Tag mit einem Tuch abgedeckt hatte.

Da waren die Barbiere mit ihren glänzenden Rasierklingen und Schüsseln voller Blutegel, die Apotheker mit ihren Pudern und Salben, die Obst- und Gemüsehändler, die ihre köstliche Ware besangen, der Bäcker mit seinen Kästen voll warmer, duftender Brotlaibe …

Und in der Ferne war der Stand des Schlachters mit den abgezogenen Hasen und gerupften Hühnern, die an den Füßen aufgehängt waren.

Noch nie war mir dieser vertraute Platz so fremd vorgekommen.

Bevor ich ausstieg, hatte ich dem Kutscher gesagt, dass ich

den Schlachter aufsuchen würde, um Knochen für eine Suppe zu erstehen, obwohl wir dort schon seit Wochen nicht mehr waren.

Ich bat ihn, an den Obst- und Gemüseständen auf mich zu warten. Der Kutscher ließ die Pferde anhalten und sah mir nicht einmal zu, als ich ausstieg und zum Schlachter ging – der rein zufällig außerhalb seiner Sichtweite war.

Es war so einfach, wirklich – so schnell, so leicht, so furchterregend. Der Schlachter war ein guter Mann, ein frommer Mann, doch die Zeiten waren hart und unsicher. Er hatte seinen Preis, auch wenn er ahnte, woher der Beutel mit den Goldmünzen stammte.

Als ich näher kam, scherzte er gerade mit einer jungen Frau, die ich schon oft an Markttagen getroffen hatte, obschon wir uns nie offiziell vorgestellt worden waren. Sie hatte ein hübsches Gesicht und wurde rot, als sie rasch eine Hand zum Mund führte, um einen fehlenden Schneidezahn zu verbergen.

Bei meinem Anblick verblasste das Lächeln des Schlachters; er wickelte rasch einen dicken roten Ochsenschwanz in ein Tuch. »*Buon appetito,* Monna Beatrice; möge dieses Stück Fleisch Euren Gemahl in guter Form halten. Gott beschütze Euch!« Er wandte sich an die andere wartende Frau. »Monna Cecilia, verzeiht, ich habe etwas Dringendes zu erledigen, aber Raffaele wird sich Eurer annehmen …« Als sein Sohn das Hackbeil ablegte und nach vorn kam, um die Kundin zu bedienen, sagte der Schlachter lauter als nötig: »Monna Lisa. Hinten habe ich ein paar saftige Braten, von denen Ihr Euch einen aussuchen könnt. Kommt mit …«

Er führte mich hinter den Stand durch einen provisorischen Vorhang, beschmutzt mit braunen Handabdrücken. Zum Glück war es dämmrig, sodass ich die dort hängenden Rümpfe nicht sah, doch ich hörte das Gackern der eingesperrten Hühner; der Geruch nach Blut und Innereien war so stark, dass ich mir die Nase zuhielt.

Zum Ausgang war es nicht weit. Die warmen Pflastersteine im Sonnenlicht waren glitschig vom Blut, das aus dem Stand floss; meine Rocksäume hatten sich vollgesogen. Mein Ekel verflüchtigte sich rasch, denn nur wenige Schritte entfernt wartete eine andere Kutsche – schwarz und vorsichtshalber ohne Familienwappen, das den Besitzer verraten hätte. Die Tür ging auf, und wie durch Zauber, wie durch ein Wunder fand ich mich im Innern wieder, saß neben Giuliano, den Korb zu meinen Füßen.

Der Fahrer spornte die Pferde an. Die Räder quietschten, und wir entfernten uns in gemächlichem Tempo rumpelnd vom Schlachter, vom wartenden Kutscher, von meinem Vater und meinem Zuhause.

Giuliano sah prächtig aus, unwirklich und vollkommen wie ein Gemälde. Er trug, wie es sich für einen Bräutigam gehörte, einen *farsetto* aus karmesinrotem, mit Goldfäden besticktem Samt und einen großen Rubin am Hals. Er starrte mich verwundert mit weit aufgerissenen Augen an – mich mit meinem schlichten Haar, dem durchsichtigen schwarzen Schleier, mit dem düsteren braunen Kleid, dessen Saum von Blut durchtränkt war –, als wäre ich eine exotische, verblüffende Erscheinung.

Ich sprach rasch und atemlos; meine Stimme bebte unkontrollierbar. »Ich habe das Kleid, natürlich. Ich werde nach meiner Sklavin schicken, sobald die Sache erledigt ist. Sie packt gerade meine Habseligkeiten …« Die ganze Zeit dachte ich: *Lisa, du bist wahnsinnig. Dein Vater wird kommen und all dem ein Ende bereiten. Piero wird zurückkehren und dich aus dem Palazzo werfen.*

Womöglich hätte ich aus reiner Nervosität weiter geschwafelt, doch er ergriff meine Hände und küsste mich.

Eine ungewöhnliche Empfindung packte mich, die im Bereich meines Nabels Wärme verbreitete. Der Topas, der schließlich auf den Prüfstand kam, versagte. Ich erwiderte seinen Kuss mit gleicher Inbrunst, und als wir am Palazzo eintrafen, waren unsere Haare und unsere Kleidung in Unordnung.

40

Wäre mein Leben so gewesen wie das anderer Mädchen, hätte ein *sensale*, ein Vermittler, meine Ehe in die Wege geleitet, wahrscheinlich Lorenzo persönlich. Mein Vater hätte mindestens fünftausend Florin gezahlt und den Betrag im Hauptbuch der Stadt festhalten lassen, sonst hätte die Vermählung nicht stattfinden können.

Nach Bekanntgabe der Verlobung hätte mein Bräutigam zu einem Mittagessen eingeladen, bei dem er mir im Kreis der Familie und vor Freunden einen Ring geschenkt hätte.

An meinem Hochzeitstag hätte ich ein beeindruckendes Kleid getragen, entworfen, wie es Brauch war, von Giuliano selbst. Im Gefolge meiner weiblichen Verwandten zu Fuß wäre ich auf einem weißen Pferd über den Ponte Santa Trinità zur Via Larga und dem Haus der Medici geritten. Vor meinem neuen Zuhause wäre eine Blumengirlande quer über die Straße gespannt worden, die ich nicht zu übertreten gewagt hätte, bevor mein zukünftiger Gemahl die Kette nicht durchtrennt hätte.

Von dort wären wir zur Kirche gegangen. Nach der Zeremonie wäre ich dann zu Fuß ins Haus meines Vaters zurückgekehrt und hätte allein geschlafen. Und erst am folgenden Tag, nach einem rauschenden Fest, wäre die Ehe vollzogen worden.

Für mich aber gab es keinen *sensale*; Lorenzo war tot, und ich würde nie erfahren, welcher Mann seiner Meinung nach am besten zu mir passte. Wir hatten nur Giulianos Entschlossenheit und Sehnsucht, sowie die meine.

Was die Mitgift betraf, so hatte Lorenzo, und nicht mein Vater, sie vor langer Zeit gezahlt – obwohl Giuliano durch seine Beziehungen zur Regierung den Betrag als von Antonio di Gherardini stammend hatte eintragen lassen. Ich bezweifelte nicht, dass mein Vater die Summe aus dem Hauptbuch hätte streichen lassen, wenn er von dem Betrug erfahren hätte.

Mein Kleid hatte ich selbst entworfen. Ich hatte es drei Jahre zuvor getragen, als ich in den Palazzo Medici ging: ein Gewand mit Röcken aus dunklem, blaugrünem Samt mit einem Muster aus Satinranken und ein Mieder aus demselben Stoff mit Einsätzen aus hellgrünem Damast. Ich war in der Zwischenzeit gewachsen, und Zalumma und ich hatten heimlich hektische Veränderungen vorgenommen, hatten Rock und Ärmel verlängert und das Mieder ausgelassen, damit es nun zum Körper einer Frau passte.

Ich ritt nicht auf einem weißen Pferd, wurde nicht von weiblichen Verwandten begleitet – nicht einmal von Zalumma, die am besten gewusst hätte, wie meine Nerven zu besänftigen waren. Eine Hausdienerin von Giuliano namens Laura, eine nette Frau, etwa zwei Jahre älter als ich, half mir beim Umkleiden in einem unbenutzten Schlafzimmer – unter dem Porträt einer sauertöpfischen jungen Clarice de' Medici in Schürze und langweiligem Kleid, das mich vergleichsweise prächtig aussehen ließ. Ich bestand darauf, Lorenzos Goldmedaillons auch weiterhin am Herzen zu tragen.

Als die Dienerin meine *camicia* durch die Ärmel zupfte und prüfte, ob beide Seiten gleichmäßig ausgepufft waren, schaute ich zu Clarices einschüchterndem Bildnis auf. »Waren das hier ihre Gemächer?«

Laura schaute mit aufblitzendem wissenden Humor zu dem Porträt auf. »Ja, Madonna. Jetzt gehören sie Madonna Alfonsina. Sie ist für ein paar Tage in Poggio a Caiano. Ich vermute, Ser Giuliano wird ihr die Neuigkeit über Euch erst mitteilen, wenn sie zurückkommt.«

Mein Magen flatterte; ich konnte mir ihre Reaktion vorstellen. »Und die anderen?«

»Ihr wisst, dass Ser Piero nach Sarzana gegangen ist ...«

Als ich nickte, fuhr sie fort: »Um den müsst Ihr Euch keine Gedanken machen, er ist mitfühlend. Aber da ist Seine Heiligkeit, Ser Giovanni, der Kardinal. Er besucht die Messe und trifft Geschäftsfreunde. Er ist nicht eingeweiht; ich glaube nicht, dass Ser Giuliano ihm etwas sagen will, es sei denn, es ist unerlässlich.«

Sie nahm eine feine Haarbürste zur Hand – die vermutlich meiner zukünftigen Schwägerin gehörte. »Sollen wir es nur ausbürsten?«

Ich nickte. Hätte ich an jenem Morgen versucht, mein Haar kunstvoll zu richten, wäre es meinem Vater oder der Dienerschaft aufgefallen. Deshalb trug ich es wie immer offen und ließ es locker auf die Schultern fallen, wie es einem unverheirateten Mädchen geziemte. Dann befestigte Laura die Brokathaube, die ich mitgebracht hatte. Als letzten Handgriff legte ich mir noch die Staubperlenkette meiner Mutter um mit dem großen Aquamarin.

Es fiel mir schwer, bei der Berührung nicht an meine Mutter zu denken, wie töricht sie geheiratet, wie unglücklich sie gelebt hatte und gestorben war.

»Ah!« Laura legte mir sanft eine Hand an den Ellenbogen. »Ihr solltet zu einem solchen Zeitpunkt nicht traurig sein! Madonna, Ihr heiratet den Mann mit dem edelsten Herzen und dem besten Verstand in der ganzen Toskana. Die Zeiten sind schwer, aber solange Ihr bei Ser Giuliano seid, müsst Ihr euch nie fürchten.

Hier. Das wird Euer Gemahl sehen, wenn Ihr zu ihm geht. Einen schöneren Anblick kann es nicht geben.« Sie reichte mir einen kostbaren, mit Diamanten besetzten Spiegel aus schwerem, graviertem Gold.

Nach einem raschen, unzufriedenen Blick und dem lächerlichen Gedanken, dass die Farben meines Kleides sich mit Giulianos Gold und Karmesinrot beißen würden, gab ich ihr den Spiegel zurück.

Da ich glaubte, wir seien fertig, begab ich mich zur Tür. Sogleich sagte Laura: »Ah, aber Ihr seid noch nicht vollständig!« Sie trat an einen Schrank und zog einen langen Schleier hervor – zartes Weiß, bestickt mit Einhörnern und mystischen Gärten aus Goldfäden. Ehrfürchtig legte sie ihn mir über den Kopf, bedeckte mein Gesicht; die Welt wurde unklar und glitzerte.

»Madonna Clarice hat ihn getragen, als sie Ser Lorenzo heiratete«, sagte sie, »und Alfonsina, als sie Piero ehelichte. Giuliano hat dafür gesorgt, dass der Priester ihn neuerlich gesegnet hat, nur für Euch.« Sie lächelte. »Jetzt seid Ihr fertig.«

Sie führte mich ins Erdgeschoss hinunter in die Privatkapelle der Medici. Ich hatte damit gerechnet, dass dort vor der Tür jemand warten würde, doch der Korridor war leer. Als ich das sah, wurde mir vor Sorge übel.

Voll Panik wandte ich mich an Laura. »Zalumma«, sagte ich. »Meine Sklavin … Sie hätte inzwischen mit meinen Sachen eintreffen sollen. Giuliano sollte ihr eine Kutsche schicken.«

»Soll ich mich für Euch nach ihr erkundigen, Madonna?«

»Ja, bitte«, sagte ich. Ich hatte meinen Entschluss gefasst, und ich würde ihn zu Ende führen. Doch Zalummas Abwesenheit beunruhigte mich zutiefst; ich hatte darauf vertraut, dass sie mich bei meiner Hochzeit begleiten würde, so wie sie meine Mutter begleitet hatte.

Laura ließ mich stehen, um der Sache nachzugehen. Als sie kurz darauf zurückkam, las ich ihr vom Gesicht ab, dass die Nachricht nicht die war, die ich hören wollte. »Nichts, Madonna. Die Kutsche ist noch nicht wieder da.«

Mit den Fingerspitzen massierte ich meine Schläfen. »Ich kann nicht auf sie warten.«

»Dann lasst Euch von mir begleiten«, sagte Laura besänftigend und vernünftig. »Niemand hier im Haus ist netter zu mir als Ser Giuliano; es wäre mir eine große Ehre, seiner Braut aufzuwarten.«

Ich holte tief Luft und nickte. Die Situation verlangte, dass die Hochzeitszeremonie so schnell wie möglich durchgeführt wurde, bevor man uns entdeckte.

Laura öffnete die Tür zur Kapelle. Dort wartete Giuliano mit dem Priester vor dem Altar. Neben ihnen stand der Bildhauer Michelangelo – eine Überraschung, da Gerüchte in Umlauf waren, er habe sich mit Piero überworfen und sei im Monat zuvor nach Venedig abgereist. Seine Anwesenheit nahm ich mit Bestürzung zur Kenntnis. Schlimm genug, dass Pico in den Schoß der Medici aufgenommen wurde. Jetzt war noch ein zweiter von Savonarolas Auserwählten sogar bei meiner eigenen Hochzeit zugegen.

Mein Unbehagen verschwand nach einem einzigen Blick auf meinen wartenden Bräutigam. Giuliano schaute mit Freude, Verlangen und Furcht zu mir auf. Selbst die Hände des Priesters, die ein kleines Buch umklammerten, zitterten. Angesichts ihrer Angst ließ meine eigene nach.

Mit dieser unnatürlichen inneren Ruhe ging ich auf die drei Männer zu – Laura hielt meine Schleppe – und gestattete mir einen Moment, die ganze Pracht der Kapelle in mich aufzunehmen. Im Chorraum über dem Altar war ein Fresko vom Jesuskind, angebetet von der Madonna und Engeln, äußerst zart herausgearbeitet. An der senkrechten Wand zu meiner Linken war ein Fresko in farbigerem und robusterem Stil von den drei Weisen aus dem Morgenland, die in einer Prozession zum Kind ziehen.

Der Weise gleich neben mir war jung, nach florentinischer Mode gekleidet und getragen von einem weißen Pferd, in Rot und Gold aufgezäumt. Auf den ihm folgenden Pferden sah ich Gesichter, die ich wiedererkannte: der alte Piero de' Medici und seine jungen Söhne Lorenzo – ausgesprochen reizlos, selbst in seiner idealisierten Jugend – und der gut aussehende Giuliano. Lorenzo hielt den Blick in Richtung des Heiligen Kindes gerichtet, doch sein Bruder war dem Betrachter zugewandt und schaute auf einen verschwommenen Punkt in weiter Ferne, sein Ausdruck ungewöhnlich ernst.

Es war mir kein Trost, als ich in einer Ecke des Wandbildes das anziehende Gesicht von Giovanni Pico erblickte.

Obwohl es kurz vor Mittag war, lag das Innere der Kapelle im Dunkel. Mehrere Kerzen brannten, deren Licht von der ungeheuren Menge Blattgold an den Wänden widergespiegelt wurde und die erstaunlichen Farben hervorhob: Rosa und Korallenrot, Türkis- und Grüntöne von Engelsflügeln und dem Gefieder der Vögel, das Rot und Gold der Gewänder, das blendende Weiß und Blau des Himmels, die dunklen Grüntöne von Hügeln und Bäumen.

»Madonna, halt!« Die Dienerin Laura blieb stehen; vom Fresko abgelenkt, schaute ich mich verwirrt um. Erst als der Priester mir ein Zeichen gab, schaute ich vor mich und sah die Girlande aus getrockneten Rosen und Wildblumen, die über den Boden der Kapelle verstreut war.

Giuliano kniete nieder und zerteilte die Girlande mit einem entschlossenen Ruck.

Vollkommener hätte man mich nicht gewinnen können. Er erhob sich, nahm mich an die Hand und zog mich mit sich vor den Altar.

Trotz seiner Nervosität und seiner Jugend war Giuliano selbstbeherrscht; er drehte sich mit der Sicherheit eines Mannes nach Michelangelo um, der in seinem Leben viel Verantwortung übernommen hat. »Den Ring«, sagte er. Er wäre vielleicht nicht imstande gewesen, das Kleid zu besorgen, eine große Kathedrale voller Menschen oder den Segen meines Vaters, doch er hatte sich bemüht, mir die Dinge zu geben, die ihm möglich waren.

Michelangelo drückte Giuliano den Gegenstand in die Hand. Zwischen den beiden Verschwörern herrschte eine Leichtigkeit, die mich glauben ließ, dass sie eine Zeit lang enge Freunde waren, Brüder beinahe, begeistert von denselben Sachen, dieselben Geheimnisse teilend. Und das beunruhigte mich wieder.

Giuliano nahm meine Hand und streifte mir den Ring über den Finger. Der Reif entsprach ganz den Vorschriften der Stadt über Eheringe und war aus schlichtem Gold und schmal. Außerdem saß er bedrohlich locker, sodass Giuliano meine Faust darüber schloss, damit er an Ort und Stelle blieb. Dann flüsterte er mir ins Ohr: »Deine Hände sind zarter, als ich dachte; wir werden ihn richtig anpassen lassen.«

Er nickte dem Priester zu, und die Zeremonie begann.

Ich kann mich an die Worte nicht erinnern, nur dass Giuliano dem Priester mit kräftiger Stimme antwortete, während ich mich räuspern und wiederholen musste, um verstanden zu werden. Wir knieten vor dem Holzaltar nieder, an dem Cosimo, Piero, Lorenzo und der ältere Giuliano gebetet hatten. Auch ich betete, nicht nur um Glück mit meinem Gemahl, sondern auch um seine Sicherheit und die seiner Familie.

Dann war es vorbei, und ich war verheiratet – unter merkwürdigen und unsicheren Umständen, verheiratet zumindest vor Gott, wenn schon nicht vor meinem Vater oder Florenz.

41

Unsere kleine Hochzeitsgesellschaft zog ins Vorzimmer von Lorenzos Gemächern um, in denen mich *il Magnifico* drei Jahre zuvor ermutigt hatte, Kleopatras Kelch zu berühren. Dieses antike Juwel war nun verschwunden, so wie fast alle ausgestellten Münzen, Edelsteine und goldenen Statuetten. Nur ein Kasten mit Kameen und Intaglios war noch da; an den Wänden hingen Gemälde, und man hatte für uns Kelche mit Wein gefüllt, die aus Halbedelsteinen geschnitzt und mit Gold besetzt waren.

In einer Ecke des Raums spielten zwei Musiker auf Lauten; auf einem mit Blumen geschmückten Tisch standen Teller mit Feigen und Käse, Mandeln und appetitlichen Törtchen. Obwohl Laura mir einen Teller zusammenstellte, brachte ich keinen Bissen herunter, trank aber zum ersten Mal in meinem Leben unverdünnten Wein.

Ich bat Laura noch einmal, sich zu erkundigen, ob Zalumma eingetroffen sei. Sie ließ mich auf einer äußerst gedämpften Feier stehen, die aus meinem Gemahl, Michelangelo und mir bestand; der Priester war bereits gegangen.

Nachdem Giuliano ihn auffordernd mit dem Ellenbogen angestoßen hatte, hob Michelangelo verlegen seinen Kelch – aus dem er noch nicht getrunken hatte – und sagte: »Auf die Braut und den Bräutigam; möge Gott Euch hundert gesunde Söhne schenken.«

Einen flüchtigen Moment lang lächelte der Bildhauer mich schüchtern an. Er nippte an seinem Wein und stellte den Kelch ab. Auch ich trank – einen großen Schluck. Der Wein, der mir den Gaumen zusammenzog, wärmte mich von innen.

»Ich darf mich jetzt von dem glücklichen Paar verabschieden«, sagte Michelangelo, verbeugte sich und ließ uns allein zurück, eifrig darauf bedacht, sich seiner gesellschaftlichen Pflicht endlich zu entledigen.

Sobald er gegangen war, drehte ich mich zu Giuliano um. »Ich habe Angst vor ihm.«

»Vor Michelangelo? Du machst Witze!« Mein frischgebackener Gemahl lächelte; er hatte seine Nervosität abgelegt und bemühte sich darum, entspannt aufzutreten. »Wir sind wie Brüder zusammen aufgewachsen!«

»Genau das beunruhigt mich ja«, sagte ich. »Dadurch wird die Gefahr für dich größer. Du weißt, mein Vater zwingt mich – oder hat mich gezwungen –, an den Gottesdiensten von Fra Girolamo teilzunehmen. Und den Bildhauer habe ich dort fast jedes Mal gesehen. Er gehört zu den *piagnoni.*«

Giuliano schlug die Augen nieder; seine Miene wurde nachdenklich. »Einer der *piagnoni*«, sagte er in unergründlichem Tonfall. »Ich möchte dich etwas fragen: Wenn du dich von den *piagnoni* bedroht fühlen würdest, wie könntest du dich am besten vor ihnen schützen?«

»Mit Leibwachen«, lautete meine Antwort. Ich hatte mehr Wein getrunken, als ich gewohnt war, und meine Furcht hatte mir die Fähigkeit geraubt, klar zu denken.

Giuliano verzog den Mundwinkel. »Ja, Leibwachen gibt es immer. Aber ist es nicht besser, zu wissen, was deine Feinde vorhaben? Und dann vielleicht Möglichkeiten zu suchen, sie zu deinen Gunsten zu beeinflussen?«

»Ach so«, hob ich an und wollte schon gedankenlos fortfahren, *Michelangelo ist also dein Spion*. Doch noch ehe ich die Worte aussprechen konnte, klopfte es an der Tür.

Ich hatte gehofft, es wäre Laura mit der Nachricht, dass Zalumma endlich eingetroffen sei – doch stattdessen war es ein Diener, der die Stirn in Falten gelegt hatte.

»Verzeiht, wenn ich störe, Ser Giuliano.« Seine sonore

Stimme war gerade eben hörbar. »Da ist ein Besucher. Eure Anwesenheit ist dringend erforderlich …«

Mein Gemahl runzelte die Brauen. »Wer ist es? Ich habe Anweisungen erteilt, dass wir …«

»Der Vater der Dame, Herr.«

»Mein Vater?« Ich bekam die Worte kaum über die Lippen, ehe ich vor Panik verstummte.

Giuliano nickte dem Diener zu und legte mir tröstend einen Arm um die Schultern. »Ist schon gut, Lisa. Ich habe damit gerechnet, und ich bin bereit, mit ihm zu reden. Ich werde ihn besänftigen, und wenn er zur Ruhe gekommen ist, werde ich dich holen lassen.« Ruhig befahl er dem Diener, bei mir zu bleiben, bis Laura zurückkehrte, und ihr zu sagen, sie solle hier mit mir warten. Dann hauchte er mir einen Kuss auf die Wange und ging.

Mir blieb nichts anderes übrig, als nervös in dem fremden und doch vertrauten Raum auf und ab zu gehen; ich trank noch einen letzten Schluck Wein aus meinem herrlichen Chalcedon-Kelch und setzte mich. Meine Furcht war nicht durch den Verstand zu bändigen. Außerdem war ich wütend – darüber, dass ich mein Schicksal nicht selbst in die Hand nehmen konnte, sondern dass es unter Männern besprochen und entschieden wurde.

Ich stand auf und ging wieder auf und ab, wobei mein Saum über das Marmormosaik raschelte. Ich kann nicht sagen, wie oft ich den langen Raum durchschritten hatte, bis die Tür wieder aufging.

Laura trat über die Schwelle. Ich sah ihr an, dass sie auf der Hut war – und nachdem der Diener ihr Giulianos Anweisung weitergegeben hatte, wurde sie noch vorsichtiger. Der Diener ging hinaus, und Laura blieb; sobald wir allein waren, wollte ich wissen: »Zalumma ist nicht gekommen, oder?«

Zögernd schaute sie zu mir auf. »Nein. Unser Kutscher wurde ohne sie zurückgeschickt. Verzeiht, dass ich es Euch nicht schon früher erzählt habe, Madonna. Ich habe es vor der Zeremonie erfahren – aber es wäre grausam gewesen, Euch im Voraus zu beunruhigen.«

Die Nachricht traf mich wie ein Schlag. Ich liebte Giuliano und wollte ihn nicht verlassen – doch ich konnte mir nicht vorstellen, wie mein Leben sein würde, wenn mein Vater Zalumma untersagte, zu mir zu kommen. Sie war bei meiner Geburt zugegen gewesen und war meine eigentliche Verbindung zu meiner Mutter.

Fast eine Stunde verging. Das Angebot, etwas zu essen oder zu trinken, lehnte ich ab, während ich auf einem Stuhl saß, Laura hinter mir, die mir tröstende Worte zuraunte.

Ich hörte sie nicht: Schweigend ging ich mit mir selbst zu Rate. Nun hatte ich an die Gefühle meines Gemahls zu denken. Giuliano zuliebe würde ich Haltung bewahren, ruhig und freundlich bleiben, ganz gleich, was auf mich zukam.

Ein lautes Klappern riss mich aus meinen energischen Gedanken; etwas war an die Fensterläden geschlagen, die geschlossen waren, obwohl die Fensterflügel offen standen. Laura lief hinüber, klappte die Fensterläden auf und schrak vor einem weiteren lauten Schlag zurück – an der Außenwand direkt unter uns hörten wir etwas aufprallen.

Ich erhob mich und stellte mich neben sie, um hinunterzuspähen.

Die Haare noch feucht vom Bad, bückte sich mein Vater mitten auf der Via Larga nach einem weiteren Stein. Er war aus seinem Wagen gestiegen und hatte die Zügel fallen lassen. Das scheue Pferd ging ein paar Schritte vor, dann ein paar zurück; der Fahrer der Kutsche hinter der seinen schimpfte lauthals.

»He, Ihr da! Platz da! Platz da! Ihr könnt nicht einfach Euren Wagen da stehen lassen!«

Mehrere Passanten – ein Prior zu Ross, ein Diener mit einem Korb voll Brot, eine schmutzstarrende Frau in verschlissenen Kleidern, die ebenso dreckige, barfüßige Kinder vor sich hertrieb – waren bereits stehen geblieben und gafften. Es war Samstagmittag, und auf der breiten Straße drängten sich Kutschen, Fußgänger und Reiter.

»Dann nehmt mich doch fest«, schrie mein Vater, »und lasst alle Welt wissen, dass die Medici glauben, sie könnten alles stehlen, was sie haben wollen – auch die Tochter eines armen Mannes!« Selbst aus dieser Entfernung sah ich seinem Gesicht und seiner Haltung an, wie hysterisch er war; er war ohne Umhang und Kappe hierher gelaufen. Er packte den Stein und richtete sich auf, drauf und dran, ihn zu schleudern. Der Wachmann trat vor und hob drohend sein Schwert.

Zwei Stockwerke über ihnen lehnte ich mich aus dem Fenster. »Haltet ein, alle beide!«

Der Wachmann und mein Vater erstarrten und schauten zu mir auf; die versammelte Menge tat es ihnen gleich. Mein Vater ließ den Arm sinken, der Wachhabende seine Waffe.

Ich hatte überhaupt keine Ahnung, was ich sagen sollte. »Mir geht es gut«, rief ich. Der Lärm auf der Straße zwang mich, aus vollem Hals zu brüllen. »Wenn du mich liebst, Vater, dann erteile mir nachträglich hierfür die Erlaubnis.«

Mein Vater ließ den Stein fallen und umschlang sich heftig mit beiden Armen, als versuche er, die Qual bei sich zu halten; dann hob er beide Arme und winkte zu mir hoch. »Sie haben alles genommen, siehst du das nicht?« Seine Stimme war abgehackt wie die eines Wahnsinnigen. »Sie haben alles genommen, und jetzt wollen sie dich auch noch. Ich werde nicht zulassen – ich kann es nicht –, dass sie dich bekommen.«

»Bitte.« Ich beugte mich gefährlich weit aus dem Fenster, sodass Laura mich an der Hüfte festhalten musste. »Bitte … Warum kannst du mich nicht einfach glücklich sein lassen?«

»Bleib bei *ihm*«, schrie mein Vater, »und deine Sorgen werden erst anfangen!« Das war keine Drohung; aus seinen Worten sprach nur Kummer. Er streckte eine Hand zu mir aus und streichelte die Luft so zärtlich, als wäre es meine Wange.

»Lisa!«, rief er. »Meine Lisa! Was soll ich sagen, dass du auf mich hörst?«

Als ich an jenem Morgen das Haus verließ, hatte ich all meinen Hass auf ihn zusammengenommen, sodass ich die Kraft hatte fortzugehen. Ich rief mir ins Gedächtnis, wie er vor langer Zeit meine Mutter geschlagen und ihre Krankheit verursacht hatte; wie er sie gezwungen hatte, Savonarola zu sehen, was letztlich zu ihrem Tod führte; wie er, was am allerschlimmsten war, ihr Andenken verriet, indem er sich mit ihren Mördern einließ.

Nun aber sah ich nur einen erbarmungswürdigen Mann vor mir, der sich aus rasender Sorge um mich gerade öffentlich heiser geschrien hatte, ohne verlegen zu sein. Unwillkürlich fiel mir die tiefe Liebe in seinen Augen ein, als er meine Mutter angefleht hatte, Fra Girolamo aufzusuchen, in der Hoffnung, sie könne von ihm geheilt werden. Ohne zu wollen, dachte ich an das entsetzliche Leid, das er zu ertragen hatte, als er erkannte, dass sein Drängen zu ihrem Tod geführt hatte.

»Bitte«, rief er, noch immer die Hand ausgestreckt, als könnte er mich berühren. »Ich kann dich hier nicht beschützen! Du bist nicht sicher; du bist nicht sicher.« Er stöhnte leise. »Bitte, komm mit mir nach Hause.«

»Ich kann nicht«, erwiderte ich. Tränen rannen mir über die Wangen und tropften auf die Straße unter mir. »Du weißt, dass ich es nicht kann. Gib mir deinen Segen; dann können wir dich empfangen, und du kannst dich mit uns freuen. So einfach ist das.« In meinen Augen war es auch einfach: Mein Vater musste sich nur erheben, den Palazzo betreten, uns anerkennen und umarmen, und mein Leben wäre vollkommen. »Vater, bitte. Komm herein und sprich mit meinem Gemahl.«

Er ließ die Arme sinken, ein geschlagener Mann. »Kind … komm nach Hause.«

»Ich kann nicht«, wiederholte ich, und meine Stimme war so heiser und schwach, dass er mich diesmal nicht deutlich verstehen konnte. Aus meinem Tonfall schloss er jedoch, was ich gesagt hatte. Er blieb noch einen Moment stehen, schweigend und niedergedrückt. Dann stieg er wieder in seinen Wagen. Die Zähne vor Schmerz gebleckt, trieb er die Pferde an und fuhr wutschnaubend davon.

42

Laura schloss die Fensterläden, während ich mir die Augen an meinem feinen Brokatärmel abwischte.

Überwältigt setzte ich mich hin. Ich hatte mich so ausschließlich auf meine Wiedersehensfreude mit Giuliano konzentriert und darüber ganz vergessen, dass ich meinen Vater liebte. Trotz der Unzufriedenheit der Florentiner mit Piero, trotz der Lehren Savonarolas liebte er mich noch. Ich hatte mir im Vorfeld nicht klargemacht, dass es sich wie ein Schnitt ins eigene Fleisch anfühlen würde, wenn ich meinen Vater verletzte.

Laura trat mit einem Weinkelch neben mich; ich winkte ab und erhob mich. Der arme Giuliano würde von einer durch und durch ärgerlichen Begegnung mit meinem aufgebrachten Vater zurückkommen. Es war schwer genug für ihn gewesen, Pieros Erlaubnis zu erhalten, mich zu heiraten, und die Zustimmung seines Bruders Giovanni hatte er noch immer nicht. Doch es war vollbracht, und mir fiel nur eine Möglichkeit ein, meinen frischgebackenen Gemahl aufzuheitern: Die Konzentration auf unser Freude, zusammen zu sein.

Ich betrachtete Lauras besorgte Miene. »Wo ist das Brautgemach?«

Für einen Moment hatte es ihr augenscheinlich die Sprache verschlagen. Immerhin war es noch hell draußen. »Hier, Madonna.« Sie zeigte auf die Tür, die zum inneren Gemach führte.

»Lorenzos Schlafzimmer?« Ich war gelinde entsetzt.

»Ser Piero war es zu unangenehm, hier zu übernachten. Euer Gemahl war der Liebling seines Vaters, versteht Ihr, und ich glaube, es war ein Trost für ihn, die Räume seines Vaters zu übernehmen. Er hat hier geschlafen, seit Ser Lorenzo verschieden ist.«

Ich ließ mich von Laura in das Gemach führen. Der Raum war groß mit einem Boden aus hellem, kostbarem Marmor. Die Wände waren mit prächtigen Gemälden geschmückt. Doch im Vergleich zum übrigen Palazzo hatte er etwas Spartanisches an sich. Ich gewann den Eindruck, dass hier wie auch im Vorzimmer viele wertvolle Gegenstände entfernt und woanders eingelagert worden waren.

Lorenzos Geist war an diesem Tag abwesend. Getrocknete Rosenblätter waren über das Bett gestreut worden und verbreiteten einen lieblichen Duft. Auf einem Schreibtisch daneben standen eine Karaffe mit granatrotem Wein und zwei goldene Kelche mit verschlungenen Mustern eingraviert, nebst einem Teller mit Mandeln und kandierten Früchten.

»Hilf mir, mich auszuziehen«, sagte ich zu Laura. Wenn diese Aufforderung sie überraschte, dann verbarg sie es geschickt. Ich zog meine Haube und die Ärmel aus, dann band ich mein Gewand auf; ich stieg aus dem schweren Kleidungsstück und sah zu, wie sie es zusammenlegte und mit meinen anderen Sachen in den polierten dunklen Schrank zu Giulianos Kleidern legte.

Ich hatte nun nichts mehr an außer meiner *camicia,* zart und rein wie Spinnweben. Zalumma hatte sich große Mühe gegeben, mich auf meine Hochzeitsnacht vorzubereiten, doch ich kämpfte noch, damit meine Nervosität nicht die Oberhand gewann. »Ich möchte jetzt gern allein sein«, sagte ich. »Sagst du meinem Mann, dass ich hier auf ihn warte?«

Als sie ging, schloss sie leise die Tür hinter sich.

Ich trat an den Schreibtisch, goss etwas Wein in einen Kelch und trank einen Schluck. Ich nippte bedächtig daran und versuchte, seine Köstlichkeit zu genießen, um das Vergnügen und die Freude in mir wachzurufen, mit der ich Giuliano empfangen könnte. Neben der Karaffe lag eine kleine Samttasche; ich nahm sie in die Hand und spürte darin etwas Hartes – Schmuck, vermutete ich, das Geschenk eines Bräutigams an seine Braut. Ich lächelte.

Als ich aber vor dem Schreibtisch stand, fiel mir unwillkürlich auf, dass ein Gegenstand nicht dorthin gehörte, als wäre der Leser plötzlich weggerufen worden. Das grüne Wachssiegel war erbrochen, sodass der Brief halb geöffnet dalag. Ich hätte ihn vielleicht nicht weiter beachtet, doch mit einem flüchtigen Blick erkannte ich eine vertraute Handschrift, und ich konnte nicht widerstehen, meinen Kelch abzusetzen und den Brief zur Hand zu nehmen.

Er trug weder eine Unterschrift noch einen Hinweis auf den beabsichtigten Empfänger.

Ich schätze Eure Bereitschaft, mich von jeglicher formalen Verpflichtung zu entbinden, den Büßer ausfindig zu machen – denjenigen, den Euer Vater als den dritten Mann bezeichnet hat. Ich bin jedoch moralisch gebunden, die Suche fortzusetzen, obwohl es immer unwahrscheinlicher wird, dass der Mann noch lebt.

Meine Bemühungen, Mailand auf Eure Seite zu ziehen, sind allesamt gescheitert. Hier ist die Wahrheit über den Tod des Grafen Gian Galeazzo: Die Mörder handelten auf Geheiß seines Onkels Ludovico Sforza, der, ohne eine Pause der Trauer um das Verscheiden seines Bruders einzulegen, sich bereits zum Herzog ausgerufen hat, obwohl Gian Galeazzos junger Sohn der rechtmäßige Erbe ist. Nun, da Ludovico an der Macht ist, könnt Ihr Mailand nicht mehr zu Euren Freunden zählen; das habe ich vom neuen Herzog persönlich erfahren, der mir inzwischen volles Vertrauen schenkt. Er hat Karl und dessen Botschafter gegen Euch aufgehetzt und steht nun kurz davor, Euch zu verraten in der Hoffnung, noch mehr Macht an sich zu reißen.

Sein Misstrauen gegenüber Florenz ist das Ergebnis jahrelanger geduldiger Arbeit seiner Berater und gewisser Verbündeter. Dies, nebst meiner Untersuchung, hat mich zu dem unwiderlegbaren Schluss geführt, dass unser Ludovico von jenen beeinflusst wird, die mit den piagnoni *unter einer Decke stecken.*

Der letzte Satz verblüffte und verwirrte mich. Die *piagnoni* waren ernsthafte, wenn auch übereifrige Christen. Zwar glaubte Savonarola, König Karl sei von Gott auserwählt, Italien für seine Verruchtheit zu strafen – doch warum sollten sie den Herzog von Mailand beeinflussen wollen? Und wie konnte ein Berater, der Ludovico gegen Florenz aufbrachte, den Autor darauf schließen lassen, die *piagnoni* seien verantwortlich?

Noch mehr interessierte mich allerdings die Handschrift – deutlich, erstaunlich gerade, das »f« und das »l« lang und geschwungen, das »n« gedrungen und breit. Die Rechtschreibung war unsicher. Es verging eine Weile, bevor mir schließlich einfiel, wo ich sie schon einmal gesehen hatte.

Herzliche Grüße, Madonna Lisa, aus Mailand. Unser guter Lorenzo hat mir den Auftrag erteilt, Euer Porträt zu malen …

43

Ich hörte, dass die Tür aufging, und schaute auf. Es gelang mir nicht mehr, den Brief zurück auf den Tisch zu legen, bevor Giuliano das Zimmer betrat.

Mit einem flüchtigen, reumütigen Blick fielen mir drei Dinge an ihm auf: Erstens kam er mit gekünsteltem Lächeln herein, obwohl er offensichtlich einen unerfreulichen Wortwechsel mit meinem Vater hinter sich hatte; zweitens verblasste das erzwungene Lächeln, seine Lippen teilten sich vor Ehrfurcht und seine Augen weiteten sich, als sein Blick auf mich in meinem Untergewand fiel; drittens bemerkte er den Brief in meiner Hand, und seine starke Sorge und der Ärger über sich selbst gewannen die Oberhand über die beiden anderen Empfindungen.

Er nahm mir sogleich den Brief ab. Seine Stimme klang nicht vorwurfsvoll, sondern besorgt. »Hast du ihn gelesen?«

»Warum sollten die *piagnoni* Ludovico Sforza beeinflussen? Ich dachte, sie seien mehr an Gott als an Politik interessiert.«

Bekümmert zog er die Mundwinkel nach unten, während er den Brief faltete und in den Schreibtisch legte. »Ich war ein Narr, dass ich ihn nicht versteckt habe. Ein Narr. Aber ich wurde in einer dringenden Angelegenheit weggerufen, und ich dachte, ich hätte noch Zeit, bevor du hierher kämst …«

»Ich habe Leonardos Handschrift wiedererkannt.« Ich hielt es für richtig, nichts vor ihm zu verbergen. »Ich bin jetzt deine Frau, und du darfst dir keine Sorgen darüber machen, was ich weiß oder nicht weiß. Ich kann den Mund halten.«

»Das ist es nicht«, hob er an. »Der Herzog von Mailand war unserer Familie stets eine Hilfe, immer unser größter Verbündeter. Wir konnten uns auf ihn verlassen, wenn wir Truppen brauchten. Als mein Onkel Giuliano getötet wurde, schrieb mein Vater an den Herzog und bat ihn um Hilfe. Sie wurde ihm umgehend gewährt. Und jetzt …« Stirnrunzelnd wandte er den Blick ab, sein Tonfall wurde düster. »Jetzt wird uns diese Unterstützung verwehrt, und das zu einer Zeit, da wir sie am dringendsten brauchen würden.« Er seufzte. »Und ich habe dich in das alles mit hineingezogen.«

»Du hast mich nirgendwo mit hineingezogen. Ich wäre hergekommen, ob du nun ja oder nein gesagt hättest.« Mit dem Kinn deutete ich auf den Schreibtisch, in dem der Brief lag. »Wenn ich in Gefahr bin, dann aufgrund dessen, wer ich jetzt bin, und nicht wegen der Fakten, die irgendwo in meinem Hirn deponiert sind. Das ändert die Sache überhaupt nicht.«

»Ich weiß«, gestand er unglücklich ein. »Mir ist klar geworden, dass ich dich genauso gut unter meinen Schutz stellen kann, wenn ich dich wirklich in Sicherheit wissen will.« Er brachte ein Lächeln zustande. »Du bist noch starrköpfiger als ich. Zumindest weiß ich jetzt, wo du bist. Ist dir klar … Bestimmt ist es dir klar … Die Lage könnte noch schlimmer werden. Vielleicht müssen wir Florenz für eine Weile verlassen. Damit meine ich nicht, dass wir nur in eine unserer Villen auf dem Lande ziehen. Ich habe eine Reihe unschätzbar wertvoller Gegenstände aus der Stadt geschickt, um sie zu schützen … und ich habe sogar meine Sachen verpackt, für den Fall, dass …« Er beugte sich zurück, um mich mit Lorenzos leuchtenden Augen anzuschauen, wobei die seinen eine gewisse Offenheit besaßen, die seinem Vater gefehlt hatte. »Wir würden nach Rom gehen, wo Giovanni gute Freunde hat, und uns unter den Schutz des Papstes begeben. Es ist ganz anders als Florenz – heißer und viel dichter besiedelt …«

»Das spielt keine Rolle«, sagte ich mit leiser Stimme. Ich trat einen Schritt auf ihn zu. Er war einen halben Kopf größer als ich, und seine Brust war breiter als meine Schulterpartie. Er trug noch immer den engen *falsetto* aus Samt, und zwar mit der nachlässigen Haltung eines Prinzen. Er war nicht im klassischen Sinne gutaussehend, wie etwa sein Spion Leonardo. Seine Oberlippe war schmal und hatte eine kleine, diagonal verlaufende Narbe, die von einer Verletzung in der Kindheit herrührte. Sein Kinn trat ganz leicht vor, nur ein Hauch von Lorenzos Missbildung. Sein Nasenrücken war breit und die Spitze leicht nach oben gebogen; seine Augenbrauen waren buschig und dunkel. Wenn er lächelte, entstand ein Grübchen auf seiner linken Wange. Ich berührte es mit der Fingerspitze, und er stieß einen langen Seufzer aus.

»Du bist unglaublich schön«, sagte er. »Umso mehr, als du es offensichtlich nicht weißt.«

Ich legte ihm die Hände auf die Schultern. »Wir haben allen Grund der Welt, uns Sorgen zu machen: um deine Familie, meinen Vater, König Karl, die Signoria, den Herzog von Mailand, um Florenz selbst. Gerade jetzt können wir allerdings nichts tun. Wir können uns nur freuen, dass wir hier sind, du und ich, um uns gemeinsam dem allen zu stellen.«

Er hatte keine andere Wahl, als sich vorzubeugen und mich zu küssen. Diesmal wanden wir uns nicht keuchend in den Armen des anderen, wie es in der Kutsche geschehen war. Wir waren jetzt Mann und Frau und näherten uns einander mit einem tiefen Gefühl der Ernsthaftigkeit. Vorsichtig hob er mich auf das Bett und legte sich neben mich, langte unter mein Seidengewand und ließ seine Hände langsam über mein Schlüsselbein, die Brust, den Bauch gleiten. Ich zitterte, und nicht nur vor Nervosität.

Kühn fuhr ich mit den Händen über seine samtbedeckten Schultern, seine muskulöse Brust und die Senke in der Mitte. Dann, als ich nach mehr verlangte, begann ich ungeschickt zu fummeln, um ihn aus dem *farsetto* zu befreien.

Er setzte sich halb auf. »Hier«, sagte er und hielt mir den Nackenverschluss seines Kleidungsstücks hin.

Ohne darüber nachzudenken, schnalzte ich mit der Zunge. »Wie kommst du darauf, ich wüsste, wie man die Kleidung eines Mannes öffnet?«

»Du hast einen Vater ...«

»Und sein Diener kleidet ihn an, nicht ich.«

Plötzlich sah er hinreißend dämlich aus. »So wie ich von meinem angekleidet werde.«

Wir brachen in schallendes Gelächter aus.

Er warf einen Blick zur Tür. »O nein«, sagte ich. »Du hast gesagt, ich bin starrköpfig: Lass es mich erneut unter Beweis stellen.«

Es war ein harter Kampf, doch am Ende gab der *farsetto* nach. Giuliano ebenso.

In meiner Kindheit hatte ich einmal reine Wärme, das Gefühl des Öffnens, der bedingungslosen Vereinigung erfahren. Ich war entsetzlich krank gewesen, so krank, dass die Erwachsenen um mich herum bereits mit gedämpfter Stimme über meinen Tod sprachen. Ich kann mich an ein furchtbares Gewicht auf meiner Brust erinnern, an das Gefühl, in meiner eigenen Flüssigkeit zu ertrinken und keine Luft mehr zu bekommen.

Man brachte Kessel und eine Holzwanne herauf, in die fast kochendes Wasser geschüttet wurde. Meine Mutter ließ mich hineingleiten.

Sobald ich bis zum Hals im Wasser steckte, setzte sich der Dampf zärtlich auf mein Gesicht; die Hitze drang mir bis auf die Knochen. Ich schaute auf meine sich rötende Haut und dachte in meinem kindlichen Gemüt, sie würde schmelzen, nachgeben und sich mit der Wärme vermischen. Selig schloss ich die Augen und spürte, wie meine Haut sich auflöste, bis nichts mehr da war außer meinem klopfenden Herzen und dem Wasser. Das ganze Gewicht, die ganze Schwere löste sich in Luft auf.

Ich lebte. Ich konnte atmen.

Mit Giuliano zu schlafen war genauso. Die Hitze; die Öffnung. Die Vereinigung. Ich konnte atmen.

»Wird Leonardo denn noch immer mein Porträt malen?«, fragte ich verschlafen, nachdem wir uns verausgabt hatten. Wir lagen nackt zwischen feinen Laken und einem karmesinroten Überwurf. Inzwischen war es Spätnachmittag geworden, und das Licht der schwindenden Sonne drang bittersüß durch die Fensterläden.

Das Natürliche an dem Akt hatte mich überrascht. Ich war davon ausgegangen, sorgfältiger Einweisung zu bedürfen, hatte damit gerechnet, ungeschickt zu sein, doch Giulianos Zuversicht und meine Instinkte hatten mich sicher geführt. Nach unserer Anstrengung war mir kühl geworden, und Giuliano hatte zu meiner Verlegenheit einen Diener kommen lassen, um das Feuer im Kamin zu entfachen. Eingewickelt und reglos saß ich da, bis der Diener gegangen war; dann erst war ich zu überreden, mich zu vergessen und in Giulianos Armen zu liegen.

»Dein Porträt?« Giuliano stieß einen langen, entspannten Seufzer aus. »Ja, natürlich. Vater hat darum gebeten. Leonardo ist in solchen Dingen schrecklich, musst du wissen. Die meisten Aufträge, für die Vater ihn bezahlt hat, wurden nie fertiggestellt. Aber ...« Er schenkte mir ein durchtriebenes Lächeln. »Ich werde es anfordern. Ich werde seine Füße ins Feuer halten. Ich werde ihn in seinem Atelier anketten und erst dann freilassen, wenn es fertig ist! Aber ich muss dein Bild für immer bei mir haben.«

Ich kicherte.

Giuliano nutzte die Leichtigkeit des Augenblicks, um ein schwieriges Thema anzusprechen. »Ich habe einen unserer besten Agenten damit beauftragt, Ser Antonio aufzusuchen.«

Sofort spannte ich mich an. »Mit meinem Vater kann man nicht vernünftig reden.«

Giuliano tippte mir sacht auf die Nasenspitze, als versuchte er, mich von meinem Schmerz abzulenken. »Ich weiß; ich bin dem Mann begegnet. Heute ist er derart außer sich, dass man sich nicht an ihn wenden kann; er ist schockiert und verletzt. Lass ihm Zeit. Mein Mann wartet ein paar Tage ab. Bis dahin werden wir deinen Vater beobachten, um sicherzugehen, dass er keine übereilten Schritte unternimmt.«

Spione, machte ich mir mit Unbehagen klar. Jemand würde vor dem Haus meines Vaters sitzen, ihn beobachten und alles, was er machte, Giuliano berichten. Es störte und erleichterte mich zugleich. Zumindest könnte mein Vater sich nicht in den Arno stürzen, ohne dass jemand dazwischenging.

»Mein Mann ist schon älter, ein guter Christ, und wird Ser Antonio mit großem Respekt behandeln. Es war unklug von mir, anzunehmen, man könnte deinen Vater in Versuchung führen, dich für Geld oder Land gehen zu lassen; er ist ein Mann mit Charakter. Ich teile zwar seine Zuneigung zu Fra Girolamo nicht, aber mir ist klar, er braucht eine Gewähr dafür, dass du einen ehrenhaften, frommen Mann geheiratet hast und kein Leben in korruptem Luxus führen wirst, sondern dich Gott und deinem Gemahl hingeben wirst.

»Und, Lisa«, sagte Giuliano sehr ernst, wobei er mir das Gesicht zuwandte; mein Kopf ruhte auf seiner Schulter und dem ausgestreckten Arm. »Ich glaube an Gott und das Bedürfnis nach Rechtschaffenheit, und wenn dein Vater verlangt, dass wir uns Fra Girolamos Predigten anhören, dann soll es so sein.«

Seine Ernsthaftigkeit rührte mich, doch bei seinen letzten Worten schnaubte ich verächtlich. »Dann musst du allein hingehen«, murmelte ich, obwohl mich seine Worte hoffen ließen. Wenn Giuliano sich dazu herabließe, die Predigt des Todfeindes über sich ergehen zu lassen, würde es meinen Vater bestimmt beeindrucken … und ganz Florenz noch dazu.

Mein Blick wanderte zu drei bemalten Holztafeln, die die ganze gegenüberliegende Wand einnahmen. Zuvor war ich zu nervös gewesen und hatte nur verschwommenes Rot, Gelb und Schwarz wahrgenommen. Nun erkannte ich, dass sie einen grimmigen Kampf darstellten. Eine spitze Lanze durchbohrte einem Reiter die Brust und hob ihn dabei aus dem Sattel; gefallene Männer und gestürzte Pferde lagen tot oder sterbend zwischen leeren Helmen und fallen gelassenen Schilden. Es war eine schreckliche, chaotische Erinnerung an Verwirrung und Wut. Stirnrunzelnd hob ich den Kopf von Giulianos Schulter.

»Ah«, sagte Giuliano lächelnd, »dir sind die Gemälde aufgefallen. Es ist Uccellos *Schlacht von San Romano,* in der Florenz vor einem Jahrhundert Siena besiegte.«

»Aber es ist so gewalttätig … Jeden Tag muss Lorenzos erster Blick am Morgen und der letzte am Abend auf dieses Bild gefallen sein. Warum will jemand eine so beunruhigende Ansicht in seinem Schlafzimmer haben?«

Strahlend vor Begeisterung stand Giuliano nackt aus dem Bett auf und trat an die mittlere Holztafel. »Vater gefiel es nicht wegen seiner Gewalttätigkeit, sondern wegen des Kampfgeists, den der Hauptmann, Niccolò da Tolentino, zeigt. Er war ein großer Held. Siehst du? Er ist hier in der Mitte als Anführer des Angriffs.« Er zeigte auf einen Reiter – den einzigen ohne Helm – in vorderster Linie, die Lanze auf das Herz seines Gegners gerichtet. »Er ist furchtlos. Trotz der großen Armee, der er gegenübersteht, ist er siegesgewiss. Außerdem ist es ein großartiges Beispiel für die neue Perspektive. Schau hier« – mit Daumen und Zeigefinger maß er einen der Gefallenen ab – »und sieh, wie lang dieser Mann im Verhältnis zum Hauptmann ist.«

Ich staunte. Der gefallene Mann war nicht einmal halb so groß wie Tolentino. »Er ist so klein!« Ich lachte. »Aber es ist nur sinnvoll; wenn man vor jemandem steht, der liegt, dann sieht dessen Körper kürzer aus, als er ist. Und – schau mal hier. Siehst du, wie klein diese Männer sind, damit sie so aussehen, als wären sie weit weg?«

Giuliano lächelte zufrieden. »Wenn du keine Frau wärst, dann würde ich sagen, du solltest Künstler werden! Ich wusste nicht, dass du so klug bist. Ja, das ist der Zauber der Perspektive. Und Uccello war einer der ersten, der sie verwendet hat. Vater hatte ein ausgezeichnetes Auge. Piero und Giovanni haben keinen blassen Schimmer von der Kunst, die sie umgibt. Das ist wirklich ein Jammer.«

»Ser Lorenzo muss dich sehr geliebt haben, dass er dir solche Sachen beigebracht hat.« Ich dachte an Lorenzo, krank und von Feinden verfolgt, der seine Zuversicht aus dem Bildnis des längst verstorbenen Kriegers zog.

Giuliano nickte, etwas ernster. »Von der ganzen Familie verstand ich ihn am besten. Und er hat mich verstanden. Piero ist eher wie unsere Mutter, und Giovanni …« Er lachte kurz auf. »Ich bin mir nicht sicher, wem er gleicht. Vielleicht unserem Urgroßvater Cosimo. Er ist sehr schlau, wenn es darum geht voranzukommen.«

Der Abend hatte Dunkelheit mit sich gebracht; Giuliano zündete ein paar Kerzen an den Flammen im Kamin an, kam dann wieder ins Bett und ließ sich mit einem Seufzer zufriedener Erschöpfung neben mir nieder.

»Warum sollten die *piagnoni* mit dem Herzog von Mailand zusammenarbeiten, um Piero zu entmachten?«, fragte ich leise.

Seine gute Laune fiel von ihm ab. Er stützte sich auf einen Ellenbogen und wandte sich mir zu, das Gesicht überschattet. »Ich bin mir nicht ganz sicher«, sagte er. »Aber ich weiß, sie wollen den Niedergang unserer Familie. Vater hat viel Unkluges – ja sogar Ungesetzliches – getan. Er hat Geld aus dem Mitgiftkapital der Stadt gestohlen, um Giovannis Kardinalswürde zu kaufen. Und in jüngeren Jahren kannte er gegenüber seinen Feinden keine Gnade. Er war bereit, alles zu tun, um die Familie abzuschirmen. Es gibt viele Menschen, viele Familien und Gruppen, die allen Grund hatten, ihn zu hassen.

Aber er hatte ein unheimliches Geschick, sich selbst zu schützen, Verbündete zu finden, zu wissen – besonders in seinen letzten Jahren –, wann er nachzugeben hatte und wann er diejenigen übergehen konnte, die ihm drohten oder ihn schlecht machten.« Er hielt kurz inne. »Piero und Giovanni … Sie sind auf ihre Art intelligent, doch sie sind nicht wie Vater. Sie begreifen nicht, dass es sehr wichtig ist, wie die Öffentlichkeit sie wahrnimmt. Es gelingt ihnen nicht … bescheiden aufzutreten. Und Piero … Er bekommt widersprüchliche Ratschläge von seinen Beratern und ist mittlerweile so verwirrt, dass er überhaupt nichts mehr weiß.

Ich habe ihm gesagt, er solle nach Sarzana gehen – so wie Vater einst König Ferrante aufgesucht hatte in der Hoffnung, einen Krieg zu verhindern. Ich wollte ihn allerdings begleiten. ›Höre nicht auf deine Berater‹, habe ich ihm gesagt. ›Lass dir von mir helfen.‹ Aber er wollte unter Beweis stellen, dass er es allein konnte, ohne mich. Es ist so, Vater hat nie ein Geheimnis daraus gemacht, dass ich sein Liebling war. Er hat Piero immer gesagt, wenn er irgendwann einmal das Familienoberhaupt werde, solle er nichts unternehmen, ohne mich um Rat zu fragen. Darauf ist Piero stets neidisch gewesen. Ich werfe es ihm nicht vor, aber …« Er schüttelte den Kopf. »Es war ein Fehler, Sarzana und die beiden anderen Zitadellen auszuliefern. Ich kenne Piero; er weiß nicht, auf wen er hören soll, deshalb hat er auf niemanden gehört und aus reiner Nervosität gehandelt. Jetzt ist die Signoria wütend, und sie schicken Fra Girolamo, der mit dem französischen König reden soll. Es ist ein völliges Durcheinander. Ich hoffe nur, Piero wird auf mich hören, wie man die Sache am besten wieder beilegt.«

Seine Enttäuschung stand ihm ins Gesicht geschrieben; er besaß Lorenzos rasche Auffassungsgabe, gepaart mit der Liebenswürdigkeit seines Namensvetters. Der Zufall der späten Geburt hatte ihn der Stellung beraubt, für die er eine natürliche Begabung hatte – und deshalb war womöglich alles verloren. »Zurück zu den *piagnoni*«, sagte ich. »Hat Savonarola politische Ambitionen? Will er Florenz für sich … und vielleicht auch Mailand?«

Er sah mich stirnrunzelnd an. »Es ist weitaus komplizierter. Ich habe Agenten, die daran arbeiten …«

Zu denen auch Leonardo gehörte. »Wie kompliziert? Ich habe Zeit …«

Ein Klopfen an der Schlafzimmertür und eine männliche Stimme unterbrachen uns. »Ser Giuliano?«

»Ja?«

»Euer Bruder ist von Sarzana zurückgekehrt. Er wartet im Speisezimmer auf Euch.«

»Sag ihm, ich komme gleich.«

Ich war bereits aus dem Bett gesprungen und zog mir meine *camicia* an. Giuliano schaute mich an, dann auf seine Überhose und sein *farsetto*, die neben dem Kamin auf einem Haufen lagen, dann wieder auf mich. »Schick Laura und einen Diener«, rief er. »Wir brauchen Hilfe beim Ankleiden.«

44

Sobald wir angezogen waren, führte Giuliano mich durch den weitläufigen, ruhigen Palazzo nach unten; unsere Schritte hallten vom glänzenden Marmor wider. Die Korridore schienen leerer, als ich sie in Erinnerung hatte: Viele Kunstwerke waren weggeschafft worden.

»Vielleicht sollte ich nicht mitkommen«, flüsterte ich, den Arm bei ihm untergehakt. »Piero wird über politische Angelegenheiten reden wollen.« In Wirklichkeit war ich nervös bei der Aussicht, ihm gegenüberzutreten. Trotz Giulianos Beteuerungen war ich ganz und gar nicht sicher, ob der älteste der Medici-Brüder unserer Heirat mit Begeisterung zugestimmt hatte. Ich hatte bereits eine schmerzhafte Begegnung mit meinem Vater hinter mir und war nicht in der Stimmung, dasselbe mit Piero zu erleben.

Giuliano schien meine Gedanken zu lesen. »Mein Bruder wollte zwar nichts davon wissen, dass ich dich heirate – zunächst. Aber ich war hartnäckig. Ich habe ihn davon überzeugt, dass es politisch sinnvoll sei. Schließlich murrt das Volk, weil Piero der Sohn einer geborenen Orsini ist und außerdem auch noch eine geheiratet hat. Ich sagte ihm: ›Du hast bereits eine starke Verbindung mit den adligen Orsinis hergestellt – und Giovanni ist Kardinal, womit der Papst und die Kirche unsere Verbündeten sind. Jetzt wird es Zeit, uns ans Volk zu binden, ihnen zu zeigen, dass wir uns nicht für Fürsten halten, wie es heißt.‹ Am Ende hörte er mir zu. Auch wenn Alfonsina und Giovanni nicht einverstanden sind – nun, ich habe keinen Zweifel, dass du sie mit deinem Charme gewinnen wirst.«

Schließlich blieben wir vor einer hohen Tür aus geschnitztem, dunkel poliertem Holz stehen. Giuliano stieß sie auf und bat mich mit einer Handbewegung, einzutreten.

Wärme und Licht umfingen mich. An der gegenüberliegenden Wand loderte in einem mächtigen Kamin ein großes Feuer; ein Kandelaber mit über einem Dutzend brennender Kerzen auf dem langen Esstisch verbreitete den Geruch nach heißem Wachs. Die Wände waren mit idyllischen Szenen bemalt – Bacchus und seine Trauben, Nymphen und Satyrn tanzten, während Pan auf seiner Flöte spielte.

Zwei Männer waren in dem Raum. Der erste schritt mit weit ausholenden Gesten vor dem Kamin auf und ab. Er war wie ein Prinz gekleidet, trug eine Tunika aus saphirblauem Samt, gefüttert mit purpurrotem Satin. An seiner dicken goldenen Kette baumelte ein großer Amethyst, und die Diamanten an seinen Fingern glitzerten im Schein des Feuers. Seine Schultern waren breit, seine Taille schmal, und seine Überhose offenbarte kräftige Oberschenkel und muskulöse Waden. Man konnte ihn sich gut draußen auf den Straßen von Florenz vorstellen, wie er nach einem Ball trat.

»Wie können sie es wagen, mich so zu beleidigen!«, tobte er verbittert. »Wie können sie es wagen, obwohl ich doch gerade die Stadt gerettet habe! Ich verdiene, wie ein Held empfangen zu werden, stattdessen …« Finster schaute er auf, als wir ihn unterbrachen.

Der zweite Mann saß am Tisch. Sein Verhalten war teilnahmslos, während er peinlich genau das Fleisch von den Knochen eines gebratenen Fasans schnitt. Er trug das scharlachrote Gewand eines Kardinals, eine rote Seidenkappe und einen Rubinring; als wir eintraten, drehte er sich auf seinem Stuhl halb um, damit er uns besser sehen konnte. Er hatte dicke Finger, wulstige Lippen, einen großen, breiten Schädel und eine noch breitere Brust. Er legte Gabel und Messer beiseite. »Giuliano! Wer ist das?« Er war überrascht, aber nicht unhöflich. Seine Stimme war tief und einnehmend, trotz seines reizlosen Gesichts und der kleinen, misstrauischen Augen. Bei meinem Anblick erhob er sich.

»Wer ist das?«, fragte Piero, seinen Bruder wiederholend. Im Schein des Kandelabers war er seiner Mutter wie aus dem Gesicht geschnitten – die schmalen Lippen, das fliehende Kinn.

»Piero, du erinnerst dich. Das hier ist meine Gemahlin, Madonna Lisa di Antonio Gherardini. Lisa, darf ich dir meinen Bruder Piero di Lorenzo de' Medici vorstellen.«

Die Antwort meines Gemahls bestürzte Giovanni. »Antonio der Tuchhändler? Beliebst du zu scherzen?«

»Beleidige meine Gemahlin nicht«, entgegnete Giuliano mit drohendem Unterton. »Die Gherardinis sind eine gute Familie. Piero hat uns vor einiger Zeit die Erlaubnis gegeben, zu heiraten.«

Piero machte eine wegwerfende Geste. »Ich habe dir die Erlaubnis erteilt. Aber jetzt ist wohl kaum der richtige Zeitpunkt, die junge Dame kennenzulernen, da man von allen Seiten über uns herfällt ...« Er verneigte sich flüchtig vor mir. »Verzeiht, Madonna, wir haben dringende, private Angelegenheiten zu besprechen. Giuliano, du kannst uns deiner Zukünftigen später vorstellen.«

»Sie geht nirgendwohin, Bruder. Sie gehört zur Familie. Der Priester hat uns heute Morgen getraut.«

Piero schnappte lautlos nach Luft. Giovanni ließ sich auf seinen Stuhl fallen und legte eine Hand auf die ausladende Brust. Er ergriff als Erster das Wort mit einer melodischen Stimme, die trotz der inneren Erregung ihres Besitzers angenehm klang. »Du musst sie annullieren lassen. Du kannst die Saat der Medici nicht an eine Bürgerliche verschwenden.«

Ich wurde rot und war so wütend, dass ich darüber meine Nervosität vergaß.

Hitzig meldete Giuliano sich zu Wort. »Sie ist keine Bürgerliche. Sie ist meine Gemahlin, und sie bleibt hier, unter dem Dach ihres Mannes. Die Ehe ist vollzogen, und von einer Annullierung will ich nichts hören.« Er wandte sich an Piero.

»Was unsere Unterhaltung betrifft – sie weiß bereits alles, also wird sie hierbleiben. Ihr beide werdet ihr jetzt einen Kuss geben und sie in der Familie willkommen heißen.«

Giovanni erhob sich und schaute mich neugierig an, während er auf mich zuschritt und meine Hände mit seinen weichen, fleischigen ergriff. Mit plötzlichem freigiebigem Charme lächelte er und sagte: »Ich werde Euch einen Kuss geben, weil Ihr so schön seid, Lisa.« Dann hob er eine Augenbraue und fügte mit raschem Blick zu Giuliano hinzu: »Aber ich kann leicht Vorkehrungen treffen ...«

»Ich will davon nichts hören«, wiederholte Giuliano warnend.

»Nun dann«, sagte Giovanni mit resignierter Diplomatie. »Setzt Euch neben mich, Madonna Lisa. Auch du, Giuliano, setz dich. Dann ist heute also eure Hochzeitsfeier, oder? Nach so viel Vollziehung ist ein Fest wohl angebracht. Ich will nach den Dienern läuten.« Er erhob sich und zog an einer Kette, die aus einer Öffnung in der Wand herabhing, kehrte dann wieder an seinen Stuhl zurück und bedeutete uns Platz zu nehmen.

Piero war zu erregt, um mir die Hand oder einen Kuss zu geben. Er blieb auf der anderen Seite des Tisches, während Giuliano und ich uns neben den Kardinal setzten.

»Begrüßungen müssen warten. Wir kommen gerade aus der Signoria.« Piero breitete empört die Arme aus, als wollte er sagen, *ich habe ihnen alles gegeben ... was wollen sie denn noch?* »Ich habe Florenz gerettet – und die Rettung hat nur ein paar Festungen und Dukaten gekostet ...«

»Wie viele?«, wollte Giuliano wissen.

Piero senkte sogleich die Stimme. »Zweihunderttausend.«

Giuliano reagierte nicht, sondern schaute seinen ältesten Bruder nur durchdringend an; offenbar kannte er die Summe bereits.

Giovanni stellte seinen Kelch mit einer solchen Wucht ab, dass Wein über den Rand auf den Tisch schwappte. »Herr im Himmel!«, fluchte Giovanni. »Was hast du dir denn dabei gedacht? Kein Wunder, dass die Signoria nicht mit dir reden will! Und auch kein Wunder, dass sie diesen Kerl mit seinem ganzen Geschwätz vom Weltuntergang – diesen Savonarola – nach Pisa geschickt haben.«

Giuliano klang matt und enttäuscht. »Hast du den Brief nicht gelesen, den ich dir geschickt habe?«

Wieder schoss Pieros Blick zur Seite. »Du hast keine Ahnung, wie beschäftigt ich war, wie bedrängt von allen Parteien … Ich kann nicht dafür verantwortlich gemacht werden, eine Kleinigkeit übersehen zu haben.«

»Du hast ihn gar nicht gelesen«, sagte Giuliano ruhig. »Wenn, dann hättest du gewusst, dass die Signoria über die Festungen und das Geld empört war. Die Franzosen lachen uns aus, Bruder. Sie haben kaum damit gerechnet, Sarzana zu gewinnen, ganz zu schweigen von Sarzanella und Pietrasanta und einem Haufen Gold obendrein. Die Signoria tobt zu Recht. In meinem Brief bitte ich dich, umgehend hierher zu kommen, um gemeinsam eine Strategie zu entwickeln, wie wir auf sie zugehen können.«

Piero ließ niedergeschlagen die Schultern hängen; die Nuancen von Diplomatie und Verhandlung gingen über seine Fähigkeiten hinaus; dennoch hielt er einen schwachen Trotz aufrecht. »Kleiner Bruder«, sagte er leise, »ich musste allein gehen. Ich muss das allein machen; wer würde mich denn sonst noch respektieren? Ich bin schließlich nicht Vater …«

»Das ist doch keiner von uns«, antwortete Giuliano freundlich. »Aber wir drei zusammen können ihn ersetzen.« Das sagte er aus offensichtlicher Großmut, denn Giovanni hatte sich wieder seinem Fasan zugewandt und hörte mit der Distanz des Beobachters zu.

Das Gespräch endete abrupt, als ein Diener hereinkam. Giovanni wies ihn an, Wein und Essen »für unsere beiden Liebenden hier« zu bringen. Sobald der Mann den Raum verlassen hatte, wurde der Faden erneut aufgenommen.

Unterdessen hatte Piero seine Empörung wiedergewonnen. »Ich *habe* vor unserem Palazzo halten lassen, sobald ich in der Stadt war – ich bin kein Vollidiot. Eine Menschenmenge wartete draußen in der Loggia und wollte meinen Bericht hören. Ich habe ihnen die guten Neuigkeiten bekannt gegeben, dass alles mit Karl geklärt sei. Ich habe genau das gemacht, was du vorgeschlagen hattest: Ich habe Bonbons in die Menge werfen, habe Wein ausschenken lassen, genau wie Vater, als er von seinen Verhandlungen mit König Ferrante zurückkam. Aber offensichtlich war niemand in Feierlaune. Sie haben auf meine Kosten getrunken und gegessen und mich die ganze Zeit schweigend angeschaut, als hätte ich etwas falsch gemacht.

Ich bin also zum Palazzo della Signoria weitergegangen.« Für die ranghöchsten Mitglieder der Regierung von Florenz war es Brauch, während ihrer Amtszeit im Palazzo zu wohnen; sie nahmen ihre Mahlzeiten dort ein und schliefen sogar dort. »Weißt du, was sie gemacht haben? Sie haben mich abgewiesen! Haben einen Diener an die Tür geschickt, der mir sagte: ›Kommt morgen wieder – man isst gerade zu Abend.‹ Ich habe ihm mit einer eindeutigen Geste gezeigt, was ich davon halte!« Er schnaubte. »Ich bin kein kompletter Narr. Ich weiß über die Unzufriedenheit des Volkes Bescheid. Ich bin kein Risiko eingegangen. Ich habe Vereinbarungen mit Paolo getroffen. Achthundert Soldaten der Orsini – fünfhundert berittene, dreihundert zu Fuß – haben an der Porta San Gallo ihr Lager aufgeschlagen und warten jetzt nur noch auf mein Zeichen, falls es Ärger gibt.«

»Wer hat dir gesagt, dass du das machen sollst?« Giuliano hob fassungslos und verärgert die Hände vor das Gesicht und senkte sie ebenso schnell wieder.

»Dovizi.«

Ser Piero Dovizi war Pieros engster Berater.

»Ich will es noch einmal wiederholen: Du kannst Dovizi nicht trauen! Ich glaube nicht, dass er nach wie vor unser Bestes will.« Giuliano seufzte enttäuscht. »Merkst du denn nicht, wie es aussieht? Die Signoria und das Volk sind bereits wütend, weil du ohne Einwilligung gehandelt hast. Jetzt hast du eine Armee mitgebracht. Muss da für sie der Gedanke nicht naheliegen, dass du vorhast, die absolute Macht an dich zu reißen?«

»Das würde ich doch nie tun!«

»Aber das wissen *sie* doch nicht. Unsere Feinde ergreifen jede sich bietende Gelegenheit, um Gerüchte in die Welt zu setzen. Wir müssen äußerst vorsichtig sein und daran denken, welche Auswirkungen unser Handeln haben könnte. Jeder Bauer und jeder Bürger, der in der Nähe der Porta San Gallo wohnt, wird dort eine Armee sehen. Sie wissen, dass die Franzosen kommen – und hier warten die Soldaten der Orsini. Was werden sie wohl denken?« Giuliano schüttelte den Kopf. »Weißt du, was Savonarola gepredigt hat? Vorige Woche, nachdem alle erfahren hatten, dass die Franzosen Fivizzano eingesackt und das Blut vieler Unschuldiger dort vergossen hatten?«

Sogleich fiel mir Michelangelo ein, der in San Lorenzo in der großen Menge gesessen, zugehört und sich alles gemerkt hatte, was gesagt wurde.

»Er sagte der Menge, vor zwei Jahren habe er ihnen Karls Ankunft vorausgesagt, als er ihnen mitteilte, das Schwert Gottes werde aus dem Himmel herabfahren und alle Sünder von Florenz töten. Mit anderen Worten *uns* und alle, die Fra Girolamo nicht beipflichteten. Siehst du nicht, dass Savonarola ihre Angst schürt, sodass sie besorgt sind, Florenz und Frankreich würden gegeneinander in den Krieg ziehen? Genau das werden sie denken, wenn sie die Orsini vor dem Tor lagern sehen. Warum hast du mich nicht um Rat gefragt, bevor du so etwas unternimmst?«

Piero senkte den Kopf und schaute in die Flammen; seine Gesichtszüge waren entspannt, bar jeder Arroganz und Empörung. »Ich habe versucht, so zu sein, wie Vater mich haben wollte. Doch ich kann mir noch so große Mühe geben, ich versage. Ich habe gemacht, was du gesagt hast: Ich habe versucht, mit König Karl über einen freien Durchzug zu verhandeln – und jetzt ist Alfonsina wütend auf mich und will nicht einmal mehr mit mir reden. Ich habe das Gefühl, sie zieht ein für alle Mal nach Caiano a Poggio. Ich musste Paolo Orsini belügen, um seine Truppen zu bekommen; er weiß nichts von meinen Absichten, Karl den Durchzug zu gewähren. Und der Papst wird uns hassen, wenn er es erfährt. Was soll ich denn tun?«

»Fürs Erste dein Temperament zügeln«, sagte Giuliano beiläufig. »Keine obszönen Gesten mehr. Lass uns heute Abend einen Plan schmieden, wie wir uns morgen an die Prioren wenden, und dann gehen wir gemeinsam zum Palazzo della Signoria. Was Alfonsina, Orsini und den Papst betrifft – die werden wir später um Vergebung bitten. Florenz hat Vorrang.«

»Zumindest kannst du einen klaren Kopf bewahren«, sagte Piero versonnen als Zeichen seiner Kapitulation.

Unterdessen kam eine Dienerin mit Wein und Kelchen, gefolgt von einer Parade von Dienern mit Tellern voll Geflügel, Hasen und Wildbret, Käse, Süßspeisen und allen nur denkbaren Köstlichkeiten. Piero nahm schließlich auch Platz und aß mit uns, doch er blieb besorgt und versuchte gar nicht erst, sich an unserer seichteren Unterhaltung zu beteiligen. Auch ich aß etwas, war aber wie Piero voller Besorgnis, und mein Blick blieb fest auf Giuliano geheftet.

In jener Nacht wartete ich allein in Lorenzos Schlafgemach, während mein Gemahl mit seinen Brüdern besprach, wie man sich an die Signoria wenden sollte. Ich war unsäglich erschöpft, nachdem ich die Nacht zuvor wach gelegen hatte, konnte aber trotzdem nicht einschlafen. Zu meiner Sorge um meinen Vater kam nun noch hinzu, dass Zalumma mir entsetzlich fehlte, und es machte mich schier verrückt, mir vorzustellen, welche Strafe er ihr dafür auferlegen würde, dass sie sich heimlich mit mir zusammengetan hatte. Auch der Gedanke, was wohl geschehen würde, wenn Giuliano mit seinem Bruder zur Signoria ginge, beunruhigte mich. Mehr noch: Ich hegte die kindische Angst, ihn nicht wiederzusehen. Ich hatte bereits entschieden, ihn zum Bleiben zu überreden – zur Hölle mit Florenz! – oder mich mitgehen zu lassen.

Mit weit aufgerissenen Augen lag ich fest zugedeckt im Bett. Die Lampe brannte noch, im Kamin prasselte ein Feuer; das Licht warf schwankende Schatten auf die Wände und das

Gemälde von der Schlacht bei San Romano. Lange starrte ich auf den bedrängten Hauptmann, so wie es Lorenzo mit Sicherheit jahrelang getan hatte.

Das Feuer war warm – die Diener der Medici geizten nicht mit Holz –, und ich begann unter den Decken aus Samt und Fell zu schwitzen. Ich stand auf und trat ans offene Fenster.

Der Himmel war bewölkt, kein Stern war zu sehen; die kalte Luft roch nach Regen. Ich streckte die Hand aus, und als ich sie zurückzog, war sie feucht vom Nieselregen.

»*Ecce ego adducam diluvii aquas super terram*«, flüsterte ich, ohne mir dessen bewusst zu sein. *Denn siehe, ich will eine Sintflut mit Wasser kommen lassen auf Erden.*

45

Giuliano kam kurz vor dem Morgengrauen zu mir. Die Lampe brannte noch, und in ihrem Schein wurden die feinen Linien um seine Augen sichtbar – die Augen eines Mannes, der zehn Jahre älter war als er. Ich sprach mit ihm weder über Politik noch über seine Pläne für den Auftritt vor der Signoria oder meinen Wunsch, er solle nicht hingehen. Stattdessen schloss ich ihn in die Arme und schlief mit ihm. Nicht mehr und nicht weniger verdiente und brauchte er jetzt.

Der neunte November brach an. Der Morgen war so düster, dass Giuliano und ich ziemlich lange schliefen. Ich wachte auf, die Stimme des sterbenden Lorenzo im Ohr:

Frag Leonardo ... Der dritte Mann ... ich habe dich im Stich gelassen. Leonardo, er und das Mädchen ...

Dann krümmte ich mich vor Angst, denn mir fiel ein, was mit meinem Vater geschehen war; schlimmer noch, dass Giuliano versprochen hatte, seinen Bruder an jenem Tag zur Signoria zu begleiten. Nach einem kurzen Moment der Orientierungslosigkeit bemerkte ich, dass mich die Kirchenglocken geweckt hatten, die die Gläubigen zur Sonntagsmesse riefen. Einen so lauten Chor hatte ich noch nie vernommen: Ich war die Glocken von Santo Spirito gewöhnt, doch jetzt, mitten in der Stadt, vernahm ich die Klänge von San Marco, San Lorenzo und Santa Maria del Fiore aus nächster Nähe.

Neben mir schlief Giuliano auf dem Bauch ausgestreckt – den einen Arm über den Kopf gelegt, den anderen unter die

Seite gesteckt –, taub gegenüber dem Geläut vor seinem Fenster.

Leise schlüpfte ich aus dem Bett und fand meine silbrige *camicia* wieder, diesmal gefaltet und sorgfältig auf einen Stuhl gelegt. Ein Schauer überlief mich, als ich sie anzog. Das Feuer war bis auf die warme Asche heruntergebrannt. Darauf achtend, Giuliano nicht zu wecken, nahm ich einen Fellüberwurf vom Bett und wickelte ihn um mich.

Ich öffnete die Tür zum Vorzimmer mit der Absicht, in den Korridor dahinter zu gehen und nach einem Diener zu rufen; ein Schwall Wärme empfing mich. Im Kamin knisterte ein munteres Feuer, und direkt vor der Tür lümmelte ein Mann von etwa dreißig Jahren auf einem Stuhl. Er war der größte Mann, den ich je gesehen hatte – fast ein Riese, muskulös und breit gebaut. An seiner Hüfte hing ein Schwert in der Scheide, dessen Griff im Feuerschein orangefarben glänzte. Ein großer Lederschild lehnte neben ihm an der Wand.

In den massigen Händen hielt er ein kompaktes Buch, das in der Mitte aufgeschlagen war, und als ich die Tür öffnete, klappte er es schuldbewusst zu. Wie die meisten Kaufmannstöchter von Florenz kannte ich mich in der Schrift so gut aus, dass ich Dantes *Paradies* erkannte. Er legte das Buch neben sich auf den Boden, stand auf und schenkte mir ein entwaffnendes Lächeln. Ich musste den Kopf in den Nacken legen, um zu ihm aufzuschauen.

»Guten Morgen, Madonna Lisa«, sagte er in tiefstem Bass. »Ich hoffe, Ihr habt gut geschlafen. Soll ich einen Diener rufen? Jemanden, der Holz im Kamin nachlegt?«

»Ich brauche nur Laura, bitte, und eine Schüssel warmes Wasser. Mein Gemahl schläft noch, wenn Ihr das also möglichst leise machen könntet …«

»Gewiss doch.« Er verneigte sich, und ich sah ihm kurz nach, wie er zur Tür schritt, die auf den Korridor hinausführte. Draußen erhoben sich zwei weitere bewaffnete Männer, während er ihnen mit gedämpfter Stimme Anweisungen erteilte.

Ich ging wieder ins Schlafgemach und stellte fest, dass Giuliano bereits wach geworden war. Ich begrüßte ihn glücklich mit leidenschaftlichen Küssen, als hätte mich die Anwesenheit der Wachen nicht zu Tode erschreckt.

Mit Michelangelo und einigen engen Verbündeten der Medici besuchten wir die Messe in der Familienkapelle. Danach nahmen wir ein spätes, leichtes Mittagessen mit Piero, Giovanni und Michelangelo zu uns – wieder waren Bewaffnete vor der Tür postiert. Auf unserem Weg in den Speiseraum der Familie erklärte Giuliano mir, die Brüder nähmen für gewöhnlich ihre Mahlzeiten mit Freunden und Beratern ein, an diesem Tag jedoch zögen sie Ungestörtheit vor. Unwillkürlich dachte ich, *Sicherheit* wäre ein passenderes Wort als *Ungestörtheit*, da die Korridore vor Wachposten wimmelten.

Giovanni gab sich höflich distanziert und machte sich allem Anschein nach keine Gedanken über die bevorstehende Begegnung seines älteren Bruders mit der Signoria; falls er noch Pläne hegte, Giulianos Ehe annullieren zu lassen, so behielt er sie für sich. Michelangelo hielt den Blick auf seinen Teller gerichtet und schaute nur gelegentlich auf, um mich oder die anderen scheu anzusehen. Mir war vorher nicht aufgefallen, wie wörtlich Giuliano es gemeint hatte, als er sagte, Lorenzo habe Michelangelo wie seinen eigenen Sohn großgezogen. Die Brüder behandelten ihn in der Tat wie ihresgleichen.

Piero runzelte immerfort die Stirn und rieb sich den Hals, als habe er Schmerzen; er strahlte äußerste Anspannung aus. Giuliano war beherrscht und freundlich, darauf bedacht, mich und Piero zugleich zu beruhigen. Die Unterhaltung war beiläufig, bis Giuliano fröhlich ausrief:

»Fortuna ist mit uns. Antonio Loreno ist heute *proposto.*« Dem entnahm ich, dass Loreno ein Freund war – das war gut, da der *proposto* der einzige Prior war, der eine Maßnahme zur Diskussion stellen konnte. Einen Tag lang hatte er die Schlüsselgewalt über den Glockenturm der Signoria, der ganz Florenz auf der Piazza zusammenrief.

»Loreno?« Piero schaute mit schwacher Hoffnung von seinem Teller auf.

Giuliano nickte. »Er wird dafür sorgen, dass wir hineinkommen, damit die Prioren dich anhören können.« Er machte eine Pause. »Was ist deiner Ansicht nach die beste Zeit, hinzugehen? Vielleicht am Spätnachmittag? Zur Vesper? Dann werden sie zumindest nicht die Ausrede haben, von Geschäften in Anspruch genommen zu sein oder zu speisen.«

Piero dachte darüber nach und übernahm den Gedanken dann, als wäre es sein eigener. »Ja.« Er nickte einmal kräftig. »Wir gehen zur Vesperstunde. Ich möchte, dass du mitkommst. Und etwa zwanzig bewaffnete Männer. Und … Dovizi.«

Giuliano verdrehte die Augen und seufzte niedergeschlagen. »Auf wen willst du hören? Auf ihn oder auf mich? Hast du denn alles vergessen, was ich dir gestern Abend gesagt habe? Nach allem, wozu er dir geraten hat, hast du in den Augen des Volkes schlecht dagestanden. Ich sage dir, er ist nicht mehr unser Freund.«

»Ich höre auf dich«, antwortete Piero tonlos. »Aber ich will, dass Dovizi dort ist. Um den Schein zu wahren.«

Giuliano sagte dazu nichts, doch ich sah an seiner plötzlich undurchdringlichen Miene, dass ihm die Sache nicht gefiel.

Mit einem Mal brach Michelangelo das lastende Schweigen mit einer äußerst unangemessenen, schüchtern vorgebrachten Ankündigung. »Ich reise morgen nach Venedig.«

Darauf hatten alle drei Brüder keine Antwort.

Der Tag verging zu schnell. Giuliano hatte sich um Geschäfte zu kümmern und traf sich mit dem Vertreter einer Bank – obwohl ich vermutete, dass dieser Mann ihn eher über politische als über finanzielle Angelegenheiten informierte. Laura bürstete mir das Haar aus, rollte es im Nacken zusammen und steckte es in eins der besten goldenen Haarnetze von Madonna Alfonsina. »Schließlich«, sagte sie, »seid Ihr eine verheiratete Frau, und es gehört sich nicht, wenn Ihr die Haare herabhängen lasst wie ein junges Mädchen.«

Dann unternahm sie mit mir einen Rundgang durch die Küchen und das Innere des Hauses, darunter auch durch die Gemächer, in denen Pieros Gemahlin Alfonsina mit ihren

Kindern wohnte. Danach zeigte sie mir die Bibliothek mit ihren hohen Regalen aus fein geschnitztem Holz, die unzählige Lederbände und Pergamentrollen beherbergten.

Ich suchte mir einen Band von Petrarca aus – seine *Rime, Sonetti, Canzoni, Trionfi*, ein Buch, das über dreihundert Sonette enthielt. Die meisten anderen Bände waren auf Griechisch (das ich nicht beherrschte) oder Latein (in dem ich unsicher war). Ich nahm das kleine Buch mit in Lorenzos Schlafgemach, lächelte dem Goliath von einem Wachmann freundlich zu, der mich begleitete, und setzte mich auf den Stuhl neben dem frisch nachgelegten Feuer, um zu lesen.

Ich hatte Petrarca für eine sichere Wahl gehalten. Er schrieb auf Toskanisch, was meine schwankende Konzentration nur wenig in Anspruch nehmen würde, und seine Liebesgedichte würden mich an meinen Grund zur Freude erinnern: Giuliano. Doch als ich die Seiten vorsichtig umblätterte, fand ich nichts als Qual. Die Gedichte enthielten ausnahmslos nicht die Schönheit der Leidenschaft, sondern nur die Sorge und Pein, die sie verursachte. Hier war der arme Petrarca, der den Tod Lauras betrauert, des Objekts seiner unerfüllten Liebe:

Seit meinen Geist in Schmerz und Unbehagen
Zurückließ und in bangen Finsternissen
Das Engelantlitz, plötzlich mir entrissen,
Such ich durchs Wort zu lindern meine Plagen.

Ich schimpfte auf die Tränen, die mir in die Augen traten, und wischte sie ab, mich selbst tadelnd; ich hatte nie über ein Gedicht geweint. Trotzdem beunruhigte mich eine weitere Zeile:

... Doch bald zu Eis erstarren die Gedanken,
Seh ich beim Scheiden, wie mit holder Sitte
Ihr von mir lenket meine Schicksalssterne.

Meine Schicksalssterne. Unwillkürlich fühlte ich mich an etwas erinnert, an das ich lange nicht gedacht hatte: die Begegnung mit dem Astrologen und meine beißenden Kommentare zu meiner Mutter, die damals nur versucht hatte, mir Kummer zu ersparen. Im Geiste vernahm ich noch die Stimme des Astrologen: *In Euren Sternen sah ich einen Akt der Gewalt, der Eure Vergangenheit und Zukunft ist.*

Ich dachte an meine Mutter, wie sie unter Savonarolas Händen starb, und wurde plötzlich von der unvernünftigen Furcht gepackt, Giuliano – meine Zukunft – könnte sein nächstes Opfer sein.

»Halt an«, sagte ich laut zu mir selbst und schaute dann mit schlechtem Gewissen zur Tür, um zu sehen, ob mein Riese auf der anderen Seite mich gehört hatte. Von dort kam kein Laut, keine Bewegung; ich schüttelte den Kopf, um die lästigen Gedanken loszuwerden, und fuhr dann stirnrunzelnd mit meiner Lektüre fort. Ich war wild entschlossen, etwas Glückliches, Strahlendes zu finden – ein gutes Omen, das ich dem schlechten entgegensetzen konnte.

Erneut blätterte ich durch die Seiten und fand in Petrarcas fließendem Toskanisch den Vers:

Il successor di Karlo che la chioma
Co la corona del suo antiquo adorna
Prese a gia l'arme per fiacchar la corna
A Babilonia, et che da lei si noma.

Der Erbe Carols, dessen Locken schmücket
Des Ahnherrn Krone, eilt, sich zu bewehren
Um Babylon die Hörner zu zerstören
Und jeden, der das Schwert für selbes zücket.

Ich klappte das Buch zu, legte es beiseite und ging hinüber ans Feuer. Der Kamin strahlte eine glühende Hitze ab; ich verschränkte die Arme vor der Brust, so fest, als müsste ich die Angst im Zaum halten. Alles war auf irgendeine Weise miteinander verbunden: Leonardo, der dritte Mann, Lorenzos Tod, die *piagnoni* … und ich.

Als ich aufschaute, sah ich Uccellos *Schlacht bei San Ro-*

mano mit den leuchtenden Bannern, die im imaginären Wind flatterten. Hauptmann Tolentino wirkte noch immer tapfer und entschlossen, doch diesmal sah er sehr einsam aus, als sollte er bald vom Feind überwältigt werden.

Giuliano kam erst am späten Nachmittag zurück – kurz vor dem Zeitpunkt, an dem er wie geplant aufbrechen sollte, sodass ich Laura kommen ließ und nach ihm schickte, um sicherzugehen, dass er vorher noch zu mir kam.

Seine aufgesetzte Fröhlichkeit war wie weggeblasen; seine Augen blickten ernst, seine Stirn lag in leichten Falten. Er brachte einen Diener mit, der ihn in eine strenge Tunika aus schmucklosem Dunkelgrau kleidete.

Als der Diener gegangen war, sagte ich leichthin: »Du siehst aus wie ein *piagnone*.«

Er lächelte nicht. »Ich muss bald gehen. Hat Laura dir gezeigt, wo Giovannis Wohnräume sind?«

»Ja.«

»Gut.« Er zögerte; ich wusste, er wählte seine Worte mit Bedacht. »Wenn Piero und ich aus irgendeinem Grund aufgehalten werden … wenn wir uns verspäten oder wenn irgendetwas geschieht, was dich beunruhigt, dann geh sofort zu Giovanni. Er wird wissen, was zu tun ist.«

Ich setzte eine finstere Miene auf und schob Missfallen und Unwillen vor, um mein Unbehagen zu verbergen. »Was sollte mich schon beunruhigen? Warum sollte ich Giovanni aufsuchen wollen?«

Die Lippen meines Gemahls zuckten leicht, als er sich dazu durchrang, aufrichtig zu sein. »Unsere Sachen sind gepackt. Giovanni weiß, wo sie sind, und er weiß, wohin er dich zu bringen hat. Wir haben einen Ort vereinbart, wo wir uns treffen können. Wenn wir also aufgehalten werden …«

»Ich will mitkommen. Ich kann nicht hierbleiben.«

Er lachte kurz und freudlos auf. Mein Vorschlag war natürlich empörend: Ich war eine Frau, und Frauen hatten keinen Zutritt zum Palazzo della Signoria. Und ich kannte Giuliano bereits gut genug, um zu wissen, dass er mich niemals auf einen so gefährlichen Ausflug mitnehmen würde.

»Lisa.« Zärtlich legte er mir die Hände auf die Schultern. »Wir haben mit König Karl eine Vereinbarung getroffen; kann sein, dass sie der Signoria nicht gefällt. Ich war ein Narr, als ich zuließ, dass Piero auch weiterhin auf Dovizi hörte – alles, wozu er meinen Bruder ermutigt hat, rückte unsere Familie in ein schlechtes Licht. Ich hätte es nie so weit kommen lassen dürfen; ich war zu sehr damit beschäftigt, nach unseren Bankinteressen zu schauen, und habe zu viele politische Entscheidungen in Pieros Hand gelassen. Piero wird es nicht gefallen, doch von heute an werde ich darauf bestehen, dass er mich stärker mit einbezieht. Dovizi wird heute Nacht nicht unter unserem Dach schlafen. Von jetzt an wird Piero ausschließlich auf meinen Rat hören.«

Er hielt inne und schaute zum Fenster hinüber. Ich wusste, er lauschte auf die Glocken.

»Du musst jetzt gehen, nicht wahr?«

Als Antwort nahm er mein Gesicht in beide Hände. »Ich liebe dich.« Er gab mir einen kurzen, aber liebevollen Kuss. »Und ich bin bald wieder da, das verspreche ich dir. Mach dir keine Sorgen.«

»Schon gut«, sagte ich. Es gelang mir tatsächlich, sehr ruhig zu sprechen und gelassen aufzutreten. »Unter einer Bedingung lasse ich dich ohne mich gehen.«

»Unter welcher?« Er war um einen spielerischen Ton bemüht.

Die Verbindung zwischen Leonardos Brief und Lorenzos Worten auf dem Sterbebett ließ mir nach wie vor keine Ruhe, und ich fürchtete, eine solche Gelegenheit, die Wahrheit zu erfahren, käme so rasch nicht wieder. »Beantworte mir diese eine Frage. Wer ist der dritte Mann? Der Büßer?«

Er ließ die Arme sinken. Seine Lippen teilten sich, und er sah mich wie vom Donner gerührt an. »Nach all der Zeit … du erinnerst dich noch, dass mein Vater das gesagt hat?« Dann fing er sich wieder. »Er lag im Sterben. Er wusste nicht mehr, was er sagte.«

»Du bist ein schlechter Lügner. Wen hat er gemeint?«

Giulianos Schultern sackten leicht nach vorn. Er gab sich geschlagen. »Es war der eine Mann, der entkommen ist«, sagte er, und in diesem Augenblick begannen die Glocken zu läuten.

Wir schraken beide zusammen, doch ich hakte nach. Die Zeit verrann, und ich war von dem plötzlichen Wunsch beseelt, zu wissen, ganz so, als hinge unser beider Schicksal davon ab. »Entkommen wovor?«

»Jeder, der an der Verschwörung gegen meinen Onkel beteiligt war, wurde gefangen genommen. Nur ein Mann entkam.«

»Dein Vater hat ihn gesehen?«

Er schüttelte den Kopf, jetzt sichtbar verängstigt, und wandte sich zur Tür um. »Leonardo«, sagte er. »Leonardo sah ihn; mein Onkel ist in seinen Armen gestorben. Lisa, ich muss gehen. Gib mir noch einen Kuss.«

Am liebsten hätte ich aus schierer Sorge geweint, stattdessen küsste ich ihn.

»Die Wachen stehen direkt vor der Tür«, sagte er rasch, »und sie werden dir Bescheid geben, ob du zu Giovanni gehen musst. Bleib hier. Laura wird dir etwas zu essen bringen.« Er machte die Tür auf und drehte den Kopf, um mich noch einmal anzusehen. Sein Gesicht war jung, vom Schein des Feuers beleuchtet; seine Augen glänzten ängstlich. »Ich liebe dich.«

»Ich liebe dich«, sagte ich.

Er schloss die Tür. Ich trat ans Fenster und öffnete es, ohne auf die Kälte zu achten. Schließlich rissen die Wolken auf, und ich erhaschte einen Blick auf die untergehende, korallenrote Sonne. Ich lehnte mich eine Weile aus dem Fenster, lauschte auf die Glocken und sah zu, wie Piero und Giuliano hoch zu Ross aufbrachen, begleitet von etwa dreißig Männern.

»Leonardo«, sagte ich, doch niemand war da, der mich hörte. Irgendwie waren wir miteinander verbunden, auch durch die Schwierigkeiten, die jetzt bestimmt auf uns zukommen würden.

46

Ich lauschte den vielstimmigen Kirchenglocken, bis auch der letzte Ton in der vibrierenden Luft verhallt war. Ich hatte das Gefühl, ich sollte nach unten in die Kapelle gehen, wo Giovanni und Michelangelo ohne Zweifel beim Vespergebet waren; ich sollte an den wohlwollenden Gott meiner Mutter ein Gebet richten, er möge meinen Gemahl beschützen. Allerdings war ich zu dem Zeitpunkt viel zu erregt, um mich mit Gott oder einem anderen auszutauschen. Ich war sogar zu aufgewühlt, um Giuliano zu gehorchen und geduldig im Schlafgemach sitzen zu bleiben.

Ich trug wieder mein Hochzeitskleid, da Zalumma ja mit meinen anderen Sachen nicht gekommen war; weil es kühl war, zog ich das schöne Überkleid aus Brokat mit Pelzfutter über. Ein innerer Impuls ließ mich innehalten und meine beiden Goldmedaillons aus dem Schreibtisch holen, in den Laura sie gelegt hatte, als sie mich am Abend zuvor ausgezogen hatte. Ich ließ sie in die Tasche des Überkleids gleiten und trat ins Vorzimmer.

Mein Riese erhob sich. »Braucht Ihr etwas, Madonna Lisa?«

»Nein, ich gehe nur in die Küche, um mir etwas zu essen zu holen«, log ich aufgeräumt und schenkte ihm mein schönstes Lächeln.

Besorgnis machte sich auf seinem Gesicht breit. »Aber Ser Giuliano hat den Befehl gegeben …«

Mein Lächeln wurde noch breiter. »Dass ich in meinem

Zimmer bleiben soll. Ich weiß. Aber er hat gesagt, falls ich Hunger bekäme, würde es nicht schaden, wenn ich in die Küche ginge. Im Übrigen langweilt mich Petrarca. Ich möchte mir noch ein anderes Buch aus der Bibliothek ausleihen.«

»Wir können Euch etwas zu essen holen – was immer Ihr wollt. Und wenn Ihr uns den Titel des Buches nennt …«

»Ah, aber ich kenne mich in der Bibliothek nicht aus und wüsste daher gar nicht, um welches Buch ich bitten sollte.« Mein Tonfall wurde flehentlich. »Bitte. Ich bin auch gleich wieder da.«

»Na schön«, sagte er zögernd. »Doch ich muss bei allem Respekt darum bitten, dass Ihr nicht trödelt. Ser Giuliano würde mir nie verzeihen, wenn er zurückkäme und ich keine Rechenschaft über Euren Verbleib ablegen könnte.« Er führte mich an die Tür des Vorzimmers und blieb stehen, um die beiden Wachen dort mit leiser Stimme zu instruieren. Als ich über den Korridor ging, hörte ich, dass einer von ihnen mir in diskretem Abstand folgte.

Ich ging die Treppe hinunter, vorbei an weiteren Wachposten. Ich hatte natürlich nicht den Wunsch, in die Küche zu gehen; ich wollte mich nur ablenken. Deshalb trat ich in den Hof hinaus.

Er war fast noch genauso, wie ich ihn in Erinnerung hatte: Dort, in der Mitte, war Donatellos schlanker, mädchenhafter Bronze-David, daneben eine steinerne Büste Platos. Viele der alten Stücke waren jedoch nicht mehr da, darunter auch, höchst bemerkenswert, die Terrakottaskulptur des älteren Giuliano.

Ich hatte von den berühmten Gärten der Medici gehört und wusste, dass sie hinter dem Hof lagen. Ich ging zwischen zwei Säulen hindurch, die mittels eines Bogens aus *pietra serena* miteinander verbunden waren, und durchquerte eine Loggia, bis sich das Gebäude erneut öffnete.

Hier fand ich den architektonischen Garten, der ein Drittel der Grundfläche des riesigen Palazzo umfasste. In der Mitte eines hellgrünen Rasens kreuzten sich zwei gepflasterte Wege, gesäumt von Obstbäumen in Kübeln. Zwischen den Bäumen standen dichte Rosenbüsche, dornig und für den bevorstehenden Winter kräftig beschnitten. Hinter den Büschen sah ich in sorgfältig gewählten Abständen lebensgroße Statuen auf hohen Podesten. Am meisten fiel mir die der Hebräerin Judith ins Auge, die ihre Finger in die Haare ihres gefallenen Feindes Holofernes krallte. In der anderen Hand hielt sie ein großes Schwert hoch über den Kopf, bereit, den Hieb auszuführen, der die blutige Aufgabe erfüllen würde, Holofernes den Kopf abzuschlagen.

Und an den Mauern stapelten sich, fein säuberlich auf dem Pflaster aufgeschichtet, Waffen und Rüstungsteile: Schilde, Helme, Streitkolben, Langschwerter, Dolche und Lanzen, die an Uccellos Meisterwerk erinnerten.

Der Anblick ließ mich schaudern: Die ganze Zeit hatten sich die Medici auf einen Krieg vorbereitet.

Ich hob den Blick auf eine kleine Gruppe Soldaten, die untätig ganz in der Nähe standen und sich unterhielten; sie verstummten und musterten mich mit neugierigen, unfreundlichen Blicken.

Womöglich, so sagte ich mir, war das einfach nur Pieros Werk – das Ergebnis seines Unbehagens und Misstrauens, ähnlich wie die Truppen der Orsini, die ihn an der Porta San Gallo erwarteten. Vielleicht hatte Giuliano das nie gutgeheißen oder für notwendig befunden.

Trotzdem ging ich zu einem Messerstapel hinüber und holte vorsichtig einen Dolch mit Scheide daraus hervor – den kleinsten von allen. Den Männern gefiel das offenbar nicht; einer von ihnen schickte sich an, zu mir zu kommen und mich aufzuhalten, doch die anderen hielten ihn zurück. Schließlich war ich jetzt eine Medici.

Ich zog den Dolch aus der Scheide und hielt ihn ins schwindende Sonnenlicht. Er war aus reinem Stahl, zweischneidig mit rasiermesserscharfer Spitze. Schwer atmend stieß ich ihn in die Scheide zurück und steckte ihn dann umständlich in die innere Tasche meines Überkleids.

Der Wachhabende, der mir aus dem Haus gefolgt war, wartete unter dem Bogengang. Ich schaute ihn herausfordernd an, wohl wissend, dass er gesehen hatte, wie ich die Waffe an mich nahm; er sagte nichts.

Ich ließ zu, dass er mir in die Bibliothek folgte. Kein Petrarca mehr; ich wollte etwas Unsentimentales, Trockenes und Anspruchsvolles, um meine Gedanken von allem Unerfreulichen abzulenken. Diesmal entschied ich mich für eine Lateinfibel. Wenn alles wie geplant lief – falls es möglich wäre, die Signoria und Piero zu versöhnen –, wollte ich meine Ausbildung in den Klassikern verbessern, da ich viele Gelehrte zu Gast haben würde. Ich wollte meinen Gemahl niemals in Verlegenheit bringen, indem ich wie eine analphabetische Bäuerin erschien, und ich machte mir bereits Gedanken, wie ich meiner neuen Schwägerin imponieren könnte.

Ich kehrte in mein Zimmer zurück und schloss zur großen Erleichterung meiner Wachen die Tür. Ich zog das Überkleid aus und legte es über den Stuhl. Dann setzte ich mich ans Feuer. Das Buch sollte eine Einführung für Kinder in die lateinische Sprache sein; ich schlug es auf und las:

Video, vides, videt, videmus, videtis, vident …

Ich sehe, du siehst, er, sie, es sieht – und so weiter. Wäre ich ruhig gewesen, hätte ich die Seiten überflogen, doch ich war so zerstreut, dass ich wie betäubt auf die Wörter starrte. Damit ich mich überhaupt konzentrierte, las ich sie laut.

Kaum hatte ich damit begonnen, als ich von einem Geräusch draußen vor meinem Fenster unterbrochen wurde – dem leisen, melancholischen Läuten einer Glocke, derjenigen, die im Volksmund als die »Kuh« bekannt ist, weil sie dieselbe Tonhöhe hat wie muhendes Rindvieh.

Es war die Glocke, die alle Bürger von Florenz auf die Piazza della Signoria rief.

47

Ich ließ das Buch fallen, lief ans Fenster und riss die Fensterläden auf. Es war noch hell draußen, und ich spähte angestrengt die Straße hinunter in Richtung auf die Piazza della Signoria. Das Scheppern wurde schneller; ich sah Diener aus den großen Palazzi strömen, um zu gaffen, Fußgänger blieben unten auf der Straße stehen und wandten ihre Gesichter wie gebannt der Piazza zu. Unter mir lief eine kleine Armee von Männern aus den Haupt- und Nebeneingängen unseres Gebäudes, die Schilde auf Brusthöhe haltend, gezückte Schwerter fest in den Händen.

Grimmig klammerte ich mich an die Vernunft. Die Bürger waren zusammengerufen worden; ich konnte nicht davon ausgehen, dass sie Pieros Niedergang bejubeln sollten. Es könnte auch sein Triumph sein.

Eine Ewigkeit beugte ich mich aus dem Fenster – wie meine Nachbarn, die auf ein Zeichen warteten. Qualvolle Momente vergingen, bevor es kam: leise aus dem Osten und Süden, ein fernes, unverständliches Grollen zunächst. Dann erhob sich eine einzige Stimme, hoch und klar über den Wind.

»*Popolo e libertà! Popolo e libertà!*«

Sogleich fiel mir Messer Iacopo hoch zu Ross auf der großen Piazza ein, der vergeblich versuchte, das Volk auf seine Seite zu ziehen. Nur waren jetzt mein Gemahl und sein Bruder auf dieser Piazza – und ihre Bemühungen waren ebenso erfolglos.

Ich dachte an Messer Iacopos Leichnam, aufgedunsen und bläulich-weiß, exhumiert und durch die Straßen der Stadt geschleift.

Draußen rannten Diener wieder in ihre Palazzi zurück und schlugen Türen hinter sich zu; Fußgänger zerstreuten sich, liefen auf das Geräusch zu oder ergriffen die Flucht.

Ich stieß mich vom Fenster ab und zog hastig mein Überkleid an. Sonst hatte ich nichts mitgebracht, hatte also auch nicht mehr mitzunehmen – an der Tür jedoch blieb ich noch einmal stehen. Ich zog die Schublade im Schreibtisch auf, fand Leonardos Brief und warf ihn instinktiv ins Feuer.

Geh zu Giovanni, hatte mein Gemahl gesagt.

Ich eilte hinaus ins Vorzimmer und stellte fest, dass die Wachen verschwunden waren. Ich lief in den Korridor und sah Michelangelo auf mich zulaufen. Seine Schüchternheit war verflogen und durch Eindringlichkeit ersetzt; diesmal sah er mir direkt in die Augen. Kurz vor einem Zusammenprall blieben wir stehen; sein Atem war ebenso stockend wie meiner.

»Wo ist Giuliano? Ist er wieder da?«, fragte ich.

Wir redeten gleichzeitig: »Madonna, Ihr müsst fliehen! Geht schnell zu Giovanni!«, sagte er.

»Giuliano …«

»Ich habe ihn nicht gesehen. Ich glaube nicht, dass er zurückgekommen ist. Aber ich weiß, er möchte, dass Ihr mit seinem Bruder geht.«

Er nahm mich am Ellenbogen und führte mich die Treppe hinunter, über den Hof und eine weitere Treppenflucht hinauf. Er schob mich schneller, als ich laufen konnte; zweimal stolperte ich über meine Röcke.

Als wir unser Ziel erreichten, riss Michelangelo die Tür auf. Giovanni wies mit besonnenen, ruhigen Bewegungen zwei Diener an, wohin seine gepackten Truhen zu bringen seien. Erst als er aufblickte, sah ich die Nervosität in seinen Augen, seine Stimme aber war emotionslos.

»Was ist los?« Anscheinend war er über die Störung verärgert, beinahe feindselig.

»Ihr müsst Euch um Madonna Lisa kümmern«, antwortete Michelangelo barsch mit deutlicher Abneigung. »Ihr habt es Eurem Bruder versprochen. Mein Ziel ist für sie nicht sicher.«

»Oh, ja.« Giovanni schnippte mit den Fingern und entließ die Diener, deren Gesichter unter der Last rot angelaufen waren. »Gewiss doch.«

Michelangelo drehte sich zu mir um. »Ich bete zu Gott, dass wir uns wiedersehen, unter günstigeren Umständen.« Mit diesen Worten verschwand er, seine raschen Schritte verhallten im Korridor.

Giovannis scharlachrote Robe und die schwarze Samtkappe waren makellos; er war frisch rasiert und gepflegt, als hätte er sich auf einen hochrangigen Besucher vorbereitet. Er war zu zerstreut, vielleicht auch zu ängstlich, um sich zu verstellen. Er sah mich unfreundlich an. Ich war ein Ärgernis, ein Fehltritt.

»Geht und packt Eure Sachen«, sagte er. »Ich werde Laura schicken, Euch zu helfen.«

Ich glaubte ihm kein Wort und deutete auf meine Kleidung. »Ich habe nichts zu packen. Das ist alles, was ich mitgebracht habe.« Was auch stimmte, abgesehen von dem mausbraunen Kleid, das ich auf Geheiß meines Vaters hatte tragen müssen; ich war nur allzu froh, es zurückzulassen.

»Dann geht in Eure Gemächer.« Der Kardinal musterte mich und sagte dann: »Wisst Ihr, es sind weiter nichts als ein paar Prioren, die versuchen, einen Aufstand anzuzetteln. Mit etwas Glück werden meine Brüder die …« – er zögerte noch, bevor er die beiden letzten Wörter aussprach, und ich wusste, er hätte beinahe *Giuliano* gesagt – »Ruhe wiederherstellen. Unterdessen werde ich hinausreiten, um ihnen zu helfen.« Er stieß einen Seufzer aus, als habe er sich damit abgefunden, Gnade zu zeigen. »Keine Sorge, ich lasse Euch nicht hier.«

»Danke«, sagte ich.

»Geht. Ich lasse Laura rufen, damit sie sich zu Euch setzt.«

Ich durchquerte den Palazzo und kehrte in Lorenzos Schlafgemach zurück. Ich konnte nicht widerstehen, aus dem offenen Fenster zu schauen, das den Raum trotz des Feuers mit kalter Luft erfüllt hatte. Draußen war die Dämmerung hereingebrochen; im schwindenden Licht flackerten in der Ferne Fackeln. Sie kamen von Westen aus Richtung San Marco die

Via Larga hinunter. Diejenigen, die sie hoch über dem Kopf hielten, schrien immer wieder laut:

Palle! Palle! Palle!

Ich starrte auf die vagen Schatten, die aus dem Dunkel Gestalt annahmen. Die meisten waren zu Pferd, ein paar gingen zu Fuß; es waren die Wohlhabenden mit ihren Dienern, wahrscheinlich Freunde und Familienangehörige aus den Palazzi an der Via Larga, einer Enklave der Medici. Der Fackelschein glänzte auf feinen, gezückten Schwertern, auf Goldketten und Juwelen. Sie nahmen ihren Platz neben den Männern ein, die vor dem Medici-Palast Wache standen.

Palle! Palle!

Aus der entgegengesetzten Richtung, von der Piazza della Signoria, näherte sich der Schrei *Popolo e libertà!* und nahm allmählich körperliche Formen an: Dunkle Gestalten, schwach erleuchtet von brennenden Lumpen, die um lange Stöcke oder Besenstiele gewunden waren.

Abbasso le palle! Nieder mit den Kugeln!

Scharfe Zinken von Mistgabeln, Spitzen eingekerbter, krummer Lanzen, die glatten Enden von Holzkeulen ragten in den dunkler werdenden Himmel.

Kurz bevor die beiden Trupps sich trafen, tauchte ein neues Kontingent aus den Reihen der Medici-Anhänger auf. Von Weitem konnte ich keine Gesichter ausmachen – nicht einmal das des Reiters mit einer Laterne, die seine Gesichtszüge erhellte. Doch ich erkannte das Scharlachrot seines Umhangs, seine breiten Schultern und seine würdevolle Haltung: Giovanni ritt langsam hinaus, umgeben von einem Pulk bewaffneter Soldaten.

»*Palle!*«, schrie er der nahenden Bedrohung mit prächtiger Donnerstimme entgegen. »Gute Bürger von Florenz, hört mich an!«

Allein die guten Bürger von Florenz wollten ihm nicht zuhören. Ein Stein flog durch die Luft und traf Giovannis Rappen an der Schulter, der daraufhin scheute. Giovanni gelang es, das Tier zu beruhigen, aber er fasste einen Entschluss: Statt den Gegner frontal anzugreifen, galoppierten der Kardinal und seine Mannen lieber durch eine Gasse nach Norden.

Ich konnte nur beten, dass er nach wie vor zur Piazza strebte.

Während Giovanni und seine Männer aus meinem Blickfeld verschwanden, drangen die wütenden Bürger vor. Es schienen unendlich viele zu sein, die sich im Dämmerlicht ausbreiteten, so weit mein Auge reichte. Dem Fußvolk schlossen sich wohlhabendere Medici-Gegner zu Pferd an, die Streitkolben, stabile Lanzen, Schwerter und türkische Krummsäbel trugen.

Wohl wissend, dass sie in der Minderheit waren, ritten viele Anhänger der Medici fort und überließen es den Palastwachen, allein zu kämpfen.

Ich sah gespenstische Silhouetten und vernahm grässliche Geräusche:

Ein Bauer wurde von der Lanze eines Soldaten durchbohrt und in die Höhe gehoben; ein Kaufmann sank auf die Knie, als ein Streitkolben ihm den Schädel zerschmetterte. Ein gestürzter Wachmann schrie heiser auf, als ein Bauer ihn mit einer Mistgabel aufspießte. Ein anderer Aufständischer bückte sich, hob die herabgefallene Fackel auf und setzte den Leichnam in Brand.

Uccellos Gemälde vermochte die Gerüche, den Lärm, die Eile und das Chaos nicht einzufangen. Er hatte den Krieg als prächtiges Bild dargestellt; ich hingegen erlebte ihn als schieren Wahnsinn.

Unter mir ertönten wütende Schläge, die durch das ganze Haus hallten – Metall und bloße Hände, die gegen die Tür hämmerten. Ein paar Aufständische waren also bis an die Tür vorgedrungen.

Laura war nicht erschienen; da wusste ich, dass sie auch nicht mehr kommen würde. Ich beschloss aufzubrechen, doch als ich mich gerade vom Fenster abwenden wollte, wurde ich auf ein wildes Getümmel in der nächsten Gasse aufmerksam. Die schnellen Reiter hielten Fackeln und Laternen hoch, um in der zunehmenden Dunkelheit den Weg ausmachen zu können. Dicht hinter ihnen folgte eine wütende, tobende Menge. Die Hoffnung, es wäre Giuliano, packte mich. Ich lehnte mich noch weiter aus dem Fenster. Als sich die Gruppe dem Getümmel vor dem Palazzo näherte, erkannte ich Giovanni. Erst als er direkt unter mit war, verstand ich seine verzweifelten Schreie.

»Sagt euch los von ... Piero ... *Popolo e libertà*!«

Und die wütenden Bürger, die ihn bis hierher gejagt hatten, die Bürger, die ihn und seine Wachen mit Steinen bewarfen, riefen ganz zu Recht: *Verräter! Verräter!*

Ich lief vom Fenster weg, hob die Röcke und rannte die Treppe hinunter, durch die Korridore hinaus in den Hof, durch die Loggia in den Garten. Dort waren jetzt keine Waffen mehr zu finden – nur Giovanni schritt erschöpft und keuchend mit zwei Soldaten im Schlepptau auf den Palazzo zu.

»Habt Ihr ihn gesehen?«, rief ich ihm zu. Der Lärm außerhalb der Mauern war entsetzlich.

Giovanni war durch und durch Geschäftsmann; die Freundlichkeit, die ich zuvor in ihm gesehen hatte, war verschwunden und hatte einer kalten Entschlossenheit Platz gemacht. Hoch erhobenen Hauptes ging er an mir vorbei, ohne den Schritt zu verlangsamen, und als ich hinter ihm her lief, ließ er sich zu der knappen Mitteilung herab: »Ich bin nicht bis zur Piazza vorgedrungen.«

»Ihr habt ihn also nicht gesehen? Giuliano, meine ich?«

»Piero ist hier.« Er zeigte hinter uns.

Ich eilte an den Holzzaun, klinkte ein Tor auf, ging hindurch und befand mich auf dem großen, ungepflasterten Platz vor den Ställen. Es roch nach Mist, Heu und erhitzten, mit Schaum bedeckten Pferden. Etwa dreißig oder vierzig Pferde, von ihren Reitern gezügelt, stampften nervös auf der Stelle; lauthals besprachen Männer Strategien, sich noch einmal hinauszuwagen und dabei möglichst wenig Todesopfer auf sich zu nehmen. Ich sah ihnen in die Gesichter, doch das von mir gesuchte war nicht dabei.

»Giuliano!«, fragte ich. »Wo ist Giuliano?«

Die meisten Männer, gefangen im Tumult des Kampfes,

ignorierten mich; ein paar beäugten mich neugierig, antworteten aber nicht.

Eine feste Hand krallte sich in meine Schulter. Ich wirbelte herum und sah Piero vor mir, schwitzend, mit grimmiger Miene und wildem Blick.

»Wo ist Giuliano?«, wiederholte ich.

»Es ist nicht gut gelaufen«, sagte er, vom Misserfolg wie betäubt. »Verflucht sei Loreno – er hat uns verraten, er sollte mich nicht zum Haupttor hineinlassen. So eine Beleidigung konnte ich nicht hinnehmen: ›Komm allein herein, durch den Seiteneingang, und leg deine Waffen ab.‹ Wer bin ich denn, etwa ein Lakai? Mir ist der Kragen geplatzt, und ich habe ihnen gesagt, sie sollten sich alle zum Teufel scheren, und Loreno, der Hurensohn, hat meinen Feinden den Schlüssel zum Glockenturm ausgeliefert …«

Ich packte ihn bei den Armen. »*Wo ist Giuliano?*«

Er wich vor mir zurück. »Giuliano ist noch auf der Piazza und versucht, die Menge zu beruhigen.« Angesichts der Wut auf meinem Gesicht fügte er hastig hinzu: »Es war seine Idee, ich wollte ihn nicht allein lassen, er weiß, wenn die Sache schiefläuft, treffen wir uns an der Porta San Gallo.«

Angewidert wandte ich mich ab. Während ich auf den Stall zuging, überlegte ich, was als Nächstes zu tun sei.

»Geht mit uns fort!«, rief Piero hinter mir her. »Sie holen gerade meine Sachen … Habt Ihr schon gepackt?«

Ich ignorierte ihn. Ich stand vor einer langen Reihe von Boxen, und soweit ich sehen konnte, waren fast alle leer. Ein älterer Mann diskutierte mit zwei Soldaten; ich überschrie sie alle: »Ein Pferd! Ich brauche ein Pferd, sofort!«

»Sieh mal an«, sagte der Ältere, ohne Zweifel der Stallmeister. Sein Tonfall war zunächst herrisch; ich glaube, in der Aufregung hatte er mich mit einer der Kammerzofen verwechselt, doch ein zweiter Blick auf meine Kleidung veränderte sein Verhalten. »Verzeiht, Madonna – Ihr seid Giulianos Gemahlin, nicht wahr?« Zweifelsohne hatte er die Kutsche besorgt, die mich in diesen Palazzo gebracht hatte. »Ihr braucht ein Pferd? Weiß Ser Piero Bescheid? Ich dachte, seiner Meinung nach sei eine Kutsche besser zu verteidigen und könnte Eure Habseligkeiten aufnehmen …«

»Nun, er hat eben seine Meinung geändert«, sagte ich. »Ich habe nichts bei mir. Er sagte, ich brauche auf der Stelle ein Pferd.« Mein starrer Blick forderte ihn heraus.

Eine Gruppe von sechs Bewaffneten trat in den Stall. »Sind die Wagen voll?«, fragte einer von ihnen den Stallmeister. »Ser Piero wünscht jede Menge Heu und Wasser für den langen Ritt.«

Der alte Mann hob eine Hand und sagte dann zu mir: »Seht her, Madonna, ich habe nur so viele Pferde …« Er drehte sich zu den Soldaten um. »Und nur so viel Heu und Wasser …«

Wütend und am ganzen Leib zitternd, wandte ich ihm den Rücken zu und ging an den Soldaten vorbei, ohne sie eines Blickes zu würdigen. Ich lief an den Boxen entlang, während der Stallmeister mit den Männern diskutierte. Eine leere Box nach der anderen.

In einer jedoch ganz am Ende stand eine Stute, vielleicht das Pferd, das der Stallmeister zur eigenen Rettung zurückhielt. Sie war bereits gesattelt, die Trense im Maul, und als ich auf sie zutrat, schnaubte sie. Ihr Fell war grau, bis auf einen schwarzen Fleck auf dem Maul. Als ich das Tor öffnete und in die Box trat, wich sie einen Schritt zurück, neigte den Kopf und betrachtete mich mit ängstlichen, dunklen Augen, in denen das Weiße zu sehen war.

»Sieh mal an«, sagte ich und imitierte unwillkürlich den Stallmeister. »Wenn hier jemand Angst hat, dann bin ich es.« Behutsam legte ich eine Hand auf ihr weiches, zuckendes Maul; ihr rascher Atem strich warm über meine Haut.

»Kann ich aufsteigen?«, fragte ich. Die Aussicht darauf machte mich nervös. Ich war gewohnt, in Kutschen zu fahren; mein Vater glaubte, Frauen seien zum Reiten nicht geeignet. In meinem Fall hatte er vielleicht recht. Es war ein schwieriges Unterfangen. Wir hatten beide Angst, und ich war zu klein; ich musste mich auf einen umgedrehten Eimer stellen, bevor ich mich ungeschickt in den Sattel schwingen konnte. Mein langes Kleid mit der Schleppe machte das Wagnis noch halsbrecherischer. Sobald ich aufsaß, steckte ich mein Kleid so gut wie möglich um die Beine herum fest und ließ das Überkleid darüberfallen.

Die Stute war eine festere Hand als meine gewöhnt, doch ich ließ die Zügel locker, denn ich wusste, sie würde auf dem kürzesten Weg aus dem Stall gehen; zum Glück führte uns ihre bevorzugte Strecke nicht am Stallmeister vorbei.

Sobald wir draußen im Hof waren, überließ ich ihr auch weiterhin die Führung, da sie den Weg auf die Via Larga hinaus kannte.

Bewaffnete Wachen liefen vor dem verriegelten Tor hin und her, das oben mit tödlich spitzen Dornen versehen und innen mit armdicken Eisenstangen bewehrt war. Durch die Stangen konnte ich die schwarzen Gestalten von Soldaten ausmachen, die im flackernden Spiel von Licht und Schatten standen. Die Männer bewegten sich nur wenig; sie als die hinteren Wachen waren noch nicht in den Kampf einbezogen, die letzte Reihe des Schutzes vor dem Pöbel.

An meiner Seite stand ein Soldat direkt neben dem Riegel.

Ich ritt zu ihm und beugte mich hinunter. »He, du da. Mach das Tor auf.«

Er schaute zu mir auf; selbst das schwache Licht konnte nicht verbergen, dass er mich für verrückt hielt. »Madonna, sie werden Euch in Stücke reißen.«

»Da draußen herrscht heilloses Durcheinander. Niemand wird merken, woher ich gekommen bin; niemand weiß, wer ich bin. Ich bin unbewaffnet; wer soll mich schon angreifen?«

Er schüttelte den Kopf. »Es ist nicht sicher für eine Dame.«

Suchend wühlte ich in der Tasche meines Überkleides – den schweren Dolch beiseite schiebend – und zog eins der Medaillons hervor, ohne darauf zu achten, welches es war. Es fing gerade so viel Fackelschein ein, um zu glänzen. »Hier. Das ist mehr wert als ein Florin. Vielleicht sogar viel mehr.«

Er nahm es in die Hand, warf einen zweifelnden Blick darauf und erkannte dann, was es war. Schuldbewusst schaute er sich um, schob dann wortlos den Riegel beiseite und drückte das Tor auf, so gut es ging, denn der Druck der Menschen draußen verhinderte, dass es weit aufsprang. Die Stute und ich zwängten uns hindurch; das raue Eisen scheuerte mir die Schienbeine auf und verhakte sich in meinen Kleidern.

Sobald ich hindurch war, schlug das Tor scheppernd hinter mir zu; der Riegel wurde mit grimmiger Endgültigkeit vorgeschoben.

Ich befand mich in einer Gruppe von etwa vierzig Männern, die das Tor bewachten. Sie standen Schulter an Schulter; während die Stute an ihnen vorbeiging, drückten sich ihre schweißdurchtränkten Körper an mich.

»Mutter Gottes!«, fluchte einer.

Ein anderer schrie: »Wo zum Teufel ist die denn hergekommen?«

Ihre gezückten Schwerter verfingen sich in meiner Schleppe, zerfetzten meine Röcke, ritzten mir die Haut auf – und die Flanke der Stute ebenfalls, denn sie wieherte klagend. Doch ich führte sie fest und unnachgiebig bis in die vorderste Reihe.

Dort kämpften Männer im Schein der Fackeln, die an den Wänden des Palazzo hingen. Die Wachen warfen drohende Schatten auf die rebellischen Bürger; die schwarzen Umrisse ihrer erhobenen Schwerter wirkten viel länger, als sie in Wirklichkeit waren, und schienen Männer zu durchbohren, die ein ganzes Stück weit weg standen.

Ich trieb mein zögerndes Pferd aus der Sicherheit hinaus in den Kampf. Die Luft war kühl, aber stickig und roch nach Rauch und brennendem, ranzigem Fett. Die Kakophonie war zum Verrücktwerden: Die Glocke der Signoria schlug noch immer, Pferde wieherten, Männer fluchten, während andere Messer Iacopos aufrüttelnden Schrei von sich gaben.

Ein entgegengehaltenes *Palle! Palle!* vernahm ich indes nicht.

So viele Leiber huschten im flackernden Licht umher, dass es schwierig war, Freund von Feind zu unterscheiden. Hier gab es keine farbigen Banner, keine sauber aufgestellten Streitkräfte mit klar markierten Feinden und ordentlichen Lanzenreihen; erst recht gab es keinen Helden, der den Angriff führte. Ein

Schwert zischte direkt hinter mir durch die Luft und verpasste um Haaresbreite mein bloßes Bein; ich spürte den Luftzug, den die Klinge hinterließ.

Mein Pferd und ich machten einen Satz nach vorn; unser Platz wurde rasch von einem Bauern ausgefüllt.

Den Soldaten, der hinter mir die Hiebe austeilte, konnte ich nicht sehen, wohl aber das Ergebnis seiner Hiebe. Die Klinge sauste nieder und biss sich mit dumpfem Laut zwischen Hals und Schulter in das Fleisch des Mannes. Der Bauer schrie so schrill und wild auf, dass es entsetzlich anzuhören war. Blut strömte aus der Wunde und breitete sich rasch als dunkler Fleck über Brust und Bauch aus, bis es sich mit den Schatten vermischte. Kreischend sank er auf die Knie, das Schwert steckte noch in ihm; der unsichtbare Soldat hatte Mühe, es herauszuziehen. Schließlich löste es sich mit schmatzendem Geräusch, fuhr dann noch einmal herab, diesmal auf den Kopf des Bauern, und zwar mit solcher Kraft, dass für den Bruchteil einer Sekunde ein blutiger Schleier, ein tödlicher roter Schein, losgelöst in einem Lichtstrahl hing.

Der Mann fiel vornüber, die Hufe meiner Stute streifend.

Ich drehte den Kopf um, schaute hinter mich und begegnete dem Blick des Mörders: ein Soldat der Medici, nicht einmal so alt wie Giuliano, die Augen in eigenartigem, unbestimmtem Entsetzen aufgerissen. Er bemerkte nicht, dass ich eine fein gekleidete, unbewaffnete Frau war oder dass ich aus dem Palazzo gekommen war. Er schien nur zu wissen, dass er sein Schwert erneut zu schwingen und zuzuschlagen hatte. Und jetzt war ich in seiner Reichweite.

Ich duckte den Kopf und trieb die Stute zum Galopp an. Wir setzten durch die Menge; meine Knie und Ellenbogen stießen gegen Fleisch und Knochen, Metall und Holz.

Bald kam ich frei und machte mich auf den Weg durch die Via Larga in östlicher Richtung, vorbei an der Loggia und dem Haupteingang des Palazzo, über dessen Schwelle Lorenzo mich vor wenigen Jahren geführt hatte. Wachen der Medici kämpften noch in kleinen, versprengten Gruppen, doch die großen Eingangstüren hatte man aufgegeben, und eine Gruppe Aufständischer versuchte gerade, sich mit einem schweren Holzbalken gewaltsam Eintritt zu verschaffen. Ich ritt durch die Gasse, die Giovanni genommen hatte, um der Menge auszuweichen, von dort an der Kirche San Lorenzo vorbei zum Baptisterium des Heiligen Johannes auf der Piazza del Duomo. Kleine Gruppen irrten durch die Straßen – drei Reiter, zwei Mönche, ein Vater und eine Mutter, die mit schreienden Kindern auf dem Arm fortliefen.

Erst als ich den Duomo erreichte, zwang mich der zunehmende Strom Menschen, langsamer zu reiten. Plötzlich war ich vollständig von Männern umzingelt; zwei hatten brennende Äste bei sich. Sie hoben sie hoch, um mich besser sehen zu können.

Es waren *giovani*, die zu einer Straßenbande gehörten.

»Schöne Frau«, rief einer höhnisch. »Schöne Frau, reitet aus mit den Röcken bis an die Taille hochgekrempelt! Seht nur, die zarten Fußgelenke!«

Ungeduldig warf ich ihnen einen finsteren Blick zu und schaute mich um. Zwar waren viele Menschen in Hörweite, doch das Läuten der Signoria-Glocke war hier viel lauter, und alle Welt rannte brüllend auf die Piazza. Es war nicht sicher, ob sie die Schreie einer einzelnen Frau hören würden.

Ich wollte nicht schreien – noch nicht.

»Lasst mich durch«, knurrte ich und zog den Dolch aus meinem Überkleid; er steckte noch in der Scheide.

Die *giovani* lachten böse; es klang wie Hundegebell.

»Seht nur!«, rief einer. »Ach, Lisa di Antonio Gherardini zeigt Zähne!«

Er hatte ein spitzes Kinn und dünne blonde Locken, die zur Kopfmitte hin ausdünnten.

»Raffaele!« Erleichtert ließ ich den Dolch sinken. Es war der Sohn des Schlachters. »Raffaele, Gott sei Dank, ich muss vorbei ...«

»Ich muss vorbei«, wiederholte Raffaele in spöttischem Singsang. Einer seiner Kumpane kicherte. »Seht sie euch gut an, Jungs. Sie gehört zu *denen*. Hat vor knapp zwei Tagen Giuliano de' Medici geheiratet.«

»Die Tochter eines Kaufmanns?«, fragte einer. »Du lügst!«

»So wahr mir Gott helfe«, sagte Raffaele mit fester Stimme. Seine Worte und der Ausdruck in seinen Augen veranlassten mich, den Dolch aus der Scheide zu ziehen. »Was ist passiert, Monna Lisa? Hat dich dein Giuli bereits verlassen?«

Ich umklammerte den Dolch noch fester. »Ich *werde* vorbeireiten …«

Raffaele lächelte hinterhältig. »Versuch es doch.«

Irgendetwas zischte in der Dunkelheit an mir vorbei; meine Stute schrie und bäumte sich auf. Verzweifelt hielt ich mich fest, aber ein zweiter Stein traf mein Handgelenk, dass es wie Feuer brannte. Ich stieß einen stummen Schrei aus und ließ meine Waffe fallen.

Ich spürte einen weiteren Stein, dann den nächsten. Die Welt hob und senkte sich. Ich verlor die Zügel, meinen Orientierungssinn und stürzte – prallte gegen Pferdefleisch, spürte die kalte Luft und schlug auf dem Pflaster auf.

Ich lag auf der Seite, mir war übel vor Schmerzen, und ich hatte panische Angst, da ich keine Luft bekam. Über mir flackerte Feuer; ich kniff die Augen zusammen, als es anfing, sich langsam mitsamt dem Rest meiner Umgebung zu drehen. Bald wurde es von Raffaeles Gesicht verdunkelt, das halb im Schatten lag. Auf der anderen Hälfte lag ein lüsternes Grinsen.

»Sind wir nicht die behütete Prinzessin?«, sagte er verbittert. »Du kannst dich weder auf einem Pferd halten noch eine Waffe führen. Hier.« Der Dolch tauchte vor meinen Augen auf. »So packt man ein Messer an.« Pause; die Klinge drehte sich, sodass die spitze, nicht die flache Seite, auf mich zeigte. »Und so wird es gebraucht …«

Luft. Weniger der Dolch als vielmehr meine Atemnot ängstigte mich; meine Rippen, mein Brustkorb wollten sich nicht bewegen. Die Welt wurde noch ein wenig dunkler, verschwommener.

Ich hörte eine andere, klägliche Stimme: »Können wir nicht zuerst ein bisschen Spaß mit ihr haben?«

»Hier, in aller Öffentlichkeit?«

»Das stört doch keinen! Sieh nur, die gucken nicht mal hin!«

Daraufhin Raffaele, angewidert: »Und sie, frisch von einem Medici begattet?«

Der Dolch, eine undeutliche silberne Form, kam näher, bis ich die Spitze an meinem Hals spürte; wenn ich schluckte, würde sie mich schneiden. Ich konnte Raffaeles Hand und den schwarzen Ledergriff sehen.

Dann verschwanden Hand und Dolch, als das Licht in absolute Dunkelheit überging.

48

Bin ich tot?, fragte ich mich. Nein, qualvolle Schmerzen hatten sich im Kopf und in der Schulter eingenistet.

Auf einmal hob sich mein Brustkorb mit einem Ruck, und ich schnappte einer Ertrinkenden gleich nach Luft.

Da ich mich fast ausschließlich auf meine Atmung konzentrierte, nahm ich nicht viel mehr als verschwommene Schatten wahr, drang über dem Klappern von Hufen, dem Glockengeläut und dem Lärm der Menge nur hin und wieder ein verständliches Wort an mein Ohr.

Männer hoch zu Ross über mir trugen Fackeln – in meiner Benommenheit schienen es Hunderte zu sein, schwarze Riesen mit Flammen, die wie große, orangefarbene Diamanten funkelten.

Einer der Reiter sagte etwas; seinem Tonfall war der hohe Rang, den er offenbar bekleidete, deutlich anzuhören. »Was macht ihr hier mit der Dame?«

Raffaele neben mir erwiderte zaghaft, beinahe eingeschüchtert: »Sie ist eine Feindin des Volkes … die Braut von Giuliano … eine Spionin.«

Der Berittene antwortete knapp. Ich schnappte nur die Worte auf: »… della Signoria … beschützt …«

Ich wurde hochgehoben. Der stechende Schmerz meiner Wunden ließ mich aufschreien.

»Schh, Madonna. Wir wollen Euch nicht verletzen.«

Man warf mich über ein Pferd, mein Magen drückte gegen das Leder; Kopf und Beine baumelten vor den Schultern des

Pferdes. Ein Mann ruckelte sich auf dem Sattel hinter mir zurecht, schob sich gegen meine Taille und Hüfte; die Zügel streiften meinen Rücken.

Wir ritten los. Mein schweres Haar löste sich aus Alfonsinas goldenem Netz, das zu Boden fiel – ein Schatz für eine glückliche Seele, die es finden würde. Mein Gesicht schlug immer wieder gegen den heißen, mit Schaum bespritzten Pferderumpf, bis schließlich meine Lippe aufsprang; ich schmeckte Salz und Blut. Ich sah nur dunklen Stein, hörte die Glocke und das Geschrei. Beides wurde lauter – die Glocke am Ende sogar so laut und nachhaltig, dass mein Schädel mit jedem Schlag dröhnte; wir waren auf der Piazza della Signoria. Ich versuchte mich aufzurichten, den Kopf zu heben, und wollte in meiner Verwirrung laut nach Giuliano rufen. Der Reiter aber drückte mich fest nach unten.

Als wir die Piazza überquerten, machte sich Erregung rasch wie ein Blitzschlag in der Menge breit. Schrille, wilde Rufe wurden laut.

»Seht – da geht er hin, der Bastard!«

»Da oben! Das dritte Fenster! Seht, wie er baumelt!«

»*Abbasso le Palle!* Tod den Medici!«

Ich zappelte wie ein Fisch am Haken, strampelte und trat aus, meine Haare fielen mir über die Augen; ich krallte mich hinein und versuchte, aus meiner Lage kopfüber etwas zu erkennen, aber es nutzte nichts. Ich konnte nur schattengleiche Gestalten ausmachen, dicht aneinandergedrängt.

Panik überkam mich bei dem Gedanken an Francesco de' Pazzi, der nackt an einem hohen Fenster gehangen hatte, die Zähne der Leiche von Erzbischof Salviati tief in seiner Schulter vergraben. Ich dachte an meinen Vater, wie er sagte: *Achtzig Männer in fünf Tagen … aus den Fenstern des Palazzo della Signoria gehievt.*

Kraftlos ließ ich mich hängen. »Giuliano«, flüsterte ich, wohl wissend, dass mich in diesem Tumult niemand hören würde. »Giuliano«, wiederholte ich und brach in Tränen aus.

Man brachte mich in eine Zelle des Bargello, des Gefängnisses neben dem Palazzo. Meine Zelle war klein und schmutzig, fensterlos mit dreckigem Boden und drei Wänden, in deren Ecken silbrige Spinnweben hingen. Die vierte Wand bestand aus einer Steinmauer, die mir bis zur Taille reichte, darauf dicke, grobe Eisenstäbe bis an die Decke; die Tür war aus Eisen. Auf dem Boden war etwas Stroh verstreut, und in der Mitte des Raums stand ein großer Holzeimer, der als Abort diente. Der Raum selbst hatte kein Licht, sondern war auf die Fackeln draußen im Korridor angewiesen.

Wir waren zu dritt: ich, Laura und eine Dame, die dreimal so alt war wie ich, in verblüffende auberginenfarbene Seide und Samt gekleidet. Ich glaube, sie war eine Tornabuoni – die Adelsfamilie, zu der Lorenzos Mutter gehörte.

Als der Wächter mich – unter Schmerzen ächzend – in die Zelle schaffte, gab ich vor, Laura nicht zu kennen. Noch Stunden nachdem der Mann hinausgegangen war, sahen wir uns nicht an.

In der ersten Nacht beachtete man uns nicht. Der Gendarm, der mich gebracht hatte, verschwand. Nach geraumer Zeit hörte die Glocke – betäubend nah im Campanile nebenan – endlich auf zu läuten. Mein Dank hielt nicht lange an. Danach hörten wir, wie die Menge draußen plötzlich still wurde … um dann, nach kurzem Schweigen, in wilden Jubel auszubrechen.

Ich bildete mir ein, das Geräusch des Seils zu hören, wenn es sich spannt.

Die Tornabuoni, weiß und zart wie eine Perle, wand ein Taschentuch in den Händen und weinte ununterbrochen. Ohne auf die Spinnen zu achten, lag ich zusammengesunken in einer Ecke, die verletzten Beine von mir gestreckt, bedeckt von meinen zerrissenen Röcken. Laura saß neben mir, die Knie angezogen, einen Arm darumgeschlungen. Als die Menge kurz still geworden war, fragte ich leise: »Giuliano …?«

Ihre Antwort kam gequält. »Ich weiß nicht, Madonna, ich weiß es nicht …«

Wieder ertönte ein Ruf aus vielen Kehlen, worauf wir beide zusammenfuhren.

Am Morgen holten sie Laura und brachten sie nicht wieder zurück.

Ich redete mir ein, im aufgeklärten Florenz würde man Frauen niemals hinrichten, es sei denn, sie wären die übelsten Mörderinnen … oder Verräterinnen. Bestimmt hatten sie Laura laufen lassen, schlimmstenfalls war sie verbannt worden.

Ein gewisses Maß an Trost bezog ich aus der Tatsache, dass die Menge draußen nicht mehr in Jubelgeschrei ausbrach. Die Ruhe konnte nur eines bedeuten – dass das Morden vorbei war.

Unsicher erhob ich mich und sog ob der Schmerzen in meiner steifen Schulter scharf die Luft ein. Die leiseste Bewegung verursachte ein qualvolles Stechen. Meine Gliedmaßen waren taub vor Kälte; die Steinwände und der Boden waren eisig. Viel mehr beunruhigte mich jedoch, dass ich meinen Ehering und das zweite Goldmedaillon verloren hatte.

Ich ging an der Tornabuoni vorbei und stellte mich an die verrostete Eisentür. Die Frau hatte aufgehört zu weinen und schwankte nun auf den Beinen, nachdem sie fast die ganze Nacht gestanden hatte; ihre Augen waren wie zwei Prellungen im weißen Gesicht, das sich von ihrem dunkelroten Gewand abhob. Ich schaute sie an und bekam einen Blick voller Hoffnungslosigkeit und Zorn zurück; rasch wandte ich mich ab.

Ich lauschte auf die Wache. Während Laura bei mir gewesen war, hatte ich Giulianos Namen nicht aussprechen wollen, um sie nicht zu belasten, doch nun lag er mir auf der Zunge. Als der Kerkermeister schließlich auftauchte, rief ich ihn leise zu mir.

»Was gibt es Neues von Giuliano de' Medici?«

Er antwortete nicht sofort, sondern kam und blieb vor der Tür stehen. Er fummelte sich durch die klimpernden Schlüssel, murmelte vor sich hin, bis er sich für einen entschied und ihn ausprobierte. Dieser passte jedoch nicht, sodass er einen ähnlichen herausfischte, dunkel und angelaufen, da er lange nicht benutzt worden war; er klapperte und knirschte im

Schloss, aber zu guter Letzt sprang die Tür mit nachhallendem Kreischen auf.

»Giuliano de' Medici.« Er schnaubte verächtlich. »Wenn Ihr Neuigkeiten von dem Schurken habt, dann rückt sie lieber heraus, wenn Eure Zeit gekommen ist.«

Er nahm mich überhaupt nicht zur Kenntnis. »Madonna Carlotta«, sagte er nicht unfreundlich. »Wollt Ihr bitte mitkommen? Die Sache ist ganz einfach. Die Prioren wollen Euch nur ein paar Fragen stellen. Sie wollen Euch nichts Böses.«

Aus ihrem Blick, ihrem Tonfall sprach pure Boshaftigkeit. »Nichts Böses ... Sie haben mir bereits das Schlimmste angetan!«

»Ich kann noch andere Männer rufen, die mir helfen«, teilte er ihr ungerührt mit.

Sie starrten sich einen Augenblick an, dann ging die alte Frau hinaus und stellte sich neben ihn. Die Tür schlug hinter ihnen zu und wurde abgeschlossen.

Es störte mich nicht. Es war mir einerlei. *Wenn Ihr Neuigkeiten von dem Schurken habt, dann rückt sie lieber heraus ...*

Ich schlang die Arme um mich und spürte nicht einmal mehr meine verletzte Schulter. So etwas sagte man nur über Lebende. Giuliano war verschwunden, und sie wussten nicht, wo er war.

Ich ging wieder in meine Ecke und machte es mir so bequem wie möglich, damit die kalte Mauer den Schmerz in meiner Schulter betäubte. Ich hörte die Kirchenglocken, döste aber kurz ein und konnte mich nicht erinnern, wie oft sie geschlagen hatten.

Als ich erwachte, traf ich eine Entscheidung: Ich würde zugeben, Giuliano geheiratet zu haben. Ein solches Vergehen würde nicht unbedingt meinen Tod bedeuten – selbst Lorenzo hatte in seiner Rachsucht die Frauen der Pazzi verschont –, sondern eher mein Exil, was mir die Freiheit geben würde, meinen Gemahl zu suchen.

Ich überlegte mir, wie ich mein Geständnis vor den Prioren formulieren sollte. Ich würde eloquent über Giulianos Fürsorge für Florenz reden; ich würde darauf hinweisen, dass er mich geheiratet hatte, die Tochter eines Kaufmanns – ein Beweis dafür, wie sehr er sich mit den einfachen Bürgern verbunden fühlte.

Schließlich vernahm ich die Schritte des Kerkermeisters, das Klappern der Schlüssel, und kam umständlich auf die Beine. Trotz meiner Entschlossenheit und meines schönen Plans zitterten meine Hände und die Zunge klebte mir an der trockenen Innenseite der Wange.

Neben dem nahenden Kerkermeister erblickte ich Zalumma, die Augen weit aufgerissen, mit wildem Blick. Als sie mich bemerkte, entschlüpfte ihr ein Seufzer der Erleichterung, der Freude – des Entsetzens. Vermutlich sah ich dementsprechend aus.

Der Kerkermeister führte sie an das Gitter meiner Zelle und trat dann einen Schritt zurück. Ich streckte die Hand nach ihr aus, doch der Raum zwischen den Stangen ließ gerade eben meine Finger hindurch.

»Keine Berührung!«, brummte der Kerkermeister.

Ich ließ die Hand sinken. Zalummas Anblick veranlasste mich, so laut und herzzerreißend zu seufzen, dass selbst ich erschrak. Kaum hatte ich angefangen, glaubte ich, nie wieder aufhören zu können.

»Ah, nein.« Zärtlich streckte sie eine Hand nach mir aus; das Knurren des Kerkermeisters sorgte dafür, dass Zalumma sie wieder zurückzog. »Nein, nein. Das hilft jetzt nicht …« Dabei rannen ihr Tränen über eine Seite der perfekten geraden Nase.

Mühsam riss ich mich zusammen. »Mit mir ist alles in Ordnung. Sie wollen mir nur ein paar Fragen stellen. Und da ich nichts weiß, werde ich sicher bald entlassen.«

Mit unergründlichem Blick schaute sie zur Seite, dann wieder auf mich. »Ihr müsst jetzt sehr tapfer sein.«

Ich erstarrte.

»Er ist hier im Kerker, mit den Männern. Gestern Abend

haben sie das Haus in Brand gesteckt, aber den Dienern ist es schließlich gelungen, das Feuer zu löschen – vieles konnte gerettet werden. Aber …« Sie senkte den Kopf; ich sah, wie sie Tränen hinunterschluckte.

»Mein Gott! Giuliano – sag mir nur das eine –, ist er unversehrt? Sag mir, dass er unversehrt ist!«

Mit eigenartigem Ausdruck schaute sie zu mir auf. »Von Giuliano weiß ich nichts. Gestern Abend kam der Gonfaloniere und hat Euren Vater festgenommen.«

49

»Nein.« Ich trat einen Schritt zurück.

»Der Gonfaloniere hat mit seinen Männern den Palazzo durchsucht. Die Zimmer auseinandergenommen. Sie haben die Briefe von Giuliano an Euch gefunden ...«

»Nein.«

»... und aufgrund der Tatsache, dass Lorenzo so viele Jahre der beste Kunde Eures Vaters war, haben sie ihn beschuldigt, ein Spion der Medici zu sein.« Sie schlug die Augen nieder. Ihre Stimme zitterte. »Sie haben ihn gefoltert.«

In meiner Selbstsucht hatte ich nur an mich und Giuliano gedacht. Ich hatte gewusst, dass meine Heirat meinem Vater das Herz brechen würde, doch das war sie mir wert. Nun hatte meine Sturheit ihn wesentlich mehr gekostet.

»O Gott«, klagte ich. »Sag ihnen – sag ihnen, sie sollen *mich* verhören. Sag ihnen, er weiß nichts über die Medici, und ich weiß alles. Die Menge ...« Einer plötzlichen Eingebung folgend, sprang ich an die Gitterstäbe, um den abgestumpften Blick des Kerkermeisters auf mich zu lenken. »Die Menschenmenge in der Via Larga, am Samstag, nachdem ich geheiratet hatte! Sie haben meinen Vater gesehen, wie er mitten auf der Straße mit mir geschimpft hat. Ich habe vom Fenster des Palazzo Medici zu ihm hinuntergerufen. Er hat mich angefleht, nach Hause zu kommen, er war mit meiner Heirat nicht einverstanden, mit den Medici – frag Giovanni Pico! Mein Vater ist ein treuer Anhänger Savonarolas. Frag – frag die Dienerin Laura! Sie kann es ihnen bestätigen!«

»Ich werde es ihnen sagen«, versprach Zalumma, doch ihr Ton war sorgenvoll; der Kerkermeister war zwischen uns getreten und bedeutete ihr zu gehen. »Ich werde es ihnen sagen!«, rief sie, als sie durch den Korridor davonging.

Die nächsten Stunden verbrachte ich allein in meiner Zelle. Sogar der Kerkermeister war nicht da, um mich von dem Gedanken abzulenken, dass ich die grässlichste Tochter war, die man sich nur denken konnte. Wie hätte ich mich sonst verhalten sollen? Wie hätte ich meinen Vater schützen können? Ich wartete, mir war elend zumute, und ich lauschte angestrengt nach Schritten, nach Männerstimmen, nach dem metallischen Klimpern von Schlüsseln.

Endlich kamen sie, ich lief an meine Zellentür und rüttelte an den Gitterstäben.

Der Kerkermeister begleitete einen Mann, der in kostbares Dunkelblau gekleidet war, um seine Wichtigkeit zu unterstreichen; ein Prior oder vielleicht ein *buonomo*, einer der zwölf gewählten Berater der Signoria. Er war groß und hager, sehr gesetzt in seinem Auftreten und ungefähr vierzig; sein Haar war mit Graufäden durchzogen, doch seine Augenbrauen waren dicht, kohlschwarz und in der Mitte zusammengewachsen. Er hatte eine lange, schmale Nase und ein spitzes Kinn.

Er betrachtete mich nüchtern. Ich hatte diesen Mann schon einmal gesehen, in der Kirche, während Savonarola predigte; als ich durch den Anfall meiner Mutter zu Boden gegangen war, hatte er mir auf die Beine geholfen und uns den Weg frei gemacht.

»Madonna Lisa?«, fragte er höflich. »Di Antonio Gherardini?«

Ich nickte vorsichtig.

»Ich bin Francesco del Giocondo.« Er verbeugte sich leicht. »Wir sind einander nicht vorgestellt worden, aber vielleicht erinnert Ihr Euch an mich.«

Ich hatte den Namen schon einmal gehört. Er und seine Familie waren Seidenhändler und, ähnlich wie mein Vater, ziemlich wohlhabend. »Ich kann mich an Euch erinnern«, sagte ich. »Ihr wart in San Lorenzo, als meine Mutter starb.«

»Es hat mir unendlich leidgetan, als ich davon hörte«, erwiderte er, als unterhielten wir uns auf einer Abendgesellschaft.

»Was hat Euch hierher geführt?«

Seine Augen waren blassblau – die Farbe von Eis, das den Himmel widerspiegelt –, mit einem dunklen Kreis am äußeren Rand, und sie wurden ein wenig schmal, als er den Blick auf mich richtete. Der Halsausschnitt seiner Tunika war mit weißem Hermelin abgesetzt, der das Fahle seines Teints noch hervorhob. »Ich will mit Euch über Ser Antonio reden«, sagte er.

»Er ist in allen Punkten der Anklage nicht schuldig«, sagte ich rasch. »Er wusste nichts von meinem Plan, zu Giuliano zu gehen, er hat die Medici nur mit Tuch beliefert, alle Welt weiß, wie stark er sich Fra Girolamos Lehren verschrieben hat … Habt Ihr ihre Dienerin Laura gesprochen?«

Er hob eine Hand, um mich zum Schweigen zu bringen. »Madonna Lisa. Mich müsst Ihr nicht überzeugen. Ich bin mir der Unschuld von Ser Antonio ziemlich sicher.«

Ich sank gegen die Gitterstäbe. »Dann hat man ihn also freigelassen?«

»Noch nicht.« Er seufzte gekünstelt. »Seine Lage ist sehr prekär: Bestimmte Prioren glauben, er sei über die Maßen mit den Medici verbunden. Alle sind von einer Art Wahn befallen, leider auch die höchsten Ränge unserer Regierung. Gestern Abend haben die Prioren – entgegen meinem Rat – Ser Lorenzos Buchhalter an einem Fenster dieses Gebäudes hier erhängt. Es hat den Anschein, als habe der feine Lorenzo mitgeholfen, die Stadt um den größten Teil ihres Mitgiftkapitals zu bringen. Ihr werdet ja wohl selbst gemerkt haben, dass das Volk entschlossen ist, alles und jeden zu zerstören, der es an den Namen Medici erinnert. Die Männer des Gonfaloniere bemühen sich nach Kräften, die Leute unter Kontrolle zu halten, aber …« Er seufzte erneut. »Viele Palazzi sind verwüstet, ja sogar in Brand gesteckt worden. Überall in der Via Larga und auch noch anderswo.«

»Mein Vater ist eng mit Giovanni Pico befreundet«, sagte

ich, wütend darüber, dass meine Stimme bebte. »Er kann bezeugen, dass mein Vater kein Freund der Medici ist.«

»Pico …?«, murmelte er. Sein Blick flatterte, ehe er sich wieder auf mich richtete. »War er nicht ein Teilhaber Lorenzos? Ach, er leidet stark an einer zehrenden Krankheit. Man sagte mir, er sei zu angegriffen, um das Bett zu verlassen oder gar zu reden; man rechnet nicht damit, dass er noch lange unter uns weilt.«

»Was ist dann mit Laura, der Dienerin, die mit mir die Zelle geteilt hat. Sie hat gesehen …«

»Ihr könnt von den Prioren doch nicht verlangen, eine Dienerin der Medici beim Wort zu nehmen.«

»Was muss ich tun? Was *kann* ich tun? Mein Vater ist ganz und gar unschuldig.«

»Nun, ich habe einen gewissen Einfluss«, sagte er mit einer Ruhe, die zum Verrücktwerden war. »Auf Corsini und Cerpellone, die Piero sehr feindlich gesonnen sind. Ich könnte bei ihnen ein gutes Wort für Euren Vater einlegen.«

»Würdet Ihr das tun?« Eifrig packte ich die Gitterstäbe, obwohl ein vager, leiser Gedanke mich verwirrte: *Warum hat er es dann nicht schon getan?*

Er hüstelte vornehm. »Das hängt ganz von Euch ab.«

Ich ließ die Eisenstäbe los, trat einen Schritt zurück und schaute ihn unverwandt an, bis das lange Schweigen ihn zwang, den Mund aufzumachen und sich zu erklären.

Er war ein kalter Mann. Nur ein kalter Mann konnte das, was er dann sagte, aussprechen, ohne dabei rot zu werden.

»Ich bin Witwer«, sagte er. »Ich bin schon zu lange ohne Frau. Ich habe gewartet, bis Gott mich zu der richtigen Frau führt, einer Frau mit gutem Charakter, aus einer guten Familie. Eine junge, kräftige Frau, die mir Söhne schenken kann.«

Entgeistert starrte ich ihn an. Von Unbehagen war ihm nichts anzusehen.

»Ich habe Euch eine Zeit lang beobachtet. Jedes Mal, wenn Ihr kamt, um Fra Girolamo anzuhören. Ihr seid sehr schön, wisst Ihr. Zuweilen habt Ihr über die Schulter auf die Menge hinter Euch geschaut, und ich dachte, Ihr würdet vielleicht in meine Richtung sehen, auf mich, weil Ihr wusstet, dass ich da war. Weil Ihr mich bemerkt habt.

Ich weiß, Ihr seid eine Frau, die zu großer Leidenschaft fähig ist, Madonna. Eure Briefe an Euren Zukünftigen befinden sich in meinem Besitz. Noch weiß niemand davon, der mit der Signoria zu tun hat. Und ich habe dafür gesorgt, dass die junge Frau, die die Zelle mit Euch geteilt hat, Schweigen bewahrt. Niemand muss wissen, dass *Ihr* etwas mit den Medici zu tun hattet. Ich kann die Briefe vernichten; ich kann Euch und Euren Vater vor weiteren Repressalien schützen.«

Er hielt inne und wartete offenbar auf ein Zeichen von mir, dass er fortfahren solle, doch ich war wie vom Donner gerührt. Dann zeigte er die ersten Anzeichen echter Gefühlsregung: Seine Wangen färbten sich rosa und er schaute angelegentlich auf seine Schuhe. Seine Füße scharrten nervös auf dem Steinboden.

Dann hatte er sich wieder vollkommen in der Gewalt und musterte mich kühl. »Ich möchte Euch heiraten. Ich empfinde etwas für Euch, und ich hatte gehofft …«

»Das geht nicht«, unterbrach ich ihn; gewiss verstand er, warum.

Sein Ausdruck wurde hart. »Für Euren Vater wäre es schrecklich, noch mehr leiden zu müssen.«

Hätten die Gitterstäbe uns nicht getrennt, wäre ich wie ein Mann über ihn hergefallen und ihm an die Gurgel gegangen. »Ich würde alles tun, um meinen Vater zu retten! Aber ich kann Euch nicht heiraten. Ich bin schon verheiratet, mit Giuliano de' Medici.«

Er schnaubte leise und verächtlich; sein Blick war unbarmherzig. »Giuliano de' Medici«, sagte er mit tonloser Stimme, »ist tot. Vom Pferd geworfen, als er den Ponte Santa Trinità überquerte, und anschließend im Arno ertrunken.«

50

Er musste nach mir gesucht haben. Er musste sich von der feindlichen Menge auf der Piazza della Signoria gelöst und seinen Weg in den Palazzo Medici gefunden haben. Vielleicht war Piero bereits fort, vielleicht auch nicht – doch Giuliano musste irgendwie auf den Gedanken gekommen sein, dass ich wieder in mein Vaterhaus zurückgekehrt war.

Ser Francesco sagte, eine Wachpatrouille habe seine Leiche aus dem Fluss gefischt. Sie sei umgehend zu den Prioren gebracht worden, die sie identifizierten und draußen vor der Stadt beisetzten, noch ehe jemand Gelegenheit hatte, den Leichnam zu schänden. Die Stelle des Grabes wurde geheim gehalten, aus Furcht, eine Suche nach den Überresten könnte einen neuerlichen Aufstand entfachen.

Ich kann nicht sagen, was ich dann tat. Ich kann es nicht sagen, weil ich es nicht mehr weiß. Es heißt, Gott in seiner Weisheit lasse Mütter die Schmerzen der Geburt vergessen, damit sie sich nicht vor einem nächsten Kind fürchten. Mag sein, dass ER das für mich getan hat, damit ich keine Angst davor hatte, wieder zu lieben.

Das Einzige, was mir von jenem Abend wieder einfällt, ist der Zeitpunkt, an dem ich meinen Vater begrüßte. Es dämmerte, und Rauchschwaden verdunkelten den Himmel noch mehr. Die Piazza della Signoria war leer, bis auf eine einsame Kutsche und von der Signoria eingesetzte Soldaten, die zu Fuß und hoch zu Ross patrouillierten.

Auf die morbiden Porträts der Verschwörer Francesco de' Pazzi, Salviati und Baroncelli hatte jemand dunkle Farbe gespritzt. Während ihre beschädigten, lebensgroßen Bildnisse auf uns herabblickten, klammerte ich mich an Ser Francescos Unterarm und stakste die Treppe vor dem Palazzo hinunter in eine entsetzliche, neue Welt.

Am Fuße der Treppe stand die Kutsche – bestellt von Ser Francesco und belegt von meinem Vater – mit weit geöffneter Tür. Während Ser Francesco mir auf der Treppe Halt gab – die Hand an meinem Ellenbogen, sein Blick plötzlich scheu wie bei einem Jungen zu Beginn der Brautwerbung –, sagte er: »Ich habe dafür gesorgt, dass etwas zu essen und zu trinken für Euch bereitsteht.«

Ich schaute ihn einfach nur an, noch immer viel zu betäubt, um zu reagieren. Ich hatte einen Tag lang nichts gegessen, doch allein der Gedanke, jetzt etwas zu mir zu nehmen, war geschmacklos. Ich wandte mich ab und stieg in die Kutsche.

Mein Vater saß, eine Schulter fest an die Innenwand gedrückt, sein Körper diagonal zusammengesackt; behutsam hielt er die Hand an eine Seite. Die Haut über seinen Wangenknochen war gespannt, violett und so angeschwollen, dass ich sein Auge nicht sehen konnte. Und seine Hand ...

Sie hatten ihm Daumenschrauben angelegt. Sein rechter Daumen, der im rechten Winkel von der Hand abstand, war dick wie eine Wurst; der Nagel war ab, und an seiner Stelle befand sich eine offene, rot-schwarze Wunde. Dasselbe war mit dem Zeigefinger geschehen, der ebenso grotesk angeschwollen war und gerade abstand, senkrecht zum Daumen.

Als ich ihn erblickte, brach ich in Tränen aus.

»Tochter«, flüsterte er. »Gott sei Dank. Mein Liebling, mein Kind.« Ich setzte mich neben ihn und schlang beide Arme um ihn, wobei ich sorgfältig darauf achtete, nicht an die verletzte Hand zu stoßen. »Verzeih.« Die Stimme versagte ihm. »Verzeih mir. Oh, es tut mir so leid ...«

Als er diese Worte ausstieß, schmolz all mein Widerstand gegen ihn, all meine Wut auf ihn dahin.

»Es tut mir leid, verzeih mir ...«

Ich verstand. Er bedauerte nicht nur unsere gegenwärtige Lage oder das Versprechen, dass ich zwangsläufig Ser Francesco hatte geben müssen, um ihn, meinen Vater, freizubekommen. Alles tat ihm leid: dass er meine Mutter geschlagen hatte, dass er sie mit nach San Lorenzo genommen hatte, dass Fra Domenico sie umgebracht hatte, dass er nicht für sie eingetreten war. Mein trauriger Hochzeitstag tat ihm leid, die Angst, die ich in der Nacht zuvor um ihn auszustehen hatte, und das Mitleid, das ich jetzt für ihn empfand.

Am meisten tat es ihm aber um Giuliano leid.

Am nächsten Morgen, als ich in Sicherheit im eigenen Bett wach wurde, stand Zalumma neben mir und schaute auf mich herab. Ihr Blick war so zurückhaltend und verschwörerisch zugleich, dass ich den Wunsch zu reden unterdrückte, noch ehe sie einen Finger auf den Mund legen konnte.

Das Sonnenlicht strömte durch die Fenster hinter ihr herein und verbreitete eine blendende Helligkeit, bei der ich fast nicht erkennen konnte, was sie in der Hand hielt.

Stirnrunzelnd richtete ich mich auf und verzog dabei das Gesicht, da mein ganzer Körper schmerzte. Sie warf mir die zusammengefalteten Papiere in den Schoß. »Ich bin hier heraufgekommen«, flüsterte sie so leise, dass ich die Ohren spitzen musste, während ich unter leichtem Rascheln meine Geschenke auseinanderfaltete. »Sobald der Gonfaloniere mit seinen Männern kam, bin ich hierher geeilt und habe versucht, Eure Briefe zu verstecken. Aber die Zeit war zu knapp. Es ist mir nur gelungen, diese hier zu retten.«

Ich strich sie glatt – ein größeres Stück Papier, das oft gefaltet war, das andere kleiner, einmal in der Mitte gefaltet. Lange schaute ich unverwandt auf die Skizze von mir, schön in Silberstift ausgeführt, und auf eine Zeichnung in brauner Tinte von Bernardo Baroncelli, in seiner Schlinge baumelnd.

In der ganzen Stadt war die Ordnung ziemlich schnell wiederhergestellt, obwohl man inzwischen jede Statue von Lorenzo de' Medici umgestürzt, jedes Steinwappen mit den *palle* der

Medici, das ein Gebäude zierte, weggemeißelt hatte. Vier Tage nach Pieros Flucht kippte die Signoria das Gesetz, das die Pazzi vertrieb, und forderte die Nachkommen von Giulianos Mördern auf zurückzukehren. Eine Verordnung wurde verabschiedet, in der konstatiert wurde, Francesco und Iacopo de' Pazzi hätten »dem Frieden des Volkes« zuliebe gehandelt.

Tags darauf, nachdem die Medici Florenz verlassen hatten, traf sich Savonarola mit König Karl, um die Bedingungen seines Einmarschs in Florenz auszuhandeln. Eine Woche nach meiner Hochzeit marschierte König Karl triumphierend in die Stadt ein, wo man ihn als Held empfing. Ser Francesco wollte unbedingt, dass ich ihn begleitete, denn die Prioren hatten angeordnet, dass jedermann in Florenz, der dazu fähig war, teilzunehmen und sich herauszuputzen hatte.

Ich ging nicht mit. Meine gesamte gute Garderobe war in der Nacht des Aufstands verbrannt, und mein Hochzeitskleid war ruiniert. Noch wichtiger war, dass ich zu Hause gebraucht wurde. Die Hand meines Vaters war rot und eitrig, und er wurde von Fieber geschüttelt. Tag und Nacht saß ich an seinem Bett, drückte ihm feuchte Tücher auf die Stirn und legte Packungen auf die entzündeten Stellen. Zalumma blieb bei mir, um mir zu helfen, doch Loretta, die neue Kammerzofe meines Vaters, ging an unserer statt zu dem Schauspiel.

Ich mochte Loretta. Sie war eine aufgeweckte Person, die auch dann die Wahrheit sagte, wenn sie undiplomatisch war.

»Karl ist ein Idiot«, berichtete sie. »Er hat nicht einmal so viel Verstand, um den Mund zuzumachen. Er steht da, gafft mit offenem Mund und zieht die Luft zwischen großen, schiefen Zähnen ein. Er ist hässlich – einfach hässlich! Eine Höckernase, so klobig und groß, dass sie selbst Fra Girolamo das Fürchten lehrt.«

Zalumma lachte leise; ich bedeutete ihr, still zu sein. Wir standen auf der Schwelle zu meines Vaters Schlafgemach. Hinter meinem Rücken schlief mein Vater wie ein Toter nach einer unruhigen, schmerzensreichen Nacht; ich hatte die Fensterläden geschlossen, um die gleißende Morgensonne auszusperren.

»Oh, aber es war trotzdem großartig«, sagte Loretta, »als er gestern durch die Porta San Frediano ritt. Die Signoria stand auf einem Podium, in karmesinroten Umhängen mit Hermelin am Hals. Es war so laut! Jede Glocke in der Stadt läutete, und als dann auch noch die Trommler einsetzten, dachte ich, mir platzt das Trommelfell. Und ich habe noch nie von einer Armee gehört, die sich so hübsch anzieht – allein das Fußvolk trug mit Goldfäden bestickten Samt, und in die Rüstung der Kavallerie waren herrliche Muster eingraviert, und alle Banner waren goldbestickt …

Dann kam Karl. Wir wussten, dass er es war, denn er ritt auf einem großen, schwarzen Hengst, und seine Rüstung war über und über mit Juwelen bedeckt. Vier Ritter – jeweils zwei an einer Seite – ritten neben ihm und hielten einen Seidenbaldachin über ihn.

Es war schön, einfach zu schön anzusehen – bis Karl schließlich anhielt, vom Pferd stieg und sich zu den Prioren auf das Podium stellte. Noch nie habe ich eine derart seltsame Gestalt gesehen. Großer Kopf, eine Haarfarbe wie frisch poliertes Kupfer, fast schon rosa, und ein winziger Körper – er sieht aus wie ein Dreikäsehoch. Ein Kleinkind mit Schuhen wie Pferdehufe, ich weiß auch nicht, was mit seinen Füßen nicht stimmt.

Er war so komisch. Alle Welt wartete darauf, dass Karl oder die Prioren etwas sagen würden, und mitten in die Stille hinein rief ein kleines Mädchen neben mir: ›Ist der aber *klein*!‹ Die Leute um mich herum fingen an zu lachen – wenn auch nicht allzu laut. Hat keinen Zweck, Ärger zu machen.

Das ist also der Mann, der uns die ganze Zeit über in Todesangst versetzt hat. Ein kleiner Mann. Und die Signoria hat ihn auf Latein angeredet – er hat kein Wort verstanden! Einer seiner Begleiter musste jedes Wort ins Französische übersetzen.

Und wisst ihr, was ein Mann aus der Menge mir erzählte? Ein gebildeter Patrizier, sehr intelligent. Er sagte – ganz leise natürlich, weil man heutzutage ja nie weiß, wer zuhört –, Karl wolle Neapel erobern, weil er gehört habe, dass man dort gut auf die Jagd gehen kann und das Wetter immer schön ist, und er geht so gern jagen. Dann habe er Wind bekommen von dem, was Savonarola über ihn sagte, und sich gedacht, er könne gut einen kleinen Ausflug in den Süden unternehmen.«

Zalumma faszinierten diese Geschichten, doch ich wandte mich ab und ging wieder ans Bett meines Vaters. Ich wollte nicht hören, dass Karl ein Hanswurst war, der in die Toskana hineingestolpert war, der aus lächerlichen Gründen den Tod meines Mannes und den Niedergang der Familie Medici verursacht hatte.

Ich erlaubte mir nicht, an etwas anderes als an meinen Vater zu denken. Er war jetzt alles, was ich noch hatte, außer Zalumma. Sonst war mir nichts geblieben.

Ich fürchtete wirklich, mein Vater würde sterben. Es gab Nächte, in denen er mit den Zähnen klapperte und so heftig zitterte, dass ich zu ihm ins Bett kroch und ihn festhielt in der Hoffnung, meine Körperwärme würde ihn besänftigen. Ich schlief in seinem Zimmer und gab das meine auf.

Allmählich ging es ihm besser, obwohl sein rechter Daumen und Zeigefinger missgestaltet blieben; statt der Fingernägel hatte sich dunkler Schorf gebildet.

Zalumma verfolgte mich wie ein Gespenst. Ihrer Gegenwart war ich mir nur am Rande bewusst, während sie sich um meinen Schlafmangel sorgte, darum, dass ich zu wenig aß und nichts anderem nachging als der Pflege meines Vaters. Sie war die Einzige, der ich von Giulianos Tod erzählte. Die Prioren setzten die Öffentlichkeit davon nicht in Kenntnis, damit die Gräber vor den Stadtmauern in der Stimmung gegen die Medici, welche die Stadt ergriffen hatte, nicht ausgehoben wurden.

Damals waren zwei französische Soldaten in unserem Palazzo untergebracht; die Signoria hatte darauf bestanden, dass die wohlhabenden Familien Karls Soldaten beherbergten und versorgten. Ich ging zu der Zeit nicht mehr auf den Markt oder in die Stadt und sah daher nur wenig von ihnen. Nur bei seltenen Gelegenheiten erhaschte ich einen Blick auf unsere

Hausgäste aus den Fenstern meines Vaters oder im Vorbeigehen, wenn ich den Raum verlassen musste.

Hin und wieder sah ich sie auch, wenn Ser Francesco uns besuchte. In jenen ersten Tagen, als die Stadt in Aufruhr und mein Vater ernsthaft krank war, kam er nicht sehr oft. Doch als klar wurde, dass mein Vater überleben würde, erschien Ser Francesco, um seine Aufwartung zu machen. Ich muss zugeben, dass ich innerlich kochte, wenn mein Vater ihn mit matter Herzlichkeit willkommen hieß.

Ich rief mir aber ins Gedächtnis, dass mein Vater den Mann anlächelte, der ihm das Leben gerettet hatte. Außerdem unterstützte uns Ser Francesco: Die *bottega* meines Vaters war niedergebrannt worden, seine Wollstoffe gestohlen oder in Flammen aufgegangen; unser Palazzo war verwüstet. Die Möbel aus dem Erdgeschoss, unsere Kleidung, Vorhänge, Gobelins und Laken waren allesamt verbrannt. Ser Francesco ließ die besten Nahrungsmittel in unsere Küche bringen, veranlasste den Apotheker, Salben und Zutaten für Umschläge zu liefern, bestellte den Barbier, damit er die Wunden meines Vaters aufstach, und schickte seinen eigenen Arzt, um Blutegel anzulegen. Das alles machte er, ohne darum zu bitten, mit mir allein zu sein – tatsächlich verwies er auch nie auf unseren Handel. Das eine Mal, als es ihm gelang, unter vier Augen mit mir zu reden, während ich ihn zum Gemach meines Vaters führte, sagte er mit leiser Stimme, damit mein Vater es nicht hörte:

»Ich habe Geld in Zalummas Obhut gegeben, damit die Möbel und andere Dinge ersetzt werden, die Euer Vater während der Unruhen verloren hat. Ich wollte nicht so anmaßend sein, sie selbst auszusuchen; Ihr kennt den Geschmack Eures Vaters besser als ich.« Er machte eine Pause. »Es tut mir leid, Euch mitteilen zu müssen, dass Giovanni Pico kürzlich verstorben ist. Ich weiß, solche Nachrichten werden für Euren Vater schwer zu ertragen sein. Vielleicht wartet Ihr lieber, bis es ihm bessergeht, bevor Ihr es ihm sagt.«

Ich nickte. Ich schaute in sein Gesicht – in diese eisblauen Augen – und sah so etwas wie Zuneigung, den Wunsch, zu gefallen. Aber es waren nicht Giulianos Augen, und dieser Unterschied verbitterte mich. Der leiseste Hinweis auf Lorenzo oder Cosimo oder etwas, das sich auch nur im Entferntesten auf die Medici bezog, verursachte mir Herzschmerzen.

Als Loretta eines Tages beiläufig erwähnte, König Karl habe verlangt, dass Piero de' Medici wieder an die Macht kommen solle, fuhr ich sie wütend an und befahl ihr, auf der Stelle den Raum zu verlassen. Am nächsten Tag, nachdem ich die ganze Nacht unter der Bürde dieses Wissens wach gelegen hatte, entschuldigte ich mich bei Loretta und bat um weitere Neuigkeiten.

»Die Signoria will davon nichts wissen«, sagte sie. Savonarola war zu Karl gegangen und hatte ihm gesagt, Gott werde ihn heimsuchen, wenn er die Rückkehr der Medici veranlasse.

Zwei Wochen vergingen. Karl und seine Soldaten wurden immer dreister und anspruchsvoller; die Florentiner hießen sie nicht mehr als Helden willkommen, sondern betrachteten sie mit der Zeit als großes Ärgernis.

Am siebenundzwanzigsten November – achtzehn Tage, nachdem ich Giulianos Frau geworden war – suchte Savonarola erneut König Karl auf. Diesmal teilte er dem Monarchen mit, es sei der Wunsch des Herrn, dass die französische Armee weiterzöge, wenn sie nicht den Zorn Gottes auf sich ziehen wolle. Und Karl, der dumme Karl, glaubte ihm.

Am nächsten Tag waren die Franzosen fort.

Es wurde Dezember. Mein Vater erholte sich so weit, dass er das Bett verlassen konnte, obwohl er in mürrisches Schweigen verfiel, als man ihm von Giovanni Picos Tod berichtete. Selbst Ser Francescos Besuche und die damit einhergehenden Gespräche über die Vorbereitungen für unsere Hochzeit im Juni vermochten ihn nicht aufzuheitern.

Dann wurde ich krank.

Zunächst dachte ich, es sei Kummer: Es ergab durchaus einen Sinn, dass sich der quälende Schmerz in meinem Herzen weiter im Körper ausbreitete. Meine Gliedmaßen waren schwer; zuweilen geriet ich bei der leisesten Anstrengung außer Atem, sodass ich mich nur noch hinlegen wollte. Meine Brüste schmerzten. Das Essen wurde zunehmend widerwärtig, bis ich es schließlich nicht mehr ertragen konnte, auch nur in die Küche zu gehen.

Eines Abends verzichtete ich ganz auf das Essen und legte mich ins Bett, hüllte mich in Felle, weil die Kälte mich in jenem Winter mit besonderer Härte zu durchbohren schien. Zalumma brachte mir eines meiner Leibgerichte herauf: gebratene Wachtel mit Zwiebeln und Salbeiblättern. Als besondere Versuchung hatte sie ein paar warme Feigen hinzugefügt.

Sie servierte es mir, als ich mich im Bett aufrichtete, und hielt mir das Tablett unter die Nase. Ich schaute auf den kleinen Vogel, glänzend und knusprig, unter dessen Haut der Bratensaft sichtbar brodelte. Mit dem Dampf stieg auch der durchdringende Duft von Salbei auf … und ich sprang verzweifelt aus dem Bett, überwältigt von einer Übelkeit, die so schnell und drängend aufstieg, wie ich es noch nie zuvor erlebt hatte.

Zalumma ging mir schnell aus dem Weg, doch ich schaffte es nicht mehr bis zur Schüssel. Der Geruch nach Rauch und brennendem Holz aus dem Kamin vermischte sich mit dem der Wachtel; ich sank auf die Knie und erbrach mich heftig. Zum Glück hatte ich an jenem Tag nicht mehr als Wasser und ein Stück Brot zu mir genommen.

Dann, während ich auf den Fersen hockend an der Wand lehnte, die Augen geschlossen, keuchend und zitternd, brachte Zalumma das Tablett rasch aus dem Zimmer. Sie kam sofort zurück, säuberte den Boden und drückte mir ein kühles Tuch auf die Stirn.

Als ich es ihr schließlich aus der Hand nahm, die Augen aufschlug und mir das Gesicht abwischte, fragte sie angelegentlich: »Wann war Eure letzte Monatsblutung?«

Ich blinzelte sie an, ohne etwas zu begreifen. Ihre Miene war sehr ernst, sehr nachdenklich.

»Zwei Wochen …«, hob ich an und brach in Tränen aus.

»Schh, schhh.« Sie legte mir einen Arm um die Schultern.

»Dann braucht Ihr keine Angst zu haben. Ihr seid nur erschöpft, müde vor Sorge und krank, weil Ihr nichts gegessen habt …«

»Lass mich zu Ende reden.« Ich hatte zu kämpfen, und meine Stimme verfing sich beinahe in jedem Wort. »Zwei Wochen … vor meiner Hochzeit.«

»Oh.« Während mir die Tränen über die Wangen liefen, sah ich, dass sie rasch nachrechnete. Es war beinahe Mitte Dezember; ich hatte meine Ehe mit Giuliano am neunten November vollzogen.

Das war fünf Wochen her.

»Ihr seid schwanger«, sagte sie unerbittlich.

Wir schauten uns sehr lange, sehr still an.

Plötzlich lachte ich auf, und sie nahm meine Hand und lächelte.

Ebenso abrupt wandte ich das Gesicht ab und starrte melancholisch ins Feuer.

»Ich möchte meine Mutter sehen«, sagte ich.

51

Zwei Tage danach packte Zalumma mich gegen die Kälte ein. Mit Erlaubnis meines Vaters fuhren sie und ich zum Friedhof von Santo Spirito. Wäre ich sicherer auf den Beinen gewesen, hätten wir zu Fuß gehen können.

Der Kutscher wartete im Kirchenschiff, während wir Frauen hinaus auf den Friedhof gingen. Die kalte Luft brannte mir in Nase und Augen, sodass sie tränten; Zalummas Nasenspitze, die Ränder ihrer Nasenflügel waren hellrosa. Wir zogen uns die Kapuzen an den Umhängen über – neue Kleidung, eine Gefälligkeit von Ser Francesco.

Das welke Gras und das abgestorbene Laub waren gefroren und knackten und knirschten bei jedem Schritt, als wir zur Grabstätte meiner Mutter gingen.

Sie lag in einer Krypta aus rosa und weißem Marmor, der an den Stellen, auf die das schwache Sonnenlicht fiel, wie Perlmutt glänzte. Auf Wunsch meines Vaters war ihr Grabstein schlichter als die meisten anderen: Zwei lockenköpfige Cherubim aus Marmor zierten ihn. Der eine saß auf dem Stein, einen Arm und das Gesicht gen Himmel gerichtet, als würde er über ihr Ziel nachdenken; der andere sah feierlich den Betrachter an und deutete mit dem Zeigefinger seiner mit Grübchen versehenen Hand auf ihren Namen:

ANNA LUCREZIA DI PAOLO STROZZI

Wäre es nicht so bitterkalt gewesen, hätte ich mich einfach neben sie auf den Boden gesetzt und mich in ihrer Nähe ausgeruht. Unter den gegebenen Umständen aber stand ich nicht allzu sicher auf den Beinen, und in Gedanken sagte ich, *Mutter, ich bekomme ein Kind.* Ich legte eine behandschuhte Hand auf ihr Grab; es brannte wie Eis, und ich dachte, wie kalt doch ihre Knochen sein mussten, die dort lagen.

»Vor drei Jahren«, sagte ich laut zu Zalumma. »Genau heute vor drei Jahren hat sie mich mit in den Duomo genommen.« Auch an jenem Tag war es kalt gewesen, obwohl es mir nicht so wehgetan hatte.

»An Eurem Geburtstag«, sagte Zalumma. Ihre Stimme klang angespannt, und ich dachte, sie würde jeden Moment in Tränen ausbrechen. »Sie wollte an dem Tag etwas Besonderes für Euch tun.«

Kummer, dachte ich, hat sie vergesslich gemacht. Ich schnalzte leise mit der Zunge und schlug einen leichten Ton an. Zalumma weinte nur sehr selten, und ich hätte es an jenem Tag einfach nicht ertragen. »Du Dummerchen. Wo hast du nur deinen Kopf? Du weißt doch, dass ich im Juni Geburtstag habe. Am fünfzehnten, so wie heute.«

Zalumma senkte den Kopf. »Eure Mutter hat immer versucht, an diesem Tag etwas Besonderes für Euch zu tun. Etwas, das niemandem auffallen würde, aber ich bemerkte es immer.«

Ich wandte ihr das Gesicht zu. Sie wusste genau, was sie da sagte. Sie schaute stur auf das Grab meiner Mutter und war nicht imstande, mir in die Augen zu sehen.

»Das kann nicht sein«, sagte ich bedächtig. »Jeder weiß, dass mein Geburtstag in den Juni fällt.«

»Ihr seid auf dem Landgut Eurer Großmutter zur Welt gekommen. Euer Vater hat Madonna Lucrezia dorthin geschickt, als ihre Schwangerschaft sichtbar wurde. Und sie ist fast ein Jahr lang nach Eurer Geburt dort geblieben.« Schamesröte war ihr ins Gesicht gestiegen. Sie, die immer äußerst selbstsicher gewesen war, sprach nun verschüchtert und stolperte über die eigenen Worte. »Sie hatte es mit Eurem Vater so vereinbart. Und mich hat sie Stillschweigen geloben lassen. Wäre es nur wegen *ihm* gewesen …« Ihre hübschen Gesichtszüge waren für einen kurzen Moment hassverzerrt.

Ich hatte die Kälte vollkommen vergessen. »Was du da sagst, Zalumma, ergibt keinen Sinn. Ganz und gar nicht. Warum sollten so viele Menschen ...«

»Euer Vater hatte bereits eine Frau vor Eurer Mutter«, sagte sie rasch. »Ein junges Ding. Er hat sie geheiratet, und vier Jahre darauf ist sie am Fieber gestorben. Sie hat nie ein Kind empfangen. Natürlich hat man ihr die Schuld dafür gegeben. Der Mann wird ja nie in Frage gestellt.

Aber dann hat er Eure Mutter geheiratet. Drei Jahre vergingen, und wieder kein Kind. Kein Kind, bis ...« Sie wandte sich zu mir, plötzlich wieder die Alte und voller Wut. »Oh, Kind! Geht und schaut in einen Spiegel! Ihr seht Antonio in keiner Weise ähnlich! Aber alle anderen konnten es sehen ...«

»Was?« Ich hatte mich absichtlich dumm gestellt, glaube ich, weil ich nicht verstehen wollte, was sie meinte – doch rückblickend muss ich es die ganze Zeit schon begriffen haben. Ich stand kurz davor, in Tränen auszubrechen. »Ich weiß, ich mag meinen Vater nicht, aber ... Was *sehen* alle?«

Schließlich legte sie mir zum Trost die Hände auf die Schultern, als hätte sie zu guter Letzt gemerkt, dass mich das, was sie mir zu sagen hatte, verletzen würde. »Madonna, verzeiht mir. Bitte. Eure Mutter hat Giuliano de' Medici geliebt.«

»Giuliano ...«, hob ich an und verstummte. Ich hatte schon sagen wollen, Zalumma sei verrückt, Giuliano – *mein* Giuliano – habe meine Mutter nie kennengelernt, sodass es albern sei zu sagen, sie habe ihn geliebt.

Doch kehrte ich in Gedanken zu jenem Zeitpunkt zurück, als ich mit Leonardo in Lorenzos Hof gestanden und der Künstler mich gebeten hatte, ich sollte mich vor Giulianos Statue stellen, dessen Gesichtszüge mir so merkwürdig vertraut waren.

Ich dachte an Leonardos kundiges, geübtes Auge, wie er mein Bild so wahrheitsgetreu in einer Skizze reproduziert hatte, nachdem er mich nur ein einziges Mal gesehen hatte. Auch Lorenzo fiel mir wieder ein, wie er aus dem Fenster schaute. Da erst begriff ich es: Er hatte auf ein Zeichen des Künstlers gewartet.

Meine Mutter muss von Anfang an gewusst haben, dass ich Giulianos Kind war. Mein Vater hatte sich in seiner Eifersucht monatelang von ihr ferngehalten, bevor sie mich empfing, und noch lange nach meiner Geburt. Genau diese Eifersucht hatte ihn schließlich veranlasst, sie zu schlagen, als sie ihm ihre Schwangerschaft gestand.

Natürlich gab es Gerüchte über die Affäre. Nachdem Giuliano gestorben war, vereinbarten meine Mutter und Antonio ein Täuschungsmanöver, um meinem Vater die Schande zu ersparen: Sie würde mich heimlich im Haus ihrer Mutter auf dem Lande zur Welt bringen und mit mir erst dann zurückkehren, wenn mein Alter die Lüge möglich machte. Ich wurde spät getauft; mein falsches Geburtsdatum wurde im Standesregister der Stadt festgehalten.

So würde niemand den Verdacht hegen, ich sei Giuliano de' Medicis Tochter. Niemand vielleicht außer dem Astrologen, der heimlich von Zalumma bezahlt wurde, damit sie und meine furchtbar neugierige Mutter die Wahrheit über mein Schicksal erfuhren.

Niemand, außer Leonardo und Lorenzo, die die Gesichtszüge des geliebten Menschen schon von weitem erkannt hatten.

Zalumma und ich fuhren schweigend nach Hause.

Warum, hatte ich auf dem Friedhof von ihr wissen wollen, *hast du mir das nicht früher gesagt? Warum hast du bis jetzt gewartet?*

Weil ich Eurer Mutter versprechen musste, das Geheimnis vor Euch zu bewahren, hatte sie erwidert und unter dem Druck starker Gefühlsregungen beinahe geschrien. *Im Übrigen – Ihr wart so unglücklich im Zusammenleben mit Eurem Vater, es schien zwecklos, Euch noch elender zu machen, bevor Ihr von ihm frei wärt. Ich hatte vor, es Euch an dem Tag zu sagen, an dem Ihr Giuliano geheiratet habt.*

Und jetzt rede ich, weil Ihr es verdient, die Wahrheit über das Kind unter Eurem Herzen zu erfahren.

Am liebsten hätte ich geweint – aus vielerlei Gründen –,

allein, die Tränen blieben mir im Hals stecken, der sich immer weiter zuschnürte. Ich erinnerte mich an Lorenzo, der mir zugeflüstert hatte, *Weil ich dich liebe, Kind;* meine Mutter fiel mir ein, als sie mir das Medaillon als Glücksbringer schenkte. Jetzt war es nicht mehr da, und ich hatte nichts, was mich an meinen leiblichen Vater oder meinen Gemahl – *meinen Vetter* – erinnerte.

Vielleicht hätte ich wütend auf meinen Vater sein sollen – auf Antonio –, weil er meine Mutter geschlagen hatte, als sie mit mir schwanger war. Ich konnte jedoch nur an seine zerstörten Hände denken, seine blutenden Finger, aus denen man die Nägel gerissen hatte. Ich konnte nur an die Worte meines Vaters denken, als ich ging, um dem sterbenden Lorenzo beizustehen:

Was er dir auch sagt, du bist noch immer meine Tochter.

Er musste entsetzliche Angst ausgestanden haben, dass ich an jenem Abend die Wahrheit erfahren könnte; und dennoch hatte er mich gehen lassen.

Als wir nach Hause kamen, begab ich mich sofort in meine Gemächer und ging auch zum Abendessen nicht mehr hinunter; ich hätte ohnehin nichts essen können. Zalumma brachte mir Brot und Salz, damit sich mein Magen beruhigte.

Wir redeten immer noch nicht. Meine Gedanken überschlugen sich, während sie die Vergangenheit neu auslegten, und Zalumma konnte es offenbar nachfühlen. Ich blies die Laterne aus und legte mich auf mein Bett, doch meine Augen blieben offen. Eine Stunde, zwei, drei starrte ich nur in die Dunkelheit.

Dann richtete ich mich abrupt auf; mein Herz raste. Ich dachte an die Tuschezeichnung von Bernardo Baroncelli; plötzlich begriff ich, warum Leonardo sie mir geschickt hatte. Und mir fielen die letzten Worte ein, die ich aus dem Munde meines Gemahls vernommen hatte.

Leonardo. Leonardo hat ihn gesehen ... Mein Onkel ist in seinen Armen gestorben.

Leonardo hat ihn gesehen: den Mann, der meinen leiblichen Vater, Giuliano, umgebracht hat. Den Mann, den der sterbende Lorenzo den »dritten Mann« genannt hat.

Für meinen Vater und für mich wollte ich Rache.

An Leonardo da Vinci am Hofe Ludovico Sforzas,
des Herzogs von Mailand:

Ser Leonardo,
ich schreibe Euch, weil ich kürzlich von einer gewissen Tatsache Kenntnis erlangt habe – über mich, besonders was die Beziehung meiner Mutter zu Lorenzo de' Medicis ermordetem Bruder, Giuliano dem Älteren, betrifft. Ich glaube aufgrund Eures Verhaltens an dem Abend, als wir im Hof der Medici waren, dass besagte Tatsache Euch schon längst bekannt ist.
Verzeiht mir meine Kühnheit, aber ich denke, ich kann Euch als einem Freund vertrauen. Giuliano hat mir erzählt, Ihr wärt am Tag des Anschlags im Duomo gewesen und in Kenntnisse eingeweiht – besonders in Bezug auf die Identität eines Mannes, der an jenem Tag ebenfalls in der Kathedrale war. Soweit ich weiß, ist dieser Mann nie gefunden worden.
Er ist jetzt für mich von besonderem Interesse. Bitte, Ser Leonardo, würdet Ihr mir bitte alles erzählen, was Ihr über ihn wisst? Wenn Ihr ihn beschreiben oder sogar aus dem Gedächtnis eine Skizze von ihm anfertigen könntet, wäre ich sehr dankbar.
Wenn er noch atmet, bin ich fest entschlossen, ihn zu finden. Mein Leben hat ansonsten nicht mehr viel Sinn.
Möge Gott Euch Gesundheit und Wohlergehen schenken,
Lisa di Antonio Gherardini
Via Maggio
Santo Spirito, Florenz

52

Den Brief schrieb ich im Morgengrauen. Kaum dass ich ihn Zalumma ausgehändigt hatte, wartete ich auch schon ungeduldig auf eine Antwort und hoffte verzweifelt, dass mein Brief nicht konfisziert würde, da er sich auf die Medici bezog.

An jenem Morgen zwang ich mich, einer sehr unerfreulichen Tatsache ins Auge zu sehen: Francesco und mein Vater hatten die Hochzeit für Juni angesetzt. Mein zukünftiger Gemahl bestand darauf, ich solle ein richtiges Hochzeitskleid nach seinem Entwurf tragen, und Zalumma und ich sollten etwas Zeit haben, mein neuer *cassone*, meine Hochzeitstruhe, mit neuen Kleidern und neuer, von uns bestickter Wäsche wieder aufzufüllen. Mein alter *cassone* war mitsamt ihrem Inhalt verbrannt.

Im Übrigen wollte Francesco mir eine traditionelle Hochzeit ausrichten, als wäre ich eine jungfräuliche Braut – so als hätte es Giuliano nie gegeben, als hätte ich mich nie von meinem Vaterhaus davongestohlen, um bei ihm zu sein. Der Sommer war die bevorzugte Jahreszeit für Hochzeiten, da das Wetter für die langsame Brautprozession durch die Stadt am beständigsten war, vor allem da die Mädchen von ihren Familien zu Fuß begleitet wurden.

Allerdings war nicht zu leugnen, dass ich im Juni, wenn ich auf einem weißen Brautpferd säße, im sechsten Monat schwanger wäre. Francesco würde wissen, dass ich ihn angelogen hatte, als ich sagte, ich sei Jungfrau geblieben. Schlimmer noch, er würde wissen, dass es Giulianos Kind war; wenn eine

Witwe wieder heiratete, waren ihre Kinder im Haus des neuen Mannes oft unerwünscht. Und den Gedanken, mich von Giulianos Kind trennen zu müssen, konnte ich nicht ertragen.

Ich wusste, es gab nur eine Lösung: Francesco davon zu überzeugen, das Kind sei von ihm. Und um das zu bewerkstelligen, kannte ich nur diesen einen schrecklichen Weg.

Ein Tag verging, ehe sich mir eine Gelegenheit bot.

Im Hause meines Vaters wurde eine traditionelle Familienzusammenkunft abgehalten, um mein Hochzeitskleid in allen Einzelheiten zu besprechen. Francescos betagter Vater, Ser Massimo – ein finsterer, ruhiger Mann – und seine verwitwete Schwester, ein farbloses Gespenst namens Caterina, nahmen daran teil. Die drei Brüder meines Bräutigams lebten alle auf dem Land, zu weit entfernt, um so kurzfristig anreisen zu können, obwohl sie Francesco zusicherten, im Juni in die Stadt zu kommen. Von meiner Familie waren noch weniger Angehörige da, denn die Geschwister meines Vaters lebten alle in Chianti und konnten nicht kommen, und meine Mutter hatte zwei Schwestern gleich nach der Geburt verloren, und zwei ältere Schwestern waren an der Pest gestorben. Damit blieb nur mein Onkel Lauro mit seiner Frau Giovanna Maria. Sie brachten zwei ältere Jungen mit, ein Kindermädchen und drei brüllende Kleinkinder. Giovanna Maria war erneut schwanger. Sie hatte ein aufgedunsenes Mondgesicht; Lauro sah hager und erschöpft aus, sein Haar wurde bereits schütter.

Ich hatte darum gebeten, dass wir uns erst später zusammensetzten – zum Abendessen, da mir meistens morgens oder mittags schlecht wurde. Gegen Abend erholte ich mich etwas, und obwohl ich nur wenig zu mir nehmen und den Geruch mancher Gerichte kaum ertragen konnte, war es nicht sehr wahrscheinlich, dass ich mich in Gegenwart von Gästen übergeben würde.

Wahrscheinlicher war, dass ich weinen würde. Der Gedanke, mich auf die nächste Hochzeit vorzubereiten, nachdem ich Giuliano erst vor knapp einem Monat verloren hatte, grämte mich zutiefst. Den ganzen Tag über weinte ich. Als meine neuen Verwandten mit der Abenddämmerung eintrafen, begrüßte ich sie mit einem leeren Lächeln und roten, verquollenen Augen.

Mein Vater hatte Verständnis. Er hatte sich inzwischen vollständig erholt und dank Francescos Intervention und Empfehlung sein Geschäft wieder in Gang gebracht. Die Ironie wollte es, dass er seine Wollwaren nun an Mitglieder der zurückgekehrten Pazzi-Familie verkaufte.

Entschlossen und ernsthaft hakte er sich bei mir unter und stand neben mir, als wir unsere Gäste willkommen hießen. Bei Tisch saß er neben mir, wie meine Mutter es getan hätte, und beantwortete Fragen, die an mich gestellt wurden, wenn ich zu überwältigt war, um etwas zu erwidern. Als ich einmal aufstand und in die Küche eilte – nachdem Francescos Vater gefragt hatte, aus welchen Blüten die Girlande bestehen sollte, die er über die Straße legen würde –, kam mein Vater hinter mir her. Als er dann sah, wie ich mir die Tränen abtupfte, schloss er mich in die Arme und küsste mein Haar, was mich erst recht in Tränen ausbrechen ließ. Er dachte, ich weinte nur um meinen toten Gemahl; er merkte nicht, dass ich auch um mich selbst weinte, denn das Schreckliche stand mir noch bevor.

Ich hatte darauf bestanden, dass für die Gerichte kein Salbei verwendet wurde, und mir war es gelungen, ein wenig zu essen und etwas Wein zu trinken, als die Trinksprüche kamen. Gegen Ende des Mahls, als die Teller abgeräumt wurden, war ich heiser von meinen lauten Antworten für Francescos schwerhörigen Vater.

Nun begann das Gespräch über das Kleid. Francesco stellte eine Skizze seiner Idee vor: ein Gewand mit hoch angesetzter Taille und quadratischem Mieder. Den Ärmeln fehlte die übliche Glockenform; sie waren schmal und eng geschnitten und betonten die *camicia*, die durch verschiedene Schlitze gezogen und auffällig gepufft wurde. Der Ausschnitt war ziemlich weit, sodass von der *camicia* auch dort recht viel zu sehen war.

Das überraschte mich. Mein zukünftiger Gemahl war vermutlich ein strammer *piagnone*, hatte mir aber gerade ein

Muster nach neuester spanischer Mode vorgelegt, frisch vom dekadenten Papsthof der Borgias.

Francesco, der auf der anderen Seite neben mir saß, legte ein Bündel Stoffmuster auf den Tisch. Obenauf lagen silbrig glänzender Damast und eine hauchzarte, rot-gelbe *cangiante,* »mit Granaten und Perlen als Haarschmuck, wenn du willst«.

Weder die Farben noch die Edelsteine passten zu mir. »Ah!«, sagte er. »Sie ist zurückhaltend! Das ist es dann wohl nicht.« Sogleich faltete er den Stoff zusammen und legte ihn beiseite.

Das ärgerte seinen Vater. »Es steht ihr nicht an, auszuwählen.«

»Vater«, sagte Caterina scharf. »Francesco ist hier, um sich die Meinung aller anzuhören.«

Giovanna meldete sich zu Wort. »Etwas Frisches, wie Frühlingsblüten, oder die zarten Blumen des Frühsommers?«, fragte sie. »Rosa und Weiß. Samt und Satin, mit Staubperlen.«

»Sie hat olivfarbene Haut«, entgegnete Caterina. »Blasse Perlen machen sie bleich.«

Unter dem Tisch griff mein Vater nach meiner Hand und drückte sie. Er verhielt sich gegenüber Francesco genauso reserviert wie damals gegenüber Pico, nachdem meine Mutter gestorben war. »Der Schnitt ist sehr schön«, sagte er. »Ich weiß, dass er Lisa auch gefällt. Im Laufe der Jahre habe ich festgestellt, dass die Farben, die ihrer Mutter schmeichelten, Blau und Grün und Purpur sind, je lebhafter, umso besser. Und Saphire …« Für einen kurzen Augenblick nur versagte ihm die Stimme, dann wurde sie wieder kräftiger. »Saphire waren die Lieblingsedelsteine ihrer Mutter, und bei Lisa ist es genauso. Sie stehen ihr. Und Diamanten.«

»Danke«, sagte Francesco. »Danke, Ser Antonio. Dann soll Lisa Saphire und Diamanten haben. Und dazu passend tiefe Blautöne mit einem Hauch von Purpur.«

»Du musst nicht tun, was sie will«, stichelte Ser Massimo und hätte noch mehr gesagt, doch sein Sohn brachte ihn mit einer Handbewegung zum Schweigen.

»Ich muss nicht, aber ich will«, sagte Francesco bestimmt.

»Ich hatte mir nur eine bescheidene Braut erhofft, die einigermaßen aussehen sollte. Ich hatte allerdings nie zu hoffen gewagt, eine zu bekommen, die sowohl bescheiden als auch wunderschön ist. Eine so schöne Frau muss sich in ihrem Hochzeitskleid *schön* fühlen. Das ist das Mindeste, was ich ihr schulde.«

Ich schaute vor mich auf den Tisch; vielleicht hielten andere diese Reaktion für sittsam.

»Nett ausgedrückt«, meinte seine Schwester Caterina. Erst rückblickend höre ich den leichten Sarkasmus in ihrer Stimme.

»Du hast so ein Glück, Lisa!«, rief Giovanna Maria aus und warf ihrem Mann Lauro einen vielsagenden Blick zu. »Das Glück, einen Mann zu haben, der dir so schmeichelt und so viel um deine Meinung gibt.«

Die Zusammenkunft schleppte sich quälend dahin, doch schließlich war sie vorbei, und nur mein Vater und Francesco blieben noch am Tisch, auf dem der Kandelaber und unsere Kelche standen. Der geplante Zeitpunkt meiner Täuschung näherte sich mit Riesenschritten. Ich hob den Kelch an die Lippen, stellte ihn dann aber rasch ab, als ich merkte, wie meine Hand zitterte.

Mein Vater und Francesco unterhielten sich leise über mich hinweg, wobei sie sich vorbeugten, damit ich nicht im Weg war. Francesco hatte seine Skizze vor sich ausgebreitet und zeigte auf den Rock des Kleides. »Kein allzu schwerer Stoff, denke ich jetzt«, sagte er. Man war übereingekommen, Samt für den Rock zu nehmen – doch im Nachhinein kam Francesco zu der Erkenntnis, dass die Wahl von diesem besonders kalten Dezemberabend beeinflusst worden war. »Im Juni kann es warm sein. Lisa, was meinst du?«

Meine Stimme klang erstaunlich kühl in meinen Ohren. »Ich glaube«, sagte ich, »dass mein Vater müde ist und zu Bett gehen sollte.«

»Lisa«, ermahnte mich mein Vater milde. »Ser Francesco spricht noch über das Kleid. Und er hat ein Recht darauf, seinen Wein zu genießen.«

»Einverstanden. Er sollte seinen Wein auch weiterhin genießen, und du solltest dich zurückziehen.«

Francesco wandte mir abrupt das Gesicht zu und hob eine Augenbraue.

Mein Vater blinzelte und atmete kurz durch. Er betrachtete mich eingehend. »Ich ... bin müde«, sagte er schließlich. Die Feststellung war durchaus glaubwürdig. Er hatte die Arme auf dem Tisch verschränkt und stützte sich auf die Ellenbogen, als er unter einer unsichtbaren Bürde nach vorn sackte. Der Feuerschein fing das Goldblond seiner Haare ein, das inzwischen auch mit Silber durchsetzt war. Sein Blick hütete Geheimnisse; eins davon kannte ich.

Er stand auf und legte Francesco eine Hand auf die Schulter. »Der Herr sei mit dir.« Er sprach die Worte wie eine Warnung aus. Dann beugte er sich herab und küsste traurig meine Wange.

Ich umfasste den Stiel meines Weinkelchs und lauschte seinen Schritten, als er den Raum verließ, die große Diele durchquerte und die Treppe hinaufging.

Das Geräusch war noch nicht verhallt, als Francesco das Wort ergriff. »Ich habe dir ein Geschenk mitgebracht.« Er fuhr mit der Hand unter den Stapel Stoff und zog ein kleines Quadrat aus rotem Satin hervor, mit einem Band zusammengehalten. »Möchtest du es sehen?«

Ich nickte. Ich erwartete, dass er es mir reichen würde, damit ich es öffnen könnte, stattdessen aber zog er an dem Band und holte etwas Helles aus dem glänzenden Satin.

Auch Francescos Augen leuchteten mit einer eigenartigen Intensität. Er hielt mein Geschenk an die brennenden Kerzen: ein smaragdgrüner Anhänger. Die Kette lag über den Fingern seiner geöffneten Hand, während der Edelstein sich langsam drehte, das Gold glitzerte. In seinem Blick lag Anspannung, sein Mund war leicht geöffnet. »Du warst so sehr darauf bedacht, dass dein Vater ging. Gibt es einen Grund, warum du mit mir allein sein willst?«

»Kann sein.« Ich sprach absichtlich leise; er mochte es für verführerisch gehalten haben, doch hätte ich lauter gesprochen, hätte meine Stimme gezittert. Ich wagte ein kleines Lächeln, damit sich meine Lippen nicht kräuselten.

»Hast du ihm je beigewohnt?«, fragte Francesco. Sein Blick durchbohrte mich. »Dein Vater hat gesagt, du seist weniger als einen Tag dort gewesen.«

Ich starrte auf meinen Kelch und schüttelte den Kopf. Das war die erste von vielen verwegenen Lügen.

Meine Antwort gefiel ihm und erregte ihn. »Sieh mich an«, sagte er und ließ den Edelstein vor meinen Augen baumeln. »Willst du es?«

»Was?«

»Das Schmuckstück.« Er beugte sich vor, sein Atem strich über mein Gesicht, seine Stimme wurde hart, tonlos, gefährlich. »Sag mir, dass du es willst.«

Mir fiel der Unterkiefer herab. Ich stammelte: »Ich … ich will es.«

»Was willst du dafür tun?« Die Worte waren wie ein Peitschenschlag.

Ich unterdrückte meine Wut und schaute ihn an. Ich dachte: *Ich werde aufstehen und dir sagen, dass du verschwinden sollst. Ich werde nach den Dienern rufen. Ich werde dir sagen, dass du dieses Haus nie wieder betreten sollst.* Dann kam mir jedoch der Gedanke: *Wenn ich ihn enttäusche, geht er, und alle Welt wird wissen, dass ich Giulianos Kind erwarte. Wenn ich ihn enttäusche, wird er meinen Vater wieder der Signoria zum Verhör übergeben.*

»Alles, was du willst«, flüsterte ich.

»Sprich lauter. So, wie du es meinst. Sieh mich an.«

Ich schaute ihm in die Augen. Ich wiederholte die Worte.

Rasch erhob er sich, ging zur Tür und machte sie fest zu. Mit wenigen langen Schritten stand er neben mir und zog meinen Stuhl mit einer ruckartigen Bewegung vom Tisch fort. Dann trat er vor mich und bückte sich, um die Kette vor mir hin- und herschwingen zu lassen.

Er war feurig erregt, seine Brust hob und senkte sich, seine Augen leuchteten hell und wild. »Auf die Knie«, sagte er. »Bettle darum.«

Brennender Hass wallte in mir auf. Ich schaute zu Boden und überlegte, was ich zu tun bereit war, um Giulianos Kind zu schützen. Unser Kind. Was ich zu tun bereit war, um meinen Vater zu schützen. Ich glitt vom Stuhl auf die Knie.

»Gib es mir, bitte.«

»So.« Er war rot angelaufen, bebend, beschwingt. »Das hier ist dann dein Preis. Das hier ist dein Preis.« Achtlos warf er die Kette fort; sie landete auf dem Teppich vor dem Kamin.

Er zerrte mich auf die Beine. Ich rechnete damit, dass er mich küssen würde, doch mit meinem Gesicht wollte er nichts zu tun haben. Er setzte mich auf den Tisch und fegte die Kelche beiseite. Einer fiel zu Boden und zerbrach.

Er drückte mich auf das harte Eichenholz; meine Beine hingen herab, und die Spitzen meiner Schuhe schrammten über den Boden. Instinktiv presste ich meine Hände an die Oberschenkel und hielt die Röcke nach unten, doch er stellte sich zwischen meine Beine und zog den Stoff mit Gewalt hoch, dass meine *camicia* aus feinem französischem Batist mit sattem Geräusch zerriss.

Hektisch zog er mit einer Hand seine Hose herunter und schob seine Unterbluse zur Seite; unter seiner Tunika trug er kein *farsetto*. Meine Gegenwehr fachte seine Gier nur noch an; bei dieser Erkenntnis überwand ich mich und legte mich einfach zurück, schlapp, ergeben, auch als er mir die Arme über den Kopf zog und meine Handgelenke mit zermalmender Kraft festhielt.

Sein Verhalten war lieblos, animalisch. Er drang so grob in mich ein, dass ich vor Schmerz aufschrie.

In diesem Augenblick schlüpfte ich aus meinem Körper. Ich war nun im Spiel von Licht und Schatten an der Decke. Ich war im Geruch der Kerzen, die bedrohlich nah neben meinem Kopf brannten, in der Wärme, die der Kamin ausstrahlte.

Ich wurde zu einer Festung; er war ein Rammbock, der versuchte, in mich einzubrechen. Am Ende hielt ich stand. Giuliano und unser Kind blieben sicher auf der anderen Seite.

Ich kam wieder zu mir, als ich spürte, wie heiße Flüssigkeit in mich hinein- und aus mir herausfloss. Ich holte tief Luft, als er sich ebenso schnell zurückzog, wie er eingedrungen war. Ich legte die Hand zwischen die Beine und merkte, dass ich verletzt war.

Langsam richtete ich mich auf und kam unsicher auf die Beine. Noch immer keuchend und schnaufend, steckte er sich zügig die Unterbluse wieder in die Hose, rückte seine Tunika und seinen Gürtel gerade. Er sah, dass ich ihn anstarrte, und lächelte. Er war fröhlich, aufgekratzt, sein Tonfall neckisch.

»Lisa, Lisa. Was für eine feine Jezabel du doch abgibst. Geh und hol dir deine Belohnung.«

Mein Gesicht wurde hart; ich wandte mich von ihm ab.

»Geh«, sagte er mit versteckter Drohung. »Sonst rufe ich die Diener, damit sie jetzt die Kelche abräumen! Noch besser, ich rufe deinen Vater und sage ihm, was du gemacht hast!«

Schweigend, verschlossen ging ich langsam zur Kette und hob sie vom Boden auf. Der Edelstein war warm vom Feuer. Er war von glitzerndem Immergrün.

Etwas so Hässliches hatte ich noch nie zuvor gesehen.

Er kam zu mir und legte mir die Kette um. Sobald die Transaktion beendet war, verwandelte er sich. Er war zärtlich und fürsorglich.

»Hier«, sagte er freundlich. »Bevor du die Diener rufst« – er deutete mit einer Kopfbewegung auf die Scherben am Boden –, » will ich dir helfen. Es ist meine Schuld, dass dein Haar und dein Kleid in Unordnung sind.«

Ich ließ mich von ihm berühren; er steckte meine herausgerutschten Locken wieder unter mein seidenes Haarnetz und strich meine Röcke glatt. »Es tut mir so leid, dass deine schöne *camicia* zerrissen ist. Ich werde sie sofort durch eine noch feinere ersetzen lassen.«

Mit bebender Stimme rief ich nach der Küchenmagd. Während sie die Scherben auffegte, scherzte Francesco über seine Ungeschicklichkeit. Ich sagte nichts.

Als wir wieder allein waren, wollte ich ihn nicht an die Tür begleiten. Ich reagierte nicht, als er sich verbeugte und mir leise eine gute Nacht wünschte.

Ich ging die Treppe hinauf in mein Zimmer und zog mich mit Zalummas Hilfe aus. Die *camicia* schleuderte ich in eine Ecke. Ich war froh, dass sie zerrissen war; ich hätte sie ohnehin weggeworfen. Sie stank nach Francesco.

Zalumma hatte mir eine Schüssel und ein Handtuch gebracht, sodass ich mich waschen konnte; bei dem Anblick brach ich in Tränen aus. Sie hielt mich fest und strich mir über den Rücken, so wie meine Mutter, als ich noch klein war.

Zalumma ließ nicht zu, dass ich die verschmutzte *camicia* fortwarf. Stattdessen ritzte sie sich in den Finger und drückte Blutstropfen auf den Schoß, die Vorderseite und die Rückseite, hellrot auf blendendem Weiß. Sie legte sie sorgfältig zusammen, wickelte sie in ein quadratisches Tuch, band es zusammen und ließ es in Francescos *bottega* in der Stadt bringen.

53

Francesco kam schon zwei Tage später wieder vorbei, angeblich, um die Fortschritte am Kleid zu besprechen und eine Anprobe zu vereinbaren. Diesmal war er es, der durchblicken ließ, mein Vater solle uns allein lassen.

Ich protestierte nicht; ich hatte gewusst, dass es so kommen würde. Mit Zalumma hatte ich bereits darüber gesprochen, die mir zustimmte, dass ich dem Kind zuliebe keine andere Wahl hatte, als mich zu fügen. Je öfter ich mich Francesco darbot, umso überzeugter würde er sein, dass das Kind tatsächlich von ihm stammte.

Diesmal brachte er mir Ohrringe aus Diamanten und Opalen mit, die sich zu beiden Seiten wie Tränen an meinen Hals schmiegten.

Bald gab Francesco es auf, Vorwände für seine Besuche zu erfinden, und wurde ein regelmäßiger Gast an der abendlichen Tafel. Ich häufte eine Menge Juwelen an, obwohl die Geschenke immer bescheidener ausfielen. Mein Vater verließ den Tisch inzwischen ohne Aufforderung. Wir sprachen nicht miteinander über Francesco. Wir litten jeder für sich in unseren eigenen, einsamen Sphären.

Zwei Wochen darauf, unmittelbar nach einer weiteren brutalen Begegnung mit Francesco, erwähnte ich beiläufig, dass meine Monatsblutung ausgeblieben sei.

Er schnaubte wie ein Mann, der in solchen Dingen erfahren war, doch er war befriedigt worden und daher nicht unfreundlich. »Es ist noch zu früh, um sicher zu sein, Lisa. Du solltest dir keine Sorgen machen. Bestimmt spielen die Nerven eine Rolle. Du wirst schon sehen.«

Ich ließ eine weitere Woche verstreichen und dann den Koch mein Lieblingsgericht zubereiten: Wachtel mit Salbei und Zwiebeln. Ich saß beim Essen neben Francesco, und als mein Teller kam, beugte ich mich über den kleinen Vogel mit seiner knusprigen, goldbraunen Haut und atmete den Bratenduft tief ein.

Das Ergebnis war mehr als zufriedenstellend. Ich hielt mir die Hand vor den Mund und sprang vom Tisch auf; ich schaffte es nicht mehr rechtzeitig, den Raum zu verlassen. Dort, vor meinem Vater und Francesco, lehnte ich mich an die Wand und erbrach mich heftig.

Selbst in meinem verzweifelten Zustand hörte ich, wie ein Stuhl krachend zu Boden fiel. Als ich schließlich trotz des Schwindelgefühls imstande war, keuchend den Kopf zu drehen, sah ich meinen Vater mit geballten Fäusten auf der anderen Seite des Tisches stehen und auf meinen Zukünftigen starren. Diesmal versuchte er gar nicht erst, seinen Zorn oder seinen Hass zu verbergen.

Eine Dienerin kam, um die Schweinerei zu beseitigen und mir das Gesicht abzuwischen; mein Vater ließ die Teller entfernen und den Raum lüften. Sobald wir wieder saßen und es mir wieder besserging, sagte ich: »Ich möchte nicht im Juni heiraten. Ich würde den März vorziehen.«

Die Augen meines Vater schossen hoch und gleich darauf zur Seite; er rechnete. Anschließend fiel sein Blick auf Francesco und bohrte sich tief bis in dessen Seele. Ich hatte den Eindruck, als liefe Francesco ein leichter Schauer über den Rücken.

»Fünfter März«, sagte mein Vater in einem derart unheimlichen, unnachgiebigen Ton, dass weder mein Bräutigam noch ich dem etwas hinzuzufügen wagten.

Eine Woche lang weigerte sich mein Vater, uns nach dem Abendessen allein zu lassen – doch bald darauf traf er offenbar eine Vereinbarung mit Francesco und ich war wieder auf Gedeih und Verderb meinem Zukünftigen ausgeliefert.

Nun, da Francesco wusste, dass ich schwanger war, stellte er die Geschenke ein. Jetzt verlangte er, ich solle um den sexuellen Akt selbst betteln, da mein Zustand offenbar das Ergebnis meines wollüstigen Verlangens war. Ich gab mir die schrecklichsten Bezeichnungen: Hure, Metze, Schlampe.

Ich hatte Angst, zu zerbrechen. Mit Entsetzen blickte ich dem fünften März entgegen.

Er war nur allzu bald da, ein Tag, der feucht und kühl war und ungewöhnlich warm im Vergleich zum Rest des bitterkalten Winters; dicke Wolken zogen über einen graublauen Himmel. Ich hätte gut auf einem weißen Pferd über die Brücke zu Francescos Palazzo reiten können, doch wir rechneten mit einem kalten Tag, sodass ich mit meinem Vater und Zalumma in einer Kutsche fuhr, Onkel Lauro, seine Frau und die Kinder in einem Wagen hinter uns.

Mein Kleid war aus hellblauem, leuchtendem Samt mit einem gleichfarbigen Brokatgürtel; aufgrund meiner umfangreicheren Taille trug ich den Gürtel direkt unter den Brüsten. Zalumma versicherte mir, es sehe so aus, als müsse es so getragen werden. Francesco hatte mir eine Kette aus Gold und Saphiren geschenkt und einen kostbaren Kopfschmuck, der mich nervös machte; es war ein Netz aus feinsten Goldfäden, in das Diamanten gewoben waren. Jedes Mal, wenn ich den Kopf bewegte, fing sich die Sonne in den Edelsteinen, und aus den Augenwinkeln sah ich Blitze aus Regenbogenfarben. Es war später Vormittag. Mir war übel, und ich lehnte mich aus dem Fenster, um die kühle Luft einzuatmen.

Wir bogen aus der Via Maggio nach Osten in den Borgo Sant' Iacopo ein und ließen mein Wohnviertel Santo Spirito hinter uns. Von dort rollten wir über den geschäftigen Ponte Vecchio. Männer und Jungen sahen unsere mit weißem Satin drapierte Kutsche und riefen uns etwas zu, manche scherzten, andere gratulierten, wieder andere lästerten.

Ich hatte die Strecke ausgesucht. Für den Kutscher wäre es

angenehmer gewesen, den Ponte Santa Trinità zu überqueren, doch es fiel mir schon schwer genug, auch nur in seine Richtung und auf den Arno hinabzuschauen und daran zu denken, wie Giuliano gestorben war.

Wir fuhren ins Stadtviertel Santa Maria Novella in die Via Por Santa Maria, dann nach Osten weiter zur Via Vacchereccia, Heimat der Seidenhändler, zu denen auch Francesco gehörte. Die Verkaufsstände befanden sich im Schatten des Turms der Arte della Seta, der Seidengilde.

Der Palazzo meines Gemahls lag in einer Seitenstraße hinter schwarzen Eisentoren und war eigens für ihn und seine erste Braut errichtet worden. Er war in klassisch romanischem Stil gehalten und aus hellem, grauem Stein erbaut, der in der strahlenden Sonne weiß erschien. Rechteckig, einer Festung gleich und von schnörkelloser Eleganz erhob er sich vier Stockwerke hoch, die Front zeigte nach Norden, die Rückseite auf das Zuhause meiner Familie. Dieses Gebäude bekam ich zum ersten Mal zu sehen.

Als wir uns den Toren näherten, vernahm ich einen Aufschrei. Francesco stand draußen, die Hand nach vorn gestreckt, die Finger gespreizt, um uns anzuhalten. Neben ihm, gekleidet in dunkle *mantelli*, standen sein gebeugter Vater und drei dunkelhaarige Männer in mittleren Jahren – seine Brüder.

Ich lugte aus dem Fenster auf die Straße. Eine gewundene Girlande aus leuchtend blauen und weißen Satinbändern lag von einer Straßenseite zur anderen quer über dem Pflaster.

Im März waren keine Blumen zu bekommen.

Während seine Brüder jubelten und pfiffen, trat Francesco – verlegen lächelnd – vor und zog an einem Band. Plötzlich teilte sich die Girlande in der Mitte, und während die Männer klatschten, beeilte er sich, die beiden Hälften weit genug auseinanderzuziehen, damit unsere Kutsche hindurchfahren konnte.

Er stellte sich recht geschickt an dabei; schließlich hatte er es oft genug geübt. Ich war seine dritte Frau. Die erste war im Kindbett gestorben, die zweite am Fieber. Ihren Eifer, aus dem Leben zu scheiden, konnte ich durchaus nachvollziehen.

Das Eisentor schwang auf. Francesco und seine Brüder tauchten hoch zu Ross auf, dahinter zwei Wagen mit seiner Familie. Wie die beiden Kutschen meiner Vorgängerinnen bog auch meine Hochzeitskutsche nach Osten ab und fuhr auf die hoch aufragende, weite, ziegelsteinrote Kuppel von Santa Maria del Fiore zu. Wieder beugte ich mich aus dem offenen Fenster, dankbar für die Luft, die mit der Zeit ständig kühler geworden war. Der Himmel bezog sich mit düsteren Regenwolken.

Mein Vater sagte die alte Spruchweisheit auf: »Eine nasse Braut ist eine glückliche Braut.« Angeblich brachte ein regnerischer Hochzeitstag Glück.

Schließlich bogen wir auf die große Piazza del Duomo ab und hielten an. Wir warteten eine Weile, während Francesco und seine Familie uns voran ins Baptisterium San Giovanni gingen, errichtet über einem antiken Tempel, der Mars gewidmet war. Hier wurden alle guten Florentiner als kleine Kinder getauft und als Erwachsene vermählt.

Während mein Zukünftiger und die Gäste drinnen ihre Plätze einnahmen, wartete ich eine Ewigkeit, gegen Nervosität und Übelkeit ankämpfend; gerade als ich sicher war, dass ich mich übergeben müsste, wurde das Zeichen gegeben, und ich war gezwungen, mich zusammenzureißen. Zalumma hielt meine Schleppe, als ich ausstieg. Mein gehetzter, liebevoller Vater nahm meinen Arm.

Mit ihm ging ich an Ghibertis erstaunlichen Türen vorbei. Mein ganzes Leben hatte ich in der Stadt verbracht und doch nur einmal das Achteck aus Stein betreten. Ich überquerte Marmorböden, die mit Bildern von Greifen und Spiralen verziert waren, schaute goldene Wände an und blickte hinauf in die vergoldete Kuppel, die brennenden Kandelaber.

Der Priester und Francesco – würdevoll, ehrerbietig und mit zärtlichem Blick – warteten vor dem weißen Marmoraltar.

Der Gang dorthin war ein Gemisch aus Empfindungen: die lange Samtschleppe hinter mir herschleifend, das Funkeln und Aufblitzen von Diamanten, das intensive Blau meines Ärmels, das schimmernde Weiß aufgepuffter, hauchzarter Seide. Die glitzernden Mosaiken von Jesus Christus in Blau, Rot und leuchtendem Safran beim Jüngsten Gericht, von Sündern, die sich in der Hölle wanden, von Teufeln gequält.

Mein Vater hielt mich fest – sehr fest –, bis es Zeit für ihn war, mich loszulassen. Als er mich Francesco übergab und zurücktrat, weinte er.

Eine unendlich lange Messe folgte. Ich stammelte Gebete vor mich hin, die ich seit meiner Kindheit kannte, hörte die Predigt des Priesters, ohne ein einziges Wort zu verstehen. Je länger ich stand, umso mehr befürchtete ich, ohnmächtig zu werden; jedes Mal, wenn ich niederkniete, war ich mir sicher, ich würde nie wieder aufstehen können.

Bist du bereit?, fragte der Priester endlich.

Francesco roch nach Rosmarin. Ich schaute ihn an, seinen täuschend freundlichen Ausdruck, und sah meine trostlose, unglückliche Zukunft vor mir. Ich sah mein Kind zur Welt kommen und meinen Vater alt werden. Ich sah die Erinnerung an Giuliano zu einer bloßen Ahnung verblassen.

Ja, sagte ich. Ich war überrascht, wie kräftig und fest meine Stimme klang. Ja, bis mein Vater stirbt. Bis mein Vater stirbt und mein Kind und ich entkommen können.

Ein Ring tauchte auf – wieder ein schlichter, schlanker Goldreif – und fing den Kerzenschimmer ein. Dieser Ring war zu eng, doch Francesco zwängte ihn mir mit Gewalt über den Finger. Ich erlaubte mir nicht, zu zucken.

Francescos Kuss war zurückhaltend, schüchtern. Dann bekam ich noch weitere Küsse von fremden Mündern und viele gemurmelte Glückwünsche.

Mit meinem Gemahl an meiner Seite trat ich hinaus auf die große Piazza und atmete tief durch. Der Nachmittag war grau; Nebel hing in der Luft. Weich wie Dampf, der vom Wasser aufsteigt, legte er sich auf mein Gesicht, doch die Berührung war kalt.

54

Danach kehrte unsere kleine Gesellschaft in mein neues Zuhause zurück. Diesmal rumpelte meine Kutsche durch offene schwarze Eisentore auf eine kreisförmige Auffahrt aus neuen Pflastersteinen, die uns an einem Dickicht junger Lorbeerbäume vorbeiführte. Die Eingangstüren aus kunstvoll gearbeitetem Holz waren höher als alle, die ich bisher gesehen hatte. Östlich davon befand sich eine große, formale Loggia, in der bei besserem Wetter Gäste empfangen wurden.

Die Kutsche hielt an, und Francesco half mir beim Aussteigen, während Zalumma sich hinter mir um die große Schleppe kümmerte. Auf hohen Sockeln hockten zwei majestätische Steinlöwen, die den Eingang bewachten. Wir gingen zwischen ihnen hindurch, und die Türen öffneten sich wie durch Zauberhand vor uns.

Ein Diener führte uns in den Raum zu unserer Linken: ein riesiger Salon mit makellos weißen Wänden, der Boden aus glänzendem, blassem Marmor, in den klassische Muster in Schwarz eingelegt waren. Dahinter, vorbei an einem Bogengang, befand sich ein Esszimmer, dessen lange Tafel unter Platten mit allerlei Speisen verschwand. Die Größe der Räume hätte eher zu einem Prinzen und seinem Hofstaat gepasst als zu unserer kleinen Gesellschaft. Tatsächlich konnte das Feuer im Speisezimmer die Kälte nicht ganz vertreiben. Es war ein kaltes, ein förmliches Haus.

Mein neuer Gemahl war ein sehr reicher Mann.

Ich war in einem über hundert Jahre alten Haus aufgewachsen, mit kahlen Wänden und schlichten Möbeln. Ich war an unebene Steinböden gewöhnt, von Generationen ausgetreten, an Treppenstufen, die sich in der Mitte senkten, an Türen, deren Ränder unter der Berührung unzähliger Hände dunkel geworden waren.

Dieses Haus war nicht einmal zehn Jahre in Benutzung, seine Böden waren eben, glatt und schimmernd, die Türen ohne Kerben warteten mit Schlössern und Scharnieren aus blankem Metall auf. Kurzum: Es gefiel mir ganz und gar nicht.

Von den Verwandten meines Vaters war niemand vom Land in die Stadt gekommen, Francescos Brüder hingegen hatten Frau und Kinder mitgebracht. Nachdem seine Familie uns neben Onkel Lauros Brut ins Haus gefolgt war, schien das Gebäude weniger leer, obwohl das Geplapper von den Wänden widerhallte. Sobald der Wein ausgeschenkt wurde, gab es viel Gelächter, manches laut und rau.

Der Brauch schrieb vor, dass ich auf einem weißen Pferd zu meiner Hochzeit ritt, dann zu Fuß ins Haus meines Vaters zurückkehrte, wo ich die Nacht verbringen würde, allein und rein. Die Ehe sollte erst in der zweiten Nacht vollzogen werden, nach einem Fastentag.

Doch für meine erste und für die zweite Hochzeit missachtete ich den Brauch. Ich ritt nicht auf einem weißen Pferd. Außerdem ging ich nicht in mein Vaterhaus zurück, eine Entscheidung, die aus drei Gründen getroffen worden war: In der Woche zuvor war ich an Fieber erkrankt und noch immer schwach, das Wetter war unbeständig, und ich war schwanger. Letzteres wurde nicht offen angesprochen, doch meine Taille war so umfangreich, dass es für die meisten sichtbar war. Es verursachte nur flüchtige Besorgnis, denn formale Verlöbnisse wurden als ebenso bindend wie Eheschließungen empfunden. So manche florentinische Braut hatte ihr Hochzeitskleid auslassen müssen, bevor sie nach San Giovanni ritt, und niemand hatte deswegen schlechter von ihr gedacht.

Ich begrüßte noch mehr Gäste, Prioren und *buonomi*, Gleichgesinnte Francescos. Kurz darauf folgte ein Hochzeitsmahl, dessen Üppigkeit Savonarola stirnrunzelnd zur Kenntnis genommen hätte; ein gebratener Hammel, zwei gebratene Schweine, drei Gänse und ein Schwan, unzählige Fasane, ein paar Kaninchen und Dutzende von Fischen; Suppe und Kuchen und appetitliches Naschwerk, sechs verschiedene Pastasorten in Brühe, Käse, Nüsse und getrocknete Früchte.

Der Essensgeruch brachte mich dem Erbrechen gefährlich nah. Doch ich lächelte, bis meine Wangen schmerzten. Hundertmal hörte ich mir an, ich sei die schönste Braut, die Florenz je gesehen hätte. Ich antwortete geistesabwesend, stets die richtige, höfliche Antwort gebend, obwohl ich es nie so meinte.

Es gab Trinksprüche, darunter einen beliebten für Neuvermählte, ich möge in meiner Hochzeitsnacht schwanger werden. Ich hob meinen Kelch an die Lippen, presste sie aber fest zusammen; der Geruch des Weins verursachte mir Übelkeit, sodass ich die Luft anhielt. Ich aß nichts außer etwas Brot und einem kleinen Stück Käse, auch wenn mein Teller voll war. Ich schob das Essen kunstvoll hin und her, sodass es den Anschein hatte, als hätte ich mehr gegessen.

Nach dem Essen wurde getanzt, wozu ein von Francesco engagiertes Quartett aufspielte. Nachdem die Hochzeitszeremonie und die Mahlzeit hinter mir lagen, war ich fürs Erste erleichtert. Ich war erschöpft, lachte aber, spielte und tanzte mit meinen neuen Neffen und Nichten und betrachtete sie mit neu entdeckter Wehmut.

Einmal drehte ich mich zu meinem Vater um und stellte fest, dass er mich mit derselben Empfindung ansah.

Doch als die Sonne allmählich am Horizont verschwand, gingen die Feiernden, und mein Vater kehrte zu seinem Haus zurück, ohne Familie – selbst Zalumma hatte ihn verlassen. Und mit dem Licht schwand auch meine Tapferkeit.

Ich war wie betäubt, als Francesco mich einem Teil seiner Dienerschaft vorstellte: seinen Kammerzofen Isabella und Elena; seinem Kammerdiener Giorgio; der Köchin Agrippina; einer Küchenmagd Silvestra; und dem Kutscher Claudio. Die meisten schliefen gegenüber der Küche im Erdgeschoss des Südwestflügels, der sich zum rückwärtigen Teil des Palazzo hin öffnete. Ich wiederholte die Namen laut, obwohl ich wusste, dass ich sie nicht lange behalten würde; mein Herz schlug so laut, dass ich mich selbst kaum hörte. Es gab noch mehr Personal, das ich nicht kennenlernte – Stallknechte und den Stallmeister, eine zweite Köchin, die krank geworden war, einen Laufburschen.

Elena, eine Frau mit niedlichem Gesicht, kastanienbraunem Haar und dem heiteren Blick einer Madonna, führte Zalumma und mich die Treppe hinauf in den zweiten Stock, vorbei an Francescos Räumen im ersten, bis in die weiträumigen Gemächer, die nun mir gehörten. Sie hielt eine Laterne hoch und brachte mich zuerst ins Kinderzimmer mit einer einsamen Wiege unter einem Gemälde, das eine starre Maria und ihr männliches Kind zeigte, und das leere Zimmer eines Kindermädchens; der Raum war derart ausgekühlt, dass in diesem Kamin wohl noch nie ein Feuer gebrannt hatte.

Dann unternahmen wir einen Rundgang durch mein Wohngemach, das Stühle hatte, einen Tisch mit einer brennenden Lampe, einen Schreibtisch und ein Regal mit Büchern, die dem Geschmack einer Dame angemessen waren: Liebesgedichte, Psalme auf Latein, Fibeln für klassische Sprachen, Ratgeber, wie die Hausfrau ihren Haushalt zu führen hatte, wie sie sich in Bezug auf ihren Gatten und ihre Gäste zu verhalten hatte, wie sie alltägliche Krankheiten behandeln sollte. Auch hier brannte kein Feuer, doch der Raum war wärmer angesichts der Tatsache, dass er sich zwei Stockwerke über dem lodernden Kamin des Speisezimmers und ein Stockwerk über Francescos Räumen befand.

Wohnraum und Kinderzimmer lagen auf der Vorderseite des Hauses, die Fenster gingen nach Norden; Zalummas Quartier (das sie mit Elena und Isabella teilte) und das meine waren auf der Rückseite und schauten nach Süden. Elena nahm uns mit zu den Zimmern der Dienerschaft und erlaubte mir einen raschen, flüchtigen Blick hinein; mein Schlafzimmer zu Hause war nicht so groß und gut ausgestattet gewesen.

Dann überquerten wir den Flur, und Elena öffnete die Tür zum Brautzimmer, meinem Schlafzimmer.

Der Raum war durch und durch feminin. Die Wände waren aus weißem, der Boden aus geschecktem cremefarbenem, rosa und grünem Marmor, Kaminsims und Kamin aus weißem Granit, der im Schein eines großzügigen Feuers schimmerte. Zwei zarte Damenstühle, die gepolsterten Sitze mit hellgrünem Brokat bezogen, standen vor dem Kamin; an der Wand dahinter hing ein Gobelin, auf dem zwei Frauen Orangen von einem Baum pflückten. Das Bett war übersät mit getrockneten Rosenblättern und bedeckt mit einem bestickten, mit Quasten versehenen Überwurf aus demselben blauen Samt wie mein Kleid. Passende Vorhänge, mit Gold besetzt, hingen von einem Baldachin aus Ebenholz herab; die inneren Vorhänge bestanden aus unzähligen Lagen reinweißem Chiffon, raffiniert drapiert. Glastüren gingen nach Süden und, wie ich vermutete, auf einen Balkon hinaus.

Zu beiden Seiten des Bettes waren Tische aufgestellt; auf dem einen war eine weiße, mit Blumen bemalte und mit duftendem Rosenwasser gefüllte Schüssel. Darüber hing ein ovaler Spiegel. Der andere Tisch beherbergte eine Lampe, einen Silberteller mit Rosinen, eine Weinkaraffe und einen Silberkelch.

Da die Einrichtung nagelneu und so deutlich auf mich zugeschnitten war, hätte man fast annehmen können, ich sei die erste Besitzerin.

Elena zeigte mir die Eisenkette, die neben dem Bett von der Decke hing; wenn man daran zöge, würde eine Glocke in den Dienerquartieren auf der anderen Seite der Eingangshalle läuten.

»Danke«, sagte ich in der Absicht, sie zu entlassen. »Ich habe alles, was ich brauche. Ich werde mich jetzt ausziehen.«

Das leise Lächeln auf ihren Lippen, das auf unserem Rundgang kein einziges Mal ins Wanken geraten war, veränderte sich auch jetzt nicht. Die Laterne noch in der Hand, knickste sie, ging hinaus und schloss die Tür hinter sich zu. Ich blieb stehen und lauschte ihrem schlurfenden Schritt auf dem Marmor, dem Geräusch der Tür auf der anderen Seite der Eingangshalle, die sich öffnete und schloss.

Zalumma band mir die Ärmel und das Mieder auf. Das klobige Gewand mit der schweren Schleppe fiel zu Boden, und ich stieg, nur mit der glänzenden *camicia* bekleidet, mit erschöpftem, leisem Stöhnen hinaus.

Unruhig zappelnd saß ich auf dem Fußende des Bettes und sah Zalumma zu, wie sie sorgfältig die Ärmel und das Gewand faltete und beides in ein Fach des großen Kleiderschranks legte. Zärtlich entfernte sie das Haarnetz mit den Diamanten und legte es in die Truhe zu meinem anderen Schmuck. Dann setzte ich mich vor den Spiegel und ließ mir von ihr die Haare lösen. Ich starrte auf mein Spiegelbild und sah meine Mutter, jung, verängstigt und schwanger.

Auch Zalumma sah sie. Vorsichtig hob sie die Bürste und führte sie durch mein Haar, das sie anschließend mit der freien Hand glättete. Jedem Bürstenstrich folgte ein Strich mit der Hand; sie wollte mich trösten, und das war ihre einzige Möglichkeit.

Schließlich hielt sie inne. Ich drehte mich zu Zalumma um. Ihr Ausdruck spiegelte jetzt den meinen wider: vorgetäuschte Tapferkeit, darauf bedacht, die andere aufzuheitern.

»Wenn Ihr etwas braucht …«, hob sie an.

»Ist schon in Ordnung.«

»… ich bin gleich neben der Tür und warte.«

»Kommst du anschließend wieder?«, fragte ich. Trotz meiner Angst war mir aufgefallen, dass Francesco eine meiner Bitten ignoriert hatte: Hier gab es keine Bettstelle für Zalumma. Während es sich für Diener gehörte, getrennt von sehr wohlhabenden Herrschaften zu schlafen, hatte Zalumma immer auf einer Schlafstelle neben dem Bett meiner Mutter übernachtet, sollte diese einen Anfall erleiden. Als meine Mutter starb, war Zalummas Gegenwart mir ein Trost. Und jetzt, in diesem herzlosen Haus, würde sie mir auch ein Trost sein. »Dieses Zimmer ist zu groß, und das Bett; ich halte es nicht aus, allein zu schlafen.«

»Ich werde kommen«, sagte sie sanft.

Ich nickte. »Ich rufe dich.«

Ich drehte mich wieder um, sodass sie gehen konnte.

Eine Viertelstunde später tauchte Francesco auf. Er klopfte zögerlich, und als ich nicht sofort kam, öffnete er die Tür und rief mich beim Namen.

Ich saß am Kamin und starrte ins Feuer, einen Arm um die Beine geschlungen, eine Wange auf die angewinkelten Knie gelegt, die bloßen Füße an den warmen, rauen Granit gedrückt. Ein Stück näher, und die Hitze hätte mir die Haut verbrannt, doch sie vermochte die Kälte, die mich umfing, nicht zu vertreiben.

Ich stand auf und ging auf ihn zu. Er trug noch seine weinroten Hochzeitsgewänder und lächelte mir liebevoll und schüchtern zu, als ich zwei Armlängen vor ihm stehen blieb. »Das Fest lief ganz gut. Ich glaube, unsere Gäste waren zufrieden, was meinst du?«, fragte er.

»Ja«, erwiderte ich.

»Sind deine Räume zu deiner Zufriedenheit?«

»Sie übertreffen alle meine Erwartungen.«

»Gut.« Er hielt kurz inne. »Ich habe ein Geschenk für dich.« Damit zog er einen Seidenbeutel aus seiner Tasche.

Ich streckte die Hand aus und nahm ihn an mich. Mit ungeschickten, tauben Fingern, als wäre ich durch eiskaltes Wasser geschwommen, nestelte ich an der Schnur herum. Francesco lachte leise und zog sie für mich auf; der Inhalt fiel in meine Hand.

Es war eine Damenbrosche. Sie war groß und bestand aus einem eichelförmigen Granat, umgeben von Staubperlen, in Silber eingefasst.

»Es ist … eine Familientradition«, sagte Francesco plötzlich verlegen. Er faltete die Hände hinter dem Rücken. »Sie hat meiner Mutter gehört, und davor meiner Großmutter.«

Der Stein war geädert und trüb, das Stück an sich unauffällig bis auf die Tatsache, dass es sehr alt war. Ein schwarzer, hartnäckiger Belag umgab die Perlen, obwohl die Brosche vor kurzem noch poliert worden war.

Eine Tradition, dachte ich. *Für alle seine Bräute.*

»Danke«, sagte ich steif und wappnete mich innerlich vor der Grausamkeit, die sich bestimmt anschließen würde.

Was dann allerdings geschah, war vollkommen unerwartet und höchst bemerkenswert; Francescos Miene blieb freundlich, beinahe gelangweilt. Er unterdrückte ein Gähnen.

»Das ist doch nicht der Rede wert«, sagte er verlegen. »Nun, dann.« Er schaute sich ein wenig betreten um und lächelte mich dann wieder an. »Es war ein anstrengender Tag für dich, kann ich mir denken. Wir sehen uns morgen früh. Gute Nacht.«

Ungläubig schaute ich zu ihm auf. Er war peinlich berührt, unruhig und eifrig darauf bedacht, mich loszuwerden. »Gute Nacht«, sagte ich.

Er ging. Rasch legte ich die Brosche ab, hielt ein Ohr an meine geschlossene Tür und hörte, wie er den Flur entlang und die Treppe hinunterging. Sobald ich sicher sein konnte, dass er fort war, öffnete ich die Tür, um Zalumma zu rufen – und schrak zusammen, als ich sie dort bereits vorfand.

Sie hatte den Blick auf die dunkle Treppe gerichtet. »Kommt er zurück?«, flüsterte sie.

»Nein.« Ich zog sie ins Zimmer.

Ihr Unterkiefer wurde schlaff, sie öffnete den Mund und riss die Augen noch weiter auf. »Was ist passiert?«

»Nichts.« Die Erkenntnis, dass meine Vorstellung an jenem Abend beendet war, überwältigte mich. Plötzlich war ich erschöpft und schaffte es kaum bis zum Bett, bevor meine Beine endgültig unter mir nachgaben. Ich setzte mich mit dem Rücken an das stabile hölzerne Kopfende, streckte die Beine aus, nahm geistesabwesend ein Rosenblatt auf und rieb es zwischen den Fingern. Zalumma kippte die Weinkaraffe und füllte den silbernen Kelch, den sie mir reichte. Das Aroma des Weins war erstaunlich anregend in Anbetracht der Tatsache, dass mir an jenem Tag so übel davon geworden war. Ich trank einen kleinen, vorsichtigen Schluck, den ich genüsslich auf der Zunge zergehen ließ; einen so köstlichen Wein hatte ich noch nie getrunken, so gut wie jede Sorte, die bei den Medici getrunken wurde.

Zum ersten Mal an jenem Tag entspannte ich mich so weit, um Zalumma wahrzunehmen. Sie stand neben meinem Bett und betrachtete mich, die Stirn in Falten gelegt, um sicherzugehen, dass der Wein mir auch bekam und mir nicht etwa schlecht davon wurde. An jenem Tag sah sie sehr gut aus; ihre Sorge um mich hatte sie in letzter Zeit abnehmen lassen, wodurch die Wangenknochen unter ihren dunklen, schräg stehenden Augen noch deutlicher hervortraten. Das tintenschwarze Haar war sorgfältig geflochten, die Hauptmasse nach hinten in einen Schleier aus cremefarbener Seide gesteckt; ihr Kleid war aus dunkelbraunem Tuch, mit goldfarbenem Band gesäumt.

»Was hat er gesagt?«, erkundigte sie sich, als sie mein Schweigen nicht länger ertragen konnte.

»Er hat mir ein Geschenk gemacht.« Mit dem Kinn deutete ich auf die Granatbrosche auf dem Nachttisch. »Er hat mir ein Geschenk gemacht und gesagt, ich sei doch bestimmt müde. Dann hat er sich verzogen.«

Sie starrte auf die Brosche. »Er ist verrückt.«

»Vielleicht ist er krank«, sagte ich. »Oder er ist nach all den Vorbereitungen selbst müde. Sieh dir das Bett an.« Ihr Blick wanderte über den bestickten Samtüberwurf und die dazu passenden Vorhänge. »Das alles hat er für mich gemacht.«

»Das ist auch das Mindeste, was er tun konnte«, sagte sie barsch.

Nach einem weiteren vorsichtigen Schluck Wein merkte ich, dass ich Heißhunger hatte. Ich schaute auf den Teller mit Rosinen neben mir und runzelte die Stirn. Die Diener waren davon ausgegangen, dass ich nach den Feierlichkeiten tagsüber vollgestopft wäre, und hatten sie als süßes Naschwerk hingestellt, das ich zum Wein nehmen könnte; sie wussten noch nicht, dass ich Rosinen verabscheute.

Zalumma bemerkte es sofort. »Habt Ihr Hunger? Ihr habt heute noch nichts gegessen.«

»Ich hätte gern etwas Brot und Käse.«

»Ich treibe etwas auf.«

Nach kurzer Pause sagte ich: »Hol noch einen zweiten Kelch – für dich. Und was du sonst noch möchtest. Ich will nicht allein essen.« Francesco würde es für unpassend halten, aber es war mir einerlei. Mir war schwindelig vor Erleichterung, und trotz meiner Schwäche hatte ich plötzlich Lust zu feiern. Wenigstens für eine Nacht war ich von Francescos brutalen Aufmerksamkeiten befreit.

»Seid Ihr sicher, Madonna?«

Verächtlich schnalzte ich ob dieser Frage mit der Zunge und bedeutete ihr mit einer Handbewegung, zu gehen.

Während ihrer Abwesenheit schloss ich die Augen. Ich war unsäglich dankbar, in meiner zweiten Hochzeitsnacht in Ruhe gelassen zu werden; ich hatte die Erinnerung an die erste nicht entweihen wollen. Laut versprach ich Giuliano: »Ich werde deinem Kind alles erzählen, was ich von dir weiß, von deiner Güte und der deines Vaters. Ich werde ihm von deinem Onkel erzählen – meinem Vater. Und ich werde ihm alles beibringen, was ich über Liebe und Freundlichkeit weiß.«

Vor meinem geistigen Auge sah ich Giuliano auf dem Boden der Kapelle knien, nachdem er die Blumengirlande geteilt hatte, und zu mir auflächeln.

Auch ich lächelte. Als Zalumma dann mit einem Tablett auf der Hand in der Tür stand, hatte ich die Mundwinkel noch immer nach oben gezogen. Auf dem Tablett waren drei verschiedene Käsesorten und ein halber Laib Brot angerichtet. Mit Freuden stellte ich fest, dass sie einen zweiten Kelch mitgebracht hatte.

»Dir geht es besser«, sagte sie zufrieden. »So eine Küche habe ich noch nie gesehen. Man sollte meinen, sie hätten heute eine ganze Armee erwartet.« Sie sprach mit einem merkwürdigen Unterton.

»Was ist los?«, wollte ich wissen. Ich wusste, dass sie etwas entdeckt, etwas gesehen hatte. »Was ist passiert?«

Vorsichtig schob sie die Lampe zur Seite und stellte das Tablett auf meinen Nachttisch. »Ser Francesco«, sagte sie verwirrt. »Als ich hinunter in die Küche ging, sah ich Laternen vor dem vorderen Eingang und hörte Männerstimmen.«

»Und?«

»Ich trat ans Fenster; ich hatte keine Kerze, also konnten sie mich nicht sehen. Der Stalljunge öffnete das Tor. Ser Francesco ritt allein fort. Er redete mit dem Jungen. Ich glaube, er sagte ihm, wann mit seiner Rückkehr zu rechnen sei. Er schaute sich immer wieder um, als fürchte er, jemand könnte ihn sehen.«

»Er ist weg«, sagte ich zu mir und versuchte mir vorzustellen, was es wohl zu bedeuten hatte. Vielleicht hätte ich mir Sorgen machen sollen, aber ich war nur heilfroh, dass er fort war. »Spielt keine Rolle«, verkündete ich. »Hier.« Ich hob die Weinkaraffe. »Trink mit mir und iss etwas. Ich habe meine erste Nacht hier überlebt.«

Wir aßen und tranken. Als wir müde wurden, bestand ich darauf, dass Zalumma sich neben mich legte. Als Sklavin empfand sie die Freiheit, sich auf das Bett ihrer Herrin zu legen, als unangenehm; sie wollte nicht, dass man von ihr annahm, sie habe vergessen, wo ihr Platz war, und sie wusste, Isabella und Elena würde es auffallen, wenn sie nicht in ihrem Bett im Dienerquartier geschlafen hätte. Am Ende schlief sie aber doch ein.

Auch ich döste eine Weile. Ich träumte, ich wäre im falschen Haus mit dem falschen Mann; vor Kummer wachte ich auf. Ich setzte mich auf und stellte fest, dass Zalumma leise neben mir schnarchte, noch immer in ihrem Wollkleid, der Schleier verrutscht. Das Holz im Kamin war bis auf die glühende Asche heruntergebrannt.

Da wurde mir schlagartig bewusst, dass ich wahrhaftig mit Francesco verheiratet und dass Giuliano tot war, dass diese Tatsachen unumstößlich waren. Ich spürte, wie mir die Tränen kamen, noch dazu mit Macht – und ich wollte dabei weder gesehen noch gehört werden.

Ich schlüpfte aus dem Bett und huschte, vor Kälte bibbernd, leise aus dem Zimmer. Ich schloss die Tür hinter mir, lief die halbe Treppe hinunter und setzte mich dort auf eine Stufe.

Bevor ich zum ersten Mal aufschluchzen konnte, vernahm ich ein Geräusch, das mich innehalten ließ: unsichere Schritte, die auf mich zukamen. Gelbes Laternenlicht schwankte weiter unten auf der Treppe und erhellte dann allmählich die Wand wie ein sich ausbreitender Fleck.

Noch ehe er auftauchte, wusste ich, dass es mein Gemahl war. Wankend blieb er auf dem Treppenabsatz im ersten Stock stehen, um sich zu orientieren, ein paar Stufen unter mir.

»Francesco«, sagte ich leise. Ich hatte es nur denken wollen; ich wollte nicht bemerkt werden, am wenigsten von ihm.

Doch er hatte mich gehört und schaute verblüfft zu mir auf.

»Lisa«, lallte er. Er war vollkommen betrunken. Er hielt die Laterne hoch und sah mich mit zusammengekniffenen Augen an. Er war nachlässig in einen schwarzen *mantello* gehüllt; als er die Laterne hob, rutschte dieser zu Boden und legte seine Hochzeitstunika und die Hose bloß.

Der Saum seiner Tunika war an seiner rechten Hüfte aufgekrempelt, und die Hose hing herab; der weiße Stoff seines Unterhemds quoll wie eine Flagge heraus.

Bei seinem Anblick schnaubte ich amüsiert, und beim Einatmen bemerkte ich den scharfen Geruch nach billigem Lavendel. Ich hatte ihn zuvor schon ein paar Mal auf dem Markt an unzüchtig gekleideten, grell geschminkten Frauen wahrgenommen, die Sorte, von der Zalumma mich immer fernhielt.

Im Geiste hörte ich Francescos Stimme, sah seinen lüsternen, glänzenden Blick vor mir. *Hure. Metze. Schlampe.*

Doch seit jenem Morgen war ich eine achtbare, verheiratete Frau.

Und ich war frei.

»Ich konnte nicht schlafen«, sagte ich rasch. »Aber ich glaube, jetzt geht es. Gute Nacht.«

»Gute Nacht«, sagte Francesco tranig, und als ich die Treppe hinauflief, hörte ich ihn stöhnen.

Wieder in meinem Zimmer, schloss ich die Tür hinter mir, lehnte mich dagegen und lachte so laut, dass Zalumma wach wurde.

55

Der Frühling kam, und es wurde wärmer. Tagsüber öffnete ich die Glastüren und setzte mich auf den Balkon. Zu meiner Linken waren die Ställe und der Küchengarten, umgeben von Hecken aus Lavendel und Rosmarin. Direkt vor mir lag ein geometrisch angelegter Garten mit gepflasterten Wegen, jungen Lorbeerbäumen und sorgsam beschnittenem Buchsbaum. Morgens ging ich allein durch den Garten, vorbei an einem brüllenden Steinlöwen, aus dessen Maul ein kühler Wasserstrahl in einen Steinbrunnen sprudelte. Dahinter führte eine mit dornigen Rosenranken bewachsene Bogenpergola zu einer kleinen Grotte der Jungfrau, die ihre Hände ausstreckte, um Bittsteller zu begrüßen.

Das Kind in meinem Bauch wuchs. Anfang April war ich unverkennbar dicker geworden; meine Kiefer- und Wangenpartien wurden weicher. Meine Übelkeit wich einem Heißhunger, sodass ich voll beladene Teller neben dem Bett stehen hatte und oft mitten in der Nacht aufwachte und etwas aß. Francesco liebte mich abgöttisch, wie Eltern ihr Kind lieben; tagtäglich wies er Agrippina an, mir einen Krug Milch zu bringen, schaumig und noch warm vom Tierleib.

Mein Gemahl rührte mich nicht an. Wir gingen wie entfernte, aber gute Bekannte miteinander um; er erfüllte mir jeden Wunsch. Er hatte nichts dagegen, als ich eine Schlafstelle für Zalumma am Fußende meines Bettes herrichten ließ. Im Großen und Ganzen war ich jedoch seine Gefangene: Ich durfte nicht mehr auf den Markt gehen. Ich konnte an Savonarolas Gottesdiensten teilnehmen, und wenn ich wollte, auch unsere Familienkapelle Santissima Annunziata aufsuchen. Alle anderen Ausflüge erforderten die ausdrückliche Erlaubnis meines Gemahls.

Francesco und ich sahen uns für gewöhnlich einmal am Tag zum Abendessen, das wir gemeinsam mit meinem Vater einnahmen. Allem Anschein nach bereitete ihm meine Gesellschaft besondere Freude, und er strahlte, sobald von dem zu erwartenden Kind die Rede war. Doch er verlor zusehends an Gewicht, sodass ich schon um seine Gesundheit fürchtete; und wenn er am Tisch saß und Francesco zuhörte, bemerkte ich, dass ein stiller Kummer an ihm nagte. Ich bezweifelte, ob er je wieder glücklich sein würde.

Ebenso wenig wie ich, obwohl mein Leben nicht ganz so höllisch geworden war, wie ich anfangs befürchtet hatte. Francesco hörte morgens Savonarola predigen und besuchte nachts die Huren; ob er sich Gedanken über die Diskrepanz zwischen seinem öffentlichen und seinem privaten Leben machte, ließ er sich nicht anmerken. Nach einem Arbeitstag in der *bottega* und im Palazzo della Signoria, wo er als *buonomo* diente, genoss er sein Abendessen und sein aufmerksames Publikum. Mein Vater und ich hörten zu, sagten aber wenig, wenn Francesco das Neueste vom Tage berichtete.

Vieles hatte sich durch Fra Girolamo verändert, der beschlossen hatte, dass Gott tief in die Arbeit der Signoria mit einzubeziehen sei. Gesetze wurden verabschiedet: Sodomie wurde mit dem Tod auf dem Scheiterhaufen geahndet, ein tiefes Dekolletee brachte öffentliche Schande und eine Geldstrafe ein. Dichtung und Spiel wurden für ungesetzlich erklärt. Ehebrecher zitterten aus Furcht vor dem Tod durch Steinigung. (Francesco erzählte dies ungerührt, ohne sich darum zu kümmern, dass er ein wahrer Meister im Ehebruch war.) Männer und Frauen, die es wagten, sich mit Juwelen zu behängen, gingen das Risiko ein, sie zu verlieren, denn die Straßen wurden inzwischen von jungen Burschen kontrolliert, die dem Mönch treu ergeben und fest entschlossen waren, jeden »nutzlosen« Tand als eine »Spende« an die Kirche zu konfiszieren. Bürger wagten sich nur noch verstohlen vor die Tür aus Furcht, sie könnten durch eine Gedankenlosigkeit auf sich aufmerksam machen oder eine zufällige Bemerkung könnte als Beweis für ihre Gleichgültigkeit gegenüber Gott herhalten.

Wir alle bekamen es mit der Angst zu tun.

Unterdessen diktierte Gott der Herr, Florenz solle nicht mehr von den Reichen regiert werden. ER zog einen Großen Rat vor nach dem Vorbild Venedigs, und falls kein solcher geschaffen werde, würde ER die Stadt heimsuchen. Auch die Mutter Gottes interessierte sich nun für Politik. Sie erschien dem Mönch und redete eloquent auf Toskanisch über die Notwendigkeit von Reformen.

Savonarola begann vehement gegen Rom und das skandalöse Verhalten von Papst Alexander zu predigen, der seine minderjährige Geliebte mit in den Vatikan gebracht hatte.

Francesco lehrte mich einen neuen Ausdruck: *Arrabbiati,* die tollwütigen Hunde. Das waren die Männer, die Savonarola anknurrten, die sagten, ein Mönch habe in der Politik nichts verloren. Für sie hatte Francesco nur Verachtung übrig.

Mein Vater, einst ein ausgesprochener Befürworter des Mönchs, bedachte die damalige Zeit nur noch mit gezwungenem Lächeln oder mit Stirnrunzeln, sagte aber nicht viel. Das innere Feuer hatte ihn gänzlich verlassen, obwohl er mit Francesco ging, um Savonarola predigen zu hören.

Gespräche über Savonarola ärgerten mich. Frauen waren nun von seinen Gottesdiensten ausgeschlossen – angesichts der Tatsache, dass er meistens über politische Angelegenheiten redete –, bis auf die Samstage, an denen er direkt zum anderen Geschlecht sprach. Ich war verpflichtet, daran teilzunehmen; schließlich war mein Gemahl ein *buonomo.* Zalumma und ich saßen starr da und hörten schweigend zu.

Zuweilen jedoch sprach ich zu Gott. Ich hatte IHM nach der Genesung meines Vaters weitgehend verziehen. Allerdings betete ich nur in unserer Familienkapelle Santissima Annunziata, in der ich mich wohlfühlte. Mir gefiel es, dass sie alt, klein und schlicht war.

In dieser Zeit war König Karl von Frankreich unterwegs nach Neapel, nur um dort endgültig besiegt zu werden. Seine Armee verfolgte ihre Spuren zurück nach Norden, marschierte ungehindert durch Rom, bis sie schließlich kaum zwei Tagesritte vor Florenz stand.

Savonarola warnte uns, wir sollten büßen, sonst würde uns Gott in Gestalt von Karl niederschmettern. Zur gleichen Zeit ging der Mönch nach Siena, nahm Karl die Beichte ab, gab ihm die Hostie und drohte ihm persönlich mit dem Zorn Gottes, falls er Pisa nicht an uns ausliefere.

Karl äußerte sich nicht zu dem Thema; Savonarola kam ohne Antwort zurück, und wir Florentiner bekamen es mit der Angst zu tun, als die Franzosen in Siena verweilten.

Mich aber konnte das nicht beunruhigen. Ich saß auf meinem Balkon und sah zu, wie die weißen Lilien aufblühten.

Im Mai ertränkte Hochwasser das junge Korn, das an den Ufern des Arno wuchs. Ein Zeichen für Gottes Missbilligung, sagte der Prophet; wenn wir nicht büßten, würde ER als Nächstes Karl schicken. Ich beobachtete, wie die Lorbeerbäume voller wurden und ihre Blätter silbrig im Wind flatterten; ich sah zu, wie sie sich unter dem grauen Regen beugten.

Im Juni blickte ich auf die Rosen, deren lebhaftes Rot sich von dem dunklen Grün abhob; ich atmete ihren Duft ein, den mir der seichte Wind zuwehte. Aus dem Maul des Löwen floss Wasser mit beruhigendem, stetigem Gurgeln.

Der August war schwül, und mir ging es nicht gut. Ich konnte nicht schlafen wegen der Hitze, wegen des unruhigen Kindes, wegen meiner Rückenschmerzen. Liegen, Sitzen und Stehen war unbequem; ich konnte meine Füße nicht mehr sehen, konnte mir nicht mehr die Schuhe ausziehen, konnte kaum noch aus dem Bett oder von einem Stuhl aufstehen. Mein Ehering saß so fest, dass mir der Finger wehtat. Zalumma seifte ihn reichlich ein, und als sie ihn mir schließlich erfolgreich abzog, kreischte ich.

Zalumma und ich rechneten. Wir erwarteten die Niederkunft in der ersten oder zweiten Woche des Monats. Mit der letzten Woche war Zalumma zufrieden – die späte Geburt würde Francesco nur noch mehr davon überzeugen, dass es sein Kind war –, ich aber war zu verzweifelt, um mein Glück gebührend zu würdigen.

Kurz vor dem ersten September war ich zu allen unleidlich, einschließlich Zalumma. Ich erschien nun nicht mehr zum Abendessen; Francesco schickte mir kleine Geschenke auf mein Zimmer, doch ich war schlicht zu reizbar, um sie anzuerkennen.

In jener Woche schrak ich in einer besonders heißen Nacht plötzlich aus dem Schlaf, erfüllt von einer eigenartigen Wachsamkeit. Ich schwitzte. Ich hatte mein Nachthemd zusammengeknüllt und unter mein Kissen geschoben; das feuchte Leinentuch klebte so fest an meinem Bauch, dass ich sah, wie das Kind sich regte.

Unbeholfen stand ich auf und zog mein Nachtgewand an. Zalumma schnarchte leise auf ihrer Schlafstatt. Ich bewegte mich so leichtfüßig, wie es meine Körpermasse erlaubte, und schlüpfte lautlos zur Tür hinaus. Ich hatte Durst und wollte hinuntergehen, wo es kühler war, um etwas frisches Wasser zu holen. Meine Augen hatten sich an die Dunkelheit gewöhnt, sodass ich keine Kerze mitnahm.

Als ich gerade die ersten Stufen hinabging, sah ich Licht aus der anderen Richtung näher kommen – Francesco, vermutete ich. Wie eine gute Gemahlin machte ich kehrt in der Absicht, diskret zurückzuweichen; doch als ich ein weibliches Kichern vernahm, blieb ich stehen, presste mich mit dem Rücken fest an die Wand, um meinen Körper aus dem Lichtschein herauszuhalten, und schaute nach unten.

Auf dem Treppenabsatz unten stand Isabella – die junge, hübsche Isabella – in einer weißen *camicia* aus Leinen mit einem Schlüssel in der erhobenen Hand und einer Kerze in der anderen. Sie lehnte sich an einen Mann, der seine Arme unterhalb ihrer Brüste um sie geschlungen hatte und sie an seine Brust zog; dann vergrub er sein Gesicht an ihrem Hals. Als er sie küsste, hatte sie Mühe, ihr Gelächter zu unterdrücken – und als es ihr nicht gelang, zischte er ihr zu, still zu sein, und sie zog sich von ihm zurück, um die Tür zu den

Gemächern meines Gemahls zu öffnen. Dort brannte eine Lampe in Erwartung seiner Rückkehr.

Francesco, dachte ich, und Isabella. Er war eine oder zwei Stunden früher zurückgekehrt; vielleicht war eine seiner Dirnen erkrankt, denn ansonsten war sein Kommen und Gehen vorhersehbar. Seine Tändelei überraschte oder kränkte mich in keiner Weise, obwohl ich von Isabella etwas enttäuscht war.

Doch der Mann, der sein Gesicht hob, war nicht mein Gemahl.

Ich erhaschte nur einen flüchtigen Blick auf ihn, auf sein blitzendes Lächeln, bevor er Isabella den Schlüssel aus der Hand nahm. Er hatte dunkles Haar und war vielleicht in meinem Alter, etwa sechzehn. Ich hatte ihn noch nie zuvor gesehen. Hatte Isabella etwa einen Dieb hereingelassen?

Ich blieb wie angewurzelt stehen. Aus Gründen, die ich auch heute noch nicht nachvollziehen kann, hatte ich jedoch keine Angst vor ihm.

Isabella drehte sich um und küsste ihn leidenschaftlich; als sie ihn stehen ließ, um die Treppe wieder hinunterzugehen, und die Kerze mitnahm, gab er ihr einen lautlosen Klaps auf das Hinterteil. Dann ging er allein in Francescos Gemächer, geführt von der dort brennenden Lampe.

Ich lauschte auf seinen Schritt, der mir nicht vertraut vorkam. Mit aller ungeschickten Anmut, die ich aufzubringen vermochte, ging ich verstohlen die Treppe hinunter, vorbei an dem Eindringling, der im Arbeitszimmer meines Gemahls stehen geblieben war.

Ich ging zum Kamin in der Küche, nahm den großen, eisernen Schürhaken an mich und schlich wieder die Treppe hinauf zu Francescos Arbeitszimmer.

Im Schutze der Dunkelheit beobachtete ich, wie der Fremde vor Francescos Schreibtisch stand, auf dem er eine brennende Lampe aus dem Schlafgemach meines Gemahls abgestellt hatte. Die Schublade stand offen, und der Schlüssel lag daneben; der Fremde hatte ein Stück Papier entfaltet und schaute stirnrunzelnd darauf, wobei sein Mund beim Lesen still die

Worte formte. Er war ein gut aussehender junger Mann mit einer großen, kräftigen Nase und scharfen, von kohlrabenschwarzen Wimpern umrahmten Augen; schwarzbraune Locken umgaben sein ovales Gesicht. Er trug Bauernkleidung: eine graue Tunika, die ihm fast bis an die Knie reichte und geflickte schwarze Kniehosen bedeckte. Hätte er den Schmuck meines Gemahls bei sich getragen, oder unser Gold oder Silber oder andere wertvolle Dinge, hätte ich die Dienerschaft gerufen. Doch er war nur daran interessiert, was er las.

Er bemerkte mich erst, als ich aus dem Schatten trat und fragte: »Was macht Ihr da?«

Er hielt inne, hob überrascht das Kinn, und als er sich umdrehte und mich bemerkte, glitt ihm das Stück Papier aus der Hand. Wie durch ein Wunder streckte ich die Hand danach aus, fing es noch in der Luft flatternd auf, bevor es zu Boden sank.

Er machte eine Bewegung, als wollte er es mir abnehmen, doch ich hob drohend den Schürhaken. Er sah meine Waffe, und seine vollen Lippen verzogen sich zu einem halbmondförmigen Lächeln. Lüsternheit lag darin, und gute Laune. Er war ebenso furchtlos wie ich. Außerdem wusste er genauso gut wie ich, dass er einfach nur ein paar Schritte zurückgehen musste, um an den Schürhaken neben dem kalten Kamin heranzukommen. Er schenkte ihm einen flüchtigen Blick, verwarf den Gedanken aber gleich wieder.

»Monna Lisa.« Sein Tonfall war der eines leicht verblüfften Menschen, der einen Freund findet, den er gut kennt, wenn auch nicht an der Stelle, an der er ihn vermutet hätte. Er sah aus wie ein armer Lehrjunge, und er sprach wie ein Händler.

»Wer seid Ihr?«, wollte ich wissen.

»Der kleine Satan.« Er behielt sein Lächeln bei; sein Blick wurde belustigt und herausfordernd, als wäre ich diejenige, die unbefugt eingedrungen war, nicht er. Er war ein tapferer, fröhlicher Krimineller.

»Woher wisst Ihr, wie ich heiße?«

»Euer Gemahl wird bald nach Hause kommen. Ich sollte besser gehen, meint Ihr nicht? Sonst stecken wir beide in einem ziemlichen Schlamassel. Es ist für Euch entsetzlich früh, im Nachtgewand mit einem jungen Mann ertappt zu werden.« Er beäugte den Schürhaken, kam zu dem Entschluss, dass ich ihn nicht benutzen würde, und griff nach dem gefalteten Papier in meiner Hand. »Ihr seid zu einem unglücklichen Zeitpunkt aufgetaucht. Wenn ich nur noch einen Blick auf den Brief werfen dürfte, bitte – mehr nicht –, dann werde ich ihn Euch gern zurückgeben und verschwinden. Und Ihr könnt so tun, als hättet Ihr mich nie gesehen ...«

Seine Finger kratzen über das Papier. Jeden Moment konnte er es mir nehmen; ich kam zu einem Entschluss.

»Hilfe!«, schrie ich. »Ein Dieb! Ein Dieb!«

Sein Lächeln wurde breiter und entblößte weiße Zähne mit einer kleinen Lücke zwischen den vorderen Schneidezähnen. Er unternahm keinen zweiten Versuch – wie ich es eigentlich erwartet hatte –, sich den Brief zu schnappen; im Gegenteil, seine Augen strahlten zustimmend über meine Taktik.

Ich rief noch einmal.

»Dann werde ich mich jetzt verabschieden«, sagte er und schoss mit überraschend leichtem Schritt die Treppe hinunter. Ich folgte ihm, so schnell mein geschwollener Leib es zuließ, und sah, wie er die vordere Eingangstür aufriss. Er ließ sie hinter sich offen, und ich schaute seiner dunklen Gestalt nach, während er über die gewundene Auffahrt in die Nacht rannte.

Ich war vollkommen verblüfft und neugierig. Und als Claudio und Agrippina mich riefen, faltete ich das Papier zusammen und steckte es mir unter den Arm, sodass es zwischen den Falten meines Nachtgewandes verschwand.

Als sie außer Atem und verängstigt zu mir kamen, sagte ich: »Es muss ein Traum gewesen sein. Ich dachte, jemand sei hier gewesen ... aber da war niemand.«

Sie schüttelten den Kopf, als ich sie wieder in ihre Zimmer schickte; Claudio murmelte etwas über Schwangere vor sich hin.

Sobald sie fort waren, ging ich zurück in Francescos Arbeitszimmer und hielt das Papier an die Lampe. Es handelte sich in der Tat um einen Brief, der zweimal gefaltet war, das schwarze Wachssiegel aufgebrochen. Die Schrift neigte sich stark nach rechts und war dick, als hätte jemand großen Druck auf die Feder ausgeübt. Das Papier selbst war abgegriffen, als hätte es eine lange Reise hinter sich.

Eure Sorgen um Vergeltung seitens Alexanders sind unbegründet; die Exkommunikation ist ein reines Gerücht. Wenn es mehr als das wird, werden wir es zu unserem Vorteil nutzen.

Unterdessen fahrt fort, ihn dazu zu ermutigen, gegen Rom und die arrabbiati zu predigen. Und schickt mir die Namen aller Bigi …

Die *Bigi*. Die Grauen, im Allgemeinen ältere und gesetzte Männer, die die Medici unterstützten. Ich hatte den Begriff schon einmal aus dem Munde meines Gemahls und von meinem Vater gehört.

… aber unternehmt nichts weiter; ein Schlag zum jetzigen Zeitpunkt wäre verfrüht. Ich untersuche Pieros Pläne für eine Invasion. Er hat sich vorübergehend in Rom niedergelassen, und ich habe dort Agenten gefunden, die bereit sind, mit ihm so zu verfahren, wie Ihr es mit Pico gemacht habt. Wenn uns das gelingt, werden die Bigi keine große Gefahr mehr sein.

Eure Hilfe wird wie immer in Erinnerung behalten und belohnt.

Ich faltete den Brief wieder zusammen und legte ihn in den Schreibtisch an die Stelle, an der Francesco seine Korrespondenz aufhob. Dann schloss ich die Schublade ab. Ich hielt einen Augenblick inne und betrachtete den Schlüssel. Isabella hatte ihn dem Eindringling gegeben; war es der, der meinem Gemahl gehörte, oder ein nachgemachter?

Ich behielt ihn in der Hand. Sollte Francesco ihn vermissen, hätte Isabella es zu erklären, nicht ich.

Dann ging ich wieder in mein Schlafgemach. Im Halbschlaf murmelte Zalumma vage vor sich hin, sie habe unten Geräusche gehört.

»Es war nichts. Schlaf weiter«, sagte ich, was sie dankbar annahm.

Ich mied mein Bett und ging hinaus auf den Balkon, um

nachzudenken. Die Luft war erstickend warm, gewichtig wie Wasser; ich atmete ein und spürte, wie sie sich schwer in mir niederließ, in meinen Lungen und in meinem Herzen.

… fahrt fort, ihn zu ermutigen, gegen Rom und die arrabbiati zu predigen.

Ich dachte daran, wie Francesco treu jeden Gottesdienst Savonarolas besuchte, sorgsam auf jedes Wort achtend. Wie er dann in seinen üppigen Palast zurückkehrte und mich mit Juwelen verwöhnte. Wie er jeden Abend zu seinen Huren ritt.

… bereit, mit ihm zu verfahren, wie Ihr es mit Pico gemacht habt.

Ich dachte an Pico mit dem Kelch in den Händen, wie er Lorenzo anlächelte; an Pico, hohläugig und mit eingefallenen Wangen. An Francesco, wie er leise sagte, *Pico? Er war doch ein Gesellschafter von Lorenzo, oder nicht? Leider rechnet man nicht damit, dass er noch lange zu leben hat.*

Ich war der Meinung gewesen, die größte Gefahr für mich und meinen Vater sei dann gekommen, wenn Francesco einfach nur den Mund aufmachte, um meine Verbindung zu den Medici aufzudecken. Wenn er redete.

Es wäre schrecklich für Euren Vater, wenn er noch mehr leiden müsste. Schrecklich, wenn er sterben müsste.

Ich dachte, ich hätte meinen Gemahl durchschaut. Ich begriff gar nichts.

Die Welt war heiß, schwer und stickig. Ich legte den Kopf auf die Knie, bekam aber nicht genug Luft, um zu weinen.

Mein Körper öffnete sich; ich hörte das Aufplatschen von Flüssigkeit und erkannte, dass ich die Quelle war. Mein Stuhl, meine Beine, mein Nachthemd waren durchnässt, und als ich verblüfft aufstand, packte mich ein so heftiger Krampf, dass ich meinte, mein Körper würde umgestülpt.

Ich schrie auf und griff ans Balkongeländer, und als Zalumma auftauchte, die Augen weit aufgerissen und keuchend, bat ich sie, mir die Hebamme zu holen.

56

Francesco gab dem Jungen den Namen Matteo Massimo; Massimo nach Francescos Vater und Matteo nach seinem Großvater. Pflichtgetreu nahm ich die patriarchalische Namensgebung hin; ich hatte immer gewusst, dass ich ihn nicht Giuliano nennen konnte. Außerdem freute es mich zu hören, dass Matteo »Geschenk Gottes« bedeutete. Etwas Besseres hätte Gott mir nicht schenken können.

Matteo sah erstaunlich gut aus; er gab mir mein Herz zurück. Ohne ihn hätte ich nicht ertragen können, was ich im Arbeitszimmer meines Gemahls erfahren hatte; ohne ihn hätte ich keinen Grund gehabt, mutig zu sein. Ihm zuliebe behielt ich meine Vermutungen für mich und erzählte nur Zalumma von dem Brief – das war notwendig, da ihr der Schlüssel auffallen würde, den ich an mich genommen hatte und den Francesco nie erwähnte.

Als ich die Zeile über Pico zitierte, begriff sie sofort und bekreuzigte sich verängstigt.

Am Tag nach seiner Geburt wurde Matteo in San Giovanni getauft, wo auch meine zweite Ehe geschlossen worden war. Die förmliche Taufe fand zwei Wochen später in Santissima Annunziata statt, ein ganzes Stück weiter im Norden im benachbarten Stadtteil von San Giovanni. Seit vielen Generationen unterhielt Francescos Familie dort eine Privatkapelle. Die Kirche stand an einer Seite der Piazza, auf der anderen das Waisenhaus, das Ospedale di Santa Maria degli Innocenti. Die anmutigen Bogengänge der Gebäude – sie alle trugen Michelozzos Handschrift – gingen zur Straße hin.

Ich fand die Kapelle tröstlich. Bis auf das bronzene Kruzifix mit dem gepeinigten Gottessohn erhoben sich weiß getünchte, kahle Wände über einem aus dunklem Holz geschnitzten Altar, zu beiden Seiten von eisernen Kandelabern gesäumt, die so groß und doppelt so breit waren wie ich. Der goldene Schein von vierundzwanzig Kerzen vermochte die fensterlose Dunkelheit kaum zu erhellen. Der Raum roch nach Staub, nach Holz und Stein, nach süßlichem Weihrauch und Kerzenwachs, hallte von den gemurmelten Gebeten vieler Jahrhunderte wider.

Seit der Geburt meines Sohnes hatte ich mich von Francesco ferngehalten; mein Hass, mein Ekel, meine Angst waren so groß, dass ich es kaum über mich brachte, ihn anzusehen. Sein Verhalten war unverändert – fürsorglich und milde –, doch wenn ich ihn nun betrachtete, sah ich in ihm einen Mann, der des Mordes an Pico und vielleicht auch an Lorenzo fähig war. Ich sah einen Mann, der dazu beigetragen hatte, Piero zu vertreiben, und damit den Tod meines Giuliano verursacht hatte.

Ich hatte versucht, alle Mutmaßungen über die dunklen Machenschaften meines Gemahls mit Savonarola durch meine mütterliche Hingabe auszulöschen, als könnte das Vergessen auf wunderbare Weise Matteo davor schützen. Ich hatte es versucht – doch als ich in der Kapelle saß und mein Kind anstrahlte, wurde mir übel bei dem Gedanken, dass Francesco neben mir saß.

Onkel Lauro und Giovanna Maria waren die Paten. Matteo war ein sehr genügsames Kind; er verschlief den größten Teil der Zermonie, und als er wach wurde, lächelte er. Ich saß da, noch geschwächt von den langen Wehen, und sah mit Freude, wie mein Vater den Kleinen in den Armen hielt und Lauro für ihn antwortete.

Als mein Vater seinen Enkel danach stolz durch den Mittelgang trug und die anderen ihm folgten, blieb ich stehen, um Matteos Taufurkunde vom Priester in Empfang zu nehmen. Er war jung und nervös; während der Zeremonie war mehrfach ein Kiekser in seiner Stimme zu hören gewesen. Als ich die Urkunde an mich nahm, ließ er sie nicht sofort los, sondern warf einen verstohlenen Blick auf die anderen; nachdem er sich vergewissert hatte, dass sie mit dem Säugling beschäftigt waren, zischte er mir zu:

»In der Nacht. Lest das hier nur in der Nacht – heute, wenn Ihr allein seid.«

Ich fuhr zurück … dann schaute ich auf meine Hände. Er hatte mir mehr als nur ein Stück Pergament gegeben; darunter hatte ein säuberlich gefaltetes Papier gesteckt.

Da ich ihn für verrückt hielt, entfernte ich mich rasch von ihm und eilte hinter den anderen her.

Draußen auf der Piazza hatte ich die anderen beinahe eingeholt, als mir ein junger Mönch in den Weg trat. Er trug die schwarze Robe der Diener Marias, des Ordens, dessen Klosterschule hier in Santissima Annunziata untergebracht war. Er hatte die Kapuze tief ins Gesicht gezogen, sodass Stirn und Augen überschattet waren; an seinem Arm hing ein großer, mit Eiern gefüllter Korb. Als ich an ihm vorbeistreifte, sagte er leise: »Ein schönes Kind, Monna.«

Ich drehte mich um und wollte lächeln. Und schaute plötzlich in das vertraute Grinsen des kleinen Satans.

»*Ihr*«, flüsterte ich.

Er freute sich, dass ich ihn wiedererkannte. Er beugte sich ins Licht, und ich sah die Belustigung in seinen Augen aufblitzen – nur gemildert von der Angst, mein Mann könnte etwas bemerken. »Heute Abend«, sagte er. »Allein.« Dann drehte er sich um und ging munter weiter.

Als ich mich zu den anderen gesellte, die sich unterhielten und um Matteo herumscharwenzelten, bevor Francesco zu seiner Arbeit in der *bottega* zurückkehrte, schaute mein Gemahl mit freundlichem, abwesendem Blick von seinem vermeintlichen Sohn auf. »Wer war das?«, fragte er.

»Niemand«, sagte ich und stellte mich neben ihn. Die Taufurkunde hielt ich fest in der Hand und vergewisserte mich, dass sie die herausgeschmuggelte Notiz vollkommen verdeckte. »Gar niemand.«

Von der Notiz sagte ich niemandem etwas – nicht einmal Zalumma. Doch nachdem sie mittags hinuntergegangen war, um mit den anderen Dienern zu essen, und mich mit Matteo auf dem Balkon allein gelassen hatte, entfaltete ich das Stück Papier. Die Sonne stand hoch an einem wolkenlosen Himmel, doch ich konnte nicht länger warten – und sah auch keinen Grund. Matteo lag warm und weich auf mir. Konnte ich es wagen, mich noch weiter in Täuschungen hineinziehen zu lassen?

Als ich auf das Papier schaute, schnaubte ich verächtlich. Es war leer, absolut leer. Der kleine Satan hatte sich einen Scherz erlaubt – noch dazu einen schlechten. Hätte der Kamin gebrannt, dann hätte ich es ins Feuer geworfen. Ich beherrschte mich aber, strich die Falten glatt und legte es in eine Schublade. Ich wollte es noch als Briefpapier nutzen, da es von guter Qualität war, sauber geschnitten und weiß gebleicht.

An jenem Abend wurde ich von Matteos Geschrei im fernen Kinderzimmer wach; es verstummte rasch, sobald die Amme aufgestanden war, um ihn zu stillen, doch ich konnte nicht wieder einschlafen. Die Luft war für die Jahreszeit sehr warm; schwitzend lag ich auf dem Bett und warf mich unruhig hin und her, während Zalumma auf ihrer Schlafstatt ruhte.

Die Worte des Priesters fielen mir wieder ein: *Lest das nur bei Nacht. Heute, wenn Ihr allein seid.*

Ich stand auf. In der Dunkelheit bewegte ich mich behutsam und vorsichtig, obwohl Zalumma nur schwer zu wecken war. Ich zündete eine Kerze an, öffnete die Schublade neben meinem Bett ganz langsam und holte das Papier hervor, das mir der Priester gegeben hatte.

Ich kam mir dumm vor und war verängstigt, als ich es an die Flamme hielt.

Ich starrte auf die weiße Fläche und runzelte die Stirn – bis mir eine Eingebung kam. Ich hielt das Papier näher an die Hitze, so nah, dass die Flamme danach züngelte und dunkel zu qualmen begann.

Vor meinen Augen tauchten allmählich Buchstaben auf,

durchsichtig und von wässrigem Braun. Verblüfft schnappte ich nach Luft.

Ich grüße Euch.
Ich bedaure, dass ich auf Euren früheren Brief nicht habe antworten können.
Kommt morgen ohne Begleitung zur Sext und bittet Gott um die Antwort.

Seit Jahrhunderten hatten die Gläubigen den Tag in Gebetsstunden eingeteilt: die geläufigsten waren die Mette bei Tagesanbruch und die Vesper am Abend. Nach dem Morgengrauen folgte die dritte Stunde des Morgens, die Terz, und die sechste Stunde, die Sext, am Mittag.

Ich betrachtete die Schrift, die perfekten, senkrechten Buchstaben mit den langen, geschwungenen »f« und »l«, den gedrungenen »n«, der nachlässigen Orthographie. Ich hatte sie bisher erst zweimal gesehen, erkannte sie aber sofort.

Ich grüße Euch, Madonna Lisa, aus Mailand …

57

Den Rest der Nacht schlief ich nicht, sondern lag in meinem Bett und dachte über den Brief nach. *Geht beten,* hatte es dort geheißen. *Ohne Begleitung.* Es hatte gewiss zu bedeuten, dass ich den Palazzo verlassen sollte; doch es gab mindestens hundert Kirchen in Florenz. In welche sollte ich mich denn nur begeben?

Am Ende kam ich zu dem Schluss, dass nur eine Kirche in Frage kam: Santissima Annunziata, unsere Familienkapelle, die ich leicht aufsuchen konnte, um zur Mette oder zur Sext zu beten, ohne Verdacht zu erregen. Dort, wo ich zuletzt dem Satan persönlich begegnet war.

Am Morgen stand ich auf, ohne Zalumma etwas zu sagen, aber sie spürte meine Erregung und fragte mich, was mir Sorgen bereite. Als ich ihr von meiner Absicht erzählte, ich wolle beten – und zwar allein –, verfinsterte sich ihre Miene. Ich ging selten ohne sie aus.

»Das muss mit dem Brief zu tun haben«, sagte sie. Bei ihren Worten erschrak ich, bis mir klar wurde, dass sie sich auf den Brief bezog, den der teuflische junge Eindringling hatte fallen lassen und von dem ich ihr berichtet hatte. »Ich weiß, Ihr wollt mir keine Angst einjagen, Madonna, doch ich mache mir unweigerlich Sorgen. Der Gedanke, dass Ihr in gefährliche Angelegenheiten mit hineingezogen werdet, gefällt mir ganz und gar nicht.«

»So dumm wäre ich nie«, sagte ich, aber die Unsicherheit in meiner Stimme strafte mich Lügen.

Sie schüttelte den Kopf. »Dann geht eben allein«, sagte sie

finster, hart an der Grenze dessen, was eine Sklavin ihrer Herrin sagen durfte. »Bedenkt nur, dass Ihr ein Kind habt.«

Meine Antwort war eine Spur zu hitzig. »Das würde ich nie vergessen.«

Der Kutscher brachte mich zur Santissima Annunziata. Ich wies ihn an, auf dem offenen Platz vor der Kirche zu warten, gegenüber von den anmutigen Kolonnaden des Waisenhauses. Gerade als die Glocken die Gläubigen riefen, trat ich über die Schwelle des Narthex, ging an den Mönchen und Kirchgängern vorbei und begab mich zu unserer kleinen Kapelle.

Der Raum war leer, was mich zugleich enttäuschte und erleichterte. Kein Priester erwartete mich; die Kerzen brannten nicht, die Luft war nicht von Weihrauch geschwängert. Ich hatte keine Vorkehrungen getroffen und niemandem außer Zalumma und dem Kutscher von meinem Kommen erzählt. Unsicher trat ich vor den Altar und kniete nieder. In den nächsten Minuten beruhigte ich mich beim Beten des Rosenkranzes. Als ich schließlich leichte, rasche Schritte hinter mir vernahm, drehte ich mich um.

Lächelnd stand der kleine Satan in seiner Verkleidung als Servitenmönch vor mir. Die Kapuze hatte er über den Kopf gezogen; in den Händen hielt er gefalteten, schwarzen Stoff.

»Monna Lisa«, sagte er. »Wollt ihr mitkommen?« Er versuchte die Rolle des Höflichen und Umsichtigen zu spielen, vermochte aber nicht ganz die Verschlagenheit in seiner Stimme und seinen Augen zu verbergen.

Anstelle einer Antwort erhob ich mich. Als ich auf ihn zukam, hielt er mir den schwarzen Stoff hin; die Falten lösten sich und fielen zu einem Umhang auseinander.

»Das ist doch albern«, sagte ich mehr zu mir selbst als zu ihm.

»Ganz und gar nicht«, erwiderte er und hielt mir den Umhang auf, wobei sein Blick andauernd zur Kapellentür schoss. »Bald wird es einen Sinn ergeben.«

Ich ließ mir den Umhang überstreifen, ließ mir die Kapuze ins Gesicht ziehen, sodass meine Kappe und mein Schleier bedeckt, mein Gesicht überschattet war. Der schwarze Baumwollstoff hing tief herab und schleifte über den Boden, sodass er meine Röcke bedeckte.

»Folgt mir«, sagte er.

Er führte mich wieder hinaus auf die Straße, in sicherer Entfernung von der Stelle, an der meine Kutsche wartete; der Platz war geschäftig, Männer, Kinder und Verkäufer drängten sich, und niemand achtete auf zwei Mönche. Er steuerte auf einen klapprigen Wagen zu, der an einen Pfosten gebunden und an ein altersschwaches Pferd geschirrt war.

»Kommt, ich helfe Euch.« Er bedeutete mir, mich in den Wagen zu setzen.

»Nein.« Plötzlich machte ich mir klar, dass dieser junge Mann es geschafft hatte, wie ein Dieb in mein Haus einzubrechen. Wie konnte ich sicher sein, dass er mich nicht entführen und über die heimlichen Aktivitäten meines Gemahls ausfragen wollte?

In übertriebener, entrüsteter Unschuld hob er beide Hände. »Dann eben nicht. Kehrt wieder in Euren hübschen Palast zurück. Verschließt die Augen.«

Er meinte, was er sagte; er war einen Schritt zurückgetreten. Wenn ich wollte, konnte ich ihn stehen lassen und wieder in die Kapelle gehen. Ich könnte quer über den Platz zu meinem Kutscher gehen. »Helft mir hinauf«, sagte ich.

Er tat es, band dann die Zügel los und stieg neben mir auf. »Zuerst ein paar Vorsichtsmaßnahmen.« Er griff nach einem Stück Stoff auf dem Sitz zwischen uns. Schnell und fest schüttelte er die Falten aus und langte unter meine Kapuze. Seine flinken, behenden Finger schlangen mir den Stoff um Augen und Hinterkopf und verknoteten ihn, bevor ich überhaupt begriff, was er da tat.

Er hatte mir die Augen verbunden. Von Panik ergriffen, hob ich die Hände.

Er schnalzte mit der Zunge, als wollte er ein Tier beruhigen. »Schhh. Euch wird nichts zustoßen. Das ist zu Eurer Sicherheit, nicht zu meiner.« Ich schauderte, als etwas Weiches meine Wangen streifte, und fuhr erneut zurück, als ich spürte, wie es mir in die Ohren gestopft wurde. Alle Geräusche waren gedämpft – der Lärm der Menge auf der Piazza wurde zu einem unverständlichen Dröhnen –, doch ich hörte den Satan persönlich, der wohl mir zuliebe besonders laut sprach.

»Schon gut. Wir sind gleich da …«

Der Karren setzte sich rumpelnd in Bewegung; ich schwankte und klammerte mich am Rand des Sitzes fest, um das Gleichgewicht zu halten. Wir fuhren ein paar Minuten. Ich bemühte mich nach Kräften, herauszubekommen, wohin wir unterwegs waren, und begriff, warum ich genau zur Mittagszeit hatte kommen sollen. Alle Kirchenglocken hatten bereits geläutet; keine einzige schlug mehr – eine jede mit dem ihr eigenen Klang –, um anzuzeigen, in welchem Stadtteil wir uns befanden.

Schließlich hielt der Wagen an. Die Stimme des kleinen Satans wies mich an, mich nach rechts zu wenden. Ich nahm Bewegungen wahr, spürte Hände, die nach mir griffen; mit ihrer Hilfe kletterte ich blind aus dem Wagen. Er nahm mich am Ellenbogen und drängte mich, schnell zu gehen, ein kurzes Stück nur; ich hob die Röcke aus Angst, zu stolpern. Selbst mit der ungesponnenen Wolle in den Ohren, auch ohne etwas zu sehen, spürte ich die Veränderung, als wir von der sonnengewärmten Luft ins Innere gingen, wo es stickiger und kühler war.

Finger schlossen sich um meinen Arm und zwangen mich, stehen zu bleiben; mein Führer pfiff leise. Eine Pause, dann ein anderer Flüsterton, leise und gedämpft, durch die Wolle nicht zu verstehen. Ein warmer Körper stand vor mir und drehte sich dann um. Der kleine Satan und ich folgten ihm. Wir gingen ein Stück und stiegen anschließend ein paar Stufen hinauf. Wieder musste ich stehen bleiben; ich hörte schweres Holz knarrend über Stein schleifen, als würde eine Wand beiseite geschoben. Eine leichte Brise regte sich, als eine Tür aufging.

Kurz wurde ich in gemächlicherem Tempo über einen Boden geführt, auf dem eine dünne Sandschicht lag. Ich war an genügend *botteghe* von Künstlern vorbeigekommen, um die durchdringenden Gerüche nach kochendem Leinöl und ätzendem Kalk zu erkennen. Man drückte mich auf einen Stuhl mit einer niedrigen Lehne. In selbstgefälligem, fröhlichem Tonfall sprach der kleine Satan einen Dritten an, so laut, dass ich jedes Wort verstehen konnte.

»Bittet, so werdet Ihr bekommen.«

»Bringst du mir, worum ich gebeten habe?«

»Wenn ich muss. Wie viel Zeit habe ich danach für mich?«

»Gib uns nicht mehr als eine halbe Stunde, um sicherzugehen.« Die Stimme war männlich, weich. »Gib acht, dass wir die Zeit nicht überschreiten.«

Beim Klang der Stimme griff ich nach der Augenbinde und zog sie mir vom Kopf.

Der Teufel war bereits gegangen, seine Schritte hallten durch den Flur. Der Mann, der vor mir aufragte und zur selben Zeit nach dem Tuch langte, als ich es entfernte, war glatt rasiert und hatte weiches, lockiges, schulterlanges Haar, braun und rostfarben, mit einem Scheitel in der Mitte. Auch er trug die Kutte eines Dieners Marias.

Im ersten Augenblick erkannte ich ihn nicht wieder. Ohne den Bart erschien sein Kinn markant, überraschend spitz, seine Wangenknochen und der Kiefer eckiger; die Stoppeln, die im diffusen Licht glitzerten, waren jetzt hauptsächlich silbergrau. Er sah noch immer gut aus; wären seine Gesichtszüge nur etwas vollkommener gewesen – die Augen nicht so tiefliegend, der Nasenrücken weniger hervorstehend, die Oberlippe etwas voller –, wäre er einfach schön gewesen. Leonardo lächelte angesichts meiner Verwirrung, was die Falten in den Winkeln seiner hellgrauen Augen noch mehr hervortreten ließ.

Ich zog mir die Wolle aus den Ohren und sprach seinen Namen aus. Instinktiv erhob ich mich. Sein Anblick rief Erinnerungen an meinen Giuliano wach, an Lorenzo. Mir fiel sein Brief an Giuliano ein, in dem er ihn über die Absichten des Herzogs von Mailand in Kenntnis setzte, und war dankbar. Ich wollte ihn als einen guten Freund umarmen, als Mitglied der Familie.

Ihm ging es genauso. Ich sah es an seinem strahlenden,

wenngleich unsicheren Lächeln, an seinen Armen, die entschlossen herabhingen, jedoch angespannt waren in dem Wunsch, sich auszustrecken, zu berühren, zu umfassen. Wäre er dazu in der Lage gewesen, hätte er seine Fingerspitzen an mein Gesicht gelegt und die Konturen dort gelesen. Er liebte mich, und ich verstand nicht, warum.

Hinter ihm war ein Fenster mit einem Leinentuch verhängt, das genau auf die Maße des Fensters zugeschnitten war; es hing an einem Stab und war an Seilen befestigt, mit denen man es hochziehen oder herablassen konnte. Im Augenblick war das Leinentuch hochgezogen und offenbarte eine dicke Schicht Ölpapier – undurchsichtig genug, um die Gegend dahinter auszublenden, aber so durchsichtig, um gelbes, gefiltertes Licht hereinzulassen.

»Bitte, setzt Euch«, sagte er, dann deutete er auf einen Hocker. »Darf ich?« Als ich nickte, zog er ihn über den Steinboden und setzte sich vor mich.

Hinter ihm stand eine Staffelei mit einer großen Holzplatte; ich beugte mich vor und erhaschte einen flüchtigen Blick auf cremefarbenes Papier, das über den oberen Rand der Platte gefaltet und an die Staffelei gedrückt war, um sie festzuklemmen. Links von der Staffelei brannte auf einem kleinen Tisch eine Lampe, deren Licht auf verstreute Holzkohlenstücke und einen kleinen Stapel weicher Hühnerfedern fiel. Auf dem Boden daneben entdeckte ich einen Korb mit Eiern, eine verkorkte Flasche Öl und ein paar zerknüllte, fleckige Lumpen.

»Madonna Lisa«, sagte er warmherzig. Das strenge Schwarz der Robe betonte seine hohlen Wangen. »Es ist lange her.« Plötzlich überkam ihn eine merkwürdige Zurückhaltung. Sein Lächeln schwand; sein Tonfall wurde förmlicher. »Bitte, verzeiht die Heimlichtuerei. Sie schützt Euch ebenso wie uns. Ich hoffe, Salai hat Euch nicht in Angst und Schrecken versetzt.«

Salai: kleiner Satan. Der perfekte Spitzname. Ich lachte kurz auf. »Nein. Nicht sehr.«

Angesichts meiner Belustigung hellte sich seine Miene auf. »Gian Giacomo ist sein richtiger Name, aber er passt nicht so gut zu ihm. Unverbesserlich, der Knabe. Er kam als Straßenjunge zu mir; in den letzten paar Jahren habe ich mir die größte Mühe gegeben, ihn zu erziehen. Er hat seine Buchstaben gelernt, wenn auch schlecht, und gibt einen passablen Lehrjungen für einen Künstler ab. Dennoch verzweifle ich zuweilen, wenn ich ihm immer wieder einen kultivierteren Umgang beibringen will. Doch er ist treu bis in den Tod und von daher sehr nützlich.« Sein Tonfall wurde freundlich. »Ihr seht gut aus, Madonna. Die Mutterschaft steht Euch. Salai sagt, Ihr habt einen niedlichen Sohn.«

»Matteo, ja.« Ich blühte auf.

»Ein guter Name. Und ist er gesund?«

»Und ob!« Ich konnte meine Begeisterung nicht zügeln. »Er isst die ganze Zeit und will immer mehr. Er ist ständig in Bewegung, es sei denn, er schläft.«

»Sieht er Euch ähnlich?«

»Ich glaube schon. Seine Augen sind jetzt achatblau, aber sie werden bestimmt bald dunkler werden. Und er hat so viele Haare, so weich, mit kleinen Locken – ich lege den Finger, so, auf seinen Scheitel und drehe alles zu einem großen Ringellöckchen zusammen ...« Ich verstummte, als ich mich ertappte. Francescos Augen waren eisblau, seine Haare glatt. Beinahe hätte ich zugegeben, dass mein Sohn seinem Vater gleiche – mit lockigem Haar und Augen, die sicher dunkel würden. Ich hatte kurz davorgestanden, das niedliche Grübchen in seiner Wange zu beschreiben – Giulianos Grübchen.

Mein Tonfall wurde kühler. »Anscheinend wisst Ihr sehr viel über mich und meinen Gemahl«, sagte ich. »Seid Ihr wieder in Florenz? Ich wähnte Euch an Ludovicos Hof in Mailand.«

Seine Miene war undurchdringlich. »Da bin ich auch. Aber ich halte mich für eine Weile in Florenz auf, zur Erholung.«

»Und Ihr habt mich hierher gebracht mit all dieser Geheimniskrämerei, weil ...?«

Er antwortete nicht, da Salai ein Tablett mit Wein, Käse und Nüssen hereinbrachte. Leonardo stand auf, nahm es an sich und verbannte dann seinen Helfer; er trug das Tablett an einen langen, schmalen Tisch, der beinahe die ganze Länge der Wand hinter uns einnahm. Er hatte Mühe, Platz für das Tablett zu schaffen.

Ich drehte mich um, da ich ihm meine Hilfe anbieten wollte, und war so fasziniert von dem, was ich sah, dass ich aufstand und hinüberging, um es näher in Augenschein zu nehmen. Auf dem Tisch lagen Holzplatten mit langen, scharfen Kanten; Haufen von grauweißem Feh mit Löchern an den Stellen, an denen das Fell fein säuberlich ausgerupft und neben einer Schere angehäuft worden war. Auch Federn gab es stapelweise – die größten, dunkelsten von Geiern, die helleren von Gänsen, die kleinsten, zartesten von Tauben – sowie durchsichtige, drahtige Schweineborsten. Am anderen Ende stand ein Holzeimer mit Leimspuren und mit einem Tuch abgedeckt; der Boden darunter war mit Gips besprenkelt. Daneben lagen kleine Farbkugeln – weiße, schwarze, gelbbraune, blassrote – zum Trocknen auf einem Tuch neben einem großen Mörser mit Stößel, in dem sich ein paar winzige Brocken Malachit befanden. Auch eine große Platte aus rotem Stein lag dort, auf der dunkles, gelbbraunes Pulver angehäuft war, daneben ein handtellergroßer Schleifstein und ein dünner Holzspachtel mit scharfer Kante. Eine Reihe von Pinseln befanden sich in verschiedenen Phasen der Herstellung: eine Geierfeder war gerupft worden, die Spitze abgeschnitten. Ein dickes Bündel Schweineborsten war dann vorsichtig in die Öffnung geschoben und mit Wachsfaden stramm befestigt worden. Ich sah auch einige sehr schlanke, spindelförmige Holzstäbe; einer war in den Kiel der Feder gesteckt worden, damit sie dem Druck einer Künstlerhand widerstehen konnte.

»Das ist ein Maleratelier«, sagte ich erfreut zu mir selbst.

Leonardo hatte das Tablett abgesetzt und betrachtete mich amüsiert, während er Wein in einen Kelch goss. »Mehr schlecht als recht; es ist nur vorübergehend. Das in Mailand ist viel schöner. Nur keine Scheu, Ihr könnt alles anfassen. Bitte.«

Ich holte tief Luft und langte nach einem halb fertiggestellten Pinsel, der noch eines Griffs bedurfte. Er bestand aus einer gerupften Taubenfeder; der Hersteller hatte vorsichtig weißes Grauwerk, Faser für Faser, in die abgeschnittene Feder gesteckt und den Pinsel unwahrscheinlich spitz zugeschnitten. Ich berührte die seidige Spitze mit dem Finger und lächelte. Mit diesem Werkzeug konnte man die feinsten Einzelheiten malen: ein einzelnes Haar, eine Augenwimper.

Ich legte den Pinsel nieder und deutete auf die getrockneten Kügelchen. Die Farben waren erstaunlich einheitlich. »Und wie werden die gemacht? Und benutzt?«

Er stellte einen Kelch ab und füllte den zweiten; meine Fragen gefielen ihm. »Seht Ihr den Ocker dort auf dem Porphyr?« Er zeigte auf das Pulver auf der roten Steinplatte. »Den besten Ocker findet man in den Bergen. Den hier habe ich in den Wäldern bei Mailand gefunden. Wenn man dort gräbt, trifft man auf Adern aus Weiß, Ocker und Rot in allen Schattierungen, von Schwarz bis hin zu einem hellen Rötlichbraun. Das Mineral wird oft gewaschen, dann mehrfach gemahlen, bis es leuchtend und rein ist. Dann wird es mit Leinöl aufgearbeitet – oder mit Wasser, wenn man das lieber will – und getrocknet. Dieses besondere Schwarz hier ist kein roter Ocker, sondern besteht aus verbrannten Mandelschalen, was eine sehr schöne, gut zu verarbeitende Farbe ergibt.«

»Und das hier? Ist das roter Ocker?« Ich zeigte auf ein blassrotes Kügelchen.

»Das *cinabrese*? Es ist eine Mischung aus Kalkweiß und einer ganz leichten Schattierung von rotem Ocker. Um Haut zu malen. Wenn ich anfange, zerstoße ich eine Bohne mit Leinöl, so viel ich eben davon brauche.« Er hielt inne und betrachtete mich mit eigenartig neugierigem, verlegenem Blick. »Ich weiß, wir müssen über vieles reden, Madonna. Doch ich hatte gehofft …« Er reichte mir einen Weinkelch. Ich war so nervös, dass ich ihn nicht wollte, nahm ihn aber dennoch aus Höflichkeit an und trank einen Schluck, damit er auch etwas trinken konnte. Er nahm einen symbolischen Schluck und stellte den Kelch ab. »Ich hatte gehofft, wir könnten uns etwas entspannen, bevor wir uns schwierigen Themen zuwenden. Und ich hatte gehofft, Ihr wärt damit einverstanden, mir heute Modell zu sitzen, wenn auch nur kurz.«

»Modell für Euch?«

»Für Euer Porträt.«

Ich lachte ungläubig auf. »Was hätte das für einen Sinn?«, fragte ich herausfordernd. »Lorenzo ist tot. Und Giuliano …« Ich beendete den Satz nicht.

»Ich würde die Arbeit trotzdem gern zu Ende führen.«

»Das macht Ihr doch aus einem anderen Grund als aus Pflichtgefühl gegenüber Toten.«

Er antwortete nicht gleich, sondern drehte sich zum blinden Fenster um, wobei seine Gesichtszüge und sein Haar in den buttergelben Schimmer eintauchten. Seine Augen waren klar wie Glas, beinahe farblos, von Licht erfüllt. »Ich habe Eure Mutter gesehen«, sagte er.

Er sprach so leise, dass ich mir nicht sicher war, ob ich richtig gehört hatte. Mit einem Ruck hob ich den Kopf. »Was soll das heißen? Habt Ihr meine Mutter gekannt?«

»Ich war mit ihr bekannt. Sie und Euer … ihr Gemahl, Ser Antonio, waren damals häufig zu Gast im Palazzo Medici. Bevor sie gebrechlich wurde. Ser Antonio bin ich nie vorgestellt worden – er war ziemlich zurückhaltend und blieb oft draußen im Garten oder redete mit den Stallburschen. Aber ich habe bei Banketten zweimal neben Eurer Mutter gesessen. Und bei Karnevalsfeiern habe ich oft mit ihr gesprochen. Sie hatte ein gutes Auge für Kunst, so wie Ihr. Sie wusste sie zu schätzen und verstand sie.«

»Ja.« Ich brachte nur ein Flüstern zustande. »Sie war also oft im Palazzo Medici?«

Er nickte bedächtig. »Lorenzo war ihr sehr zugetan – als Freund. Er zeigte ihr natürlich seine Sammlung. Er hatte großen Respekt vor ihrer Meinung. Ihre Familie war immer mit den Tornabuoni befreundet gewesen – der Familie von Lorenzos Mutter – und so lernten sie sich kennen. Über Lorenzo hat sie natürlich Giuliano kennengelernt.«

»War sie – wussten alle, dass sie eine Affäre mit ihm hatte?«

Er schlug die Augen nieder. »Nein, Madonna. Eure Mutter war eine sehr tugendhafte Frau. Ich glaube, ehrlich gesagt, nicht, dass sie mit Giuliano …« Er verstummte und wurde zu meiner Überraschung rot.

»Ihr glaubt nicht, dass sie … zusammen waren … bis?«, forschte ich weiter. Ich wollte ihn nicht in Verlegenheit bringen, doch ich hatte jahrelang gewartet, um die Wahrheit über das Leben meiner Mutter zu erfahren.

Er schaute auf, wich meinem Blick aber aus. »An dem Abend, bevor Giuliano ermordet wurde – sah ich sie auf der Via de' Gori direkt vor dem Palazzo Medici. Sie wollte ihn treffen; sie strahlte vor Freude, sie war überglücklich. Und … das Licht war sehr zart, sehr sanft. Es war in der Dämmerung, und ich trat aus dem Schatten …« Seine Stimme verlor sich; er war überwältigt von dem Versuch, mir zu vermitteln, was er gesehen hatte, etwas Überirdisches und Flüchtiges. »Es gab keine festen Konturen, keine klare Trennlinie zwischen ihrer Haut und der sie umgebenden Luft. Sie tauchte aus dem Dunkeln auf, war aber nicht davon zu unterscheiden, nicht getrennt von dem Himmel oder der Straße oder den Gebäuden. Es hatte den Anschein … als wäre sie außerhalb der Zeit. Es war ein erstaunlicher Moment. Sie sah aus, als wäre sie mehr als eine Frau. Sie war eine Madonna, ein Engel. Das Licht war … bemerkenswert.« Er hielt inne; sein Tonfall wurde sachlicher. »Verzeiht mir mein närrisches Gerede.«

»Es ist kein Gerede. Es klingt wie Poesie.«

»Ihr wisst, wie schön sie war.«

»Ja.«

»Stellt sie Euch noch hundertmal schöner vor. Stellt Euch vor, sie wäre von innen her beleuchtet. Ich wollte sie so gern malen, aber … Giuliano wurde ermordet, gewiss. Und dann wurde Anna Lucrezia krank.«

»Sie war nicht krank«, sagte ich. »Ihr Mann konnte keine Kinder zeugen. Er hat sie geschlagen, als er erfuhr, dass sie schwanger war.« Es war eigenartig, so distanziert von meinem Vater zu sprechen, so kalt, obwohl ich ihn doch trotz all seiner Sünden liebte.

Leonardos Augen flackerten vor Wut und Schmerz, als wäre er selbst geschlagen worden. »Dann hat er es also von Anfang an gewusst.«

»Ja.«

Es dauerte eine Weile, bis er sich gefangen hatte. »Das tut mir leid. An jenem Abend hatte ich beschlossen, Eure Mutter zu malen. Ich wollte dieses schöne Wesen einfangen und genauso freudig wiedergeben. So zufrieden. So wie sie damals war, als sie zu Giuliano ging, nicht so, wie sie dann wurde. Sie besaß eine natürliche Ausstrahlung – und Ihr habt sie auch, Madonna Lisa. Ich sehe sie in Euch. Und wenn es mir erlaubt wäre, sie festzuhalten ...« Er unterbrach sich. »Ich weiß, es ist furchtbar ungeschickt, Euch jetzt Modell sitzen zu lassen, aber ich habe die Launenhaftigkeit des Schicksals erfahren. Sie war in jener Nacht bei Giuliano; sie war glücklich. Und am nächsten Tag war er tot. Wer weiß, wo Ihr oder ich morgen sein werden?«

Er hätte vielleicht noch mehr gesagt, um seinen Standpunkt darzulegen, doch ich brachte ihn zum Schweigen, als ich meine Hand auf seinen Unterarm legte. »Wo«, fragte ich, »soll ich mich hinsetzen?«

Zunächst sollte ich einen Blick auf die Holzkohleskizze auf der Staffelei werfen, den *cartone*, wie er es nannte. Sie war nach der Zeichnung entstanden, die er im Garten von Santo Spirito nach Lorenzos Begräbnis angefertigt hatte. Ich schaute nicht mehr über meine unvollendete Schulter auf den Künstler, wie es in der Silberstiftzeichnung der Fall gewesen war; jetzt saß ich und hatte das Gesicht ganz dem Betrachter zugewandt, Schultern und Oberkörper nur leicht gedreht. Ich war nicht mehr nur ein Kopf mit der leisesten Andeutung von Schultern und Kopfschmuck; meine langen Haare fielen ungehindert herab wie bei einem jungen Mädchen. Ich hatte ein Dekolletee, das den Zorn von Savonarolas aggressiven Cherubim heraufbeschworen hätte. Man sah meine Hände und so viel vom Oberkörper, dass meine sitzende Haltung daraus hervorging.

Während ich neben Leonardo stand und die Zeichnung auf der Staffelei betrachtete, schaute er mich an, machte kurz seiner Verärgerung Luft und nahm sogleich eine Hühnerfeder von dem kleinen Tisch und ließ sie ganz zart über das Papier gleiten. Der Rand der Feder wurde dunkel; die Holzkohle darunter verschwand.

»Setzt Euch«, sagte er völlig aufgewühlt. »Das Kinn. Ich muss es richtig hinbekommen.«

Ich setzte mich. Die Feder noch in der Hand, folgte er mir und richtete mich mit akribischer Umständlichkeit aus: das Kinn ganz gerade, ohne Neigung nach oben oder unten, der Kopf in präzisem Winkel zum Körper gedreht. Vorläufig kümmerte er sich noch nicht um die Ausrichtung meiner Hände. Tatsächlich reichte er mir meinen Weinkelch und bestand darauf, dass ich einen Schluck trank, bevor er anfing.

Während er seinen Fehler gänzlich korrigierte, saß ich schweigend da; dann nahm er die an einem Holzstab befestigte Holzkohle zur Hand und überarbeitete das Kinn mit schwungvoller, geschickter Handbewegung. Anschließend betrachtete er mich unverwandt und verglich meine Nase mit der Zeichnung, mein rechtes Auge, mein linkes, beide Augenbrauen. Ich wurde unruhig und ließ den Blick wandern: Er fiel auf die Wand neben der Staffelei – auf ein kleines Holzbrett, das mit Kalk überzogen war und trocknete. Daneben lag ein scharfes Holzstück, das offenbar benutzt worden war, um die Oberfläche der Holzplatte glatt zu schaben.

»Werdet ihr das benutzen – für das Gemälde?«, fragte ich.

Er legte die Stirn in Falten, ungehalten über die Unterbrechung. »Ja. Es muss noch ein paar Tage trocknen.«

»Besteht die Oberfläche nur aus Kalk?«

»In gewisser Weise ist es Kalk, ja«, sagte er. »Sehr feiner *gesso sottile*, Kalk aus Paris mit einigen meiner eigenen Verfälschungen. Zuerst kommt das weiße Pappelholz. Darauf wird gutes Leinen geklebt, als Grundlage für den Gips. Dieser wird glatt wie Elfenbein aufgetragen. Wenn es getrocknet ist, werde ich diese Skizze darauf übertragen.«

»Ihr kopiert sie?«

»Dazu bin ich viel zu faul. Ich nehme den *cartone*, befestige ihn auf dem Gips und streue pulvrige Holzkohle darüber. Auf diese Weise geht es sehr schnell. Dann fangen wir mit dem Gemälde an. Und das machen wir, wenn wir uns das nächste Mal sehen, falls das Schicksal es zulässt.« Er seufzte leise. »Bitte, trinkt noch etwas Wein, Madonna.«

»Ihr versucht, mich betrunken zu machen«, sagte ich. Das war scherzhaft gemeint, doch als ich seinem Blick begegnete, lächelte er nicht.

»Wir haben genug schwierige Themen, über die wir reden müssen, meint Ihr nicht?«

Als Antwort trank ich einen ordentlichen Schluck von dem billigen Wein. Er schmeckte leicht sauer. »Warum reden wir dann nicht darüber? Ich bin es leid, zufrieden und engelsgleich auszusehen.« Ich schaute zu ihm auf. »Ihr habt mich nicht hierher holen lassen, nur um mein Porträt zu malen oder von glücklicheren Zeiten zu sprechen.«

Seine Stimme wurde düster. »Nun gut. Sagt mir die Wahrheit, Madonna. Ich … habe Euch mit Francesco del Giocondo gesehen …«

Er wollte noch mehr sagen, doch ich unterbrach ihn. »Wann?«

»Bei der Taufe Eures Kindes.«

So war das also. Er hatte zugesehen, als Salai mir die Notiz zukommen ließ.

Er fuhr fort. »Liebt Ihr ihn?«

Sein Tonfall war verbittert. Meine Wangen brannten; ich schaute zu Boden.

Er stieß einen kaum hörbaren Seufzer aus und wurde milder. »Täusche ich mich, oder ist Eure Beziehung zueinander angespannt – zumindest, was Euch betrifft?«

Ich hob den Kopf. »Woher wisst Ihr das?«

Meine Gegenfrage schien ihn zufriedenzustellen. »Durch zufällige Beobachtung. Es ist sehr schwierig, Gefühle vollkommen zu verbergen. Und in Euren Gesten habe ich nicht viel Zuneigung entdeckt. Nicht zum ersten Mal habe ich solche … Bekümmertheit zwischen Mann und Frau festgestellt.«

»Ich …« Schuldgefühle überkamen mich. Mir fielen jene schrecklichen Tage ein, als ich mich Matteo zuliebe Francesco hingegeben hatte, als ich zugelassen hatte, als Hure beschimpft zu werden. »Mein Vater war inhaftiert worden. Francesco erbot sich, ihn zu retten, falls …«

Ich brachte den Satz nicht zu Ende. Er nickte, um anzudeuten, dass es nicht nötig war. »Dann muss ich Euch fragen, ob Ihr noch zu Giuliano haltet. Zu den Medici.«

Plötzlich begriff ich. Er hatte keine andere Möglichkeit gehabt zu erfahren, dass ich zu der Ehe mit Francesco gezwungen worden war; er konnte nicht wissen, ob ich in Francescos politische Pläne eingeweiht war, ob ich sie billigte.

»Nie würde ich Giuliano betrügen! Ich habe ihn geliebt …« Ich legte eine Hand an meine Wange.

Reglos stand er vor der Staffelei, die Holzkohle über der Zeichnung erstarrt. »Liebt Ihr ihn nicht mehr?«

»Doch«, sagte ich. Tränen traten mir in die Augen und flossen über; ich hielt sie nicht auf. »Gewiss. Als er starb, wollte auch ich sterben, ich hätte auch Hand an mich gelegt, wenn nicht ich sein Kind unter dem Herzen getragen hätte …« Panik überfiel mich bei meinem unbeabsichtigten Eingeständnis. »Das dürft Ihr niemandem sagen – nicht einmal Salai! Wenn Francesco das je erfahren sollte, würde er ihn mir wegnehmen …«

»Giuliano … tot.« Ganz langsam legte er die Holzkohle auf den kleinen Tisch, ohne hinzusehen. »Nur wenige haben das gehört. Die meisten glauben, dass er noch lebt.«

»Nein. Francesco hat es mir gesagt. Seine Leiche wurde im Arno gefunden … Die Prioren haben sie heimlich vor den Stadtmauern begraben. Sie hatten Angst, weil sie ja wussten, was mit Messer Iacopo passiert war.«

Er verdaute meine Worte. »Ach so. Das erklärt vieles.« Einen langen, unangenehmen Moment schwieg er – einen Moment, in dem ich bemüht war, mich zu fangen und all den Kummer zu unterdrücken, den ich nie zum Ausdruck gebracht hatte. Dann sagte er vorsichtig: »Ihr haltet also noch zu den Medici. Ihr würdet nicht davor zurückschrecken, Piero dabei zu helfen, Florenz zurückzuerobern? Und Ihr könnt den Mund halten?«

»Ja, auf beide Fragen. Ich würde alles tun – solange es meinem Sohn Matteo nicht schadet.« Ich wischte mir die Tränen ab und schaute zu ihm auf. Sein Blick war besorgt, doch die Schranke zwischen uns begann zu zerfallen.

Er hatte es nicht gewusst. Er hatte nicht gewusst, dass Giulianos Tod *mir* bekannt war. Vielleicht hatte er mich für fähig gehalten, ihn zu verraten und Francesco zu heiraten, obwohl ich wusste, dass mein erster Gemahl womöglich noch am Leben war. Dennoch war er herzlich gewesen; er hatte mich sogar gebeten, für ihn Modell zu sitzen.

»Glaubt mir, wenn ich sage, dass ich Eure Sorgen in Bezug auf Euer Kind verstehe. Ich würde Euch niemals bitten, etwas zu tun, was ihn unmittelbar gefährden würde.« Er schwieg kurz. »Ich war ziemlich überrascht, als ich Euren Brief erhielt«, sagte er leise aus Rücksicht auf meine Tränen. »Ich … hatte Grund zu der Annahme, dass ihr in der Nacht, in der die Medici-Brüder aus Florenz flohen, verschwunden wärt. Ich kannte Eure Handschrift nicht. Deshalb habe ich nicht geantwortet. Später erfuhr ich dann, dass Ihr Francesco del Giocondo geheiratet habt …«

»Ich habe den Brief gelesen, den Salai fallen ließ«, unterbrach ich ihn. »Der an meinen Gemahl gerichtet ist. Ich … hatte bis zu jenem Abend keine Ahnung, dass er sich auf Savonarola eingelassen hatte. Ich weiß nicht einmal, wer ihm den Brief geschickt hat.« Ich betrachtete ihn. Er sah mich noch immer mit einer eigenartigen Intensität an; er wollte mir glauben, doch irgendetwas hielt ihn davon ab.

»Es stimmt«, sagte er eher zu sich als zu mir. »Als Ihr Salai bei der Taufe gesehen habt, hättet Ihr Eurem Gemahl erzählen können, dass Salai den Brief aus seinem Schreibtisch entwendet hat. Aber es sieht so aus, als hättet Ihr es ihm verschwiegen.«

»Selbstverständlich. Was soll ich denn nun tun? Ihr habt mich doch aus einem bestimmten Grund hierher holen lassen.«

»Piero de' Medici will mit Euch reden«, sagte er.

Ich sah ihn mit offenem Mund an, wie vom Donner gerührt. »Piero? Piero ist hier?«

»Er hat die Absicht, die Stadt wieder einzunehmen. Und er braucht Eure Hilfe. Kann er auf Euch zählen?«

»Gewiss.«

Er kam von der Staffelei zu mir. »Gut. Geht in drei Tagen in den Duomo, Punkt zwölf. Er wird Euch dort in der nördlichen Sakristei erwarten.«

Ich überlegte. »Eine Frau allein in der Sakristei ... Das wird den Verdacht der Priester erregen. Wenn man mich dort warten sehen würde ...«

»Die Priester wissen, was zu tun ist. Sagt ihnen, Gian Giacomo schicke Euch. Sie werden Euch zu einem geheimen Durchgang führen, der nur von der Sakristei aus zugänglich ist.«

»Warum hat Piero Euch nicht einfach gebeten, mir seine Botschaft zu übermitteln? Warum sollte er riskieren, sich persönlich mit mir zu treffen?«

»Ich bin nur ein Mittler, Madonna. Ich maße mir nicht an, ihn zu verstehen.«

Er rief nach Salai und entließ mich dann mit einer Verbeugung. Salai band mir wieder das Tuch um die Augen, und ich wurde auf demselben Weg zur Santissima Annunziata zurückgebracht, auf dem ich hergekommen war.

Zalumma erwartete mich. Ich hütete mich allein vor dem Versuch, mein Unbehagen zu verbergen; sie roch meine Begegnung mit Leonardo so sicher, als wäre es Rosenöl gewesen. Doch ich hatte bereits beschlossen, zu ihrer eigenen Sicherheit keine Einzelheiten preiszugeben. Bevor ich etwas sagen konnte, raunte sie mir zu, sodass niemand in der Eingangshalle es hören konnte: »Ich weiß, dass Ihr jemanden getroffen habt, und dass es etwas mit dem Brief zu tun haben muss, den der Eindringling gefunden hat. Es steht mir nicht zu, Fragen zu stellen. Aber ich bin da. Ich werde Euch helfen, wo ich kann. Verfügt über mich, wie es Euch beliebt.«

Ich ergriff ihre Hände und küsste sie, als wäre sie meine Schwester und nicht meine Sklavin. Allerdings sagte ich nichts von Leonardo oder Piero; deren Namen könnten sie den Kopf kosten.

Und sie könnten mich den Kopf kosten. Ich ging ins Kinderzimmer und saß lange mit Matteo in den Armen da, fuhr mit der Hand über die zarte, verletzliche Haut auf seinem Kopf, über das unwahrscheinlich feine Haar. Ich küsste seine weiche Wange und roch Milch und Seife.

Die drei Tage vergingen schnell.

Auf meine ungewöhnliche Bitte, zum Duomo gefahren zu werden, hob Claudio eine Augenbraue. Ich ließ sie so beiläufig fallen, als wäre es eine Laune, als wären seit meinem ersten und letzten Besuch dort nicht schon Jahre vergangen.

Kurz vor Mittag, als die Glocken ohrenbetäubend läuteten, schritt ich unter der unvorstellbar massiven Kuppel her und kniete in der Nähe des Hochaltars nieder, der aus dunklem Holz geschnitzt und mit Gold eingefasst war.

Ich betete stumm mit den anderen, mühsam nach Worten suchend, die ich seit meiner Kindheit kannte; an den dafür vorgesehenen Stellen kniete ich nieder, stand auf und bekreuzigte mich. Die Teilnahme am Gebet war gering, da die meisten Kirchgänger inzwischen San Marco mit seinem berühmten Prior vorzogen, oder San Lorenzo, wo er häufig predigte.

Sobald das Ritual beendet war, erhob ich mich und eilte zum nördlichen Ende der Kathedrale, an dem die größte Sakristei lag – der Raum, in den sich der junge Lorenzo an dem Morgen, als sein Bruder ermordet wurde, in Sicherheit brachte. Die Bronzetüren waren graviert, sehr hoch und so schwer, dass sie sich kaum bewegten, als ich sie öffnen wollte.

Gerade als ich zum zweiten Versuch ansetzte, vernahm ich hinter mir Schritte und drehte mich um. Zwei Priester – ein junger und ein grauhaariger, ausgezehrter – kamen mit dem goldenen Abendmahlskelch und der Kristallkaraffe für den Messwein auf die Sakristei zu.

»Wie das«, fragte der Ältere. »Braucht Ihr priesterlichen Beistand, Madonna?« Er klang reserviert; es war ungewöhnlich für eine Frau, sich allein in der Nähe der Sakristei aufzuhalten, doch da ich offensichtlich aus guter Familie stammte, war er höflich.

Ich musste mich räuspern, bevor ich die Worte herausbekam. »Gian Giacomo hat mich beauftragt, hierher zu kommen.«

»Wer?« Misstrauisch legte er die Stirn in Falten.

»Gian Giacomo«, wiederholte ich. »Er sagte, Ihr wüsstet Bescheid.«

Er schüttelte den Kopf und tauschte einen raschen, nervösen Blick mit seinem Begleiter. »Verzeiht, Madonna, aber dem ist nicht so. Warum sollte Euch jemand hierher schicken?«

»Gian Giacomo«, sagte ich lauter. »Vielleicht ist ein anderer Priester hier, der mir helfen kann …«

Jetzt runzelten beide Priester die Stirn. »Wir kennen niemanden mit diesem Namen«, sagte der Priester entschieden. »Verzeiht, Madonna, aber wir haben zu tun.« Mit der freien Hand drückte er die schwere Tür auf, ließ seinen Gefährten hindurch, trat selbst ein und schlug sie mir vor der Nase zu.

Ich schritt noch eine Weile auf und ab in der Hoffnung, ein anderer Priester könnte vorbeikommen. Hatte denn niemand die Botschaft erhalten? War Piero gefangen genommen worden? Leonardo hatte doch keinen Grund, mich in eine Falle zu locken …

Die Priester tauchten wieder aus der Sakristei auf und stellten fest, dass ich noch immer da war. »Geht nach Hause!«, befahl der Jüngere empört. »Geht nach Hause zu Eurem Gatten!«

»Das gehört sich nicht, Madonna«, sagte der Ältere. »Warum seid Ihr hierher gekommen und habt nach einem Mann gefragt? Wo ist Eure Begleitung?«

Da ging mir auf, man könnte vermuten, Gian Giacomo sei der Name meines Geliebten, den ich zu einem Stelldichein treffen wollte. In jenen Tagen unter Savonarolas Herrschaft war eine Anklage wegen Ehebruchs ebenso gefährlich wie meine wahre Mission; ich entschuldigte mich und eilte aus der Kirche.

Mutlos und wütend fuhr ich nach Hause. Leonardo hatte mich gerade zum Narren gehalten, und ich hatte keine Ahnung, warum.

58

Sobald ich zu Hause war, ging ich geradewegs ins Kinderzimmer und setzte mich hin, Matteo in den Armen. Ich wollte Zalumma nicht sehen, nicht ihren forschenden Blicken ausgesetzt sein, solange ich wütend war und geneigt, zu reden. Ich befahl der Amme zu gehen und wiegte meinen Sohn. Als Matteo die Hand ausstreckte und mich an einer Haarsträhne zog – so fest, dass es wehtat –, erlaubte ich mir, ein paar Tränen zu vergießen.

Bisher war mir noch nicht bewusst geworden, wie stark mein Wunsch war, etwas zu tun, um Giulianos Andenken zu ehren. Seit seinem Tod hatte ich zwangsläufig Stillschweigen über ihn wahren und so tun müssen, als hätte meine Ehe mit ihm nie existiert. Nun waren meine Hoffnungen zu einem hässlichen Witz verkommen.

Ich war fast eine Stunde allein mit meinem Sohn gewesen, als Zalumma leise eintrat und neben der Tür stehen blieb. »Ich dachte, Ihr habt vielleicht Hunger«, sagte sie sanft.

Ich schüttelte den Kopf. Sie drehte sich um und wollte gehen, hielt dann jedoch inne und schaute zur Tür hinaus, um sich zu vergewissern, dass niemand im Flur stand.

»Jemand hat einen Brief abgegeben«, sagte sie rasch. »Er liegt auf dem Tisch neben Eurem Bett. Elena oder Isabella werden ihn bestimmt bald entdecken.«

Wortlos reichte ich ihr Matteo, ging in mein Zimmer und machte die Tür hinter mir zu.

Das Papier war reinweiß mit sauber geschnittenen Rändern, und bevor ich es entfaltete, wusste ich schon, dass es vollkommen leer sein würde.

Der Morgen war kalt gewesen, und im Kamin brannte noch ein schwaches Feuer. Ich ging hinüber und hielt das Papier nahe an die Flammen. Ich bückte mich, um die blassbraunen Buchstaben zu lesen, sowie sie auftauchten.

Verzeiht. Morgen, wenn Ihr mittags zum Beten geht, wird Gott es erklären.

Ich warf das Papier ins Feuer und sah zu, wie es verbrannte.

Zalumma sagte ich nichts. Am nächsten Tag suchte ich zur Mittagsstunde die Kapelle Santissima Annunziata auf, um zu beten.

Als Salai, Satan und Mönch in einer Person, diesmal zu mir trat, funkelte ich ihn wütend an. Sobald wir im Wagen saßen, band er mir das Tuch um die Augen und flüsterte: »Es ist wirklich nur zu Eurem Schutz, Madonna.« Ich sagte nichts. Als die Augenbinde schließlich gelockert wurde, saß ich vor Leonardo und schaute ihn an, ohne zu lächeln.

Seine Stimme und sein Verhalten waren gedämpft und mitfühlend. »Verzeiht, Madonna Lisa«, sagte er. Er stand, schlank und groß in der weiten Mönchskutte, vor dem mit Papier bedeckten Fenster. Die Bartstoppeln fehlten; er hatte sich frisch rasiert, und auf seiner wie in Stein gemeißelten Wange war die rote Einkerbung des Rasiermessers zu sehen. Die Staffelei war leer; die Holzplatte mit der Zeichnung lag nun, mit einer Schicht Ruß bedeckt, auf dem langen Tisch. »Es war eine grausame List, aber unsere Lage ist ungewöhnlich gefährlich.«

»Ihr habt mich angelogen. Piero war nicht im Duomo.« Ich schaute ihn mit kalter Wut an.

»Nein. Er war nicht dort.« Er kam auf mich zu und blieb eine Armlänge entfernt vor mir stehen; in seinen blassen Augen lag ehrliches Mitgefühl. »Glaubt mir, es hat mir nicht gefallen, so unfreundlich zu sein. Aber ich musste Euch prüfen.«

»Warum? Warum wollt Ihr mir nicht vertrauen?«

»Weil Ihr mit einem großen Feind der Medici verheiratet seid. Und weil ich Euch nicht gut kenne, obwohl ich Euch schon so lange kenne. Und … außerdem kann ich meinem eigenen Urteil über Euch nicht vertrauen. Ich bin … nicht ohne Interesse.«

Ich schnaubte verächtlich. »Bitte. Glaubt nicht, Ihr könnt mich zum Narren halten, wenn Ihr Gefühle für mich vortäuscht. Ich weiß, Ihr könnt mich niemals lieben – nicht so. Ich weiß, wessen man Euch beschuldigt hat. Ich weiß über Euch und Salai Bescheid.«

Schlagartig riss er die Augen auf, funkelnd vor Wut, um sie gleich darauf wieder zusammenzukneifen. »*Ihr wisst …*« Er fing sich wieder; ich sah, wie er die Fäuste ballte und langsam entspannte. »Ihr meint Saltarelli.« Seiner Stimme war anzuhören, dass er aufgewühlt war.

»Wen?«

»Iacopo Saltarelli. Als ich vierundzwanzig war, hat man mich wegen Sodomie angeklagt – ein einfaches Wort, das Euch anscheinend nicht über die Lippen kommt. Da Ihr Euch so sehr für Besonderheiten interessiert, sollt Ihr sie haben. Offiziere der Nacht nahmen mich fest und brachten mich in den Bargello, wo ich erfuhr, dass ich Opfer einer anonymen *denuncia* geworden war. Angeblich hatte ich mich mit zwei anderen Männern – Bartolomeo de' Pasquino, ein Goldschmied, und Lionardo de' Tornabuoni – auf diverse sexuelle Praktiken mit Iacopo Saltarelli eingelassen. Saltarelli war gerade erst siebzehn. Er war lasterhaft, das stimmt, und hat die Anklage wahrscheinlich verdient – aber er war auch Lehrling bei seinem Bruder, einem ungeheuer erfolgreichen Goldschmied auf der Via Vaccarechia. Pasquino besaß in derselben Straße auch eine *bottega,* und ich habe die beiden Läden häufiger aufgesucht, weil ich von ihnen als Maler eingestellt wurde.

Ich bin mir sicher, Ihr habt von diesen unseligen Geschäftsleuten gehört, die sich ihrer Rivalen durch eine gut platzierte *denuncia* entledigen?«

»Ich habe davon gehört«, sagte ich, nicht gerade freundlich.

»Von Ladenbesitzern in derselben Straße weiß ich, dass ein gewisser Paolo Sogliano meine *denuncia* geschrieben hat. Er war zufällig Maler und Gehilfe eines Goldschmieds namens Antonio del Pollaiuolo auf der Via Vaccarechia. Die Anklage wurde mangels Beweisen fallen gelassen, obwohl viele potenzielle Zeugen befragt wurden. Ein paar Jahre danach saß Sogliano auf der Straße.«

»Dann stimmte das alles nicht.« Ich schaute auf meine Hände.

»Nein, es war nichts Wahres daran. Ich bitte Euch zu überlegen, wie Ihr Euch in meiner Lage gefühlt hättet. Wie es Euch gegangen wäre, hätte man Euch mitten in der Nacht aus dem Bett geholt und zum Verhör in den Kerker gebracht. Wie Euch zumute gewesen wäre, wenn Ihr es Eurem Vater gesagt hättet. Wie Ihr empfunden hättet, wenn Ihr Euch auf Eure Verbindungen zu Lorenzo de' Medici hättet verlassen und ihn um Hilfe hättet angehen müssen, damit man Euch freiließ und Ihr im eigenen Bett statt im Gefängnis schlafen konntet. Dante sagt, Sodomiten sind dazu verdammt, bis in alle Ewigkeit in einer feurigen Wüste zu wandeln. Ich sage Euch, eine schlimmere Wüste als das Innere einer Zelle im Bargello kann es nicht geben.« Die Wut wich aus seiner Stimme; die nächsten Worte kamen zögerlich, fast schüchtern. »Das heißt jedoch nicht, dass ich mich noch nie in einen Mann verliebt habe. Es bedeutet allerdings auch nicht, dass ich mich nicht in eine Frau verlieben kann.«

Ich blickte weiterhin starr auf meine Hände und überlegte, wie es wohl für einen jungen Mann gewesen sein musste, seinem Vater zu sagen, er sei wegen eines solchen Verbrechens inhaftiert. Ich dachte an den Zorn seines Vaters und wurde rot.

»Was Salai betrifft ...« Wieder stieg Empörung in ihm hoch; die Worte peitschten durch die Luft. »Er ist ein *Junge,* wie Euch aufgefallen sein dürfte. Oh, er ist in Eurem Alter, sicher, obwohl er auch zehn Jahre jünger sein könnte; Ihr seht doch selbst, dass er die Reife eines Kindes hat. Er ist noch nicht alt genug, um zu wissen, was er will. Und ich bin erwachsen, und sein Vormund. Etwas anderes in unsere Beziehung hineinzudeuten ist – abgesehen von großem Ärger meinerseits – sträflich.«

Als ich schließlich meine Stimme wiedergefunden hatte, sagte ich: »Ich entschuldige mich für meine furchtbaren Bemerkungen. Ich weiß, wie es im Bargello ist. Sie haben mich an dem Abend, als Giuliano starb, dorthin gebracht. Auch mein Vater war dort. Wir wurden nur dank Francesco freigelassen.«

Seine Miene wurde sogleich milder.

»Habt Ihr wirklich geglaubt, ich würde Francesco mitbringen?«, fragte ich, ohne aufzubrausen. »Um Piero festzunehmen? Euch zu inhaftieren?«

Er schüttelte den Kopf. »Ehrlich gesagt, nein. Ich hielt Euch für vertrauenswürdig. Wie schon gesagt, ich hatte mein eigenes Urteil zu prüfen. Ich habe …« Eine Andeutung von Schmerz huschte über sein Gesicht. »Die Tatsache, dass ich meinen Instinkten und Gefühlen so rasch nachgebe, hat zu einer großen Tragödie geführt. Ich konnte nicht zulassen, dass so etwas noch einmal passiert.« Er trat zu mir und ergriff meine Hände. »Was ich getan habe, war verletzend, aber notwendig. Und ich bitte von ganzem Herzen um Vergebung. Wollt Ihr mir verzeihen, Madonna Lisa, und mich wieder als Euren Freund annehmen?«

Als meinen *Freund*, hatte er gesagt, doch die Gefühlsregung in seinen Augen ging tiefer. Bevor ich mich in Giuliano verliebte, hätte ich mein Herz leicht an diesen Mann vergeben; nun war ich zu verletzt, um auch nur daran zu denken. Sanft entzog ich ihm meine Hände. »Ihr wisst, dass ich Giuliano geliebt habe.«

Ich ging davon aus, dass die Worte ihm einen leichten Stich versetzen und die Zuneigung in seinen Augen unterdrücken würden. Dem war nicht so. »Ich bezweifle es nicht«, sagte er aufgeräumt und schaute mich erwartungsvoll an.

»Ich verzeihe Euch«, sagte ich und meinte es auch so. »Bis zum heutigen Tage hatte ich nur meinen Sohn. Jetzt habe ich auch das hier. Versteht Ihr? Versagt mir also nicht, mich nützlich zu machen.«

»Nein«, sagte er leise. »Ihr könnt von großem Nutzen für uns sein.«

»Piero ist nicht hier in Florenz?«

»Nein, Madonna. Und wenn Euer Gemahl davon ausgegangen wäre, hätte er bestimmt versucht, ihn ermorden zu lassen.«

Ich ließ mich durch diese Worte nicht ängstigen. »Was soll ich also tun«, fragte ich, »um zu helfen?«

»Zunächst«, sagte er, »könnt Ihr mir erzählen, was Ihr von dem Brief noch wisst, den Salai las, als Ihr ihn in Ser Francescos Arbeitszimmer überraschtet.«

Ich erzählte es ihm. Sagte ihm, dass meinem Gemahl befohlen worden sei, die Namen aller *Bigi* zu sammeln und Fra Girolamo aufzufordern, gegen Rom zu predigen. Es sah ganz so aus, als könnte Salai schlecht lesen und als habe er ein noch miserableres Gedächtnis. Ich würde eine viel bessere Informantin abgeben.

Ich sollte Francescos Schreibtisch wenn möglich an jedem Abend durchsuchen, und falls ich etwas Wichtiges fände, sollte ich meine Entdeckung dadurch signalisieren, dass ich ein bestimmtes Buch aus meiner Bibliothek auf meinen Nachttisch legte. Ich fragte nicht nach dem Grund: Es war offensichtlich. Isabella, die Salai den Zugang zum Arbeitszimmer ermöglicht hatte, säuberte auch jeden Morgen mein Schlafzimmer und schürte jeden Abend Feuer im Kamin. Ich bezweifelte, dass sie genau wusste, worauf sie sich da eingelassen hatte, oder dass Salai es ihr gesagt hatte; sie dachte wahrscheinlich, es sei nur ein *buonomo,* der den anderen ausspionierte.

An dem Tag, nachdem ich das Zeichen mit dem Buch gegeben hatte, sollte ich zur Vesper in die Santissima Annunziata gehen, angeblich um zu beten.

Zwei Herzen schlugen in meiner Brust: Das eine war schwer vor Kummer angesichts der Erinnerungen, die durch das Gespräch über die Medici aufgewühlt worden waren; das andere war leicht, froh, endlich etwas für die Beseitigung Savonarolas tun zu können, für den Machtverlust Francescos und Pieros Wiederkehr.

»Es gibt noch etwas, das Ihr tun könnt, um uns zu helfen«, sagte Leonardo zu mir. Er führte mich an den langen Tisch, der übersät war mit Malerutensilien. Die mit Leim und Gips grundierte Platte aus Pappelholz lag obenauf, bedeckt mit dem Holzkohlekarton von mir. Die Ecken des Papiers waren mit vier glatten Steinen auf die Holzplatte gedrückt; die ganze Zeichnung war mit glitzernder, pulverisierter Holzkohle bestreut.

»Ein wenig Zauberei«, sagte Leonardo. »Haltet die Luft an.« Er rückte die Steine zur Seite, griff sehr vorsichtig nach der oberen linken und der unteren rechten Ecke des Papiers und hob es gerade von der Holzplatte. Mit äußerster Sorgfalt trat er vom Tisch zurück und ließ das Pulver von der Zeichnung in einen Eimer auf dem Boden gleiten; dunkler Staub setzte sich wie eine dünne Rußschicht auf sein Gesicht und auf seine Kleidung.

Ich blieb vor der Holzplatte auf dem Tisch stehen und hielt noch immer die Luft an. Auf der glatten, elfenbeinfarbenen Oberfläche der Holzplatte war ich, die Gesichtszüge verschwommen, grau und gespenstisch, und wartete darauf, geboren zu werden.

Ich saß nicht länger als eine halbe Stunde Modell, damit Claudio keinen Verdacht schöpfte. Leonardo trug die Konturzeichnung auf der Platte zur Staffelei hinüber. Er wollte, dass ich mich sofort auf meinen Hocker setzte, ich aber verlangte das Recht, mir zunächst die Werkzeuge anzusehen. Auf dem kleinen Tisch neben der Staffelei lagen drei schlanke Pinsel aus Grauwerk – alle mit sehr feinen Spitzen unterschiedlicher Größe – in einer kleinen Zinnschüssel, die halb mit Öl gefüllt war. Auf einer kleinen Holzpalette lagen getrocknete Farbkügelchen, einige davon halb zermahlen; es gab drei Zinnschüsseln, in der einen Schwarz, in den anderen beiden zwei Schattierungen eines schlammigen Grünbraun.

»Das ist Schwarz aus Mandelschalen und *verdaccio*«, sagte

er, »das Schwarz, um Gesichtszüge zu umreißen, die anderen Farbtöne, um Schatten zu ergänzen. Das *verdaccio* ist eine Mischung aus dunklem Ocker, *cinabrese,* Kalkweiß und einem Schuss Schwarz, gerade so viel, wie auf die Spitze eines Palettenmessers passt.«

»Wenn Ihr die Umrisse zeichnet«, fragte ich, »warum muss ich dann sitzen?«

Er sah mich an, als hätte ich eine vollkommen abwegige Frage gestellt. »Ich muss sehen, wie die Schatten fallen. Wie die Konturen Eurer Gesichtszüge hervorgehoben werden, wie sie zurücktreten. Und ich muss Euer Gesicht lebendig vor mir sehen – mit tausend verschiedenen Ausdrücken, während Eure Gedanken wandern –, wie soll ich es sonst für den Betrachter lebhaft darstellen?«

Ich ließ mich dann von ihm auf meinen Hocker setzen und die Hände, den Kopf und den Oberkörper mit geschickter, leichter Berührung in die richtige Positur bringen. Als er zufrieden war, stellte er sich wieder vor die Staffelei und betrachtete sie stirnrunzelnd.

»Zu dunkel«, entschied er. »Ich mag kein grelles Licht, das die weichen Linien stiehlt, aber wir brauchen mehr …« Er trat ans Fenster und zog den Sonnenschutz an einer Kordel hoch. Sobald die Helligkeit ihm genügte, fragte er sich laut, ob ich die Haare herunterlassen sollte, denn er sei nicht sicher, wie es jetzt wirke – doch ein schelmischer Blick meinerseits brachte ihn zum Schweigen. Ich konnte mir gut vorstellen, was Claudio denken würde, wenn ich mit aufgelöster Frisur aus der Kapelle käme.

Endlich nahm er seinen Pinsel zur Hand. Ich saß lange still, lauschte dem Wispern des nassen Fells auf dem getrockneten Gips und gab mir die größte Mühe, mir nicht die Nase zu kratzen oder zu zappeln. Leonardo war angespannt und unzugänglich; seine volle Aufmerksamkeit war auf das vor ihm liegende Werk gerichtet. Er starrte mein Gesicht an, sah jede Rundung, jede Linie, jeden Schatten, *mich* aber sah er nicht. Schließlich fragte ich:

»Ist das für Piero? Werdet Ihr es ihm geben?«

Er hob eine Augenbraue, ließ seine Konzentration jedoch nicht durch die Unterbrechung beeinträchtigen. »Ich bin mir noch nicht sicher, wem ich es geben werde. Vielleicht auch niemandem.«

Ich runzelte die Stirn. Sogleich folgte ein milder Tadel. »Nein, nein … Jetzt nur lächeln. Denkt an etwas Schönes.«

»An etwas Schönes? Das gibt es nicht in meinem Leben.«

Gelinde überrascht schaute er auf. »Ihr habt Euren Sohn. Ist das nicht genug?«

Ich lachte verlegen auf. »Mehr als das.«

»Gut. Und Ihr habt Erinnerungen an Euren Giuliano, oder?«

Ich nickte.

»Dann stellt Euch vor …« Er klang etwas traurig. »Stellt Euch vor, Ihr wärt wieder mit Giuliano zusammen«, sagte er mit einer solchen Wehmut, dass mich das Gefühl beschlich, er spräche ebenso sehr zu sich selbst wie mit mir. »Stellt Euch vor, Ihr zeigtet ihm zum ersten Mal sein Kind.«

Ich legte meine Traurigkeit ab und gab meiner Phantasie nach. Ich spürte, wie meine Gesichtszüge schmolzen und weicher wurden, aber ich vermochte nicht richtig zu lächeln.

Als ich ging, war mein größter Wunsch, alles Erdenkliche zu tun, um Pieros Wiederkehr zu erleichtern. Doch nach meiner Begegnung mit Leonardo blieb meine heimliche nächtliche Suche tagelang vergeblich: Der alte Brief war aus Francescos Schreibtisch verschwunden, ein neuer tauchte nicht auf.

Am siebten Abend indes fand ich einen zweimal gefalteten Brief mit gebrochenem Siegel aus schwarzem Wachs. Ich öffnete ihn mit fahrigen Fingern und las:

Piero hat Kontakt zu Virgines Orsini aufgenommen, seiner Soldatenkusine aus Neapel. Es hat den Anschein, als stelle er Truppen zusammen, offensichtlich als Reaktion auf die Anfrage von Papst Alexander nach einer Armee, um die Pisaner vor König Karls Rückkehr zu schützen. Aber wer will schon wissen, ob eine solche Streitmacht, einmal zusammengestellt, nicht ebenso gut ihren Weg nach Florenz nimmt, nur mit anderer Zielrichtung?

Kardinal Giovanni legt natürlich ein gutes Wort für seinen Bruder ein. Er findet Gehör beim Papst – aber das tue ich auch. Seine Heiligkeit hat im Übrigen ein Breve verfasst, das in Kürze der Signoria überreicht wird. Er hat König Karl mit der Exkommunikation gedroht, falls er und seine Armee Italien nicht verlassen, und Florenz selbst ebenso, falls die Stadt Karl auch weiterhin unterstützt. Außerdem hat er dem Propheten verboten zu predigen.

Letzteres könnt Ihr ignorieren und mir vertrauen. Tatsächlich sollte unser Prophet seine Inbrunst jetzt verdoppeln, besonders gegen die Medici. Ich werde dafür sorgen, dass Seine Heiligkeit seine Haltung lockert. Was Karl betrifft – es wäre am besten, wenn der Mönch sich distanzierte.

Ich habe an Ludovico geschrieben. Wir können ihm nicht vertrauen, aber es mag sein, dass wir vielleicht auf ihn zurückgreifen müssen, wenn wir Männer brauchen, falls Piero sich entschließt, in nächster Zeit die Stadt anzugehen.

Ich weiß Eure Einladung zu schätzen, doch es wäre zu früh für mich, nach Florenz zu kommen. Lasst uns abwarten, was Piero plant.

Richtet meinen Vettern herzliche Grüße von mir aus – wie schön es ist, sie nach so vielen Jahren wiederzusehen und Messer Iacopo gerächt zu wissen. Florenz war immer unser Zuhause und wird es auch ewig bleiben.

Meinen Vettern … Messer Iacopo gerächt.

Im Geist ging ich die Jahre zurück bis zu dem Zeitpunkt, an dem meine Mutter im Duomo stand und weinte, als sie vom Tod ihres geliebten Giuliano sprach. Bis zu dem Augenblick, in dem ich zu dem Astrologen in seiner Kutsche aufschaute.

In Euren Sternen habe ich einen Akt der Gewalt gesehen, der Eure Vergangenheit und Zukunft ist … Was andere begonnen haben, müsst Ihr zu Ende führen …

59

»Der Briefeschreiber gehört zu den Pazzis«, sagte ich. Leonardo war ein Muster an Selbstbeherrschung. Doch als ich an jenem regnerischen Herbsttag mit ihm redete, zwei Tage nachdem ich den Brief gefunden hatte, fiel mir sein Unbehagen auf.

Sorgfältig in Positur gebracht, saß ich auf dem Hocker, während er sich über die Staffelei beugte. Ich hatte darauf bestanden, mir die Anfänge des Porträts anzusehen, bevor ich Platz nahm, um Modell zu sitzen. Meine Gesichtszüge waren mit Schwarz umrissen, die Ränder durch Schichten aus trübem *verdaccio* weich gezeichnet; unterhalb meines rechten Kiefers, in der Höhlung meiner rechten Wange und unter meinem rechten Nasenloch hatten sich Schatten gesammelt. Ich starrte den Betrachter mit beunruhigend leeren weißen Augen an. Mein Haar war mit mattem Schwarz aufgefüllt worden. Ich war überrascht zu sehen – obwohl ich es stets gewunden und hochgesteckt trug, für gewöhnlich unter einem Schleier –, dass Leonardo noch genau wusste, wie es vor Jahren im Palazzo Medici ausgesehen hatte, als ich es noch offen trug. Es hatte die richtige Wellenform und die leichte Andeutung von Locken an den Spitzen.

Heute standen fünf Zinnschälchen auf dem kleinen Tisch: eins mit Öl für die Pinsel, eins mit dem *verdaccio* und drei mit unterschiedlichen graugrünen Erdpigmenten, *verdeterra* genannt. Letztere trug er mit einer zarten, fließenden Bewegung auf, um »Schatten zwischen Schatten zwischen Schatten« zu schaffen, wie er sagte. Die dunklen Farben kamen zuerst, dann die mittleren Farbtöne, zum Schluss die hellsten, schichtweise aufgetragen.

Den Text von Francescos rätselhaftem Korrespondenten hatte ich auswendig zitiert. Ich zitterte vor Kälte; meine Röcke waren feucht trotz des schwarzen Umhangs, den Salai mir umgelegt hatte. Der Raum war sogar um die Mittagszeit dunkel, wenngleich eine Laterne gelbes Licht an das Ölpapier vor dem Fenster warf. Im Kamin brannte ein Feuer, doch selbst das konnte weder die Kälte noch die Düsternis vertreiben. Der Winter kündigte sich an.

Leonardo hob den Blick und strich sich gedankenverloren über das Kinn, als wäre sein Bart noch da. »Es ist gefährlich«, sagte er schließlich, »wenn Ihr das, was Ihr lest, interpretiert.«

»Irre ich mich denn?«

»Die Antwort auf Eure Frage ist unwichtig. Was zählt, ist allein Eure Sicherheit.«

»Das ist mir einerlei«, erwiderte ich. »Piero kommt. Er versammelt eine Armee. Und wenn er hier ist, wird alles anders.«

»Vielleicht kommt er. Vielleicht aber auch nicht … Glaubt Ihr wirklich, er würde zulassen, dass die Pazzi von seinen Unternehmungen Wind bekommen?« Er ließ die Hand mit dem Pinsel sinken und schaute mich eindringlich an.

Er wollte noch mehr sagen, doch ich unterbrach ihn. »Das alles hat vor langer Zeit angefangen, nicht wahr? Mit Lorenzo?«

Er blinzelte, und ich sah die Zurückhaltung, die Missbilligung in dieser winzigen Geste. »Lorenzo hat einen schweren Fehler begangen, als er seinem Hass nach dem Mord an seinem Bruder freien Lauf ließ. In seinen letzten Jahren hat es ihn verfolgt. Noch nach seinem Tod verfolgt es seine Söhne. Die Frage ist, ob man dem Zyklus der Gewalt Einhalt gebieten kann.«

»Ihr wisst, wer ich bin«, sagte ich. »Ihr habt es Lorenzo gesagt. Ihr habt ihm an jenem Abend im Palazzo Medici ein Zeichen gegeben, als ihr mir die Skulptur von Giuliano gezeigt habt.«

Bei diesen Worten hob er eine Augenbraue. »Ihr seid viel zu scharfsinnig, Madonna.«

»Hat … hat *mein* Giuliano es gewusst?«

»Nicht, als Ihr ihn geheiratet habt, aber …« Er hielt inne. »Ihr solltet acht geben, dass Ihr Eure Gefühle anderen gegenüber nicht zeigt.« Erneut hob er den Pinsel und sagte dann ganz sanft, wie zu sich selbst: »Manchmal wünschte ich, Ihr hättet Salai in jener Nacht nicht entdeckt.«

»Mich erwischt man nicht.«

»Vielleicht. Mir wird jetzt klar, dass Ihr so klug seid wie Euer Vater. Zu klug. Ich bitte Euch noch einmal dringend, nicht allzu lange über Eure Entdeckungen nachzudenken. Das könnte auch dazu führen, dass man Euch entdeckt, was Euch das Leben kosten könnte. Versteht Ihr?«

»Ich kann den Mund halten«, antwortete ich ein wenig spitz. »Ich bin klug, wie Ihr schon sagtet. Ich werde nicht erwischt. Schließlich lebe ich mit einem Mann zusammen, den ich verachte – und er weiß nicht, was ich fühle.«

»Aber ich weiß es, denn ich habe es in Eurem Gesicht gesehen, in jeder einzelnen Geste. Wer weiß, ob anderen das nicht auch schon aufgefallen ist?«

Ich verstummte.

Er schlug einen leichten Ton an. »Wie dem auch sei. Ich mache die Sache mit meinem bedrückten Gerede nicht besser. Schlimmer noch, ich habe dafür gesorgt, dass Ihr Euer Lächeln verloren habt. Ich weiß, dass Ihr klug seid und verschwiegen sein werdet. Wir wollen über fröhlichere Dinge sprechen. Über Euren Sohn vielleicht? Ich bin sicher, er sieht Euch ähnlich.«

Seine Worte hatten die beabsichtigte Wirkung; ich dachte an Matteo und war sofort milder gestimmt. »Er wird so groß. Er krabbelt«, sagte ich stolz. »Manchmal so schnell, dass ich kaum nachkomme. Und er gleicht mir wirklich. Hat dunkle Augen mit dichten, langen Wimpern und die vollen Lippen seiner Großmutter … Und wenn ich ihn betrachte, sehe ich natürlich seinen Vater vor mir … sein Haar ist weicher und lockiger, so wie das seines Vaters.«

Leise lächelnd schaute er von seiner Staffelei auf.

»Seht Ihr es auch?«, fragte ich unvermittelt.

»Was?«

»Wenn Ihr mich betrachtet, seht Ihr dann meinen Vater? Meinen *leiblichen* Vater?«

Seine Miene verfinsterte sich und wurde undurchsichtig. Schließlich erwiderte er: »Ich sehe ihn. Vor allem aber sehe ich Eure Mutter. Ihr habt dieselbe Traurigkeit, die ich in ihr sah, als …«

»Als wann? Seid Ihr meiner Mutter je außerhalb des Palazzo Medici begegnet?«

Er blinzelte und schlug die Augen nieder. Er betrachtete das Porträt, nicht mich, als er antwortete. »Ich bin ihr begegnet, irgendwann, nachdem er gestorben war. In Santo Spirito.«

Ich beugte mich interessiert vor. »Was habt Ihr auf der anderen Seite des Arno gemacht?«

Er zuckte mit den Schultern. »Ich hatte Aufträge in der ganzen Stadt, in vielen Kirchen. Ich wollte mit dem Dominikaner-Prior über ein Altarbild für eine Kapelle sprechen…«

»Hat sie gebetet? Bei der Messe?«

»Sie kam aus der Messe. Ihr Gemahl war nicht bei ihr, aber ihre Zofe …«

»Zalumma.«

»Die mit dem erstaunlichen Haar? Ich hätte es so gern gemalt … Ja, ihre Zofe war bei Eurer Mutter, die mit Euch schwanger war.«

Ich war hingerissen. »Wie hat sie ausgesehen?«

»Schön. Und seelisch gebrochen«, sagte er leise. »Gebrochen und doch voller Hoffnung. Ihr wart der Grund für sie, weiterzuleben, glaube ich.«

Ich wandte mein Gesicht dem mit Papier verhängten Fenster und dem trüben Licht zu.

»Verzeiht«, sagte Leonardo und schaute wieder zu mir auf. »Ich wollte Euch nicht traurig machen.«

Ich hob die Schultern, ohne den Blick vom Fenster abzuwenden. »Unweigerlich stelle ich mir die Frage, ob er sie wohl zu Giulianos Beerdigung hat gehen lassen?«

»Er vermochte sie nicht aufzuhalten«, antwortete er so vehement, dass ich den Kopf drehte und ihn ansah.

»Ihr habt sie dort gesehen?«

»Ja.« Seine Wangen wurden rot.

Ich dachte an die beiden dort – zwei Menschen, die denselben Mann liebten – und fragte mich, ob meine Mutter es gewusst hatte, ob sie jemals darüber gesprochen hatten. Ich wollte schon die nächste Frage stellen, doch Leonardo legte seinen Pinsel vorsichtig in eine kleine Schale mit Öl und trat hinter der Staffelei hervor. »Es ist fast eine Stunde vergangen; Ihr dürft nicht länger bleiben«, sagte er entschieden. »Madonna, ich werde für eine Weile nach Mailand zurückkehren. Ich bin meinem Gönner, dem Herzog, verpflichtet, und ich habe den Auftrag, das Letzte Abendmahl für ein Refektorium zu malen …«

»Ihr geht fort?« Ich konnte meine Enttäuschung nicht verhehlen; ich stand auf. Salais feuchter schwarzer Umhang rutschte von meinen Schultern auf den Hocker.

»Ich komme natürlich wieder, obwohl ich nicht genau sagen kann, wann. Unterdessen bleibt Salai hier. Ihr werdet so weitermachen wie gehabt, bis auf die Tatsache, dass Ihr nun ihm den Inhalt der Briefe berichtet, die Ihr findet. Und er wird ihn anschließend mir übermitteln.«

»Aber … was ist, wenn Piero kommt? Was soll ich dann tun?«

Er lächelte freundlich. »Wenn Piero kommt, müsst Ihr Euch nicht fürchten. Für Eure Sicherheit und für die Eures Kindes wird gesorgt sein.

Bis dahin … kann es sein, dass Ihr vieles erfahrt, was Euch stört oder sogar wütend macht. Bitte habt Verständnis dafür, dass es vieles gibt, was ich Euch jetzt nicht sage, weil es die Gefahr für Euch erhöhen würde … und für die Menschen, die Ihr von Herzen liebt.«

»Wenn Ihr nach Mailand zurückkehren müsst«, sagte ich, »und wir uns länger nicht mehr sehen … muss ich Euch um die Antwort auf den Brief bitten, den ich Euch vor langer Zeit geschrieben habe.«

Er wusste genau, was ich meinte, zögerte aber mit der Antwort.

»Der Mörder in Santa Maria del Fiore an dem Tag, an dem Giuliano starb«, soufflierte ich ihm. »Der erste Mann, der ihn angriff, der Mann, der entkommen ist. Mein Giuliano, mein Gemahl, hat mir von ihm erzählt. Er sagte, Ihr hättet Lorenzo über diesen Mann in Kenntnis gesetzt. Ihr wärt in der Kathedrale gewesen, als Giuliano der Ältere ermordet wurde.«

»Er trug ein Büßergewand«, antwortete Leonardo kurz angebunden. »Mit einer Kapuze. Ich konnte sein Gesicht nicht deutlich erkennen.«

»Aber Ihr müsst einen Teil gesehen haben. Mein Giuliano sagte, Ihr hättet ihn gesehen. Sein Onkel sei in Euren Armen gestorben.«

»Ich … habe einen Teil gesehen. Doch das alles ist inzwischen fünfzehn Jahre her; ich habe ihn nur einen Moment lang gesehen. Ihr könnt nicht erwarten, dass ich mich noch daran erinnere.«

»Doch«, sagte ich. »Ihr habt Euch an mein Gesicht erinnert, obwohl Ihr mich nur einmal im Palazzo Medici gesehen habt. Ihr habt es perfekt skizziert, aus dem Gedächtnis. Und Ihr habt mir genau erzählt, wie man sich ein Gesicht einprägt: Gewiss habt Ihr dieselbe Methode angewandt, um Euch sein Gesicht zu merken. Überallhin nehmt Ihr Euer kleines Notizbuch mit. Ich kann nicht glauben, dass Ihr nie eine Skizze von seinem Gesicht angefertigt habt – zumindest von dem Teil, den Ihr gesehen habt.«

Draußen auf dem Flur waren Schritte zu hören; ich drehte mich um und sah Salai in der Tür stehen. »Sie kann nicht mehr lange bleiben. Die Wolken sind schwarz geworden; da kommt ein starker Regenguss.«

»Verstanden«, sagte Leonardo und entließ den Burschen mit einem Kopfnicken. Er schaute wieder zu mir und holte tief Luft. »Ich muss mich jetzt von Euch verabschieden.«

Ungehalten sagte ich: »Als Ihr mich zum ersten Mal hier getroffen habt, sagtet Ihr, Piero wolle mich sehen. Und ich wollte Euch so gern glauben, dass ich nicht merkte, wie Ihr mich angelogen habt. Jetzt aber sehe ich ganz genau, dass Ihr nicht die Wahrheit sagt. Ihr habt eine Skizze von dem Büßer angefertigt, nicht wahr? Ihr müsst jahrelang nach ihm gesucht haben. Ich habe ein Recht darauf, das Gesicht des Mannes zu sehen, der meinen Vater umgebracht hat. Warum wollt Ihr es mir nicht zeigen?«

Seine Miene versteinerte; er wartete, bis ich ausgeredet hatte, und fragte mich dann nach einer ganzen Weile: »Ist Euch einmal in den Sinn gekommen, Madonna, dass es vielleicht besser für Euch wäre, bestimmte Dinge *nicht* zu wissen?«

Ich hob an, um zu widersprechen, hielt dann aber inne.

»Giuliano wurde vor langer Zeit ermordet«, sagte er. »Sein Bruder Lorenzo ist tot. Die Medici wurden aus Florenz verbannt. Der Mörder – wenn er noch atmet – wird bestimmt nicht mehr lange leben. Was soll es schon nützen, wenn wir uns die Zeit damit vertreiben, einen Mann zu suchen? Und was sollen wir Eurer Meinung nach tun, wenn wir ihn finden?«

Wieder hatte ich keine Antwort.

»Keiner edlen Sache ist durch Rache gedient. Wir könnten nur alten Schmerz aufwühlen, alten Hass. Wir sind bereits in Umständen gefangen, die aus weit zurückliegenden Fehlern resultieren. Wir können nur hoffen, sie nicht zu wiederholen.«

»Trotzdem habe ich verdient, es zu wissen«, entgegnete ich kühl. »Und ich will nicht belogen werden.«

Bei diesen Worten hob er abrupt das Kinn. »Ich werde Euch niemals belügen. Das könnt Ihr mir glauben. Aber ich *werde* die Wahrheit vor Euch verbergen, wenn ich der Meinung bin, dass es das Beste für Euch ist. Das fällt mir nicht leicht. Ich vergesse nicht, dass Ihr die Mutter eines Medici-Erben seid. Das ist eine enorme Bürde. Ihr und der Junge seid zu beschützen. Das habe ich mir geschworen, auch wenn mein Herz es mir längst befohlen hatte.«

Ich starrte ihn an. Ich war wütend und enttäuscht; dennoch brachte ich ihm das gleiche tiefe Vertrauen entgegen wie dem Mann, der mich als seine Tochter großgezogen hatte.

»Ihr müsst gehen«, sagte er sanft. »Euer Kutscher darf keinen Verdacht schöpfen. Außerdem regnet es gleich.«

Ich nickte. Ich hob den feuchten Umhang vom Hocker und legte ihn mir um die Schultern. Dann drehte ich mich zu ihm um. »Ich möchte nicht im Unfrieden scheiden.«

»Es herrscht kein Unfriede, nur guter Wille.« Er deutete mit dem Kopf auf das Gemälde. »Ich werde es mitnehmen und daran arbeiten, wenn ich kann. Vielleicht werdet Ihr die Möglichkeit haben, wieder Modell für mich zu sitzen.«

»Das weiß ich.« Ich trat vor und nahm seine Hand; sein Griff war warm und so fest, wie er sein musste. »Bleibt unversehrt. Und gesund.«

»Ihr auch, Madonna Lisa. Ich weiß, Ihr lebt in schwierigen Zeiten. Ich kann nur versprechen, dass am Ende großes Glück auf Euch wartet.«

Er klang überzeugt, doch es tröstete mich nicht. Mein Giuliano war tot; das Glück war für mich – wie schon für meine Mutter – in der Vergangenheit begraben.

Wieder band mir Salai ein dunkles Tuch über die Augen; wieder stopfte er mir ungekämmte Wolle in die Ohren. Mit seiner führenden Hand an meinem Ellenbogen ging ich langsam und unsicher über einen kurzen Flur, blieb dann stehen, bis ein großes Holzstück vor mir – eine Tür, nahm ich an, oder eine große Holzscheibe – rumpelnd und über den Steinboden schrammend zur Seite geschoben wurde.

Wir gingen eine Treppe hinunter – ich unsicher, die eine Hand plagte sich mit meinen langen Röcken, meinem schweren Überkleid, dem schleppenden Saum des Umhangs. Dann kam unser üblicher Halt, wenn Salai auf ein Zeichen des Postens wartete, dass der Weg frei war. Anschließend trotteten wir über glatte Flure.

Zum ersten Mal zögerten wir – in einer Türöffnung, dessen bin ich mir sicher, denn dahinter war strömender Regen zu hören, nur wenige Zentimeter von meinem Gesicht entfernt. Tropfen wie Pfeilspitzen, vom Wind getrieben, streiften meine Wangen. Es donnerte so heftig, dass die Erde unter meinen Füßen bebte.

Salai neben mir spannte sich an, machte sich bereit und

packte meinen Oberarm. »*Lauft*«, befahl er und zerrte mich hinter sich her.

Blindlings rannte ich los. Und schnappte nach Luft, als eisiges Wasser auf mich eintrommelte. Der Regen peitschte mir schräg unter die Kapuze direkt ins Gesicht; ich hielt es nach unten in dem Versuch, es abzuschirmen, doch meine Augenbinde war rasch durchnässt; das Wasser brannte mir in den Augen. Ich legte meine freie Hand darüber.

Dabei verfing sich mein Schuh im durchweichten Saum meines Umhangs. Ich verlor das Gleichgewicht, stürzte, gezogen von Salais Griff, und fiel hart auf meinen freien Ellenbogen und die Knie. Mühsam versuchte ich wieder auf die Beine zu kommen, die Handfläche auf kalte, glitschige Bodenplatten gepresst. Gleichzeitig wischte ich mir mit dem anderen Handgelenk die brennenden Augen.

Die durchweichte Augenbinde verrutschte und fiel herunter. Ich starrte plötzlich in Salais hübsches, junges Gesicht, auf dem sich nun panische Angst breitmachte.

Pferd und Wagen warteten in der Nähe. Und hinter ihm erhoben sich die massiven Mauern eines großen Klosters, das ich ziemlich gut kannte. Er streckte die Hand nach mir aus und versuchte mich zurückzuhalten, aber es war zu spät: Ich drehte den Kopf und warf einen Blick durch den grauen Regenschleier auf die Piazza hinter mir.

Die anmutigen Kolonnaden des Ospedale degli Innocenti, des Waisenhauses, schauten mich von der anderen Straßenseite an. Weiter unten, so weit entfernt zu meiner Linken, dass er nicht größer als eine Fliege wirkte, hatte mein Kutscher Claudio unter einer Loggia Schutz gesucht.

Salai und ich befanden uns auf der nördlichen Seite der Kirche; Claudio wartete auf der Westseite auf mich, die zur Piazza hinausging.

Jedes Mal, wenn ich mich mit Leonardo getroffen hatte, war ich die ganze Zeit in der Santissima Annunziata gewesen.

60

Salai und ich sprachen nicht miteinander; der prasselnde Regen machte ein Gespräch unmöglich. Er zog mich auf die Füße, streifte mir die Kapuze des Umhangs über den Kopf, und wieder liefen wir los, diesmal zurück in den Schutz des Klosters. Dort, vermutlich in der Eingangshalle eines Schlafsaals, kamen wir allmählich wieder zu Atem. Meine Knie und der linke Ellenbogen schmerzten und hatten ohne Zweifel starke Prellungen davongetragen, allerdings war nichts Schlimmes passiert.

Salai versuchte gar nicht erst, mir die Augenbinde wieder anzulegen; tatsächlich gab er mir durch Zeichen zu verstehen, auch die Wolle aus meinen Ohren zu ziehen. Er stand so nah bei mir, dass sich unsere Körper berührten, und sagte, seinen Mund dicht an meinem Ohr: »Nun liegt es in Euren Händen, uns alle zu verraten. Wartet hier. Es ist äußerst unwahrscheinlich, dass jemand auftaucht. Falls doch, sagt kein Wort – ich werde mir etwas ausdenken, wenn ich wiederkomme.«

Ich wartete. Kurz darauf kehrte Salai mit einem großen Tuch zurück. Er half mir aus dem durchnässten schwarzen Umhang und sah mir dann zu, wie ich mich, so gut es ging, trocken rieb.

»Fein«, sagte er, als ich ihm das Tuch zurückgab. »Ich habe mir Sorgen gemacht, wie Ihr Eurem Kutscher Eure … feuchten Gewänder erklären würdet.«

»Ihr müsst es Leonardo nicht erzählen«, sagte ich. »Dass ich weiß, wo wir sind.«

Er schnaubte. »Glaubt nur nicht, wir hätten auch nur die geringste Hoffnung, es vor ihm zu verbergen, Monna. Er kann eine Lüge so gut riechen wie wir das Blut an einem Schlachter. Im Übrigen bin ich es leid, Euch durch die Stadt zu fahren. Kommt.«

Er führte mich eine Treppe hinauf durch ein Gewirr von Korridoren und wieder hinunter, bis wir in die Vorhalle gelangten, die zur Hauptsakristei führte. Dort ließ er mich stehen, ohne sich auch nur einmal umzudrehen.

Im Schutz eines Überhangs ging ich hinaus und winkte Claudio, der nach wie vor auf der Loggia wartete.

An jenem Abend, nachdem Matteo im Kinderzimmer endlich eingeschlafen war, band Zalumma mir die Ärmel auf. Ich war neugierig und in redseliger Stimmung.

»Hast du Giuliano gekannt?«, fragte ich. »Lorenzos Bruder?«

Sie war bereits in Sorge; ich war aufgelöst und mit unerklärlich feuchtem Haar nach Hause gekommen. Wie Leonardo hatte sie ein Näschen für Betrug. Und als ich nach Giuliano fragte, wurde ihre Stimmung noch düsterer.

»Ich habe ihn nicht gut gekannt«, sagte sie. »Ich bin ihm zu verschiedenen Gelegenheiten begegnet.« Sie schaute auf, richtete den Blick in die ferne Vergangenheit, und ihre Stimme wurde weicher. »Er war ein verblüffender Mann; die wenigen Bilder, die ich von ihm gesehen habe, geben es nicht richtig wieder. Er war sehr glücklich, sehr freundlich, wie ein Kind im besten Sinne des Wortes. Er war auch dann noch freundlich zu anderen, wenn er es nicht nötig hatte. Freundlich zu mir, einer Sklavin.«

»Mochtest du ihn?«

Sie nickte wehmütig, während sie meine Ärmel zusammenfaltete und in den Schrank legte. Dann drehte sie sich wieder zu mir um und machte sich daran, mir das Kleid aufzubinden. »Er hat Eure Mutter von ganzem Herzen geliebt. Sie wäre sehr glücklich mit ihm gewesen.«

»Da war ein Mann. Im Duomo«, sagte ich. »An dem Tag, als Giuliano umgebracht wurde. Jemand … jemand hat gesehen, wie es geschah. Es waren nicht nur Baroncelli und Francesco de' Pazzi. Es war noch ein weiterer Mann da, der eine Kapuze trug, um sein Gesicht zu verdecken. Er hat den ersten Stich ausgeführt.«

»Da war noch ein anderer Mann?« Sie war bestürzt.

»Ein dritter Mann, der allerdings entkommen konnte. Man hat ihn nie gefunden. Er ist vielleicht noch hier in Florenz.« Mein Kleid fiel zu Boden; ich trat heraus.

Sie gab einen wütenden Laut von sich. »Eure Mutter hat Giuliano mehr geliebt als ihr Leben. Als er starb, dachte ich, sie würde …« Kopfschüttelnd bückte sie sich und hob mein Kleid vom Boden auf.

Ganz leise sagte ich: »Ich glaube, dass … jemand anders, jemand in Florenz … weiß, wer er ist. Und eines Tages werde *ich* wissen, wer er ist. Und an dem Tag wird er endlich seinen gerechten Lohn bekommen – durch meine Hand, hoffe ich.«

»Wozu soll das gut sein?«, fragte sie. »Es ist zu spät. Giulianos Leben ist beendet, das Eurer Mutter zerstört. Sie wollte an jenem Abend zu ihm. Wusstet Ihr das? Sie wollte Euren Vater verlassen, um mit Giuliano nach Rom zu gehen … An dem Abend, bevor er umgebracht wurde, ging sie zu ihm, um es ihm zu sagen.«

Ich setzte mich vor den Kamin, um mich aufzuwärmen. An jenem Nachmittag sagte ich Zalumma nichts weiter. Ich dachte an das ruinierte Leben meiner Mutter, während ich in die Flammen starrte, und schwor mir, einen Weg zu finden, sie und unsere beiden Giulianos zu rächen.

Der Winter zog sich hin. Solange Leonardo abwesend war, ging ich fast täglich in die kleine Kapelle der Santissima Annunziata, um zu beten. Der Künstler fehlte mir: Er war mein einziges Bindeglied zu meinem leiblichen Vater und meinem geliebten Giuliano. Ich wusste, dass er ihren Tod ebenso betrauerte wie ich.

Fast an jedem Abend, wenn die Luft rein war – das heißt, wenn Francesco außer Haus war und herumhurte –, schlich ich in sein Arbeitszimmer und durchsuchte den Schreibtisch nach Briefen. Ein paar Wochen lang fand ich nichts. Ich bekämpfte meine Enttäuschung mit dem Gedanken, dass Piero auf dem Weg war. Piero würde kommen, dann würde ich Francesco verlassen und – mit Matteo, meinem Vater und Zalumma – bei den Medici Unterschlupf finden.

Doch Piero kam nicht.

Als Gemahlin eines hochrangigen *piagnone* war ich verpflichtet, auch weiterhin Savonarolas Samstagspredigten für Frauen anzuhören. In Begleitung von Zalumma ging ich nach San Lorenzo und saß in der Nähe des Hochaltars und des Lettners, auf Plätzen, die für Bürger mit engen Verbindungen zum Propheten reserviert waren. Ich ertrug den Gottesdienst nur, weil ich mir vorstellte, zu Leonardo zu gehen und ein schönes Denkmal für meinen Giuliano zu bestellen. Meine ganze Aufmerksamkeit wurde jedoch von Fra Girolamos klingender, mit Gift erfüllter Stimme erregt, als er seine schweigende Gemeinde ansprach:

»Jene Menschen, die Piero de' Medici und seine Brüder lieben, Giuliano und den sogenannten Kardinal Giovanni …«

Zalumma und ich starrten geradeaus; ich wagte nicht, sie anzusehen. Schmerz und Wut machten mich blind. Ich hörte die Worte des Propheten, konnte aber sein Gesicht nicht sehen. *Narr,* dachte ich. *Du weißt nicht, dass Giuliano tot ist …*

»Gott weiß, wer sie sind! Gott kennt ihre Herzen! Ich sage euch, wer die Medici auch weiterhin liebt, ist genauso wie sie: die Reichen, die Götzendiener, die heidnischen Idealen wie der Schönheit huldigen, heidnischer Kunst, heidnischen Schätzen. Und die ganze Zeit, während sie mit ihren Juwelen und ihrem Gold glitzern und funkeln, verhungern die Armen! Gott hat mir gesagt – ich spreche nicht selbst: *Wahrlich, jene, die solchen Götzendienern huldigen, haben es verdient, den Biss des Henkerbeils im Nacken zu spüren. Sie führen sich wie Kopflose auf, ohne Gottes Gesetz zu achten, ohne Mitleid für die Armen. Folglich sollen sie auch ihren Kopf verlieren!*«

Ich blieb still, innerlich aber kochte ich vor Wut, als mir eine Zeile aus dem neuesten Brief einfiel, den ich in Francescos Arbeitszimmer gefunden hatte:

Unser Prophet sollte nun tatsächlich noch inbrünstiger predigen, besonders gegen die Medici.

Ich kochte. Und ich zitterte. Und ich betete zu Piero, er möge kommen.

In jener Zeit fand ich nur einen Brief in Francescos Zimmer – wieder in der ungelenken Handschrift.

Eure Angst vor Exkommunikation ist unbegründet. Ich sagte Euch doch schon, habt Vertrauen. Lasst ihn ohne Angst predigen! Haltet ihn nicht zurück. Ihr werdet sehen. Papst Alexander wird nachgeben.

Unmerklich ging ein Jahr ins nächste über. Am ersten Tag des Jahres 1496 übte Ludovico Sforza, Herzog von Mailand, Verrat an Florenz.

Einer der Schätze, die König Karl von Frankreich auf seinem Marsch nach Süden der Stadt Florenz gestohlen hatte, war die Festung von Pisa. Pisa stand seit jeher unter der Vorherrschaft von Florenz, hatte sich aber schon lange nach Unabhängigkeit gesehnt. Seit der Invasion wurde die Stadt nun von den Franzosen beherrscht.

Ludovico indes beschwatzte den Hüter der Festung von Pisa, den Schlüssel an die Pisaner selbst zu übergeben. Mit dieser einzigen Geste erlangte Pisa die Freiheit – von Karl und von Florenz.

Ludovico, der Listige, tat einiges, um seine Einmischung geheim zu halten. Daher glaubten die Florentiner, König Karl habe den Bewohnern Pisas die Autonomie geschenkt. Karl, von Savonarola als Gottes Vorkämpfer gepriesen, der Florenz großen Ruhm einbringen würde, hatte die Stadt hingegen verraten.

Das Volk gab Savonarola die Schuld. Zum ersten Mal wurde aus seinem Lob Unzufriedenheit.

Salai, der seine Begeisterung nicht zu zügeln vermochte, flüsterte mir eines Tages die Wahrheit ins Ohr, als ich gerade nach dem Gebet aus der Familienkapelle trat. Ich lächelte. Wenn das alles Leonardos Werk war, dann konnte ich seine Abwesenheit besser ertragen.

Der Winter wich dem Frühling, der mit unaufhörlichem Regen Einzug hielt. Die tiefergelegenen Stadtteile wurden überflutet, viele Werkstätten zerstört, darunter zahlreiche Färbereien, was wiederum die Gewinne für Francescos Seidengeschäft und für den Tuchhandel meines Vaters schmälern.

Vorläufig jedoch hatten wir mehr als genug zu essen – vor allem angesichts der guten Beziehungen, die Francesco unterhielt.

In dieser Zeit war mein Gemahl ausnehmend fröhlicher Stimmung. Lange wusste ich nicht, warum, bis er eines Abends beim Essen besonders mitteilsam war.

Die starken Regenfälle hatten nachgelassen und waren in ein konstantes, schweres Nieseln übergegangen. Nach wochenlanger Dunkelheit war unser Palazzo zugig und kalt, sodass wir drei – mein Vater, Francesco und ich – möglichst nah am offenen Kamin saßen.

Francesco hatte den Nachmittag im Palazzo della Signoria verbracht; deshalb trug er seinen besten *lucco*, die lange, burgunderrote Tunika, an Ärmeln und Hals mit braunem Zobel besetzt. Mit einem Lächeln auf den Lippen kam er nach Hause, und seine Fröhlichkeit schien sich nach seiner Ankunft noch zu verstärken. Als wir schließlich am Tisch Platz genommen hatten – in dem Augenblick, als der Wein ausgeschenkt wurde –, konnte Francesco nicht länger an sich halten.

»Gute Neuigkeiten, Ser Antonio!«, sagte er, sich an meinen Vater wendend – meinen bleichen, verwelkten Vater, der so alt war wie Francesco, aber viel älter aussah. Francescos Augen leuchteten; seine Wangen und die Nasenspitze waren noch vom Ritt durch die kalte, feuchte Luft gerötet. Die winzigen Wasserperlen in seinem silbergrauen Haar glitzerten im Feuerschein. »Ihr erinnert euch doch noch an das Breve des Papstes im vergangenen Jahr, das dazu aufrief, Fra Girolamo das Predigen zu untersagen?«

»Ja«, erwiderte mein Vater ohne Begeisterung. Savonarolas Gottesdienste hatten trotz des Befehls weiterhin stattgefunden. Es gab Stimmen, die bereits von Exkommunikation sprachen.

»Seine Heiligkeit hat nach gründlicher Überprüfung der Angelegenheit erkannt, dass dieses Ersuchen ungerecht ist. Heute hat die Signoria die Nachricht von ihm erhalten, Fra Girolamo könne weiter predigen, solange er keine vernichtende Kritik an Rom übe, vor allem nicht am Heiligen Stuhl.« Francesco strahlte, lehnte sich zurück und trank einen großen Schluck Wein.

Ich hörte gut zu, wahrte aber nach außen hin die höfliche, wenn auch desinteressierte Fassade. Insgeheim fragte ich mich, ob Francesco das tatsächlich in der Signoria erfahren hatte oder von seinem mysteriösen Brieffreund. Ich beschloss, noch am selben Abend wenn möglich den Schreibtisch zu durchsuchen.

»Nun«, sagte mein Vater, »es ist schon recht, wenn er Rom nicht vergrätzt. Das Volk fing bereits an, sich Sorgen zu machen.«

»Solche Ängste sind unbegründet«, sagte Francesco. »Und die Leute vergessen nur zu schnell, was Fra Girolamo für Florenz getan hat. Karl hätte die Stadt womöglich dem Erdboden gleichgemacht, wenn der Mönch nicht vermittelt hätte.«

Mein Vater nickte schwach und schaute dann geistesabwesend ins Feuer.

»Aber was ist mit dem Gerücht«, hob ich mit gespielter Unschuld an, »vor langer Zeit sei ein Brief auf dem Weg nach Frankreich abgefangen worden … von Fra Girolamo an König Karl?«

Mein Gemahl wandte sich mir abrupt zu. »Woher hast du das?«

»Agrippina sagte, sie habe es zufällig auf dem Markt gehört. Es heißt, der Mönch habe Karl gebeten, nach Italien zu kommen, damit Florenz seine Prophezeiungen glaubt.«

»Ich weiß, was geredet wird. Wie kannst du eine so offensichtliche Lüge wiederholen?«

»Ich habe es erwähnt, weil ich wusste, dass du die Wahrheit kennst«, sagte ich so aalglatt, dass ich mich selbst wundern musste. »Ich habe auch gehört, der Papst denke daran, die

Heilige Liga zu verlassen.« Papst Alexander hatte die Liga ins Leben gerufen – die von Neapel, Mailand und dem Heiligen Römischen Kaiser unterstützt wurde –, um Karl aus Italien zu vertreiben. Savonarola war natürlich dagegen, doch Florenz hatte sich dem Druck des Papstes gebeugt und der Liga angeschlossen.

Das besänftigte Francesco. »Das hatte ich nicht gehört. Es ist gut möglich. Für uns wären diese Nachrichten gut.« Er zögerte, trank noch einen Schluck Wein und warf meinem Vater einen verschlagenen Blick zu. »Ser Antonio«, sagte er. »Ich dachte mir, es ist höchste Zeit, dass Ihr Euch an einem zweiten Enkel erfreut.« Sein Blick flatterte kurz zu mir, bevor er in seinen Kelch schmunzelte. »Ich bin kein junger Mann mehr. Ich brauche Söhne, die das Familiengeschäft einmal übernehmen. Was meint Ihr?«

Angewidert schlug ich die Augen nieder und starrte in meinen Kelch. Am liebsten hätte ich mich in dem Wein ertränkt.

»Ich meine«, antwortete mein Vater bedächtig, »dass ich mit nur einem Kind gesegnet wurde, und mir hat nie etwas gefehlt. Ich bin sehr stolz auf meine Tochter.«

»Ja, das sind wir alle«, erwiderte Francesco hastig; seine überbordende gute Laune war nicht zu dämpfen. »Und natürlich ist es nicht richtig, wenn ich solche Dinge anspreche, ohne zuerst mit meiner geliebten Gemahlin geredet zu haben.« Er trank seinen Weinkelch leer und verlangte Nachschub; dann wechselte er abrupt das Thema und kam auf die Folgen des schlechten Wetters zu sprechen.

»Die Preise werden steigen«, sagte mein Vater. »Das war schon einmal so, als ich noch ein Kind war. Wenn der Regen nicht aufhört, werden wir kein Getreide ernten. Und wenn das passiert, werden die Hungernden einen Aufruhr anzetteln, das garantiere ich Euch.«

»Wir müssen uns keine Sorgen machen«, sagte Francesco mit fester Stimme. »Gott lächelt auf Florenz herab. Der Regen hört auf.«

Meinen Vater ließ das unbeeindruckt. »Und wenn nicht?

Wenn kein Getreide da ist? Savonarola täte gut daran, Fürsprache einzulegen, falls die Sonne wieder auf uns herabscheinen soll.«

Francescos Lächeln verblasste ein wenig; argwöhnisch schaute er meinen Vater an. »Das wird sie, Ser Antonio. Ich verspreche es Euch.«

»Eine Flut bringt die Pest mit sich«, sagte mein Vater. »Hunger bringt die Pest. Ich habe das schon einmal erlebt ...«

Bei dem Gedanken an Matteo schrak ich zusammen. Mein Vater bemerkte es und ergriff ernüchtert meine Hand. »Ich wollte dich nicht verängstigen. Die Pest würde uns nicht befallen, Lisa.«

»In der Tat«, sagte Francesco mit warnendem Unterton. »Wir sind hier weder durch Überflutung noch durch Hunger gefährdet. Niemand in meinem Haushalt wird je Hunger leiden.«

Mein Vater nickte ergeben und schlug die Augen nieder.

Die restliche Mahlzeit verlief schweigend, bis auf Francescos Klage, die Bauern seien noch immer zu unwissend, um die Wahrheit zu erkennen: dass nämlich der Herzog von Mailand, Ludovico Sforza, und nicht Fra Girolamo den Pisanern die Schlüssel zu ihrer Festung ausgehändigt habe. Ein unglückliches Missverständnis, da die Leute nun ihre Stimme gegen den Einen erhöben, der sie am meisten liebte und zu ihren Gunsten inbrünstig zu Gott betete. Das sei, betonte Francesco, der einzig denkbare Grund, warum die Zahl der *arrabbiati* ansteige, die kurz davorstünden, eine offizielle politische Opposition gegen Savonarola und die *piagnoni* zu bilden.

Danach ließ Francesco keinen Zweifel daran, dass er und ich erschöpft seien und uns früh zurückziehen wollten; mein Vater – der für gewöhnlich länger blieb und sich an der Gesellschaft seines Enkels erfreute – nahm den Hinweis wohlwollend auf und ging.

Als ich mich verabschiedete, um meine Gemächer aufzusuchen, erhob sich Francesco und schenkte mir einen vielsagenden Blick.

»Geh in dein Zimmer«, sagte er nicht unfreundlich, »und sag Zalumma, sie solle dich auskleiden. Ich komme gleich nach.«

Ich kam seiner Aufforderung mit einem Abscheu nach, der an Übelkeit grenzte. Als Zalumma mein Kleid aufband, schauten wir uns mit derselben Angst an, die wir in meiner Hochzeitsnacht ausgestanden hatten.

»Wenn er Euch etwas antut ...«, murmelte Zalumma finster.

Kopfschüttelnd brachte ich sie zum Schweigen. Wenn er mich verletzte, konnte weder ich noch sie etwas daran ändern. Ich sah zu, wie sie mein Gewand in den Schrank legte, und blieb geduldig stehen, während sie mir die Haare ausbürstete und zu Zöpfen flocht. Zuletzt entließ ich sie. Nur mit meiner *camicia* bekleidet saß ich auf dem Bett und bat Giuliano um Vergebung. *Francesco berührt nur meinen Körper,* sagte ich ihm. *Meine Liebe zu dir berührt er damit nicht.*

Eine elende halbe Stunde lang wartete ich allein auf meinem Bett. Als die Tür aufging, blickte ich auf und sah Francesco, die glänzenden Augen blutunterlaufen, auf den Beinen schwankend, in der Hand einen Weinkelch.

»Geliebtes Weib«, murmelte er. »Was sagst du zu meinem Wunsch nach einem zweiten Sohn?«

Ich wich seinem Blick aus; vielleicht hielt er es für Schamgefühl. »Ihr seid mein Gemahl. Ich kann mich gegen Eure Wünsche nicht zur Wehr setzen.«

Er setzte sich neben mich, ließ sein volles Gewicht achtlos auf das Bett fallen und stellte seinen Kelch auf den Nachttisch; der Wein schwappte über den Rand, dass der Geruch die Luft würzte. »Hast du denn selbst keine Wünsche? *Du* willst doch bestimmt mehr Kinder. Welche Mutter will das nicht?«

Ich konnte ihn nicht ansehen. »Gewiss will ich das.«

Er nahm meine schlappe Hand, die ich ihm widerstandslos überließ. »Ich bin kein Narr, Lisa«, sagte er.

Bei diesen Worten stellten sich meine Nackenhaare auf. Wusste er es? War meine Suche in seinem Arbeitszimmer entdeckt worden? Hatte Claudio etwas gesehen?

Doch er fuhr fort: »Ich weiß, dass du mich nicht liebst, obwohl ich gehofft hatte, du würdest es lernen. Du bist eine sehr schöne Frau, intelligent noch dazu. Ich bin stolz darauf, dich meine Frau zu nennen. Und ich hatte gehofft, du würdest meine Freundlichkeit damit belohnen, mir viele Erben zu schenken.«

»Aber sicher«, wiederholte ich.

Er erhob sich. Sein Tonfall wurde geschäftsmäßig, kalt, beinahe drohend. »Dann leg dich hin.«

Ich tat, was er verlangte.

Es war eine unpersönliche Prozedur. Er blieb vollkommen angekleidet und ließ seine Hose nur so weit wie nötig herunter. Mit Bedacht, die mit Zärtlichkeit nichts zu tun hatte, kroch er zwischen meine Beine, hob meine *camicia* und drang in mich ein. Aber er war noch nicht so weit; tatsächlich löschte die Nähe zu mir jegliche Glut, und er schrumpfte. Einen Moment lang blieb er schwer atmend still liegen, dann drückte er die Handflächen in die Matratze und hob den Oberkörper.

Ich dachte, er wolle sich zurückziehen, und regte mich sogleich in der Hoffnung, er würde kapitulieren und gehen.

»Leg dich hin, habe ich gesagt!« Er hob eine Hand und drehte den Handrücken zu mir, als wollte er mich schlagen. Ich zuckte zusammen und wandte das Gesicht ab.

Das gefiel ihm. Er wuchs in mir; dabei schloss er die Augen und flüsterte vor sich hin. »Hure. Unverschämtes Luder …!«

Ich dachte an nichts. Ich ließ meinen Kopf an das Holzbrett am Kopfende stoßen. Ich hörte, wie dieses gegen die Wand donnerte.

Es waren lange, schmerzvolle Augenblicke; er hatte seine liebe Not, geilte sich aber mit schmutzigen Wörtern auf, bis er endlich am Ziel war.

Sobald er fertig war, stieß er sich von mir ab, richtete rasch seine Kleidung und verließ wortlos das Zimmer, die Tür hinter sich schließend.

Ich rief nach Zalumma. Eine gute Ehefrau wäre auf dem

Bett liegengeblieben, um schwanger zu werden. Ich aber stand sofort auf, und als Zalumma kam, sagte ich mit bebender Stimme: »Ich will kein Kind von ihm. Verstehst du? Ich will nicht!«

Zalumma verstand. Am nächsten Morgen brachte sie mir einen Krug Tee und unterwies mich, wie ich ihn anzuwenden hatte.

61

Die Warnung meines Vaters erwies sich als prophetisch: Der Regen hörte nicht auf. Mitte des Monats trat der Arno über die Ufer und riss das Getreide mit sich. Anfang Juni führte der Rifredi Hochwasser und zerstörte alle Felder, die noch übrig waren.

Zu der Zeit, als der Himmel im Sommer trocken wurde, litt die Stadt unter einer Fieberepidemie. Aus Sorge um Matteo ließ ich im Kinderzimmer keine Besucher zu und erlaubte ihm auch nicht, den Palazzo zu verlassen. Er fing gerade an, seine ersten, unbeholfenen Schritte zu tun; je öfter ich in sein Gesicht schaute, umso mehr sah ich seinen Vater darin.

Ich ging nur selten aus dem Haus. Sobald das Fieber sich ausbreitete, verbot ich Zalumma, mit Agrippina auf den Markt zu gehen, und ich suchte die Santissima Annunziata nur unregelmäßig auf, auch deshalb, weil ich in jenen Wochen keine neuen Briefe in Francescos Schreibtisch fand.

Da ich jedoch als gute Ehefrau dastehen und jeglichen Verdacht zerstreuen wollte, besuchte ich weiterhin Savonarolas Samstagspredigten für Frauen. Seine Schmähreden gegen die Medici und deren Anhänger gingen weiter, verbunden mit einer neuen Besessenheit: Alexanders Zusammenleben mit seiner jungen Mätresse, Giulia Farnese, im Vatikan und seine Neigung, Prostituierte zu seinen Festen einzuladen.

»Führer der Kirche!«, tobte er. »Jeden Abend sucht Ihr Eure Konkubine auf, jeden Morgen geht Ihr her und nehmt die heiligen Sakramente entgegen; Ihr habt den Zorn Gottes erregt. Ihr Metzen, ihr elenden Kuppler, ihr habt eure Kirchen in Freudenhäuser verwandelt!« Als die Kardinäle murrten, er solle nicht so über den Papst reden, verkündete er: »Ich bin es nicht, der Rom droht, sondern Gott! Soll die Stadt doch machen, was sie will, Rom wird diese Flamme niemals auslöschen!«

Kurz darauf, nachdem mein Gemahl abends zu seinen Konkubinen unterwegs und die Dienerschaft zu Bett gegangen war, suchte ich Francescos Arbeitszimmer auf.

Der im Schreibtisch verborgene Brief hatte einen klagenden Ton.

Lasst ihn gegen die Medici wettern, habe ich gesagt. Aber ich habe ihn nicht aufgefordert, Alexander anzugreifen – weit gefehlt! Er macht meine sorgfältige Arbeit hier in Rom zunichte. Macht es allen Beteiligten deutlich: Wenn sie diese Dummheit nicht umgehend einstellen, werden sie dafür bezahlen müssen!

Einstweilen: Der Hunger im Volk könnte zu Unruhen führen. Schürt sie. Lenkt ihre Aufmerksamkeit nicht auf ihre Bäuche, sondern auf den Himmel und Fra Girolamo.

Still wiederholte ich die Worte für mich und brannte jedes einzelne in mein Gedächtnis ein, sodass ich sie beliebig wieder hervorholen konnte.

Am nächsten Morgen ließ ich das Buch für Isabella sichtbar liegen. Am übernächsten Tag fuhr ich zur Santissima Annunziata, als die Glocke gerade zur Sext schlug.

Salai versuchte nicht mehr, eine List anzuwenden. Die Diener Mariä waren beim Gebet und würden bald im Refektorium zu Mittag essen; unser Weg war frei. Wir gingen von der Kapelle in einen schmalen Korridor, dann eine steinerne Wendeltreppe hinauf. Oben gelangten wir zu einer leeren Holzwand; Salai trat in eine Ecke und gurrte leise wie eine Taube, woraufhin sich ein in der Wand verstecktes Fach öffnete. Wir traten ein.

Ein junger Künstler in der langen, mit Farbflecken übersäten Tunika seines Handwerks schloss das Fach hinter uns. Wir gingen über einen Korridor, der in drei Räume führte: in eine Mönchszelle mit einer Schlafstatt; ein größeres Gemach, in dem zwei junge Männer, frische Gipsspuren auf Wangen, Händen und den langen Schürzen, ein Fresko vorbereiteten; und in den Raum, in dem ich Leonardo getroffen hatte.

Mein Porträt stand noch immer auf der Staffelei; Salai setzte mich darüber in Kenntnis, Leonardo habe es in der Eile vergessen. Ich betrachtete das Bild: Bis auf die Umrisse und Schattierungen war meine Haut durch den grellweißen *gesso* auf dem Holz dargestellt. Ich sah aus wie ein Gespenst, das zur Hälfte Gestalt angenommen hatte.

Ich lächelte dem Gemälde zu.

Lächelnd übermittelte ich Salai dann auch den Inhalt des Briefes. Er schrieb die Wörter langsam und unter Mühen auf, hielt ein paar Mal inne und bat mich, zu wiederholen.

Leichten Herzens verließ ich die Kirche. Leonardos Bemühungen trugen Früchte, dachte ich. Der Papst würde Savonarola nun bestimmt zum Schweigen bringen. Die Feinde der Medici schlugen wild um sich, und es war nur eine Frage der Zeit, bis ich Piero wieder begrüßen konnte.

Ich lächelte, weil ich unwissend war. Ich lächelte, weil ich nicht erkannte, dass der Brief eigentlich alle bedrohte, die mir lieb und teuer waren.

Mit dem Herbst kam die Pest. Savonarola predigte nach wie vor, doch Francesco erlaubte mir, zu Hause zu bleiben. Aus Rom trafen keine neuen Briefe für ihn ein, sodass ich mich nicht hinaus in die Familienkapelle wagen musste. Meine Ausflüge zur Santissima Annunziata waren mir genommen, und aufgrund des sich verschlechternden Wetters konnte ich weder auf meinem Balkon sitzen noch durch den Garten wandeln. Ich war gereizt.

Der Verlust des Frühjahrsgetreides verwüstete die Toskana. Groß- und Kleinbauern verließen das kahle Land und begaben sich auf der Suche nach Nahrung in die Stadt. Männer und Frauen standen an den Straßen und bettelten um Brot und Almosen. Sie schliefen auf Kirchentreppen, in den Eingängen der *botteghe*; Francesco kam eines Morgens zu seinem Laden und fand eine Mutter mit zwei Kindern vor, die an seiner Tür lehnten, tot. Als die Nächte kälter wurden, erfroren manche, die meisten aber starben an Hunger und Pest. Jeder Morgen förderte so viele Leichen zutage, dass es unmöglich war, sie alle zu entsorgen. Florenz begann zu stinken.

Trotz Francescos Wohlstand und seiner Verbindungen bekamen wir den Mangel zu spüren. Zuerst ging Agrippina das Brot aus, dann das Mehl, sodass wir ohne unsere übliche Brühe mit Pasta auskommen mussten; die Jäger brachten uns Geflügel, das wir so lange aßen, bis wir es nicht mehr sehen konnten.

Bis zum Winter waren selbst wir Reichen verzweifelt.

Weihnachten kam und ging, der Jahreswechsel, dann der Karneval – einst eine Zeit des Feierns mit Paraden, großen Gesellschaften und Festessen, doch unter Savonarolas Führung stellte die neue Signoria diesen heidnischen Pomp unter Strafe.

Schließlich machte das Gerücht die Runde, die Signoria habe beschlossen, öffentliche Lagerbestände an Getreide am Dienstagmorgen, dem sechsten Februar, dem letzten Tag des Karnevals, auf der Piazza del Grano zu einem annehmbaren Preis an das Volk zu verkaufen. Am folgenden Morgen war Frühlingsanfang.

Agrippina, die Köchin, hatte erst ein paar Tage zuvor einen Neffen durch die Pest verloren. Aus Angst, *la moria* ins Haus einzuschleppen, hatte sie nicht an seiner Beerdigung teilgenommen – doch sie verkündete lauthals, sie könne erst dann Trost finden, wenn sie in den Duomo gehen, eine Kerze anzünden und für seine Seele beten könne. Natürlich war es ihre Pflicht, Korn und Brot für uns zu kaufen. Da war es nur sinnvoll, wenn sie zum Duomo ging, um zu beten, und dann das kurze Stück zur Piazza del Grano zurücklegte, um ihre Einkäufe zu erledigen.

Und ich, unruhig wie ich war, legte Francesco dar, warum ich Agrippina zum Duomo begleiten sollte. Es sei ganz und gar nicht weit; es seien keine Menschenmassen unterwegs; mir sei sehr daran gelegen, zu beten. Zu meiner großen Freude gab er nach.

An dem vereinbarten Dienstag stieg ich also mit Agrippina und Zalumma in die Kutsche, und Claudio fuhr uns nach Osten auf die ziegelrote Kuppel zu.

Der Himmel war klar und von grellem Blau. Die Luft war still, und solange ich reglos in einem Sonnenfleck saß, spürte ich die schwache Wärme; jeder Schatten aber brachte beißende Kälte mit sich. Ich schaute aus der Kutsche auf die Läden, die Häuser, die Kirche, auf die Menschen, die langsam durch die Straßen zogen. Bevor Savonarola das Herz von Florenz erobert hatte, war Karneval eine schöne Zeit gewesen; als Kind war ich durch die Straßen gefahren und hatte mit offenem Mund die Gebäudefassaden bestaunt – vorher abweisend und grau, waren sie durch rote und weiße Banner, golddurchwirkte Gobelins, Girlanden aus leuchtenden Papierblumen verwandelt worden. Männer und Frauen tanzten durch die Straßen; sie trugen bemalte, mit Gold und Diamanten verzierte Masken; Löwen und Kamele aus den Menagerien der Medici wurden zur Belustigung der Bürger vorgeführt.

Nun waren die Straßen ruhig und düster, dem Hass des Propheten sei Dank.

Zalumma und die Köchin schwiegen. Agrippina war eine grauhaarige Frau aus einer Bauernfamilie und neigte nicht dazu, sich mit Menschen zu unterhalten, die sie für höherstehend hielt. Sie war untersetzt, hatte ein breites Gesicht, schwere Knochen und nur noch wenige Zähne. Ein braunes Auge war umwölkt und blind, doch mit dem gesunden schaute sie aus dem Fenster, ebenso hungrig nach einem Tapetenwechsel wie ich.

Wir waren uns einig, dass es am besten wäre, später zu beten und zuerst etwas einzukaufen, ehe die Vorräte knapp wurden. Deshalb fuhren wir am Duomo vorbei Richtung Süden auf die großen, gezackten Zinnen des Turms auf dem Palazzo della Signoria zu. Die Piazza del Grano, ein kleinerer Platz, befand sich hinter dem Palazzo auf der Ostseite. An der Rückwand des Gebäudes standen große Silos mit Weizen und Mais hinter stabilen Holzzäunen; davor waren provisorische Stände mit Waagen für die Verteilung errichtet worden. Vor den Ständen war ein niedriges Tor, das verschlossen blieb, bis das Geschäft anlief.

Claudio fuhr die Kutsche an den äußeren Rand des Platzes, weiter kamen wir nicht. Ich hatte mit einer Menschenansammlung gerechnet, nicht aber mit dem, was ich sah: Der Platz war gerammelt voll, sodass nicht ein Fleckchen Erde zu sehen war. Hunderte von barhäuptigen Bauern mit schmutzigen Gesichtern und schwarzen Händen, die Schultern in Wollfetzen gehüllt, schrien um Barmherzigkeit, um Almosen, um eine Handvoll Getreide. Vor ihnen schraken Adelsfrauen in Samt und Pelzen zurück, die ihren Sklaven nicht getraut hatten, die Nahrungsmittel nach Hause zu bringen, und Diener mit finsteren Mienen schoben sich mit Ellenbogeneinsatz an den gleichermaßen entschlossenen Armen vorbei.

Ich steckte den Kopf aus der Kutsche; von meinem hohen Standpunkt aus konnte ich in den Ständen mehrere Männer erkennen, die die Köpfe zusammensteckten und vor dem noch immer verschlossenen Tor diskutierten. Sie hatten die wachsende Unruhe gespürt, ebenso wie unsere Pferde, die nervös aufzustampfen begannen. Niemand hatte so früh eine solche Menschenmenge erwartet.

Claudio schwang sich vom Kutschbock und legte die Hände auf die Kutschentür, ohne sie jedoch zu öffnen. Seine Miene war düster.

»Vielleicht sollte ich gehen«, sagte er. »Agrippina ist klein; sie kann sich niemals bis ans Tor vorkämpfen.«

Schnaubend schaute sie mit dem gesunden Auge auf ihn herab. »Seit vierzig Jahren habe ich diese Familie satt bekommen. Keine Menschenmenge kann mich aufhalten.«

Claudio hielt den Blick auf mich gerichtet. »Ihr geht beide«, sagte ich. »Damit stehen eure Chancen besser. Zalumma und ich warten in der Kutsche.«

Claudio nickte kurz und hielt die Tür für Agrippina auf, die einige Mühe beim Aussteigen hatte; nur halb so groß wie er, drehte sie sich um und schritt neben ihm auf die Menge zu, wobei er eine Hand an den Knauf seines langen Messers legte.

Ich sah zu, wie sie im Gedränge verschwanden – bis ein Gesicht vor dem Fenster der Kutsche auftauchte, so plötzlich, dass ich zusammenfuhr.

Die Frau vor dem Fenster war jung, nicht älter als ich; ihr unbedecktes Haar war zerzaust, die blauen Augen traten wild hervor. Ihre eingefallenen Wangen waren rußverschmiert. Ein Kleinkind hing still in einem Tuch an ihrer Brust.

»Habt Erbarmen, Madonna«, sagte sie mit deutlich bäuerlichem Akzent. »Habt Mitleid, um Christi willen! Eine Münze, ein wenig zu essen für mein Kind …«

Zalummas Gesicht wurde hart; ihre Hand fuhr an ihr Mieder. »Verschwinde! Weg von unserer Kutsche!«

Die rot geränderten Augen der Bettlerin tränten vor Kälte, die Nase lief. »Madonna, Gott hat Euch mir hierher geschickt! Um Christi willen …«

Wäre das kleine Kind nicht gewesen, hätte ich vielleicht besser acht gegeben. So aber nestelte ich an meiner Taille nach dem Geldbeutel und zog einen Soldi hervor. Ich wollte ihn ihr in die schmutzige, bloße Hand drücken, doch der Gedanke an Matteo und die Pest brachte mich dazu, das Geldstück stattdessen in ihre Richtung zu werfen.

Mit tauben, ungeschickten Fingern versuchte sie es zu fangen; es fiel knapp vor dem Kutschenfenster zu Boden, und sie bückte sich danach. Sie war nicht die Einzige. Ein Bauer in der Nähe hatte es gesehen und stürzte sich auf sie; sie begann zu kreischen, sodass bald auch andere vom Lärm angezogen wurden.

»Verschwindet!«, rief Zalumma. »Lasst uns in Ruhe!«

Dennoch kamen immer mehr, Männer und Jungen. Einer begann die junge Bettlerin zu schlagen, bis sie einen schrillen Schrei ausstieß und dann plötzlich gespenstisch ruhig zu Boden ging.

»Sie hat eine Münze – da sind noch mehr!«, sagte jemand. Unsere Pferde wieherten und machten einen Satz nach vorn; die Kutsche tat einen Ruck und geriet ins Wanken.

»Tod den Reichen!«, rief ein Mann. »Sie nehmen uns das Essen und lassen uns nichts übrig!«

Schmutzige Gesichter füllten den Rahmen des Fensters aus; Arme streckten sich in die Kutsche, fremde Hände grabschten nach uns. Jemand riss die Tür auf.

Zalumma neben mit langte in ihr Mieder und zog einen kleinen Dolch heraus. Sie schlug auf die wedelnden Arme ein; ein Mann schrie fluchend auf.

Dann wurden aus der Menge donnernde Rufe laut, Holz zersplitterte, und es rumpelte, als bräche die Erde auf. Die Bettler, die unsere Kutsche überfielen, drehten sich wie Blumen zur Sonne um; im Nu rannten auch sie auf den Lärm zu und ließen uns rasch in Ruhe.

Ich klammerte mich an den Rahmen der offenen Kutschentür und schaute mich um.

Die Menge hatte das verschlossene Tor durchbrochen und eilte an den Ständen vorbei; noch während ich zusah, fielen sie über den Zaun her, der die Kornsilos schützte, und rissen ihn nieder. Zwei Männer – der eine noch ein junger Bursche – kletterten an der Seite der Silos hoch und warfen mit den Händen Korn in die verzweifelte Menge unter ihnen.

Eine ausgemergelte, willkürliche Masse von Leibern wogte nach vorn; zahllose Hände fuhren wie Krallen empor und griffen nach dem rettenden Regen. Mitten aus dem allgemeinen Wahn ertönten Schreie, als die Schnellen und Starken die Langsamen und Kranken niedertrampelten.

Während die lachenden Männer oben auf den Silos das Meer verhärmter Gesichter unter sich bewarfen, vernahm ich dumpfen, rhythmischen Gesang, leise zunächst, dann immer lauter werdend und sich schnell wie ein Feuer durch die rasende Menge ausbreitend:

»*Palle, palle, palle …!*«

Ich ergriff Zalummas Arm und drückte ihn fest; ich seufzte laut auf, vergoss aber keine Träne.

An jenem Tag kamen Dutzende während des Ansturms auf Nahrung ums Leben – niedergetrampelt oder erstickt. Alle verfügbaren Soldaten und Polizisten wurden hinausgeschickt, um den Aufstand zu unterdrücken und die Menschen nach

Hause zu schicken – so sie ein solches hatten. Agrippina hatte Rippen und Beine gebrochen; Claudio kam humpelnd mit ihr auf den Armen zur Kutsche zurück. Erstaunlicherweise war es ihm gelungen, etwas von dem gestohlenen Getreide in einem Beutel zu sammeln. Ich rechnete schon beinahe damit, dass Francesco verlangen würde, er solle es zurückgeben – schließlich war es gestohlen –, doch mein Gemahl sagte nichts.

Die Nachricht vom Ruf der Massen nach den Medici hatte sich herumgesprochen, selbst unter unserer Dienerschaft, und als Francesco an jenem Nachmittag aus seinem Laden zurückkehrte, war seine Miene wie versteinert, und er war ungewöhnlich still. Sobald er von Agrippinas Verletzungen erfuhr, ging er zu ihr ans Bett, murmelte ein paar mitfühlende Worte vor sich hin und ließ seinen Arzt holen.

Noch nie hatte ich ihn in einer so schlechten Laune erlebt. Als Elena es wagte, schüchtern nachzufragen, ob er von dem Ruf »*Palle!*« gehört habe, drehte er sich zu ihr um und sagte ziemlich gehässig: »Sprich das Wort in diesem Haus noch einmal aus, und du stehst auf der Straße!«

An jenem Abend kam mein Vater nicht zum Essen, und Francesco verzichtete darauf; stattdessen ging er – so behauptete er – zu einer Besprechung der Signoria.

Zalumma und ich redeten wenig miteinander. Doch als wir uns ins Schlafzimmer zurückgezogen hatten – sie auf ihre Schlafstatt und ich in mein Bett –, sagte ich leise ins Dunkel hinein:

»Du hattest einen Dolch. Ich möchte auch einen.«

»Ich gebe Euch meinen«, sagte sie.

Und am nächsten Morgen löste sie ihr Versprechen ein.

Der Tag darauf war Aschermittwoch. Mittags gingen Francesco, mein Vater und ich nach San Lorenzo, um an einem Gottesdienst von Fra Girolamo teilzunehmen.

Ich schaute zu dem Propheten in der Kanzel, auf sein eingefallenes, reizloses Gesicht mit der Hakennase und fragte mich, ob er begriff, dass seine Eingebungen nicht einer himmlischen Quelle entstammten.

Er sagte nichts über Papst Alexander, wohl aber über »jene üblen Prälaten, die über Gott wimmern, sich jedoch mit Juwelen und Pelzen schmücken«. Vehement prangerte er Frauen an, die in »unschicklichen« Kleidern umherstolzierten, hergestellt aus derart feinen Stoffen, dass der Verkauf auch nur eines solchen Kleidungsstücks viele hungernde Bettler sättigen würde, die in eben jenem Augenblick auf den Straßen von Florenz sterben mussten.

Ich warf meinem Gemahl einen Seitenblick zu. Francesco erweckte den Anschein, als höre er genau zu, seine Stirn mitfühlend gefurcht, mit sanftmütigem Blick in wohlkalkulierter Unschuld.

Bei Sonnenuntergang zog Zalumma mir ein schmutziggraues Gewand und eine schlichte Kopfbedeckung über. Schmuck legte ich keinen an; ich hatte aus Angst vor den *fanciulli* seit Monaten keinen mehr getragen. Diese gehörten zu Savonarolas »Armee«: zehnjährige Jungen, vielleicht noch jünger, die, ganz in Weiß gekleidet, durch die Straßen von Florenz patrouillierten und nach Frauen Ausschau hielten, die gegen die Gesetze verstießen, nach denen unschickliche Kleidung verboten war. Jedes Mieder, das eine Brust auch nur erahnen ließ, jedes Aufblitzen von Gold oder Edelsteinen war ein Verbrechen. Ketten, Ohrringe, Broschen wurden konfisziert als »Spenden« für die Armen. In den vorangegangenen Monaten waren die gnadenlosen Cherubim von Haus zu Haus durch die Stadt gezogen, hatten Gemälde beschlagnahmt, Skulpturen, Raritäten – alles, was an diesem Aschermittwoch jedem als Lektion dienen konnte, der in offensichtlicher Zurschaustellung seines Reichtums schwelgte.

In unseren Palazzo aber kamen sie nie.

Sobald ich fertig angezogen war, wartete ich, bis Francesco nach mir rief. Als ich die Treppe herunterkam, betrachtete er meine düstere Erscheinung, meine unauffällig geflochtenen Zöpfe, meinen bescheidenen schwarzen Schleier und sagte nur: »Gut.«

Dann überreichte er mir ein Gemälde, das so breit war wie

mein Arm vom Ellenbogen bis zu den Fingern. »Ich möchte, dass du es heute Abend anbietest.«

Ich warf einen Blick darauf. Es hing vormals an der Wand im Flur vor dem Kinderzimmer. Auf einer Holzplatte war das Porträt von Francescos erster Frau wiedergegeben, Nannina, als Athene verkleidet. Ihre Büste war im Profil dargestellt; auf dem Kopf trug sie einen kleinen silbernen Helm, unter dem lange, sorgfältig gekräuselte Locken hervorguckten. Der Stil des Künstlers war grob, ihm fehlte Tiefgang. Ihre Haut war unnatürlich weiß, die Augen leblos, die Haltung steif, obwohl sie eigentlich Würde ausstrahlen sollte.

Wir hatten viele Gemälde mit heidnischen Themen im Haus – eins davon in Francescos Arbeitszimmer zeigte eine nackte Venus –, dennoch hatte er dieses harmlose gewählt, vielleicht um der Öffentlichkeit nahezulegen, es sei das sündigste, das wir hatten finden können.

Im Übrigen hatte er es aus dem gehämmerten Silberrahmen genommen.

Ich nahm es ohne Kommentar entgegen, und wir fuhren schweigend – Francesco war noch immer schlecht gelaunt – zur Piazza della Signoria.

An jenem Abend waren am bewölkten Himmel weder Sterne noch Mond zu sehen, mir fiel aber ihr Schimmer trotzdem auf, während wir uns der überfüllten Piazza näherten. Als unsere Kutsche am Palast der Signoria vorbeirollte, sah ich überall Fackeln: Fackeln neben dem hohen Podest, auf dem der Prophet mit seiner Armee weiß gekleideter *fanciulli* saß; Fackeln zu beiden Seiten des Eingangs zum Palazzo della Signoria; Fackeln in den Händen der Zuschauer; Fackeln, die auf allen vier Seiten den großen Scheiterhaufen für eitlen Plunder säumten. In jedem Fenster im Palazzo, in jedem Fenster in den oberen Stockwerken der Gebäude ringsum schimmerte Kerzenlicht, während die Menschen hinabschauten, um das Schauspiel auf dem Platz zu verfolgen.

Francesco und ich stiegen aus der Kutsche und schlossen uns der Menge an, die vor dem Scheiterhaufen stand. Mein Gemahl war ein bedeutender Mann in der Regierung; wer ihn erkannte, gab den Weg frei, sodass wir in den inneren Kreis treten konnten.

Der Scheiterhaufen war eine massive Holzkonstruktion – beinahe so hoch, breit und tief wie eine zweistöckige *bottega* oder das Haus eines kleineren Kaufmanns – und bestand aus acht Lagen, die wie eine große, provisorische offene Treppe zusammengenagelt waren, sodass Kinder leicht von unten nach oben steigen konnten. Auf der Spitze stand ein mit Stroh ausgestopftes Bildnis des dicken Königs Karneval mit einem bemalten Kopf aus Leinen. Sein Gesicht war nicht das des wohlwollenden Monarchen, das ich in der Vergangenheit an Karneval gesehen hatte, sondern das eines grauenhaften Dämonen mit hervorstehenden Fangzähnen und blutunterlaufenen Augen.

Auf den frisch errichteten, nicht angestrichenen Holzschichten war eitler Tand zusammengetragen, der in den vorangegangenen Monaten von den kleinen Soldaten des Mönchs gesammelt worden war: goldene Ketten, ganze Haufen von Perlen, Stapel von besticktem Samt, Satin und Seidenschals, vergoldete Handspiegel, silberne Haarbürsten und Kämme, Haarnetze aus gesponnenem Gold, gefranste Gobelins, Perserteppiche, Vasen und Keramikwaren, Skulpturen und Gemälde. Statuen von Zeus, Mars, Apollon, Eros, Athene, Hera, Artemis, Venus und Herkules, dem Symbol für die Stärke von Florenz. Unzählige Gemälde auf Holz, Leinen und Stein; Silberstiftzeichnungen, Skizzen aus roter Kreide, Bleistift und Tinte. Die darauf dargestellten Verbrechen waren überall dieselben: heidnische Themen und Nacktheit. Ich kam mir vor wie damals, als ich zum ersten Mal Lorenzos Arbeitszimmer betrat: ehrfürchtig vor der bloßen Fülle von Schönheit und Wohlstand.

Trompeten erklangen; Lauten wurden angeschlagen. Francesco stieß mich an und deutete mit einem Kopfnicken auf das Gemälde, das ich in Händen hielt.

Neben anderen prominenten Bürgern, die darauf bedacht waren, öffentlich Frömmigkeit zu zeigen, trat ich an den Scheiterhaufen. Die Lagen waren überfüllt mit Gegenständen, die rohen Planken mit Terpentin getränkt; ich wandte das Gesicht vom Gestank ab und klemmte Nanninas Porträt seitlich zwischen zwei hohe, schwere Kerzenständer, deren gegossene Bronzefüße nackte Frauen mit himmelwärts gereckten Armen darstellten.

Als ich mich abwandte, streifte ich jemanden und schaute auf. Ich erblickte einen grobschlächtigen älteren Mann in schwarzem, hochgeschlossenem Gewand; sein Anblick machte mich stutzig. Er war in den Sechzigern, hatte rot geränderte Augen in einem bleichen, aufgedunsenen Gesicht; unter seinem vorstehenden Kinn hing ein schwabbeliger Fleischwulst.

Sandro, hörte ich Leonardo sagen, und sogleich sah ich diesen Mann einige Jahre jünger vor mir, wie er das Bein einer gebratenen Wachtel an den Mund führte, grinste und schelmisch spöttelte: *Wohlan, niedlicher Vogel …*

Nun lächelte Sandro nicht; das glitzernde Fackellicht in seinen eingesunkenen Augen spiegelte unendliches Leid wider.

Er sah mich an, ohne mich zu erkennen; seine Aufmerksamkeit war von dem Gemälde in Anspruch genommen, das er mit beiden Armen umschlungen hielt. Es war das Bildnis einer Frau – schlank, mit langen Gliedmaßen und strahlender Perlmutthaut. Bis auf eine Locke aus bernsteinfarbenem Haar, die über eine Brust herabfiel, war sie nackt. Einen Arm streckte sie nach einem unvollendeten Himmel aus.

Er betrachtete es, zärtlich, bekümmert – und dann warf er es mit wilder Entschlossenheit ruckartig von sich auf die nächste Lage. Es blieb auf einer Urne liegen, auf der es auf und ab wippte.

Ich sah ihm nach, wie er in der Menge verschwand, dann ging ich zu meinem Gemahl zurück.

Als die Glocke im Turm des Palazzo zu läuten begann, kamen vier Anführer der *fanciulli* vom Podest herab und nahmen bereitstehende Fackeln in die Hand. Strohbündel und Zunder waren an vier Stellen unter den Scheiterhaufen gestopft worden: zwei vorn und hinten nahe der Mitte, zwei zu beiden Enden.

Trompeten schmetterten, Lauten klangen, Zimbeln schlugen; als die Menge still wurde, sammelten sich die weiß gekleideten Jungen neben dem Propheten und erhoben ihre jungen, hellen Stimmen zu einer Hymne.

Das Stroh ging rasch in Flammen auf, schwarze Tentakel wanden sich in hellem Feuer. Die Planken fingen nicht so schnell Feuer und verbreiteten einen durchdringenden, harzigen Geruch; die nichtigen Dinge schmolzen; dünne schwarze Rauchfahnen stiegen auf.

Zwei Stunden lang stand ich neben Francesco und sah den Scheiterhaufen brennen, sah zu, wie Botticellis Perlengöttin dunkler wurde und dahinschmolz. Zuerst stampfte ich mit den Füßen auf, um die Kälte abzuwehren, als aber die oberen Lagen verkohlten und zusammenfielen, loderte das Feuer zischend auf. Ich lockerte meinen *mantello*; meine Wangen wurden so heiß, dass ich meine bloßen Hände an sie drückte, um sie zu kühlen.

Am Ende zwang uns die Hitze zurückzuweichen. Francesco berührte meinen Ellenbogen, doch ich blieb einen Moment lang teilnahmslos stehen und starrte nur in die tosenden Flammen, orangerot vor dem rosa überhauchten Himmel. In ihrer Mitte lag sich windend all der eitle Tand.

Ich schwitzte, als wir zur Kutsche zurückkehrten. Auf unserem Heimweg kam Wind auf; rote Schlacke segelte durch die Luft und schwärmte wie glitzernde Glühwürmchen über die Fassaden der Gebäude.

»Schon möglich, dass heute Nacht Brände ausbrechen«, sagte Francesco.

Ich erwiderte nichts. Ich hatte das Gesicht ans Fenster gedrückt und beobachtete, wie die Asche zu Boden rieselte, bleich und still wie Schnee.

62

Ein Angriff durch Piero steht kurz bevor. Gerüchten zufolge plant er, sich von Norden her zu nähern; Siena scheint wieder wahrscheinlich. Bereitet Euch darauf vor – seid aber nicht übermäßig beunruhigt. Er hat nur die Orsini und die Söldner, alles in allem vielleicht dreizehnhundert Mann. Nicht genug.

Wenn er tatsächlich scheitert, nutzt die Gelegenheit, den neuen Rat publik zu machen. Die arrabbiati *sind zu laut geworden, ebenso wie Bernardo del Nero und seine* Bigi. *Der Rat muss sie alle niedermachen.*

Im verborgenen Studierzimmer der Santissima Annunziata zitierte ich Salai den Brief. Er schrieb ihn währenddessen nieder – ungeschickt, mit nervenaufreibender Langsamkeit – und bat mich häufig, das Gesagte zu wiederholen. Als ich mich anschickte, die Feder selbst in die Hand zu nehmen, zuckte er zurück.

»Nein, Monna! Eure Handschrift könnte erkannt werden.«

Als er schließlich fertig war und sich erhob, um mich hinauszubegleiten, blieb ich beharrlich stehen. »Meint Ihr – meint Ihr, es gibt eine Chance, dass Piero Erfolg hat? Dass er imstande ist, Florenz wieder einzunehmen?«

Salai schnitt eine Grimasse; mit gespielter Empörung fuhr er sich mit den Fingern durch die kurzen schwarzen Locken. »Ich mache mir nichts aus Politik und weiß noch weniger über militärische Angelegenheiten. Aber ich weiß sehr wohl, dass ich zu den Waffen greifen und mich anschließen werde, wenn jemand diesen geisteskranken Prediger und seine Fackeln schwingenden Bälger entmachten will.«

»Könnt Ihr mit einem Messer umgehen?«, fragte ich, woraufhin er grinste.

»Ich kam mit einem Messer in der Hand zur Welt.«

Unbeholfen – darauf achtend, dass ich mich nicht verletzte – zog ich Zalummas Dolch aus der Scheide, die in meinem Mieder steckte.

Salai schnitt eine Grimasse. »Typisch Frau. Wenn Ihr Euch nicht selbst in Streifen schneidet, wird sich Euer Gegner vor Lachen biegen, bis Ihr Eure Waffe gezogen habt.«

»Macht Euch nicht über mich lustig. Zeigt mir, wie man damit umgeht.«

»Leonardo würde das nicht gutheißen, wisst Ihr.« Er spottete, seine Augen lächelten noch. »Ich habe ihn nicht einmal überreden können, überhaupt eine Waffe in die Hand zu nehmen. Er ist in solchen Dingen zimperlicher als eine Frau.«

»Leonardo ist nicht hier.«

»Ein ausgezeichneter Standpunkt.« Er lachte. »Zunächst einmal, verwahrt den Dolch nicht in Eurem Mieder. Das gibt nach und behindert Euch. Versteht Ihr, Ihr müsst nach oben greifen, um ihn zu packen. Ihr solltet ihn daher in Eurem Gürtel tragen, an der Taille.«

»Aber ich trage nicht immer einen Gürtel.«

»Das werdet Ihr, wenn Ihr ein Messer bei Euch haben wollt. Einen schönen breiten – ist das nicht gerade modern? Steckt das Messer einfach darunter. Aber bitte, haltet es nicht so, als wolltet Ihr damit essen.«

Blinzelnd schaute ich auf die Waffe in meiner Hand.

»Wenn Ihr erlaubt«, sagte er, stellte sich hinter mich an meine rechte Schulter und legte seine Hand über die meine. Ich hielt den Dolch mit festem, steifem Griff; er rüttelte mein Handgelenk, bis mein Griff sich ein wenig lockerte. »Jetzt«, befahl er, »haltet Ihr ihn von oben mit der Spitze nach unten. Macht genau das Gegenteil: von unten, mit der Spitze nach oben. Aber nur leicht nach oben. So.«

Er drehte meine Hand um und führte die Spitze nach oben; sein Atem strich mir warm über das Ohr. Er roch nach Wein und Leinöl. Ich schaute mich zu ihm um und bemerkte wieder einmal, dass er trotz seiner Unreife ein junger Mann in meinem Alter war, noch dazu gut aussehend; sein Körper war fest und stark. Als er meinem Blick begegnete, lächelte er kokett. Ich wurde rot, peinlich berührt von der aufwallenden Hitze zwischen uns, und schaute zur Seite. Doch mir wurde nun klar, wie er Isabella hereingelegt hatte.

»So ist es richtig«, sagte er leise. »Gut, dass das Messer zweischneidig ist; dann müsst Ihr Euch weniger Gedanken machen. Und jetzt zeigt mir, wie Ihr angreift. Los, bringt jemanden um.«

Ich trat einen Schritt vor und streckte den Arm mit dem Dolch aus. Salai kicherte.

»Das ist schön und gut, wenn der andere vollkommen still hält und Ihr ihn nur ritzen und dann entkommen lassen wollt. Nein, seht her: So wird's gemacht.«

Er stellte sich neben mich und holte blitzartig ein langes, schlankes Messer aus den Tiefen seiner Robe. Noch ehe ich vor Überraschung zusammenfahren konnte, trat er einen Schritt vor und stieß mit dem Messer von unten zu, um es dann mit einer wilden Geste nach oben zu reißen.

»Versteht Ihr?« Er drehte sich zu mir um, das Messer noch hoch erhoben. »Trefft sie tief, in den Unterleib; das ist die verwundbarste Stelle. Und ein schwaches Mädchen kann dort am leichtesten eindringen. Das Herz, die Lungen – da gibt es zu viele Knochen, das ist zu mühsam. Zielt einfach auf den Unterleib, fast in die Lendengegend, und dann – um sicherzugehen, dass sie keine Chance haben, Euch noch Schwierigkeiten zu machen – zieht das Messer fest nach oben, bis die Rippen Euch Einhalt gebieten. Reißt die lebenswichtigen Organe entzwei. Das ist alles, was Ihr tun müsst, um jemanden zu töten. Er wird verbluten, fast so schnell, als hättet Ihr ihm die Kehle durchtrennt.« Lächelnd steckte er sein Messer wieder ein. »Und jetzt Ihr.«

Er hatte die Worte noch nicht ganz ausgesprochen, da

machte ich einen Satz nach vorn, so schnell, dass er erschrak. Ich hielt die Spitze leicht nach oben. Ich dachte daran, unten zuzustechen und den Dolch dann gerade, hart und brutal nach oben zu reißen.

Salai schnalzte erstaunt und bewundernd mit der Zunge. »Und Ihr wollt eine Adlige aus guter Familie sein? Ihr seid eine gelehrige Schülerin, Monna Lisa. Ihr geht mit dem Dolch um, als wärt Ihr auf der Straße geboren.«

An jenem Abend ging ich nach dem Essen allein auf den Balkon. Ich hielt die Waffe in der Hand, die Spitze leicht nach oben, und übte. Ich sprang mit einem Fuß vor, stieß mit dem Dolch zu; ich riss ihn nach oben und hörte, wie die Klinge durch die Luft pfiff.

Immer wieder machte ich einen Satz nach vorn. Ich führte den Dolch. Ich verwundete und tötete. Immer aufs Neue rammte ich ihn in die Gedärme der Pazzi; in den Unterleib des dritten Mannes.

Piero kam nie. Zwei Wochen nachdem ich Salai die Nachricht übermittelt hatte, trat Zalumma vollkommen niedergeschlagen in mein Zimmer. Die Nachricht verbreitete sich wie ein Lauffeuer durch die Stadt. Piero und seine Männer waren von Siena aus Richtung Süden gezogen und bis San Gaggio gekommen. Unterwegs aber hatte sich der Himmel aufgetan, und ein heftiger Regenguss hatte die Armee gezwungen, Unterschlupf zu suchen und den Sturm abzuwarten, was dazu führte, dass sie den Schutz der Nacht verloren. Die Verzögerung sorgte dafür, dass die Nachricht von ihrem Anmarsch die florentinischen Truppen erreichte, die nördlich in Pisa stationiert waren. Piero musste sich wohl oder übel zurückziehen, um nicht überwältigt zu werden.

Savonarolas Anhänger behaupten natürlich, Gott habe gesprochen. Wir anderen waren bedrückt und hatten Angst zu reden.

Ich war verbittert. Verbittert, weil ich wusste, dank meines Gemahls und der Pazzi würden wir nie die volle Wahrheit erfahren. Tagsüber hielt ich mein Kind in den Armen; nachts wiegte ich mich mit dem Messer in den Schlaf.

Angesichts der fehlgeschlagenen Invasion durch die Medici hatte ich erwartet, dass Francesco gut gelaunt wäre – ich rechnete sogar damit, dass er sich diebisch freute. Am folgenden Abend jedoch war er auffällig in Gedanken versunken und äußerte kein Wort über Pieros kläglichen Versuch, die Stadt einzunehmen.

»Wie ich hörte«, sagte mein Vater scheinbar gleichgültig, »besteht die neu gewählte Signoria ausschließlich aus *arrabiati*. Fra Girolamo muss bitter enttäuscht sein.«

Francesco wich seinem Blick aus und murmelte: »Das wisst Ihr besser als ich.« Dann riss er sich aus seinem Schweigen und sagte lauter: »Es spielt keine Rolle. Die Signoria hat immer Ebbe und Flut. Zwei Monate lang leiden wir unter den *arrabbiati*. Wer weiß? Schon die nächste Gruppe könnte nur aus *piagnoni* bestehen. Auf jeden Fall kann die Signoria nicht allzu viel Ärger bereiten. Infolge unserer neuerlichen Bedrohung ist es uns gerade vor kurzem noch gelungen, einen Rat der Acht einzurichten.«

Mein flackernder Blick wanderte auf die Mahlzeit vor mir. Ich wusste, dass er Piero meinte; vielleicht sprach er den Namen meines Schwagers nicht laut aus, weil er fürchtete, mich zu kränken.

»Acht?«, fragte mein Vater im Plauderton.

»Acht Männer, gewählt, um die Stadt gegen die Bedrohung unter Polizeigewalt zu halten. Sie werden besonders auf Bernardo del Nero und seine *Bigi*-Partei ein Auge haben. Und sie werden strenge Maßnahmen ergreifen, um jegliche Spionage zu unterbinden. Alle Briefe, die von und nach Florenz gehen, werden abgefangen und gelesen. Die Unterstützer der Medici werden feststellen, dass die ihnen vertrauten Wege abgeschnitten sind.«

Ich widmete mich dem gebratenen Hasenstück auf meinem Teller. Korn war noch immer teuer, und Agrippina – nach jenem schrecklichen Tag auf der Piazza del Grano zog sie nunmehr ein lahmes Bein nach – verließ sich auf ortsansässige Jäger, die unsere Speisekammer auffüllten. Ich zupfte das Fleisch von den Knochen, aß aber nichts.

»Was hält Fra Girolamo davon?«, wagte mein Vater zu fragen. Ich war überrascht, dass er die Frage stellte. Jeden Tag hörte er sich die Predigten des Mönchs an; zuweilen redete er nach dem Gottesdienst mit ihm. Er hätte es doch bestimmt gewusst.

Francesco war kurz angebunden. »Er hat es sogar vorgeschlagen.«

Schweigend beendeten wir die Mahlzeit. Francescos verbindliches Lächeln tauchte nicht ein Mal auf.

An jenem Abend verließ ich Zalumma, um in Francescos Arbeitszimmer zu gehen. Ich war froh, dass mein Gemahl nach seinem Versuch, mich zu schwängern, mein Zimmer nicht mehr betreten hatte; offenbar empfand er großen Abscheu vor sanktionierter Intimität.

Der Frühling ging zu Ende, und das Wetter war angenehm; alle Fenster standen offen, und die Luft war belebt vom Duft der Rosen und dem Summen der Insekten. Doch ich fand keinen Gefallen an der Schönheit der Nacht; ich konnte nicht schlafen bei der Aussicht, dass es Piero vielleicht nie gelingen würde, die Stadt einzunehmen, dass ich alt werden und mit Francesco in einer Stadt sterben würde, die von einem Wahnsinnigen regiert wurde.

Ich trat in das Arbeitszimmer meines Gemahls – es war dunkel bis auf die Lampe, die im angrenzenden Raum flackerte – und schloss rasch den Schreibtisch auf in der Erwartung, nichts zu finden und leise wieder zu Bett zu gehen.

Dort in der Schublade aber lag ein Brief, den ich noch nicht gelesen hatte. Das Siegel war frisch aufgebrochen. Ich runzelte die Stirn; lieber wäre mir gewesen, wenn ich nichts gefunden hätte. Ich war nicht in der Stimmung, Pieros Misserfolg mit Salai zu besprechen. Doch ich war verpflichtet, ihn an mich zu nehmen, ins Schlafgemach meines Gemahls zu schleichen – da kein Feuer im Arbeitszimmer brannte – und ihn an die Lampe zu halten.

Allem Anschein nach verurteilt unser Prophet Rom noch immer vehement von der Kanzel herab. Seine Heiligkeit ist ungehalten, und an diesem Punkt kann ich nicht mehr viel tun, ihn zu beschwichtigen. Unser gesamtes Vorhaben gerät ins Wanken! Wem soll ich diesen ungeheuerlichen Misserfolg in die Schuhe schieben? Dem Propheten freie Hand gegen die Medici zu lassen war meine Absicht – wie konntet Ihr das missverstehen? Wie Ihr wisst, habe ich jahrelang daran gearbeitet, Zugang zum Papst zu bekommen, mir sein Vertrauen zu sichern ... und jetzt macht Ihr das alles zunichte? Oder soll ich Euch im Zweifelsfall nur Gutes unterstellen und es Antonio zuschrieben? Wenn der Prophet wirklich auf ihn hört, muss er überzeugend sein. Ermahnt ihn, seine ganze Überredungskunst aufzuwenden. Gelingt es ihm nicht – weil der Prophet ihm nicht mehr vertraut oder weil er seine Entschlossenheit eingebüßt hat –, liegt es an Euch, ob Ihr auf seine Dienste gänzlich verzichtet oder ob Ihr Euch der Tochter und des Enkels bedient. Ich füge mich dem, was Ihr in dieser Hinsicht vorzieht, da Ihr wohl kaum eine uneigennützige Partei seid. Falls Antonio verzagt, verlasst Euch wie schon vor langer Zeit auf Domenico, der unter Beweis gestellt hat, dass er alles tun kann, was zu tun ist.

Wenn Papst Alexander tatsächlich gegen den Mönch vorgeht, haben wir keine andere Wahl, als auf äußerste Maßnahmen zurückzugreifen. Vielleicht müssen Bernardo del Nero und seine Bigi *als Exempel für die Bevölkerung herhalten.*

»Antonio«, flüsterte ich. Ich streckte die Hand aus und stützte mich am Nachttisch ab. Ich starrte den Brief an und las ihn immer wieder.

Ich hatte ehrlich geglaubt, Francesco habe mich geheiratet, weil ich schön war.

Wenn Antonio verzagt, verlasst Euch wie schon vor langer Zeit auf Domenico...

Ich dachte an meinen Vater, unglücklich und gebrechlich. Mir fiel der schreckliche Moment vor langer Zeit in der Sakristei von San Marco ein, als Fra Domenico neben meiner liegenden Mutter gestanden hatte; als er den Blick meines Vaters gefangen und vielsagend auf mich geschaut hatte.

Eine Drohung.

Mein Vater war eingeknickt. Er war an seiner Wut beinahe erstickt, aber er hatte nachgegeben.

Mir fiel ein, wie er mich später angefleht hatte, ihn zu begleiten und Savonarolas Predigt anzuhören. Als ich mich weigerte, hatte er geweint. So wie er an jenem Tag weinte, als ich Giuliano heiratete und er mir wild gestikulierend zu verstehen gab, dass er nicht für meine Sicherheit garantieren könne.

Ich musste daran denken, wie die Freundschaft meines Vaters zu Pico nach dem Tod meiner Mutter abgekühlt war. Und an Picos Tod und die derzeitige unglückliche Freundschaft zwischen meinem Vater und meinem Gemahl.

... bedient Euch der Tochter und des Enkels ...

Ich konnte nicht weinen. Ich war zu entsetzt, zu verletzt, zu verängstigt.

Ich richtete mich auf; schwer atmend starrte ich auf jedes einzelne Wort und prägte es mir ein. Als ich fertig war, ging ich wieder ins Arbeitszimmer meines Gemahls, legte den Brief in den Schreibtisch, den ich verschloss.

Dann schlich ich in meine Gemächer, fand das Messer und ließ es unter meinen Gürtel gleiten. Sobald ich bewaffnet war, ging ich über den Flur ins Kinderzimmer. Matteo schlief in seinem Bettchen. Ich weckte ihn nicht, sondern setzte mich auf den Boden neben ihn, bis ich Francesco nach Hause kommen hörte, bis ich hörte, wie er zu Bett ging, bis das Haus wieder still wurde, bis schließlich der Morgen heraufdämmerte, bis zum Sonnenaufgang.

63

An jenem Morgen schickte ich Zalumma früh zu Fuß in die Werkstatt meines Vaters, um ihn wissen zu lassen, dass ich ihn allein zu sprechen wünschte. Knapp zwei Stunden später kam sie zurück, um mir mitzuteilen, meinem Vater gehe es nicht gut, er werde sich sofort nach Hause begeben und hoffe, ich würde ihn dort besuchen.

Natürlich fühlte er sich nicht wirklich unwohl; und als Zalumma – auf deren Knie Matteo schaukelte – und ich in der Kutsche saßen auf dem Weg zum Haus meines Vaters, schaute sie mich unverwandt an, bis ich schließlich sagte: »Mein Vater ist darin verwickelt.«

Für mich hatte es keinen Sinn, der Wahrheit auszuweichen. Ich hatte ihr den Inhalt des ersten Briefs bereits mitgeteilt, den ich in Francescos Arbeitszimmer gefunden hatte; sie wusste, dass mein Gemahl gemeinsame Sache mit Savonarola machte, dass er irgendwie mit Picos Tod zu tun hatte. Sie hatte mich am Morgen schlafend neben Matteos Bettchen gefunden und war nicht dumm. Seit ich sie zu meinem Vater geschickt hatte, wartete sie auf eine Erklärung, was eigentlich vor sich ging.

Meine Worte schienen sie nicht weiter zu überraschen. »Zusammen mit Francesco?«

Ich nickte.

Ihre Miene verhärtete sich. »Warum geht Ihr dann zu ihm?« Das Misstrauen in ihrer Stimme war deutlich. Ich schaute aus dem Fenster und gab keine Antwort.

Mein Vater wartete in dem großen Salon auf mich, in dem er Giuliano an jenem Tag empfangen hatte, als dieser um meine Hand anhielt, in demselben Raum, in dem meine Mutter den Astrologen getroffen hatte. Es war kurz nach Mittag, und die Vorhänge waren aufgezogen, um die Sonne hereinzulassen; mein Vater saß in einem grellen Lichtstrahl. Er erhob sich, als ich eintrat. Kein Diener wartete ihm auf, und ich schickte Zalumma in ein anderes Zimmer, damit sie sich um Matteo kümmerte.

Sein Gesicht war von Sorge gezeichnet. Ich wusste nicht genau, wie Zalumma meine Bitte vorgetragen hatte oder was mein Vater erwartete. Gewiss rechnete er nicht mit dem, was ich zur Sprache brachte.

Sobald Zalumma die Tür hinter sich geschlossen hatte, richtete ich mich gerade auf und gab mir nicht einmal die Mühe, ihn zu begrüßen. »Ich weiß, dass du und Francesco damit beschäftigt seid, Savonarola zu manipulieren.« Meine Stimme klang erstaunlich ruhig. »Ich weiß über Pico Bescheid.«

Sein Unterkiefer klappte herunter, der Mund blieb offen stehen. Er war auf mich zugekommen, um mich in den Arm zu nehmen; jetzt trat er einen Schritt zurück und setzte sich wieder auf seinen Stuhl. »Jesus Christus«, flüsterte er. Er fuhr sich mit der Hand über das Gesicht und spähte verzweifelt zu mir hoch. »Wer – wer hat es dir gesagt? Zalumma?«

»Zalumma weiß von nichts.«

»Dann einer von Francescos Dienern?«

Ich schüttelte den Kopf. »Ich weiß, dass du zu Savonarola gehst. Ich weiß auch, dass du ihm auftragen sollst, gegen die Medici zu predigen, nicht aber gegen Papst Alexander. Doch du machst deine Sache nicht sehr gut.«

»Wer? Wer erzählt dir so etwas?« Als ich schwieg, zeichnete sich nackte Angst auf seinem Gesicht ab. »Du bist eine Spionin. Meine Tochter spioniert für die Medici ...« Es war keine Anklage; er legte den Kopf in beide Hände, allein der Gedanke entsetzte ihn.

»Ich bin niemandes Spion«, sagte ich. »Ich habe seit Giulianos Tod keinen Kontakt zu Piero gehabt. Ich weiß nur, was ich dir gerade gesagt habe. Ich bin durch Zufall an die Information gekommen.«

Er stöhnte; ich dachte, er finge an zu weinen.

»Ich weiß ... ich weiß, du hast es nur getan, um mich zu schützen«, sagte ich. »Ich bin nicht hier, um dich anzuklagen. Ich bin hier, weil ich helfen will.«

Er ergriff meine Hand und drückte sie. »Verzeih«, sagte er. »Es tut mir so leid, dass du das alles erfahren musstest. Trotzdem ... Fra Girolamo ist ein ernsthafter Mann. Ein guter Mann. Er will Gottes Werk tun. Ich habe ehrlich an ihn geglaubt. Ich hatte solche Hoffnungen ... aber er ist von bösen Männern umgeben. Und er lässt sich zu leicht beeinflussen. Einst hatte ich sein Vertrauen, doch nun bin ich mir nicht mehr so sicher.«

Ich hielt seine Hand fest. »Das spielt keine Rolle. Wichtig ist, dass deine Auftraggeber unzufrieden mit dir sind. Du bist in Gefahr. Wir müssen fort von hier. Du und Matteo und ich – wir müssen Florenz verlassen. Es gibt keinen Grund, noch länger hier zu bleiben.«

»Du bist nie in Sicherheit gewesen.« Mein Vater schaute hohläugig zu mir auf.

»Ich weiß. Aber du bist auch nicht sicher.« Ich sank neben ihm auf die Knie, noch immer seine Hand haltend.

»Meinst du nicht, dass ich auch schon daran dachte, fortzugehen? Vor Jahren – nachdem deine Mutter gestorben war, wollte ich dich zu meinem Bruder Giovanni aufs Land mitnehmen, weil ich dachte, du und ich, wir wären dort sicher. Sie haben es herausgefunden. Sie haben einen Verbrecher zu meinem Bruder geschickt, der ihn mit einem Messer bedrohte; dasselbe haben sie mit mir gemacht. Sie beobachten uns. Selbst jetzt, wenn ich dich zur Kutsche hinausbringe, wird Claudio dein Gesicht betrachten. Bist du aufgewühlt, wird er Francesco alles berichten, haarklein.« Er tat einen scharfen, schmerzvollen Atemzug. »Es gibt Dinge, die ich dir nicht erzählen kann, verstehst du? Dinge, die du nicht wissen darfst, weil Claudio, weil Francesco sie in deinen Augen lesen. Denn du wirst unbesonnen handeln und uns alle in Gefahr bringen; Matteo gefährden.«

Ich zögerte. »Ich glaube nicht, dass Francesco wirklich jemandem erlauben würde, Matteo etwas anzutun.« Mein Gemahl zeigte echte Zuneigung zu dem Jungen; ich musste es glauben, um den Verstand nicht zu verlieren.

»Sieh ihn an«, sagte mein Vater, und zuerst wusste ich nicht, von wem er sprach. »Er ist noch ein kleines Kind, aber selbst ich sehe den leiblichen Vater in seinem Gesicht!«

Die Worte durchbohrten mich; ich wurde sehr still. »Und wenn du mich ansiehst, wessen Gesicht siehst du dann?«

Er schaute mich mit einer Mischung aus Schmerz und Liebe an. »Ich sehe ein Gesicht, das viel schöner ist als das meine …« Er küsste meine Hand; dann erhob er sich und zog mich mit hoch. »Mir macht es nichts, wenn sie mir drohen, aber du und der Kleine – ich werde eine Möglichkeit finden. Überall haben sie Spione, in ganz Florenz, in Mailand, in Rom … aber ich werde uns einen sicheren Ort suchen, irgendwo. Du darfst darüber nicht sprechen, du darfst niemandem etwas sagen. Wir reden wieder miteinander, wenn es sicher ist.« Er überlegte einen Augenblick und fragte dann: »Hat jemand gesehen, dass Zalumma bei mir war?«

Ich schüttelte den Kopf. »Claudio war zu Hause. Wir haben allen gesagt, sie sei für mich zum Apotheker gegangen.« Das Alibi schien vernünftig; der Laden des Apothekers war in derselben Straße wie die Werkstatt meines Vaters.

Er nickte, während er alles überdachte. »Gut. Dann sag ihnen, dass Zalumma vorbeikam und erfuhr, ich sei krank und nach Hause gegangen – und du hast nach mir sehen wollen. Sorge dafür, dass Zalumma genau dasselbe sagt. Und jetzt bist du froh, weil du mich gesehen und erfahren hast, dass es nichts Ernsthaftes war.«

Er drückte mich abrupt an sich. Ich hielt ihn fest. Ich war nicht von seinem Blut, doch er war mehr als jeder andere Mann mein Vater.

Dann löste er sich aus der Umarmung und bemühte sich um einen leichten Ton und ein fröhliches Gesicht. »Und jetzt lächle. Lächle und sei glücklich, Matteo zuliebe, und mir. Lächle und sei fröhlich, wenn Claudio dich ansieht und wenn du nach Hause gehst, denn in dem Haus gibt es niemanden, dem du vertrauen kannst.«

Ich nickte, küsste ihn auf die Wange und rief dann nach Zalumma. Als sie kam und Matteo vor sich herscheuchte, sagte ich ihr, dass wir nicht mehr lange bei Francesco blieben – unterdessen sollten wir nach außen hin glücklich sein.

So gingen Zalumma und ich zur Kutsche hinaus, Matteo auf unsicheren Beinen neben uns herlaufend. Ich schenkte Claudio ein strahlendes Lächeln.

An jenem Tag blieb mir nichts anderes übrig, als ein Buch auf meinen Nachttisch zu legen, wo Isabella es sehen würde. Sosehr ich mich auch davor fürchtete, Salai zu treffen, war das, was ich erfahren hatte, zu wichtig, um einfach ignoriert zu werden: Unsere Feinde verloren ihren Einfluss auf den Papst und den Mönch; noch bedeutender aber war, dass sie überlegten, ob sie nicht gegen die *Bigi* vorgehen sollten.

Ich hatte jedoch nicht die Absicht, die ganze Wahrheit weiterzugeben. In jener Nacht lag ich wach und zitierte den Brief im Stillen, wobei ich jeglichen Bezug auf Antonio, die Tochter und den Enkel ausließ. Es würde nicht schaden; Leonardo und Piero würden trotzdem alles Wichtige erfahren.

Und Salai, der sorglose Kerl, würde den Unterschied nicht merken.

Am Morgen, während ich trüben Gedanken nachhing, teilte ich Zalumma mit, dass ich Claudio brauche, um zur Santissima Annunziata zu fahren. Sie fragte nicht nach, doch ihr finsteres, ernstes Verhalten deutete darauf hin, dass sie ahnte, warum ich ging.

Es war in der ersten Maiwoche. In der Kutsche zog ich die Brauen zusammen, blinzelte ins Sonnenlicht und lehnte mich schwer an den Türrahmen, bis wir zur Kirche kamen.

Salai tauchte in der Tür zur Kapelle auf; ich folgte ihm in sicherem Abstand durch den Flur, die Wendeltreppe hinauf, und wartete neben ihm, als er an das Holzfach in der Wand klopfte, das zur Seite glitt und uns Einlass gewährte.

Ich hatte beschlossen, meinen Text schnell herunterzuspulen, keine Zeit mit Gesprächen zu verbringen, sondern unter dem Vorwand der Erschöpfung bald nach Hause zu eilen.

Salai aber durchbrach unsere Gewohnheit, wonach er sich umgehend an Leonardos kleinen Tisch zu setzen pflegte – bar aller Malerutensilien und mit einem kleinen Tintenfass, einer Feder und Papier ausgestattet –, um als Schreiber zu dienen, während ich ihm diktierte, was ich in der Nacht zuvor auswendig gelernt hatte.

Stattdessen deutete er auf meinen Stuhl mit der niedrigen Lehne und lächelte ein wenig aufgeregt. »Wenn Ihr bitte so freundlich sein wollt, Monna Lisa … Er ist gleich bei Euch.«

Er. Ich tat einen überraschten Atemzug und schaute mich um. Mein Porträt stand wieder auf der Staffelei; der kleine Tisch daneben war mit neuen Pinseln, kleinen Zinnschalen, einem zerstoßenen Farbklumpen *cinabrese* zum Malen von Gesichtern, einer Schale *verdeterra* und einer Schale mit warmem Braun ausgestattet.

Ich hob eine Hand ans Schlüsselbein. *Alles ist wie immer*, sagte ich mir. *Nichts hat sich verändert. Leonardo ist hier, und du bist froh, ihn zu sehen. Und du wirst lächeln, du wirst genau das zitieren, was du vorhattest. Dann wirst du ihm Modell sitzen.*

Es verging keine Minute, da stand Leonardo schon lächelnd vor mir. Er sah erholt aus; sein Gesicht war viel in der Sonne gewesen. Die Haare waren länger und hingen bis auf die Schultern herab, und er hatte sich den Bart wieder wachsen lassen; er war kurz, sorgfältig gestutzt, fast silbergrau.

Ich erwiderte sein Lächeln, wenn auch ein wenig gezwungen.

»Madonna Lisa«, sagte er, stellte sich vor mich und nahm meine Hände. »Wie schön, Euch wiederzusehen! Ich hoffe, es geht Euch gut?«

»Ja, sehr sogar. Auch Ihr seht gut aus; Mailand bekommt Euch offenbar. Seid Ihr schon lange in Florenz?«

»Ganz und gar nicht. Und wie geht es Eurer Familie? Matteo?«

»Alle sind wohlauf. Matteo hört nicht auf zu wachsen. Er kann inzwischen laufen. Er hält uns alle auf Trab.« Ich lachte kurz auf in der Hoffnung, Leonardo würde meine Erschöpfung als Folge meiner Mutterschaft auslegen.

Er ließ meine Hände los, trat einen Schritt zurück und nahm mich in Augenschein. »Gut. Alles gut. Salai sagt, Ihr habt heute etwas zu berichten. Wollen wir es dann schnell hinter uns bringen?« Er verschränkte die Arme. Im Gegensatz zu Salai, der alles niederschrieb, hörte Leonardo mir nur zu.

»Na schön.« Ich räusperte mich; mein Gesicht wurde heiß, und ich merkte mit Abscheu, dass ich rot geworden war. »Verzeiht«, sagte ich mit einem dümmlichen schmalen Lächeln. »Ich habe letzte Nacht nicht gut geschlafen, und ich bin ziemlich müde, aber … ich gebe mir die größte Mühe.«

»Gewiss doch«, sagte er, mich beobachtend.

Ich holte entschlossen Luft und fing an zu zitieren. Die ersten sieben Sätze des Briefes fielen mir leicht; ich sah sie in Gedanken vor mir in der dunklen, breiten Handschrift, wie sie auf dem Papier gestanden hatten. Dann begann ich, ohne es zu wollen: »*Und jetzt macht Ihr das alles zunichte? Oder soll ich Euch im Zweifelsfall nur Gutes unterstellen …*«

In Panik geraten brach ich ab. Ich wusste, wie der Satz zu Ende ging: *und Antonio alles zuschieben*. Doch ich wagte nicht, den Namen meines Vaters zu nennen; dennoch war ich verpflichtet, den Satz zu vervollständigen. »Verzeiht«, sagte ich erneut und fuhr fort: »*und unserem Freund alles zuschieben.*« Um dem Brief den Anschein der Vollständigkeit zu geben, zitierte ich an diesem Punkt alle Zeilen, die sich auf meinen Vater bezogen, und achtete darauf, seinen Namen durch den Begriff *unser Freund* zu ersetzen. Ich wandte meine volle Konzentration auf, um nicht zu stolpern, als ich die Zeile *oder bedient Euch der Tochter und des Enkels* ausließ.

Als ich fertig war, schaute ich zu Leonardo hinüber. Er reagierte überhaupt nicht; er stand nur da und betrachtete mich mit beherrschter, neutraler Miene und bohrendem Blick.

Das lange Schweigen verwirrte mich; ich schlug die Augen nieder und stellte beunruhigt fest, dass meine Wangen sich erneut röteten.

Schließlich ergriff er mit weicher, vorwurfsfreier Stimme das Wort. »Ihr seid eine schlechtere Spionin, als ich Euch zugetraut hätte, Lisa. Ihr könnt nicht verbergen, dass Ihr lügt.«

»Ich lüge nicht!«, sagte ich, vermochte ihn aber nicht anzusehen.

Er seufzte; sein Ton war resigniert und traurig. »Na gut. Ich will es anders formulieren: Ihr verschweigt die Wahrheit. Ich glaube, Ihr wisst, wer ›unser Freund‹ ist. Vielleicht sollte ich Euch bitten, diese spezielle Zeile immer wieder zu zitieren … bis Ihr sie mir endlich so wiedergebt, wie sie geschrieben wurde.«

Ich war wütend über mich selbst und schämte mich. Durch meine eigene Dummheit hatte ich den Mann betrogen, der mein Vertrauen am meisten brauchte. »Ich habe Euch gesagt, was Ihr über den Brief wissen müsst. Ihr könnt nicht – Ihr glaubt, alles zu wissen, doch dem ist nicht so.«

Er blieb ruhig, traurig. »Madonna … Ihr würdet mir nichts sagen, was ich nicht schon weiß. Ich verstehe, dass Ihr ihn schützen wollt, aber dazu ist es zu spät.«

Ich schloss die Augen. Als ich sie wieder aufschlug, sagte ich: »Ihr müsst mir versprechen, dass ihm niemand etwas zuleide tut. Dass ihm nichts zustößt … Wenn ich denken würde, Ihr – oder Piero – wärt eine Gefahr für ihn, würde ich …«

»Lisa«, sagte er scharf. »Ihr versucht, jemanden zu schützen, der Eures Schutzes nicht wert ist.« Er wandte sich ab und schaute zum Fenster. »Ich hatte gehofft, dieser Augenblick würde nie eintreten, Ihr würdet davon verschont. Jetzt sehe ich natürlich, dass es nur eine Frage der Zeit war.«

»Wenn Ihr ihn verletzt, werde ich Euch nicht helfen.« Meine Stimme zitterte.

»Salai!«, rief er so laut, dass ich erschrak und im ersten Moment dachte, dass er mich anschrie. »Salai!«

Sogleich tauchte Salai grinsend in der Tür auf; bei unserem Anblick verflog seine gute Laune.

»Behalte sie im Auge«, befahl Leonardo. Er verließ den Raum. Kurz darauf hörte ich ihn durch das Zimmer nebenan schlurfen, offenbar suchte er etwas.

Als er zurückkam, hielt er eine Mappe in der Hand; er entließ Salai mit einer kurzen Kopfbewegung. Dann trug er die Mappe an den langen Tisch vor der gegenüberliegenden Wand, schlug sie auf und begann, die Zeichnungen durchzusehen – einige mit Holzkohle gemalt, ein paar mit Tinte, die meisten mit hauchzarter rotbrauner Kreide –, bis er die gefunden hatte, nach der er suchte.

Er legte den Zeigefinger darauf, fest und anklagend.

Ich stand auf, trat neben ihn und schaute auf die Zeichnung.

»Ihr hattet recht«, sagte er. »Ich habe direkt nach dem Vorkommnis eine Skizze angefertigt, die ich sehr lange für mich behalten habe. Die hier habe ich vor kurzem in Mailand gezeichnet. Nachdem Ihr mich danach gefragt hattet, wurde mir klar, dass der Zeitpunkt kommen würde, an dem Ihr sie Euch anseht.«

Es handelte sich um die vollständig ausgeführte Zeichnung eines Männerkopfes, Hals und Schultern nur angedeutet. Er drehte sich gerade um und schaute über die Schulter in weite Ferne. Er war in eine Kapuze gehüllt, die sein Haar und die Ohren verbarg und einen Großteil seines Gesichts überschattete. Nur die Nasenspitze, das Kinn und der Mund waren zu sehen.

Der Mann hatte den Mund leicht geöffnet, ein Mundwinkel war mit der Drehung des Kopfes nach unten gezogen; in Gedanken hörte ich ihn keuchen. Obwohl seine Augen im Dunkeln verborgen lagen, waren sein Entsetzen, seine verrauchte Wut, seine aufkeimende Reue in der einen brillanten, mit Abscheu erfüllten Abwärtsbewegung der Unterlippe deutlich offenbart, ebenso in der angespannten Halsmuskulatur.

Ich betrachtete den Mann und hatte das Gefühl, ihn zu kennen, hatte ihn aber noch nie gesehen. »Das ist der Büßer«, sagte ich. »Der Mann, den Ihr im Duomo gesehen habt.«

»Ja, erkennt Ihr ihn?«

Ich zögerte und sagte schließlich: »Nein.«

Er machte Platz auf dem Tisch, nahm die Zeichnung aus der Mappe und legte sie nieder. »Ich habe erst vor kurzem erfahren, was ich Euch zeigen will.« Er nahm ein Stück krümelnder roter Kreide zur Hand und forderte mich durch eine Geste auf, mich dicht neben ihn zu stellen.

Dann begann er mit einer natürlichen Leichtigkeit zu zeichnen, mit der ein anderer vielleicht ging oder atmete. Zunächst zog er leichte, abgehackte Striche über den Kiefer, dann über das Kinn; es dauerte eine Weile, bis ich merkte, dass er Haare und einen Bart malte. Dabei wurde der Kiefer des Büßers weicher; die Oberlippe verschwand unter einem Schnauzbart. Er zeichnete ein paar Linien, und die Mundwinkel des Mannes waren auf einmal vom Alter gerafft.

Allmählich tauchte unter seiner Hand ein Mann auf, den ich kannte, ein Mann, den ich jeden Tag meines Lebens gesehen hatte.

Ich wandte mich ab und schloss die Augen, weil ich mehr nicht sehen wollte.

»Jetzt erkennt Ihr ihn.« Leonardos Stimme war sehr sanft und unglücklich. Ich nickte, ohne ihn anzuschauen.

»Seine Beteiligung war kein Zufall, Lisa. Er hat von Anfang an zu der Verschwörung gehört. Er hat sich ihr nicht aus Frömmigkeit angeschlossen, sondern aus Eifersucht, aus Hass. Er verdient es nicht, von jemandem geschützt zu werden. Er hat Anna Lucrezia zerstört. Hat sie vernichtet.«

Ich kehrte ihm und der Zeichnung den Rücken zu und trat einen Schritt vor.

»Seid Ihr bei ihm gewesen, Lisa? Habt Ihr ihm etwas gesagt? Habt Ihr mit ihm über mich, über Piero geredet?«

Ich ging zu meinem Stuhl und setzte mich, faltete die Hände und beugte mich vor, die Ellenbogen auf die Knie gestützt. Ich wollte krank sein. An jenem Tag hatte ich mein Messer bei mir, begierig auf den Augenblick, in dem ich dem dritten Mann begegnete.

Leonardo blieb neben dem Tisch, neben der Zeichnung stehen, sah mich aber an. »Bitte, antwortet. Wir haben es mit Männern zu tun, die vor einem Mord nicht zurückschrecken. Seid Ihr bei ihm gewesen? Habt Ihr ihm oder einem anderen etwas gesagt?«

»Nein«, antwortete ich.

Ich hatte Leonardo nur die halbe Wahrheit gesagt – nämlich, dass ich weder ihn noch Francescos Briefe erwähnt hatte. Vielleicht war es die Halbwahrheit, die sich auf meinem Gesicht und in meiner Haltung ausdrückte, denn Leonardo stellte mir keine weiteren Fragen. Doch selbst er konnte mich trotz seines Charmes nicht überreden, an jenem Tag für ihn Modell zu sitzen. Auch an einem Gespräch über alles, was seit unserer letzten Begegnung geschehen war, zeigte ich kein Interesse. Ich kehrte früh nach Hause zurück.

Francesco kam spät aus seiner *bottega*. Er schaute nicht ins Kinderzimmer, um mich und Matteo zu begrüßen; er ging in seine Gemächer und wagte sich erst wieder hervor, als er zum Abendessen gerufen wurde.

Auch mein Vater erschien erst spät zum Essen, auch er ging nicht wie gewohnt zuerst ins Kinderzimmer. Als ich mich zu ihnen gesellte, saß Francesco mit versteinertem Gesicht, niedergeschlagen und von kalter, machtloser Wut ergriffen am Tisch. Er stieß meinen Namen hervor und nickte kurz zur Begrüßung, ohne eine Miene zu verziehen.

Mein Vater gab sich die größte Mühe zu lächeln – doch in Anbetracht dessen, was ich von Leonardo erfahren hatte, fiel es mir schwer, ihn anzusehen. Sobald das Essen aufgetragen war, erkundigte er sich nach Matteos und meiner Gesundheit; ich antwortete mit unbeholfener Zurückhaltung. Nachdem diese Nettigkeiten erledigt waren, begann er über Politik zu sprechen, wie er es oft mit Francesco machte, mehr schlecht als recht, damit ich etwas verstand und lernte.

»Fra Girolamo arbeitet an einer Rechtfertigung, *Der Triumph des Kreuzes*. Es gibt Menschen, die behaupten, er sei ein Ketzer, ein Rebell gegen die Kirche, doch diese Arbeit wird zeigen, wie orthodox sein Glaube eigentlich ist. Er schreibt sie ausdrücklich für Seine Heiligkeit als Reaktion auf die Anschuldigungen, die seine Kritiker erheben.«

Ich warf einen Seitenblick auf Francesco, der sich mit seiner *minestra* beschäftigte und keinerlei Meinung zu der Angelegenheit zu erkennen gab. »Nun«, sagte ich vorsichtig, »er hat ja auch emsig gegen Rom gewettert.«

»Er predigt gegen die Sünde«, entgegnete mein Vater freundlich. »Nicht gegen das Papsttum. Seine Schriften werden seinen tiefen Respekt vor dem Heiligen Stuhl belegen.«

Ich wusste es besser, doch ich schaute auf meinen Teller und gab keine Antwort.

»Ich halte es für klug von Fra Girolamo, sich solchen Fragen zu widmen«, sagte er; und als weder ich noch Francesco direkt antworteten, gab er auf, und wir setzten die Mahlzeit schweigend fort.

Kurz darauf hob Francesco zu meiner Überraschung plötzlich mit kalter Verbitterung zu sprechen an. »Soll der Prophet doch schreiben, was er will. Es gibt einige, die glauben, dass er nur wenig Chancen hat, Seine Heiligkeit zu beschwichtigen.«

Mein Vater schaute ruckartig von seinem Teller auf; unter Francescos eisigem Blick schlug er sogleich die Augen nieder. Das Abendessen ging wortlos zu Ende. Mein Vater verabschiedete sich gleich danach – worüber ich froh war, da mich die Neuigkeiten über ihn viel zu sehr beunruhigten, um mich in seiner Gegenwart wohlzufühlen. Francesco kehrte wieder in sein Zimmer zurück. Ich ging hinauf ins Kinderzimmer und spielte mit Matteo, um mich aufzuheitern und das Bild meines Vaters auszulöschen, wie er Giuliano das Messer in den Rücken rammt.

Erst als ich meinen Sohn zu Bett gebracht hatte und wieder in mein Zimmer ging, verstand ich Francescos Wut. Noch ehe ich die Klinke in die Hand nehmen konnte, ging die Tür vor mir auf, Zalumma packte meinen Arm und zog mich hinein. Rasch schloss sie die Tür hinter uns und lehnte sich dagegen; ihre Augen strahlten, sie war aufgeregt, tat aber sehr geheimnisvoll.

»Habt Ihr es schon vernommen? Habt Ihr gehört, Madonna? Isabella hat es mir gerade gesagt – die Nachricht verbreitet sich heute Abend in Windeseile!«

»Was denn?«

»Savonarola. Der Papst hat es endlich getan: Er hat ihn exkommuniziert!«

64

Der Sommer brachte einen zweiten, noch heftigeren Ausbruch der tödlichen Seuche mit sich. Florenz wurde hart getroffen: Überall sah man Tragen, auf denen Fußgänger ins Krankenhaus geschafft wurden, die auf dem Weg zu ihren Häusern, ihren Läden, ihren Kirchen zusammengebrochen waren.

Meine Besuche in der Santissima Annunziata fanden ein Ende. Selbst wenn ich mich auf die von der Pest heimgesuchten Straßen hinausgewagt hätte, wusste ich Leonardo nichts Neues mitzuteilen, da ich zu den Briefen meines Gemahls keinen Zugang mehr hatte. Aus Angst vor Ansteckung hatte Francesco seine nächtlichen Streifzüge eingestellt und blieb in seinen Gemächern, oft in seinem Arbeitszimmer; er ging nur in seinen Laden ganz in der Nähe und noch seltener, wenn das wichtigste Geschäft rief, in den Palazzo della Signoria. Trotz *la moria* empfing er mehr Besucher denn je: Prioren, *buonomi* und andere Männer, die mir nie vorgestellt wurden und nach denen ich nie fragte. Savonarola war politisch gefährdet, und Francesco war verzweifelt bemüht, ihm zu helfen.

Um der mit einer Fahrt über den Arno verbundenen Gefahr aus dem Weg zu gehen, zog mein Vater für eine Zeitlang bei uns ein. Wenn Francesco seine Besucher verabschiedet hatte, rief er häufig meinen Vater zu sich, und die beiden Männer sprachen ausführlich miteinander. Ich versuchte nicht, diese Gespräche auszuspionieren, doch es gab Zeiten, da ich ihre leisen Stimmen hörte, das Auf und Ab ihrer Unterhaltung.

Francesco klang immer streitlustig, herrisch, mein Vater hingegen einfach unglücklich.

Nach einem ungewöhnlich frühen und ausgedehnten Besuch eines Priors kamen Francesco und mein Vater eines Morgens zum Essen herunter. Ich saß am Tisch, Matteo wand sich auf meinem Schoß; ich hatte ihn noch nie zum Essen mit nach unten genommen, doch inzwischen war er fast zwei Jahre alt, und ich träumte davon, ihm beizubringen, mit dem Löffel zu essen. Als die beiden Männer erschienen, schlug Matteo fröhlich mit dem Besteck auf Francescos sorgsam polierten Tisch. Ich rechnete mit dem Unmut meines Gemahls, mit scharfen Worten, da er seit kurzem immer schlecht gelaunt war. Aber Francesco lächelte zum ersten Mal seit Tagen.

Mein Vater stand neben ihm, finster dreinblickend und offensichtlich auf der Hut.

»Wunderbare Neuigkeiten!«, rief Francesco und hob die Stimme, damit man ihn über Matteos Getrommel hörte; er war zu gut gelaunt, um sich von dem Lärm stören zu lassen. »Wir haben gerade einen Spion der Medici gefangen!«

Mir verschlug es den Atem; ich setzte mich kerzengerade auf und wandte gerade noch rechtzeitig den Kopf ab, um Matteos wedelnden Armen auszuweichen. »Einen Spion?«

Mein Vater spürte offenbar meine plötzliche Angst; er zog einen Stuhl unter dem Tisch hervor und setzte sich neben mich. »Lamberto dell'Antello. Du hast schon von ihm gehört. Er war einer von Pieros Freunden«, sagte er ruhig, dicht an meinem Ohr. »Er ging sogar mit Piero nach Rom. Er wurde entdeckt, als er versuchte, mit einem Brief nach Florenz durchzukommen …«

Francesco stand uns lächelnd gegenüber; ich legte Matteo eine Hand auf den Arm, um ihn zu bremsen, und achtete nicht auf seine Unmutsäußerungen. »Ja, Lamberto dell'Antello. Er wurde gestern festgenommen und wird gerade verhört. Das ist das Ende der *Bigi*. Lamberto redet und gibt Namen preis.« Er ging Richtung Küche. »Wo ist Agrippina? Ich brauche etwas zu essen, und zwar schnell. Ich muss gleich in den Palazzo della Signoria. Sie halten ihn im Bargello gefangen.«

»Hältst du es für sicher, nach draußen zu gehen?«, fragte ich fürsorglich, um den Schein zu wahren, und nicht etwa, weil ich mich um Francesco sorgte.

»Es spielt keine Rolle – die Sache ist viel zu wichtig, um sie zu verpassen!« Er verschwand in der Küche. »Agrippina!«

Sobald er außer Sichtweite war, betrachtete mein Vater mich mit fragendem Blick. Ich gab mir die größte Mühe, so zu tun, als interessierten mich die Neuigkeiten über Lamberto nur am Rande, als ließe ich mich gern von meinem zappelnden Kind ablenken. Ich versuchte es, doch ich vermutete, dass mein Vater meine Angst bemerkte.

Ich weiß, dass ich seine sah.

Sobald Francesco etwas gegessen hatte und mit der Kutsche fortgefahren war, nahmen mein Vater und ich Matteo mit in den Garten hinter dem Palazzo, wo er herumlaufen konnte. Der Garten war grün und üppig, der Dunst, der sich von dem Löwenbrunnen erhob, weich und kühl. Ich schlenderte neben meinem Vater her und ließ meinen Sohn ein Stück vor uns her laufen, rief ihm zu, den Buchsbaum nicht zu zertrampeln und die dornigen Rosenbüsche nicht anzufassen. Ebenso gut hätte ich ihm sagen können, er solle kein kleiner Junge sein.

Ich war noch immer wütend auf meinen Vater. Ich wusste, er würde mir nie etwas zuleide tun, doch jedes Mal, wenn ich ihn betrachtete, sah ich den Büßer. Dennoch sorgte ich mich um ihn. »Ich habe Angst«, sagte ich ihm. »Die Exkommunikation – Francesco wird sagen, du habest ihn im Stich gelassen.«

Er tat es mit gleichgültigem Schulterzucken ab. »Mach dir um mich keine Sorgen. Ich habe mit Fra Girolamo gesprochen – ich und andere. Endlich ist er überzeugt, dass er Änderungen vornehmen muss. Er weiß, dass er ein Narr war – dass es ihm nicht gelungen ist, seine Zunge im Zaum zu halten, und dass er auf der Kanzel wie ein Besessener redet. Aber er wird seine Rechtfertigung schreiben. Und er hat bereits persönliche Briefe an Seine Heiligkeit abgefasst, in denen er um Vergebung bittet. Alexander wird besänftigt sein.«

»Und wenn nicht?«

Mein Vater starrte geradeaus auf seinen stämmigen Enkel. »Dann wird Florenz unter päpstliches Interdikt gestellt. Keine christliche Stadt darf mit uns geschäftlich verkehren, bis wir Savonarola ausliefern, damit er bestraft wird. Aber das wird nicht passieren.« Er ergriff meine Hand, um mich zu trösten.

Ich wollte die Hand nicht wegziehen, konnte mich jedoch nicht bremsen. Schmerz flackerte in seinen Augen auf.

»Du warst wütend auf mich. Ich mache dir keine Vorwürfe, nach allem, was ich getan habe – furchtbare Dinge, für die ich Gott um Vergebung bitte, wenngleich ich schon längst jede Hoffnung auf den Himmel aufgegeben habe.«

»Ich bin nicht wütend«, sagte ich. »Ich möchte nur eins: dass wir mit Matteo Florenz verlassen. Ich ertrage es hier nicht länger. Es wird zu gefährlich.«

»Das stimmt«, gab er traurig zu. »Aber gerade zu diesem Zeitpunkt ist es unmöglich. Als sie Lamberto dell'Antello aufgriffen, verfielen die Prioren dem Wahn. Jeder Einzelne ist jetzt ein *piagnone* und lechzt nach Blut. Sie haben alle neun Stadttore geschlossen: Niemand kommt herein, niemand kann hinaus; jeder Brief wird abgefangen und vom Rat der Acht gelesen. Sie verhören jeden und suchen nach Spionen der Medici. Wäre ich für Francesco nicht nützlich, würden sie uns auch befragen.« Seine Stimme wurde heiser. »Sie werden die *Bigi* vernichten – jeden, der Lorenzo oder dessen Söhnen wohlwollend gesinnt war. Und sie wollen Bernardo del Neros Kopf.«

»Nein«, flüsterte ich. Bernardo del Nero war einer der meistgeachteten Bürger von Florenz, ein langjähriger Vertrauter Lorenzo de' Medicis. Er war ein kräftig gebauter Fünfundsiebzigjähriger mit klarem Kopf, kinderlos und verwitwet, weshalb er sein Leben der Verwaltung der Stadt gewidmet hatte. Er hatte mit Auszeichnung als Gonfaloniere gedient und war durch und durch ehrlich. Del Nero war so beliebt, dass selbst die Signoria seine politische Stellung als Anführer der *Bigi* respektierte und tolerierte. »Sie würden es nicht wagen, ihn zu jagen! Kein Bürger würde dahinterstehen.«

Noch größere Sorgen machte ich mir allerdings um Leonardo, der in der Stadt gründlich in der Falle saß und nicht mit der Außenwelt in Kontakt treten konnte.

Mein Vater schüttelte den Kopf. »Sie werden dahinterstehen müssen. Das Auftauchen von Lamberto dell'Antello hat die Herzen aller *piagnoni* mit Angst erfüllt. Nach den Unruhen um die Verteilung von Lebensmitteln auf der Piazza del Grano ist die Signoria verzweifelt bemüht, weitere Rufe nach ›*palle, palle*‹ im Keim zu ersticken.«

»Aber als Piero verbannt wurde«, sagte ich, »bat Savonarola um Gnade für alle Freunde der Medici. Er bestand darauf, man solle allen verzeihen und sie freisprechen.«

Mein Vater schaute über den Garten, den gepflasterten Pfad, der mit blühenden Rosenbüschen und beschnittenem Buchsbaum gesäumt war, auf seinen Enkel, der gerade von einem unglücklichen Käfer abgelenkt war. Der Anblick hätte ihn erfreuen sollen; stattdessen war sein Blick gehetzt.

»Jetzt gibt es keine Gnade mehr«, sagte er mit der Überzeugung eines Mannes, der Geheimnisse wahrte. »Und keine Hoffnung. Es wird von nun an nur noch Blut fließen.«

Auf jeden Fall wollte ich in die Santissima Annunziata gehen, um Leonardo vor der unmittelbaren Gefahr für Bernardo del Nero und seine Parteigänger zu warnen, doch Francesco wollte nichts davon wissen, dass ich das Haus verließ, um zu beten – vor allem, wenn dies bedeutete, die Familienkapelle gegenüber vom Ospedale degli Innocenti aufzusuchen, in dem viele Kranke untergebracht waren. Und Claudio war auch mit Engelszungen nicht dazu zu bewegen, die Befehle seines Herrn zu missachten.

Also blieb ich ans Haus gefesselt. Francescos Briefe hatten die *Bigi* einhellig zu Feinden erklärt, die im Zaum zu halten seien; nun aber war klar, dass man sie zu vernichten trachtete. Ich ging davon aus, dass Leonardo mehr über die Gefahr wusste als ich.

Unterdessen schlich ich allein auf meinen Balkon und zog meinen Dolch aus der Scheide. Mein Gegner war nicht mehr der dritte Mann, der Mörder meines leiblichen Vaters. Es waren Francesco und der Verfasser der Briefe – die Mörder *meines* geliebten Giuliano. Nacht für Nacht übte ich mit meiner Klinge. Nacht für Nacht brachte ich sie beide um und tröstete mich damit.

Eine Verhaftungswelle rollte an; die Angeklagten wurden gefoltert. Am Ende wurden fünf Männer angeklagt und zur Urteilsverkündung vor die Signoria und den Großen Rat gebracht: der hehre Bernardo del Nero; Lorenzo Tornabuoni, Pieros junger Vetter, der zwar nominell Anführer der *Bigi*, trotzdem aber ein sehr beliebter Bürger und frommer *piagnone* war; Niccolò Ridolfi, ein älterer Mann, dessen Sohn Lorenzos Tochter Contessina geheiratet hatte; Giannozzo Pucci, ein junger Freund von Piero; und Giovanni Cambi, der geschäftlich viel mit den Medici zu tun gehabt hatte.

Erbarmen!, riefen die Unterstützer in der Gewissheit, dass die Urteile mild ausfielen und im Falle Bernardo del Nero ein Freispruch erginge. Alle Angeklagten waren geachtete, aufrechte Bürger; ihre Geständnisse – dass sie aktiv daran beteiligt gewesen seien, die Rückkehr von Piero de' Medici als selbsternanntem Regent der Stadt vorzubereiten – waren ihnen unter brutalster Folter abgepresst worden.

Das Volk suchte Orientierung bei Savonarola. Bestimmt würde der Mönch wieder einmal zu Vergebung und Nachsicht aufrufen.

Fra Girolamo aber war durch seine Bemühungen, einen wütenden Papst zu beschwichtigen, zu abgelenkt. Man könne ihn nicht mehr mit politischen Angelegenheiten belästigen, sagte er öffentlich. »Sollen sie doch alle sterben oder vertrieben werden. Was kümmert es mich.«

Seine Worte wurden von Anhängern mit besorgtem Blick und gedämpfter Stimme tausendfach wiederholt.

Drei Stunden vor Tagesanbruch, am siebenundzwanzigsten August, wurden Zalumma und ich durch heftiges Pochen an meiner Tür aus dem Schlaf gerissen. Zalumma rollte von ihrer Schlafstatt und öffnete. Draußen stand Isabella, völlig aufgelöst und im Schein der Kerze in ihrer Hand blinzelnd. Noch verwirrt vom Schlaf trat ich zu den beiden an die Tür und starrte sie an.

»Euer Gemahl lässt Euch rufen«, teilte Isabella mir mit. »Er sagt: ›Zieht Euch rasch für einen düsteren Anlass an und kommt herunter.‹«

Stirnrunzelnd rieb ich mir die Augen. »Und Zalumma?« Ich hörte sie hinter mir, wie sie nach Zündhölzern für die Laterne suchte.

»Ihr sollt alleine kommen.«

Während Zalumma mir ein bescheidenes Gewand aus grauer Seide anzog, bestickt mit schwarzem Garn, fing ich an, mir Sorgen zu machen. Welcher »düstere Anlass« mochte der Grund dafür sein, dass ich mitten in der Nacht geweckt wurde? Vielleicht war jemand gestorben; sogleich dachte ich an meinen Vater. Savonarolas Exkommunikation hatte ihn bei seinem Herrn in Ungnade fallen lassen. Hatten sie letzten Endes beschlossen, ihn loszuwerden?

Die Luft war stickig und warm; wegen der Hitze hatte ich unruhig geschlafen. Bis ich vollständig angekleidet war, war ich schon unterhalb der Brüste und in den Achselhöhlen nassgeschwitzt.

Ich ließ Zalumma im Zimmer und ging die Treppe hinunter. Ein Stockwerk tiefer machte ich Halt, um die Gästezimmer aufzusuchen, in denen mein Vater jetzt schlief. Vor der geschlossenen Tür blieb ich stehen, doch meine Verzweiflung überstieg jeglichen Gedanken an Höflichkeit. Ich öffnete die Tür gerade so lange, um an dem Vorzimmer vorbei in den Schlafraum zu spähen und mich zu vergewissern, dass mein Vater darin schlief.

Dankbar schloss ich leise die Tür und ging hinunter zu Francesco.

Er schritt vor der Eingangstür auf und ab, unruhig und äußerst wachsam. Ich hätte ihn nicht als glücklich beschreiben können, doch in seiner Miene und seinen Augen bemerkte ich nervösen Triumph, eine düstere Freude. Da erst fiel mir auf, dass wir auf Claudio warteten. Etwas so Wichtiges musste vor sich gehen, dass Francesco bereit war, sich und seine Frau selbst der Pest auszusetzen.

»Ist jemand gestorben?«, fragte ich mit der leisen Besorgnis einer guten Gemahlin.

»Es ist zwecklos, jetzt mit dir darüber zu reden; du würdest dich nur aufregen, wie es in solchen Angelegenheiten bei Frauen üblich ist. Du wirst schon früh genug sehen, wohin wir fahren. Ich bitte dich nur, dich zurückzuhalten und alle Tapferkeit aufzubringen, zu der du imstande bist. Ich bitte dich, mich mit Stolz zu erfüllen.«

Mit aufkeimender Furcht schaute ich ihn an. »Ich werde mir Mühe geben.«

Er lächelte finster und geleitete mich hinaus zur Kutsche, wo Claudio und die Pferde warteten. Die Luft draußen war erstickend, nicht ein kühles Lüftchen wehte. Auf der Fahrt sprachen wir nicht miteinander. Ich schaute hinaus auf die dunklen Straßen, meine Furcht nahm zu, während wir nach Osten auf den Duomo zufuhren und dann einen Schlenker nach Süden machten.

Wir bogen in die Piazza della Signoria ein. In den Fenstern des Palasts der Prioren brannten alle Lampen – doch das war nicht unser Ziel. Vor dem angrenzenden Gebäude hielten wir rumpelnd an: Es war der Bargello, das Gefängnis, in dem man mich festgehalten hatte, in das Leonardo von den Offizieren der Nachtschicht gebracht worden war. Es war eine abstoßende, viereckige Festung, von gezackten Zinnen gekrönt. Zu beiden Seiten der massiven Eingangstüren brannten große Fackeln.

Als Claudio die Kutschentür öffnete, blieb mir das Herz stehen. *Sie haben Leonardo gefangen,* dachte ich. *Francesco weiß alles. Er hat mich hierher gebracht, um mich verhören zu lassen …* Nach außen hin ließ ich mir meinen inneren Aufruhr jedoch nicht anmerken. Mit unbewegter Miene nahm ich Claudios Arm und stieg leichtfüßig aus der Kutsche. Flüchtig dachte ich an Zalummas Dolch, der zu Hause unter meiner Matratze lag.

Francesco stieg nach mir aus und packte meinen Ellenbogen. Als er mich auf die Türen zusteuerte, sah ich andere Wagen, die in der Nähe warteten – fünf an der Zahl, dicht gedrängt, begleitet von kleinen Gruppen finsterer, schwarz gekleideter Männer. Bei einem durchdringenden Aufschrei wandte ich den Kopf und sah näher hin: Eine schwarz verschleierte Frau saß auf einem Wagen und schluchzte so heftig, dass sie heruntergefallen wäre, wenn der Kutscher sie nicht festgehalten hätte.

Wir betraten das Gebäude. Ich rechnete damit, zu einer Zelle geführt zu werden, oder in einen Raum voller anklagender Prioren. Bewaffnete Wachen musterten uns prüfend, als wir durch die Eingangshalle nach draußen in einen großen Innenhof schritten. In allen vier Ecken stand eine große Säule aus demselben mattbraunen Stein, aus dem das Gebäude selbst errichtet war: An jeder dieser Säulen waren schwarze Eisenringe befestigt, und in jedem Ring brannte eine Fackel, die flackerndes, orangefarbenes Licht verbreitete.

An der gegenüberliegenden Mauer führten steile Stufen von einem Balkon herab, und am Fuße dieser Treppe stand eine breite, neu errichtete Plattform, auf der eine dicke Schicht Stroh verteilt war. Unter dem Geruch nach frischem Holz und Stroh wehte uns ein schwacher, fauliger Pesthauch an.

Francesco und ich waren nicht allein. Außer uns waren noch andere hochrangige *piagnoni* anwesend: sieben schwitzende Prioren in ihren scharlachroten Tuniken, eine Handvoll *buonomi,* sowie Mitglieder des Rates der Acht. Der berühmteste war der Gonfaloniere Francesco Valori, der zum dritten Mal in dieser Eigenschaft diente; Valori, ein hagerer Mann mit harten Augen und fließendem, silbergrauem Haar, hatte vehement nach dem Blut der angeklagten *Bigi* gerufen. Er hatte seine junge Gemahlin mitgebracht, ein hübsches Geschöpf mit goldenen Ringellocken. Wir nickten schweigend zur Begrüßung und gesellten uns dann zu der Menge, die vor der niedrigen Plattform wartete. Schaudernd atmete ich aus; ich war als Zeugin hier, nicht als Gefangene – zumindest fürs Erste.

Die Menschen unterhielten sich leise, verstummten aber, als ein Mann auf das Gerüst stieg: ein Henker mit einer schweren, einschneidigen Axt. Mit ihm kam ein zweiter Mann, der einen Holzklotz voller Kerben auf dem Stroh absetzte.

»*Nein*«, flüsterte ich vor mich hin. Mir fielen die Worte meines Vaters über die *Bigi* ein: Ich hatte es nicht glauben wollen. Hätte ich einen Weg zu Leonardo gefunden, hätte ich das verhindern können?

Francesco neigte mir den Kopf zu, um anzudeuten, er habe mich nicht verstanden, und ich solle meine Worte wiederholen, doch ich sagte nichts mehr. Ich starrte wie die anderen auf das Gerüst, den Henker, das Stroh.

Zuerst vernahmen wir das Klirren der Ketten; dann tauchten die Angeklagten auf dem Balkon auf, flankiert von Männern mit langen Schwertern an den Hüften.

Bernardo del Nero war der Erste. Er war immer ein würdevoller, weißhaariger Mann gewesen mit großen, ernsten Augen und einer geraden, hervorstehenden Nase. Die Augen waren nun fast vollständig zugeschwollen; die Nase, verdreht und blutverkrustet, war klobig. Er konnte nicht mehr gerade stehen, sondern stützte sich schwer auf seinen Wächter, während er zögernd Stufe für Stufe nahm. Wie seine Gefährten hatte man ihn gezwungen, seine Schuhe abzulegen und dem Tod auf bloßen Füßen zu begegnen.

Den jungen Lorenzo Tornabuoni erkannte ich nicht; sein Nasenrücken war zerschmettert, und sein Gesicht war so blau unterlaufen und geschwollen, dass er gar nichts sehen konnte, sondern die Treppe hinabgeführt werden musste. Drei weitere Gefangene folgten: Niccolò Ridolfi, Giannozzo Pucci, Giovanni Cambi, alle gebrochen und dem Schicksal ergeben. Keiner von ihnen schien sich der Menschen bewusst zu sein, die sich versammelt hatten, um sie zu begaffen.

Als sie schließlich auf dem Blutgerüst standen, las der Gonfaloniere die Anklagen und das Urteil vor: Spionage und Verrat, Tod durch Enthauptung.

Bernardo del Nero gewährte man die Gnade, als Erster zu sterben. Der Henker bat ihn um Vergebung, die ihm Bernardo leise und mit schwerer Zunge gewährte. Dann blinzelte Bernardo auf unsere kleine Versammlung herab und sagte: »Möge Gott auch Euch vergeben.«

Er war zu schwach, aus eigener Kraft niederzuknien; ein Wächter half ihm, sein Kinn richtig in die dunkel befleckte Kerbe des Holzklotzes zu legen. »Mach einen ordentlichen Schnitt«, drängte er, als der Henker die Axt hob.

Mir war einerlei, ob ich Francesco stolz machte; ich wandte das Gesicht ab und schloss die Augen, riss sie jedoch sofort wieder auf, erschreckt durch die warmen Spritzer und das einstimmige Keuchen der Menge. Aus den Augenwinkeln erhaschte ich einen kurzen Blick auf Bernardos knienden Körper, der zur Seite fiel, auf Blut, das zähflüssig in hohem Bogen aus seinem kopflosen Hals schoss, auf einen Wächter, der vortrat, um etwas Rotes, Rundes aus dem Stroh zu heben.

Plötzlich fiel es mir ein. Ich erinnerte mich an einen Tag vor vielen Jahren in der Kirche San Marco, als meine Mutter mit starrem, entsetztem Blick zu Savonarola in seiner Kanzel aufgeschaut hatte. Und sie hatte geschrien:

Flammen werden ihn verschlingen, bis seine Gliedmaßen einzeln abfallen, in die Hölle! Fünf Männer ohne Kopf werden ihn zu Fall bringen!

Fünf Männer ohne Kopf.

Ich machte einen Schritt zurück und trat einem Prior auf den Fuß. Francesco packte meinen Arm und hielt mich fest. »Die Nerven«, flüsterte er dem Betroffenen zu. »Verzeiht ihr. Es sind nur die Nerven. Sie ist noch jung und an so etwas nicht gewöhnt. Es geht schon wieder.«

Wächter kamen und trugen die Leiche fort; Tornabuoni wurde nach vorn geschoben, musste seine Vergebung kundtun, sich hinknien und sterben. Zwei weitere folgten. Giovanni Cambi war der Letzte. Er brach vor Angst zusammen und musste zum Block geschleift werden; er starb schreiend.

Am Ende war das Stroh von Blut durchtränkt. Der Geruch nach frischem Holz war verschwunden. Es roch nur noch nach Blut und Eisen.

Als Francesco und ich nach Hause fuhren, hatte sich die

Dunkelheit noch nicht gelichtet. Wir schwiegen, bis Francesco plötzlich das Wort ergriff.

»So wird mit allen verfahren, die das Haus Medici unterstützen.« Er beobachtete mich neugierig. »Das geschieht mit Spionen.«

Vielleicht kam ihm meine Blässe verdächtig vor; vielleicht redete er nur, weil er sich an seinem politischen Sieg weiden wollte. Wie auch immer, ich antwortete nicht. Ich dachte an die Worte meiner Mutter. Und ich dachte an meinen Vater, an das, was ihm zustoßen würde, wenn der Prophet zu Fall gebracht würde.

65

Als es kühler wurde, entließ die Pest die Stadt aus ihrem eisernen Griff. Mein Vater kehrte in sein Haus zurück, Francesco nahm die Besuche bei seinen Prostituierten wieder auf, und ich ging so oft wie möglich auf den Markt und in die Kirche. Eines Morgens legte ich das Buch auf meinen Nachttisch, obwohl ich keinen neuen Brief in Francescos Schreibtisch gefunden hatte, und am nächsten Tag suchte ich die Kapelle Santissima Annunziata auf.

Zu meiner großen Erleichterung war Leonardo wohlauf. Er hatte sogar an dem Gemälde gearbeitet. Die kühnen Umrisse und Schatten auf meinen Gesichtszügen waren durch das Auftragen von hellem *cinabrese* weicher geworden, ein durchscheinender Vorhang aus Fleisch. Ich fing an, menschlich auszusehen.

Doch als ich ihm von der Warnung meines Vaters erzählte, die *Bigi* würden mit ihrem Blut bezahlen – von meiner Qual, dass ich ihn, Leonardo, nicht hatte warnen können –, sagte er: »Ihr tragt keine Schuld. Wir wussten schon lange von der Gefahr, bevor Euer Vater mit Euch darüber gesprochen hat. Wenn jemanden Schuld trifft, dann mich. Ich war nicht in der Lage, rechtzeitig Einfluss zu nehmen – es ging einfach nicht. Das Schreckliche daran ist, auch wenn wir eine Rettung hätten in die Wege leiten können …« Er brachte es nicht über sich, fortzufahren.

»Selbst wenn man sie hätte retten können – es hätte nicht sein sollen«, beendete ich den Satz.

»Ja«, murmelte er. »Das ist das Entsetzliche daran. Es ist

besser, dass sie gestorben sind.« Es stimmte; die Hinrichtungen hatten ganz Florenz empört, auch die meisten *piagnoni*, die das Gefühl hatten, der Mönch hätte die gleiche Versöhnlichkeit an den Tag legen können, die er in der Zeit kurz nach Pieros Verbannung gezeigt hatte. Isabella, Elena, sogar die sonst so fromme Agrippina, die niemals gewagt hätte, den Unmut meines Gatten auf sich zu ziehen, übten nun offen Kritik an Fra Girolamo.

»Meine Mutter hat gesagt …«, hob ich an und verstummte, verwirrt darüber, wie ich meinen Gedanken zum Ausdruck bringen sollte, ohne wie eine Verrückte zu klingen. »Vor Jahren hat meine Mutter mir gesagt … Savonarola werde zu Fall gebracht. Von fünf Männern ohne Kopf.«

»Eure Mutter? Eure Mutter hat damals mit Euch über Savonarola gesprochen?«

»Ich weiß, es klingt sehr eigenartig. Aber … ich glaube, was sie sagte, stimmt. Ich glaube, die Hinrichtungen werden letztlich die Ursache für Savonarolas Niederlage sein. Vielleicht wird er sogar sterben.«

Leonardo rührte sich nicht und starrte mich gebannt an. »Hat sie noch mehr über Fra Girolamo gesagt?«

»Ich glaube, sie meinte ihn, als sie sagte: ›Flammen werden ihn verschlingen, bis seine Gliedmaßen einzeln abfallen, in die Hölle. Fünf Männer ohne Kopf werden ihn zu Fall bringen.‹«

Was er dann sagte, verblüffte mich. »Dann wird er im Feuer sterben. Und die Enthauptungen werden sein Verderben sein. Wir werden abwarten und bereit sein.«

»Ihr glaubt mir«, sagte ich.

»Ich glaube Eurer Mutter.«

Ich starrte ihn so lange an, bis er den Blick senkte und mit unvermuteter Zärtlichkeit sagte: »Ich habe Euch gesagt, dass ich Eure Mutter einmal sah, als sie mit Euch schwanger war.«

»Ja.«

»Sie erzählte mir, dass sie eine Tochter unter dem Herzen trage. Sie sagte auch, ich würde Euer Porträt malen.« Er zögerte. »Damals habe ich ihr das Medaillon vom Mord an Giuliano geschenkt. Ich bat sie, es Euch als Glücksbringer zu geben.«

Am liebsten hätte ich geweint. Ich ergriff seine Hand.

Verzweifelt bemühte sich die Signoria, die Liebe des Volkes zu Savonarola wiederherzustellen. Sie gab eine Gedenkmünze zu Ehren Fra Girolamos in Auftrag, mit seinem beunruhigenden Profil auf einer Seite und dem Bild einer körperlosen Hand, die ein Schwert hielt, auf der anderen unter der Inschrift *Ecce gladius Domini super terram cito et velociter*. Schlimmer noch, sie forderte ihn auf, sich dem päpstlichen Befehl, nicht zu predigen, zu widersetzen. Daher verkündete Francesco, er werde mit mir zum Gottesdienst gehen, um den Propheten zu hören. Meinem Vater ging es nicht gut, und er blieb lieber zu Hause.

Die Prioren hatten entschieden, der angemessenste Ort für Savonarolas Rückkehr auf die Kanzel sei der Duomo, um die erwartete Menge unterzubringen; doch als Francesco und ich die Kathedrale betraten, stellte ich verblüfft fest, dass sie nicht einmal zur Hälfte besetzt war. Nicht alle, so schien es, waren darauf erpicht, die mögliche Exkommunikation durch einen zornigen Papst zu riskieren.

Francescos Entschluss, am Gottesdienst teilzunehmen, machte mich neugierig. Nach der Hinrichtung der fünf *Bigi* war er zunehmend auf der Hut gewesen, was das Thema Savonarola betraf. Er prahlte nicht mehr mit den Erfolgen der *piagnoni*, sprach nicht mehr mit glühenden Worten über den Propheten, und als Agrippina eine kritische Bemerkung über den Mönch fallen ließ, sagte er nichts. Doch unsere Teilnahme an diesem trotzigen Gottesdienst war eine Zurschaustellung eifrigster Unterstützung. Noch wahrscheinlicher war allerdings, dass Francesco seinen Wunsch, sein Sprachrohr und die öffentliche Reaktion auf Savonarola zu überwachen, deutlich machen wollte.

An jenem Tag weinte niemand im Duomo, keine Gefühlsregungen lagen in der Luft; die Bürger wirkten ernüchtert und zurückhaltend, und als Savonarola ans Pult schritt, trat erwartungsvolle Stille ein.

Fra Girolamos äußere Erscheinung war beunruhigend. In den Monaten seines Schweigens hatte er gefastet und war noch ausgemergelter als zuvor, dunkle Augen, glänzende Löcher in einem Gesicht aus vergilbtem Elfenbein. Er ergriff den Rand des Lesepults und starrte auf die Menge; er strahlte abgrundtiefe Verzweiflung aus, die er unbedingt teilen musste, um nicht verrückt zu werden. Sein zorniger Atem kam stoßweise, sodass ich von meinem Sitzplatz aus sah, wie sich seine Brust hob und senkte.

Als er schließlich zu reden anhob, erschrak ich, hatte ich doch vergessen, wie schrill und schneidend seine Stimme klang.

Er begann leise, mit falscher Bescheidenheit, als er den Text zitierte. »Ach Herr, wie sind meiner Feinde so viel und setzen sich so viele wider mich!«

Er senkte den Kopf und war eine geschlagene Minute lang zu gerührt, um zu sprechen. Schließlich sagte er: »Ich bin nur ein Werkzeug Gottes. Ich suche keinen Ruhm, keine Ehre; ich habe Gott angefleht, mich das einfache Leben eines Mönchs führen und das Schweigegelübde ablegen zu lassen, damit mein Schatten nie wieder auf eine Kanzel falle. Jene unter euch, die mich kritisiert haben, die gesagt haben, ich hätte vor kurzem noch in die Politik von Florenz eingreifen sollen: Seht ihr nicht, dass ich mich aus Bescheidenheit zurückgehalten habe, nicht aus Grausamkeit? Ich war es nicht, der das Beil geschwungen hat, ich nicht …« Er kniff die Augen fest zu. »O Herr, lass mich die Augen schließen und mich niederlegen! Lass mich eine schweigende Zeit genießen! Aber – Gott erhört mich nicht. ER lässt mir keine Ruhe!«

Der Mönch sog tief Luft ein und stieß einen abgehackten Seufzer aus. »Gott lässt mir keine Ruhe. Es ist Sein Wille, dass ich spreche – dass ich die Stimme erhebe gegen die Prinzen dieser Welt, ohne mich vor Vergeltung zu fürchten.«

Francesco neben mir spannte sich an.

»Bin ich respektlos vor dem Papsttum?«, fragte Fra Girolamo. »Nein! Es ist Gottes eigene Einrichtung. Hat Jesus Christus nicht gesagt: ›Auf diesen Fels will ich meine Kirche bauen‹? In der Tat müssen alle guten Christen den Papst ehren und an den Kirchengesetzen festhalten.

Aber ein Prophet – oder ein Papst – ist nur ein Werkzeug Gottes, kein Götzenbild, das anzubeten ist. Und ein Prophet, der sich zum Schweigen bringen lässt, kann kein Werkzeug mehr sein …

So wie ein Papst, der die Gesetze Gottes missachtet, ein zerbrochenes Werkzeug ist, ein wertloses Instrument. Wenn sein Herz mit Bosheit erfüllt ist, wenn seine Ohren nicht hören, wie kann Gott ihn benutzen? ER kann es nicht! Daher müssen gute Christen zwischen Gottes Gesetzen und denen der Menschen unterscheiden.

Alexander ist ein zerbrochenes Werkzeug, und meine Exkommunikation durch ihn ketzerisch. Ihr, die ihr heute gekommen seid, erkennt es in eurem Herzen. Alle, die fern geblieben sind aus Angst vor dem Papst, sind Feiglinge, und der Herr wird sich mit ihnen beschäftigen.«

Ich warf einen Blick auf meinen Gemahl. Francescos Augen waren kalt, und er blickte starr geradeaus. Im Duomo war es ungewöhnlich still, und Savonarolas Worte hallten von der hohen Kuppel wider.

Der Prediger seufzte und schüttelte wehmütig den Kopf. »Ich versuche, gut über Seine Heiligkeit zu sprechen, aber wenn ich hierher komme – an Gottes heilige Stätte –, bin ich verpflichtet, die Wahrheit zu sprechen. Ich muss gestehen, was Gott Selbst mir gesagt hat.

›Girolamo‹, sagte ER, ›wenn man dich von der Erde verbannt, wirst du im Himmel tausendfach gesegnet.‹«

Der Prophet hob die Arme zur Decke und lächelte empor, als lausche er Gott; und als Gott zu sprechen aufgehört hatte, schrie der Mönch als Antwort: »O Herr! Sollte ich jemals Absolution von dieser Exkommunikation anstreben, schicke mich direkt in die Tiefen der Hölle!«

Ein Luftzug ging durch die Kathedrale. Er rührte von den

Zuhörern, die alle empört ausatmeten. Auch Francesco war darunter.

Dann senkte der Mönch bescheiden den Kopf. Als er wieder auf seine Gemeinde blickte, sprach er in vernünftigem, freundlichem Ton. »Doch wie soll ich meine Kritiker ansprechen, die behaupten, ich spräche nicht für Gott? Ich sage euch nun, der Herr in Seiner unendlichen Weisheit wird bald ein Zeichen senden, um sie für immer zum Schweigen zu bringen. Ich habe nicht den Wunsch, Gott zu versuchen – aber wenn man mich zwingt, werde ich der Stadt Florenz ihr Wunder geben.«

Auf dem Rückweg zur Kutsche war Francesco angespannt und zerstreut. Er war so sehr in Gedanken vertieft, dass er, als ich ihn ansprach, aufschaute und mich im ersten Moment nicht zu erkennen schien.

»Fra Girolamo braucht ein Wunder«, sagte ich mit vorsichtigem Respekt. »Dann wollen wir hoffen, dass Gott bald ein solches liefert.«

Mein Gemahl sah mich prüfend an, antwortete aber nicht.

Verflucht seien Ascanio Sforza und sein Bruder Ludovico! Und verflucht sei der Brief des Propheten an die Prinzen! Einer von Ludovicos Agenten hat ihn überbracht, und Kardinal Ascanio hat ihn direkt in die gierigen Hände des Papstes übergeben. Unsere Kontrolle über die Signoria kann nicht aufhören. Selbst die piagnoni *sind inzwischen gespalten. Wenn der Mönch so weitermacht, wie Ihr sagt, ist ein päpstliches Interdikt über Florenz unvermeidlich.*

Ich habe versucht, mit Seiner Heiligkeit so zu verfahren wie mit Pico. Doch Alexander ist zu gerissen, zu gut bewacht. Es besteht keine Hoffnung, dass wir ihn durch jemanden ersetzen können, der unseren Zielen nähersteht. Die Zeit des Propheten läuft zu schnell ab, und meine eigene ist noch nicht gekommen. Ich kann mich nicht mehr auf päpstliche Truppen verlassen; ich habe nicht genug Freunde in der Signoria. Aber ich werde die Hoffnung nicht aufgeben! Es gibt immer einen Weg. Gebt dem Propheten sein Wunder.

Wenn das misslingt, dann müssen wir rasch einen Weg finden, uns und unsere Ziele der Signoria und dem Volk schmackhaft zu machen. Falls Savonarola die Rolle des Teufels übertragen bekommt, dann muss ich als Retter präsentiert werden. Denkt darüber nach und teilt mir Eure Gedanken mit.

Im Atelier der Santissima Annunziata betrachtete ich das Porträt auf der Staffelei. Die Farbe musste noch trocknen – eine Schicht aus sehr hellem Perlmuttrosa, das meine Wangen und Lippen leicht erblühen ließ –, sodass ich nicht wagte, es zu berühren, obwohl mein Finger sehnsüchtig über einem Punkt in meiner Halsbeuge schwebte.

»Hier ist ein bisschen Blau«, sagte ich. »Und Grün«; die leiseste Andeutung einer unter der Haut lauernden Ader. Ich verfolgte die Linie mit dem Finger; ich hatte das Gefühl, wenn ich ihn auf das Bild legen könnte, würde ich meinen eigenen Puls spüren. »Es sieht aus, als wäre ich lebendig.«

Leonardo lächelte. »Ist es Euch vorher nicht aufgefallen? Zuweilen glaube ich, es schlagen zu sehen. Eure Haut ist dort recht durchscheinend.«

»Natürlich nicht. Ich habe noch nie so lange in einen Spiegel gesehen.«

»Schade«, sagte er ohne jeglichen Spott. »Es hat den Anschein, als wüssten diejenigen, die die größte Schönheit besitzen, sie nicht im Geringsten zu schätzen.«

Er war so ehrlich, dass ich verlegen wurde; ich wechselte hastig das Thema. »Ich werde jetzt Modell sitzen.«

Und wie immer, bevor ich Platz nahm, zitierte ich den Brief. Er hörte zu, runzelte leicht die Stirn, und als ich fertig war, sagte er: »Sie verzweifeln allmählich. Wenn Savonarola sein Wunder nicht bekommt, werden sie ihn den Wölfen zum Fraß vorwerfen und eine andere Strategie verfolgen. Er wird nie aufgeben.«

»Und er – wer immer es ist – will Florenz in seine Gewalt bringen.« Ich machte eine Pause. »Wer *ist* er? Ich weiß bereits, dass es einer der Pazzi ist, aber ich will verstehen, warum er so erpicht auf Macht ist.«

Leonardo ließ sich Zeit mit der Antwort.

Ich drängte ihn. »Was kann es mir schaden, wenn ich das weiß? Wenn sie mich in die Hände bekommen, werde ich höchstwahrscheinlich allein deshalb umgebracht, weil ich von diesen Briefen Kenntnis habe. Schließlich weiß ich, dass dieser Mann den Papst töten wollte, und ich weiß, dass Ascanio Sforza und sein Bruder Ludovico darin verwickelt sind.«

Er betrachtete mich einen Augenblick und stieß dann einen kleinen Seufzer aus. Wir wussten beide, dass ich recht hatte. »Sein Name ist Salvatore. Er ist der uneheliche Sohn von Francesco de' Pazzi«, antwortete er. »Er war zur Zeit des Mordes an Giuliano etwa zehn Jahre alt, als viele seiner Familienmitglieder von Lorenzo hingerichtet, die anderen vertrieben wurden. Sie verloren alles: ihre Besitztümer, ihre Ländereien ... Er floh mit seiner Mutter nach Rom.

Die meisten Pazzi sind gute, ehrbare Leute; Lorenzo hat ihnen furchtbar unrecht getan, und es hat viel Verbitterung gegeben. Aber sie wollten einfach nur nach Florenz zurückkehren, in die Heimat ihrer Vorfahren.

Was Salvatore betrifft – seine Mutter hat ihm von Kindesbeinen an glühenden Hass und Verbitterung eingebläut. Er war sehr frühreif und ehrgeizig; er beschloss schon in jungen Jahren, Florenz aus Rache für die Pazzi einzunehmen.«

»Alles wiederholt sich«, sagte ich. »Lorenzo hat Rache genommen, und jetzt wollen die Pazzi es ihm gleichtun.«

»Nicht alle. Nur Salvatore. Er hat sich die Stellung der Familie als päpstliche Depositare zunutze gemacht, um sich beim Papst einzuschmeicheln.«

Verblüfft beugte ich mich vor. »Warum ... Warum sollte er sich dann auf Savonarola einlassen?«

Leonardo setzte sich auf den Stuhl mir gegenüber. »Das ist eine sehr lange Geschichte. Sie fing an mit Giovanni Pico. Als junger Mann war er ein Schürzenjäger und leidlicher Philosoph. Der Papst wollte ihn wegen seines ziemlich unchristlichen Synkretismus unbedingt exkommunizieren – er hat sogar daran gedacht, ihn auf dem Scheiterhaufen hinrichten zu lassen.

Lorenzo de' Medici schließlich hat seine ganze Diplomatie

aufgewandt, um ihn im Jahre 1490 zu retten, lange bevor sich die Beziehungen der Medici zum Heiligen Stuhl verschlechterten. Pico aber hatte ein kurzes Gedächtnis. Er nahm sich eine Mätresse aus der Familie der Pazzi, die ihn gegen Lorenzo aufwiegelte. Als Giuliano starb und Lorenzo sich grausam an den Pazzi rächte, begann Pico nach Möglichkeiten zu suchen, das Volk gegen die Medici zu beeinflussen und die Pazzi wieder zurückzuholen.

Pico ging nach Ferrara, um Savonarola zu hören. Dort sah er einen sehr charismatischen Mann vor sich, der die Wohlhabenden und Korrupten verdammte. Er sah eine Gelegenheit, das Volk gegen Lorenzo aufzubringen. Und Fra Girolamo ist ein äußerst leichtgläubiger, hitziger Mann. Pico ging ganz richtig davon aus, dass er Savonarola überreden könnte, gegen die Medici zu predigen, und den Mönch glauben machen, es sei seine eigene Idee.«

Ich unterbrach ihn. »Weiß Savonarola über die Pazzi Bescheid? Über diesen Salvatore?«

Er schüttelte den Kopf. »Ganz und gar nicht. Savonarola hört auf Euren Vater und auf Fra Domenico. Aber das steht auf einem anderen Blatt.

Was Pico betrifft ... Durch seine Mätresse wusste er von Francesco de' Pazzis Sohn Salvatore. Und als die Pazzi aus Florenz vertrieben wurden, korrespondierte Pico mit Salvatore. Er fachte die Wut des Jungen mit Geschichten über die Exzesse der Medici an, darüber, wie sie öffentliche Gelder veruntreuten. Als junger Mann wollte Salvatore Florenz den Medici entreißen. Daher fragte er Pico um Rat, wie die Stadt zu gewinnen sei.

Pico schlug vor, Savonarola zu benutzen, um die öffentliche Meinung zu beeinflussen – und Lorenzo ein langsam wirkendes Gift zu verabreichen. Pico war mit den Medici eng verbunden und wusste, dass Piero die politischen Beziehungen seines Vaters nie gepflegt hatte, weshalb er schwach war und leicht zu beseitigen wäre. Der ursprüngliche Plan sah vor, Lorenzo umzubringen, Piero zu vertreiben und Salvatore als neuen Regenten von Florenz einzuführen.

Leider – oder zum Glück, wie es Euch lieber ist – starb Lorenzo, bevor Salvatore genügend Truppen ausheben konnte – oder sich ausreichend Unterstützung in der Signoria gesichert hatte.

Doch Salvatore war es gelungen, einen treuen Unterstützer in der Regierung zu finden: einen Anwalt der Pazzi, einen gewissen Francesco del Giocondo. Und er hat Francesco mit Giovanni Pico in Verbindung gebracht. Zusammen heckten sie einen Plan aus, Florenz gegen die Medici aufzubringen. Ich bin sicher, es funktionierte viel besser, als sie es sich jemals erträumt hatten.

Nach einiger Zeit indes überkamen Pico Schuldgefühle an Lorenzos Tod. Er begann tatsächlich sich Savonarolas Worte zu Herzen zu nehmen und zu büßen. Das machte ihn zu einer Gefahr. Wahrscheinlich würde er am Ende beichten. Dafür wurde er umgebracht.«

»Von meinem Vater«, sagte ich unglücklich.

»Von Antonio di Gherardini«, korrigierte er, nicht unfreundlich. »Antonio hatte seine Gründe, die Pazzi zu unterstützen. Er hatte nie vor, sich in politische Ränke verwickeln zu lassen.«

Ich schaute auf meine Hände. Aus Gewohnheit lagen sie übereinander, so wie Leonardo sie am liebsten malte. »Und Francesco hat mich geheiratet, damit er meinen Vater unter Kontrolle hatte.«

Leonardos Antwort kam schnell. »Unterschätzt Euch nicht, Lisa. Ihr seid eine schöne Frau. Das weiß Euer Gemahl; ich habe gesehen, wie er sich bei der Taufe in Eurer Gegenwart verhielt.«

Ich tat die Schmeichelei mit einem Schulterzucken ab. »Was ist mit dem ›Brief des Propheten‹? Was hat er Schlimmes in ihrem Sinne angerichtet?«

Er lächelte schwach. »Savonarola ist sehr schwierig im Zaum zu halten. In einem Augenblick der Selbsterhöhung schrieb er an die Prinzen von Europa – unter anderem an Karl von Frankreich, Ferdinand von Spanien und an König Maximilian – und bedrängte sie, sich zu vereinen und den Papst abzusetzen. Er behauptete, Alexander sei kein guter Christ und glaube nicht an Gott.«

Mir blieb der Mund offen stehen. »Er ist verrückt.«

»Sehr wahrscheinlich.«

»Und Ihr müsst darin verwickelt sein«, sagte ich. »Jemand hat Herzog Ludovico den Brief gegeben, der ihn an seinen Bruder Kardinal Sforza weiterleitete, der ihn wiederum dem Papst übergab.«

Er antwortete nicht. Er betrachtete mich nur zufrieden.

»Aber wenn dieses sogenannte Wunder misslingt … Wenn das Volk sich weigert, sich geschlossen hinter Savonarola zu stellen … Was wird dann geschehen?«

»Gewalt«, sagte er.

»Wenn sie keine andere Wahl haben, als Savonarola zu vernichten – wenn sie ihn ermorden oder dafür sorgen, dass er stirbt –, dann werden sie keine Verwendung mehr für meinen Vater haben. Für Antonio …«

Sein Ausdruck wurde milde; er hatte Mitleid mit mir. Doch ich bemerkte auch seine Zurückhaltung.

»Was kann ich tun?« Von ganzem Herzen glaubte ich an die Prophezeiung meiner Mutter, dem Propheten stehe der Untergang bevor. »Je länger ich bleibe, umso gefährlicher ist es für meinen Vater. Ihr müsst uns helfen. Bringt uns aus Florenz heraus. Nehmt uns mit nach Mailand.«

»Lisa … Wenn es mir möglich gewesen wäre, hätte ich das längst gemacht. Aber so einfach ist das nicht. Da seid Ihr und Euer Vater und Euer Kind … und Eure Sklavin, vermute ich. Vier Menschen. Und Euch ist natürlich bewusst, dass Euer Kommen und Gehen beobachtet wird. Deshalb bin ich hier in der Santissima Annunziata geblieben, weil Ihr regelmäßig hierher kommen könnt, ohne Verdacht zu erregen. Aber Ihr werdet es niemals bis hinter die Stadttore schaffen, solange Euer Gemahl Einfluss ausübt.«

»Also muss ich bleiben«, fragte ich verbittert, »bis es zu spät ist und mein Vater stirbt?«

Meine Worte verletzten ihn, doch seine Stimme blieb freundlich. »Euer Vater ist kein hilfloser Mann. Er hat bis jetzt überlebt. Und für Euch wird schon bald die Zeit kommen, da Ihr fortgehen könnt. Das verspreche ich Euch. Sie wird kommen.«

»Sie wird niemals früh genug kommen«, sagte ich.

Heute wünschte ich, ich hätte mich geirrt.

66

Florenz hungerte nach Savonarolas angekündigtem Wunder, und so kam es zu dem Ereignis, das unter dem Namen Feuerprobe bekannt ist.

Während Fra Girolamos Schweigen hatte Fra Domenico ihn in der Kanzel von San Marco vertreten. Er war nicht so beliebt wie sein Meister, da er halsstarrig und etwas dämlich war – doch er war außerordentlich zäh und Savonarola geradezu fanatisch ergeben. Verbissen behauptete er, jedes Wort aus Fra Girolamos Munde sei ihm von Gott eingegeben.

Auch andere hatten angefangen zu predigen – darunter ein freimütiger Franziskaner in Santa Croce, Fra Francesco da Puglia, der eine kühne Herausforderung verkündete:

»Ich werde mit jedem durch das Feuer gehen, der beweisen will, dass Savonarola ein Prophet ist, der Gottes Wahrheit verkündet. Denn ich halte Fra Girolamo für einen Lügner und Ketzer und glaube, dass jeder, der durch das Feuer geht und etwas anderes glaubt, sterben wird. Ich würde selbst nicht erwarten, zu überleben … doch gewiss könnte jeder, der unbeschadet durch die Flammen läuft und Fra Girolamo glaubt und vertraut, anschließend versichert sein, dass er die Wahrheit spricht.«

Domenico erfuhr von der Herausforderung. An einem Sonntag verkündete er an seinem Lesepult in San Marco, er habe die Absicht, durchs Feuer zu gehen. Seine leidenschaftliche Proklamation bewegte seine Gemeinde so sehr, dass alle, Männer wie Frauen gleichermaßen, begeistert anboten, mit ihm durch die Flammen zu gehen.

Eine wilde Euphorie packte die Stadt. Ausnahmsweise waren die *arrabbiati* und die *piagnoni* einmal einer Meinung: Savonarola sollte die Herausforderung annehmen und zweifelsfrei beweisen, ob er von Gott auserwählt war oder nicht.

Beide Parteien legten der Signoria den Vorschlag vor, die das Ereignis umgehend billigte und verkündete, man werde eine Bühne auf der Piazza della Signoria errichten, und das Schauspiel solle am siebten April, einem Samstag, in der ersten Stunde nach Mittag stattfinden. Alle Welt war begierig, den Wettstreit mit anzusehen. Wie der geachtete *arrabbiato* Leonardo Strozzi es formulierte: »Wir fordern zügige Klarstellung über Savonarolas Eingebung: von Gott oder vom Teufel.«

Alle waren gespannt, ausgenommen Savonarola. Er bedaure, so sagte er, dass seine Anhänger es darauf anlegten, sich auf eine Prüfung einzulassen, die zum Tod eines Menschen führen könne; sie hätten doch gewiss hinreichend Beweise für seine Eingebung und sollten eigentlich keiner weiteren bedürfen. In aller Öffentlichkeit tadelte er Domenico dafür, dass er ihn in eine Situation hineinmanövriert habe, »die sich für andere als gefährlich erweisen könnte«. Er versuchte – erfolglos – die *piagnoni* zu überzeugen, dass die Feuerprobe eine nutzlose, hoffärtige Darbietung sei.

Doch er konnte sie nicht verhindern. »Wenn mein Herr und Meister nicht in die Flammen geht«, sagte Domenico schlau, »dann gehe ich selbst hinein und beweise, dass er Gottes Auserwählter ist.«

So kam es, dass mein Gemahl und ich am Samstag, dem siebten April, um zehn Uhr morgens in unserer Kutsche zum Palazzo della Signoria fuhren. Außergewöhnliche Sicherheitsmaßnahmen waren ergriffen worden: Fremde waren aus der Stadt vertrieben und alle Stadttore verschlossen worden. Florenz wurde von kleinen Armeen aus der Nachbarschaft bewacht, und die Straßen füllten sich mit *piagnoni*, die zu Fuß unterwegs zur Piazza waren. Bis auf drei waren alle Zugänge zum Platz abgeriegelt, und diese drei wurden von den Soldaten der Signoria bewacht.

Frauen durften das Schauspiel nicht mit ansehen – zumindest die Frauen nicht, die keinen einflussreichen Mann mit Kutsche hatten. Und mein Gemahl war inzwischen einer der einflussreichsten Männer in Florenz: Für die laufende Sitzungsperiode war er endlich zum Prior gewählt worden. Wir hatten ein Fest zur Feier dieses Ereignisses veranstaltet – mit großem Aufwand sogar, woran sich seine *piagnoni* anscheinend nicht störten.

Francesco war sehr stolz darauf, die lange scharlachrote Tunika eines Priors zu tragen, und dieser Morgen bildete keine Ausnahme. Sobald die Wachen die Tunika sahen, verneigten sie sich. Francesco grüßte die Männer mit liebenswürdiger, gönnerhafter Geste, und wir wurden durchgewunken. Mal schenkte Francesco mir sein gütiges, ruhiges Lächeln, dann wieder runzelte er die Stirn und war in sich gekehrt. Er hoffte wohl, die Angelegenheit würde zu Savonarolas Gunsten ausgehen.

Unser Ziel war der Palazzo, wo Francesco sich entschuldigte und sich zu den anderen Prioren gesellte, die in der *ringhiera* saßen, einer umzäunten, überdachten Veranda vor dem Palazzo, die den besten Blick über den gesamten Platz bot. Ich nahm nicht weit davon entfernt in einer diskreten kleinen Loggia Platz, die mit bequemen Stühlen für die Gemahlinnen der Amtsträger ausgestattet war, insgesamt vier. Meine Gefährtin war Violetta, die goldblonde Gemahlin von Francesco Valori, der von Hass zerfressen den Kopf von Bernardo del Nero gefordert hatte. Der Morgen war kühl, doch Violetta hatte einen Fächer mitgebracht und wedelte nervös damit, während sie von dem Wunder sprach, das sicher bevorstand. Wie wunderbar, sagte sie, wenn die *arrabbiati* endlich zum Schweigen gebracht würden.

Ich konzentrierte mich auf die Umgebung. Die Prioren, darunter Gonfaloniere Valori und mein Gemahl, saßen neben dem massiven Steinlöwen, dem königlichen *Marzocco*, von Donatello gemeißelt. In der Nähe des Löwen ruhte das eine Ende einer großen Holzplattform auf Stützen. Sie ragte hoch auf und war so schmal, dass zwei Männer nicht Seite an Seite darübergehen konnten. Darunter war ein Graben, angefüllt mit Ästen und Reisig; darauf lagen sauber aufgestapelte, nicht gebrannte Ziegelsteine, die verhindern sollten, dass die Plattform vom Feuer verzehrt wurde. Diese Vorrichtung überspannte den Platz von einem Ende bis fast zum anderen.

Die Atmosphäre war beinahe wie beim Karneval. Das Wetter war heiter, der Himmel wolkenlos und klar. Die Fußgänger, die sich schon früh auf der Piazza versammelt hatten, waren in Feststimmung. Die *piagnoni* trugen zum Beweis ihrer Loyalität kleine rote Kreuze und sangen Hymnen; die *arrabbiati* und die Parteilosen stimmten unflätige Lieder an und rissen lauthals Witze. Obwohl Savonarola die Gläubigen zum Fasten aufgerufen hatte, erschienen Diener aus dem Palazzo und boten uns Damen Brot, Käse und Wein an, als wären wir bei einem Turnier.

Schließlich tauchten zwei Männer mit Krügen auf und machten sich daran, Holz und Reisig mit reichlich Öl zu tränken. Andere Männer brachten Fackeln und setzten den Graben in Brand; die Menge jubelte. Dunkle Rauchwolken stiegen auf. Etwa eine Stunde lang herrschte ausgelassene Fröhlichkeit unter den Menschen, Erregung machte sich breit, als die Flammen immer höher schlugen, legte sich dann aber und verwandelte sich in Unruhe.

Nach einer weiteren Stunde wurde unsere Langeweile durch das Auftauchen der Franziskaner zerstreut: Sie kamen gemeinsam, in grauen, unordentlichen Kutten, ein aufgescheuchter Taubenschwarm. Ihr Sprecher ging sogleich zu den Prioren in der *ringhiera,* wo sie die Köpfe zusammensteckten und sich berieten. Unterdessen nahmen die übrigen Franziskaner in einer Loggia neben uns Platz.

Violetta verblüffte uns alle; sie legte ihren Fächer ab, trat an unsere Steinbalustrade und zischte den Franziskanern zu: »Warum spricht er mit ihnen? Wird Euer Bruder nicht ins Feuer gehen?«

Damit zog sie den verächtlichen Blick eines jungen Mönchs auf sich, der sich gegen den Rat der Älteren umdrehte, um ihr zu antworten. »Er wird gehen. Er hat keine Angst. Aber wir haben Grund zu der Annahme, dass Fra Domenico ...« – denn er war es, nicht Savonarola, der standhaft behauptete, er werde ins Feuer gehen – »verhexte Kleidungsstücke trägt.«

»Lüge!«, entgegnete Violetta. Die Gemahlin eines *buonomo* und ich zogen sie wieder auf ihren Platz.

Die Dominikaner kamen spät; die Signoria schickte zögerlich den Träger eines Amtsstabes, um sie auf die Piazza zu geleiten. Ihre Ankunft war höchst dramatisch: Fra Domenico ging voran und trug ein Märtyrerkreuz auf der Schulter, das beinahe so groß war wie er selbst. Savonarola folgte mit einem kleinen silbernen Gefäß, in dem die Hostie war, denn er hatte darauf bestanden, Domenico sei erst dann sicher, wenn er die Hostie mit in die Flammen nähme. Hinter ihnen kamen die Männer der Gemeinde San Marco mit Fackeln und weiteren kleinen roten Kreuzen, dann folgten die übrigen Mönche.

Die Menge brach in Pfiffe und Buhrufe aus, in Freudenschreie und Schluchzen. Männer brüllten Flüche, Segnungen, Gebete und Beleidigungen. Die Mönche, Franziskaner wie Dominikaner, stimmten eine Hymne an.

Schließlich nahm das Gefolge von San Marco seine Plätze in sicherer Entfernung von den Franziskanern ein; dann bedeutete Francesco Valori, der Gonfaloniere, Domenico und Savonarola, vor die *ringhiera* zu treten.

Ich beobachtete ihr Gespräch, ohne viel davon mitzubekommen: Valori sprach zu Savonarola, der aufgebracht gestikulierte. Domenico – der das Kreuz inzwischen abgesetzt hatte – legte seinem Meister beruhigend eine Hand auf die Schulter. Dann führten Valori und mein Gemahl Domenico in den Palazzo della Signoria.

Ein Murren lief durch die Menge. Nach der langen Wartezeit verstanden die Schaulustigen nicht, warum Domenico plötzlich verschwand. Uns Frauen jedoch war es klar, und ich war nicht überrascht, als Domenico kurz darauf in einer Franziskanerkutte auftauchte. Violetta stieß mich an und sagte so laut, dass die Franziskaner nebenan es hörten: »Seht Ihr? Wenn seine Kleidung verhext war, hätte er sie nicht so schnell und zuvorkommend abgelegt. Er hat keine Angst, in die Flammen zu gehen.«

Fra Domenico und Savonarola schritten auf das eine Ende der Plattform zu, an dem zwei Soldaten und Fra Giuliano warteten, der junge Franziskanermönch, der sich als Freiwilliger gemeldet hatte, mit Domenico ins Feuer zu gehen. Dann trat der junge Franziskaner vor und hielt sie auf – woraufhin Domenico und Savonarola sich veranlasst sahen, wieder zur *ringhiera* zurückzugehen.

Die Menge seufzte verärgert.

Valori, mein Gemahl und zwei weitere *piagnoni* schnitten Domenico den Weg ab und redeten hastig auf ihn ein. Domenico schüttelte angewidert den Kopf, ließ sich aber noch ein weiteres Mal in den Palazzo führen.

Violetta neben mir klappte den Fächer zu, ließ ihn auf ihren Stuhl fallen und ging zur Balustrade, von der man in die Loggia blicken konnte. »Und was ist nun wieder los?«, rief sie herausfordernd. »Vermutlich wollt Ihr mir jetzt sagen, Domenico selbst sei verhext und könne nicht ins Feuer gehen!«

Ein älterer Franziskaner drehte sich zu ihr um. »Gewiss nicht, Madonna. Aber kann es nicht sein, dass Fra Domenicos Unterwäsche ebenso verhext ist wie seine Oberbekleidung? Vielleicht fällt es Euch schwer zu verstehen, doch es gibt unter uns einige, die ernsthaft glauben, dass Fra Girolamos Macht nicht Gott, sondern einer viel düstereren Quelle entspringt.«

»Das ist doch lächerlich!« Violetta beugte sich über die Balustrade. »Ihr haltet uns nur hin, weil Ihr Angst habt!«

»Natürlich haben wir Angst«, antwortete der Mönch gelassen. »Wir wissen, dass Fra Giuliano sterben wird, wenn er ins Feuer geht. Wir haben nur eine Frage.«

Violetta wartete stirnrunzelnd auf die Antwort.

»Wenn Fra Girolamo keine Angst hat – und er weiß, dass Gott ihn verschonen und als Propheten bestätigen wird –, warum geht er dann nicht sofort ins Feuer und legt die Angelegenheit bei?«

Violetta zog sich zurück; sie nahm ihren Platz wieder ein und befächerte sich heftig, wobei sie etwas über die Ungerechtigkeit der Franziskaner vor sich hin murmelte. Ich aber entdeckte einen Schimmer des Zweifels in ihren Augen. Eine kühle Brise ließ meinen Schleier flattern. Ich schaute hinaus in den zuvor klaren Himmel. Plötzlich aufkommender Wind hatte flinke Wolken angesammelt, die nach Regen rochen.

Wieder tauchte Domenico auf, vermutlich nachdem er die vermeintlich verhexte Unterwäsche abgelegt hatte. Schließlich hob er das große Kreuz auf, das er auf den Platz getragen hatte.

Gonfaloniere Valori tippte ihm auf die Schulter und bedeutete ihm, das Kreuz niederzulegen. Domenico folgte matt.

Einige Männer in der Menge buhten verächtlich.

Inzwischen hatte sich ein weiterer Mönch zu Fra Giuliano gesellt, und die beiden traten zusammen ein drittes Mal zu den Amtsinhabern in der *ringhiera*. Dort wartete Savonarola, neben sich das silberne Gefäß mit der Hostie, das ehrfürchtig auf einen Tisch gestellt worden war. Als die beiden Franziskaner anhoben, mit den Beamten zu reden, begann Savonarola zu schreien. Vehement zeigte er auf das silberne Gefäß, auf die anderen Mönche, auf meinen Gemahl und Francesco Valori. Dann drehte sich Savonarola zu Domenico um, und an dessen Kopfschütteln wurde deutlich, dass ein toter Punkt erreicht war.

»Was ist los? Was ist los?«, rief Violetta.

Die Mönche unter uns antworteten nicht, doch ich sah Savonarolas entschiedene Geste, mit der er auf das silberne Gefäß wies und sagte: »Sie wollen nicht zulassen, dass Domenico die Hostie trägt.«

Dies war ein Punkt, über den sich alle von Anfang an einig gewesen waren. Ein Dominikanermönch hatte geträumt, Domenico wäre erfolgreich durch das Feuer gegangen, weil er eine geweihte Hostie bei sich trug; Savonarola beharrte darauf, dass es Domenico erlaubt werde. Bis jetzt hatten die Franziskaner keinen Einwand erhoben.

Wütend schritt Domenico auf die Piazza, stellte sich stur ans Ende der Plattform und starrte in die Flammen; sein zorniges Auftreten stand in scharfem Gegensatz zu den schönen Hymnen, die seine Brüder sangen. Der Wind ließ die Kutte an seine Beine und seinen Körper klatschen. Der Himmel über uns verdunkelte sich.

Der ältere Franziskanermönch, der zuvor mit Violetta gesprochen hatte, drehte sich zu uns Frauen um. »Warum«, fragte er freundlich, »hat Fra Domenico Angst, das Feuer ohne die Hostie zu betreten? Reicht sein Glaube nicht, ihn davor zu bewahren? Und warum setzt Savonarola den Diskussionen kein Ende? Wenn er aufgrund unserer Forderungen ungeduldig wird, warum geht er dann nicht selbst durch die Flammen?«

Violetta antwortete nicht. Stirnrunzelnd blickte sie zur *ringhiera* hinüber, auf der ihr Gemahl und die Franziskaner mit Fra Girolamo diskutierten.

»Feigling!«, rief jemand.

Vereinzelte Tropfen fielen herab. Sicher unter dem Schutz der Loggia, sah ich sie auf die Balustrade klatschen.

»Feigling!«, ertönte es aus einer weiteren Kehle. »Geh ins Feuer!«

»Er hat Angst!«, rief ein Mann. »Seht ihr nicht? Er hat Angst!«

Ein Donnerschlag krachte, erschreckend nah; Violetta schrak zusammen und packte meinen Arm. Domenico stand fest, dick und unnachgiebig im stärker werdenden Regen, während Savonarola weiterhin mit den Prioren stritt.

Wieder donnerte es, dann ein Schrei: »Er hat uns angelogen! Er hat uns immer angelogen!«

Graue Sturzbäche prasselten hernieder und setzten die Piazza im Nu unter Wasser. Gleißend helle Blitze zuckten. Wir Frauen verließen unsere Plätze und eilten in die Mitte der Loggia. Ich spähte auf den Platz hinaus: Domenico hatte sich nicht von der Stelle gerührt. Die Menge der Zuschauer erstaunlicherweise auch nicht. Sie waren gekommen, um die Wahrheit über den Propheten zu erfahren, und würden nicht eher gehen, als bis sie zufriedengestellt waren.

Das Feuer, das kurz zuvor noch wild gelodert hatte, war erloschen; Holz und Reisig waren nicht mehr mit Öl, sondern mit Wasser getränkt.

Ebenso rasch war die Begeisterung der Menschen verpufft.

Männerstimmen erhoben sich über dem Rauschen des Regens.

»Gott selbst hat sein Missfallen kundgetan!«

»Fra Girolamo hat den Sturm heraufbeschworen, damit seine Lügen nicht herauskommen!«

Mein Gemahl und Valori schickten einen Repräsentanten hinaus in den Regen, um mit den Befehlshabern der Soldaten zu reden. Sie forderten die Menge auf, sich zu zerstreuen und nach Hause zu gehen. Doch die Menschen auf der Piazza – in der Mehrzahl Männer, die ihre kleinen roten Kreuze zu Boden geworfen hatten – weigerten sich.

»Warum wolltet Ihr nicht ins Feuer gehen?«

»Sodomit!«

»Ketzer!«

»Lügner!«

Die Frauen bekamen es mit der Angst zu tun; sie eilten in die *ringhiera* an die Seite ihrer Ehemänner. Ich trat neben Francesco. Savonarola war ganz in unserer Nähe, ziemlich trocken, zitterte aber, als hätte der Regen ihn durchweicht.

»Ich kann nicht ohne Eskorte von hier weg! Die Franziskaner haben das Volk gegen mich aufgebracht!«

»Ich werde eine auftreiben«, sagte Valori und verschwand im Palazzo. Francesco schickte einen Pagen auf die Piazza hinaus, um Claudio zu rufen.

Auf der Fahrt nach Hause hörte der sintflutartige Regen so plötzlich wieder auf, wie er gekommen war. Francesco schaute aus dem Fenster und stieß einen merkwürdigen, erstickten Seufzer aus.

»Ist es vorbei?«

67

Wir kehrten in unseren Palazzo zurück, und Francesco wagte sich an jenem Tag nicht mehr nach draußen. Er ließ das Tor verriegeln und postierte davor Stallburschen mit Schwertern, die es bewachen sollten; dann ging er in sein Arbeitszimmer und kam nicht wieder heraus, selbst zum Abendessen nicht.

Auch mein Vater ließ die Mahlzeit aus, was mich beunruhigte. Ich hatte ihn seit einigen Tagen nicht gesehen, doch Francesco hatte an jenem Abend allen verboten, den Palazzo zu verlassen. Zum Glück war unsere Straße ruhig, allerdings sah ich Fackelschein im Westen, wo das Kloster und die Kirche von San Marco lagen.

Am Morgen hatte Isabella nervös mit den Frauen von San Marco auf die Nachricht über den Ausgang der Feuerprobe gewartet – aus reiner Neugier, nicht aus Glaubensgründen. Als Savonarola eingetroffen sei, sagte sie, habe er den Frauen erzählt, die Franziskaner hätten die Sache so lange hinausgezögert, dass sie Gott verärgert hätten, der daraufhin den Regen geschickt habe. Die Frauen waren skeptisch – umso mehr, als schließlich ihre Männer hinzukamen, die vor Wut über ihren Propheten schäumten. Isabella berichtete weiter, die Gemeindemitglieder hätten sogar begonnen, mit den Mönchen zu kämpfen. Da habe sie sich gefürchtet und sei gegangen.

Tags darauf war Palmsonntag. Francesco ging nicht zur Andacht, sondern zog es vor, daheimzubleiben, und verbot uns anderen, das Haus zu verlassen. An diesem Tag jedoch empfing er Besucher, alle zu unterschiedlichen Zeiten. Der

Anführer der *piagnoni*, Francesco Valori, schaute am frühen Morgen vorbei und sprach mit meinem Gemahl im Arbeitszimmer unter vier Augen; er kam und ging mit der entsetzten Miene desjenigen, der entdeckt hat, dass sein gesamtes Gold zu Sand geworden war. Der zweite Besucher war ein jüngerer Bote mit einem Brief; mein Gemahl bestand darauf, ihn persönlich entgegenzunehmen.

Der dritte Besucher war ein bekannter Anhänger der *arrabbiati*, ein gewisser Benedetto de' Nerli. Er kam abends nach dem Essen und entschuldigte sich für die späte Uhrzeit, sagte aber, er habe etwas Dringendes mit Ser Francesco zu besprechen.

Mein Gemahl empfing ihn in unserem großen Salon. Ich hatte die Unruhe mitbekommen und ging hinunter; obwohl man mich nicht aufforderte, mich zu den Männern zu gesellen, hielt ich mich in der Nähe der offenen Tür auf und lauschte. Ser Benedetto hatte eine tiefe, dröhnende Stimme und sprach sehr deutlich, wofür ich ihm dankbar war.

»Ich bringe schlechte Neuigkeiten«, hob Ser Benedetto an.

Francescos Stimme war schwach, er sprach mit leicht sarkastischem Unterton. »Ich kann mir nicht vorstellen, dass sich die Lage noch verschlimmern könnte.«

Ser Benedetto überhörte den Kommentar und fuhr ruhig und zuvorkommend fort: »Die *piagnoni* haben ihren Führer verloren. Francesco Valori wurde heute Abend umgebracht.«

Schweigen trat ein, während mein Gemahl diese Tragödie verdaute. »Wie ist das passiert?«

»Er hat an der Vesper in San Marco teilgenommen. Eine Gruppe von Rabauken störte die Andacht und drohte damit, sein Haus anzuzünden. Es wurde sehr unschön; sie packten ihn sich mit Gewalt, doch es gelang ihm zu entkommen. Zu Hause versteckte er sich dann in einem Schrank; die Gruppe folgte ihm und schoss seiner Frau mit der Armbrust in die Stirn. Anschließend fanden sie Valori und wollten ihn in die Signoria schleifen …«

»Eine Dummheit, wenn sie ihm etwas antun wollten«,

unterbrach mein Gemahl ihn. »Dort wäre er in Sicherheit gewesen.«

Ser Benedettos Stimme wurde plötzlich kühl. »Vielleicht auch nicht.« Er machte eine Pause, um seine Anspielung wirken zu lassen, dann fuhr er fort: »Auf dem Weg zur Signoria begegneten ihnen Vicenzo Ridolfi und Simone Tornabuoni …«

Ich kannte die Namen. Diese Männer waren verwandt mit zwei der Enthaupteten, Lorenzo Tornabuoni und Niccolò Ridolfi.

»Man kann ihnen kaum zum Vorwurf machen, dass sie sich an Valori rächen wollten, der die Kampagne zur Enthauptung ihrer Verwandten anführte. Sie hatten sich auf die Straße begeben wie so viele, die hofften, dass man Savonarola inhaftieren würde. Tornabuoni schwang eine Gartensichel …«

Ich schloss die Augen.

»… und spaltete Valoris Schädel, während Ridolfi schrie: ›Du wirst nie wieder regieren!‹ Soweit ich weiß, liegt Valoris Leiche noch immer auf der Straße.«

»Warum erzählt Ihr mir das?«, fragte mein Gemahl. Sein Tonfall war weder kalt noch abwehrend, wie ich erwartet hätte; es lag eine Andeutung von Empfänglichkeit darin.

»In der laufenden Sitzungsperiode ist die Signoria, wie Ihr ja wisst, von Eurer und meiner Partei zu gleichen Teilen besetzt. Wenn es so bleibt, wird es keine legale Möglichkeit geben, das Problem Savonarola zu lösen. Es würde auf den Straßen entschieden werden, durch Blutvergießen, worunter letztlich alle Bürger leiden würden.

»Wenn aber …«

Mein Gemahl fiel ihm ins Wort. »Wenn nur ein Prior der *piagnoni* seine Loyalität ändern und sich auf die Seite der *arrabbiati* stellen sollte …«

»Genau. Dann könnte man rasch der Gerechtigkeit genüge tun, und viele Menschenleben würden verschont.«

»Ser Benedetto«, sagte mein Gemahl mit derselben zuvorkommenden Wärme, die er jedem anderen ehrenwerten Gast zuteilwerden ließ, »ich werde über Eure Worte nachdenken.

Und ich werde Euch morgen meine Antwort mitteilen, wenn die Signoria zusammentritt.«

»Spätestens«, sagte Ser Benedetto, und ich hörte die Warnung in seinen Worten.

Ich hörte die Warnung und war froh. Ich wollte Fra Girolamo brennen sehen. Mehr noch, ich wollte, dass Domenico mit ihm verbrannte.

Am Montagmorgen trug mir mein Gemahl auf, die Dienerschaft zu veranlassen, das Haus für einen angesehenen Gast herzurichten, der ein paar Wochen bei uns wohnen würde; dann ging er in die Signoria. Obwohl es dank der kleinen Bataillone benachbarter Truppen auf den Straßen ruhiger geworden war, fuhr er nicht allein: Er bat darum, dass Claudio ihn fuhr, und ließ sich in der Kutsche von zwei Bewaffneten begleiten.

Ohne Kutscher saß ich zu Hause fest. Zalumma und ich konnten jederzeit zusammen ausreiten, falls wir unbedingt das Haus verlassen mussten – doch es war sicherer, einen männlichen Begleiter zu haben, und das war unter normalen Umständen schon so, erst recht in unsicheren Zeiten wie diesen. Außerdem war jeder Diener, der als Begleitperson in Frage gekommen wäre, viel zu beschäftigt damit, Francescos Befehlen nachzukommen, den Palazzo für unseren Gast herzurichten.

Ich sehnte mich nach meinem Vater und beschloss, sobald Francesco zurückkehrte, darauf zu bestehen, meinen Vater zu besuchen, um mich zu vergewissern, dass es ihm gutging. Vor meinem inneren Auge ließ ich meine Unterhaltung mit Francesco ablaufen: seine Weigerung mit dem Argument, es sei nicht sicher, und mein Beharren darauf, dass ich immerhin Claudio und die beiden Bewaffneten zu meinem Schutz hätte.

Zalumma und ich holten Matteo aus dem Kinderzimmer und nahmen ihn mit in den Garten, da es ein schöner Tag war. Wir jagten ihn lachend vor uns her, und ich nahm ihn an den Handgelenken und wirbelte ihn herum, bis seine Füße sich vom Boden hoben.

Ich wollte uns beide erschöpfen. Mir fiel nichts anderes ein, um mich auf bessere Gedanken zu bringen. Zum ersten Mal ermüdete Matteo vor mir. Mit baumelndem Kopf schlief er in meinen Armen – er war inzwischen fast zu schwer, um noch getragen zu werden –, und ich ging neben Zalumma an den Rosenbüschen vorbei.

Zalumma sprach mit leiser Stimme. »Was, glaubt Ihr, wird mit Savonarola passieren?«

»Ich glaube, Francesco wird sich auf die Seite der *arrabbiati* schlagen«, sagte ich, »und Savonarola wird sterben. Auf dem Scheiterhaufen verbrennen, genau wie Mutter es gesagt hat. Sie hatte recht mit den fünf Männern ohne Kopf, weißt du noch?«

»Ja, ich erinnere mich.« Zalumma schaute auf einen Olivenhain in der Ferne, auf eine geheime Erinnerung. »Sie hatte in vielen Dingen recht.« Ihre Stimme wurde hart. »Ich bin froh, wenn er stirbt.«

»Es wird nichts ändern«, sagte ich.

Sie fuhr mit dem Kopf herum und sah mich ungläubig an. »Wie meint Ihr das? *Alles* wird anders!«

Ich seufzte. »Dieselben Menschen werden Florenz regieren. Überhaupt nichts wird sich ändern.«

Nachdem Matteo im Kinderzimmer eingeschlafen war und die Diener alle unten in der Küche aßen, ging ich in Francescos Arbeitszimmer.

Es war dumm so mitten am Tag, doch ich wurde von Unruhe und zunehmender Sorge verzehrt. Ich hatte mir nicht einmal überlegt, wie ich Leonardo aufsuchen konnte, falls ich einen neuen Brief fände.

Es wird Zeit, sich den arrabbiati anzuschließen und den Propheten zu opfern. Wir haben Euren Vorschlag, Piero nach Florenz zu locken und ein öffentliches Exempel an ihm zu statuieren, bereits in die Tat umgesetzt. Das Volk ist noch wütend; wir werden ihm einen zweiten Sündenbock liefern. Sonst könnte es am Ende, wenn Savonarola nicht mehr da ist, den Medici gegenüber nachgiebig werden. Wir nehmen Messer Iacopos Plan als Muster: Ich werde den Verräter auf frischer Tat ertappen, ihn zur öffentlichen Erbauung auf die Piazza schleifen und mich auf Söldnertruppen zur Unterstützung verlassen. Jene Söldner haben Messer Iacopo vor Jahren im Stich gelassen – aber unsere werden es nicht tun, das versichere ich Euch. Popolo e libertà!

Sucht Euch Prioren zusammen, die uns in dieser Angelegenheit unterstützen. Entschädigt sie großzügig. Garantiert ihnen wichtige Posten in der neuen Regierung; Ihr allein aber werdet mein Stellvertreter sein.

Wir wollen unser öffentliches Spektakel nicht auf Piero beschränken. Wir müssen uns aller Medici-Brüder entledigen – denn wenn auch nur einer überlebt, sind wir nicht frei von Bedrohung. Kardinal Giovanni stellt die geringste Gefahr dar, und meine Agenten werden versuchen, sich in Rom um ihn zu kümmern, wo er mit Sicherheit bleiben wird.

Der Jüngste aber – er ist der Gefährlichste, da er die Intelligenz und den politischen Scharfsinn besitzt, der seinem Bruder fehlt. Und in Eurem Haus schläft das ideale Lockmittel, ihn nach Florenz zu bringen.

Still sank ich zu Boden, wie vom Messer eines Mörders niedergestochen, und saß keuchend inmitten meiner wallenden Röcke, den Brief im Schoß. Ich war zu überwältigt, um den unvorstellbaren Inhalt vollends zu begreifen. Ich wagte es nicht. Mein Vater hatte recht gehabt: Würde ich die Wahrheit kennen, würden Francesco und Claudio sie mir vom Gesicht ablesen und aus jeder einzelnen Geste.

Meinem Vater und meinem Kind zuliebe entschied ich mich, weder Gedanken noch Gefühle zuzulassen. Ich konnte mir weder Hoffnung noch Wut erlauben.

Zitternd stand ich auf, faltete den Brief sorgfältig wieder zusammen und ließ ihn zurück in den Umschlag gleiten. Ich ging auf unsicheren Beinen die Treppe hoch in mein Zimmer. Langsam und bedächtig zog ich das Buch aus der Truhe und legte es auf meinen Nachttisch, wo Isabella es sicher finden würde.

Auf der Treppe und im Korridor waren eilige Schritte zu hören; als ich zur Tür ging, um zu öffnen, hatte Zalumma sie schon aufgerissen.

Ihr fiel nicht auf, dass ich wie betäubt und bleich war und sie mit irrem Blick anstarrte. Ihre schwarzen Augenbrauen waren in tiefstem Kummer zusammengezogen, die Lippen eine einzige, schmale Linie.

»Loretta«, sagte sie. »Aus dem Haus Eures Vaters. Sie ist hier. Kommt schnell.«

Er liege im Sterben, sagte Loretta. Drei Tage zuvor hätten sich seine Gedärme in Blut aufgelöst, und er habe weder essen noch trinken können. Durch das Fieber falle er häufig ins Delirium. Es sei nicht die Pest, beharrte sie. Pest hätte keinen blutigen Ausfluss gebracht. Seit zwei Tagen frage er nach mir.

Jedes Mal, wenn Loretta gekommen sei, habe Claudio oder Francesco oder einer der Bewaffneten sie wieder fortgeschickt.

Loretta war selbst mit der Kutsche gefahren. Ich zögerte nicht, dachte nicht nach, stellte keine Fragen; ich sagte niemandem ein Wort. Ich ging sofort zum Wagen und stieg ein. Zalumma kam mit. Loretta nahm auf dem Kutschbock Platz, und wir fuhren zusammen ab.

Es war eine schreckliche Fahrt über den Arno, über den Ponte Santa Trinità, über das trübe Wasser, in dem Giuliano angeblich ertrunken war. Ich versuchte die Worte aus meinem Kopf zu verbannen, doch ohne Erfolg.

Der Jüngste aber – er ist der Gefährlichste …

Und in Eurem Haus schläft das ideale Lockmittel.

»Ich kann nicht«, sagte ich laut. Zalumma warf mir einen sorgenvollen Blick zu, blieb aber stumm. Der Brief musste eine Falle sein; Francesco musste entdeckt haben, dass ich in seinem Schreibtisch schnüffelte, oder Isabella hatte der Mut verlassen, und sie hatte alles erzählt. Es konnte nicht sein. Die Welt konnte nicht gewusst haben, dass er noch lebte, und es mir nicht gesagt haben.

Ich holte tief Luft und rief mir ins Gedächtnis, dass mein Vater im Sterben lag.

Der Boden unter meinen Füßen hatte sich zur Seite geneigt, und ich suchte nach einem Halt.

Zum ersten Mal in meinem Leben betrat ich das Schlafgemach meines Vaters Antonio. Es war Mittag; draußen wehte eine kühle Brise. Das Zimmer meines Vaters war düster und vom offenen Feuer überheizt; die Luft stank nach Unaussprechlichem.

Antonio lag nackt unter einer verschlissenen Decke auf dem Bett, das feucht war vom Säubern. Seine Augen waren geschlossen; im Dämmerlicht, das durch die halb geschlossenen Fensterläden fiel, sah er grauweiß aus. Mir war zuvor nicht aufgefallen, wie dünn er geworden war; aus seinem bloßen Oberkörper standen die Rippen so deutlich hervor, dass ich sie zählen konnte. Sein Gesicht sah aus, als schmelze die Haut von den Knochen. Ich trat ans Bett, und er schlug die Augen auf. Sie glitzerten, das Weiß war gelblich, und sein Blick irrte umher. »Lisa«, flüsterte er. Sein Atem roch abstoßend süßlich.

»Vater«, antwortete ich. Loretta brachte einen Stuhl. Ich bedankte mich bei ihr und bat sie zu gehen, Zalumma hingegen sollte bleiben. Dann setzte ich mich und nahm die Hand meines Vaters; er war zu schwach, um meinen Händedruck zu erwidern.

Sein Atem ging rasch und flach. »Wie sehr du deiner Mutter gleichst ... sogar noch schöner.« Ich wollte ihm schon widersprechen, doch er runzelte die Stirn. »Ja, noch schöner ...« Sein Blick irrte durch den Raum. »Ist Matteo hier?«

Gewissensbisse nagten an mir; wie hatte ich ihm seine einzige Freude, seinen Enkel, vorenthalten können? »Verzeih«, sagte ich, »aber er schläft gerade.«

»Gut. Hier ist es auch zu schrecklich für ein Kind.«

Ich schaute Zalumma nicht an. Den Blick fest auf meinen Vater gerichtet, sagte ich: »Dann haben sie dich also vergiftet.«

»Ja, es ging schneller, als ich dachte ...« Er blinzelte. »Ich kann dich kaum sehen. Die Schatten ...« Sein Gesicht verzog sich unter einem schmerzhaften Krampf, und als er sich wieder erholt hatte, schaute er mich kleinlaut an. »Ich wollte uns aus Florenz hinausbringen. Ich hatte einen Kontaktmann, von dem ich dachte, er könnte uns helfen ... Sie boten ihm mehr Geld als ich. Verzeih. Nicht einmal das kann ich dir geben ...«

Das Sprechen hatte ihn geschwächt; keuchend schloss er die Augen.

»Du kannst mir etwas anderes geben«, sagte ich. »Die Wahrheit.«

Er öffnete die Augen zu schmalen Schlitzen und sah mich schräg an.

»Ich weiß, dass du Giuliano den Älteren umgebracht hast«, sagte ich. Zalumma hinter mir machte ihrer Überraschung und Wut Luft; mein Vater versuchte, Worte der Entschuldigung zu formulieren. »Bitte – reg dich nicht auf, ich bitte dich nicht um eine Erklärung. Und ich weiß, dass du Pico umgebracht hast. Ich weiß, dass du alles getan hast, worum Francesco dich bat, damit ich sicher war. Aber wir sind mit den Geheimnissen noch nicht fertig. Du hast mir noch mehr zu sagen. Über meinen ersten Gemahl. Über meinen einzigen Gemahl.«

Sein Gesicht verzog sich; er stieß ein leises, schreckliches Geräusch aus, das wie Schluchzen klang. »Ach, Tochter«, sagte er. »Es hat mir das Herz gebrochen, so grausam zu lügen.«

»Dann stimmt es also.« Ich schloss die Augen, wollte fluchen, meine Wut, meine Freude und meinen Kummer hinausschreien, brachte aber keinen Laut hervor. Als ich die Augen wieder aufschlug, sah das ganze Zimmer anders aus, verändert.

»Wenn ich es dir gesagt hätte«, flüsterte er, »hättest du versucht, zu ihm zu gehen. Und sie hätten dich umgebracht. Sie hätten den Kleinen umgebracht. Und wenn Giuliano versucht hätte, zu dir zu kommen, hätten sie *ihn* getötet.«

»*Giuliano*«, flüsterte Zalumma. Ich drehte mich zu ihr um. »Ich wusste es nicht«, erklärte sie. »Ich war mir nie sicher. Auf dem Markt hat einmal jemand etwas gesagt, weshalb ich dachte, vielleicht … Dann kam ich aber zu dem Schluss, er sei verrückt. Nur wenige Menschen in Florenz haben je den Namen Medici in den Mund genommen, es sei denn, um sie zu kritisieren. Niemand hat je in meiner oder Eurer Gegenwart etwas zu sagen gewagt, weil Ihr Francesco geheiratet habt. Und Francesco hat allen anderen Dienern verboten, Giulianos Namen auszusprechen, um Euch nicht aufzuregen.«

Mir wurde klar, dass mein Leben mit Francesco innerhalb

fester Grenzen verlaufen war: Ich sah die Dienerschaft, die Gäste und Geschäftspartner meines Gemahls, das Innere von Kirchen. Und niemand hatte je mit mir über Giuliano gesprochen. Niemand außer Francesco hatte länger mit mir über die Medici geredet.

Ich schaute wieder auf meinen Vater und konnte den Schmerz in meiner Stimme nicht verhehlen. »Warum ist er nicht zu mir gekommen?«

»Er ist. Er hat einen Mann geschickt; Francesco hat ihn umgebracht. Er hat einen Brief geschickt; Francesco hat mich schreiben lassen, du seist gestorben. Ich vermute, selbst dann hat er es nicht geglaubt; Francesco sagte, jemand sei im Baptisterium gewesen und habe das Hochzeitsregister eingesehen.«

Salai. Leonardo. Vielleicht hatte Giuliano von meiner Heirat gehört und es sich bestätigen lassen; vielleicht hatte er gedacht, es sei mein Wunsch, dass er mich für tot hielt.

Stellt Euch vor, Ihr wärt wieder mit Giuliano zusammen, hatte Leonardo gesagt. *Stellt Euch vor, Ihr macht ihn mit Eurem Kind bekannt …*

»Du willst die Wahrheit …«, flüsterte Antonio. »Da ist noch etwas. Der Grund, warum ich so wütend auf deine Mutter war …«

Seine Stimme wurde schwächer; ich beugte mich näher zu ihm.

»Schau dein Gesicht an, Kind. Dein Gesicht. Mich wirst du darin nicht finden. Und ich habe dich tausendmal betrachtet und nie Giuliano de' Medici gesehen. Es hat noch einen anderen Mann gegeben …«

Die letzte Bemerkung schrieb ich seinem Delirium zu; ich dachte nicht lange darüber nach, da mein Vater anfing zu husten, ein tiefes, gurgelndes Geräusch. Blut schäumte auf seinen Lippen.

Schon war Zalumma an meiner Seite. »Setzt ihn aufrecht hin!«

Ich fuhr unter seinen Arm, hob ihn hoch und lehnte ihn vornüber; durch die Bewegung ergoss sich ein dunkler Blutstrom aus seinem Mund in den Schoß. Zalumma rief nach

Loretta, während ich mit einem Arm die Schultern meines Vaters, mit dem anderen seinen Kopf stützte. Er würgte, und ein zweiter, etwas hellerer Schwall Blut folgte; es schien ihn zu erleichtern, und er setzte sich schwer atmend aufrecht hin. Ich wollte ihn fragen, wessen Gesicht er in meinem sah, aber ich wusste, wir hatten keine Zeit mehr.

»Ich liebe dich«, sagte ich ihm ins Ohr. »Und ich weiß, du liebst mich. Gott wird dir deine Sünden vergeben.«

Er hörte mich. Er stöhnte und versuchte, mir die Hand zu tätscheln, hatte jedoch nicht mehr die Kraft.

»Ich gehe bald mit Matteo fort«, flüsterte ich. »Ich werde einen Weg zu Giuliano finden, weil Francesco mich jetzt nicht mehr gebrauchen kann. Du musst dir um uns keine Sorgen machen. Wir werden in Sicherheit sein, und wir werden dich immer lieben.«

Erregt schüttelte er den Kopf. Er versuchte zu sprechen und bekam stattdessen einen Hustenanfall.

Loretta kam mit Handtüchern, und wir säuberten ihn, so gut es ging, dann legten wir ihn wieder hin. Er brachte keine zusammenhängenden Sätze mehr zustande. Seine Augen wurden trüb, und er reagierte nicht mehr auf meine Stimme. Kurz darauf schloss er die Augen und schien zu schlafen.

Den ganzen Nachmittag saß ich bei ihm. Auch in der Dämmerung saß ich noch da, bis es dunkel wurde. Als Francesco eintraf, seine Empörung über mein Entkommen aus dem Palazzo durch falsches Mitleid im Zaum haltend, ließ ich ihn nicht in meines Vaters Zimmer.

In der Stunde nach Mitternacht bemerkte ich, dass mein Vater eine Weile nicht mehr geatmet hatte. Ich rief Loretta und Zalumma und ging dann die Treppe hinab ins Speisezimmer, wo Francesco saß und Wein trank.

»Ist er tot?«, fragte er freundlich.

Ich nickte. Meine Augen waren trocken.

»Ich werde für seine Seele beten. Weißt du, woran er gestorben ist?«

»Fieber«, sagte ich. »Verursacht durch eine Krankheit der Gedärme.«

Francesco musterte mein Gesicht eingehend und schien zufrieden mit dem, was er sah. Vielleicht war ich am Ende doch keine so schlechte Spionin. »Es tut mir so leid. Wirst du bei ihm bleiben?«

»Ja. Bis nach der Beisetzung. Ich muss mit den Dienern reden und sie bei uns oder in einer neuen Familie unterbringen. Außerdem werde ich mich noch anderer Angelegenheiten widmen müssen …«

»Ich muss wieder nach Hause. Ich warte auf eine Nachricht über die Ankunft unseres Gastes, und es gibt noch vieles, worum ich mich hinsichtlich der Signoria zu kümmern habe.«

»Ja.« Ich wusste, dass Savonarola inhaftiert worden war, dank Francescos rechtzeitigem Übertritt zu den *arrabbiati*. Zumindest würde ich nicht mehr vorgeben müssen, mein Gemahl und ich wären fromme Menschen.

»Werde ich dich denn auf der Beerdigung sehen?«

»Gewiss doch. Möge Gott uns allen Kraft geben.«

»Ja«, sagte ich. Kraft hätte ich gern. Ich würde sie brauchen, um Francesco zu töten.

68

In jener Nacht blieb ich im Hause meines Vaters und schlief im Bett meiner Mutter. Zalumma ging zurück in Francescos Palazzo und holte mir persönliche Gegenstände, ein Trauerkleid und einen Schleier für die Beerdigung. Auf meine besondere Bitte brachte sie mir auch den großen Smaragd mit, den Francesco mir in der ersten Nacht geschenkt hatte, in der ich mich mit ihm besudelt hatte, sowie die Ohrringe mit Diamanten und Opalen. Matteo blieb zu Hause beim Kindermädchen; ich hatte nicht den Mut, ihn an einen so unglücklichen Ort zu bringen.

Ich sah nicht zu, wie Loretta den Körper meines Vaters wusch, da ich auf Zalummas Rückkehr wartete. Stattdessen begab ich mich in sein Arbeitszimmer und fand ein Stück Pergament, eine Feder und Tinte.

Giuliano di Lorenzo de' Medici
Rom

Mein über alles Geliebter,
Man hat mich belogen und mir gesagt, Du seist tot. Meine Gefühle Dir gegenüber haben sich jedoch nie verändert.
Eine Warnung: Salvatore de' Pazzi und Francesco del Giocondo planen, Dich und Piero hierher zu locken, um Euch umzubringen. Sie stellen eine Armee in Florenz zusammen. Sie wollen Messer Iacopos Plan wiederholen –

diesmal mit Erfolg – und das Volk auf der Piazza della Signoria gegen die Medici aufwiegeln.
Du darfst nicht kommen.

Ich hielt inne. Nachdem so viel Zeit vergangen war, wie konnte er sich meiner Handschrift sicher sein? Was konnte ich sagen, damit er sicher sein konnte, dass der Brief auch wirklich aus meiner Feder stammte?

Ich bitte dich, wie zuvor schon einmal: Nenne mir einen Ort in einer anderen Stadt und einen Zeitpunkt. Wie auch immer, ich werde bald zu Dir kommen. Wage nicht, auf dem üblichen Weg brieflich mit mir Kontakt aufzunehmen – Dein Brief würde konfisziert und gelesen, und ich und Dein Kind – Dein Sohn – wären in Gefahr. Ich bin aufgrund einer ungeheuerlichen Lüge von Dir getrennt worden, ich kann die Entfernung zwischen uns keinen Augenblick länger als unbedingt nötig ertragen.
Deine Dich liebende Gemahlin
Lisa di Antonio Gherardini

Als Zalumma zurückkam, gab ich ihr das Stück Pergament. »Ich kann es nicht als Brief schicken«, sagte ich. »Der Rat der Acht würde ihn abfangen und meinen Kopf fordern. Ich werde jemanden bestechen müssen, der bereit ist, meinen Brief am Körper zu verstecken, damit nach Rom zu reiten und ihn schließlich persönlich auszuhändigen.« Ich zeigte ihr den Smaragd und die Ohrringe und reichte sie ihr.

»Du bist die Einzige, der ich vertrauen kann«, sagte ich ihr. Ich hatte geglaubt, ich könnte Leonardo vertrauen; nun aber konnte ich seinen Namen nicht ohne Gehässigkeit aussprechen. Wissentlich hatte er mir die einzige Wahrheit verschwiegen, die Balsam für mein Herz gewesen wäre.

Giuliano … tot. Wenige Menschen haben davon gehört. Die meisten glauben, er sei noch am Leben.

Liebt Ihr ihn denn nicht mehr?

Bei unserer ersten Begegnung war er zurückhaltend gewesen, weil er dachte, ich hätte einen anderen Mann geheiratet, obwohl mein erster Mann noch lebte. Er hatte mich des totalen Verrats für fähig gehalten – weil er selbst dessen fähig war.

Zalumma nahm den Schmuck an sich und steckte ihn vorsichtig in die Tasche, die in ihren Rockfalten verborgen war. »Wenn es überhaupt möglich ist«, sagte sie, »werde ich dafür sorgen, dass es erledigt wird.«

Wir vereinbarten, dass sie am nächsten Morgen einen vertrauenswürdigen Kurier suchen sollte. Die Lüge: Ich sei so bekümmert, dass sie zum Apotheker gegangen sei, um ein Beruhigungsmittel für mich zu kaufen. Es war so früh, und ich war so verzweifelt, dass ich nicht auf den Stallburschen warten wollte, bis er die Pferde gesattelt hatte, sondern sie zu Fuß losschicken wollte.

Ich hatte panische Angst, sie auf eine so gefährliche Suche zu schicken; etwas beunruhigte mich besonders. »Ich habe meinen Dolch nicht mitgenommen«, sagte ich; wenn, dann hätte ich ihn ihr gegeben.

Ihr Lächeln war schwach, doch dabei verschlagen. »Aber ich.«

In jener Nacht trauerte ich nicht. Ich lag im Bett meiner Mutter, Zalumma zu meinen Füßen auf der Schlafstatt, die mein Vater nie entfernt hatte – er hatte es nicht über sich gebracht. Ich schlief nicht. Jetzt, da Antonio tot war, hatte Francesco keine Verwendung mehr für mich – es sei denn als Lockvogel, eine Rolle, die ich nicht spielen würde. Es war Zeit zu fliehen; mein endgültiges Ziel war Rom. Ich überlegte mir Dutzende von Möglichkeiten, an den Stadttoren vorbeizugelangen – doch keine war sicher oder machbar, wenn ein unruhiger Zweijähriger mit von der Partie war.

Ich löste nur ein Problem: wir drei – Zalumma, Matteo und ich – würden kurz vor dem Morgengrauen verschwinden, nachdem Francesco von seinen Streifzügen zurückgekehrt war und ich ihn töten konnte, wenn er betrunken in seinem Bett lag.

In der Stille des Morgens, als alle noch schliefen, war es Zeit für Zalumma, aufzubrechen. Ich ergriff ihre Hände und küsste sie auf die Wange.

»Ihr werdet mich wiedersehen«, versprach sie, »spätestens bei der Beerdigung Eures Vaters. Wenn ich mich verspäte, finde ich Euch in der Kirche.« Leichten Schrittes ging sie zur Tür; dann fiel ihr etwas ein, sie blieb stehen und blickte über die Schulter zurück. »Ihr habt Eurem Vater vieles verziehen«, sagte sie. »Zu viel. Aber vielleicht werde ich versuchen, ihm auch zu verzeihen.«

Sobald sie fort war, ging ich ins Schlafzimmer meines Vaters. In seinem weißen Leinenhemd, die Hände um ein kleines rotes Kreuz gefaltet, sah er kalt und unglücklich aus. Ich nahm ihm das Kreuz ab und versteckte es in einem Schrank unter einem Stapel Tuniken, wo Loretta es nicht finden würde; dabei stieß ich zufällig auf ein Stilett mit goldenem Griff – fein und tödlich – und verbarg es in meinem Gürtel.

Die Beerdigung fand in Santo Spirito direkt nach der Non statt, am Nachmittag. Loretta war früh hingegangen, um alles in die Wege zu leiten; da die Pest nicht mehr so weit verbreitet war, fiel es ihr leichter als gedacht, Totengräber zu finden.

Die Messe, die für meinen Vater gelesen wurde, war kurz und traurig. Francesco kam und nahm ungeduldig an der Andacht teil, er ging gleich danach mit der Erklärung, in der Signoria gebe es eine Notlage. Ich war erleichtert. Es war mir fast nicht mehr möglich, meinen grenzenlosen Abscheu vor ihm zu verbergen.

Nur wenige standen am Grab meines Vaters, Onkel Lauro, seine Gemahlin und seine Kinder, Loretta, der Stallbursche meines Vaters, sein Koch und ich. Matteo blieb mit dem Kindermädchen zu Hause. Als ich die erste Handvoll Erde auf den Sarg meines Vaters warf – neben den niedlichen Steincherubim meiner Mutter hockend –, vergoss ich keine Träne.

Vielleicht stahl die Angst sie mir: Zalumma war nicht zurückgekehrt. Es war ein Fehler gewesen, sagte ich mir, sie allein mit derart wertvollem Schmuck hinauszuschicken, vor allem schon so früh, wenn die Straßen noch leer waren. Wenn sie einem Dieb in die Arme gelaufen war, wer hätte ihre Hilfeschreie hören sollen?

Es war an der Zeit, zum Totenmahl ins Haus meiner Eltern zurückzukehren. Onkel Lauro und die anderen versuchten mich zu überreden, sie zu Fuß zu begleiten, doch ich lehnte ab. Ich wollte später nachkommen und zuerst noch einen Moment mit meinem Vater und meiner Mutter allein sein; und ich wollte auf Zalumma warten, falls sie doch noch käme.

Als die anderen gingen, war ich nur kurz allein. Einer der Augustinermönche von Santo Spirito kam im traditionellen Habit seines Ordens auf mich zu, die Falten einer Kapuze auf den Schultern, die Kutte angehoben.

Ich hielt den Blick starr auf das Grab meines Vaters gerichtet; ich wollte mich nicht unterhalten. Doch er stellte sich dicht neben mich und sagte leise: »Madonna Lisa, es tut mir unendlich leid.«

Der Klang seiner Stimme widerte mich an. Ich wandte mich ab.

»Ihr habt mit dem Buch zu erkennen gegeben, dass Ihr einen Brief gefunden habt«, sagte er, »aber als Ihr nicht kamt, machte ich mir Sorgen. Es stimmt mich traurig, zu hören, dass Antonios Hinscheiden der Grund dafür ist.«

»Geht.« Meine Stimme war rau. »Verschwindet und kommt nie wieder.«

Aus den Augenwinkeln sah ich, dass Leonardo den Kopf nach vorn neigte. »Ihr seid zu Recht wütend: Ich konnte ihn nicht retten, obwohl Ihr mich darum batet. Aber ich hatte keine Möglichkeit. Jedenfalls keine, wenn ich Euch und Matteo nicht gefährden wollte. Wenn Eure Trauer nachlässt, werdet Ihr vielleicht verstehen …«

»Ich verstehe, dass Ihr ein Lügner seid, dass Ihr mich von Anfang an belogen habt. Ihr *wusstet* …« Ich versuchte die Worte auszusprechen, doch sie blieben mir im Halse stecken; ich fuhr herum. »Giuliano lebt. Und Ihr habt mich in Kummer leben lassen, in Qualen, die ganze Zeit. Wie ein guter Spion habt Ihr mich benutzt!«

Er hob das Kinn und richtete sich auf. »Ich habe Euch vor langer Zeit gesagt, dass ich Euch nicht alles offenbaren kann, weil es Euch in Gefahr bringt. Ich habe Euch nicht benutzt. Ihr steht mir näher, als Euch bewusst ist.«

»Den Teufel stehe ich! Ihr seht mich an, damit Ihr von Eurem geliebten Giuliano träumen könnt, den Ihr verloren habt.«

Bei meinen Worten wurde er rot und musste sich wieder fangen. »Woher wisst Ihr, dass er noch lebt? Aus dem Brief etwa?«

»Und von meinem Vater, bevor er starb.«

Unziemlich, mit der Vertrautheit eines Gemahls, eines Bruders, nahm er mich am Ellenbogen. Ich wehrte mich, aber er ließ nicht los. »Dann sagt mir, mit wem habt Ihr darüber gesprochen? Ahnt Francesco, dass Ihr von Giulianos Überleben wisst?«

Ich versuchte ihn abzuschütteln, doch er packte noch fester zu. »Nein«, sagte ich. »So dumm bin ich nicht. *Warum* habt Ihr es mir nicht gesagt? Warum habt Ihr mich die ganze Zeit leiden lassen?«

»Seht Euch bloß an«, sagte er mit einer Schärfe und Kälte, die ich an ihm noch nie erlebt hatte. »Ihr beantwortet Eure Frage gerade selbst. Menschen töten und sterben, weil sie ihre Gefühle nicht unter Kontrolle halten können. Ihr kanntet mich nicht sehr gut, als wir uns zum ersten Mal in der Santissima Annunziata trafen. Ihr hattet keinen Grund, mir zu vertrauen. Hätte ich Euch gesagt, Giuliano sei am Leben, hättet Ihr ihm auf der Stelle geschrieben. Oder Ihr hättet versucht, nach Rom zu gelangen, um ihn zu suchen. Was ich auch gesagt hätte, ich hätte Euch nicht aufhalten können. Infolgedessen wärt Ihr oder er oder Ihr beide gestorben. Hätte ich ihm jemals gesagt, dass Ihr Giocondo geheiratet habt, weil Ihr Giuliano für tot hieltet, wäre er …«

»Er wäre zu mir gekommen, nicht wahr? Demnach habt Ihr auch ihn belogen. Warum sollte ich Euch jetzt auf einmal vertrauen?« Ich verzog das Gesicht; die Tränen, die ich so lange unterdrückt hatte, liefen mir plötzlich ungehindert über die Wangen. »Warum sollte ich ausgerechnet Euch den Inhalt des Briefes mitteilen? Ich warne ihn selbst vor der Gefahr …«

»*Mein Gott*«, flüsterte er, und sein Gesicht wurde so grau vor Angst, dass ich verstummte. »Lisa – schwört mir, dass Ihr nicht versucht habt, Kontakt mit ihm aufzunehmen!«

»Ich schwöre gar nichts.« Meine Stimme war niederträchtig. »Sie wollen ihn und Piero hierher locken und dann umbringen. Sie wollen alles wiederholen – das Volk gegen die Medici aufwiegeln, wie Messer Iacopo es vorhatte, diesmal aber mit Erfolg. Meint Ihr, ich wäre so ein Kindskopf und würde zulassen, dass Giuliano sich selbst in Gefahr bringt? Ich habe ihm mitgeteilt, er solle nicht kommen. Er solle bleiben.« Ich schüttelte den Arm. »Lasst mich los!«

Er streckte die Hand wieder nach mir aus; ich trat einen Schritt zurück auf die Totengräber zu. »Lisa … sie werden es entdecken. Sie werden Euch umbringen.«

»Sie werden es nicht herausfinden. Dafür habe ich schon gesorgt.«

In der Ferne rief jemand meinen Namen. Ich drehte mich um und sah Loretta, die auf uns zulief.

»Lisa, *bitte*.« Noch nie hatte ich eine solche Verzweiflung in seiner Stimme vernommen. »Ihr könnt nicht mit ihr zurückgehen – sie werden Euch eine Falle stellen, versuchen, Euch umzubringen und Euch gegen Giuliano zu benutzen. Was muss ich tun, um Euch zu überzeugen …? Alles, was ich je getan habe, geschah zu Eurer Sicherheit und der Eures Kindes.« Seine Augen glitzerten; zu meiner Überraschung sah ich, dass sie sich mit Tränen füllten.

Eine brillante Vorstellung, sagte ich mir. Loretta war noch zu weit entfernt, um uns zu hören, aber nah genug, dass ich die Panik auf ihrem Gesicht erkannte; er war gezwungen, meinen Arm loszulassen, damit sie keinen Mönch sah, der sich verdächtig verhielt. »Ihr müsst mich schon rasch überzeugen, weil ich jetzt nach Hause gehe.« Damit kehrte ich ihm den Rücken und ging einen Schritt auf Loretta zu.

»Lisa, ich liebe Euch«, sagte er schnell.

Ich warf ihm einen Blick über die Schulter zu. »Nicht so, wie Ihr Giuliano geliebt habt.«

»Noch mehr«, sagte er. »Mehr noch, als ich Eure Mutter geliebt habe.«

Ich zögerte. Blieb stehen. Schaute zu ihm auf.

»Giuliano de' Medici war nicht dein Vater«, sagte er. »Ich bin es.«

»Madonna Lisa!«, rief Loretta. Außer Atem und mit hochrotem Gesicht stand sie am Tor zum Kirchhof. »Matteo ist krank! Er ist krank, sie glauben, es ist *la moria*! Claudio ist hier und wartet, um Euch nach Hause zu fahren!«

»Matteo ist krank«, sagte ich zu ihm. Er machte den Mund auf und streckte erneut die Hand nach mir aus, doch noch ehe er mich berühren konnte, noch ehe er sprechen konnte, hob ich meine Röcke und lief zu Loretta.

Ich stürmte durch den Haupteingang in unseren Palazzo und wäre die Treppe hinaufgelaufen, wenn mein Gemahl mich nicht aus dem Speisezimmer gerufen hätte.

»Lisa, komm und begrüße unseren Gast!«

Francesco tauchte auf, sein typisches, wohlwollendes Lächeln auf den Lippen, und nahm mich am Arm. »Kommt«, sagte er und zog mich mit, bevor ich protestieren konnte.

An unserem langen Esstisch saß in der Mitte ein Mann; als ich eintrat, stand er auf und verneigte sich. Er war einen guten Kopf kleiner als Francesco und zwanzig Jahre jünger. Seine kurze Tunika, sein Spitzbart und sein Akzent rochen nach Rom. »Madonna Lisa, nicht wahr?«

»Mein Herr«, sagte ich, »Ihr müsst verzeihen. Mein Sohn ist sehr krank. Ich muss zu ihm.«

Francescos mildes Lächeln geriet nicht ins Wanken. »Kein Grund zur Eile. Komm, setz dich zu uns.«

Seine Seelenruhe war vollkommen fehl am Platze; panische Angst ergriff mich. War mein Kind gestorben und versuchte Francesco nun, mich zu besänftigen? War dieser Fremde ein Arzt, der hier war, um mich zu trösten? »Wo ist Matteo?«, wollte ich wissen.

»In Sicherheit«, sagte er, und dieses eine, scharfe Wort war zweideutig.

Er versuchte nicht, mich aufzuhalten, als ich außer mir die Treppe hinaufrannte, über meine Röcke stolpernd. Ich riss die Tür zum Kinderzimmer auf und sah, dass der Raum leer war – fein säuberlich von Matteos Sachen befreit, ebenso wie das Zimmer des Kindermädchens. Sein kleines Bett und die Wiege waren nicht bezogen.

Wie eine Wahnsinnige lief ich die Treppe wieder hinunter. Francesco hielt mich auf dem unteren Treppenabsatz vor seinen Gemächern auf.

»Wo ist er?«, fragte ich kochend vor Wut, mit schriller Stimme. »Wohin hast du ihn gebracht?«

»Wir sind alle im Arbeitszimmer«, sagte er ruhig und nahm meinen Arm, bevor ich nach dem Stilett greifen konnte.

Mein Blick wanderte durch das Arbeitszimmer: Mein Kind war nicht da. Stattdessen saß unser Besucher an dem kleinen runden Tisch in der Mitte des Raumes vor dem Kamin. Zwei Männer flankierten ihn: Claudio und einer der Soldaten, die unseren Palazzo nach Savonarolas Feuerprobe bewacht hatten.

Der Soldat hielt Zalumma ein Messer an die Kehle.

»Wie kannst du so etwas tun?«, zischte ich Francesco an. »Wie kannst du unserem Sohn das antun?«

Er schnaubte verächtlich. »Ich habe Augen. Er ist wie seine Mutter: von zweifelhafter Herkunft.« Mein kalter Francesco.

Er führte mich zu einem Stuhl gegenüber von unserem Gast; ich sank darauf nieder, den Blick fest auf Zalumma gerichtet. Ihr Gesicht war versteinert, ihre Haltung ungebeugt. Ich schlug die Augen nieder. Auf dem Tisch vor mir lag der Brief an Giuliano, offen, sodass er leicht zu lesen war. Daneben waren Feder und Tintenfass sowie ein frisches Pergament.

Francesco stellte sich neben mich und legte mir eine Hand auf die Schulter. »Mit diesem Brief gibt es ein Problem. Er muss neu geschrieben werden.«

Alles in mir sträubte sich. Ich schaute Zalumma in die Augen: Es waren unergründliche schwarze Spiegel. Unser geschätzter Gast nickte dem Soldaten leicht zu, und dieser drückte die Messerspitze an ihren weißen Hals, bis sie keuchte. Ein dunkles Rinnsal trat aus ihrem Fleisch und sammelte sich in der kleinen Kuhle ihres Schlüsselbeins. Sie schaute zur Seite; sie wollte nicht, dass ich ihr Gesicht sah, dass ich sah, wie ängstlich sie war in dem Bewusstsein, sterben zu müssen.

»*Hört auf*«, sagte ich. »Ich werde schreiben, was Ihr wollt.« Ich taxierte den Soldaten, Claudio und den spitzbärtigen Mann, die alle auf der anderen Seite des Tisches standen; ich warf einen Blick auf Francesco neben mir. Wenn ich nach dem in meinem Gürtel versteckten Stilett griffe, würde ich festgehalten, noch ehe ich um den Tisch herum war, und Zalumma würde getötet.

Francesco machte eine zuvorkommende Geste gegenüber dem Ziegenbart. »Ser Salvatore«, sagte er. »Bitte.«

Salvatore stützte sich mit den Ellenbogen auf den Tisch und beugte sich zu mir vor. »Schreibt die beiden ersten Zeilen ab«, sagte er. »Der Brief muss so klingen, als hättet Ihr ihn geschrieben.«

Ich tauchte die Feder in die Tinte und kritzelte die Wörter hin:

Mein über alles Geliebter,
Man hat mich belogen, mir gesagt, Du seist tot. Doch meine Gefühle Dir gegenüber haben sich nie verändert.

»Sehr gut«, sagte Salvatore und diktierte mir dann die nächsten Zeilen:

Dein Sohn und ich sind in Lebensgefahr; Deine Feinde haben uns gefangen. Wenn Du und Dein Bruder Piero nicht am vierundzwanzigsten Mai zum Hochamt in der Santa Maria del Fiore seid, werden sie uns umbringen. Sendet Ihr Truppen oder jemanden an Eurer statt, werden wir sterben.
Deine Dich liebende Gemahlin
Lisa di Antonio Gherardini

»Giocondo«, hatte er gesagt, aber das ließ ich hartnäckig aus.

Francesco faltete den Brief und übergab ihn Claudio, der ihn in die Tasche steckte. »Und nun«, sagte mein vermeintlicher Gemahl zu mir, »wollen wir über deine Spionage reden.«

»Ich wollte nicht spionieren«, sagte ich. »Ich war neugierig und habe nur den einen Brief gelesen …«

»Neugierig, soso. Isabella sagt etwas anderes. Sie sagt, du legst ein Buch auf deinen Nachttisch als Zeichen, dass sie einem gewissen Giancarlo mitteilt, dass du am nächsten Tag beten gehst.«

Salvatore bemerkte beiläufig, fast freundlich: »Wen trefft Ihr dort in der Santissima Annunziata, Lisa?«

»Nur Giancarlo«, antwortete ich rasch. »Ich gehe und sage ihm, was in dem Brief steht.«

»Sie lügt.« Francesco klang brutal; ich hatte den Tonfall schon vernommen, wenn er das Wort *Hure* ausstieß.

Salvatore wurde sehr still. »Ich glaube, Euer Gemahl hat recht, Madonna Lisa. Und ich glaube, er hat auch recht, wenn er sagt, dass Euch sehr viel an Eurer Sklavin liegt. Sie war auch schon die Sklavin Eurer Mutter, nicht wahr?«

Ich starrte auf den Tisch. »Ich treffe dort einen Spion«, sagte ich. »Einen älteren Mann mit grauem Haar. Ich kenne seinen Namen nicht. Giancarlo habe ich eines Abends in Eurem Arbeitszimmer angetroffen, mit dem Brief, und ich war neugierig. Ich habe ihn gelesen.«

»Wie lange ist das her?«, fragte Salvatore.

»Das weiß ich nicht – ein Jahr, vielleicht zwei. Er sagte, er arbeite für die Medici. Ich beschloss, zu tun, was er mir sagte – in die Santissima Annunziata zu gehen und dem alten Mann von den Briefen zu berichten.«

Erneut sah Salvatore zu dem Soldaten hin, der Zalumma festhielt. Er schaute nur und hob einen Finger.

Ich folgte seinem Blick. Das Messer des Soldaten vollführte eine schnelle, kleine Bewegung unter Zalummas Kiefer. Schnell, klein und einfach; ich hörte ein Gurgeln. Sie wäre auf der Stelle umgefallen, aber er fing sie auf und legte sie nieder. Träge und elegant wie ein Schwan glitt sie zu Boden.

»Ruf einen Diener«, trug Salvatore dem Soldaten auf. »Hol etwas, um hier sauber zu machen.«

Ich schrie und bäumte mich auf; Francesco drückte mich wieder auf den Stuhl.

Salvatore sah mich an. »Ihr lügt, Madonna Lisa. Ihr wisst, dass der Name des jungen Mannes nicht Giancarlo ist; er heißt Gian Giacomo. Und Ihr kennt den Namen des alten Mannes.«

Ich schluchzte hysterisch, unablässig, nicht fähig zu reden. Zalumma war tot, und ich wollte sterben.

Francesco musste sehr laut sprechen, um sich über meine Klagelaute hinweg verständlich zu machen. »Komm jetzt, Lisa, soll ich den kleinen Matteo holen lassen? Wir können ihn auch hierher bringen. Oder wirst du uns den Namen des alten Mannes sagen?«

»Holt ihn«, keuchte ich. »Holt ihn und zeigt mir, dass er lebt. Denn wenn nicht, müsst Ihr mich töten.«

Francesco stieß einen wütenden Seufzer aus, doch Salvatore nickte ihm zu, er solle den Raum verlassen. Kurz darauf kam er zurück, hinter ihm das Kindermädchen. Stolpernd führte sie Matteo an der Hand herein.

Matteo lachte und wollte zu mir; er streckte die Arme nach mir aus. Doch als er Zalumma auf dem Boden und seine Mutter schluchzen sah, fing auch er an zu weinen. Ich wollte ihn nehmen, aber Francesco hob ihn hoch und reichte ihn dem Kindermädchen; meine Finger kratzten über die Grübchen auf seinem Handrücken.

»Na schön«, gluckste Francesco und schloss die Tür vor ihnen.

Er und Salvatore wandten sich an mich. »Der Name, Lisa«, sagte Francesco.

Ich konnte Zalumma nicht sehen, da sie hinter den Tisch gefallen war, doch ich spürte ihren Körper, so wie man die Wärme eines Feuers spürt. Ich senkte den Kopf und sah auf meine Hände. Ganz leise sagte ich: »Leonardo da Vinci.«

69

Ich sah nicht zu Zalumma hin, als sie mich hinausführten; ich wollte sie nicht in Erinnerung behalten wie meine Mutter, mit trüben Augen und blutüberstömt. Francesco und Salvatore sprachen miteinander, als Claudio mich abführte; Salvatore klang hitzig. »Müssen wir unseren Plan nun ändern? Wenn sie es anderen erzählt hat, diesem Leonardo etwa …«

Francesco blieb kühl. »Isabella sagt, sie hatte keine Zeit, zur Santissima Annunziata zu gehen. Sie entdeckte den Brief, bevor sie zu ihrem Vater ging; seitdem war sie nirgendwo, nur in seinem Haus und bei der Bestattung.«

Es waren flüchtige Worte, die mir damals nichts bedeuteten. Später sollte sich das ändern.

In den nächsten Wochen war ich in mein Zimmer verbannt. Wachen standen vor meiner Tür. Francesco sagte der Dienerschaft, ich sei dabei erwischt worden, für die Medici zu spionieren, und die Signoria habe noch nicht über eine Anklage entschieden; aus reiner Freundlichkeit habe man ihm erlaubt, mich in unserem Palazzo unter strenger Aufsicht zu halten.

Am ersten Tag schlossen sie mich in meinem Zimmer ein. Eine Stunde lang war ich allein, und trotz lähmender Trauer wurde mir klar, dass ich das Stilett meines Vaters verstecken sollte, bevor man mich durchsuchte oder auskleidete. Ich ließ es tief in die Federschicht meiner Matratze gleiten, ganz hinten an die Wand; und als Elena mir an jenem Abend auf einem Tablett etwas zu essen brachte und mein Kleid aufbinden wollte, trat ich ihr ohne Bedenken entgegen.

Elenas stets heiterer Blick und ihr Lächeln waren verschwunden; sie war in meiner Gegenwart beunruhigt und mied meinen Blick. Ich gab mir die größte Mühe, zusammenhängend zu reden, ohne in Tränen auszubrechen. »Ich möchte sie waschen«, sagte ich.

Elena stellte das Tablett auf den Tisch am Kamin und sah mich an. Dann schaute sie rasch zu Boden. »Was wollt Ihr damit sagen, Madonna?«

»Ich würde gern helfen, Zalummas Leichnam zu waschen. Sie war mir sehr ans Herz gewachsen. Und …« Die Stimme versagte mir. »Ich möchte dafür sorgen, dass sie anständig beerdigt wird. Wenn du Francesco bitten würdest – er könnte eine Wache mitschicken. Sie hat bei meiner Geburt geholfen. Bitte … wenn du ihn fragen könntest …«

Traurig ließ sie den Kopf hängen. »Ich werde ihn fragen, Madonna. Er ist herzlos und wird es ablehnen, aber ich werde dennoch fragen.«

Ich setzte mich auf einen Stuhl vor dem kalten Kamin, schloss die Augen und presste die aneinandergelegten Hände an die Lippen, doch ich war zu überwältigt, um zu beten. Elena trat neben mich und berührte flüchtig und zart meinen Unterarm.

»Ich gebe mir alle Mühe, ihn zu überreden, Madonna.« Sie zauderte. »Es ist schrecklich, was sie Zalumma angetan haben … Es heißt, sie sei eine Spionin gewesen, sie sei gefährlich gewesen, aber ich weiß es besser. Ich war nicht immer in Ser Francescos Haushalt. Ich kam mit meiner Herrin, Madonna Nannina. Ich habe sie so geliebt, und als sie starb …« Sie schüttelte den Kopf. »Ich wollte in ein anderes Haus. Heute wünschte ich, ich hätte es getan. Ich habe Angst vor ihm.«

»Und Matteo«, sagte ich gequält. »Wenn ich nur wüsste, ob …«

Ihre Miene hellte sich auf; sie schaute mir in die Augen. »Eurem Kind geht es gut. Sie haben ihm nichts getan – ich vermute, diese Überlegung ist selbst für Ser Francesco zu herzlos. Sie halten ihn unten neben den Kammern der Dienerschaft fest.«

Mir wurde etwas leichter ums Herz; ich legte eine Hand darauf. Ermutigt fragte ich: »Und Isabella?«

»Verschwunden. Entkommen ...« Sie verstummte und sagte nichts mehr, denn sie hatte erkannt, dass sie sich womöglich selbst in Gefahr brachte. Sie band mir das Kleid auf und legte es in den Schrank. Dann war ich wieder allein. Ich hörte, wie draußen auf dem Flur ein Stuhl über den Boden geschoben wurde und ein schwerer Körper darauf Platz nahm. Claudio, vermutete ich, oder der Soldat.

In jener ersten Nacht war ich wie betäubt, überwältigt. Ich hatte schon so viele Menschen verloren: meine Mutter, Giuliano, meinen Vater ... Zalumma jedoch war immer da gewesen und hatte sich um mich gekümmert. Zalumma, die mich zu trösten gewusst hätte, jetzt, da mir Matteo genommen war. Wiederholt redete ich mir ein, dass Salvatore Matteo vielleicht verletzen konnte, Francesco es aber nie zulassen würde. Doch meine Hoffnung hing an einem seidenen Faden; wenn ich mich zu fest daranklammerte, würde er reißen.

Ich wollte mich nicht in mein großes Federbett mit dem versteckten Stilett legen. Stattdessen kroch ich auf Zalummas kleine Schlafstatt und weinte mich in den Schlaf.

Natürlich wollte Francesco nichts davon hören, dass ich bei Zalummas Beerdigung half oder am Gottesdienst teilnahm; er ließ es auf grausame Weise im Dunkeln, wie er mit ihrer Leiche verfahren war.

Bevor mein Vater und Zalumma starben und Matteo mir genommen wurde, war mir nicht bewusst, wie gründlich der Hass von einem Herzen Besitz ergreifen kann. Ähnlich wie mein Vater Antonio bei dem Gedanken, er könnte seine Frau an einen anderen verlieren, wurde ich innerlich aufgezehrt. Ich träumte von Mord; ich wusste, ich könnte nie Ruhe finden, bis ich das Stilett meines Vaters tief in Francescos Brust stecken sähe, bis ans Heft.

Ihr seid von heißem Geblüt, hatte der Astrologe gesagt, *ein Schmelzofen, in dem das Schwert der Gerechtigkeit zu schmieden ist.*

Gerechtigkeit war mir einerlei. Ich wollte Rache.

In den langen, einsamen Stunden zog ich das Stilett hervor und spürte es kalt und schwer in meiner Hand; ich redete mir ein, mit dieser Waffe sei Giuliano ermordet worden, und mein Vater habe sie als Mahnung an seine Schuld behalten. *Alles wiederholt sich,* hatte meine Mutter geflüstert, und nun endlich begriff ich. Sie hatte damit nicht sagen wollen, dass wir beide uns in einen Mann namens Giuliano verlieben oder Kinder austragen würden, die nicht die Sprösslinge ihrer angeblichen Väter waren, oder dass wir uns von unseren Männern eingesperrt fühlten.

Ihr seid in einem Zyklus der Gewalt gefangen, aus Blut und Täuschung. Was andere begonnen haben, müsst Ihr zu Ende führen.

Ich legte meinen Finger an die tödliche, glänzende Stilettspitze, und ließ sie in mich eindringen, still und scharf. Blut quoll hervor, eine dunkle Perle, und ich nahm den Finger in den Mund, bevor es mir auf die Röcke tropfte. Es schmeckte wie Eisen, wie die Klinge; ich wünschte, es wäre Francescos Blut gewesen.

Was sollte sich wiederholen? Wie sollte ich es zu Ende führen?

Ich rief mir so gut wie möglich ins Gedächtnis, was meine Mutter mir über Giulianos Tod erzählt hatte; ich dachte über jeden einzelnen Schritt nach.

Der Priester im Duomo hatte den mit Wein gefüllten Kelch angehoben und Gott zum Segen dargeboten; das war das Zeichen für den Attentäter, zuzuschlagen.

Die Glocke im angrenzenden Campanile hatte zu läuten begonnen; das war das Signal für Messer Iacopo, auf die Piazza della Signoria zu reiten, auf der er das Ende der Herrschaft der Medici verkünden wollte und wo sich ihm Söldner anschließen würden, die ihm helfen sollten, den Palazzo della Signoria und damit die Herrschaft zu übernehmen.

Messer Iacopos Plan schlug fehl, weil die gedungenen Soldaten nicht gekommen waren und das Volk treu zu den Medici gestanden hatte.

Im Duomo hingegen war der Plan teilweise erfolgreich.

Kurz bevor das Zeichen mit dem erhobenen Kelch gegeben wurde, stach mein Vater Antonio zu und verwundete Giuliano im Rücken. Baroncellis Hieb folgte; dann kam Francesco de' Pazzis rasender, brutaler Angriff. Lorenzo aber – auf der anderen Seite des Kirchenschiffs – erwies sich als zu schnell für seine ehrgeizigen Mörder. Er trug nur eine kleinere Wunde davon und hielt sich seine Angreifer vom Leib, bis er in die nördliche Sakristei entkommen konnte.

Falls Piero und Giuliano nach Florenz kämen, würden sie die Rollen der beiden Brüder spielen. Für mich stand zweifelsfrei fest: Francesco und Ser Salvatore würden dafür Sorge tragen, dass zahlreiche Mörder in der Kathedrale auf sie warteten. Salvatore träumte offensichtlich davon, Messer Iacopos Rolle zu übernehmen und, diesmal siegreich, auf die Piazza della Signoria zu reiten, um der Menge kundzutun, er habe Florenz soeben vor den Medici gerettet.

Welche Rolle sollte ich aber dabei spielen? Ich würde nicht untätig dasitzen und auf meinen Tod warten; ich wusste, dass mein Leben verwirkt war, ganz gleich, wie der Plan ausgehen würde. Dasselbe galt für das Leben meines Sohnes, es sei denn, ich unternahm etwas, um es zu verhindern.

Dann wurde mir klar: Ich würde in die Rolle der Büßerin schlüpfen, von persönlichem, nicht von politischem Zorn getrieben. Diejenige, die als Erste zuschlagen sollte.

Ich dachte oft an Leonardo. Meine Tränen in jener Zeit entsprangen vielen Quellen; Schuldgefühle wegen meines Verrats an ihm war eine davon. Isabella war aus dem Palazzo verschwunden, und Elena wollte nichts weiter über sie sagen; sie hoffte, dass sie entkommen war und Salai und seinen Meister gewarnt hatte. Mir blieb nur die Hoffnung, dass diese die Santissima Annunziata längst verlassen hatten, als Salvatores Männer dort eintrafen.

Ich dachte an seine letzten Worte, die er an mich gerichtet hatte. *Giuliano de' Medici war nicht dein Vater. Ich bin es.*

Lisa, ich liebe dich, hatte er gesagt. Sein Tonfall hatte mich an den eines anderen erinnert, an jemanden, der vor langer Zeit gesprochen hatte, doch erst nach reiflicher Überlegung fiel mir ein, wer es war.

Lorenzo de' Medici hatte im Sterben gelegen, und ich hatte ihn gefragt, warum er so nett zu mir gewesen sei.

Weil ich dich liebe, Kind.

Hatte er geglaubt, er sei mein Onkel? Oder hatte Leonardo ihm die Wahrheit gesagt?

Ich nahm meinen Handspiegel und schaute hinein. Ich hatte Leonardo belogen, als ich ihm einmal sagte, ich betrachtete mein Spiegelbild nicht oft. Nachdem ich von der Affäre meiner Mutter mit Giuliano erfuhr, hatte ich meine Gesichtszüge sorgfältig studiert, auf der Suche nach Hinweisen auf den lächelnden jungen Mann, der für Leonardos Terrakottabüste posiert hatte. Und ich hatte ihn dort nie entdecken können.

Als ich nun in den Spiegel sah, schaute mich Leonardo an, hager und eulenhaft.

Am dreiundzwanzigsten Mai, einen Tag bevor Giuliano mich im Duomo treffen sollte, wachte ich erst spät auf. In der Nacht hatte ich schlecht geschlafen, geweckt von Matteos gedämpftem Jammern in den Räumen unter mir; auch ich weinte, bis ich weit nach Morgengrauen in einen schweren, tränennassen Schlaf fiel.

Ich stand auf, trat auf meinen Balkon hinaus und blinzelte in die Sonne, verblüfft, dass sie den Zenit schon überschritten hatte und sich leicht gen Westen neigte; es war bereits Nachmittag. Der Himmel war außergewöhnlich blau und wolkenlos – bis auf einen langen Finger aus schwarzem Rauch, der sich im Osten erhob.

Wie gebannt starrte ich darauf, bis Elena hereinkam. Ich ging zurück ins Zimmer, als sie gerade ein Tablett mit Brot und Obst auf den Tisch stellte. Mit ernstem Blick schaute sie hoch und richtete sich auf. »Ihr habt den Rauch also gesehen?«

»Ja«, sagte ich langsam, noch benommen vom Schlaf. »Ist es …«

»Savonarola«, sagte sie.

»Dann haben sie ihn verbrannt.« In den vergangenen Wochen hatte ich nicht mitbekommen, was in der Außenwelt vor sich ging. Das Letzte, von dem ich erfuhr, war, dass man Savonarola verhaftet hatte. Aber als ich den Rauch sah, wusste ich sofort, was passiert war.

»Zuerst haben sie ihn gehängt«, erwiderte sie unglücklich. »Auf der Piazza, am selben Fleck, an dem der Scheiterhaufen für nichtige Dinge und die Feuerprobe aufgebaut waren. Heute Morgen bin ich hingegangen. Ser Francesco hat uns alle dazu aufgefordert.«

»Hat er etwas gesagt?«

»Fra Girolamo? Nein, kein einziges Wort. Er trug nur sein wollenes Unterhemd. Es war ein hässliches Geschäft. Sie haben ein rundes Gerüst für das Feuer errichtet und mit Brennholz aufgefüllt. In der Mitte wurde ein Holzbalken befestigt, so hoch, dass man eine lange Leiter bauen musste, um hinaufzukommen. Der Henker trug ihn hinauf und legte ihm die Schlinge um den Hals. Er hat noch ein wenig gezappelt und ist nicht sofort gestorben.

Dann haben sie das Feuer angezündet. Irgendein Narr hatte Knallkörper ins Brennholz geworfen, was alle zunächst zu Tode erschreckte. Sie legten Ketten um die Mönche, damit die Leichen nicht ins Feuer fielen, wenn die Halsschlingen verbrannten, sondern langsam rösteten. Die Signoria wollte ein Spektakel.« Sie schauderte. »Die Mönche verkohlten; dann hat ein *giovano* einen Stein auf sie geworfen, und die blutigen Gedärme platzten heraus … Am Ende wurden die Flammen so heiß und schlugen so hoch, dass die Leichen durchkochten, Arme und Beine fielen ab …«

Ich schloss für einen Moment die Augen. »Ja«, sagte ich leise. »Ja, gewiss.« Ich schaute Elena an. »Du hast gesagt ›die Mönche‹ … Er war also nicht der Einzige, der hingerichtet wurde?«

»Nein. Der schwere Mönch, der die Feuerprobe bestehen wollte … Wie hieß er noch? Domenico. Fra Domenico ist mit ihm gestorben.«

»Danke«, sagte ich. »Ich werde jetzt frühstücken. Ich rufe dich, wenn ich bereit bin, mich anzukleiden.«

Sie ging. Ich aß nicht; stattdessen trat ich wieder auf den Balkon, setzte mich in die Sonne und sah dem Rauch zu, der gen Himmel stieg. Vermutlich war Fra Domenico nun, da Savonarola nicht mehr da war, für Salvatore und Francesco zu einer Belastung geworden.

Zalumma hätte sich gefreut.

70

Am nächsten Morgen, als Elena kam, um mich anzukleiden, brachte sie einen kleinen Samtbeutel mit. Als sie ihn über dem Tisch öffnete, fielen die Saphirkette und das mit Diamanten besetzte Haarnetz heraus. Beides hatte ich an dem Tag getragen, als ich Francesco heiratete.

Sie waren nicht in meiner Truhe aufbewahrt worden. Diese hatte ich am zweiten Tag meiner Gefangenschaft geöffnet und festgestellt, dass mein gesamter Schmuck fort war; ich hatte danach gesucht, weil ich Elena bestechen wollte, mit Matteo zu fliehen.

Francesco kannte mich gut. Aber er wusste nicht alles.

Elena ging an meinen Schrank und holte das Hochzeitskleid aus tiefblauem Samt hervor, sowie mein bestes Hemd. »Ser Francesco sagt, Ihr sollt heute besonders schön aussehen.« Das war es also, ich sollte einen schönen Lockvogel abgeben.

Ich sagte nichts, als sie mir das Kleid zuband; diesmal trug ich den Brokatgürtel weiter unten, sodass ich ihn mit einer raschen Handbewegung gut erreichen konnte.

Ich schwieg auch, als Elena mir das Haar ausbürstete. Doch als sie begann, es mit großer Sorgfalt in das funkelnde Haarnetz zu legen, sagte ich: »Du wirst mir also nicht bei Matteo helfen.«

Ich sah ihr Gesicht im Handspiegel; es war ebenso betroffen wie ihre Stimme. »Ich traue mich nicht. Bedenkt, was mit Zalumma passiert ist …«

»Ja«, sagte ich hart. »Ich weiß nur zu gut, was mit Zalumma passiert ist. Meinst du nicht, dasselbe wird auch mir und meinem Sohn zustoßen?«

Beschämt senkte sie den Blick und wollte mich danach nicht mehr ansehen oder mit mir reden. Als sie ihre Arbeit beendet hatte und ich ausgehbereit war, ging sie zur Tür und wollte sie schon öffnen.

»Halt«, sagte ich, und sie zögerte. »Es gibt da eine Kleinigkeit, die du für mich tun kannst. Ich brauche einen Augenblick. Nur einen Moment allein, um mich zu sammeln.«

Zaudernd sah sie mich an. »Ich darf Euch nicht allein lassen, Madonna. Ser Francesco hat besonders betont ...«

»Dann lass mich nicht allein«, sagte ich rasch. »Ich habe meinen Schal draußen auf dem Balkon liegen lassen. Würdest du ihn mir bitte holen?«

Sie wusste Bescheid. Sie seufzte leicht und nickte, gab sich geschlagen und ging langsam auf den Balkon, wobei sie darauf achtete, dass sie mir die ganze Zeit den Rücken zukehrte.

Meine Bewegungen waren schneller und leiser, als ich es je für möglich gehalten hätte. Ich zog das Stilett meines Vaters aus den Federn der Matratze und ließ ihn in meinen Gürtel gleiten.

Elena kam langsam vom Balkon zurück. »Euer Schal ist nicht da«, sagte sie.

»Danke, dass du nachgesehen hast«, antwortete ich.

Der Soldat, der Zalumma getötet hatte – ein feindseliger junger Mann mit tiefen Narben auf den Wangen –, führte mich zur Kutsche, in der Francesco und Salvatore de' Pazzi bereits warteten. Francesco hatte sein bestes Priorengewand angelegt; zum ersten Mal, seit ich ihn kannte, hatte er ein langes Messer am Gürtel. Salvatore trug einen *lucco* aus mattem Dunkelgrün – genau die Art von eleganter, aber schlichter Tunika, die Lorenzo de' Medici gewählt hätte. Auch Salvatore war mit einem Schwert an der Hüfte bewaffnet.

»Schön, sehr schön«, murmelte Salvatore, als er mich sah. Er beugte sich vor, wobei er sich in der niedrigen Kutsche bücken musste, und bot mir eine Hand, um mir hinaufzuhelfen; ich lehnte ab und schüttelte den Griff des Soldaten hinter mir ab. Ich packte den Rand der Tür und zog mich und mein schweres Gewand mit dem langen Schleier in die Kutsche.

»Ist sie nicht hübsch anzusehen?«, bemerkte Francesco mit Stolz, als hätte er mich eigenhändig erschaffen.

»Wohl wahr.« Salvatore schenkte uns ein überhebliches Lächeln.

Ich setzte mich neben den Soldaten. Claudio fuhr uns; eine zweite Kutsche folgte, und ich beugte mich aus dem Fenster, um zu sehen, wer darin saß. Ich nahm nur schemenhafte Umrisse wahr.

»Setz dich richtig hin, Lisa«, sagte Francesco scharf, sodass ich mich umdrehte und ihn ansah, während wir durch das Tor auf die Straße rollten. »Du solltest nicht so neugierig sein. Du wirst noch schnell genug mehr erfahren, als dir lieb ist.« Seine Augen strahlten heiter und energiegeladen. Ich sah ihn fest an und spürte den Druck des Stiletts gegen meinen Körper.

Der Tag war warm – zu warm für ein schweres Samtkleid, trotzdem fröstelte ich und fühlte mich taub –, und in der Luft hing noch der Rauchgeruch vom Feuer tags zuvor. Das Licht war zu grell, die Farben zu leuchtend. Das Blau meines Ärmels schmerzte mir in den Augen, sodass ich blinzelte.

Auf der Piazza del Duomo waren nicht viele Menschen unterwegs; ich vermutete, dass in San Marco an jenem Morgen noch weniger wären. Flankiert von Francesco und Salvatore, gefolgt von meinem Soldaten, ging ich an der achteckigen Taufkapelle des heiligen Johannes vorbei, in der ich geheiratet hatte und in der mein Sohn getauft worden war. Francesco nahm meinen Arm und dirigierte mich geradeaus, sodass ich nicht sehen konnte, wer aus der Kutsche hinter uns ausstieg.

Im Duomo war es düster und kalt. Als ich über die Schwelle

schritt, verwischten sich die Konturen der Gegenwart und verschmolzen mit der Vergangenheit. Ich konnte nicht beurteilen, wo die eine aufhörte und die andere begann.

Gemeinsam gingen wir durch einen Seitengang: Salvatore zu meiner Linken außen, Francesco gleich links neben mir. Rechts wurde ich von dem mordlustigen jungen Soldaten flankiert. Unser Schritt war zügig; ich versuchte an meinem falschen Gemahl und an Salvatore vorbeizusehen. Verzweifelt hielt ich Ausschau nach einem geliebten Antlitz – und betete darum, es zu sehen und auch wieder nicht zu sehen.

Ich erkannte jedoch nur wenig, während wir unbarmherzig auf den Altar zustrebten. Ich konnte nur Eindrücke sammeln: ein Kirchenschiff, das nicht einmal zu einem Drittel gefüllt war. Bettler, schwarz verschleierte Nonnen, Kaufleute; zwei Mönche, die eine Gruppe zappelnder Bengel aller Altersklassen zur Ruhe brachten. Als wir an anderen Patriziern vorbeikamen, um unsere Plätze einzunehmen – die zweite Reihe vor dem Altar, an der Seite neben dem hölzernen Chorgestühl –, nickte Francesco lächelnd Bekannten zu. Ich folgte seinem Blick und erkannte sechs Prioren, die auf verschiedenen Plätzen um uns herumsaßen.

Ich fragte mich, wer von ihnen Komplize und wer Opfer sein mochte.

Schließlich hielten wir unter der massiven Kuppel. Ich stand zwischen meinem Gemahl und dem unglücklichen Soldaten und wandte den Blick nach rechts, weil sich von dort Personen auf uns zubewegten.

Matteo. Matteo auf stämmigen kurzen Beinen an der Hand seines gebeugten Kindermädchens. Ein eigenwilliger Junge; er wollte sich nicht von ihr tragen lassen. Als er näher kam, stieß ich einen leisen Schrei aus. Francesco packte meinen Arm, den anderen aber hielt ich meinem Sohn entgegen. Er sah mich und rief mit umwerfendem Lächeln nach mir. Auch ich rief seinen Namen.

Das Kindermädchen packte ihn, riss ihn hoch und trug ihn, bis sie neben dem Soldaten stand, unserer Barriere. Matteo wand sich und versuchte, sich zu mir durchzuschlängeln, doch die Kinderfrau hielt ihn fest, und der Soldat trat einen kleinen Schritt vor, damit ich mein Kind nicht berühren konnte. Gequält wandte ich mich ab.

»Wir hielten es für das Beste«, sagte Francesco leise zu mir, »dass eine Mutter ihren Sohn sieht. Dass sie weiß, wo er in jedem Augenblick ist, sodass sie stets ermahnt wird, so zu handeln, wie es für ihn am besten ist.«

Ich schaute den Soldaten an. Ich hatte vermutet, er sei mitgekommen, um ausschließlich als meine Wache und mein Mörder zu dienen. Nun sah ich ihn mit seinem großen Messer in Lauerstellung neben meinem Sohn; Hass drückte mich nieder, dass ich kaum zu stehen vermochte.

Ich war mit einem einzigen Ziel in den Duomo gegangen: Francesco umzubringen, bevor das Zeichen gegeben wurde. Nun wankte ich in meinem Entschluss. Wie konnte ich mein Kind retten und meinen Peiniger dennoch töten? Ich hatte nur einen Hieb zur Verfügung. Stieße ich auf den Soldaten ein, würde Francesco bestimmt auf mich losgehen – und Salvatore de' Pazzi stand eine Schwertlänge von Giulianos Erben entfernt.

Dein Kind ist schon tot, sagte ich mir, so wie du. Uns wurde keine Erlösung zuteil; ich hatte nur eine Chance – keine Rettung, sondern Rache.

Ich stützte meine Hand – die ich nach Matteo ausgestreckt hatte – leicht in meine Taille, wo das Stilett verborgen war. Verwundert nahm ich zur Kenntnis, dass ich bereit war, meinen Sohn für meinen Hass zu opfern; wie sehr glich ich doch inzwischen meinem Vater Antonio. Er hatte allerdings nur einen Verlust erlebt, überlegte ich starrsinnig. Ich dagegen hatte viele erlitten, zu viele.

Ich nestelte an meinem Gürtel herum und wusste nicht, was ich tun sollte.

Die Messe begann. Priester und Chorknaben zogen in einer Prozession zum dunklen, mit Gold bemalten Altar, der von einem Holzkreuz mit dem sterbenden Gottessohn gekrönt war. Das schwingende Turibulum blies Weihrauchschwaden in die Düsternis, die alle Konturen und die Ränder der Zeit noch mehr verwischten. Der Chor stimmte das Eingangslied und das Kyrieeleison an. Hinter uns drängte sich eine Schar kichernder Waisen nach vorn und mischte sich unter die aufgebrachten Patrizier. Einer der Mönche folgte ihnen und teilte zischend Ermahnungen aus. Der säuerliche Geruch schmutziger Kinder wehte zu uns herüber; Francesco hielt sich missbilligend ein Taschentuch an die Nase.

Dominus vobiscum, der Herr sei mit euch, sagte der Priester.

Et cum spiritu tuo, erwiderte Francesco.

Als der Diakon die Epistel vortrug, nahm ich aus den Augenwinkeln eine Bewegung wahr. Eine dunkle Gestalt mit Kapuze hatte sich durch die Versammlung geschoben und hinter mich gestellt. Ich glaubte, seinen Atem zu hören und warm auf meiner Schulter zu spüren. Ich wusste, er war meinetwegen gekommen.

Noch wird er nicht zuschlagen, sagte ich mir, obwohl ich das starke Bedürfnis spürte, nach meiner Waffe zu greifen. Er wird mich nicht vor dem vereinbarten Zeichen umbringen.

Francesco schaute schräg über seine Schulter auf den verhüllten Mörder; Anerkennung flackterte in seinen Augen auf. Das gehörte zu seinem Plan. Er drehte sich wieder um, erwischte mich dabei, wie ich ihn beobachtete, und war mit meiner Angst zufrieden. Er schenkte mir ein kaltes, aufgesetzt wohlwollendes Lächeln.

Der Chor stimmte das Graduale an: Erhebe dich, Herr, in Deinem heiligen Zorn. Erhebe dich gegen den Zorn meiner Feinde.

Zu meiner Linken lief es wie eine Welle durch die Reihe der Prioren und Patrizier bis zu Salvatore de' Pazzi. Er wandte sich an meinen Gemahl und flüsterte ihm etwas zu. Ich spitzte die Ohren.

»... haben Piero entdeckt. Aber nicht ...«

Francesco fuhr zurück, reckte unwillkürlich den Hals und spähte nach links in die Menge. »Wo ist Giuliano?«

Im quälenden Bewusstsein des Mörders hinter mir und des Soldaten neben meinem Kind spannte ich mich an. Wenn

Giuliano nicht erschienen war, könnte es sein, dass sie uns auf der Stelle töteten. Zwei Bengel hinter uns johlten über einen Witz; ein Mönch brachte sie zum Schweigen.

Den Psalm bekam ich nicht mit. Ich hörte das eintönige Brummen des Priesters, konnte seinen Worten aber keinen Sinn abgewinnen. Die Finger meiner rechten Hand schwebten über dem Rand meines Gürtels. Hätten sich der Soldat oder mein Mörder bewegt, hätte ich blindlings zugestochen.

Wieder schwappte eine Flüsterwelle zu Salvatore. Er raunte Francesco etwas zu und deutete mit dem Kinn auf einen Punkt weit zu seiner Linken. »Er ist hier …«

Er ist hier.

Hier, irgendwo in meiner Nähe, ich konnte ihn nicht sehen, er konnte mich nicht hören, in dem Augenblick, bevor ich sterben sollte, war er außerhalb meiner Reichweite. Ich verzagte nicht bei dieser Erkenntnis, schwankte aber unter ihrem Gewicht. Ich schaute auf den Marmor unter meinen Füßen und betete. Sei in Sicherheit und lebe. Sei in Sicherheit …

Der Priester sang das Oremus, nahm die Hostie und bot sie dem Gekreuzigten dar.

Offerimus tibi Domine …

Salvatore legte eine Hand auf seinen Schwertgriff und beugte sich zu Francesco. Seine Lippen formten ein Wort: bald.

Im selben Moment lehnte sich mein Mörder plötzlich mit einer geschmeidigen Bewegung vor, trat auf meine Schleppe, sodass ich nicht ausweichen konnte, und presste seine Lippen an mein Ohr.

»Monna Lisa«, flüsterte er. Hätte er diese beiden Worte nicht ausgesprochen, hätte ich zum Stilett gegriffen. »Wenn ich ein Zeichen gebe, fallt.«

Ich schnappte nach Luft, sog sie begierig durch den geöffneten Mund ein und sah zu, wie der Diakon zum Altar ging und den Kelch mit Wein füllte. Francescos Hand schwebte über seiner Hüfte.

Der zweite Diakon trat mit einer Karaffe Wasser vor.

»Jetzt«, flüsterte Salai und presste mir etwas Hartes, Stumpfes in den Rücken unter die Rippen, sodass es aussah, als versetzte er mir einen tödlichen Stich.

Wortlos sank ich auf den kühlen Marmor.

Francesco neben mir schrie auf und fiel auf die Knie, gerade als er sein Messer zog; es klapperte neben ihm auf den Boden. Ich stützte mich ab und setzte mich auf. Salais Armee aus Straßenbengeln strömte nach vorn und umringte den Soldaten. Einer stieß ihm ein Messer in den Rücken und zog ihn zu Boden, sodass ein zweiter ihm die Kehle aufschlitzen konnte.

Die Menschen rundherum brachen in wildes Geschrei aus. Mühsam rappelte ich mich auf und rief nach Matteo, meine verhedderten Röcke verfluchend. Die Waisen hatten ihn und sein Kindermädchen in ihre Mitte genommen; ich zog das Stilett meines Vaters heraus und sprang mit einem Satz auf sie zu. Mein Sohn kuschelte sich in die Arme eines der Mönche vom Ospedale degli Innocenti.

»Lisa!«, schrie dieser. »Lisa, kommt mit uns.«

Im Campanile begannen die Glocken zu läuten. Ein Patrizier und seine Gemahlin liefen in Panik an mir vorbei und rissen mich beinahe um. Ich hielt mich auf den Beinen, als die nächste Woge von Gläubigen folgte. »Leonardo, nimm ihn mit!«, rief ich. »Ich komme nach, ich komme – geht schon vor!«

Zögernd drehte er sich um und lief los. Trotz des Stroms der Flüchtenden rührte ich mich nicht von der Stelle und wandte mich wieder Francesco zu.

Er war auf die Seite gefallen; Salai hatte ihn verwundet und sein Messer mit dem Fuß beiseite getreten. Francesco war hilflos.

»Lisa«, sagte er. Sein Blick war wild, voll Todesangst. »Wozu soll das gut sein? Wozu?«

Ja, wozu eigentlich? Ich bückte mich und näherte mich ihm mit hoch erhobenem Stilett – falsch. Salai hätte es missfallen. Aber ich wollte das Stilett nach unten führen, so wie Francesco de' Pazzi seine Waffe auf Lorenzos Bruder niedergestoßen hatte: wild, unachtsam, mit zornigem Zucken, mit roten Spritzern, mit tausend Stichen für jede Übeltat. Ich hätte keine Körperstelle ausgelassen.

Meinen Vater in die Falle gelockt
Die mir Nahestehenden ermordet
Mein Leben und mein Kind gestohlen

»Du bist nicht mein Gemahl«, sagte ich fauchend. »Das warst du nie. Meinem wahren Gemahl zuliebe werde ich dich umbringen.« Ich beugte mich zu ihm hinunter.

Er stieß zuerst zu. Mit einer kleinen Klinge, versteckt in seiner Faust. Sie biss mir direkt unter dem linken Ohr ins Fleisch und hätte einen raschen Schnitt bis zum rechten vollführt. Noch ehe sie jedoch die Mitte erreichte, wich ich verwundert zurück und setzte mich auf die Fersen.

»Hure«, krächzte er. »Hast du geglaubt, ich würde zulassen, dass du alles zunichte machst?« Er sank zu Boden, noch immer am Leben, und funkelte mich hasserfüllt an.

Ich legte eine Hand an den Hals und zog sie wieder weg. Sie war granatfarben – eine dunkle Kette, Francescos letztes Geschenk.

Ich kann hier verbluten. Ich überlegte. Ich kann meine Rache haben. Ich kann Francesco jetzt umbringen und verbluten, und sie werden mich später hier finden, tot auf seiner Leiche.

Ich entschied mich dafür, ihn nicht zu töten.

In meinen Ohren begann es zu rauschen, als nahte eine Flut. Wie Giuliano in Francescos Lüge ertrank ich, so sicher, als wäre ich vom Ponte Santa Trinità in den Arno gestürzt. Hinabgefallen und tief gesunken. Und endlich war ich an einen Ort getaucht, an dem meine Gefühle schwiegen.

Um Matteo machte ich mir keine Sorgen. Ich wusste, er war in den Armen seines Großvaters sicher. Auch um mich selbst war mir nicht bange, ich versuchte nicht, meinen Angreifern zu entfliehen; ich wusste, dass ich nicht mehr ihr Ziel war. Ich machte mir keine Gedanken über Francesco oder meinen Hass auf ihn. Ich würde ihn Gott und seinen Obrigkeiten überlassen; es war nicht meine Sache. Ich wusste jetzt, wohin ich gehörte.

Lieber Gott, betete ich. Lass mich Giuliano retten.

Wie durch ein Wunder stand ich auf.

Mein Körper war bleischwer, ich bewegte mich wie durch Wasser, doch kraft meines Willens gelang mir das Unmögliche: Ich ging in die Richtung, in die Salvatore de' Pazzi gegangen war, um nach meinem Geliebten zu suchen. Das Stilett war schwer; meine Hand zitterte vor Anstrengung, es zu halten.

Ich hörte seine Stimme.

Lisa! Lisa, wo bist du?

Liebster, ich komme. Ich öffnete den Mund zu einem Schrei, doch meine Stimme war nur noch ein gequältes Keuchen, das sich im Brausen der Flut verlor.

Das Wasser in der Kathedrale war trüb; nur mühsam nahm ich die schwankenden Bilder der Kämpfenden wahr vor dem verwirrenden Rückstrom der Unschuldigen auf der Flucht. Da waren Waisen – dreckige Bengel mit kleinen, aufblitzenden Klingen – und Männer mit gezückten Schwertern, Bauern und Priester und Patrizier, doch es ergab keinen Sinn für mich. Mein Gehör ließ nach, bis das wilde Geläut der Glocken im Nichts versank. Im Fluss war alles still.

Zur offenen Tür, die auf die Via de' Servi hinausging, strömte Sonnenlicht herein, und in diesem Schein erblickte ich ihn: Giuliano. Er trug eine Mönchskutte. Seine Kapuze hatte er zurückgeschlagen, sodass seine dunklen Locken zu sehen waren und ein Bart, den ich nicht kannte. In der Hand hielt er ein langes Schwert, die Spitze zeigte nach unten, während er vorwärtseilte. Er war ein Mann; in meiner Abwesenheit war er älter geworden. Seine Gesichtszüge, so erfreulich unregelmäßig, waren angespannt und von leichter Bitterkeit gezeichnet.

Er war unfassbar schön und er gab mir mein Herz zurück.

Aber ich war nicht mehr hier, um mich aufsteigenden Gefühlswallungen hinzugeben: Ich war hier, um die Vergehen anderer zu tilgen. Ich war hier, um zu vollenden, was schon knapp zwei Jahrzehnte zuvor hätte getan werden sollen: den Mord an Unschuldigen zu verhindern.

Und ich sah ihn, Salvatore, Francesco de' Pazzis Sohn, der sich durch den Ansturm flüchtender Gottesdienstbesucher kämpfte, das Schwert an seiner Seite haltend. Er bewegte sich auf Giuliano zu.

Doch Giuliano sah ihn nicht. Giuliano sah nur mich. Seine Augen waren Lichter an einem fernen Ufer; sein Gesicht ein Leuchtfeuer. Mit den Lippen formte er meinen Namen.

Ich wollte nichts sehnlicher, als zu ihm eilen, konnte aber nicht den Fehler wiederholen, den Anna Lucrezia, Leonardo und Giuliano der Ältere begangen hatten. Ich durfte meiner Leidenschaft nicht nachgeben. Mühsam wandte ich den Blick von Giulianos Gesicht ab und heftete ihn auf Salvatore. Es war unmöglich, vorwärtszukommen, dennoch stolperte ich hinter ihm her. Trotz des Sogs der Flüchtenden blieb ich auf den Beinen. Gott ließ ein Wunder geschehen: Ich stürzte nicht. Ich wurde weder ohnmächtig, noch starb ich. Fast rannte ich.

Als ich mich den beiden Männern näherte, verblasste Giulianos Strahlen zu Besorgnis, dann zu Unruhe. Jetzt sah er das Blut, das aus meinem Hals drang und mein Mieder durchweichte. Salvatore, der von der Seite anrückte, bemerkte er nicht; er hatte nur Augen für mich, die hinter jenem war. Er bemerkte ihn auch dann noch nicht, als Salvatore nur eine Armlänge von ihm entfernt war, als er sein Schwert hob, bereit, zuzuschlagen und Lorenzos Lieblingssohn umzubringen.

Ich aber sah es. Hätte ich die Kraft besessen, hätte ich mich zwischen die beiden Männer geworfen. Ich hätte den Schlag hingenommen, der meinem Geliebten galt. Doch ich war nicht rechtzeitig bei ihm; ich konnte nicht zwischen die beiden Männer treten. Ich konnte nur einen Satz nach vorn machen und unter Aufwendung der Luft, die noch in meiner Lunge war, von hinten zu Salvatore aufschließen.

In dem Augenblick, als Salvatore sein Schwert hob, kurz bevor er es auf Giuliano niederfahren lassen konnte, streckte ich meinen Arm länger aus, als eigentlich möglich war. Mit dem Stilett fand ich die weiche Stelle unter Salvatores Rippen und versenkte es dort.

Mir fiel das Gemälde von Bernardo Baroncelli an der Wand

des Bargello ein. Ich erinnerte mich an das Bild, das ihn am Seil hängend zeigte, das tote Antlitz gesenkt, noch immer von Reue gezeichnet. Und ich flüsterte:

»Da, Verräter.«

Erleichtert stieß ich einen Seufzer aus. Giuliano lebte, stand in Sonnentupfern am Ufer des Arno und wartete mit ausgebreiteten Armen. Ich sank hinein und versank in den Fluten, dorthin, wo das Wasser am tiefsten und schwärzesten ist.

Epilog: Lisa

Juli 1498

61

Ich starb nicht, ebenso wenig wie Francesco. Der Stich, den ich Salvatore de' Pazzi zufügte, ließ ihn zu Boden gehen, und als er dort blutend lag, wurde er von einem anderen getötet.

Seine Söldner, die beim Läuten der Glocken auf die Piazza della Signoria ritten, wurden von einer gewaltigen Gegnerschaft empfangen. Als sie auf Pieros Männer trafen – als sie erfuhren, dass Salvatore nicht kommen würde, um die Menge gegen die Medici aufzuwiegeln, um den Sturm des Palazzo und den Sturz der Signoria anzuführen –, lösten sich ihre Reihen auf, und die Söldner flohen.

Messer Iacopo wurde nie gerächt.

Es sei noch nicht an der Zeit für die Medici, erklärte mein Gemahl, in Florenz wieder an die Macht zu kommen; in der Signoria gebe es nur unzureichend Unterstützung. Piero hatte inzwischen Geduld gelernt. Doch die Zeit werde kommen. Die Zeit wird kommen.

Zu meiner Belustigung habe ich erfahren, dass Francesco jedem in Florenz erzählt hat, ich sei noch seine Gemahlin, ich sei nur mit meinem Kind aufs Land gezogen, weil mir die Angst, der ich im Duomo ausgesetzt war, nervlich zugesetzt habe. Er nutzte seinen Verstand und seine Verbindungen, um dem Strang zu entkommen, aber er fiel in Ungnade. Er wird nie wieder einen Sitz in der Regierung innehaben.

Endlich bin ich in Rom bei Giuliano und Matteo. Hier ist es wärmer, es gibt weniger Wolken und Regen. Dunst und Nebel sind nicht so geläufig wie in Florenz; die Sonne offenbart alles in scharfem, klarem Relief.

Leonardo besucht uns gerade, nachdem ich wieder ein wenig zu Kräften gekommen bin. Ich sitze erneut Modell für ihn – trotz des Verbands um meinen Hals –, und ich glaube allmählich, dass er mit dem Gemälde nie zufrieden sein wird. Er verändert es ständig und behauptet, mein Wiedersehen mit Giuliano spiegele sich in meinem Ausdruck. Er verspricht, er werde nicht immer in Mailand bleiben; wenn er seine Verpflichtungen gegenüber dem Herzog erfüllt habe, komme er nach Rom. Dann solle Giuliano sein Mäzen sein.

Kurz nach Leonardos Ankunft, als ich zum ersten Mal für ihn in Giulianos römischem Palazzo Modell saß, fragte ich ihn nach meiner Mutter. In dem Moment, als er mir gesagt hatte, ich sei sein Kind, wusste ich, dass es stimmte. Ich hatte in meinem Spiegelbild immer das Gesicht eines anderen Mannes gesucht und deshalb nie das seine gesehen. Dennoch schaute ich in seine Gesichtszüge in weiblicher Form, jedes Mal, wenn ich auf mein Ebenbild auf der grundierten Holzplatte herablächelte.

Er war tatsächlich in Giuliano verliebt gewesen – bis er durch Lorenzo Anna Lucrezia kennenlernte. Er verschwieg ihr seine Gefühle für sie, weil er sich geschworen hatte, sich niemals eine Frau zu nehmen, die seiner Kunst oder seinen Studien im Wege stünde. Er konnte aber seine Empfindung fast nicht beherrschen, und als er zum ersten Mal erkannte, dass meine Mutter und Giuliano ein Liebespaar waren – an jenem Abend in der düsteren Via de' Gori, als ihn zum ersten Mal der Wunsch überkam, sie zu malen –, packte ihn die Eifersucht. In dem Augenblick, gestand er mir, hätte er Giuliano eigenhändig umbringen können.

Und am darauffolgenden Morgen im Duomo habe ihn diese Eifersucht davon abgehalten, die drohende Tragödie rechtzeitig wahrzunehmen.

Deshalb hatte er nie jemandem von seiner Entdeckung erzählt – kurz nachdem er als Spion der Medici in die Santissima Annunziata gekommen war –, dass mein Vater der Büßer im Duomo war. Wie konnte er einen Mann ausliefern, der seiner Eifersucht nachgegeben hatte, wenn er selbst davon besessen war? Es hätte keinen Sinn ergeben; ebenso sinnlos war es, mir mit solchen Neuigkeiten unnötig Schmerz zuzufügen.

Als der Mord geschah, war Leonardo am Boden zerstört. Und an dem Tag, als Giuliano in San Lorenzo beigesetzt wurde, hatte er überwältigt das Kirchenschiff verlassen und war auf den Kirchhof hinausgegangen, um abseits von den Übrigen seinem Kummer freien Lauf zu lassen. Dort traf er auf meine weinende Mutter und gestand ihr seine Schuld und seine Liebe zu ihr. Der gemeinsame Kummer verband sie, und unter seinem Einfluss verloren sie sich.

»Du siehst, welches Elend meine Leidenschaft deiner Mutter gebracht hat, und dir«, sagte er. »Ich konnte nicht zulassen, dass du denselben Fehler begehst. Ich wollte nicht riskieren, dir zu sagen, dass Giuliano noch lebte, aus Angst, du würdest versuchen, Kontakt mit ihm aufzunehmen, und damit euch beide gefährden.«

Ich schaute aus dem Fenster in die unbarmherzige Sonne. »Warum hast du es mir nicht gleich zu Anfang gesagt?«, drängte ich ihn sanft. »Warum hast du mich in dem Glauben gelassen, ich sei Giulianos Kind?«

»Weil ich wollte, dass du die vollen Rechte einer Medici hast; sie konnten sich viel besser um dich kümmern als ein armer Künstler. Es hat niemandem geschadet und Lorenzo auf seinem Sterbebett noch Freude bereitet.« Seine Miene wurde traurig und zärtlich. »Vor allem wollte ich das Gedenken an deine Mutter nicht besudeln. Sie war eine sehr tugendhafte Frau. Sie gestand mir, sie habe die ganze Zeit, in der sie mit Giuliano zusammen war, nicht mit ihm schlafen wollen – obwohl alle Welt es geglaubt hat. So treu war sie ihrem Gemahl ergeben; weshalb ihre Scham, nachdem sie sich mir hingegeben hatte, umso größer war.

Warum sollte ich eingestehen, dass sie und ich – immerhin ein Sodomit – ein Liebespaar waren, und riskieren, den ihr gebührenden Respekt zu beschädigen?«

»Ich achte sie deshalb nicht weniger«, sagte ich. »Ich liebe euch beide.«

Er strahlte.

Ich werde das Porträt Leonardo mitgeben, wenn er wieder nach Mailand geht. Und wenn er es fertigstellt – falls er es je vollendet –, werden weder ich noch Giuliano es annehmen. Ich möchte, dass er es behält.

Denn er hat nur Salai. Doch wenn er das Bild mitnimmt, werden meine Mutter und ich immer bei ihm sein.

Ich meinerseits habe Giuliano und Matteo. Und jedes Mal, wenn ich in den Spiegel schaue, werde ich meine Mutter und meinen Vater sehen.

Und werde lächeln.

Danksagungen

Folgenden Menschen bin ich zu tiefstem Dank verpflichtet:

Meinem Mann, der im vergangenen Jahr nicht nur Krebs, Chemotherapie und nachfolgende Komplikationen überlebt hat, sondern, was viel beeindruckender war, auch die Entstehung dieses Romans, und das mit Humor; meinen hervorragenden Agenten Russell Galen und Danny Baror, die mich seit über zwanzig Jahren als Klientin überlebt haben; meinen Freundinnen Kathleen O'Malley und Anne Moroz, die tapfer durch dieses einschüchternde Manuskript gewatet sind und es in aller Freundschaft kommentiert haben; und vor allem meinem Lektor Charles Spicer bei St. Martin's Press und meiner Lektorin Emma Coode bei Harper Collins UK, beide wahre Könner auf ihrem Gebiet und mit einer Engelsgeduld gesegnet. Charlie und Emma haben sich sehr bemüht, sodass ich Zeit hatte, mich während seiner Krankheit um meinen Mann zu kümmern. Der Abgabetermin für das Buch wurde maßlos überschritten, und ich bedaure es sehr, dass sie bis an ihre Grenzen belastet wurden, um das Manuskript für den Druck fertig zu bekommen. Ich wünschte, ich hätte mehr Worte, meinen tief empfundenen Dank für ihre Freundlichkeit und ihr Verständnis auszudrücken. Danke, Charlie. Dank dir, Emma.

Jeanne Kalogridis
Die Kinder des Papstes

Roman. www.list-taschenbuch.de
ISBN 978-3-548-60645-3

Sancha, Enkelin des Königs von Neapel, wird aus politischem Kalkül in die mächtige Familie der Borgias verheiratet, trotz ihrer heftigen Gegenwehr. Ihren allzu jungen Ehemann Jofre kann sie zwar als Freund, jedoch kaum als Liebhaber akzeptieren. Da begegnet sie in Rom dem Mann, der die Erfüllung ihrer sinnlichen Träume darstellt: Cesare Borgia, der ältere Bruder ihres Mannes. Sie stürzt sich in eine leidenschaftliche Affäre mit ihm – bis sie entdeckt, wer er wirklich ist: ein skrupelloser Mörder. Doch einen Borgia weist man nicht zurück, wenn einem das Leben lieb ist …

»Ein unglaubliches Panorama der Zeit der Borgia in Rom – ein prallgefüllter Schmöker« *NDR Bücherwelt*

Jeanne Kalogridis
Die Seherin von Avignon

Roman. www.list-taschenbuch.de
ISBN 978-3-548-60517-3

Frankreich in der ersten Hälfte des 14. Jahrhunderts: Sybille verfügt schon als Kind über seherische Fähigkeiten und übersinnliche Heilkräfte. Von Geburt an ist sie zur Priesterin eines geheimen Kultes erkoren, den die Kirche erbarmungslos verfolgt. Um den alten Glauben vor der Vernichtung zu bewahren und den ihr bestimmten Geliebten zu finden, muss die junge Frau jedoch durch die Feuer der grausamen Inquisition gehen.

»Das weibliche Gegenstück zu Ken Follett«
Chicago Tribune

Helga Glaesener
Wespensommer

Historischer Kriminalroman
www.list-taschenbuch.de
ISBN 978-3-548-60767-2

Florenz 1780: Weil die junge Florentinerin Cecilia Barghini den von der Familie ausgewählten Mann nicht heiraten will, wird sie nach Montecatini verbannt. Sie soll bei dem streitbaren Richter Enzo Rossi als Gouvernante arbeiten. Doch in dem scheinbar so verschlafenen Ort lauern Gefahren: ein Mord geschieht, ein Kind verschwindet. Cecilia und Enzo müssen trotz aller Gegensätze zusammenarbeiten, wenn sie den Mörder rechtzeitig fassen wollen.

»Ein humorvolles Sittengemälde und eine spannende Detektivgeschichte« *Brigitte*

»Helga Glaesener ist eine von Deutschlands heimlichen Bestseller-Autorinnen.« *Bild der Frau*

List Taschenbuch

L304